KB052896

사랑이 어떻게 서곡으로 왔는가

사랑이 어떻게 서곡으로 왔는가

1판 1쇄 찍음 2021년 11월 18일
1판 1쇄 펴냄 2021년 11월 26일

지은이 | 린 혜
펴낸이 | 고운숙
펴낸곳 | 봄 미디어

기획·편집 | 박나영, 임지윤, 정지은

출판등록 | 2014년 08월 25일 (제387-2014-000040호)
주소 | 경기도 부천시 소향로13번길 14-11, 203호
영업부 070-5015-0818 **편집부** | 070-5015-0817 **팩스** | 032-712-2815
E-mail | bommedia@naver.com
소식창 | http://blog.naver.com/bommedia

값 12,000원

ISBN 979-11-6632-359-1 03810

사랑이
어떻게

서곡으로
왔는가

린혜 장편 소설

프롤로그. 서곡의 전학생

뻑뻑한 옥수수 반쪽과 수돗물로 채운 배가 더부룩했다.

 여름에 딸려 온 불청객처럼, 며칠 전 난데없는 식중독이 학교를 휩쓸었다. 학생 수가 백 명도 채 되지 않는 분교였으니 식중독의 여파가 더 강하게 두드러졌다. 반 아이들은 반절 정도 등교를 거부했고, 학교에서는 어쩔 수 없이 급식을 당분간 중단하기로 했다.

 잿빛 가정 통신문에는 도시락을 챙겨 달라는 내용이 구구절절한 장문으로 둔갑해 있었다.

 학생 대부분은 맛없는 급식 대신 도시락을 먹을 수 있다는 사실에 뛸 듯이 기뻐했다. 그 급식조차 유일한 한 끼라며 소중히 여기던 거지 새끼를 제외한다면.

 도시락이라니, 나한테 그런 걸 만들어 줄 사람이 있을 리 만무했다. 그나마 아침에 다방 부엌에서 삶은 옥수수 반쪽을 훔쳐 와 다행이었다. 점심까지 기다리다 운동장으로 달려가 옥수수와 수돗물로 겨우 주린 배를 채웠다.

 꼬르륵 소리가 멈추지 않아 급한 대로 수돗물을 입에 콸콸 들이부었지만, 비릿한 물 냄새 때문에 구역질이 올라왔다. 코를 막고 억지로 참아 냈다. 지금 구토로 속을 비워 내면 저녁까지 버틸 재간이 없었다.

교실로 돌아오니, 벌써 도시락을 다 까먹은 애들이 삼삼오오 모여떠들고 있었다. 좁은 교실 앞쪽으로 한껏 밀려 난 책상이 물에 둥둥 떠다니다 엉킨 부표들 같았다.

여학생들은 맨 뒷자리서 주저앉아 공기놀이하고, 남학생들은 책상위를 마구 밟으며 뛰어다녔다. 떠다니는 먼지가 햇빛에 반사되어 캄캄하게 반짝거렸다.

가장 구석진 자리로 걸어가 의자를 빼고 앉았다. 책상에 엎드리자또다시 꼬르륵 소리가 올라왔다. 끈으로 배를 칭칭 동여맨 것처럼 배고파 속이 쓰렸다.

찌는 듯한 더위에 뒷덜미로 땀이 흐르고, 운동장 수돗가까지 달려갔던 몸은 지쳐서 축 늘어졌다. 털털거리며 돌아가는 선풍기 바람은 하나도 시원하지 않았다.

날이 더워지니 날아다니는 파리도 부쩍 늘어났다. 귓가에 앵앵대는 소음이 따가워 도저히 잠을 청할 수가 없었다.

머리카락을 묶을 만한 게 없나 싶어 서랍을 뒤적였지만, 지우개 가루만 손끝에 달라붙었다가 떨어졌다. 더워서 짜증이 치솟는 와중에 파리보다 더한 놈이 다가왔다.

"권!"

대뜸 발에 걸어차인 책상이 크게 흔들렸다. 그에 머리도 울리며 강한 두통이 일었다. 더워, 짜증 나. 욕을 주워 삼키며 고개를 들자 까맣게 그을린 남학생의 얼굴이 보였다.

박동재는 읍내 사진관 사장의 아들이었고, 서곡 토박이였다. 부스스한 머리칼을 넘기며 시선을 올렸다.

"요즘 너도 커피 타 준다며? 왜 진작 말 안 했냐?"

용건이 뭐냐고 묻기도 전에 박동재가 알아서 지껄이기 시작했다. 주변에서 구경하던 남학생 무리가 이쪽을 보며 수군거렸다. 곁눈질을 던지자 후다닥 고개를 돌려 버리는 인간이 여럿이었다. 다들 아닌 척하면서 내 일에 관심이 꽤 많은 눈치였다.

박동재가 자기 말을 듣고 있냐면서, 별안간 발끝으로 내 정강이를 툭 건드렸다. 치맛자락 아래로 드러난 무릎을 훑는 시선에 설익은 욕정이 진득하게 묻어났다. 가만히 있는 내 반응에 점점 신이 나는지 박동재가 들뜬 목소리로 외쳤다.

"우리 다희, 얼른 단골 만들어야지. 안 그래?"

그도 모자라 품을 뒤적이더니 낡은 가죽 지갑을 꺼냈다. 안쪽에 너덜너덜한 지폐 뭉치가 보였다. 박동재는 습관적으로 손끝을 핥고서 돈을 획획 셈하더니, 만 원짜리 지폐 한 장을 꺼내 내밀었다.

"자, 뽀뽀하면 5천 원. 거스름돈은 너 가져."

질 나쁜 농담이 아니었다. 박동재가 진심이라는 걸 알리듯 손에 쥔 지폐를 팔랑거렸다. 그 뒤편에서 킬킬대는 무리가 보였다. 전부 박동재와 평소 친하게 몰려다니던 놈들이었다. 그중 몇몇은 얼굴이 익숙했다. 그들의 부모가 우리 다방 손님이었기에.

눈앞까지 다가온 지폐가 코끝을 톡톡 건드렸다.

"키스하면?"

박동재의 눈을 빤히 보다가 빙그레 웃었다. 예상 못 한 대답이었는지 갑작스러운 정적이 깔렸다. 녀석은 조금 당황한 눈치였지만, 이내 기대심으로 번들거리는 눈빛을 보이더니 히죽 웃었다.

어라, 이년 봐라. 그렇게 생각하는 티가 여실했다.

"그럼 만 원."

지폐를 책상에 올린 박동재가 실실 웃었다. 시선을 내리자 이미 불룩해진 바지 앞섶이 보였다. 다리를 꼬고 앉으며 자세를 고치자 누군가

휘파람을 불었다. 어떻게든 내 치마 사이 속옷을 보려고 안달이 난 모양새였다.

"빨아 주는 건?"

비웃는 대신 여상한 말투로 되물었다. 이리저리 바쁘게 움직이던 녀석의 시선이 우뚝 움직임을 멈추었다. 이번에는 박동재도 얼빠진 표정을 숨기지 못했다.

서랍 속 지우개를 꺼내 그의 바지춤으로 세게 던졌다. 퍽 하고 부딪친 지우개가 볼썽사납게 바닥을 뒹굴었다. 얼굴을 구긴 박동재가 주춤거리며 물러났다. 개새끼.

"섹스는 얼마 쳐줄 건데?"

이번에도 대답은 없었다. 벌떡 몸을 일으켰다. 바로 뒤에 앉아 있던 여학생이 '그럼 그렇지' 싶은 얼굴로 멀찍이 도망쳤다.

"야, 섹스는 돈 안 줄 거야?"

터벅터벅 걸어가 양동이 속 대걸레 자루를 손에 쥐었다. 탄탄하고 길쭉한 작대기가 손바닥에 착 감겼다. 박동재가 지폐를 바닥에 떨어트리고서 멍청한 표정으로 이러지도 저러지도 못한 채 굳어 있었다.

"대답 안 해? 내가 물어보잖아!"

찌든 더위 내내 구정물에 담가 두었던 대걸레를 붕 휘둘렀다. 정면에서 얻어맞은 박동재가 아까 떨어트린 지우개 위로 나동그라졌다.

새카만 구정물이 하얀 교복 셔츠에 질척하게 번졌다. 둥그렇게 에워싸던 그의 무리가 미친년이니 뭐니 고함을 내지르며 뛰어갔다.

"개새끼가, 날로 처먹으려고, 아주, 지랄을 해요."

아까 박동재가 떨어트린 지폐를 주워서 보란 듯 갈기갈기 찢었다.

"이깟 푼돈을 누구 코에 붙여? 우리 포주도 너보다는 많이 챙겨 주겠다."

찢어진 지폐 조각을 본 놈이 험상궂게 일그러진 얼굴로 움찔거렸다.

틈을 노려서 한번 덤벼 볼까 재는 표정이기에 손에 쥔 대걸레를 턱 끝으로 들이밀었다. 튀기는 구정물을 피하려 물러서는 아이들의 비명이 이어졌다.

"이, 이 쌍년이!"

이거 봐, 실실 쪼개고 다니면 등신인 줄 안다니까. 대걸레 자루로 아예 가슴팍을 꾹 누르자 그가 도살당하는 돼지처럼 시끄럽게 꽥꽥거렸다.

가슴이 아니라 목울대를 누를 걸 그랬네. 뒤늦게 후회하며 자루를 고쳐 잡았다.

"권다희!"

이번에는 제대로 숨통을 조일 생각이었는데, 학교가 울릴 정도의 고함이 귀를 때렸다. 고개를 돌려 앞문을 돌아보자 벌게진 얼굴로 달려오는 담임이 보였다. 박동재가 죽는소리를 내지르며 그를 찾았다.

누가 고자질했어? 주변을 둘러보다가 문득 복도 너머로 낯선 얼굴을 발견했다.

귀신처럼 말간 얼굴이 새카만 무리 사이에서 달처럼 혼자 둥둥 떠 있었다. 이 학교에서 처음 보는 얼굴이었다.

혼자만 우리 학교 교복이 아니라 하얀 반소매 티셔츠를 입고 있었는데, 언뜻 봐도 '나 전학생이요' 하는 차림새였다.

"또 너냐? 아주 징글징글하다. 그거 당장 내려놔!"

변명처럼 바닥에 굴러다니는 지폐 조각을 가리켰다.

"박동재가 먼저 시비 걸었는데요."

"알겠으니까 대걸레부터 내려놓으라고!"

담임의 윽박지름에 어쩔 수 없이 대걸레를 떨어트렸다. 대걸레 자루가 박동재의 이마를 세게 때리고 데굴데굴 굴러갔다. 녀석은 새빨개진 얼굴로 씩씩대며 욕을 하더니 담임이 내민 손을 잡고서 겨우 일어났다.

"따라와, 얼른!"

시비는 저 새끼가 먼저 걸었는데, 교무실은 왜 맨날 나만 가야 하나. 미친년 바라보듯 이쪽을 구경하는 애들 사이로 걸음을 옮기며 투덜댔다.

담임의 뒤를 따라 복도로 빠져나오는데, 귓가에 또 다른 발소리가 박혔다. 옆을 돌아보니 아까 그 전학생이 졸졸 따라오고 있었다.

"……."

눈이 마주치자 녀석이 싱긋 웃었다. 방금 그 난장판을 다 보고도 나한테 웃어 줄 생각이 드나. 어이가 없어서 무시하고 다시 앞을 보았다. 담임한테 야단맞을 생각을 하니 벌써 머리가 지끈거렸다.

이 유난스러운 일상이 내 학교생활의 전부였다.

✽　　　✽　　　✽

다행히 벌은 받지 않았다.

어찌 보면 당연한 일이었다. 박동재가 나한테 시비 거는 걸 본 사람이 반에서 족히 몇 명은 될 텐데. 내 말을 곧이곧대로 믿지 않는 건 담임뿐이었다.

이번에도 담임은 해명의 기회조차 주지 않고서 반성문을 써 오라며 종이를 내줬다. 꾸역꾸역 이유도 없는 잘못에 대해 반성하는 문장을 줄줄 적어 냈다. 반성문은 지겹도록 많이 써서 딱히 내용을 궁리하지 않아도 쓸 수 있었다.

한쪽 바닥에 엎드려서 반성문을 쓰는 동안, 몇 걸음 떨어진 자리에서 아까 그 남학생이 내 모습을 구경했다. 닭장 안 닭이 된 느낌인지라 기분이 영 별로였다.

짜증 난다는 뜻으로 헛기침을 내뱉었는데도 그는 눈치가 없는지 고개를 돌리지 않았다. 똑같이 낯선 얼굴의 중년 남자가 집중하라며 그의 소매를 당겼다.

힐끔대며 중년 남자의 얼굴을 자세히 살폈다. 정장을 입고 서 있는 남자의 키는 꽤 컸는데, 군살 없이 건장한 체격에 허연 얼굴이 외지인 이라는 걸 증명했다.

"어휴, 서울서 오셨다고요. 서곡까지 힘들게 내려오셨겠네요. 앞으로 잘 부탁드립니다."

"아닙니다, 선생님. 저야말로 부족한 아들놈 잘 부탁드립니다."

중년 남성이 고개를 꾸벅 숙이며 인사했다. 그제야 우두커니 서 있던 남학생도 제 아빠를 따라 고개 숙였다.

서울에서 왔다더니 제 아빠처럼 허여멀건하니 깨끗한 얼굴이었다. 우리 학교에서 제일 큰 담임보다도 키가 컸다.

180은 무조건 넘겠구나. 손도 크고, 발도 크고. 길쭉한 다리를 따라 올라가던 시선이 이윽고 얼굴에 도달했다. 단단히 다물린 턱선을 따라 더 올라가다가 우뚝, 시선이 마주쳐 멈추었다.

내내 담임에게 훈계를 듣는 동안 아마도 나를 뚫어져라 관찰했을 그의 눈빛이 반짝 일렁였다.

아주 밝은 갈색 눈동자였다. 서울서 염색을 하고 내려온 건지, 머리카락 색도 그와 비슷했다.

전체적으로 색소가 옅은 얼굴이라 더더욱 타향 손님이라는 점이 도드라졌다. 바닷가와 가까운 서곡 마을 토박이들은 죄다 얼굴이 새카맸으니.

"……."

녀석은 눈을 피하지 않았다. 되레 입꼬리까지 쭉 올려 웃었다. 비웃는 건가 싶어 노려보다가 금방 흥미를 잃고 시선을 피했다. 키가 큰 상대를 무리하게 바라보느라 뒷목이 뻐근하게 저렸다. 다만 귀가 아직도 그쪽을 향해 있던 터라 자연스레 남학생의 이름을 훔쳐 들었다.

"윤이서, 선생님께 인사드리고 그만 가자."

윤이서.

이서.

우리 포주가 레지한테나 붙여 줄 법한 이름이지만, 하얗고 고운 얼굴과 잘 어울렸다. 다시 옆을 돌아보자 녀석은 선생 앞에서 생글생글 잘도 웃으며 비위를 맞췄다.

행동이 죄다 끼 부리는 여우 같았다. 단정하게 생겨서는, 웃을 때 가늘어지는 눈매가 조금 날 티도 났다. 서울서 양아치 짓이나 하다가 쫓겨난 건가?

"권다희, 손이 놀고 있네. 선생님이 다 본다."

윽, 서슬 퍼런 말에 후다닥 시선을 돌렸다. 대답 없이 종이를 내려다보며 연필을 굴리자, 담임이 끌끌 혀를 차며 애꿎은 생활 기록부만 정신없이 뒤적거렸다. 그 소리에 나를 향한 안타까움과 한심한 마음이 반반씩 느껴졌다.

"너 자꾸 이러면 집에서 걱정한다."

뭐라고 혼내야 할지 고민하는 담임의 표정이 우스웠다. 내가 정말 잘못이 없어 답답하거나 딱히 훈계할 핑계가 없어 귀찮거나, 둘 중 하나 때문이겠거니 싶었다.

부모가 있으면 부모 핑계라도 대면서 정신 차리라고 꾸짖을 텐데. 공교롭게도 나한테는 부모나 친척, 형제조차 없었다.

보호자에 이름이 올라가 있는 건 빚쟁이자 포주인 강씨였지만, 그는 보호자라고 칭하기에도 민망할 수준이었다. 그나마 향기 다방에서 나를 돌봐 주는 김 마담 정도가 가족이라는 명사에 어울리는 사람이었다. 물론 그녀도 보통의 가족이라 부르기엔 상당히 거리가 멀었다.

포주 강씨는, 그냥 부르는 명칭이 강씨였다. 읍내에서 그의 이름을 아는 사람도 없었으며 나 역시 그의 이름을 몰랐다. 알고 있는 건 그가 조선족이고, 내 생모한테 돈을 빌려줬다가 떼먹혔다는 점뿐. 강씨는 내 이름조차 제대로 외우지 못했으며 딱히 관심도 없었다.

"아무도 내 걱정 안 해요. 선생님도 아시잖아요."

덧붙인 말에 담임은 꿀 먹은 벙어리가 되어서 또 혀만 찼다. 이 동네에서 내 사정을 모르는 사람은 아무도 없었다.

강씨는 그만큼 유명한 포주였다. 나 역시 고등학교를 졸업하면 곧장 그가 시키는 대로 다방에 눌러앉아 일하게 될 처지였다.

포주가 시키는 일이라고 해 봤자 뻔했다. 읍내에서 가장 유명한 그의 다방에서 커피를 내오거나, 모텔촌까지 배달 가서 몸을 팔거나. 그것도 아니라면 홀에 앉아 온종일 줄담배나 태우며 손님을 기다리거나.

이러한 사정을 학교 애들도 알고 있으니, 오늘 같은 사고가 매일 끊이지 않았다. 그러니 내 반응도 자연스레 거칠 수밖에 없었다. 가만히 당하는 건 성미에 맞지 않았다.

"반성문 이리 내."

종이를 대충 훑어본 담임의 교실로 돌아가라는 말에 미련 없이 등을 돌렸다. 아까 내 얼굴을 열심히 구경하던 전학생도 이미 그곳에 없었다.

발소리가 들리지 않았는데, 언제 돌아갔는지 모를 일이었다. 괜히 섬뜩했다. 찜찜한 느낌을 뒤로하고서 교무실을 빠져나왔다.

그래도 따로 연락하지 않는다고 했으니, 나중에 포주한테 들켜 얻어맞을 일은 없겠지.

올해 만난 담임은 조금이나마 인정이 있어 안심이었다. 작년 담임은 사고가 터질 때마다 다방으로 전화를 걸어서 난리였으니까.

열린 창문 사이로 매미 울음이 시끄럽게 이어졌다. 귀를 틀어막다가 문득 창밖을 보며 멈추었다.

창틀에 뽀얗게 내려앉은 먼지 너머로 여름 햇살이 반짝반짝 나부꼈다. 담갈색 나무 그림자가 누리끼리한 벽을 타고 뿌리처럼 갈라졌다.

아까 그 전학생 눈이 꼭 이런 색이던가. 문득 그런 생각이 들었다.

1부. 타향 손님

1장.

입하(立夏)

종례가 끝나고 부리나케 학교를 뛰쳐나왔다. 자그마한 운동장을 가로질러 교문을 넘어서면 왼쪽 길로 다방촌, 오른쪽 길로 모텔촌이 펼쳐졌다. 언덕길을 내려가며 주머니에 넣어 둔 껌을 꺼내 씹었다. 질겅질겅 씹던 껌에 단물이 다 빠질 때쯤이 되면 익숙한 다방이 나타났다.

배가 드나드는 만리항을 지척에 두고 뒤편에 수목원을 낀, 서곡에서 제일 아담하지만 유명한 향기 다방이 내 거주지였다.

나무 간판에 '향기 다방'이라는 네 글자와 빛바랜 커피 그림이 적혀 있었다. 기와지붕 아래 장독대와 자그마한 수돗가에 나뭇잎이 우수수 떨어져 굴러다녔다. 장독대에 기댄 배달 오토바이가 시동이 꺼지지 않은 채로 덜덜 소리를 냈다.

커다란 은행나무는 향기 다방의 마당을 큼지막하게 차지하는 하나의 상징이었다. 가을이 되어 은행잎이 노랗게 물들면, 동네 촌로(村老)들은 향기 다방에 떼거리로 몰려왔다. 레지들은 그들에게 달걀노른자를 탄 쌍화차를 내어 주거나 때때로 웃음을 팔았다.

마당 구석에 가방을 내려놓고서 계단을 타고 옥상으로 올라갔다. 아직 새파란 은행나무 잎이 계단까지 가지를 늘어트리고 이리저리 흔들렸다. 바람결에 스치는 나뭇잎 소리를 들으며 끝까지 올라가 양철로 된 문을 열었다. 진녹색 페인트칠 된 옥상 바닥과 작은 정자가 보였다.

향기 다방 옥상은 통째로 내 차지였다. 그도 그럴 게, 레지들은 온종일 뾰족구두를 신느라 계단을 오르내리길 싫어했으니까. 고무신을 직직 끌고 다니는 김 마담이나 가족처럼 자란 미연 언니를 제외하면 이 집에서 나를 찾아 여기까지 올 사람도 별로 없었다.

날씨 좋은 날 옥상 화분에 심어 둔 화초를 돌보는 게 심심한 일상 속 유일한 낙이었다.

"아, 씨. 꺾였네."

네모난 화분에 심어 둔 나팔꽃 지지대가 어쩐 일인지 뚝 끊어져 있었다. 지지대를 놓친 나팔꽃 줄기가 옆에 심어 놓은 방울토마토에 매달려 제 몸을 칭칭 감았다.

그 앞에 쪼그려 앉아 줄기를 풀어 주고, 아래층으로 내려가 쓰레기통을 뒤져 손님이 먹다 버린 아이스크림 막대를 찾았다. 막대를 물에 깨끗하게 씻고 실로 칭칭 감으면 제법 기다란 지지대가 되었다.

다시 옥상으로 올라가 정성스레 심는데 갑자기 머리 위가 소란스러웠다. 의아한 마음에 몸을 일으켜 담벼락으로 다가갔다. 평소라면 조용했을 담벼락 너머에서 짐을 옮기는 듯한 소리가 들렸다. 재빨리 발 받침대로 쓰던 벽돌을 담벼락 아래로 끌고 왔다.

향기 다방 바로 뒤편에는 높은 언덕이 있는데, 그곳에 2층짜리 고급 주택이 자리했다. 이 동네에서 보기 드물게 양옥으로 된 건물이었다.

다섯 살부터 서곡에서 살았던 나조차 그 집에 사람이 드나드는 건 본 적이 없었다. 빈집이었는데도 주말만 되면 가끔 사람이 찾아와 그 집을 깔끔히 청소했다. 그래서 한동안 서울 부자의 별장이라는 소문도 퍼졌다.

담벼락 아래 놓인 벽돌을 밟고, 까치발을 높이 들자 주택 창문이 보였다. 평소라면 커튼도 없어 안방이 훤히 보이는 창문이었다. 그런데 오늘은 활짝 열린 창문에 못 보던 하얀 커튼이 쳐져 있었다. 바람에 펄럭이는 커튼이 치워지자 분주하게 움직이는 사람들이 보였다.

녹색 모자를 눌러쓰고 목에 수건을 두른 아저씨들이 이삿짐으로 보이는 상자를 이리저리 옮겨 놓았다. 창문 바로 앞에도 가구가 하나 놓였는데, 그림책에서나 보던 피아노였다. 네모나고 새카만 피아노. 신기해서 빤히 바라보다가 계단을 올라오는 발소리에 황급히 벽돌 아래로 내려왔다.

"권다희, 심부름."

물 빠진 진홍색 홑복 차림의 김 마담이 허리를 툭툭 치며 허리춤에 찬 전대를 뒤적였다. 그 앞으로 쪼르르 달려가 돈을 받았다. 오전 내내 엽차를 끓였는지 김 마담의 몸에서 푸릇푸릇한 이파리 냄새가 났다.

내가 돈을 주머니에 챙기는지 살피던 김 마담이 먼저 내려가라고 손을 휘적거렸다. 담배를 한 대 태우려는지 라이터를 찾는 모양새가 분주했다.

"화분에 재 털면 안 돼요. 꽃 다 죽어."

"안 털어, 망할 년아."

"재떨이 필요하면 아래층에서 가져올게요. 빨리 말해요."

"됐으니까 얼른 가. 손님 기다려."

오랜만에 홀 손님이 온 모양인지, 김 마담은 소주 두 병과 담배 한 갑을 주문하며 나를 내보냈다. 심부름값을 주머니에 단단히 챙기고 계단을 내려갔다. 마당을 지나 골목길로 빠져나오니 짠 내음 머금은 바닷바람이 볼을 스쳤다. 갈매기 우는 소리가 시끄럽게 바람을 타고 들려왔다.

슈퍼는 다방과 그리 멀지 않았다. 비닐로 만든 발을 치우며 슈퍼로 들어가 소주와 담배를 찾았다. 아줌마는 내 얼굴을 흘긋 살피는가 싶더니 이내 물건을 팔고 돈을 받았다.

김 마담의 다방에서 지내며 굳이 좋은 점을 찾자면 이런 거였다. 심부름할 때 쓸데없는 질문을 받지 않아도 된다는 점.

검은 봉지에 물건을 담아 밖으로 나오니, 슈퍼 앞 풍경이 시야에 들어섰다. 점점 더워지는 날씨에 개처럼 혀를 쭉 내밀고 헉헉거리는 남자들이 대청마루에 옹기종기 모여 앉아 화투를 쳤다.

구멍 숭숭 뚫린 러닝셔츠가 땀으로 흥건히 젖어 불뚝 튀어나온 아저씨의 뱃살 사이에 껴 있었다. 그들 사이에서 함께 화투를 치던 여자 한 명이 나를 발견하고 손을 살랑살랑 흔들었다.

"다희야! 학교 벌써 끝났어?"

화장을 진하게 한 그녀의 코에 작은 점이 콕 박혀 있었다. 진짜 점이 아니라 아이라이너로 그린 가짜 점이었다. 모 연예인을 닮았다는 소리를 들은 후부터 언니는 매일 저 가짜 점을 그렸다. 헤지고 벌어진 원피스 옷자락 사이로 불어 터질 듯 큰 가슴이 모습을 드러냈다.

"미연 언니."

봉지를 등 뒤로 숨기고 가까이 다가갔다. 화투 치던 이들의 눈길이 일제히 내 얼굴로 꽂혔다. 좌판에 널린 생선을 가늠하듯 적나라하고 노골적인 시선이었다. 개중에는 내 치마 아래 드러난 다리를 유심히 살피는 놈도 있었다.

기분이 더러웠다. 언니도 허리를 반듯하게 펴 줬으면 싶었다. 아저씨들이 언니 가슴을 훔쳐보는 꼴이 아니꼬웠다.

"이리 와. 간식 좀 먹어."

"됐어. 입맛 없어."

일부러 거절한 건데 언니는 눈치도 없이 손을 흔들었다. 향기 다방에서 미연 언니는 제법 잘 팔리는 여자였다. 소위 말하는 에이스. 그 별

명이 기분 나쁠 만도 하건만, 언니는 돈만 많이 주면 아무 문제없다면서 신경 쓰지 않았다. 오히려 그 돈으로 간식도 사 주곤 했다.

"방금 자른 거야. 얼른 먹어. 달고 시원해."

언니의 빨간 손톱이 바쁘게 움직이더니 이쑤시개로 수박 한 조각을 찔러 건네주었다. 못 이긴 척 입을 벌려 차가운 수박을 새끼 새처럼 받아먹었다. 발갛고 달콤한 과즙에 목을 축이자 더위가 조금 가셨다. 턱 아래로 흐르는 과즙을 닦아 주던 언니가 헤헤 웃었다.

"더 먹어, 응?"

"괜찮아."

"더운데 왜. 맛없어?"

두어 조각 더 받아먹었는데도 언니는 연거푸 먹기를 권했다. 됐다고 손사래를 치는데, 맞은편 남자 한 명이 성질을 내더니 화투 패를 던졌다. 튕긴 패가 언니의 가슴골로 쏙 들어가자 아저씨들이 자지러지게 웃었다.

"미연아, 네 차례인데 뭐 하냐. 돈 안 따 갈 거야?"

"어휴, 좀 기다려요."

거친 타박에 언니가 혀를 메롱 내밀더니 가슴골에 들어간 패를 꺼냈다. 출렁이는 가슴의 움직임에 따라 번들거리는 시선이 따라붙었다. 이골이 날 정도로 지긋지긋한 광경이었다. 멀찍이 물러나면서 언니에게 당부의 말을 건넸다.

"먼저 갈 테니까 언니도 늦지 않게 들어와. 오늘 홀 손님 많대."

"알았어. 들어갈 때 맛있는 거 사 갈게."

머리를 가만가만 쓰다듬는 손길이 좋았다. 조용히 어리광을 부리다 언니가 손을 완전히 거둘 때 아쉬운 마음으로 물러났다. 내내 기다렸다는 듯 오른편의 남자가 두꺼운 팔뚝으로 언니의 허리를 낚아채 냉큼 무릎에 앉혔다. 언니가 깔깔 웃으며 빨간 손톱으로 패를 들었다.

"미연이, 일찍 들어가게? 커피 더 타 줘야지."

"커피도 안 마시고 화투만 치면서 뭔……. 오늘 홀 손님 많대요, 나도 일찍 가야지."

"아아, 그 집 때문이네. 새로 이사 온 집."

별안간 떠들기 시작한 무리의 대화에 발걸음이 느려졌다. 미연 언니는 남자의 입에 담배를 물려 주고, 라이터 불을 붙였다.

"누가 이사 왔어요?"

"저 아래 공장장이 새로 왔는데, 아들 하나 데리고 거기 들어갔다더라. 마누라 죽고 내려온 거라 그 둘만 산다고."

"어머, 그 집 주인이 있긴 했구나."

"원래 그 사람 집은 아니고, 급히 샀다는 말이 있던데……."

내용을 훔쳐 들으며 조금씩 걸음을 옮겼다. 자세한 사정이야 모르겠으나 하여튼 서울에서 급하게 이사를 온 모양이라고. 수목원과 향기 다방 사이, 그 고급 주택에 드디어 사람이 들어왔다고. 거기까지 듣자 반사적으로 누군가 머릿속에 떠올랐다.

낮에 마주쳤던 전학생과 아버지로 보이던 중년의 남성. 그 두 사람이 아마도 이사 온 불청객이 아닐까. 괜한 짜증에 돌부리를 걷어찼다.

저 고급 주택은 내가 어릴 적부터 막연히 동경하던 장소였다. 바보 같겠지만, 나중에 빚을 다 갚으면 저런 집에서 살고 싶다는 생각을 한 적도 있었다. 그곳을 난데없이 빼앗겼다는 생각에 이상한 상실감이 찾아왔다. 누구의 탓도 아니건만, 방향 잃은 원망이 갈팡질팡 흔들렸다.

"……짜증 나."

중얼대며 슈퍼로부터 멀찍이 떨어져 다시 골목길에 들어섰다. 언니와 남자들이 떠들고 웃는 소리도 점점 멀어졌다. 봉지에 담긴 소주 두 병이 서로 부딪치며 카랑카랑한 소음을 냈다. 시끄러운 소리가 거슬려서 억지로 콧노래를 흥얼거리며 걸어갔다.

즐거워서 부르는 게 아니었다. 콧노래를 부르면 기분이 좀 나아질까 싶어서 불러 본 거였는데, 아무리 흥얼거려도 우중충한 기분은 여전했다. 찌는 햇볕에 땅에서도 더운 기운이 올라오자 찜통에 들어가 누운 듯했다.

얼른 다방으로 돌아가 냉커피라도 타 마셔야지. 투덜대며 골목 어귀를 돈 순간, 커다란 그림자가 대뜸 시야를 막아섰다. 발을 멈추지도 못하고 단단한 가슴팍에 그대로 퍽 부딪혔다.

하마터면 나동그라질 뻔했는데, 순식간에 팔을 뻗은 상대가 내 허리를 지탱했다. 봉지를 꽉 쥐고서 눈을 질끈 감았다.

"어?"

나지막하고 시원시원한 목소리가 귓속에 들어섰다. 놀라서 눈을 뜨자 담벼락 그늘이 드리워진 남학생의 얼굴이 보였다.

하얗고 깨끗한 피부 군데군데 붉은 생기가 물감처럼 번져 있었다. 뚜렷한 이목구비에 반듯한 턱선이 또래 남학생들과 달리 성숙했고, 나이에 어울리지 않게 독한 향수 냄새도 훅 코끝을 스쳤다.

단번에 누군지 알아보았다. 오늘 낮에 학교에서 마주쳤던 그놈이었다. 교무실에서 내 얼굴을 빤히 구경하던 전학생, 윤이서.

부잣집 별장이라고 소문난 고급 주택에 갑자기 이사 온 불청객. 누가 봐도 시골 태생이 아닌, 훤칠한 키에 잘생긴 외모가 낯설었다. 정말 부자라면 이까짓 촌 동네로 내려온 이유가 대체 뭘까.

"돈 주면 섹스해 주는 선배다."

곱상한 얼굴을 넋 놓고 감상하던 찰나, 윤이서가 대뜸 내뱉은 말이 머리 위로 찬물을 확 끼얹었다. 반달처럼 휘어 생글생글 웃는 눈매가 퍽 순하지만, 녀석의 말투는 적의로 가득 차 날카로웠다.

기분이 상해서 녀석의 팔을 세게 뿌리쳤다. 윤이서는 대수롭지 않게 뿌리친 팔을 허공에 탈탈 털었다.

"나 기억 안 나요? 우리 교무실에서 봤는데."

윤이서가 뻔뻔하게도 웃는 얼굴로 계속 말을 건넸다. 박동재랑 비슷한 놈이려나 싶은 마음에 미간을 구겼다. 그대로 무시하고 지나치는데 녀석이 등 뒤를 졸졸 쫓아왔다. 낮의 일이 생각났다. 귀찮고 짜증도 나서 대꾸해 주기도 싫은데, 윤이서가 연신 떠들었다.

"진짜로 돈 주면 섹스해요?"

대꾸하지 않고서야 견딜 수 없는 질문이었다. 우뚝 걸음을 멈추자 녀석도 같이 멈추었다.

"안 팔아."

돌아보며 앙칼지게 쏘아붙였다. 윤이서가 결 좋은 앞머리를 쓱 넘기면서 되물었다.

"뭘 안 팔아?"

슈퍼에서나 나눌 법한 대화였으나 숨겨진 내용이 참 천박했다. 박동재처럼 이목구비가 자유롭게 생긴 놈이 아니라, 곱상하니 말끔한 얼굴의 윤이서가 내뱉는 말이라 더 천박하게 느껴졌다. 멀쩡히 생겨서 왜 이럴까.

"귀 막혔어? 나 몸 안 판다고."

"왜?"

기가 막혔다. 인상을 찌푸리며 눈을 흡떴다. 윤이서의 머리 위로 흰 나비 한 마리가 팔랑팔랑 날아다녔다. 담벼락 그림자 가운데 밝은 햇살이 촘촘하게 들어와 그의 눈가를 비추었다. 옅은 갈색 눈동자가 선명하게도 반짝였다.

"왜 안 파냐니까?"

지금 나더러 왜 몸을 안 파냐고 물어본 건가. 대답 없이 눈을 부라리다가 다시 등을 돌렸다. 싹수없는 놈이라면 대충 상대하겠는데, 미친놈을 상대하는 건 고역이었다. 무시하고 지나치려 하자 윤이서가 득달같이 쫓아와 물었다.

"나 별로야?"

손목이 붙잡혔다. 커다란 손은 놀라우리만큼 서늘했다. 날이 더워서 짜증이 솟구치려던 마음이 당황함으로 잔잔해졌다. 녀석의 손이 뜨겁기라도 했다면 불같이 화를 냈을 텐데, 적당히 기분 좋은 시원함이었다. 뿌리치는 대신 녀석의 눈을 마주하며 또박또박 읊었다.

"어, 완전 별로야. 그러니까 좀 꺼져."

윤이서는 재수 없게도 의아한 표정으로 느리게 눈을 깜빡였다. 별로라는 내 대답을 전혀 이해하지 못하겠다는 반응이었다.

하기야 곱상하게도 생긴 녀석이었으니, 서울서 웬만한 여학생들에게 인기 좀 끌었겠지. 예쁘고 잘생긴 얼굴과 달리 단단하고 체격 좋은 몸도 이 읍내에서 보기 힘든 외양이었다.

"왜 별로인데? 돈도 많고 잘생겼잖아."

시발, 나도 모르게 욕을 내뱉었다. 윤이서가 꺼낸 말이 재수 없어서가 아니었다. 이 미친놈이 대뜸 내 손을 붙잡아 바지 앞섶에 가져갔기 때문이었다. 얼어붙은 나를 내려다보며 윤이서가 은밀하게 속삭였다.

"좆도 커."

곧장 손목을 비틀어 빼내려고 했는데, 우악스럽게 문대는 악력은 피할 수 없었다. 이제는 전학 온 놈까지 나를 우습게 알고 덤비네. 욕을 한 바가지 퍼부어 주려는데 윤이서가 뜬금없는 말을 속삭였다.

"어제 아빠가 선배 집에서 나오던데."

"……"

"둘이 잤나?"

그제야 이 미친놈이 집요하다 싶을 정도로 시비를 거는 이유를 알수 있었다. 가끔 이렇게 제 부모의 성매매를 분풀이하고자 쫓아오는 이들이 더러 있었으니까. 아마 윤이서도 그들과 같으리라. 지긋지긋하다는 생각과 함께 손목을 빼냈다.

"거기 내 집 아니야."

내가 지내는 곳이 다방은 맞지만, 정확히는 그 뒤편에 딸린 쪽방이었다. 집이라기엔 너무 비좁고 초라하며 불편한 공간이었다. 그런 장소는 집이 될 수 없었다.

내가 다방에서 나오는 건 본 모양인데 쪽방의 존재까지는 밝혀내지 못한 눈치였다. 윤이서가 어깨를 으쓱하며 물었다.

"집이 아니면?"

"김 마담이 운영하는 다방."

정확히는 포주가 자금을 대 주고, 김 마담이 운영하는 다방. 덧붙인 말에 윤이서의 눈빛이 변했다. 이사 온 게 어제였다면, 그사이 소문으로 대충 강씨에 관한 이야기를 주워들은 모양이다. 잠시 할 말을 고르던 윤이서가 툭 질문을 던졌다.

"가족끼리 다방에서 살아?"

아까부터 대화가 죄다 저런 식이었다. 겨우 한 개를 해결하나 싶으면 또 다른 질문이 꼬리를 물었다. 내가 왜 일일이 대답해 주고 있나 싶으면서도 무시할 수가 없었다. 윤이서의 눈빛이 내 몸을 칭칭 동여맨 밧줄 같아 쉽게 떨쳐 내기 어려웠다.

"나 가족 없어."

"왜 없어? 부모는?"

"이런 거 물어보면 재밌니?"

"조금?"

갑자기 윤이서가 씩 미소를 지었다. 냉랭한 인상이 순식간에 사라지고 짓궂음이 그 자리를 차지했다.

"선배가 궁금했거든."

되레 수상쩍게 느껴지는 미소에 얼굴을 와락 구겼고, 동시에 잽싸게 봉지를 뺏겼다. 그가 커다란 손으로 잡아챈 봉지가 흔들려서 기겁했다. 괜히 병이 깨지면 나만 혼날 테니까.

"내놔!"

돌려 달라고 손을 뻗었지만, 놈의 가슴팍에 겨우 닿을락 말락 하는 내 키로는 절대 뺏을 수 없었다. 봉지를 붙잡기도 전에 녀석은 유유자적한 걸음으로 저만치 앞서 걸어갔다. 다방으로 가는 방향이었다. 옆으로 달려가자 윤이서가 웃는 얼굴로 떠들었다.

"선배 얼굴이 딱 우리 아빠 취향이라서 오해했네. 아니면 됐어."

"봉지 내놓고 꺼지라니까! 내 말 안 들…….."

"혹시 미연이라는 사람 알아?"

윤이서는 표정을 자유자재로 바꾸는 재주가 있었다. 그가 봉지를 돌려주는 대신 찌를 듯한 눈빛으로 날 바라보았다. 익숙한 이름에 머뭇거리자 윤이서가 드디어 걸음을 멈추고 돌아보았다.

"알고 있나 보네?"

함정에 걸린 토끼라도 바라보듯 내리깐 눈이 어둡게 일렁였다. 여전히 미소가 짙은 얼굴이지만 그 너머에 깔린 적의를 읽었다.

"미연 언니는…… 왜 찾아."

"아빠가 통화할 때 그 이름을 불러서."

혹시 미연 언니가 어제 손님으로 윤이서의 아빠를 받은 걸까? 어제 다방으로 걸렸던 전화는 내가 다 받았다. 손님의 정체까지 다 알지 못하지만, 미연 언니가 배달 나간 횟수 정도는 기억했다. 세 번이었나 네 번이었나. 미연 언니는 에이스라 손님도 많았다.

그러다가 문득 이상한 생각이 들어 도끼눈을 하고 녀석을 노려보았다. 윤이서는 내 이름이 권다희라는 걸 교무실에서 함께 들었다.

담임이 워낙 큰 소리로 야단을 쳐서 다 알고 있었을 텐데, 내 이름이 미연이 아니라는 걸. 그런데 왜 나를 찾아와서 지랄하는 거지.

"그럼 여기까지 왜 쫓아왔어? 내 이름 교무실에서 들었잖아."

조금은 당황할 줄 알았는데, 윤이서는 끄떡도 없이 줄줄 대답했다.

"선배가 그 다방에서 제일 예쁘잖아. 낮에도 몸 파느니 마느니 다투길래 혹시나 해서."

아무렇지도 않게 예쁘니 마니 떠들어 대는 꼴이 어이가 없었다. 예쁘긴 무슨, 칭찬 같지도 않은 말에 온몸에서 힘이 쭉 빠졌다. 이제는 화를 낼 기운도 없었다. 날씨는 너무 덥고 목이 탔다. 봉지를 돌려줄 기세도 아니기에 잠자코 걸어가며 대꾸했다.

"우리 포주가 아무리 돈에 눈이 뒤집혔대도 미성년자까지 손님한테 돌리지는 않아."

"사람도 죽이게 생겼던데 의외네."

윤이서가 불퉁스러운 목소리로 대꾸했다. 언제 만난 건지 모르겠지만, 강씨가 워낙 험악하게 생겨서 그런 오해를 받는 일이 수두룩했다.

"경찰이 순찰하니까."

경찰이 강씨한테 뒷돈을 받고 일부러 모른 척 넘어가긴 해도, 미성년자까지 일을 돌리는 걸 묵과하긴 어려웠다. 가끔 보여 주기식 순찰을 할 때면 레지들은 전부 다방에 틀어박혀 평범한 종업원인 척 연기했다. 경찰서 내부에서 정보를 흘려 주는 사람이 있어 가능한 일이었다. 겨우 그딴 게 법의 테두리였다.

그래서 경찰이니 변호사니 하는 작자를 믿지 못했다. 이런 촌에서는 돈이나 사회적 지위가 전부였고, 나처럼 가진 것 없이 빚만 쌓인 여자애는 먹이 사슬 최하층이었다. 미연 언니가 다방에서 인기가 많다고 해서 나보다 특별한 것도 아니었다. 언니의 처지도 나랑 비슷했다.

"미연 언니는 평소처럼 손님 받은 것밖에 죄 없어. 일만 열심히 한 거니까 괜히 해코지할 생각 마."

"다리 벌려서 하루 먹고 사는 짓도 일이라고 쳐?"

"네 아버지처럼 조강지처 두고 바람피우는 새끼가 넘쳐 나니까 장사가 잘되는 거지."

교무실에서 봤던 중년 남성의 얼굴을 다시 떠올렸다. 슈퍼에서 마주쳤던 아저씨의 말이 사실이라면, 서곡 마을 반대편에 들어선 섬유 공장의 새로운 공장장일 터였다.

겉으로 보기에 멀끔히 생겨서 하는 짓거리라곤 이 동네 촌로들과 다를 바 없었구나. 낮게 혀를 찼다.

"안 그래?"

날카롭게 쏘아붙이고 나서야 대화가 잠시 끊어졌다. 화를 내려나 싶어 쳐다보는데, 윤이서는 발끈하지도 않고 가만히 내 얼굴만 살폈다. 그의 손에서 흔들리는 봉지 너머로 소주의 윤곽이 드러났다. 너무 세게 흔들면 깨질 텐데. 조마조마한 마음으로 살피는 동안, 어느새 다방이 코앞이었다.

"너랑 놀아 줄 시간 없어. 봉지 이리 내."

진짜로 돌려받아야겠다 싶어서 덤비자마자 가로막혔다. 고작 열일곱임에도 윤이서의 체격은 월등하게 우수했다. 유달리 좋은 체구가 성인을 웃돌 정도였고, 내가 뚫고 지나가기엔 어림도 없었다. 녀석은 커다란 손으로 봉지를 고쳐 잡더니 생글거리며 웃었다.

초조하게 골목을 살폈다. 다방 담벼락에 오토바이가 한 대도 없었다. 전부 배달을 나간 모양인지, 마당도 조용했다. 슬그머니 창문을 살피자 홀에 삼삼오오 모인 남자들이 보였다.

웬일로 홀에 손님이 많나 싶었더니, 다방 뒤편 주택에 이삿짐을 옮기던 사람들이었다. 아랫입술을 잘근거리자 윤이서가 마당을 향해 눈짓했다.

"안내 좀 해 줘요. 나도 다방 구경이나 하게."

이게 미쳤나. 마뜩잖은 눈빛으로 흘겨보는데도 그는 어서 들어가지 않고 뭐 하냐는 식으로 쳐다보았다. 아예 고개를 높이 들고서 커다란 은행나무를 감상하기도 했다.

바람이 불고 나뭇잎이 세차게 흔들렸다. 녀석의 하얀 얼굴 위로 세모꼴 그림자가 아른거리며 내려앉았다.

"네가 뭣 하러."

"목마른데 커피나 좀 얻어 마실까 해서?"

서울서 비싼 음식이나 먹던 입에 한낱 다방 싸구려 커피가 맞기나 할까. 기가 막혀서 할 말을 잃은 사이, 윤이서는 멋대로 성큼성큼 발을 내디뎠다. 괜히 김 마담의 눈에 뜨이면 이상한 혹을 하나 데리고 들어왔다며 잔소리를 듣게 될 터였다.

황급히 뛰어가 녀석의 소매를 붙잡았다. 별로 세게 잡지도 않았는데, 윤이서가 움찔하며 돌아보았다.

"커피, 타 줄 테니까 당장 옥상으로 가."

"옥상에 뭐 있어?"

"빨리! 얼른 가라고."

냅다 그의 등을 떠밀며 재촉했다. 너른 등이 시야를 전부 가렸다. 윤이서는 어떡할까 잠시 고민하더니, 계속 홀을 힐끗거리는 내 모습에 인심 쓰듯 걸음을 옮겼다.

대충 커피나 한 잔 타 주고 재빨리 보내 버려야지. 거듭 다짐하면서 녀석과 계단에 올라섰다. 다방의 몇 사람을 제외하면, 옥상으로 손님을 올려 보내는 건 처음이었다.

계단을 끝까지 올라가 옥상 문을 열자, 윤이서가 안쪽을 둘러보면서 나지막이 휘파람을 불었다. 다행히 김 마담은 내려갔는지 그곳에 없었다. 도로 문을 닫고서 황급히 가운데로 녀석을 끌고 갔다. 순종적으로 질질 끌려오던 윤이서가 화분 앞에서 걸음을 멈추었다.

뭘 하나 보았더니, 윤이서의 시선이 나팔꽃 옆에 심어 놓은 지지대에 꽂혀 있었다. 조잡스럽게 아이스크림 막대를 엮어 만든 지지대를 보며 그는 자그맣게 웃었다.

비웃음이라기엔 소리 없고 짧은 웃음이었다. 그런데도 부끄러워서 얼굴로 열이 올랐다. 녀석에게 내 가난의 틈새를 한구석이나마 들키고 싶지 않았다.

"야."

어떻게든 관심을 돌려보고자 소리치자 녀석이 단번에 돌아보았다. 막상 얼굴을 마주치니 할 말이 없었다. 진짜 커피라도 타서 가져다줘야 하나. 깊이 고민하는 사이, 윤이서가 대뜸 의아한 얼굴로 다가왔다. 갑자기 가까워진 거리에 멋대로 입이 열렸다. 무슨 말이라도 해야 할 것 같아서.

"저 주택에 입주한 게 너희 가족이야?"

검지로 담벼락을 가리키자마자 아차 싶었으나 이미 엎질러진 물이었다. 윤이서가 뒤돌아 담벼락을 확인하더니 고개를 끄덕였다. 제발 그대로 지나가길 바랐으나 소용없었다. 녀석은 이미 담벼락 근처에 나뒹구는 갈색 벽돌을 보며 고개를 갸웃거렸고, 내 얼굴은 종잇장처럼 구겨졌다.

"뭐야, 이건."

"……."

"벽돌이 여기 왜 있어?"

윤이서는 발끝으로 벽돌을 툭툭 치며 흥미롭다는 시선을 보냈다. 입을 꿰매 버린 것처럼 한 마디도 대답할 수 없었다. 부처님, 하느님까지 찾아 가며 싹싹 빌었으나 윤이서는 정말 짜증이 날 만큼 눈치가 빨랐다.

그는 무언가 눈치챈 얼굴로 벽돌을 발로 밀어 담벼락에 바싹 붙였다. 뭐라 말릴 틈도 없었다. 녀석은 순식간에 벽돌을 딛고 올라섰다.

그렇게 하지 않아도 충분히 키가 커서 무리 없이 밖을 볼 수 있을 텐데, 일부러 그러는 모양새였다. 내 반응을 살피며 곁눈질하는 시선에서 그의 의도를 알아차릴 수 있었다. 나한테 창피를 주려고 한다는 걸.

"설마 여태껏 여기서 저 집 들여다본 거야?"

아니나 다를까, 비꼬는 말투로 돌아온 질문이 가슴을 후벼 팠다. 아마도 새빨개졌을 내 얼굴을 뚫어지라 관찰하면서 윤이서가 빙그르르 몸을 돌렸다. 벽돌을 디디고 서서 담벼락에 등을 기댄 채 녀석은 팔짱을 끼고 낮게 콧노래를 흥얼거렸다. 개자식.

"아닌데."

오기를 부리며 부정했으나 믿을 턱이 없었다. 수차례 이런 식으로 주택을 훔쳐보느라 담벼락 아래에도, 벽돌에도 긁힌 자국이 상당했다. 들키지 않으려고 애쓸수록 그의 눈에 내 마음이 훤히 드러나는 기분이었다.

"순진하게 생겨서 음흉한 구석이 있네."

역시나 윤이서가 가늘게 뜬 눈으로 나를 보며 확인 사살을 날렸다. 내 심중을 가늠하듯 내려다보는 모습이 마음에 들지 않았다.

"무슨 헛소리야!"

"변태."

딱 거기까지만 참을 수 있었다. 부글거리며 끓는 속을 견디지 못하고, 마침내 이를 악물고서 녀석에게 덤벼들었다. 무작정 두 손으로 윤이서의 가슴팍을 세게 밀치자, 애매하게 균형을 잡고 있었는지 상체가 크게 흔들렸다.

동시에 윤이서가 어, 낮게 소리를 내더니 내 쪽으로 양팔을 길게 뻗었다. 피할 틈이 없어 그대로 두 눈을 질끈 감았다. 옆으로 밀었어야 했는데 실수했다고 생각한 찰나, 억센 악력이 내 허리와 뒤통수를 당겨 안았다. 쿵 소리와 함께 뒤로 넘어졌는데 통증이 느껴지지 않았다.

"윽……."

대신 자그마한 신음이 정수리 위에 내려앉았다. 깜짝 놀라서 눈을 뜨자, 내 뒤통수와 허리를 손으로 감싼 채 같이 쓰러진 윤이서의 턱이 보였다. 미간을 구긴 녀석이 나를 내려다보며 짧은 간격으로 혀를 찼다. 허공에서 탈탈 흔드는 녀석의 손등이 발개진 게 보였다.

나를 감싸다가 함께 넘어진 걸까. 애초에 밀어 버린 게 나였으니 죄책감이 드는 건 당연한 일이었다. 다만 순식간에 윤이서의 아래에 깔려 맞닿은 가슴과 허벅지를 감지하자 온몸이 돌처럼 굳었다.

"다짜고짜 뭐 하는 거예요? 치료비 줄 돈도 없으면서."

빠져나오는 게 먼저일까, 사과하는 게 먼저일까. 고민하는 사이 윤이서가 투덜대며 상체를 일으켰다. 여전히 다리가 깔린 채여서 움직이지 못했으나 이어지는 놀림에 죄책감이 빠르게 눈 녹듯 사라졌다.

"나 다리라도 부러지면, 선배가 몸으로 때워서 갚으려고?"

윤이서는 멀쩡했다. 차라리 혀라도 깨물었으면 저따위 말을 나불댈 기운도 없었을 텐데. 미안함은 사라지고 분노가 다시 배꼽 아래서부터 부글부글 끓었다. 재수 없는 새끼. 씩 웃으면서 또 놀릴 기세로 입술을 떼기에, 득달같이 목소리를 키웠다.

"너, 이……."

개새끼야!

크게 외친 순간, 예고도 없이 옥상 문도 벌컥 열렸다. 돌바닥을 긁는 철제 소음에 녀석과 내가 동시에 인상을 찌그렸다. 옥상으로 찾아온 손님이 초조함 섞인 잔소리를 급하게 쏟아 냈다.

"권다희! 소주 좀 구해 오라니까, 옥상에서 대체 뭐 하길래 이렇게 시……!"

소매를 걷어붙이고 마구 소리치던 김 마담이 우리의 모습을 발견하고서 입을 꾹 다물었다. 굳은 얼굴이었으나 당황한 기색이 역력했다.

어쩔 줄 몰라 눈만 깜빡이는 내 몸 위에서 윤이서가 아무렇지도 않게 일어났다. 그도 모자라 보란 듯 툭툭 먼지 묻은 소매까지 털어 댔다.

녀석은 갑자기 나타난 인물에게 누구냐고 물어보지도 않았고, 그건 김 마담도 마찬가지였다. 김 마담은 의아한 눈길로 우리를 번갈아 바라보다가 설핏 눈살을 찌푸렸다. 뒤늦게 윤이서의 얼굴을 알아보았는지 작게 헛기침도 내뱉었다.

"그만 농땡이 부리고 내려와."

그녀는 휙휙 주변을 둘러보다가 문 옆에 둔 봉지를 발견하고서 챙겨 들었다. 그게 끝이었다. 고무신을 직직 끌며 계단을 내려가는 소리에 멍하니 빈자리만 바라보았다.

이상한 오해를 받은 거면 어떡하지? 난감한 상황 속에서 숨죽이는데 별안간 겨드랑이 아래로 손이 들어왔다.

"앗!"

윤이서는 내 몸을 너무나도 손쉽게 들어 올렸다. 방울처럼 허공에 달랑 매달린 채 흔들리며 그를 노려보았다. 짧은 소매 아래로 윤이서의 팔뚝이 보였다. 흰 팔뚝에 툭 불거진 힘줄이 푸른빛으로 도드라졌다.

그는 대꾸도 없이 나를 제자리에 내려놓고서 여유롭게 등까지 털어 주었다. 허공에 폴폴 흩날리는 먼지가 바람에 실려 멀리 날아갔다. 이게 무슨 짓이냐며 소리라도 지르고 싶은데, 괜히 큰 소리에 놀란 김 마담이 또 올라올까 봐 신경 쓰였다.

아무 말도 꺼내지 못하고 씨근덕거리는 와중에 윤이서는 내 어깨에 붙은 은행나무 잎까지 떼어 주었다. 짜증이 나서 손을 쳐 내자 찰싹 소리가 울려 퍼졌다. 꽤 세게 쳐 냈건만 그는 간지럽지도 않다는 표정이었다.

"아, 맞다."

오히려 능청맞게 한마디를 덧붙였다.

"오늘부터 저 집 훔쳐보다가 나한테 걸리면, 변태라고 신고할 테니까 조심해요?"

윤이서가 즐거운 듯 가벼운 미소를 보이며 돌아섰다. 어이가 없어 지켜보는 사이, 녀석은 이미 저만치 멀어져 계단을 내려가고 있었다. 쿵쿵 울리는 발소리를 듣고서야 뒤늦게 얼굴이 화끈거렸다.

불여우 같은 놈. 윤이서의 첫인상은 그야말로 최악이었다.

❀   ❀   ❀

유난히도 손님이 많다고 투덜거리는 레지들의 수다를 엿들으며 거품 묻은 찻잔을 헹궜다. 찬물 담긴 대야에 반나절 내내 설거지를 한 탓인지 손등이 빨개져서 따끔거렸다. 수세미로 박박 식기를 문지르는데, 대야 위로 그림자가 졌다.

"다희야, 설거지 그만하고 밥부터 먹자."

홀 접대까지 마치고 돌아온 미연 언니가 미소를 머금고 서 있었다. 단추를 가슴골 아래쪽까지 다 풀어 헤친 채였다. 목덜미와 뺨에 얼룩덜룩한 흔적이 가득했고, 허리춤에는 누군가 찔러 놓았을 돈뭉치가 언뜻 보였다. 오늘 돈 많이 벌었다며 자랑하는 언니의 말에 그냥 따라 웃었다.

"포주는?"

"오늘 안 온다고, 명옥 언니가 그냥 들어와서 밥 먹으래. 얼른 먹자."

미연 언니는 참 착했다. 괴팍한 김 마담까지 '언니, 언니' 하고 부르며 따를 정도였으니까. 저 붙임성 좋은 성격은 아무래도 천성적일 테지. 나한테는 손톱만큼도 찾기 어려운 부분이었고, 바로 그런 점 때문에 언니가 좋았다.

쓰라린 손등을 바지에 대충 문질러 닦았다. 물기 마른 손이 금세 쩍

쩍 갈라지며 건조함을 호소했지만, 딱히 바를 게 없었다. 나중에 미연 언니한테 로션이라도 얻어 쓸까 고민하면서 대야를 치웠다. 고무 대야가 크게 흔들려 거품 섞인 물이 밖으로 찰박찰박 넘쳐흘렀다.

부엌을 나서 다방 뒤편의 쪽방으로 향했다. 낡고 작은 미닫이문을 열자 습기에 이곳저곳 들뜬 장판과 벗겨진 벽을 지저분하게 가려 놓은 신문지가 보였다. 구석에는 밤에 뒷간으로 갈 때 챙기는 손전등과 빨래 바구니, 화장대가 있었다. 작고 초라한 화장대 앞에 레지들끼리 나눠 쓰는 화장품이 주르륵 놓여 있었다.

뒤늦게 온 미연 언니가 앉은뱅이 밥상을 쪽방 가운데에 내려 두며 다가오라 손짓했다. 그 옆에 앉아 보리차를 따르고 젓가락을 놓았다.

꽁보리밥에 멸치볶음, 배추김치, 콩나물무침, 도토리묵. 평소와 다를 게 없는 반찬이었지만 맛있었다. 특히 도토리묵이 고소하니 감칠맛이 느껴졌다.

"우리 다희는 참 착해. 반찬 투정도 안 하고."

미연 언니가 밥그릇에 멸치를 올려 주면서 다정하게 칭찬했다. 어릴 적부터 반찬 투정을 해 봤자 달라지는 게 없다는 걸 알아서, 군말 없이 먹게 되었다는 대답을 속으로 꾹 삼켰다. 언니의 칭찬은 언제 들어도 달갑고 좋았으니까. 자연스럽게 언니의 밥그릇에도 도토리묵을 한 조각 올려 주었다.

"언니, 어제 혹시……."

"응?"

밥 한 숟갈을 입에 넣고 우물거리던 언니가 불분명한 발음으로 대답했다. 최대한 무심한 얼굴로 젓가락을 바삐 움직이며 지나가는 말처럼 물었다.

"우리 뒤편 주택으로 이사 온 사람 말이야. 그 집 사람 손님으로 받았어?"

윤이서의 말이 사실인지 확인할 필요가 있었다. 정말 미연 언니가 그 집 남자를 손님으로 받았다면, 녀석이 또 다방으로 찾아올지도 모르니까.

조마조마한 심경으로 모른 척 바라보는데 언니가 고개를 갸웃거리더니 무릎걸음으로 화장대 앞까지 향했다. 서랍에서 장부를 꺼내 뒤적여 보는 언니의 미간에 집중하는 주름이 잡혔다.

"성이 윤 씨야."

"윤 씨?"

숟가락을 입에 물고서 살며시 정보를 흘려 주자 언니가 '윤 씨, 윤 씨' 하고 작게 중얼대며 검지로 장부를 훑어 내려갔다. 팔랑팔랑 열심히 넘기던 장부가 일순간 멈추었다. 멈춘 종잇장 위쪽에 어제 날짜가 매직으로 큼직하게 적혀 있었다.

"아, 여기 있다."

언니의 손가락이 장부 맨 아래쪽을 짚었다. 황급히 곁으로 다가가 바짝 고개를 들이밀어 확인해 보니, 정말로 윤석호라는 이름 석 자가 적혀 있었다. 그런데 옆 칸에 적힌 건 언니의 이름이 아니었다. 언니는 갸우뚱 숙인 고개를 기울이며 대꾸했다.

"나 말고 미정이가 받았네. 이 손님이 왜?"

"아니야, 아무것도."

뭐야, 미연 언니가 아니었잖아.

아무래도 윤이서가 이름을 잘못 듣고서 오해한 모양이었다. 내심 안도의 숨을 내쉬며 자리로 돌아갔다. 내일 찾아가서 네가 착각한 거라고 따진 다음, 미연 언니한테 관심 끄라고 해야지. 답답하던 속이 조금은 내려갔다.

숟가락을 꽉 쥐고 이를 아득바득 가는 내 모습에 미연 언니가 무슨 일이냐며 몇 차례 더 물었지만, 끝까지 대답하지 않았다.

점심시간 시작종이 울리자, 애들은 와자지껄하게 떠들며 책을 덮었다. 교탁을 두드리며 잔소리를 마친 선생님도 앞문으로 사라지고, 각각 무리 지은 애들끼리 분주하게 도시락을 꺼내 들었다. 요란한 분위기 속에서 늘어지게 하품을 내뱉었다.

뒷문으로 고개를 돌리다가 그 앞을 지키듯 막아선 패거리를 보았다. 가운데서 주머니에 손을 찔러 넣고 시시덕거리던 박동재가 눈이 마주치자마자 얼굴을 구겼다.

또 시비를 걸려는 모양새기에 급하게 자리를 떴다. 앞문을 넘었을 때, 등 뒤로 내 이름을 부르는 음성이 들렸지만 무시했다.

괜히 붙잡혔다가 또 다투게 된다면 담임이 이번에야말로 무슨 벌을 줄지 몰랐다. 어쩌면 근신하라며 돌려보낼 수도 있었다. 그게 제일 최악의 처벌이었다. 근신이라고 해 봤자 다방에서 온종일 잡일만 하게 될 테니까.

납작하게 달라붙은 뱃가죽을 느끼며 복도를 거닐었다. 중문으로 나오자 흙먼지 날리는 운동장의 풍경이 시야에 잡혔다. 오늘은 옥수수조차 가져오지 못했으니, 꼼짝없이 수돗물로만 배를 채워야 했다.

계단을 내려 수돗가로 달려가다가 드높은 환호에 놀라 멈칫했다. 소리가 난 방향을 바라보니 익숙한 얼굴이 있었다.

"이서야, 여기! 이리로 차!"

누군가 이름을 부르는 방향으로 윤이서가 능숙하게 축구공을 찼다. 교복 셔츠를 어디에 뒀는지 영문 로고가 적힌 티셔츠 차림이었다. 윤이서가 골대에 정확히 공을 차자 함께 뛰던 남학생들이 즐거운 환호성을 질러 댔다. 시끄러워서 귀를 틀어막고 수돗가로 다가갔다.

다시 얼굴을 마주치면 무슨 말부터 하면 좋을지 아직 정하지 못했다. 수도꼭지를 돌려놓고 콸콸 흘러나오는 물소리를 들으며 두근대는 심장을 잠재웠다. 설마 이쪽을 보지 않았겠지? 환호하는 애들 틈에 섞여 있었으니 나를 발견할 시간도 없으리라.

빨리 배를 채운 다음 교실로 돌아가자고 생각한 순간, 이쪽으로 걸어오던 윤이서와 정면에서 눈이 마주쳤다. 놀라서 굳은 내 얼굴을 주시하던 녀석은 입꼬리를 짓궂게 올렸다. 여태 그의 시합을 구경하다가 들키기라도 한 기분이었다. 어지러운 속마음을 갈무리하며 이를 악물었다.

"윤이서."

할 말을 정리하며 쳐다보는데, 녀석은 천천히 다가와 대꾸도 없이 수도꼭지를 보았다. 내가 틀어 둔 수도꼭지 아래로 아직도 물이 세차게 쏟아지고 있었다. 나 역시 그의 대답을 기다리지 않기로 하며 말을 이었다.

"너희 아빠랑 붙어먹은 사람. 누군지 알았어."

어서 이야기를 끝내고 싶은데, 윤이서가 별안간 두 팔을 교차하더니 손쉽게 상의를 벗었다. 쑥 빠져나온 티셔츠를 어깨에 걸친 그가 수도꼭지 아래로 고개를 푹 숙였다. 쏟아지던 물줄기가 그의 머리칼을 시원하게 적시는 게 보였다.

"하……."

더운 숨을 길게 내뱉으며 윤이서가 웃었다. 시원한 게 좋은 건지, 세수까지 깔끔하게 마치고서야 수도꼭지를 돌려 잠갔다. 물줄기가 멎은 수도 아래로 물방울이 뚝, 뚝 간헐적으로 떨어졌다. 티셔츠로 머리칼을 탈탈 털어 내며 대충 닦고 나서야 녀석의 시선이 내 얼굴로 돌아왔다.

"누구였는데?"

나지막이 물어보는 목소리가 낮게 잠겨 갈라졌다. 녀석의 짙은 속눈썹에도 물방울이 이슬처럼 맺혔다. 머리칼로부터 흘러내린 물방울이 긴 꼬리를 그리며 반듯한 턱 끝으로 모였다.

뚝, 뚝. 그의 턱에서 떨어지는 물방울 소리가 수도의 소음과 겹쳐 울렸다. 마른 모래 위로 박힌 동그라미가 검게 물들었다.

이상하게도 입술이 떨어지지 않았다. 땀에 젖은 가슴팍이 녀석의 얼굴만큼이나 하얗고 깨끗했다. 갈라진 가슴 근육 사이로 흘러내린 물방울이 배꼽 근처까지 오다가 투명하게 말라붙었다. 배꼽 아래쪽에 불거진 핏줄이 윤이서가 숨을 들이마시고 내쉴 때마다 선명하게 도드라지는 게 보였다.

더 보면 안 되겠다고 생각하며 가까스로 시선을 끌어 올렸다. 윤이서가 제자리에서 고개를 왼쪽으로 기울이며 뻐근한 근육을 풀고 있었다.

녀석의 목과 어깨 사이에도 옅은 푸른빛으로 비치는 핏줄이 보였다. 단단한 근육이 팽창하는 흉곽에 따라 움찔거리는 모양새가 꼭 따로 살아 있는 생물처럼 보이게끔 했다.

"양미정이라고…… 우리 다방 레지는 맞는데, 미연 언니랑 다른 사람이야. 네가 착각한 거라고."

맨몸을 보고 당황했다는 걸 들키기 싫었다. 이 동네에서 토박이로 지내면서, 해변이나 계곡에서 옷가지를 벗고 뛰어다니는 남자들이야 수두룩하게 보았다. 비단 또래들뿐만이 아니었다. 아저씨들조차 내 앞에서 옷 벗는 걸 부끄러워하지 않는 경우가 대다수였다. 오히려 내 시선이 닿기를 바라는 것처럼 훌렁훌렁 벗어젖힐 때가 더 잦았다.

그런데 왜 윤이서의 몸은 똑바로 바라보기 어려울까. 평소처럼 아무렇지 않게 시시하다는 눈빛만 던지면 그걸로 끝일 텐데. 애써 표정 관리하면서 꺼낸 말에 윤이서가 흠, 낮게 소리를 냈다.

"그래요?"

속 모를 표정으로 대꾸한 녀석이 다시 수도꼭지를 돌렸다. 수돗물로 입을 헹구는 윤이서의 얼굴 위로 물방울이 튀기며 짧은 무지개가 그려졌다. 두어 번 입을 헹군 녀석이 마지막 한 모금을 삼켰는지, 목울대가 크게 움직이는 게 보였다. 꿀꺽 소리가 들리는 착각이 일 정도였다.

이상한 긴장감이 온몸에 팽배했다. 그제야 입을 헹구고, 물을 마시는 동안 윤이서의 시선이 내 얼굴에 닿아 있었다는 걸 알았다.

내 반응을 관찰하기라도 했던 걸까. 바람이 불어 짧은 교복 치마 아래 드러난 다리를 서늘하게 스쳤다. 얼른 자리를 떠야 한다고, 이름 모를 감각이 머릿속에서 경고했다.

"알았으면 이제 언니한테 관심 끄고……."

"그거 알려 주려고 여기까지 왔어?"

팡, 하고 울린 소리에 깜짝 놀라 어깨를 움츠렸다. 윤이서가 느닷없이 어깨에 걸친 티셔츠를 허공에 세게 털어 낸 까닭이었다. 녀석이 씩 웃으며 한 발자국 다가오자 눈앞으로 큰 그림자가 드리워졌다. 물러설 여유를 잃었다는 생각이 들자마자 녀석이 말했다.

"잘됐다. 나 도시락 혼자 먹기 싫었는데."

뜻밖의 말에 머릿속이 하얘졌다. 급작스럽게 이야기의 주제가 넘어가자 판단이 어려웠다.

"같이 먹자고, 이리 와."

허락하지도 않는데 손이 붙잡혔다. 냅다 내 손을 잡아끄는 녀석의 악력이 굉장했다. 놀라서 발끝에 단단히 힘을 주는데, 그 바람에 배에서 꼬르륵 소리가 울렸다.

하필 지금 이 소리가 들리다니. 윤이서가 똑똑히 들었을 거라는 생각에 얼굴이 뜨겁게 달아올랐다. 여우 같은 놈이 이 기회를 그냥 지나갈 리가 없었다.

하지만 내 걱정과 달리, 윤이서의 반응은 조용했다. 녀석은 별다른 놀림도 없이 운동장 오른쪽 끝을 가리키며 묵묵히 걸었다. 배고픔으로 힘이 빠져서 더 버틸 재간도 없거니와, 부끄러운 마음에 조용히 그 뒤를 따랐다.

벤치 주변은 텅 비어 있었다. 이 무더운 날씨에 굳이 밖으로 기어 나와 도시락을 먹겠다는 게 기행이니 당연할지도. 고장이 나서 시끄럽게 돌아가는 선풍기조차 반가운 날씨였다. 땡볕 아래서 눈이 부신지 미간을 좁힌 윤이서가 커다란 나무 앞으로 다가갔다.

운동장 구석에 심어 놓은 세 그루의 등나무였다. 교장이 개교기념일에 외지 사람으로부터 선물을 받았다며 경운기에 실려 교정으로 옮겨진 나무였다. 이리저리 제멋대로 뻗친 등나무 가지에 푸릇푸릇한 나뭇잎이 가득했다. 덕분인지 아래쪽에 그늘이 넓게 내려앉아 제법 서늘했다.

윤이서는 등나무 아래 벤치에 털썩 주저앉아 보자기를 펼쳤다. 다른 학생들이 으레 들고 다니는 헝겊 따위가 아니라, 새하얀 색에 푸른 무늬가 들어간 손수건이었다. 그마저도 서울서 온 놈이라는 걸 티 내는 듯하여 재수 없었다.

"빨리 앉아요. 정신 사나워."

멀뚱멀뚱 쳐다만 보는 내가 답답했는지, 녀석이 툭 읊조리고는 손수건에 꽁꽁 싸매졌던 도시락을 꺼내 들었다. 네모나고 반듯한 3단짜리 도시락이 신기했다.

하얀 도시락 뚜껑을 열자 습기로 안쪽에 맺혔던 물방울이 손수건으로 후드득 떨어졌다. 온갖 반찬이 모습을 드러낸 순간 홀리듯 윤이서의 옆자리에 앉았다.

"보다시피 혼자 먹기엔 반찬이 좀 많아서."

"……."

"장조림 좋아해요?"

도시락에 꽉 찬 반찬을 구경하느라 녀석의 중얼거림을 흘려들었다. 거절해야지, 거절해야지 생각하던 머릿속이 그대로 멈추었다. 먹음직 스럽게 조각난 장조림의 달짝지근한 냄새가 훅 풍긴 순간, 참지 못하고 꿀꺽 침을 삼켰다. 녀석은 눈치도 빠르게 속닥거렸다.

"나 장조림 싫어하니까 선배가 다 먹어. 괜찮지?"

"피, 필요 없어."

한껏 오기에 찬 대답도 소용없었다. 장조림을 향해 꽂힌 시선을 돌리기 어려웠다. 윤이서가 직접 젓가락을 들어 장조림 한 조각을 집더니 냉큼 앞으로 들이밀었다.

"자, 먹어 봐."

"됐다니까……!"

큰 소리를 낸 순간, 열린 입으로 장조림이 쏙 들어왔다. 입을 다물자 짭짤한 감칠맛이 가득 번졌다. 멍청하게 굳은 나를 보면서 윤이서가 입 모양으로 씹어, 나지막이 재촉했다. 그의 말대로 얌전히 입을 우물거렸 다. 맛있었다. 누군가 정성스레 싸 주었을 도시락은 이런 맛이구나.

"더 먹어요."

그때부터 윤이서가 젓가락으로 이것저것 반찬을 집어 내 입으로 넣어 주었다. 반항해 봤자 손해라는 생각에 얌전히 받아먹었다.

녀석은 내 볼이 잔뜩 부푼 모습이 재밌다면서 웃었지만, 쓸데없이 놀리거나 하지 않았다. 조금씩 사라지는 반찬을 눈으로 좇으며 열심히 입 안의 음식물을 삼켰다.

눈가를 반달처럼 접어 웃던 윤이서가 이윽고 다른 반찬을 제 입에 넣었다. 푸르뎅뎅한 시금치무침이었다. 그래 놓고 내 입에는 장조림이 며 햄 볶음 등 고기반찬만 골라 넣었다.

곧 죽어도 배고픈 사람보다 배부른 돼지가 차라리 낫다고, 점점 사라지는 공복감에 찜찜하게도 기분이 나아졌다.

맨 마지막 도시락에 정갈히 놓인 사과까지 내 입에 알차게 쑤셔 넣은 윤이서가 만족스러운 표정으로 기지개를 켰다. 뚜껑에 올린 젓가락이 바람에 흔들리며 손수건 위로 툭 떨어졌다.

"잘 먹네, 선배."

윤이서의 중얼거림에 빈 도시락 뚜껑만 매섭게 바라보았다. 음식에는 죄가 없다고 스스로 합리화하며 입술을 손등으로 쓱 문질러 닦았다. 언제 붙어 있었는지 모를 밥알과 장조림 국물이 묻어났다.

"왜……."

어째서 도시락을 나눠 줬는지 이유가 궁금했다. 정말로 반찬이 많아서 나눠 먹으려고 한 건 아닐 테니까.

"학교 끝나고 뭐 해요?"

윤이서가 먼저 말허리를 뚝 끊었다. 시답잖은 질문의 반복이었다. 한숨과 함께 교문 쪽을 고갯짓했다.

"다방 가지."

"가서 뭐 하는데."

"일해."

"일하면, 용돈 많이 줘?"

용돈 같은 소리 하네. 밥이라도 제때 챙겨 주면 그나마 다행이었다. 김 마담이 포주의 눈을 피해서 몰래 밥상을 차려 주지 않으면 옥수수나 감자를 먹으며 주린 배를 채우는 게 일상이었다.

아무렇지 않게 저딴 질문이나 던지는 윤이서의 속 편한 얼굴을 보니 열심히 채워 둔 뱃속이 더부룩해졌다. 녀석의 기만이 이 안에 가득 차 있었다. 주섬주섬 도시락 뚜껑을 닫고, 손수건으로 꽁꽁 싸매 넘긴 후 벤치에서 일어났다.

"할 말 더 없지? 간다."

더 말을 섞기 싫었다. 어차피 배도 채웠고, 볼일은 없었다. 교실로 돌아가 선풍기 바람이나 맞으며 낮잠을 청하고 싶었다.

도시락이야 녀석에게 오해받았던 값이라고 생각하자. 그럼 마음이 조금은 편할 테지. 속으로 부지런히 합리화하며 돌아서는데, 윤이서가 손목을 덥석 붙잡아 돌려세웠다.

"나 동네 구경 좀 시켜 줘요."

또 뭔가 싶었는데, 녀석이 이상한 부탁을 건넸다. 세 살배기 어린애도 아니고 동네 구경이 왜 필요하단 말인가. 심지어 나한테 부탁하다니, 역시 윤이서는 어딘가 좀 이상한 구석이 있었다. 쯧쯧 혀를 차면서 손을 뿌리쳤다.

"너희 아빠한테나 부탁해! 왜 나한테……."

"여기 동굴도 있다는데, 진짜인가?"

윤이서가 갑자기 벤치에서 일어선 탓에 눈높이가 휙 벌어졌다. 위압감에 놀라 반사적으로 뒷걸음질 치는데, 윤이서는 능글맞게 화제나 바꾸고 있었다. 대답해 주지 않으면 보내 주지 않을 기세라 귀찮음을 꾹참고서 중얼거렸다.

"동굴 보려면 산으로 올라가야 해."

"산?"

"뒷산. 수목원 뒤편."

"수목원이면, 우리 집 뒤편 건물?"

그렇다는 뜻으로 고개를 끄덕였다. 청재 서곡 수목원 뒷산에 마을 이름의 유래가 된 동굴이 하나 있었다. 바다를 지척에 둔 절벽 아래 있는 동굴이라서, 이따금 관광객이 찾아와 사진을 찍기도 했다.

아마 이 조그마한 마을에서 제일 유명한 장소일 터였다. 동굴 아래쪽에는 관광객들이 찾을 때마다 쌓아 놓은 돌탑도 있었다.

윤이서는 내가 들려준 이야기에 제법 흥미를 보였다. 또래에 비해 성숙한 편인 그의 얼굴에서 유일하게 앳된 구석이 있다면, 저렇게 호기심으로 반짝거리는 눈빛뿐이리라. 희미한 미소를 입가에 머금던 녀석이 도시락을 들고 내 곁을 지나쳤다.

"좋아요. 수업 다 끝나고 선배 반으로 갈게."

드디어 떠나려나 싶어 반가워하는데, 귓가로 낮은 음성이 박혔다. 말도 안 돼. 당황해서 돌아보았으나 괜한 확인 사살만 돌아왔다.

"다방 가지 말고 기다려요."

"야! 윤이서!"

큰 소리로 이름을 불렀지만, 윤이서는 유유자적하게 오른손을 흔들면서 멀어졌다. 터덜터덜 걸어가는 녀석의 뒤통수를 노려보면서 허무하게 제자리를 서성였다.

분명히 거절했어. 안 기다릴 거야. 수차례 중얼대며 윤이서의 빈자리에 놓인 돌멩이 하나를 걷어찼다. 애꿎은 발길질에 맞은 돌멩이가 데굴데굴 굴러가 웅덩이에 담겼다.

윤이서가 만들어 낸 수돗가 앞 웅덩이에.

✼   ✼   ✼

시간이 개울가의 급류처럼 빠르게 흘러가는 동안, 수업에 전혀 집중하지 못하고 창밖만 바라보았다. 종례가 끝나고 반으로 찾아와 기다리겠다는 윤이서의 선전 포고가 자꾸만 떠올랐다.

정말로 찾아오면 어떡하지, 걱정되면서도 혹시 나를 놀리고자 거짓말을 한 게 아닐까 싶은 의심도 들었다. 부잣집 도련님이 구태여 나한테 동네 구경을 부탁할 만한 이유가 마땅히 떠오르지 않았으니까.

결국 종례가 마친 후 도망가자고 빠른 판단을 마쳤다. 담임이 기나긴 잔소리를 마지막으로 교실을 나가자마자 소란이 일었다. 북적북적하게 모여 떠드는 아이들을 바라보다가 내 가방을 챙겼다.

오래 사용한 가방 밑창이 다 닳아서 너덜너덜했다. 그렇지 않아도
미연 언니한테 꿰매 달라고 부탁해야지 싶었는데…….

"야, 권다희."

머리 위로 그림자가 졌다. 무시했다. 박동재의 패거리를 먼저 발견한
탓이었다. 자리에서 일어나 뒤쪽으로 향했지만, 금방 따라잡혀 걸음을
멈추었다. 앞을 가로막은 박동재가 불만스러운 표정으로 나를 내려다
보았다.

저번 일의 보복으로 해코지할 생각인가? 점심시간 이후부터 계속 힐
끗거리기에 뭔가 싶었는데, 만약 복수할 생각이라면 굳이 종례한 이후
를 노릴 것도 없었다. 진작 덤벼들었으면 알아서 상대해 줬을 텐데.

사뭇 긴장하며 지켜보는 가운데, 박동재가 눈앞으로 무언가를 불쑥
내밀었다.

"받아라."

예상과는 다른 말에 움츠렸던 어깨를 반듯하게 펴고 그것을 보았다.
길쭉한 막대 사탕이 박동재의 손바닥 위에 놓여 있었다.

복덕방에서 흔히 보는 박하사탕이 아니라서 아주 잠깐 시선을 빼앗
겼다. 미연 언니가 가끔 손님한테 받았다며 주는 것 말고는, 이렇게 크
고 알록달록한 사탕을 볼 일이 흔치 않았다.

"우리 아빠 읍내에서 사진관 하는 거 알지? 손님이 특별히 주고 간
건데, 너 먹어."

어이가 없어 사탕만 멍하니 구경하는 사이, 박동재가 한껏 으스대며
말했다. 사탕을 준 사람이 박동재가 아니었다면 모른 척 고맙다고 받았
을지도 모른다. 하지만 아직 저놈에게 앙금이 다 풀리지 않은 상태였으
니, 좋게 보일 리 없었다. 게다가 갑자기 사탕을 준다고 넙죽 받아먹기
엔 나도 자존심이 있었다.

입 안에 슬며시 고이는 침을 애써 무시하고서 고개를 저었다. 거절

하는 내 모습에 곧바로 구겨지는 박동재의 낯이 보였다.

박동재는 늘 이런 식이었다. 나를 괴롭히고 난 다음, 마치 인심이라
도 쓰듯 무언가를 주었다. 그것을 거절하면 더 크게 화를 내곤 했다. 정
신머리가 어떻게 된 놈인지 모를 일이다.

"박동재가 너 좋아하나 봐, 다희야."

화장실에서 마주친 같은 반 애가 귀띔하듯 남겼던 말이 떠올랐다.
그게 사실이라면 더더욱 이따위로 굴면 안 되는 것 아닌가.

이 마을 토박이들은 보고 자란 게 전부 거기서 거기다 보니, 좋아하
는 여자애한테 어떤 식으로 대해야 하는지조차 몰랐다. 그렇다고 내가
그 무지함까지 감당해 줄 필요는 없었다.

만약 박동재가 다정하고 친절한 태도로 다가온다고 한들 그 마음을
받아 줄 생각도 없었다. 내가 원하는 건 포주의 빚을 전부 갚은 다음,
미연 언니와 오래도록 행복하게 사는 것뿐이니까.

언니가 원한다면 서곡에 남아서 쭉 사는 일도 괜찮았다. 향기 다방
에서 언니와 평온한 일상을 보낼 수만 있다면 뭐든지 좋았다.

그래서 지금껏 박동재처럼 나를 괴롭히든, 혹은 직접 좋아한다며 말
을 꺼내든, 상대를 가리지 않고 전부 거절했다. 이 마을에서 자라나면
서 반했던 남학생도 없었다. 또래 여자애들이 으레 마음에 은밀하게 품
는 첫사랑 상대조차 없었다. 내겐 시시한 감정일 뿐더러 당장 빚 갚기
에 허덕이는 주제에 첫사랑이니 뭐니 떠드는 것도 우스웠다.

"와, 사탕이네."

필요 없다고 재차 거절하려는 찰나, 갑자기 옆구리에서 뻗친 손이
박동재의 손에서 막대 사탕을 낚아챘다. 깜짝 놀란 박동재가 어안이 벙
벙한 얼굴로 정수리 위쪽을 올려다보았다. 그 시선을 따라 고개를 든

순간, 기다린 것처럼 묵직한 무게감이 머리를 내리눌렀다. 누군가 내 정수리에 턱을 괴고 있었다.

당황해서 돌아보기도 전에 단단한 팔뚝이 내 어깨를 감싸 뒤쪽으로 끌어당겼다. 왼쪽 어깨를 부드럽지만 단단하게 움켜쥐는 악력에 온몸이 굳었다. 목덜미에 목소리 섞인 숨결이 닿아 간질거렸다.

"낮에 내 도시락 다 먹어 놓고 아직도 입이 궁해요?"

빈정대는 목소리의 정체가 누군지 돌아보지 않아도 알 수 있었다. 시선을 내리자 내 슬리퍼 뒤쪽으로 깨끗하고 하얀 고가 브랜드의 운동화가 보였다. 꼼꼼하게 채워져 정갈하게 묶인 리본이 주인의 결벽을 드러냈다.

"뭐야, 너! 그거 당장 안 내놔?"

박동재는 굳어진 내 얼굴을 발견하지 못했는지, 갑작스러운 방해꾼에게 눈을 부라리며 우악스럽게 언성을 높였다. 그의 패거리도 마찬가지로 비슷하게 항의하며 분노를 보였다. 그럴수록 어깨를 끌어안은 힘이 점점 더 강해졌다.

"아…… 모르세요?"

윤이서가 능청스레 막대 사탕을 허공에 휙휙 돌려 대다가 낮게 웃었다.

"다희 선배, 지금 이 상해서 사탕 먹으면 안 되는데."

뜬금없는 소리였다. 박동재 역시 어이가 없다는 얼굴로 되물었다.

"이가 상했다고?"

"진짜 모르시는구나."

아차 하는 사이, 녀석이 손바닥으로 내 볼을 꽉 움켜쥐었다. 갑자기 이게 무슨 짓이냐고 소리칠 틈도 없었다. 뺨을 누르는 힘에 못 이겨 부리처럼 오므린 입술이 쭉 벌어지고 내 입 안이 고스란히 드러났다. 불분명한 발음으로 항의했으나 손아귀 힘이 어찌나 센지 꿈쩍도 할 수 없었다.

"더 자세히 보여 드려요? 충치."

윤이서는 중얼중얼 떠들었다. 녀석의 표정이 상당히 이상했는지, 패거리의 낯빛이 어두워졌다. 그의 목소리에 분명 웃음이 섞였는데도 상황에 어울리지 않아 퍽 두려운 모양이었다. 녀석을 미친놈 보듯이 올려보는 건 박동재도 마찬가지였다.

"나 위치까지 다 아는데. 여기, 오른쪽 어금니 뒤에……."

윤이서의 길쭉한 손가락이 금방이라도 입술을 비집어 벌릴 것처럼 턱 밑으로 다가왔다. 충치는 개뿔, 그딴 게 있을 리 없었다. 설령 있다고 해도 윤이서가 위치를 어떻게 안단 말인가.

마치 나랑 입맞춤이라도 나눈 것처럼 당당하게 말하는 모습이 재수 없었다. 어쩌면 일부러 그러는 걸 수도 있었다.

한숨을 내쉬며 앞을 바라보다가 박동재의 구겨진 낯짝을 발견했다. 예상대로 이상한 오해를 샀는지, 경멸스럽게 윤이서를 노려보는 표정이 볼만했다. 박동재가 보기보다 더 멍청해서, 이런 반응을 노린 거였다면 윤이서의 계획은 멋지게 들어맞은 셈이었다.

"시발, 너 얘랑 무슨 사이……."

"거기까지는 선배가 알 필요 없고."

윤이서가 건방지게 말허리를 끊어 냈는데도 박동재는 함부로 덤벼들지 못했다. 서울서 내려왔다는 사실로 이미 학교에서 유명 인사가 된 까닭도 있지만, 기본적으로 윤이서가 박동재보다 훨씬 체격이 컸다. 덤벼들어도 이길 가능성이 부족하다는 걸 녀석도 빠르게 깨달은 눈치였다.

남학생들 사이에서 미묘한 계급 사회가 존재한다는 건 알고 있었다. 비단 학교에서만 그럴까, 당장 교문 밖을 나서면 나이를 어디로 처먹었는지 모를 성인 남성들이 수두룩했다.

평소에는 온화하게만 보여도 술만 들이켜면 원초적인 체력을 들먹이면서, 저들끼리 서로를 깎아내리고 비교하며 자존심을 채우기에 급급한 모습들.

그런 모습을 보며 자란 아이들이 학교에서 다시 그 행위를 반복하고, 그들이 또 어른이 된다. 답답하고 멍청한 굴레가 끊임없이 이어지면서 유지된다. 서곡은 그런 남자들이 많았다. 다방을 찾는 손님들도 대다수 그런 놈들이었다.

그래서 더욱 윤이서의 앞에서 덤벼 보지도 않고 꼬리를 내리는 박동재의 모습이 낯설었다. 윤이서보다 체격은 작아도 싸움을 잘해서 자연스레 패거리의 우두머리가 된 박동재였다. 숨죽여 씨근덕거리는 그의 낯에서 금이 간 자존심의 흔적을 읽을 수 있었다.

"볼일 다 보셨으면 이만 가세요. 우리 어디 갈 곳 있는데."

윤이서가 내 볼을 놓아 주더니 손에 든 막대 사탕으로 친절하게도 뒷문을 가리켰다. 얼른 제 행동에 동조하라며 팔꿈치로 끌어안은 내 어깨를 꾹 짓누르기도 했다. 찝찝한 마음이 들었으나 이 상황을 벗어나고 픈 건 나도 마찬가지였다. 상당한 고민 끝에 입술을 달싹였다.

"그래, 나 약속 있어. 그만 가 줄래?"

에둘러 표현한 거절에 박동재의 얼굴이 새빨갛게 익었다. 나한테 거절당한 부끄러움 때문인지, 윤이서한테 대놓고 무시당했다는 수치 때문인지. 이유는 모르겠으나 대꾸도 없이 돌아선 걸 보면 자존심이 어마어마하게 상한 눈치였다. 그의 눈치를 살피던 다른 남학생들도 쭈뼛쭈뼛 돌아섰다.

머저리, 윤이서가 나지막이 읊조리면서 비웃었다. 얌전히 뒷문을 넘어 사라진 박동재의 빈자리를 지켜보다가 주먹을 그러쥐었다. 드디어 윤이서가 내 어깨를 놓아 준 순간, 곧바로 뒤돌아 언성을 높였다.

"너 미쳤어? 왜 교실까지 찾아와서……."

"원래도 남이 주는 거 아무거나 다 받아먹어요?"

윤이서가 또 내 말을 뚝 잘라먹고는 퉁명스레 대꾸했다. 그러더니 껍질 벗긴 막대 사탕을 쓰레기통에 던져 버리는 게 아닌가.

나도 모르게 아쉬운 마음이 들어 물끄러미 쳐다보자, 내 시선을 눈치챈 녀석이 옆에 놓인 대걸레 자루를 들더니 대뜸 쓰레기통에 처박았다. 콱, 힘주어 누른 대걸레 아래 뭉개진 사탕이 구정물로 축축하게 물드는 게 보였다.

"그만 봐."

이 새끼, 역시 이상한 놈이구나. 낮에 도시락을 나눠 준 일로 아주 자그맣게나마 생겼던 고마움이 흔적도 없이 사라졌다. 기가 막혀서 눈을 흘기는데, 윤이서가 대걸레 자루를 내팽개치더니 내 곁으로 다가와 싱긋 웃었다.

"저거 어차피 못 먹어, 이제."

어이가 없어서 쳐다본 건데 사탕을 못 먹게 해서 원망한다고 생각한 모양이었다. 내가 진짜 거지새끼도 아니고, 물론 사탕이 궁금하긴 했지만…… . 미련을 털어 내고 처음부터 관심도 없던 척 고개를 돌렸다.

"애초에 먹을 생각도 없었어."

허공에 오른손을 탈탈 털어 낸 윤이서의 입가에 설핏 미소가 그려졌다.

"그런 것치곤 침을 꼴깍꼴깍 삼키던데?"

그걸 또 언제 봤는지, 참 대단도 했다. 커다란 손바닥이 코앞으로 다가오더니 턱 밑으로 떨어졌다. 길쭉하고 곧은 검지가 목 한가운데에 스치듯 닿았다.

갑작스러운 접촉에 놀라서 마른침을 삼키자, 동글동글한 뼈가 녀석의 검지를 부드럽게 짓누르면서 위로 올라갔다가 내려왔다. 윤이서의 미소가 짙어졌다.

"이거 봐, 또."

"……."

"꿀꺽."

속마음을 들켰다는 생각에 얼굴이 화끈거렸다. 윤이서의 앞에서만 꼭 이렇게 부끄러운 상황이 연달아 벌어지는 이유를 도통 모르겠다. 녀석이 여유롭게 손을 움직이더니, 이번에는 엄지로 내 아랫입술을 지그시 눌렀다. 딱딱한 뼈대가 입술 표면을 뭉개는 감각이 선명했다.

"뭘 그렇게 먹고 싶은데? 많이 먹지도 못하면서."

점심때 볼이 빵빵해지도록 반찬을 욱여넣었던 내 모습을 그새 잊은 모양이었다. 직접 젓가락으로 일일이 먹여 줬으면서 많이 먹지도 못한다니. 점심때 과식해서 내내 속이 더부룩했던 기억이 떠오르자 괜히 억울했다.

"키도 작고, 손도 작고."

물건을 가늠하듯 냉랭한 시선이 바닥으로 처박혔다가 허리 부근에 놓인 손을 기점으로 천천히 올라왔다. 다시 얼굴로 돌아온 시선이 집요하게 입술 주변을 배회했다.

관찰당한다는 긴장감 때문에 아무 말도 꺼내지 못했다. 아슬아슬하게 아랫입술에 걸친 손가락이 언제든지 안을 헤치며 침범할 것 같아서.

"입까지 작아서는……."

혼잣말하듯 중얼대는 윤이서의 목소리가 낮게 가라앉았다. 입술을 건드린 손가락이 느릿하게 턱 아래로 미끄러졌다. 손톱이 턱 끝을 스치며 지나간 후에야 나도 모르게 후, 하고 참았던 숨을 뱉어 냈다.

긴장했다는 사실을 눈치챘는지 윤이서의 입꼬리가 빙그레 올라갔다. 얄미운 미소에 기분이 한층 더 가라앉았다.

"비켜."

"나랑 약속한 거 안 지켜요?"

"우리가 언제 약속했어. 그냥 네 멋대로 떠들다가 간 거지."

윤이서의 손을 완전히 쳐 내고 뒤돌았다. 교실 구석에서 모른 척 이쪽을 힐끔거리던 동급생 두 명과 눈이 마주쳤다. 언제부터 지켜보았을까. 다음날 교실에 이상한 소문이 퍼질 거라는 불안감이 스산하게 몰려왔다. 걸음에 속도를 높이며 교실 밖으로 빠져나왔다.

종이 울리자마자 운동장으로 뛰쳐나간 아이들이 많은 탓인지 기다란 복도는 사람이 적어 고요했다. 가벼운 가방을 등에 메고서 터덜터덜 걸어가는데, 발아래로 나무처럼 길고 거대한 그림자가 졌다. 그림자의 주인은 내 뒤로 졸졸 쫓아오는 윤이서였다.

"약속은 약속이지. 나 동네 구경시켜 준다며."

"그러니까, 내가 대체 언제……."

결국 참지 못하고 소리를 내지르며 돌아보다가 입을 굳게 다물었다. 윤이서의 어깨에 비스듬히 걸린 가방에 눈길을 뺏겼다. 그의 흰 운동화와 마찬가지로 값비싼 브랜드였는데, 가방 안에서 달각대며 흔들리는 도시락 소리가 요란하게 울려 퍼졌다.

아마도 낮에 내가 거의 다 먹어 치운 그 도시락 통이겠지. 도시락 속 반찬의 양을 떠올리니 귀찮은 죄책감이 가슴을 콕콕 찔렀다. 고기반찬을 죄다 내 입으로 넣은 탓에, 윤이서가 먹은 건 맨밥에 멸치나 나물 정도였다.

녀석도 비슷한 생각을 하는지 앞으로 가방을 기울이면서 피식 웃었다. 확실히 이대로 보내기 찝찝했다.

"딱 두 시간만."

고민 끝에 녀석을 흘기면서 짧게 대답했다.

"그 이상은 안 돼."

"좋아요."

윤이서는 그걸로도 충분했는지, 흔쾌히 고개를 끄덕이면서 곁으로 다가왔다. 커다란 창가 옆에 바짝 붙은 그의 덩치에 햇빛이 다 가려져 눈앞으로 커다란 그늘이 찾아왔다. 가까운 거리에 미심쩍은 마음으로 올려다보니 녀석이 어서 가자며 눈짓했다. 재촉에 못 이겨 걸음을 옮기면서도 이게 잘하는 짓인지 고민했다.

결정을 되돌리기엔 이미 늦었다고, 그런 결론에 도달하고서야 미련을 놓았다. 동네 구경이야 어려운 일도 아니었다. 윤이서처럼 서울서 내려온 외지인이 처음 마주한 시골 풍경을 무슨 동물원 구경하듯 둘러보는 것 역시 흔치 않은 일은 아니었다. 오히려 아주 많았다.

"뒷산 동굴도 보고 싶은데."

닿을 듯 말 듯 스치는 손등이 신경 쓰였다. 내 속도 모르고 윤이서가 나른하게 희망 사항을 줄줄 읊었다. 듣자 하니, 동굴 앞에 있는 돌탑이 그렇게 보고 싶은 모양이었다. 빌딩이 숲처럼 놓였다는 도시에서 내려온 놈이라 그런지 별게 다 궁금하다 싶었다.

산길은 험할 테고 여름의 문턱이니 벌레도 많이 나올 게 분명했다. 나무가 울창해서 햇볕이 들지 않는다는 점은 좋았지만, 자처해서 등산할 정도로 서늘한 건 아니었다. 그래서 입구까지만 데려다주겠다고 단언했는데도 녀석이 좋다며 웃었다. 뭐가 그렇게 좋은지, 도통 이해할수가 없었다.

교문을 나서 왼쪽 길로 쭉 걸어가니 담벼락을 따라 늘어진 개나리가 보였다. 봄도 한참 지났건만, 우리 동네 개나리는 상당히 늦게까지 꽃망울을 터뜨렸다.

윤이서는 진로를 방해하는 개나리 가지를 가만히 살피다가 하나를 뚝 꺾어 들었다. 꽃만 떼어 손바닥에 올려 두고서 후 불어 떨어트리다가, 또 하나 꺾어 꽃잎 모양새를 자세히 살폈다.

저렇게까지 신기하게 볼 만한 풍경일까. 이리저리 고개를 갸웃대며 꽃구경을 하는 게 처음 바깥 산책에 나선 강아지 같았다. 어이가 없어서 녀석의 행동을 관찰하던 찰나에 눈이 마주쳤다.

몰래 훔쳐보다가 들킨 사람처럼 당황한 사이, 윤이서가 슬쩍 미소 지으며 꺾은 개나리꽃을 들이밀었다. 받지 않고서 뭐 하냐는 듯 쳐다보자 녀석이 한숨을 내쉬며 다가왔다. 길쭉하고 곧은 손가락이 귀를 스쳐서 간지러웠다.

반사적으로 눈을 질끈 감았다가 뜨자 가까워진 윤이서의 눈이 보였다. 햇볕이 동그란 빛무리를 만들어 그의 갈색 눈동자에 똬리를 틀고 있었다. 막 알에서 태어난 뱀의 비늘처럼, 미끈미끈한 눈동자가 맑게 빛났다.

윤이서가 멀어졌다. 오른손으로 방금 그의 손가락이 머물렀던 귓가를 더듬었다. 뭘 하나 싶었는데, 그가 꺾었던 개나리꽃이 귀와 머리칼 사이에 꽂혀 있었다. 얇고 부드러운 꽃잎이 손끝에 닿았다.

난데없이 벌어진 상황에 어떻게 반응하면 좋을지 몰라서 물끄러미 쳐다보았다. 윤이서가 팔짱을 끼고 물러나 감상하듯 말했다.

"예쁘긴 한데, 노란색이 안 어울려."

부탁하지 않은 감상평을 느긋하게 내놓은 녀석이 이리저리 두리번거리더니, 이번에는 길가에 핀 들꽃을 향해 허리를 숙였다. 빽빽하게 자라난 토끼풀이었다.

윤이서는 그중 가장 작고 하얀 토끼풀을 꺾어 들고 꽃잎에 묻은 먼지를 깨끗하게 털어 냈다. 그리고 개나리꽃을 빼낸 빈자리를 그것으로 채웠다. 귓가에 스친 이파리가 간질간질한 감촉을 남겼다.

"이게 더 낫네."

"……."

"흰색이 잘 어울리더라, 선배는."

그렇지 않냐며 되묻는 윤이서의 목소리가 청명했다. 이유는 모르겠지만, 팔등에 소름이 돋았다.

"사람 세워 놓고 인형 놀이 하지 마."

참담한 기분으로 중얼거린 후, 조금의 망설임도 없이 쥐어뜯듯 꽃을 떼어 내 땅으로 내팽개쳤다. 아예 보란 듯이 떨어진 꽃을 슬리퍼 밑창으로 콱콱 밟고 짓이겼다. 발밑에서 으깨지는 감각이 불쾌했다. 바닥으로 향하는 윤이서의 시선을 느끼면서도 행동을 멈출 수 없었다.

"이런 식으로 사람 놀리면 재미있어?"

바짝 독이 오른 얼굴로 쏘아붙이며 씨근거렸다. 동네 구경은 개뿔, 애초에 목적이 이쪽이었던 게 아닐까. 그게 아니라면 아무 관계도 없는 여자애한테 꽃이나 꽂아 주면서 어울리네, 마네 할 이유가 하나도 없었다.

막 서울서 내려온 직후였으니 시골 여자애 한 명 놀리는 게 재밌다고 생각했을지도 모른다. 아니면, 아버지가 우리 다방 손님으로 왔던 일로 생긴 악감정을 나한테 푸는 걸 수도 있고. 어느 쪽이든 기분이 상해 견딜 수가 없었다.

윤이서는 말이 없었다. 그저 속 모를 무표정으로 씩씩대는 내 얼굴을 응시하며 가만히 한숨을 내쉬었다. 치켜뜬 눈썹에서는 약간의 당황함이 엿보였다. 화를 낸다면 똑같이 맞서자고 생각했기에, 이런 평온한 반응을 예상하지 못해서 당혹스러웠다.

그는 제자리에서 신발 끝으로 바닥을 툭툭 걷어찼다. 신발에 묻은 모래가 토끼풀 사이로 먼지처럼 흩어졌다.

"예쁜 걸 예쁘다고 하지. 그럼 뭐라고 해?"

"뭐?"

"어울려서 어울린다고 말한 게 잘못이냐고."

뻔뻔한 대답에 말문이 턱 막혔다. 윤이서가 아쉬운 눈빛으로 고개를 가로젓다가 한 발자국 가까이 다가왔다. 갑작스럽게 좁혀진 거리에 놀라 물러서자마자 그의 시선이 아래로 향했다. 내가 방금까지 열심히 짓

밟았던 자리였다.

슬리퍼를 치워 내자 납작하게 짓눌려 흙먼지와 엉킨 토끼풀꽃이 보였다. 처음의 귀엽고 예쁜 모양새가 온데간데없이, 엉망으로 구겨진 걸 보니 가슴이 쓰렸다.

꽃은 아무런 잘못이 없었다. 그냥 재수가 없어서 내 화풀이 대상이 되었을 뿐이다.

"아……."

윤이서가 망설임도 없이 무릎 꿇고 앉아 그것을 주워 들었다.

"더러워졌잖아. 작고 예뻤는데."

선배처럼. 자그맣게 덧붙인 말에 손끝이 움찔 떨렸다. 윤이서는 주워 든 토끼풀 꽃을 섬세하게도 털어 내다가, 그러고도 원래의 모양으로 돌아가기 힘들다는 판단이 들었는지 낮게 혀를 찼다. 처음부터 끝까지 하나도 이해할 수 없는 행동이었다.

그냥 버리라고 말하려는데, 윤이서가 토끼풀을 높이 들어 햇볕에 비추었다. 짓눌린 자국에 따라 갈색 물이 든 꽃잎이 처량하게 바람결에 흔들렸다.

순간적인 충동으로 짓밟아 버린 꽃이 마치 나를 원망하는 것만 같았다. 윤이서는 대뜸 그 더러워진 토끼풀꽃을 바지 주머니에 쏙 찔러 넣었다.

"그거 왜 안 버려?"

"내 마음이지. 버리든 말든."

의아함에 질문을 내뱉자 돌아온 대답이 무뚝뚝했다. 그렇다고 화가 난 건 아니었는지, 금세 능청스러운 얼굴로 씩 미소를 지었다. 시시각각 변하는 표정이 드라마 속 배우 같았다.

"자, 앞장서요."

"너……."

"빨리. 시간 없다며."

등을 떠밀리듯 앞장서면서도, 녀석의 주머니 속 토끼풀꽃이 신경 쓰여 내내 찜찜함을 곱씹었다.

2장.

하지(夏至)

뒷산 입구는 한적했다.

원래 뒷산을 찾는 건 마을 사람들이 아닌, 주말에나 찾아오는 관광객이 대부분이었다. 평일 오후에 뒷산을 오르는 건 정말로 할 일 없는 노파뿐이었고, 그마저도 수가 상당히 적었다. 이 마을 촌로들은 뒷산 산책보다 다방 방문을 즐기는 이가 더 많았으니까.

윤이서는 등산로처럼 반들반들하게 깎인 흙길을 성큼성큼 올라갔다. 나한테 안내를 부탁하더니, 정작 앞장서는 건 녀석이었다. 그 뒤를 좇아가면서 마치 수업에 들어온 선생님처럼 설명을 바삐 읊었다. 산 중턱에는 오래된 암자와 불상이 있고, 암자 뒤편으로 가면 절벽과 동굴이 나온다고.

햇볕이 적게 들어 서늘한 산길이 짙고 푸른 녹색으로 눈앞에 아른거렸다. 바닷바람의 소금기가 살짝 섞여 그런지 뺨이 조금 따끔거렸다. 윤이서가 도톰한 아랫입술을 느리게 핥으며 소곤거렸다. 바람이 짜네. 일부러 대답하지 않았는데도 두 번이나 중얼거렸다. 내가 반응하길 손꼽아 기다리는 것처럼.

중턱에 도착하기 전, 전망대와 약수터가 나타났다. 전망대 한편에는 야생 동물 주의 표시판과 함께 고장 난 망원경이 놓여 있었다. 오래전에는 동전을 넣으면 앞바다까지 볼 수 있던 망원경이었다.

윤이서가 주머니를 뒤져 동전을 찾는 모습에 재빨리 말렸다. 괜히 돈을 먹었다고 성질부리면 귀찮아질 뿐이다.

"그럼, 선배는 여기서 바다 본 적 있어?"

"있어. 옛날에."

"몇 살 때?"

"열두 살."

"누구랑 왔었는데?"

윤이서는 정말 쓸데없이 말이 많았다. 하나도 흥미 없는 질문을 질릴 때까지 이어 나갔다. 무시한 거라고는 절대 생각하지 못하는지 그의 말에 반응하지 않으면 대답할 때까지 물어보았다. 질문 세례에 지쳐서 입을 열고 나서야 약간의 침묵이 주어졌다.

빽빽하게 자라난 소나무 숲을 바라보면서 윤이서가 망원경 근처로 다가갔다. 검지로 망원경 렌즈를 툭툭 두드리는 손길이 무신경했다. 이리저리 둘러보더니 갑작스럽게 허리를 깊이 숙였다.

뭘 하나 지켜보자 망원경 옆에 놓인 조약돌 하나를 주워 드는 게 보였다. 윤이서가 조약돌 겉을 깨끗하게 털고 주머니에 챙기더니 다시 가자며 손짓했다. 조약돌을 왜 주웠냐고 물어보려다가, 가끔 기념물처럼 산의 도토리를 챙기던 서울 아이들이 생각나 돌아섰다. 윤이서도 비슷한 생각이겠거니 싶어서.

전망대를 지나 묵묵히 올라갔다. 윤이서도 군말 없이 옆에 따라붙었다. 체력이 좋은지 땀방울 하나 흘리지 않았고, 숨소리도 거칠어지지 않은 그대로였다. 그러고 보니 학교에서 축구 시합을 하면서도 쉽게 지치지 않았지. 체력이 또래보다 월등히 좋은 걸까, 조금 부러웠다.

쉬지 않고 올라간 끝에 길이 끊어지고 넓은 공터가 나타났다. 공터 한가운데 낡은 법당이 스산한 풍경 속에서 그림처럼 보였다. 법당을 에워싸듯 주변에 심어 둔 대나무가 바람결에 얇고 가는 소음을 흘렸다.

나무로 만든 간판에 새겨진 한자가 삐뚤삐뚤했다. 청재사. 소리 내어 한자를 읽던 윤이서가 질문을 던졌다.

"여기예요?"

법당은 향기 다방보다 더 작았다. 활짝 열린 문 너머로 불상과 향로, 공양 함이 반듯하게 놓여 있었다. 마루 아래 네모난 안내판에는 법당 내부로 들어갈 때 반드시 신발을 벗어 달라는 문구가 적혀 있었다. 오래도록 돌보지 않은 티가 완연한데도 안내판만큼은 때 탄 부분 없이 깨끗했다.

산 주인이 가끔 찾아와 교체한다는 이야기를 들었는데, 사실인 모양이었다. 돌보는 이가 마땅히 없는 법당의 공양 함도 매번 채워졌다 비워지기를 반복했다. 이것 역시 산 주인의 소행이겠지. 가끔 찾아와 돈을 내는 관광객들은 절대 모를 청재사의 비밀이었다.

"스님은?"

"아무도 없어, 이제."

순진한 윤이서의 질문에 가만히 조소했다. 오래전에는 청재사도 스님이 거주했다고 들었지만, 지금은 그저 찾는 손님도 없이 홀로 썩어가는 법당일 뿐이었다.

관광객이 찾아와 사진이나 찍어 가는 곳, 특별히 기억해 주는 이도 없는 사찰. 불상마저 없었다면 불전(佛殿)이라 불릴 자격조차 없을 장소.

윤이서가 조심스레 마루 앞으로 다가갔다. 안으로 들어갈 생각은 없었는지 신발을 벗지 않고서 불상을 올려다보았다. 그 옆에서 함께 불상을 구경했다. 오랜만에 올라온 뒷산인지라 불상의 모습도 그새 변한 부분이 있었다.

낡은 나무판자를 뚫고서 지상으로 올라온 이끼가 불상의 옆면을 타고 올라갔다. 자애로운 무표정으로 정면을 바라보는 부처님의 손바닥 사이사이에도 이끼와 잡초가 가득했다. 본래의 형체를 반쯤 잃어버린, 갈라진 불상의 틈새에 누군가 장난처럼 두고 간 진달래꽃이 놓여 있었다.

부처님의 무릎 아래로 자그마한 동자상 조각이 옹기종기 모였는데, 각자 동전 하나씩을 품고 있었다. 윤이서는 오른쪽 주머니를 뒤적이더니 백 원짜리 동전을 조심스레 그곳에 두었다. 동전은 기울어지지 않고 자석이라고 붙인 듯 동자승의 등에 딱 달라붙었다. 성공적으로 동전을 붙이는 데 성공한 윤이서가 내심 뿌듯한 눈길로 나를 돌아보았다.

"동굴은 어디 있어요?"

"법당 뒤에 있어. 따라와."

윤이서를 데리고 청재사의 뒤편으로 빙 돌아 걸어갔다. 가파른 절벽 앞에 석탑 두 개가 박혀 있고, 그 사이로 깊고 어두운 동굴이 모습을 드러냈다.

출입 금지라고 적힌 안내판은 잔뜩 녹이 슨 채로 근처에 아무렇게나 쓰러져 있었다. 경고 따위 무시하고 동굴 안까지 드나든 불청객이 많다는 증거였다.

오른쪽 석탑 옆에는 커다란 비석이 있었다. 석탑과 마찬가지로 오랜 세월 비를 맞아 흐려진 자국이 군데군데 얼룩처럼 드러났다. 비석 앞으로 걸어간 윤이서가 미간을 좁히며 열심히 그 내용을 살폈다. 동굴 설화에 관한 내용이 적혀 있을 터였다.

"뭐라고 적힌 거예요?"

"나도 몰라. 예전에도 이랬어. 비 맞고 다 지워져서……. 다방에서 듣게 된 건 있는데."

"그게 뭔데?"

별로 관심을 두지 않을 줄 알았는데, 윤이서가 뜻밖에 관심을 보였다. 오래된 기억을 더듬어 유치하다고 흘려들었던 내용을 입 밖으로 끄집어냈다.

"음, 동굴에서 돌탑 쌓고 소원 빌면 부처님께 공덕이 닿아 이루어진다고."

"소원?"

내내 무심히 주변이나 구경하던 윤이서의 눈빛에 처음으로 흥미로운 기색이 감돌았다. 슬슬 돌아가고 싶었지만, 마주한 눈빛에 그러지 못했다. 얼른 들어가 보자며 열의를 띤 시선으로 재촉하니 못 이기는 척 걸음을 옮겨 동굴 안으로 들어갔다.

입구가 넓었던 동굴은 안으로 깊숙이 들어갈수록 점점 좁아졌다. 점점 줄어드는 면적에 어쩔 수 없이 윤이서와 가까이 붙을 수밖에 없었다. 자꾸만 닿게 되는 팔꿈치를 경직시키며 뻣뻣하게 앞서 나갔다. 정작 윤이서는 아무렇지도 않아 보여서, 되레 기분이 상했다.

곧 동굴의 끝자락이 나왔다. 축축하고 서늘한 공기가 응집된 공간이었다. 윤이서가 돌탑 무더기를 발견하고 놀라서 걸음을 멈추었다. 크게 뜬 눈동자가 향하는 방향을 나도 같이 따라 보았다. 서곡 사람들이 아주 옛날부터 만든 돌탑들이 무수히 쌓여 있었다.

서울 사람의 눈에는 유치하게 비치겠거니 싶었는데, 옆으로 다가온 윤이서가 진지한 표정으로 주머니를 뒤적였다. 커다란 손바닥에 자그마한 조약돌이 딸려 나왔다. 가만 보니, 아까 전망대에서 주워 든 그 조약돌이었다.

"이렇게 두고 소원 비는 거, 맞아요?"

"어? 어, 맞아."

대답을 들은 윤이서가 냉큼 조약돌을 돌탑 꼭대기에 올려 두었다.

동글동글하고 예쁜 조약돌이 울퉁불퉁한 돌멩이 사이에 이물질처럼 어색하게 반짝였다. 윤이서는 그대로 눈을 감더니, 소리 없이 입술을 달싹였다. 자세히 살펴보자 꽤 긴 문장을 뱉어 내고 있었다.

설마 정말로 소원을 비는 건가. 뭘 저렇게 열심히 비나 싶어서 우습게 흘겨보던 것도 멈추고 빤히 구경했다. 내리깐 눈꺼풀 아래로 옅은 갈색의 눈동자가 사라지자 녀석은 제법 차분한 분위기를 띠었다.

가까이서 숨죽인 윤이서의 얼굴을 낱낱이 살펴보았다. 먹처럼 까만 속눈썹, 흐트러진 머리칼, 하얗고 선이 예쁜 얼굴. 윤이서는 침묵조차 처연한 느낌이 있었다. 타고나길 곱게 생긴 외모 때문이 아닐까. 균형 좋게 들어앉은 이목구비가 신기할 따름이었다.

"무슨 소원 빌었어?"

호기심을 억누르지 못한 입술이 멋대로 지껄였다. 내내 입을 다물던 윤이서가 천천히 눈꺼풀을 들어 올렸다. 어둠 아래서 번들거리는 눈동자가 돌탑에서 시선을 거두고 내 쪽으로 향했다. 금방 가벼운 대답이 돌아오겠지 싶었는데, 이상하게도 침묵이 길었다.

"궁금해요?"

바깥의 새소리가 요란하게 들려왔다. 침묵을 깨고 건넨 첫 마디였다. 냉큼 고개를 끄덕이자 윤이서는 별안간 오른손을 내밀었다. 한기로 서늘해진 뺨에 녀석의 손끝이 닿았다. 뜨거웠다. 나지막이 속삭이는 저음이 뜻 모를 대답을 내놓았다.

"제발 죽었으면 좋겠다고 생각하는 사람이 있는데."

"……."

"그 사람 좀 죽여 달라고 빌었어요."

목덜미에 스산한 바람이 불었다. 농담이라는 덧붙임을 기다렸는데, 아무리 기다려도 뒷말은 들리지 않았다. 당황스러움을 숨기지 못한 내 표정에 윤이서의 눈가가 가늘게 휘어졌다.

적막 속에 규칙적인 숨소리가 귓전에 닿았다. 꼭 목탁을 두드리는 소리처럼 느리고 여유로운 박자였다.

"그런데 부처님이 들어주실지 모르겠어. 이까짓 공덕으론 턱도 없겠지?"

이번에도 아무 말 없이 눈만 깜빡거렸다. 뺨을 지나친 손끝이 귓가 아래로 흘러내린 머리카락을 넘겨 주었다. 귓불을 장난스레 꼬집은 윤이서가 그대로 몸을 일으켰다. 특별한 대답을 원한 것도 아니었는지, 뒤돌아 동굴을 빠져나가는 뒷모습이 후련하게 보였다.

나 혼자 제자리에 남아 그 음침하고 이상한 소원의 내용을 수차례 곱씹었다.

⁂   ⁂   ⁂

다방의 주말은 평일보다 훨씬 더 시끌벅적했다.

아침부터 쉬지 않고 울려오는 전화 소리에 김 마담이 허겁지겁 홀을 돌아다녔다. 테이블에 옹기종기 모여 앉은 레지들도 바쁘게 손을 움직였다.

레지들이 얼굴에 화려한 색조 화장품을 이것저것 찍어 바르면 그 주변에서 짙고 독한 향기가 풍겼다. 어릴 때는 그 냄새가 좋아 일부러 미연 언니의 등에 코를 박고서 킁킁거린 적도 많았다.

"네, 향기 다방이요."

안경을 쓰고 계산기를 두드리던 김 마담이 비스듬히 고개를 기울이고서 전화를 받았다. 어깨와 귀로 전화기를 받느라 구불거리는 머리칼도 한데 쏟아졌다. 그녀가 짜증스레 왼손으로 머리칼을 넘기면서 주문을 받았다.

"냉커피 한 잔 2만 원. 뜨거운 건 세 잔에 만 원. 네, 네. 배달되죠,

당연히."

　다급하게 주문을 받는 마담의 목소리가 카랑카랑하게 높아졌다. 홀 테이블을 마른행주로 닦다가 슬쩍 허리를 들었다. 근처 테이블에 앉아서 화장하던 레지들도 일제히 멈춘 채 마담의 입술만 주시하고 있었다.

　"아…… 그렇죠. 연애도 하죠, 돈 내면. 어떻게 보내 드려요?"

　손님이 티켓을 끊으려는지 마담의 목소리가 조금 부드러워졌다. 티켓은 30분에 15만 원으로, 성매매를 뜻하는 다방의 은어였다. 모텔에 비치한 티슈를 보고 전화하는 손님 대부분은 저 티켓이 목적이었다.

　주문이 들어오면 예쁘게 꾸민 레지가 커피 든 보온병을 챙겨서 전달받은 주소로 향했다. 단순히 음료를 원해서 찾아오는 건 어디까지나 홀 손님들뿐이었는데, 그나마도 가뭄에 콩 나듯 적었다. 벌써 다섯 번째 커피 주문이었다. 주말 장사는 늘 붐벼서 제대로 쉴 틈이 없었다.

　전화를 끊은 김 마담이 탁상 달력 귀퉁이를 찢어 내고 펜을 들었다. 그리고 손님의 이름과 모텔 이름, 방 호수를 적은 뒤 전화를 끊었다.

　마담과 가장 가까운 쪽에 앉은 레지가 종이를 받고 환하게 웃었다. 우리 다방은 레지한테 수당을 많이 떼 주기로 유명했다. 수당의 반절이 포주, 나머지 반절이 레지의 몫이었으니까.

　"다희야, 냉커피 좀 부탁할게. 나 아직 머리 덜 만져서."

　눈은 좀 작지만 자그마한 보조개가 매력적인 지혜 언니가 빈 보온병을 들고서 다가왔다. 보온병을 건네받고 부엌으로 들어가 찬장에서 커피 가루, 프리마, 설탕 통을 꺼냈다. 세 가지 재료를 똑같은 비율로 덜어 낸 다음, 찬물을 들이붓고 뚜껑을 닫아 마구 흔들었다.

　보온병을 들고 홀로 돌아오니, 창가에서 꾸벅꾸벅 졸던 미연 언니의 모습이 보이지 않았다. 그새 또 배달을 나간 모양이다. 에이스인 것치고 평소보다 늦게 나간 편이었다. 남은 레지의 숫자는 두세 명 정도로, 아주 적었다.

"지혜 언니, 커피 여기 있어."

"어머, 벌써 다 탔어? 다희는 참 손도 빨라. 오늘도 고마워."

땡땡이 원피스를 입고 멋스럽게 손수건으로 머리를 묶은 지혜 언니가 다정하게 웃었다. 보온병을 건네주자 언니도 내 바지 주머니에 슬쩍 껌을 넣어 주었다.

문까지 따라 나가서 그녀를 배웅했다. 담벼락에 기댄 오토바이 기사가 담배를 뻑뻑 피워 대며 언니를 기다리고 있었다. 한참 기다렸는지 발밑에 꽁초가 수북했다. 언니의 뾰족구두가 그 자리를 밟았다.

"조심해서 다녀와."

손을 흔들며 배웅하자 언니가 마주 웃었다. 다방의 레지들은 나에게 한식구나 마찬가지였다. 모두가 나의 언니였고, 나 역시 모두의 동생이었다.

그들은 어릴 적부터 다방에서 자라나다시피 한 나를 유난스럽게 귀여워했다. 언니들이 배달을 나갈 때마다 마담의 눈을 피해서 호주머니에 찔러 주는 간식거리도 일상의 쏠쏠한 재미였다.

"지혜 나갔니?"

홀로 돌아오자 마담의 질문이 날아왔다.

"방금 나갔어요."

"지혜 고년이 마지막이야. 이제 좀 쉬겠네. 염병할 놈의 전화가 왜 이렇게 울려 대는지."

안경을 벗은 마담이 자국 남은 콧대를 꾹꾹 누르면서 한숨을 내쉬었다. 눈치껏 라이터를 가져다주자 마담이 기다렸다는 듯 담배를 꺼내 물었다. 아직 부름을 받지 못한 레지들이 실망한 눈빛으로 화장품 든 파우치를 정리했다. 주문이야 저녁에도 들어올 수 있으니, 아직 홀을 떠날 수 없어 더 심심한 눈치였다.

가서 화투라도 좀 치면서 놀아 줄까. 손톱을 매만지는 레지들의 뒷모습을 빤히 바라보다가, 생각을 고치고 마당으로 향했다.

오늘은 오전부터 바쁜 통에 옥상을 한 번도 올라가지 못했다. 나팔꽃 받침대를 다시 확인할 필요가 있었다. 슬리퍼를 직직 끌면서 문턱을 넘은 순간, 가까운 거리에서 웃음소리가 들렸다.

"정말요? 그래서요?"

"무작정 기차 타고 지방으로 내려가야겠다고 결심했지. 지도를 펼치고 볼펜을 던졌는데, 글쎄 뚜껑이 데굴데굴 굴러가더니 여기서 딱 멈추는 거야. 서곡에서."

재잘재잘 떠드는 레지 곁에 하하 호호 웃는 얼굴의 중년 남성이 보였다. 익숙한 얼굴이었다. 지나치지 못하고 그 자리에 멈춰서 그 남자를 뚫어져라 관찰했다. 남자는 교무실에서 보았던 첫날처럼 말쑥한 양복 차림이었다.

"어머, 정말 신기하다. 완전 운명이네."

"공기 좋고, 물 좋고……. 오기 전에는 걱정이었는데 정말 다행이지."

"그때가 스무 살 때였어요?"

부인이 죽었다고 했던가. 그래서 그 고급 주택에서 윤이서와 단둘이 산다고, 동네 사람들이 떠들어 대던 내용이 기억났다.

녀석의 가벼운 행동이며 말투를 떠올려 보면 그의 부친도 겉만 번지르르할 게 뻔했다. 다방에 드나드는 행동부터가 그 증거였다. 불만 섞인 눈초리로 두 사람을 지켜보았다.

"슬슬 가요. 티켓도 끊었는데, 해 떨어지기 전에 가야지."

레지가 손에 든 보온병을 가볍게 흔들어 보였다. 내가 아침에 타 준 냉커피였다. 그럼 그때부터 계속 여기서 떠들었던 건가.

시간이 금이라며 잔소리를 일삼는 마담 눈에 띄었다면 당장 욕설이 날아왔을 텐데. 레지가 팔짱을 끼고서 오토바이로 이끌자 윤 사장이 절레절레 고개를 흔들었다.

"차 가져왔어. 같이 타고 가지."

"사장님 차예요? 세상에, 엄청 좋다. 여기 살면서 이런 자동차 처음 봐요."

"가끔 나랑 드라이브나 갈까, 그럼."

"드라이브? 서울 사람들은 참 영어 좋아한다니까. 그래도 우리 윤 사장님이 쓰니까 멋있어 보이네."

새카만 고급 세단 앞에서 레지가 연신 감탄사를 내뱉었다. 진심으로 즐거워하는 그녀의 칭찬에 윤 사장은 별것 아니라는 듯 가볍게 웃었다. 확실히 서곡과는 어울리지 않는 값비싼 자동차처럼 보였다.

관광객이 아니라 마을 사람이 이런 차를 모는 건 처음이었다. 레지는 좋아서 어쩔 줄 몰라 하며 조수석에 올라탔다.

윤 사장은 직접 허리를 숙여 조수석으로 고개를 들이밀더니, 레지에게 안전벨트를 매 주었다. 그때까지 깔깔대며 웃던 레지가 갑자기 조용해지며 두 볼을 붉혔다.

서곡 여자들은 이게 문제였다. 유달리 친절한 사람한테 약하다는 점. 아마 저 서울서 내려온 이가 서곡 토박이 남자들과 비교되기 때문일 터였다.

레지가 그의 말재간에 홀랑 넘어가지 않기를 바라며 멀뚱히 쳐다보았다. 주머니 속 껌 포장지를 만지작거리면서 기다리기를 잠시, 두 사람을 태운 차가 빠르게 오른쪽 골목으로 향했다. 점점 멀어지는 차 뒤 꽁무니를 주시하다가 돌아서자 낯설고도 익숙한 인영이 눈에 띄었다.

건너편 가로수 뒤에 윤이서가 서 있었다. 영문 로고가 박힌 흰 티셔츠에 청바지 차림이었다. 교복을 입지 않아 앳된 티가 남은 얼굴이 아니었더라면 성인 남성으로 착각했을지도 몰랐다.

너른 어깨선을 따라 커다란 티셔츠가 바람에 가만히 나부꼈다. 흰색 운동화와 마찬가지로 옷도 비싸 보였다.

커다란 나무에 모습을 감춘 그의 시선은 방금 차가 사라진 방향에 꽂혀 있었다. 순간 심장이 덜컥하고 흔들렸다. 윤이서는 그저 빈 골목 길만 쏘아보느라 정신이 없었다. 이쪽을 아예 주시하지 않는 그의 낯에 어두운 그늘이 가득했다.

주말인데 왜 다방까지 온 걸까. 레지와 함께 차를 타고 사라지는 부친의 모습을 언제부터 주시하고 있었을까. 부친이 외출한 순간부터 몰래 쫓아온 건 아니었을까. 온갖 생각이 바쁘게 머릿속을 스쳐 가는 가운데, 윤이서가 느리게 몸을 돌렸다. 골목길 방향이었다.

설마 차를 쫓아갈 생각인 걸까? 몰래 쫓아가서 괜히 레지한테 시비를 걸지도 모른다는 생각에 미쳤다. 나한테 말을 걸었던 그날도 그의 부친과 만났던 레지를 찾았으니까. 윤이서가 더 멀어지기 전에 황급히 땅을 박차고 달려갔다.

"윤이서!"

재빨리 이름부터 불렀다. 녀석은 단번에 걸음을 멈추더니 내 쪽으로 돌아섰다. 크게 뜨인 눈동자를 보니 적잖이 놀란 티가 났다.

혹시 나를 무시하고 달려갈까 봐 윤이서의 팔을 다짜고짜 붙잡았다. 짧은 티셔츠 소매 아래로 드러난 녀석의 팔이 서늘하고 단단했다. 그의 손목시계가 햇빛을 받아 은색으로 반짝였다. 윤이서는 손등만 움찔거렸을 뿐 돌아서거나 내 손을 뿌리치지 않았다.

"너 뭐야? 우리 다방 오지 말라고 했지, 내가."

"……."

"주말인데 집에서 공부나 하지. 왜 여기까지 와서, 날도 더운데……."

횡설수설 아무 말이나 떠들어 댔다. 딱히 할 말도 없지만, 이대로 보내 줬다가 무슨 일이 생길까 싶어 놓을 수도 없었다. 골목길을 노려보던 윤이서의 표정이 섬뜩할 정도로 차가웠으니까. 며칠 전 뒷산에서 듣게 된 기이한 소원도 생각나서 더욱 놓기 어려웠다.

"그렇게 다방이 궁금하면, 지금 들어와."

그래서였다. 충동적으로 다방에 들어오라 권유한 것은. 저번에도 커피니 뭐니 다방을 구경하고픈 눈치기에 이 말이 효과가 있기를 바랐다. 대꾸 없이 나를 내려다보던 윤이서가 눈썹을 까닥거렸다.

의아하다는 시선에 설명을 포기하고 팔을 당겼다. 거절한다면 그냥 포기하고 보내 줄 요령이었는데, 녀석은 손끝으로 가볍게 쥔 악력에 손쉽게 끌려와 주었다. 커다란 체구로 순순히 따라오는 모습이 어색했지만, 이유를 묻지 않으니 다행이라고 생각했다.

"홀에 손님이 없으니까, 아주 잠깐만이야. 커피나 한잔 마시고 가."

대답할 틈을 주지 않고서 쏘아붙였다. 졸졸 따라오던 윤이서는 들어오라 권유한 걸 후회할 정도로 긴 침묵 끝에 고개를 끄덕였다. 그의 하얀 얼굴에 은행나무 그림자가 넓게 번져 물결처럼 찰랑거렸다. 슬쩍 홀 안쪽을 살펴보니 다행히 마담의 모습이 보이지 않았다.

"어머, 누구야? 그 잘생긴 친구는?"

안도할 틈도 없이 구석에 모여 손톱을 정리하던 언니들이 말을 걸었다. 아직 손님을 받지 못한 레지들에게 갑작스러운 윤이서의 등장이 퍽 흥미롭게 다가왔으리라 직감했다. 윤이서는 멀뚱히 서서 내 얼굴만 보았고, 그사이 언니들이 다가와 관심을 보였다.

"다희 친구야? 같은 반?"

"친구 아니고…… 나보다 어려. 열일곱."

멀찍이 떨어져 중얼거렸다. 다방에 아는 애를 데리고 온 게 처음이라서 그런지, 언니들은 열띤 반응을 보였다. 여자애조차 데려온 적이 없으니 당연한 반응이었다. 쭈뼛거리는 나와 다르게 윤이서는 차분한 얼굴로 꾸벅 고개부터 숙였다.

"안녕하세요."

처음으로 입을 연 윤이서의 목소리가 낮고 건조했다. 예의 바른 척 구는 모습이 가증스럽다고 생각하는데, 언니들은 그마저도 좋아 보이는지 방긋 웃었다. 잘생겼다는 칭찬에도 녀석은 얼굴 하나 붉히지 않았다. 학교에서도 워낙 많이 듣는 칭찬이라 담담한 눈치였다. 그 모습도 재수 없었다.

"키가 엄청 크네. 다희보다 오빠인 줄 알았지, 동생이라곤 생각도 못 했네."

"다희 만나러 온 거야? 데이트?"

"야, 애들한테 무슨 데이트야."

"왜? 요즘 애들이 우리보다 진도 더 빨라. 아주 전깃불에 콩 볶듯이……."

언니들은 저들끼리 떠들다가 웃음을 터트렸다. 신나서 떠드는 언니들의 모습에도 윤이서는 이상할 정도로 무관심했다. 그저 뭘 하면 되겠냐는 눈빛으로 나만 쳐다보는 게 아닌가. 언니들의 은근한 놀림이 이어지고 점점 볼이 뜨거워졌다. 쩔쩔매는 내 모습이 창가에 비쳤다.

"그, 그런 거 아니야! 얘는 그냥, 그냥……."

"여기서 이러지 말고 들어와. 커피 타 줄게. 우리 다희 친구인데, 서비스 정도는 줄 수 있지."

"그래, 마침 빈방 있어. 들어와."

빨간 매니큐어를 바른 손톱으로 언니들이 윤이서의 등을 떠밀었다. 화들짝 놀라서 그 앞을 가로막았다. 지금은 마담이 안 보인다지만, 혹시라도 들킨다면 큰일이었다. 어쩌면 반나절 내내 야단을 맞을 수도 있었다.

"언니, 그럴 필요 없어. 얘 데리고 옥상 올라가서 조용히 있을게."

"아냐, 마담 언니 어차피 술 사러 나갔어. 괜찮아, 괜찮아."

능청스레 대답한 언니가 얼른 가자며 내 팔까지 잡아챘다. 내가 질질 끌려가는 걸 보고서야 윤이서도 천천히 걸음을 옮겼다. 학교에서 얄밉게 말대꾸할 때는 언제고, 얌전한 태도로 구는 녀석이 묘했다.

곰인 척하는 여우, 어디선가 본 문장이 퍼뜩 떠올랐다.

언니들은 다방 맨 끝의 작은 방으로 들어가 방석을 놓았다. 윤이서는 새하얀 운동화를 댓돌에 가지런히 올려 두고서 장판을 밟았다. 노란 장판 곳곳에 스며든 곰팡내가 거슬릴 법도 한데, 녀석은 눈 하나 꿈쩍하지 않고 안쪽 방석에 자리를 잡았다.

언니들은 나를 그 옆자리에 억지로 앉혔다. 이 방의 모든 게 부끄러웠다. 윤이서는 서울서 내려온 부잣집 도련님이나 다름없었으니까. 고급 주택의 피아노까지 있는 방에서 지내는 녀석한테 이 방이 어떻게 보일까. 물어보지 않아도 답은 뻔했다.

얼른 커피나 내어 주고 쫓아내야지 싶어서 벌떡 자리에서 일어났다. 눈이 마주친 윤이서가 갑자기 따라오려는 것처럼 무릎을 폈다. 맞은편에 앉은 언니들이 흥미진진한 얼굴로 우리를 구경하는 시선이 따가웠다. 다급하게 녀석의 어깨를 손바닥으로 붙잡았다. 그제야 녀석이 처음으로 긴장한 듯 어깨를 굳혔다.

"나 마실 것 좀 가져올게."

"……"

"그러니까 여기서…… 언니들이랑 기다려. 알았지."

학교에서 재수 없이 굴던 윤이서의 태도를 떠올렸다. 싫다고 거절해도 이상할 게 없는 상황이었는데, 윤이서는 어째선지 단박에 수긍하듯 도로 자리에 앉았다. 그의 얌전한 반응으로 분위기가 더 이상해졌다. 얄궂은 미소로 지켜보는 언니들의 눈가가 가늘게 휘어졌다. 도망치듯 그 자리를 빠져나와 부엌으로 달려갔다.

대체 뭐야. 부엌에 서서 양손으로 뺨을 눌렀다. 당혹스러움과 수치심으로 얼굴이 뜨거웠다. 설마 빨개졌을까 불안했다. 제자리에서 심호흡하며 유리잔에 커피를 탔다. 티스푼으로 섞은 커피에 네모난 얼음을 띄우고, 무늬가 없고 제일 낡은 티가 덜한 쟁반을 찾아 꺼냈다. 가끔 파출소장이 방문할 때나 마담이 내놓던 쟁반이었다.

쟁반에 커피를 올리고 방으로 돌아왔을 때, 윤이서는 여전히 무뚝뚝한 얼굴로 앉아 있었다. 내 앞에서 생글생글 잘도 웃으며 떠들 때는 언제고. 어른스러운 척 단정한 자세로 커피나 기다리는 그 모습에 언니들은 귀엽다며 속삭였다.

"다희야, 네 친구 진짜 조용하다."

윤이서가 입이 무겁다고? 의아함에 미간을 찌푸리며 댓돌을 밟고 올라섰다. 조심조심 쟁반부터 옮기려는데 눈이 마주친 윤이서가 갑자기 벌떡 일어났다. 언니들까지 깜짝 놀라 고개를 들 정도로 박력 넘치는 움직임이었다.

뭐, 뭐야? 당황해서 입을 뻐끔거리는데 윤이서가 성큼성큼 다가오더니 내 손에서 쟁반을 뺏어 갔다. 멍청하게 쳐다보는 사이 녀석은 쟁반을 가지고 자리로 돌아가 앉았다. 아무렇지 않게 커피를 마시는 그의 모습에 언니들이 입가를 가리고서 웃음을 꾹 참았다.

윤이서가 나를 도와주려고 한 거였다는, 괜한 오해를 받을까 봐 얼굴이 달아올랐다. 고개를 푹 숙이고 빈자리를 찾았다.

언니들이 제발 자리를 내어 주기를 바랐는데, 여전히 빈자리는 윤이서의 옆자리뿐이었다. 언니가 내 팔을 끌어다가 거기 앉혀 두고서 도란도란 이야기를 꺼냈다.

"너 가자마자 말 한마디도 없더니 커피도 대신 옮기고……. 둘이 정말 아무 사이 아니야?"

짓궂게 물어보는 언니의 말에 황급히 고개를 주억거렸다. 아무 사이도 아니라고 단호하게 부정하는 나와 달리, 윤이서는 커피만 벌컥 들이 컸다. 한 모금 마신 커피를 내려놓고 입맛을 다시는 그의 옆모습에 부서진 햇볕이 보석처럼 반짝거리며 들어섰다.

"윤 사장님 아들인데 성격은 완전 다르네."

쟁반을 앞으로 당기다가 갑작스러운 화제에 멈칫했다. 내가 없는 동안 벌써 호구 조사까지 다 끝마친 걸까. 언니들이 아마도 귀찮게 이것저것 물어봤겠지. 매번 똑같은 손님을 받고 지루한 이야기나 나누는 레지들에게 서울서 온 손님만큼 재미있는 이야깃거리가 없을 테니까.

"선배."

필사적으로 외면하는데도 윤이서는 꿋꿋하게 말을 걸었다. 호기심 가득한 언니들의 눈길을 따갑게 받으면서 자그맣게 대답했다.

"왜 불러. 빨리 커피나 마시고 나가."

"이거 선배가 직접 탄 커피예요?"

오른손으로 턱을 괸 윤이서가 나른하게 풀어진 얼굴로 속삭였다. 나를 따라서 목소리를 낮추는 그 모습에 맞은편의 언니가 미소 지었다. 목소리가 예쁘네, 남자애치곤. 언니의 칭찬을 가볍게 무시한 녀석은 또 커피를 한 모금 마신 뒤 씩 웃었다.

"맛있네, 커피."

"커피 맛이 다 거기서 거기……."

"선배가 타서 그런가."

유리컵에 맺힌 물방울이 윤이서의 손가락을 타고 또르르 흘러내렸다. 컵을 쥔 손가락 마디가 곧게 도드라졌다. 녀석이 물방울을 허공에 가볍게 털자, 흰 티셔츠 소매에 작고 검은 동그라미가 남았다.

일부러 저러는 걸까. 언니들 앞에서 쩔쩔매는 내 모습을 구경하려고. 그게 아니라면 갑작스럽게 얌전한 척 돌변한 이유를 알기 어려웠다.

"둘이 어떻게 친해진 거야? 나이도 다른데."

"그래, 너라도 얘기 좀 들려줘 봐. 다희야. 우리 궁금해 죽겠어."

언니들은 다시금 웃고 떠들면서 윤이서의 신상을 파악하려고 시도했다. 내가 없는 동안 약간의 대화를 통해 윤이서가 윤 사장의 아들이라는 것 정도만 파악한 눈치였다.

녀석은 뭐든 물어보라는 듯이 고개를 비스듬히 기울이고 웃었다. 말간 두 눈이 오히려 더 수상쩍게 다가와 입술을 열지 못했다.

대신 언니들이 하나둘 속사포처럼 질문을 쏘아 대기 시작했다. 내가 오고서야 입이 열린 윤이서의 모습에 호기심이 동한 게 분명했다.

학교생활은 어떤지, 좋아하는 여학생은 있는지, 성적은 좋은지……. 언니들은 정말 별의별 질문을 다 꺼냈다. 윤이서는 때때로 미소만 지어 가면서 자연스레 대답을 회피했다.

"왜 하필 서곡으로 내려온 거야?"

그러다가 그 질문이 나왔다. 윤이서는 처음으로 입가의 미소를 지웠다. 옆에서 휴짓조각을 뜯으며 시간을 죽이다가 그 변화를 알아채고 손을 멈추었다. 가까이 있었기에 나밖에 볼 수 없었다. 윤이서의 입술이 비뚜름하게 휘어졌다가 돌아온 것을.

"어머니 고향이 여기라서요."

"그래? 어머니는 왜 안 내려오시고?"

아차 싶었다. 아직도 윤 사장네 가족 이야기를 듣지 못한 언니가 있을 줄 몰랐으니까. 다른 언니가 당황해서 팔꿈치로 옆구리를 쿡 찔렀지만, 이미 튀어나온 질문을 물릴 수 없었다. 대답할 필요 없다고 말하려는 찰나, 윤이서가 유리컵을 들고서 나지막이 뇌까렸다.

"한 달 전에 돌아가셨어요."

분위기가 단숨에 가라앉았다. 찬물을 끼얹은 것처럼 불편한 공기가 흐르는 와중, 질문한 언니가 기어들어 가는 목소리로 사과를 건넸다.

가시방석에 앉은 것처럼 다리가 저릿저릿했다. 눈치를 살피는 언니들과 달리, 윤이서는 여유롭게 티스푼으로 커피 잔을 휘휘 저었다. 녹아 가는 얼음으로 옅어진 커피가 유리컵 안에서 고요하게 소용돌이쳤다.

"여긴 유골 뿌리러 온 거고. 그게 어머니 마지막 소원이어서."

어머니의 유골을 뿌린다는 말에 뒷산이 생각났다. 그쪽에 산골장이 가능한 구역이 있었다. 원래 해양장도 가능했지만, 몇 년 전 서백 염전 저수지에서 일하는 사람들의 극심한 반대로 사라졌다. 산골장도 그 형태만 남아 있을 뿐, 실제로 그곳에 유골을 안치하려 찾아오는 외지인은 극히 줄어들었다.

윤이서는 그래서 나한테 동네 구경을 시켜 달라고 했던 걸까. 뒷산 안내를 부탁했던 것도 산골장이 가능한 구역이 어딘지 살펴보기 위함이었을지도. 하지만 그는 나한테 동굴의 위치를 물어보고 확인했을 뿐, 유골에 관한 말은 일절 꺼내지 않았다.

미심쩍은 분위기 속에서 맞은편의 언니들이 별안간 몸을 일으켰다. 잊은 일이 있었다며 갑자기 분주하게도 짐을 챙기더니 방 밖으로 우르르 몰려 떠났다. 어쩌면 가라앉은 분위기를 감당할 자신이 없었는지도 몰랐다.

홀로 머쓱하게 남아서 윤이서를 곁눈질했다. 그는 남은 커피를 전부 들이켰다. 꿀꺽, 시원스럽게 튀어나온 목울대가 보였다.

"나 커피 한 잔만 더 줘요."

말끔하게 비운 유리컵을 탁 소리 나게 내려놓으며 그가 웃었다. 묵묵히 빈 컵을 내려다보며 인상을 썼다. 윤이서가 손등에 턱을 괴고서 바짝 거리를 좁혔다.

코앞에 맞닥뜨린 입술이 이 동네 애들의 것과 사뭇 달랐다. 보기 좋은 혈색이 돌아 도톰하고 선이 예쁜 입술이었다. 그래서 낯설고, 어색하고…… 거리감이 느껴졌다.

"드디어 선배랑 둘이 남았네."

"……."

"좋다. 조용해서."

저 약아빠진 녀석의 속내를 도무지 알 수가 없었다.

✾   ✾   ✾

딸깍, 딸깍.

미미하게 거슬리는 소음에 무거운 눈꺼풀을 들어 올렸다. 목까지 덮었던 이불을 내리자 쪽방 구석에 쪼그려 앉은 인영이 보였다. 낮에 커피 배달을 나갔던 미정 언니였다. 언니는 허리 고무줄이 다 늘어난 몸빼 바지에 헐렁한 쥐색 티셔츠를 입고서 발톱을 깎고 있었다.

쪽방에는 우리 둘뿐이었다. 나머지 레지들은 아직도 돌아오지 않았다. 재빨리 일어나 앉아 이불 아래 깊숙이 넣은 양푼을 끌어당겼다. 낮에 몰래 고구마와 옥수수를 찌고 숨겨 두었다.

"미정 언니, 언제 왔어."

"내가 언제 들어왔는지도 모르고, 너도 참 팔자 편하게 잔다."

언니는 머리카락이 아주 짧아서, 뒤를 보고 있는데도 미소 지은 입가가 다 보였다. 멋쩍게 볼을 긁적였다. 오래도록 생활한 탓인지 이 쪽방에서만 잠들면 잠귀가 어두워졌다.

"아무 소리도 못 들었는데……."

"배 까고 자길래 이불 덮어 줬더니 숨도 안 쉬고 자더라. 너 죽은 줄 알았어, 야."

"거짓말."

"이게 머리 좀 굵어졌다고 언니 말을 안 믿네."

잡담을 주고받으며 말할 틈을 살폈다. 양푼을 꼭 쥐고 곁으로 다가가자, 언니는 깎은 발톱이 수북한 신문지를 동그랗게 구기다가 멈칫했다. 양푼에 담긴 고구마를 보자마자 입맛을 다시는 게 보였다. 다방 레지들의 취향을 전부 꿰고 있다는 건, 이럴 때 아주 편리했다.

"갑자기 무슨 고구마야?"

"언니 주려고 낮에 마담 몰래 꿍쳐 뒀어."

"뭐? 웬일이야. 귀여운 짓을 다 하고."

"뭣 좀 물어볼 게 있어서."

그러니까 일종의 뇌물이라는 거지. 언니는 냉큼 고구마 하나를 집어 들고 껍질을 까기 시작했다. 보라색이 은은하게 도는 고구마 껍질을 벗겨 내자 잘 익은 속살이 드러났다. 노란 고구마가 하얀 김을 뿜었다. 자는 동안 아랫목에 두고 이불로 덮어 두어 아직도 뜨끈뜨끈했다.

"뭔데."

"언니, 윤 사장 알아? 우리 다방 뒤쪽에 이사 온……."

"아아, 윤석호 사장님?"

언니가 곧장 대답했다. 역시, 기억할 줄 알았다. 미정 언니가 이 다방 레지 중에서 가장 먼저 윤 사장을 상대했던 사람이었으니까. 윤이서가 눈에 불을 켜고 찾으려 했던 장본인이기도 했고. 지금은 윤 사장을 손님으로 받은 레지가 늘어나서 흥미가 떨어진 듯했지만 말이다.

"그 사람 어떤 사람이야?"

"윤 사장? 아주 점잖으시지."

뜻밖의 호평이었다. 미정 언니는 더욱 손님한테 까탈스럽기로 유명했으므로 아주 의외의 대답이 아닐 수 없었다. 나도 모르게 말을 더듬으며 되물었다.

"점, 점잖다고?"

"그래, 욕도 안 하시고, 외상도 안 달고. 그 정도면 백 점짜리 손님이야."

언니가 호호 불던 고구마를 내 쪽으로 쓱 내밀었다. 아직 한 입도 깨물지 않은 고구마의 노란 속살에서 향긋한 냄새가 났다. 괜찮다고 고개를 젓자, 몇 번 더 권유하던 언니가 금방 체념하고 고구마를 먹었다.

"이 동네에 윤 사장 같은 손님만 있으면 좋겠어. 손찌검도 안 하고, 돈도 많이 주고."

미정 언니는 무릎에 생긴 흉터를 보여 주면서 짧게 한탄했다. 아랫동네 세탁소집 둘째 아들이 낸 상처였다. 그 새끼는 자주 언니를 불러내고, 돈도 안 주면서 이래라저래라 말이 많았다. 홧김에 담뱃불을 지져 대는 경우도 허다했다. 저 흉터도 그때 생긴 것이리라.

대꾸하는 대신 옷장 아래 서랍에서 연고를 꺼냈다. 약을 발라 주려는데 미정 언니가 고구마를 내려 두더니 물티슈를 찾았다. 물티슈 한 장을 뽑아 건네주자 손을 대충 닦아 내더니, 바닥에 등을 대고서 모로 누웠다.

"서울에서 지낼 때 평판도 좋았던 모양이야. 왜 서곡까지 내려올 생각을 했는지 몰라. 마누라 장례 치르고 심경의 변화라도 생겼나."

"언니, 연고 바르자."

윤 사장의 이야기도 궁금했지만, 언니의 무릎이 더 신경 쓰였다. 연고 뚜껑을 돌리는데 언니가 팍 인상을 구겼다.

"필요 없어."

"덧나면 어떡해."

"다 나아도 어차피 또 생겨."

재작년까지만 해도 미정 언니는 몸에 난 상처 하나를 그냥 넘기는 법이 없었다. 연고에 반창고까지 부지런히 붙여 가며 상처를 보살폈다. 그랬던 미정 언니가 상처를 무심하게 넘기게 된 건 작년 봄부터였다.

정확히는 세탁소집 둘째 아들과 연애 아닌 연애를 시작하게 된 이후부터. 그때부터 그는 손님이 아니라 언니의 연인이 되었다.

"그 새끼는 왜 맨날 언니 무릎을 가만히 안 둬?"

투덜대며 던진 말에 언니도 아무렇지 않게 대답했다.

"손님 앞에서 치마 입고 팔짱 낀 걸 들켜서 그래."

그럼 레지가 손님한테 팔짱도 못 끼나, 시발. 돈 받으려면 팔짱이 뭐야, 등에 업어서라도 다녀야 하는데. 치마도 마찬가지지. 이 다방 레지들은 죄다 원피스 아니면 짧은 치마를 입어야 했다. 그게 포주의 방침이었다.

"불만이면 돈 주고 따지라고 해. 거지새끼가 언니한테 빌붙어서 이래라저래라……."

"착한 내가 참아 줘야지. 나중에 세탁소 물려받으면 다 갚아 주겠다잖아."

내 빚도, 흉터도. 어쩌면 남은 인생도……. 쓸쓸하게 중얼대다가 뒷말을 삼키는 언니의 얼굴이 어두웠다. 더 지적하는 대신 연고 뚜껑을 마저 열었다. 됐다면서 뿌리치려는 손을 무시하고 안간힘을 써서 무릎에 연고를 발라 주었다. 언니는 내가 하는 모양새를 가만히 지켜보다가 쓸쓸한 미소를 머금었다.

"다희야, 너는 절대로 이 동네 사람 만나지 마."

"언니가 제발 만나라고 소개해 줘도 안 만날 테니까 걱정하지 마."

진심이 담긴 대답이었다. 딱히 서곡을 떠나서 살고픈 건 아니었지만, 서곡에서 결혼하고 아이를 낳아 가며 살고 싶지 않았다.

애초에 그럴 여유나 생긴다면 다행이었다. 포주한테 빚을 다 갚기 전까지는 그 정도의 인생조차 내게 허락된 미래가 아니었다. 언니는 허벅지까지 걷었던 바짓단을 내리다가 뭔가 생각난 듯 손가락을 튕겼다.

"차라리 만나고 싶으면…… 그래, 그 남학생 만나."

"누구?"

"서울서 내려온 애 있잖아. 윤 사장 아들."

연고 뚜껑을 돌려 닫던 손이 우뚝 멈추었다.

"윤이서 말하는 거야?"

"그런 이름이었나. 기억이 안 나네."

심드렁하게 대꾸한 미정 언니가 별안간 눈을 가늘게 떴다. 빤히 쳐다보는 눈 모양이 얄밉기 그지없었다. 모른 척 연고를 챙겨서 자리를 뜨려다가 단번에 어깨가 붙잡혔다. 나동그라진 내 몸 위로 올라탄 언니가 두 손 뻗어 옆구리를 간질였다.

"오늘 낮에도 놀러 왔다며. 다른 애들한테 얘기 다 들었는데."

이럴 줄 알았지. 다방 언니들은 전부 입이 가벼운 편이었다. 다방 안에서 벌어지는 일이 별로 없으니 아주 사소한 것이라도 공유하는 게 일상이었다.

그새 어디까지 이야기를 들었는지, 미정 언니는 내가 윤이서와 특별한 사이라고 확신하는 눈치였다. 대답을 재촉하는 언니의 목소리에 즐거운 기색이 역력했다.

"둘이 무슨 사이인데?"

"아무 사이도 아니야."

"그런데 왜 너 보러 여기까지 와?"

"나 보러 온 게 아니라……."

재빨리 반박하려다가 입을 다물었다. 윤이서는 제 아버지를 감시하러 온 것 같았지만, 그 사실을 솔직하게 말해도 괜찮을까 싶었다. 분명 나랑 아무 상관도 없는 일인데도 찝찝했다.

아버지의 차가 사라지던 방향을 바라보던 그 서늘한 눈빛이 떠오른 까닭일까. 그 순간을 목격한 사람이 나밖에 없다는 생각이 미치자 말을 꺼내기 힘들었다. 불편한 마음에 뒷말을 목구멍 깊숙이 삼켜 버리고 고개를 돌려 버렸다.

"아, 어쨌든 그런 사이 아니야."

물론 부정하는 내 모습이 부끄러움 타는 모양새로 비쳤는지, 미정 언니는 더욱 상기된 얼굴로 내 팔을 붙잡았다.

"어? 정말 뭐가 있긴 하나 보네?"

"없다니까, 진짜로!"

간지러움을 워낙 잘 타서 언니의 손길이 집요해지자 금방 괴로워졌다. 눈물까지 흘리며 허리를 뒤트는데도 언니는 계속 질문을 이었고, 끝까지 고개를 내젓느라 죽을 지경이었다. 땀까지 뻘뻘 흘리고 나서야 미정 언니가 포기하고서 손을 떨어트렸다.

"나중에 둘이 잘되면 꼭 말해."

"그럴 일 없다니까."

흐트러진 옷가지를 추스르면서 이마의 땀을 닦았다. 이리저리 피하느라 잔뜩 발개졌을 얼굴이 후끈 달아올랐다. 손등으로 볼을 쓱쓱 문지르며 퉁명스레 답했다.

"나는 결혼하기 싫어."

"왜?"

정말 몰라서 묻나. 내 주변에서 결혼하고 행복하게 사는 사람이 몇이나 된다고. 오히려 결혼하지 않고 쓸쓸하게 지내는 편이 더 낫겠다고 생각하게끔 하는 사람이 훨씬 많았다. 다방 레지들뿐만 아니라 서곡 사람들 대부분이 그랬다.

하지만 솔직하게 말한다면 언니는 괜히 이상한 생각에 잠길 게 뻔했다. 내가 어릴 적부터 향기 다방에서 지낸 기억 때문에 이러는 거라고 오해하거나. 대충 머리를 쥐어짜서 그럴싸한 대답을 던졌다.

"지금처럼 언니들이랑 사는 게 더 좋아."

"지금이야 그렇겠지, 어리니까."

언니가 다 먹은 고구마 껍질을 신문지 귀퉁이에 올리며 빈정댔다. 어리면 뭐 얼마나 어리다고, 지지 않고 눈을 흘겼다.

"나도 다 컸는데."

"쪼끄만 게 다 크긴."

"이제 2년만 기다리면 성인이야. 금방이라고."

아, 그러세요. 언니는 듣는 둥 마는 둥 대답하며 뒹굴던 몸을 완전히 일으켰다. 돌돌 말려 구석에 내팽개친 이불을 다시 바닥에 까는 걸 보니 슬슬 졸린 눈치였다.

양치 대신 찬물로 입을 헹군 언니가 문을 열고 마당에 그것을 뱉고서 돌아왔다. 언니의 도톰한 아랫입술에 물방울이 대롱대롱 매달렸다.

"언니들이랑 하하 호호 늙어 봤자 뭐가 좋니? 착한 놈 하나 잡아다가 같이 늙어 가는 게 훨씬 좋아. 빚도 다 갚으면 어디 여행이나 가고……."

줄줄 말을 잇던 언니가 한숨으로 목소리를 흐렸다.

"내가 너한테 이런 말 할 처지가 아닌데. 좀 웃기네."

괜찮다고 했지만, 연고를 발라 준 부위가 아직 쓰라린지 언니의 눈길이 자연스레 그곳을 향했다. 언니의 상처를 떠올리니 또다시 울화통이 터졌다.

정말로 사랑한다면 티끌 하나 묻는 것조차 안타까워해야 정상 아닌가. 사랑하기에 질투해서 손을 댄다는 건, 아무리 어린 나라도 도통 이해하지 못할 감정이었다.

"그 새끼가 또 손대면 말해."

복잡한 마음속에서 빈 양푼을 정리하며 쏘아붙였다. 언니는 위협조차 되지 않는 나의 말에 깔깔 웃다가 물었다.

"어쭈, 네가 뭘 하게."

"마담한테 찌를 거야. 언니 몸에 상처 있는 거 봤으니까 당분간 내보내지 말라고. 포주 명령이라고 하면 그 새끼도 한 수 접을걸."

"보통 놈이 아니란다, 그게."

열을 내며 씩씩대는 내 모습을 미정 언니는 그저 귀여운 투정 보듯 내려다보며 웃었다. 진심이라고 거듭 다짐하며 말했는데도 언니는 통 진지하게 들어 주지 않았다.

어쩌면 언니는 체념한 걸지도 몰랐다. 때려 놓고 다시는 안 그러겠다며 싹싹 빌던 연인의 모습에 질리고 지쳐서 그냥 포기했는지도.

"얼굴은 안 건드니 다행이지. 멍이라도 달고 오면 마담이 가만히 있겠어? 손님 받기도 바쁜데 어디서 다쳐 왔냐고 성질이나 낼걸."

"얼굴이든 어디든 다 똑같아! 괜히 애꿎은 놈한테 맞고 다니지 말라고."

버럭 성을 내고서야 언니의 눈이 크게 뜨였다. 얘가 왜 이래, 딱 그런 표정이었다. 대체 왜 이 문제를 심각하게 생각하지 않는 거지. 울적해진 마음에 고개를 돌리자 뒤늦게 가라앉은 분위기를 눈치챈 언니가 슬금슬금 다가왔다.

"네에, 네에. 그럴게요. 우리 착한 다희 씨 말 들어야지."

옆구리에 뻗는 팔을 쳐 내도, 언니는 꿋꿋이 매달려 기어이 괜찮다는 대답을 받아 냈다. 하여간 뻔뻔하다니까. 언니가 대충 펼친 이불에 커다란 베개를 올려 두고서 몸을 일으켰다. 낡은 베개 가운데가 잔뜩 헤져서 안쪽 솜이 거의 다 비쳤다.

"얼른 자, 늦었어."

"같이 안 자?"

"미연 언니 기다리려고. 아직 안 왔어."

평소라면 더 일찍 올 텐데. 미연 언니가 이렇게까지 늦다니 희한한 일이었다. 벽에 걸린 시계를 눈짓하면서 문가로 향하자 미정 언니가 작게 웃었다.

"누가 보면 친자매라고 해도 믿겠다, 너희는."

"왜?"

"한시도 떨어지는 꼴을 못 보니까! 마중까지 나가고 참 지극정성이야. 여자끼리 징그럽게……."

"잘 자, 언니."

또 수다를 시작하려는 기세에 후다닥 내뱉고 바깥으로 나왔다. 문을 닫아 버리자 안쪽에서 언니가 어디 가냐며 소리를 질렀지만, 이내 조용해졌다. 마루에 걸터앉아 캄캄해진 하늘을 올려다보았다.

곧 문지방 너머로 미정 언니가 코 고는 소리가 드문드문 울려 퍼졌다.

✻   ✻   ✻

일요일은 유일하게 완전한 휴식이 주어지는 날이었다. 물론 나에게만.

언니들은 주말 평일 가리지 않고 지명이 들어오면 즉시 나갔다. 몸이 심하게 아플 때나 병가를 낼 수 있었다. 병가를 내면 마담이 의사를 불러 주거나 상황에 따라 읍내 병원까지 보내 주었다.

그렇게 하루를 통째로 쉬면 손님도 못 받으니 레지들에게도 공치는 날이었다. 그래서 언니들은 아무리 몸이 아파도 끙끙 앓으며 참는 게 버릇이 되었다.

열이 펄펄 끓어도, 배탈이 나 화장실을 종일 들락거려도 어떻게든 버텼다. 그 모습을 보면서 자란 덕분에 나 역시 웬만한 몸살은 조용히 이겨 내곤 했다.

"미연 언니 어디 갔어요?"

찬물로 몸을 씻고 난 후, 홀로 나와 마담에게 다가갔다. 계산기를 두드리며 장부를 옮겨 적던 마담에 손끝으로 안경을 추켜올렸다. 숫자와 씨름하던 도중에 갑자기 나타난 내가 불만인지 표정이 안 좋았다.

"홀에 없는 거 보면 몰라? 손님 받으러 나갔겠지."

"이렇게 일찍 나가요?"

"손님 받는데 아침저녁이 어디 있어?"

마담이 숄을 고쳐 두르고 한 손을 크게 휘적거렸다. 시끄럽게 방해
하지 말고 나가라는 뜻이 담긴 손짓이었다. 찍소리하지 않고 얌전히 마
당으로 나갔다. 마담이 장부와 씨름할 때는 원래 방해하지 않는 편이
좋았다. 숫자 계산이 조금이라도 틀린다면 포주가 지랄할 테니.

다 마르지 못한 머리칼을 햇볕 아래 탈탈 털면서 계단을 올랐다. 옥
상으로 올라가는 동안, 새파란 은행잎이 발치로 떨어졌다. 그중 하나를
손에 들고서 바람개비처럼 빙빙 돌렸다. 옥상에는 은행잎이 계단보다
더 많이 떨어져 먼지 뭉치처럼 굴러다녔다.

"왜 이렇게 일찍 나갔지……."

지난 밤, 아주 늦게 들어왔던 미연 언니의 모습이 떠올랐다. 언니는
평소보다 무척 지친 얼굴로 돌아와 마루에서 잠든 나를 깨웠다. 돌아
오길 기다렸다고 말하자 기쁜 듯 웃었지만, 앞으로 그러지 말라며 짐짓
엄하게 타이르기도 했다. 분명 평소와 똑같은 모습이었는데 이상하게
찝찝함이 남았다.

오늘도 마찬가지였다. 같이 장에 나가서 튀김이나 먹자고 이불에서
한껏 떠들었는데……. 약속을 잊은 건지, 그보다 중요한 손님이 찾아왔
던 건지 의문이었다.

먹지 못한 튀김 생각에 입맛을 다셨다. 혼자라도 나가서 사 먹을 수
있었지만, 언니랑 같이 먹는 게 아니면 싫었다.

화단으로 다가가 그새 더 자란 나팔꽃을 살폈다. 아이스크림 막대를
엉성하게 이어 만든 지지대가 바람 앞에서 위태롭게 흔들렸다. 역시 이
보다 더 튼튼한 지지대가 필요했다. 어디서 구할까 고민하는 찰나, 별
안간 머리 위로 낯선 소리가 들려왔다.

"……."

조용히 몸을 일으켰다. 담벼락 너머에서 들리는 소리였다. 무시하고 싶었는데, 그 낯선 소리가 정말 아름답고 신기해서 돌아설 수가 없었다. 처음 듣는 건 아니었다. 아주 가끔 마담이 홀에서 틀던 음악에서도 저런 소리가 났다. 매끄럽고 부드러운 피아노 연주였다.

소리가 들리는 방향을 굳이 확인하지 않아도 알았다. 건너편 양옥, 윤이서가 사는 집. 커다란 창가 너머에 들어선 피아노가 생각났다.

초콜릿처럼 새까맣고 네모난 피아노. 누군가 그 피아노를 연주하는 게 틀림없었다.

호기심이 미칠 것처럼 끓어올랐지만, 이를 악물고 참아 내며 고개를 내렸다. 저 집은 이제 마음대로 훔쳐볼 곳이 아니었다. 불청객이 들어선 이상, 희망의 상징이 될 자격도 없었다. 언젠가 저런 집에서 살고 싶다는 꿈도 자연스레 바스러졌다. 나팔꽃이나 다시 살피려는데, 별안간 소리가 멎었다.

고민했다. 잘 들려오던 피아노 소리가 멎은 이유가 뭔지 궁금했으니까. 슬그머니 바라본 방향에 유혹하듯 놓인 벽돌이 있었다. 항상 까치 발을 딛고서 건너편을 훔쳐보던 자리였다.

어떡할까. 그 짧은 순간 오만가지 고민을 하다가 살금살금 걸음을 옮겼다. 아주 잠깐만 보자고 생각했다. 살짝 눈높이만 올리면, 그럼 들키지 않고 창 너머만 빠르게 살필 수 있겠지.

스스로 자기 합리화를 되새기며 땀이 밴 손을 티셔츠에 문질러 닦았다. 가벼운 심호흡을 마지막으로 벽돌에 올라섰다. 담벼락 끝을 손바닥으로 단단히 쥔 다음, 힘주어 까치발을 세웠다.

"아, 내가 이럴 줄 알았다니까."

동시에 불청객과 눈이 마주쳤다. 시발, 정말 나도 모르게 욕설이 튀어나왔다. 아마 상대도 내 입 모양을 고스란히 읽었으리라. 커다란 창가에 두 다리를 다 내놓고 앉은 윤이서가 씩 웃으며 손을 흔들었다. 미친 새끼.

"그래도 좀 참아 보려고 했나 봐? 생각보다 늦게 올라온 걸 보면."

"……."

"고개만 빼꼼히 내민 게 귀엽긴 한데……."

위험천만한 높이에도 그는 전혀 주눅 들지 않았다. 되레 혀를 내밀고 나를 놀리기 바빴다. 한없이 가볍고 짓궂은 태도였지만, 멀리서 보기엔 위험천만한 상황이었다. 녀석이 조금만 더 상체를 기울여도 그대로 떨어질 만한 자세였으니까.

기겁해서 아무 말도 못 하고 얼어붙었다. 윤이서는 일부러 피아노 연주를 멈춘 거였다. 내 발소리를 들었거나, 혹은 인기척을 느꼈거나. 보통 사람이라면 창문을 닫을 텐데, 저놈은 특이한 성격인지 굳이 나를 기다렸다. 내가 벽돌을 밟고 올라가 자신을 쳐다볼 때까지.

"변태."

"너……!"

욱하는 마음에 소리를 지르려다가, 아래층에서 엽차를 끓이고 있을 김 마담 생각에 입을 다물고 살벌하게 노려보았다. 윤이서는 놀라지도 않고서 무슨 생각인지 대뜸 안쪽으로 손을 흔들었다. 마치 들어오라는 뜻 같았다.

"놀러 올래요?"

"뭐?"

예상과 별반 다르지 않은 질문이 날아왔다. 비틀거리는 다리에 단단히 힘을 주고서 미간을 찌푸렸다. 윤이서가 기다란 다리를 도로 창가 안쪽으로 집어넣더니, 폴짝 뛰어내려 돌아섰다. 헐렁한 티셔츠가 흔들리면서 녀석의 옆구리에 꽉 들어찬 근육이 다 드러났다.

"지금 집에 아무도 없는데."

빈집이라는 걸 밝히는 윤이서의 목소리가 한껏 들떠 있었다. 아무리 그래도 다짜고짜 놀러 오라니. 빈집이라는 말에 혹한 건 사실이었지만, 반대로 윤이서만 있다는 생각에 위험한 예감이 들어섰다.

설마 집으로 부른 다음 무슨 짓이라도 하려는 건 아닐까. 의심되는 마음에 침묵하고 쳐다보는데, 윤이서가 멋대로 팔을 흔들었다.

"얼른 와요! 기다릴게."

"뭐? 잠깐……."

"안 오면 내가 다방으로 가야지."

"야!"

빽 소리를 지름과 동시에 윤이서가 창문을 닫아 버렸다. 커튼까지 쳐 버려서 안쪽을 볼 수가 없었다. 벽돌 아래로 내려와 전전긍긍하며 입술을 잘근거렸다.

어떡하지? 그동안 그림의 떡처럼 구경하던 양옥 내부를 구경할 기회이긴 했다. 윤이서만 없더라면 기쁘게 달려갔을 텐데.

기나긴 고민 끝에, 결국 합리화를 마쳤다. 윤이서가 설령 나쁜 짓을 저지른다고 해도 소리를 지르면 그만이었다. 바로 앞이 향기 다방이니까 한 명쯤은 내 비명을 들어 주겠지. 게다가 윤이서라면 감히 그런 짓을 저지르지 않으리라는 생각이 들었다. 그저 막연한 감이었다.

최대한 자연스럽게 옥상 계단을 내려갔다. 마담은 여전히 홀에 앉아 장부 정리에 열을 올리고 있었다. 살금살금 마당을 가로질러 다방을 벗어났다. 기다란 담벼락을 따라 반 바퀴 돌고서야 거대한 양옥이 모습을 드러냈다.

윤이서의 집에도 마당이 있었지만, 향기 다방의 그것과 분위기가 사뭇 달랐다. 자갈이 깔린 마당 한편에 키 낮은 소나무 분재가 드문드문 보였고, 아직 정리하지 못한 가구 상자가 몇 가지 쌓여 있었다. 이러다 비라도 오면 어쩌려고 저러나.

가만히 마당의 풍경을 지켜보다가 돌계단을 올라갔다. 네모난 초인종을 꾹 누르자 닫힌 문 너머로 자전거 벨과 비슷한 소리가 찌르릉 울려 퍼졌다. 뒤이어 쿵쾅, 요란하게 계단을 뛰어 내려오는 발소리가 이어졌다.

"왔어요?"

벌컥 열린 문 앞에 윤이서가 서 있었다. 헐렁한 티셔츠와 찢어진 청바지, 옥상에서 본 차림 그대로였다.

옷을 좀 갈아입고 올 걸 그랬나. 후줄근한 반바지에 목이 다 늘어난 내 티셔츠가 갑자기 신경 쓰였다. 정작 윤이서는 나를 현관으로 들이느라 들떠서 정신이 없어 보였다.

"너희 아빠는?"

"몰라요. 낚시하러 갔을 수도 있고."

윤석호 사장은 녀석을 홀로 남겨 두고 외출하는데 익숙한 모양이었다. 그 역시 별로 대수롭지 않은 태도로 말하는 걸 보면.

윤이서는 능숙한 태도로 신발장에서 깨끗한 슬리퍼를 꺼내더니 현관 앞에 놓아 주었다. 다소곳하게 놓인 슬리퍼가 어색하기 짝이 없어서 눈치를 보다가 슬쩍 신어 보았다. 슬리퍼는 폭신하고 가벼웠다.

우리는 한마디 말도 없이 조용히 거실을 지나 계단을 올라갔다. 아래층에는 가구들이 정갈하게 배치되어 있었지만, 새것처럼 보이는 까닭에 오히려 적적한 분위기를 풍겼다. 가족사진 하나 걸려 있지 않아 휑한 느낌이 더 컸다. 모든 게 지나치게 깔끔했다.

윤이서의 방은 위층에 있었다. 기다란 복도 가운데 둥글게 구멍이 뚫려 아래층이 다 보이는 구조였다. 실수로라도 난간 아래로 떨어진다면 다리 하나 정도는 쉽게 부러질 높이였다.

아슬아슬한 난간을 곁눈질하다가 앞서가는 윤이서의 뒤를 부랴부랴 쫓았다. 방문을 열던 녀석이 씩 웃으며 속삭였다.

"어때요? 맨날 훔쳐보던 방에 직접 들어온 느낌이."

"그런 적 없어."

"또 그런다. 아까 들켜 놓고."

발끈해서 눈을 홉뜨자 녀석이 짓궂은 웃음을 삼키고 물러났다. 내 약을 바짝 올리려고 애쓰는 게 틀림없었다. 일부러 도발에 응해 주지 말자고 결심하며 가만히 방을 둘러보았다.

윤이서의 방은 우선 넓었다. 혼자 쓴다고 생각하기엔 지나치게 넓었다. 어느 정도냐면, 내가 언니들과 함께 지내는 쪽방보다도 넓었다. 가구가 차지하는 자리까지 생각한다면 눈에 보이는 공간보다 훨씬 넓을 게 분명했다.

"여기서 잠깐 기다려요."

구경을 다 마치기도 전에 윤이서가 등 돌려 방을 나섰다. 녀석이 계단을 내려가는 발소리가 귓속을 파고들었다. 홀로 남겨진 덕분에 마음껏 방을 구경할 기회가 생겼다. 한결 편안한 마음으로 방 가운데로 걸어가 이리저리 둘러보았다.

가장 먼저 관심이 쏠린 건 당연히 피아노였다. 네모나고 새카만 피아노가 닫힌 창문 아래서 반짝반짝 윤을 냈다. 피아노를 가운데 두고 왼쪽에는 책상과 책장이, 오른쪽에는 침대가 있었다. 문 바로 옆에는 옷장에 붙은 전신 거울이 있어서 내 옆모습까지 다 보였다. 신기한 구조였다.

책이 한가득 꽂힌 책장 곳곳에 금색 트로피와 상장이 보였다. 무슨 상인지 자세히 알 수 없었지만, 하나같이 윤이서의 이름이 박혀 있었다. 침대 머리맡에는 누군가 엉성하게 그린 듯한 해바라기 그림이 걸려 있었다.

피아노 앞으로 가까이 다가가 마른침을 삼켰다. 생각보다 훨씬 크고 무거워 보였다. 피아노 아래 페달이 금색으로 반짝이고, 뚜껑에도 브랜드 로고가 금박으로 박혀 있었다. 문득 시선이 피아노 위쪽을 향했다.

자그마한 액자 속에 한 여자가 박혀 있었다.

병실에서 찍힌 것처럼 새하얀 침대에 앉은 여자가 해바라기 꽃다발을 들고 활짝 웃고 있었다. 하얗고 작은 얼굴에 눈이 큰 여자였다. 창백한 안색이 아니라면 아마도 훨씬 더 예쁘게 보였을 외모였다.

누군지 궁금해서 한참을 구경한 탓인지 등 뒤로 문이 닫히는 소리도 듣지 못했다. 인기척을 느끼고 돌아보았을 때는 이미 당황한 얼굴의 윤이서가 바로 옆에 서 있었다. 녀석은 들고 온 쟁반을 책상에 내려놓더니 잽싸게 그 액자를 덮어 버렸다.

"누구야?"

어색한 침묵이 흐르기 전, 빠르게 질문을 던졌다. 윤이서는 처음으로 내 물음에 머뭇거리는 기색을 보였다. 아까의 여유로운 표정을 찾기 힘들었다.

녀석답지 않은 분위기에 놀라서 재촉하지 않고 차분하게 기다렸다. 그제야 녀석이 자그마한 목소리로 중얼댔다.

"엄마."

어느 정도 예상하던 답변이었다. 사진 속 여자와 윤이서는 아주 닮았으니까. 녀석이 아빠를 닮은 게 큰 키와 단단한 체구였다면, 얼굴은 엄마를 상당히 닮은 듯했다.

"예쁘시네."

단칼에 대답하자 윤이서의 눈이 조금 커졌다. 녀석은 눈을 깜빡거리다가 액자를 꾹 누르고 있던 손끝을 세웠다.

"그게 다예요?"

"그럼 뭘 더 물어봐."

애초에 엄마 사진을 본 게 그렇게 놀랄 일인가? 무심히 대답을 던지자 윤이서가 바람 빠지는 소리를 내며 웃었다. 허탈한, 혹은 재미있다는 웃음이었다. 녀석이 자연스럽게 액자를 도로 세워 놓았다.

"내가 살면서 우리 엄마보다 예쁜 사람을 본 적이 없었는데……."

기다랗고 가느다란 손가락이 사진을 애틋하게 쓰다듬었다. 저런 표정도 할 줄 알았구나. 조용히 그런 생각을 하는데, 윤이서의 손이 바닥으로 떨어졌다. 돌아보며 미소 짓는 윤이서의 눈동자가 맑은 갈색으로 일렁였다.

"우리 엄마만큼 예쁜 사람, 선배가 처음이었어."

"뭐?"

"진짜로."

어이가 없어 흘겨보니, 녀석은 거짓말이 아니라며 거듭 말했다. 누가 그런 게 궁금하다고 했나. 쓸데없는 이야기라고 흘려듣는데 윤이서가 대뜸 책상에 내려놓은 쟁반에서 무언가를 가지고 돌아왔다. 내 손바닥에 덥석 쥐어 준 물건을 확인한 순간 당혹스러움이 앞섰다.

그건 동그란 막대 사탕이었다. 지난번 박동재가 나한테 줬던 것보다 훨씬 크고 예쁘게 생긴 막대 사탕. 딱딱한 사탕 막대의 감촉이 손바닥 깊숙이 스며들었다.

윤이서가 이걸 어디서 구했을까. 아니, 방법이야 많겠지. 쟤는 서울서 내려온 애잖아.

"이거 왜……."

그런데 왜 하필 지금 나한테 주는 거냐고.

"사탕 먹고 싶어 했잖아요, 그때."

윤이서는 도로 가져간 사탕을 손수 비닐까지 벗겨 주더니, 냉큼 내 입에 쏙 물려 주었다. 엉겁결에 그것을 입에 문 채로 녀석을 올려다보았다.

"이게 더 맛있고 비싼 거야."

윤이서는 무슨 생각을 하는지 모를 눈빛으로 나를 보았다. 녀석의 시선이 눈에서 입술로 부드럽게 미끄러지는 게 느껴졌다. 시선에 닿은 입술이 따끔거리는 착각이 일었다. 혀끝에 점점 단맛이 번졌다. 녀석은 마른기침과 함께 피아노 의자를 빼내더니 털썩 주저앉았다. 옆자리를 두드리는 것도 잊지 않았다.

"여기 앉아요."

망설이다가 호기심을 이기지 못하고 옆자리에 앉았다. 윤이서는 조심스레 피아노 뚜껑을 열었다. 백열등 아래로 하얗고 새카만 건반이 반짝이면서 모습을 드러냈다.

깔끔하게 닦아 윤이 나는 건반에 약간의 손때가 묻어 있었는데, 녀석이 상당히 오래도록 이 피아노를 쳤다는 걸 짐작하게 했다.

숨을 죽였다. 윤이서가 이렇다 할 눈치도 주지 않고서 갑작스럽게 연주를 시작한 탓이었다. 곧은 손가락이 건반 위를 지나갈 때마다 빗방울에 찰랑거리는 웅덩이처럼 가볍고 경쾌하게 예쁜 음이 울렸다. 음악을 잘 알지 못했지만, 그래도 이 연주가 평범하지 않다는 건 느껴졌다.

손가락은 부드럽게, 그리고 속도를 높여 가며 건반의 왼쪽과 오른쪽을 마음껏 돌아다녔다. 다시 느려지고 점점 작아지는 음 위로 윤이서의 숨소리가 얹혔다.

숨을 들이마시는 녀석의 가슴팍이 크게 부풀다가 음악에 맞춰 차분하게 가라앉았다. 진지하게 눈을 감고 건반을 두드리는 그 모습이 지나치게 낯설고, 소름 끼치도록 아름다웠다.

언제 창문을 열어 뒀는지 불어온 바람이 커튼을 스치며 녀석의 머리카락에 닿았다. 이마 위로 내려앉은 머리카락이 가늘게 흔들리며 사락거렸다.

반듯한 선의 콧대 아래로 집중해서 굳게 닫힌 입술과 단단히 다물린 턱이 가만가만 흔들렸다. 나도 모르는 사이에 연주가 끝을 맺은 순간, 윤이서의 눈꺼풀이 열리는 걸 보고 화들짝 놀랐다.

겨우 앞을 보자 옆에서 윤이서가 나지막이 숨 고르는 소리가 들렸다. 머쓱한 마음을 떨쳐 내고자 괜히 녀석의 옆구리를 팔꿈치로 쿡 찔렀다. 윤이서도 연주에 집중하느라 순간적으로 내 존재를 잊었는지 움찔하며 돌아보았다.

"무슨 노래야?"

내가 곡에 대해 질문할 줄은 몰랐는지, 녀석은 의외라는 눈빛을 보내면서도 살짝 들뜬 얼굴로 입을 뗐다.

"멘델스존 곡이에요."

"멘델스존?"

"제목이 뭐냐면……."

"됐어, 어차피 알려 줘도 모르는데."

냉랭하게 말허리를 뚝 끊어 내는데, 윤이서가 귀찮게 말꼬리를 붙잡았다.

"그래도 알려 줄게요."

"왜?"

"나중에 이 음악 또 듣게 되면, 내 생각이 날 수도 있잖아."

다시 피아노 연주를 들을 일이 있긴 할까. 피아노를 실제로 본 것도 이번이 처음이었는데. 서곡에서 악기를 연주하는 사람은 오직 읍내 교회 목사님뿐이었다.

그마저도 아주 낡은 기타를 연주할 뿐, 피아노는 교회에 존재조차 하지 않았다. 심드렁하게 윤이서의 이야기를 흘려들으며 허공에 뜬 발을 흔들었다.

"제목이 뭔데."

"베네치아의 뱃노래."

이름도 무슨…… 서울 사람인 거 티 내려고 용쓰는구나 싶었다. 입 안에 든 사탕을 쭉쭉 빨면서 대충 고개를 끄덕였다. 윤이서가 앞머리를 크게 쓸어 넘기더니, 머리카락 끄트머리를 배배 꼬면서 웃었다.

"뭐 듣고 싶은 곡 있어요? 연주해 줄게."

처음으로 구미가 당기는 제안이었다.

"뭐든?"

"가요만 빼고. 관심이 없어서."

다가온 손가락이 이번에는 내 볼을 건드렸다. 귀찮아서 뿌리치려다가 사탕이 맛있어서 참아 주기로 했다. 딸기 맛이 나는데 포도 맛도 나고, 참 신기한 사탕이었다. 갉작거리다가 피아노를 향해 고갯짓했다.

"혹시 동요도 연주할 줄 알아?"

"피아노 배우기 시작할 즈음에 다 뗐지."

"그럼……."

제목을 아는 노래가 별로 없었다. 동요도 다섯 곡 내외만 알고 있었다. 그중 특별히 좋아하는 동요를 부탁하기로 했다.

"꽃밭에서."

윤이서가 고개를 갸웃하더니 가볍게 건반을 두드리며 손을 풀었다.

"꽃밭에서? 그거 한 곡?"

"음…… 고향의 봄도."

"동요 좋아해요? 의외네."

침으로 눅진하게 젖은 사탕을 뱉어 냈다. 아랫입술을 핥자 끈적한 느낌이 났다. 윤이서가 집요하게 내 입술을 보았다. 끈질기게 달라붙는 시선을 알면서도 모른 척 무시했다.

"어릴 적부터 다방에서 같이 부르던 노래라서."

향기 다방 마당에서 다 같이 빨래하거나 낙엽을 갈퀴로 쓸 때, 혹은 겨울에 소복하게 쌓인 눈을 치울 때 언니들은 자주 노래를 불렀다.

대부분은 트로트였지만, 내가 있을 때는 가끔 동요도 불러 주었다. 특히 미연 언니가 자주 불러 주던 노래가 '꽃밭에서'였다. 윤이서가 천천히 시작하는 연주에 맞춰 가사를 얹었다.

"언니하고 나하고 만든 꽃밭에……."

나지막이 흥얼대는 내 목소리에 윤이서가 별안간 손을 멈추었다. 의아하다는 목소리가 정적 속에서 뒤따랐다.

"언니? 아빠가 아니라?"

"아빠 없으니까 그냥 언니라고 불러도 상관없잖아. 부르는 사람 마음이지."

끊긴 연주에 아쉬움이 앞섰다. 짐짓 짜증 섞인 말투로 답하며 째려보자 윤이서가 빙글거렸다.

"개사한 게 신기해서 물어본 건데."

"시끄러워. 빨리 연주나 해."

옆구리를 퍽 찌르자, 윤이서는 아픈 시늉을 하면서도 착실하게 손가락을 움직였다. 다시 울려 퍼지는 피아노 소리가 웅장하고 경쾌했다. 박자에 맞춰 다리를 앞뒤로 흔들면서 흥얼거렸다.

"나팔꽃도 어울리게 피었습니다……."

가장 많이 불렀던 노래이니 만큼 가사도 다 외우고 있었다. 미연 언니랑 나란히 마루에 누워서 봉숭아꽃으로 손톱에 물을 들일 때가 기억났다.

언니는 꽃 보며 살자 그랬죠. 날 보고 꽃 같이 살자 그랬죠. 도란도란 흥얼대던 언니의 목소리가 음을 따라 하나둘 머릿속에 떠올랐다.

"피아노 오래 배웠어? 잘하네."

부드럽게 끝마친 연주에 감탄하며 칭찬했다. 그를 만나고 처음 던지는 칭찬 같았다. 윤이서가 내 입에서 다 먹은 사탕 막대를 슬쩍 빼앗아 가더니 책상 옆 쓰레기통에 던졌다. 양철 쓰레기통 안을 시끄럽게 울리는 소음과 함께 녀석은 뜻 모를 미소를 머금었다.

"오래 배웠지. 엄마가 좋아했거든."

단맛이 사라진 입 안이 바싹 말라붙었다.

"이제 들려줄 사람도 없겠다, 좀 아쉬웠는데……."

아쉬워하는 사람치고 눈가에 장난기가 다분했다. 미소 짓는 입가가 지나치게 가까웠다. 어느 정도냐면, 녀석의 숨결이 목 언저리에 닿을 정도였다. 허리를 뒤로 바짝 빼자 가죽으로 된 피아노 의자에서 이상한 소리가 났다.

"선배가 오늘처럼 놀러 와서 들어 주면 되겠다."

녀석은 피아노 위 액자를 흘깃거리며 처음처럼 거리를 벌렸다. 지나치게 당당한 주장에 헛웃음이 튀어나왔다. 자신의 제안에 당연히 응해 줄 거라는, 이유 없는 자신감이 보였기 때문이었다.

"내가 뭐 하러……."

"오면 사탕 또 줄게요. 과자도 줄까? 집에 많은데."

욱하는 마음에 얼굴이 일그러졌다. 윤이서의 말투에 악의가 담겨 있지 않다는 부분이 나를 더 화나게 했다. 쟤한테 나는 뭐로 보일까. 시골에서 우연히 만나게 된, 가난하고 불쌍해서 몇 번 데리고 놀 만한 또래. 딱 그 정도로 보이려나.

"지금 나 거지 취급하는 거야?"

"매사 삐뚤게 받아들이는 건 버릇인가 보네."

"대답 똑바로 해."

날카롭게 받아치고서 미간을 좁혔다. 내가 품은 결핍을 들켰다는 사실에 자존심이 상하고, 녀석이 주었던 일말의 호의가 달콤했던 걸 부정하지 못해 더욱 속이 쓰렸다.

사탕은 달콤하고 피아노 연주는 듣기 좋았다. 어느 하나 싫지 않은 게 없었다. 그래서 열이 받았다.

윤이서는 한참이나 내 눈을 들여다보았다. 고개를 기울인 녀석의 갈색 눈동자가 마담이 푹 끓여 둔 엽차 색깔처럼 짙었다. 향수 냄새가 느껴졌다. 싸구려 화장품 냄새가 아니라 아주 비싼, 도시에서 내려온 사람들만이 누릴 수 있는 권력처럼 값비싼 향기.

"거지 취급했으면 그 새끼가 선배한테 준 사탕을 뺏었겠어? 내 일도 아닌데 내버려 두었겠지. 그걸 먹든지 말든지."

"……."

"그러니까 괜히 심술 나서 그런 식으로 말하지 마요."

박동재의 이야기를 꺼낸 윤이서가 가늘게 눈을 떴다. 자신이 먼저 화두를 꺼내 놓고서, 그게 불만이라는 것처럼 눈을 흘기는 모양새가 우스웠다. 질투라도 하나. 묻고 싶은데 물어보기 무서웠다. 이유는 나도 모르겠지만.

"입에 뭐라도 물리고 싶어지잖아. 이제 사탕도 없는데."

다짜고짜 뭘 물리고 싶다는 건지. 윤이서가 까마득하게 먼 곳을 바라보듯 내 눈을 보았다. 어느새 아랫입술까지 다가와 가볍게 쓸던 손가락이 천천히 건반으로 떨어졌다. 자연스럽게 시작된 연주와 함께 녀석은 깊이 침묵했다.

연주하는 건, 고향의 봄이었다. 입을 다물고 숨을 고르다가 문득 피아노 왼쪽에 시선이 닿았다. 윤이서의 책상에 나란히 놓인 문제집과 필통이 보였다. 필통 사이로 바싹 말라비틀어진 토끼풀꽃이 자리를 잡고 있었다.

지난번 나한테 꽂아 주려다가 뿌리쳤던 그 꽃이었다.

"그거 왜 안 버려?"

"내 마음이지. 버리든, 말든."

버린다더니……. 뒤늦게 건반의 풍경이 눈에 들어왔다. 바쁘게 건반을 오가는 손가락이 강가의 물길 같았다. 윤이서가 내 기분을 풀어 주려고 연주에 집중하고 있다는 걸 알았다. 나한테 왜 이런 호의를 베푸냐며 따지고 들기엔 음악이 지나치게 듣기 좋았다.

윤이서는 매사 내 신경을 건드렸다. 녀석의 존재 자체가 거슬렸다. 운동도 잘하고, 피아노도 잘 연주하고, 얼굴도 잘생겼으니까. 아무리 생각해도 불공평했다. 심지어 윤이서는 부잣집 아들이었다.

저렇게 모든 걸 다 가진 애가 세상에 존재했다니, 그런 애가 하필이면 이 집으로 이사 오다니. 내 앞에서 보란 듯 풍족한 삶을 과시하는 윤이서가 미웠다. 눈을 감고서 마음 깊숙한 곳에서 가시처럼 돋아나는 열등감을 잘라 내느라 애썼다.

이건 좀 나쁜 생각이었지만, 단란한 가정은 없다는 점만이 사소한 위로가 되어 주었다. 남의 불행을 행복의 자양분으로 삼는 건 역겨운 짓이었지만……. 이 정도는 괜찮아. 어차피 윤이서는 다 가졌잖아. 나랑 다르잖아.

치졸한 열등감을 조용히 합리화하며 눈을 감았다.

윤이서는 부친의 귀가가 늦어진다는 핑계를 대며 돌아가려는 내 팔을 붙잡고 저녁 식사까지 내어 주었다.

부잣집 도련님이라 아무것도 못 할 줄 알았는데 요리하는 솜씨가 제법 익숙해 보였다. 예전에 얻어먹었던 그 휘황찬란한 도시락이 떠올랐다. 그 반찬도 전부 윤이서가 만들었던 걸까. 당연히 가정부라도 부려 먹을 줄 알았으므로 적잖이 의아스러웠다.

식사를 배부르게 마치고 양옥에서 빠져나왔을 때는 이미 캄캄해진 저녁이었다. 하루가 엄청 빠르게 지나간 느낌이 신기하고 낯설었다. 지루하고 느리게만 흘러갔던 하루였는데. 윤이서가 연주했던 노래를 작게 흥얼거리며 다방으로 돌아갔다.

마당은 고요했다. 바람결에 은행잎끼리 스치는 소리만 빗소리처럼 스산하게 울렸다. 아무도 없는 줄 알고 안도하며 들어가다가, 수돗가 앞에서 자그마한 불빛을 발견하고 멈춰 섰다. 담뱃불이었다.

"이제 오냐."

마담이 반쯤 피운 담배를 바닥에 내던지며 슬리퍼로 직 문질렀다. 꺼진 담뱃불 위로 매캐한 연기가 피어올랐다. 슬그머니 눈치를 보다가 앞으로 쭈뼛쭈뼛 다가갔다. 마담은 딱히 통금 시간을 정하지 않았지만, 괜히 포주와 마주치면 불똥이 튈 수 있으니 조심하라 주의 준 적이 많았다.

"저 집 다녀왔니."

그런데 마담은 뜬금없이 다방 뒤편을 가리키며 물었다. 예상치 못한 질문에 의아함을 숨기지 못하고 되물었다.

"네?"

"윤 사장 집 다녀왔냐고."

사실이어서 부정하지 않았다. 고개를 끄덕이자 마담이 꽁초 옆으로 침을 뱉었다.

"웬만하면 그 집 아들내미랑 깊이 어울리지 마라."

마담이 이러는 건 처음이었다. 여태 내 인간관계에 조금도 신경 쓰지 않던 사람이었는데. 마담은 충고를 던지면서도 귀찮다는 기색이 역력한 눈빛을 보였다. 순수한 호의로 건네는 충고가 아니었던 모양이다.

"왜요?"

"윤 사장이 보면 뭐라고 하겠니."

마담의 변명은 내 호기심을 시원하게 해결하기에 역부족이었다. 다방을 집 드나들 듯 오가던 윤 사장이 아닌가. 제 아들도 저처럼 다방 여자와 어울리겠다는데 화를 낼 이유가 있을까.

심지어 레지도 아니고, 그냥 다방에 얹혀사는 여자애일 뿐인 나한테.

본인 아들은 그러지 말았으면 하는 알량한 부정, 혹은 마지막 자존심일까.

그래도 마담이 윤석호 사장을 꺼리는 눈치기에, 그러려니 싶은 마음으로 고개를 끄덕였다. 순순한 반응에 마담의 걱정이 조금 가라앉았는지 찡그린 미간이 평평해졌다. 그녀를 지나쳐서 쪽방으로 가려는데, 뜻밖의 말이 귓속으로 파고들었다.

"참, 미연이 병원 갔다."

놀라서 돌아섰다. 그렇지 않아도 언니부터 찾아볼 생각이었는데, 난데없이 병원에 갔다니. 다급하게 달려가자 마담이 머리를 긁적이며 눈을 피했다.

"갑자기 왜요?"

"병원을 왜 가겠어? 몸 상태가 안 좋으니까 갔지. 쓸데없는 질문 말고 빨리 들어가서 잠이나 자."

엊그제만 해도 건강하던 언니였다. 어젯밤에 마주쳤을 때 안색이 별로였지만, 크게 아픈 기색은 없었다. 혹시 생리통이 심한 걸까? 언니는 가끔 생리통을 크게 앓았고 그럴 때마다 데운 수건을 봉지에 넣어 배에 올려 두곤 했다.

"얼른 들어가라니까!"

걱정 속에서 머뭇거리다가 호통을 들었다. 마담이 숄을 고쳐 두르며 다방 안으로 쏙 들어갔다. 터덜터덜 쪽방으로 걸어가면서 찝찝한 마음을 되새겼다. 방으로 들어서자 사람이 몇 없는 탓인지 빈 공간들이 보였다. 주말이니까, 다들 손님을 맞이하여 모텔촌에서 잠을 청하는 듯했다. 양치하고 돌아와 싸늘한 바닥에 이불을 깔았다.

언니를 기다려 볼까 싶었지만, 멋대로 눈이 감겼다. 딱히 체력을 쓴 것도 아닌데 피곤했다. 윤이서의 집에서 내내 긴장하고 있던 탓일까. 가물거리는 눈을 감자마자 꿈을 꾸었다. 꿈에 윤이서가 나왔다. 녀석은 피아노를 연주하면서 얄궂게 미소 지었다.

그가 내 입에 물려 준 막대 사탕의 설탕물이 뚝뚝 떨어져 흰건반을
끈적하게 적셨다.

3장.

소서(小暑)

바스락.

거슬리는 인기척에 반사적으로 눈을 떴다. 동이 막 트기 직전이었는
지, 푸르른 새벽빛이 문지방을 넘어 들어섰다. 따끔거리는 눈을 손등으
로 마구 비비다가 모로 누워 기지개를 켰다. 완전히 상체를 올리자 부
스스한 머리칼이 앞으로 쏟아졌다.

머리맡에 둔 보리차를 컵에 따라 마시고 몸을 일으켰다. 또다시 마
당 쪽에서 발소리가 들렸다. 후다닥 달려가 문을 열자마자 불청객과 눈
이 마주쳤다. 상대는 힉, 하고 작게 소리를 죽이면서 얼어붙었다.

"언니?"

미연 언니가 오른손에 우산을 들고 서 있었다. 밤새 소나기가 왔던
모양인지 마당에 자그맣게 고인 웅덩이가 보였다. 그 와중에 언니는 신
발까지 벗고서 맨발로 살금살금 다가오고 있었다. 흙탕물에 더럽혀진
언니의 발이 새카맸다. 서둘러 슬리퍼에 발을 꿰어 신고 댓돌 아래로
내려갔다.

"이제 오는 거야?"

"아, 응."

"병원 다녀왔다며. 어디가 얼마나 아픈 건데?"

왜 맨발이냐는 질문보다 그게 더 중요했다. 반사적으로 언니의 아랫배를 더듬거렸다. 언니가 머쓱하게 웃더니 머리를 쓰다듬으며 소곤거렸다.

"별것 아냐. 이제 괜찮아."

"정말 괜찮아?"

"정말, 정말로."

안심하라는 듯 거듭 말하는 언니를 올려다보면서 고개를 끄덕였다. 자세한 건 들어가서 얘기할 생각이었다. 그런데 몸을 돌리기 직전, 우산을 든 언니의 팔에서 이상한 흔적을 발견했다.

눈을 치켜뜨며 날쌔게 손을 뻗었다. 다짜고짜 팔을 잡아채자마자 언니가 통증을 이기지 못하고 아, 작게 소리 질렀다.

"이거 뭐야."

소매가 길어서 하마터면 모르고 지나칠 뻔했다. 팔꿈치 안쪽에 못보던 상처가 있었다. 까맣게 얼룩진 상처에서 역한 냄새가 났다. 피고름 냄새였다. 상처를 제대로 살펴보기 전, 언니가 내 손을 뿌리쳤다. 팔을 등 뒤로 숨기는 언니의 표정이 퍽 난처해 보였다.

"어떤 새끼가 그랬어?"

누가 봐도 담뱃불로 지진 흉터였다. 그 흔적이 눈에 익숙한 까닭은, 미정 언니의 무릎에 남겨진 흉터와 아주 비슷했으니까. 피고름이 생긴 모양새를 미루어 보아 최근에 생긴 상처였다.

"괜찮아, 다희야."

"누가 그랬냐니까!"

버럭 소리를 지르자 언니가 당황해서 쉿, 쉿 빠르게 속삭였다. 검지로 내 입술을 꾹 누르며 조용히 하라는 눈짓을 보내기도 했다. 마담은 알았을까? 알기에 오히려 자세히 얘기해 주지 않은 걸지도 몰랐다. 내가 열 뻗쳐서 지랄하면 어쩌나 싶었을 테니.

"학교 가야지. 얼른 씻고 나와."

"대답부터 해. 손님이 이랬어? 서곡 사람이지?"

"아니면 언니 먼저 씻을게. 지금 화장실 쓰는 사람 없지?"

언니는 끝까지 대답을 들려주지 않았다. 어색한 웃음으로 질문을 회피하더니 어서 학교 갈 준비하라는 말만 되풀이했다. 등 떠미는 손길을 이기지 못하고 화장실에 들어섰다.

닫힌 문 너머로 언니가 뒤늦게 기침하는 소리가 들렸다. 끝까지 이야기해 주지 않는 그녀의 그림자를 쏘아보다가 입술을 깨물었다.

누가 했는지 알면, 내가 뭘 할 수 있나. 미연 언니도 그걸 잘 알아서 얘기해 주지 않는 것이리라. 괜히 긁어 부스럼을 만드는 것보다 참고 넘어가는 게 편하니까. 미정 언니도 그래서 세탁소집 아들한테 화를 내지 않는 거겠지.

이 다방 레지들이 전부 참는 게 익숙한 까닭은 그런 거겠지. 알면서도 씁쓸한 사실을 곱씹다가 이를 갈았다.

등교 준비를 마치는 동안, 미연 언니는 쪽방에 이불을 깔고 금세 잠들었다. 다친 이유를 물어보고 싶어 곁을 지켰으나 끝까지 눈을 뜨지 않았다. 고집을 부리는 건지 정말로 지친 건지 헷갈렸다. 결국 언니의 대답을 듣지 못하고 학교로 향했다.

"……."

너무 이른 시간에 도착한 탓인지 교실이 조용했다. 먼저 도착한 애들도 고작 서너 명 정도였다. 자리에 앉자마자 가방을 베개 삼아 잠을 청했다. 어제의 피로가 다 풀리지 않아 자도 자도 졸음이 밀려왔다.

언니는 대체 어디서 다쳐 왔을까. 잠에 빠져드는 순간까지도 머릿속의 물음이 떠나질 않았다. 어느 손님인지 잡히기만 하면, 당장 마담이

나 포주한테 일러바칠 생각이었다. 포주는 다방 레지가 다치는 걸 무척 싫어했으니까. 제 소유물로 여기니 그러는 거겠지만, 문제 손님한테 엿 먹일 수만 있다면 방법이야 뭐든 좋았다.

종이 울리는 소리에 눈을 떴다. 간간이 눈을 뜨고 감을 때마다 교탁 풍경이 바뀌었는데, 이제는 아무도 없었다. 그제야 점심시간이 되었다는 걸 알았다. 시끌벅적하게 떠들며 도시락을 꺼내 드는 애들을 보다가 조용히 교실 뒤편으로 걸어갔다.

기지개를 켜면서 운동장으로 향하는 동안, 화창한 하늘의 풍경이 시야에 잡혔다. 운동장에는 점심도 제치고 축구며 농구부터 즐기는 무리가 제법 많았다. 나도 모르게 시선으로 윤이서의 행방을 쫓다가, 뒤늦게 자각하고서 미간을 찌푸렸다. 뭐 하는 짓이람.

서둘러 수돗가로 달려가 찬물로 입을 축였다. 배를 채우기엔 한참 모자랐다. 젖은 입가를 닦다가 깊은 공복감을 느끼며 운동장 끝을 응시했다. 윤이서한테 얻어먹었던 도시락 맛이 떠올라 배에서 꼬르륵, 솔직한 소음이 흘러나왔다.

"냉커피 한 잔에 2만 원이래."

"왜 그렇게 비싸? 미쳤네."

"티켓 끊으려면 어쩔 수 없으니까, 그냥 바가지 씌우는 거야. 이 동네 다방 다 그렇잖아."

수돗가를 떠나다가 교정 뒤편에서 시시덕대는 소리가 귓속을 파고들었다. 대충 듣기만 했는데도 익숙한 단어들이 많아 저절로 고개가 돌아갔다. 그늘이 진 뒤편에 삼삼오오 모여서 떠드는 무리가 보였다. 그 사이에 하복 차림의 박동재도 껴 있었다.

"하여간 삼촌이 그년을 불렀는데…… 나 보더니 갑자기 횡설수설하는 거야."

마주치기 껄끄러워 지나가려다가 무심코 대화를 들었다. 걸음이 조금씩 느려졌다. 어째서인지 자리를 뜨지 않고 끝까지 들어야 한다는 직감 때문에.

"왜?"

"미성년자는 안 된다고! 답답하게. 어차피 돈 때문에 온 거면서 팅기기는, 시발."

박동재가 가래침을 뱉고 킬킬 웃었다. 빨간빛이 녀석의 손가락 사이에서 아른거렸다. 매캐한 연기와 흩어지는 재에 몇몇이 기침을 터트렸다. 담배였다.

"권다희가 그년 닮아서 잘 팅기나 봐."

"몰라, 나도. 커피만 두고 튀려고 해서 삼촌이 딱 붙잡았지."

멀리서 뻥 하고 공 차는 소음이 세게 울려 퍼졌다. '저기요, 공 좀 던져 주세요!' 누군가의 외침에도 돌아볼 수 없었다. 세게 그러쥔 주먹이 부들부들 떨렸다.

터벅터벅 다가오는 발소리가 점점 가까워졌지만, 내 시선은 박동재의 무리에게 박혀 떨어지지 않았다. 방향 잃은 축구공이 오른발 주변에서 이리저리 굴러다녔다.

"가만히 안 있으면 경찰에 찌른다고 했더니 말귀 알아듣고 얌전해지더라."

"그래서?"

"삼촌 눈치 보여서 끝까지 못 했지. 대신 팔에 구멍이나 내면서 놀고."

심장이 쿵쿵대며 온몸을 울렸다. 듣기 싫어도 들을 수밖에 없었다. 팔에 구멍을 냈다는 이야기에 곧장 생각난 사람이 있었으니까. 미연 언니의 팔꿈치 안쪽에 생긴 흉터는 분명 담뱃불로 지진 흔적이었다.

"돈도 안 받고 그냥 가더라."

"경찰에 찌를까 봐 튄 거 아냐?"

대충 상황이 머릿속으로 그려졌다. 박동재는 내가 미연 언니와 가까운 사이인 걸 알고 있던 상태에서 일부러 일을 꾸민 게 틀림없었다. 나한테 엿 먹이려고, 이게 가장 손쉽고 빠른 방법이니까.

언니는 미성년자를 손님으로 받을 수 없으니 돌아가려고 했지만, 박동재는 삼촌까지 동원해서 실랑이를 벌인 듯했다.

티켓을 끊어 준 건 다방 측이었으니 문제가 커지면 언니도 곤란해진다. 그래서 조용히 마무리 지으려고 했을 테고. 마담한테만 말하고 남몰래 병원에 다녀온 것도, 전부 박동재 새끼 때문이었다.

"그렇겠지. 삼촌이 좋아하더라, 공짜로 떡 쳤다고. 다음에 또 부를까."

듣는 귀가 없다고 함부로 떠드는 목소리에서 역겨운 향이 풍겼다. 치졸하고 비열한 놈의 본성이었다. 주먹을 풀지 않고서 똑바로 고개를 들었다. 공을 가지러 다가온 누군가의 인기척도 점점 가까워졌지만, 돌아보지 않았다. 지금 중요한 건 눈앞의 멍청이한테 한 방 먹이는 일이었으니까.

"거기 어디라고?"

"향기 다방, 등신아. 말해 줘도 까먹네."

끊어진 인내심을 구태여 붙잡지 않았다. 뚜벅뚜벅 걸어가자 낄낄대던 무리가 일제히 고개를 돌렸다. 다짜고짜 박동재의 어깨에 손을 올리자, 고개를 돌린 놈이 웃던 얼굴 그대로 입을 벌렸다.

"어? 뭐야, 권……."

개새끼! 가슴이 답답해질 정도로 강한 분노를 앞세우며 달려들었다. 뱃속에서 부글부글 끓던 감정이 목구멍 위로 꽉 들어찼다. 죽어, 죽어, 개만도 못한 새끼야! 욕설을 뱉을 때마다 따끔거리는 식도에서 쓴 물이 올라왔다. 마구잡이로 주먹을 내리꽂은 박동재의 얼굴이 구겨진 종이처럼 일그러졌다.

엉성하게 쥔 주먹으로 녀석의 턱주가리를 또 올려붙이고, 다음으로 코 중앙을 세게 가격했다. 박동재의 빨개진 콧등 아래로 코피가 주르륵 흘러내렸다. 꼴좋다, 작게 읊조리는 내 말을 들었는지 박동재가 고성을 내지르며 내 어깨를 떠밀었다.

"이 쌍년이 진짜, 저번부터 자꾸 까불어!"

억센 힘이 떠밀려 바닥에 털썩 주저앉았다. 완력의 차이는 언제 느껴도 열이 받았다. 박동재가 괜히 쓰레기통을 걷어차며 성을 냈다. 넘어진 쓰레기통에서 플라스틱과 종잇조각이 와르르 쏟아졌다.

"야, 저년 잡아."

분위기를 파악하느라 주춤대는 무리를 보며 박동재가 명령했다. 아차 싶던 애들도 금방 정신을 차렸는지, 슬금슬금 내 주변으로 다가왔다. 틈을 보이면 곧장 달려들 태세였다. 떨리는 손을 등 뒤로 숨기고 놈들을 쏘아보았다.

"씨…… 바지에 흙 다 묻었어. 너 오늘 날 잡았다, 쌍년아."

"무릎하고 어깨 단단히 잡아라. 아예 입도 막아서 끌고 가자."

서둘러 벽을 짚고 자리에서 일어났다. 녀석들도 황급히 자세를 취하며 달려들 준비에 들어갔다. 박동재는 그간 비싸게 굴던 이유나 좀 알자며 지껄여 댔다.

가볍게 무시하며 코웃음 쳤다. 내가 아무리 돈이 궁해도 너 따위한테 대 줄 생각 없다니까. 쏘아붙인 말에 박동재가 시뻘겋게 물든 얼굴로 욕을 중얼거렸다.

귀가 먹먹했다. 매미 울음이 점점 더 크게 들렸다. 혼자서 절대 이길 수 없는 싸움이겠지만, 뒤돌아 도망칠 마음은 추호도 없었다. 당장 박동재의 얼굴에 주먹 한 번을 더 꽂아 주지 않으면 참을 수가 없어서…….

"비켜 봐."

불청객의 목소리가 귓가를 두드렸다. 공기 중에 떠돌던 긴장감이 맥없이 사라졌다.

"내가 할게."

커다란 손이 어깨를 잡아 등 뒤로 떠밀었다. 앗 하며 뒷걸음질 치는 사이, 내 앞으로 불청객이 커다란 보폭으로 뛰어들었다. 시원하게 뻗은 다리가 박동재의 오른뺨을 억세게 걷어찼다. 폴폴 날리는 흙먼지 위로 펄럭이는 교복 셔츠 자락이 긴 그림자를 남겼다.

억, 놈은 낮은 비명을 내지르며 거꾸로 처박혔다. 쓰러진 박동재를 에워싼 무리가 갑자기 튀어나온 불청객을 노려보며 저마다 한 마디씩 욕을 내뱉었다. 비웃음을 흘리던 불청객이 뒤돌아 내 모습을 확인하더니 언제 웃었냐는 것처럼 표정을 굳혔다. 차가운 시선이 내 턱 언저리에 닿았다.

"선배, 다쳤어?"

아, 그제야 턱 아래쪽이 계속 따끔거리던 원인을 찾았다. 박동재에게 떠밀려 넘어졌을 때 땅에 쓸린 모양이었다. 손등으로 아픈 부위를 문지르자 불그스름하게 피가 묻었다.

아주 조금 까진 것뿐일 텐데, 윤이서가 사나운 낯으로 돌아섰다. 다물린 녀석의 잇새 사이로 짧은 욕설이 흘러나왔다.

그때부터는 일방적인 구타의 시간이었다. 박동재는 어떻게든 한 방 날려 보고자 주먹을 이리저리 휘둘렀지만, 키도 큰 윤이서의 몸에 조금도 스치지 못했다. 윤이서는 긴 다리를 잘도 휘두르며 박동재를 골고루 두들겨 팼다. 나머지 무리는 윤이서 근처에도 다가오지 못하고 쩔쩔맸다.

박동재가 마침내 윤이서의 아래에 깔려서, 주먹으로 무자비하게 얼굴을 두들겨 맞을 즈음에 이쪽을 발견한 학생 주임이 달려왔다.

늘 파리채나 휘두르며 운동장을 돌던 게 전부였던 학생 주임의 얼굴에 난처함이 가득했다. 박동재의 무리 중 한 명이 데려온 건지, 어떻게든 말려 보라며 선생한테 다그치는 꼴이 우스웠다.

그동안 뒤로 물러나 흙먼지로 더럽혀진 치마를 탈탈 털다가, 발치에 굴러다니는 축구공을 발견했다. 아까 공을 주우러 달려온 게 윤이서였을까. 우연히 그의 눈에 띈 게 차라리 다행이었다. 녀석이 내 몫까지 알차게 박동재를 응징해 주고 있었으니까.

"애, 너도 어서 말리라니까! 뭐 하는 거야!"

버럭버럭 소리 지르는 학생 주임의 말을 흘려들으며 싸움을 구경했다. 솔직히 아주 많이 통쾌했다.

어느새 소식을 들은 담임이 교무실에서 튀어나오기 전까지는.

✿   ✿   ✿

교무실의 선풍기가 요란한 소음을 내며 돌아갔다.

불어온 바람이 책상 위 생활 기록부를 펄럭이며 넘겨 댔다. 담임이 탁 소리 나게 그것을 덮으며 관자놀이를 짚었다. 이번 일은 또 어떻게 넘겨야 하나, 그런 고심이 느껴지는 표정이었다.

"어떻게 하루도 조용할 날이 없는지, 나 참."

투덜대는 담임의 말에 건넬 대답이 없어 바닥만 내려다보았다. 흙먼지 가득한 슬리퍼에 구멍 뚫린 양말이 보였다. 구멍이 부끄러워 발가락을 꼼질대는 사이, 학생 주임한테 열렬히 항변하는 박동재의 외침이 울려 퍼졌다.

"가만히 있었는데, 저놈이 먼저 달려들었다니까요!"

"다희 말로는 네가 먼저 욕했다고 하던데."

"그러니까 무슨 욕을 들었냐고요. 쟤한테 직접 설명해 보라고 해요!"

"허, 이놈이 자꾸!"

박동재는 목에 핏대까지 보이며 성을 냈다. 슬쩍 쳐다보자 악을 쓰던 놈이 움찔하며 시선을 피했다. 녀석은 삼촌과 벌인 일이 들킬까 걱정하는 한편, 절대 들킬 리 없다고 자신하는 눈치였다. 여기서 그걸 밝힌다면, 미연 언니도 어쩌면 경찰 조사를 받게 될 테니까.

거지 같게도 박동재의 판단은 얼추 옳았다. 나도 녀석을 힘껏 째려보는 게 전부였고, 차마 자세한 일까지 설명할 수 없었다. 그냥 박동재가 일방적으로 내 욕하던 걸 듣게 되어 참기 어려웠다고 설명하는 게 다였다.

윤이서는 내 도움을 듣고 달려온 것뿐이라고도 말했다. 하지만 도와준 것치고 너무 많이 때린 게 문제였다. 상처 하나 없이 옷만 조금 더러워진 윤이서와 달리, 박동재는 얼굴도 몸도 다 얻어 터져서 땡땡 부어오른 상황이었다. 박동재의 부모가 이 일을 듣고 달려온다면 상황이 더 복잡해질 터였다.

윤이서는 돌아가는 선풍기 아래서 멍하니 내 뒷모습을 응시했다. 쳐다보는 시선이 어찌나 맹렬한지, 이러다가 뒤통수가 닳지 않을까 싶었다.

담임이 정수기 앞으로 떠난 동안, 살며시 뒤를 돌아보았다. 눈이 마주친 녀석은 검지로 제 턱을 톡톡 건드리며 신호를 보냈다. 턱의 상처를 짚어 보라는 눈짓이었다.

아직도 피가 나나? 손등으로 턱을 세게 문질렀지만, 이제 아무것도 묻지 않았다. 그저 따끔거리는 통증만 일어날 뿐이었다. 그런데도 윤이서는 뭔가 못마땅한 표정으로 성큼 다가오더니 담임의 탁자에서 물티슈 한 장을 멋대로 뽑아서 내 손에 쥐여 주었다.

"깨끗하게 닦아요."

"이제 안 나는데······."

"덧나면 흉 진다니까, 얼른."

재촉하는 말에 못 이겨 조심조심 물티슈로 턱을 닦았다. 피는 더 나지 않았지만, 대신 흙먼지가 물티슈에 얼룩덜룩 묻어 나왔다. 윤이서가 거 보라는 듯 작게 웃었다. 지금이 웃을 때인가. 녀석의 옆구리를 팔꿈치로 툭 찌르면서 마저 턱을 닦아 냈다.

곧 담임이 자리로 돌아왔다. 담임이 돌아선 사이에 잽싸게 쓰레기통에 더러워진 물티슈를 던져 넣었다. 아까보다 조금 말끔해진 내 얼굴을 확인한 담임이 미간을 찌푸렸다. 들켰을까. 나도 모르게 시선이 담임의 물티슈로 향했다. 담임도 뭔가 말하려는지 입을 뗐다.

"다희야!"

그 순간, 등 뒤로 문이 쾅 열리며 내 이름을 부르는 목소리가 들렸다. 깜짝 놀라서 돌아보자 개나리처럼 샛노란 원피스를 입은 미연 언니가 보였다. 다급하게 달려왔는지 이마의 화장이 땀으로 다 번져 있었다.

언니는 중요한 날, 혹은 기쁜 날에만 저 원피스를 입곤 했다. 언니의 옷 중에서 가장 단정하고 예쁜 옷이기 때문이었다. 물론 그나마도 정숙한 차림새와 거리가 멀었지만, 다른 옷보다 파인 부분이 훨씬 적어 쓸데없이 눈길을 끌지 않았다.

담임은 미연 언니를 발견하자 입 다물고 멋쩍게 미소 지었다. 나이도 많고 배도 튀어나온 주제에, 담임은 이전부터 내심 미연 언니한테 눈독을 들였다. 아마 선생이라는 직책이 아니었다면 다방까지 찾아왔을지도 몰랐다.

"아이고, 미연 씨! 더운 데 학교까지 오고. 수고가 많네요."

"아…… 선생님, 안녕하세요."

언니가 허둥지둥 다가오더니 허리를 깊이 꺾으며 인사를 건넸다. 공손한 태도에도 교무실 곳곳에서 혀 차는 소리가 슬그머니 들려왔다.

미연 언니는 입학식 때도, 수업 참관 때도 나한테 없는 부모를 대신

하여 학교까지 와 준 사람이었다. 덕분에 교무실에서도 유명했다. 다방 레지가 제 딴에 예쁘게 꾸며 동생 핑계를 대고서 학교 구경 온다고.

사람들은 멋대로 이야기를 지어내는 데 능숙했고, 우리는 그들에게 너무나도 흥미로운 이야깃거리였다.

"다방에서 전화받고 놀라서 왔어요. 우리 다희가 누구랑 다퉜다고 요?"

언니는 손수건으로 땀을 닦다가 자연스레 내 곁으로 다가왔다. 내 팔을 붙잡은 언니의 손이 차갑게 식어 있었다. 설명을 요구하는 언니의 눈빛에 말없이 고개를 푹 숙였다.

"다툰 건 저예요."

무거운 침묵을 깨트린 건, 윤이서의 한마디였다. 윤이서는 간단하게 상황을 설명했다. 언니는 가만히 상황을 듣다가 한 박자 늦게 구석의 박동재를 발견하고서 하얗게 질렸다. 눈이 마주친 박동재도 잘 걸렸다 는 듯 조소를 던졌다.

윤이서가 눈치 빠르게 언니 앞을 막아서며 박동재를 향해 매서운 눈 빛을 보냈다. 슬쩍 보기만 했을 뿐인데, 박동재는 설설 기면서 시선을 피했다. 한심한 놈.

"다희야, 어떻게 된 거야?"

안절부절못하는 언니에게 붙들린 채, 입만 꾹 다물었다. 원피스는 소 매가 짧아 언니의 팔이 다 드러났다. 대일밴드를 붙여 겨우 가려 놓은 자리가 시야에 콕 박혀 떨어지지 않았다. 어디까지 말하면 좋을지 고민 이었다.

박동재한테 다 들었노라고, 왜 나한테 알려 주지 않았느냐고 솔직하 게 물어보고 싶은 한편, 그 일을 숨기려 한 언니의 노력을 무시하고 싶 지 않았다. 누구나 숨기고픈 비밀이 있기 마련이니까.

언니도 그랬겠지. 내가 언니한테 윤이서와 겪었던 일을 전부 밝히지 않았던 것처럼.

"별일 아니야. 크게 싸우지도 않았어."

"저 애는 심하게 다쳤던데?"

"이서가 도와줬어."

내 말을 들은 윤이서가 눈을 크게 떴다. 친근한 척 이름을 부를 줄 상상도 못 했다는 얼굴이어서, 분위기에 맞지 않게 조금 웃겼다. 우선 언니부터 교무실 바깥으로 내보내고, 어떻게 이 순간을 모면할지 궁리했다.

일단 박동재가 진짜로 경찰에 찌를 가능성은 적었다. 고발한다 해도, 포주가 이번 일을 알게 되면 적당히 뒷돈을 먹여 무마시킬 터였다. 순찰 나올 때도 으레 그랬듯이.

물론 박동재의 부모가 거세게 항의하면 문제가 커질 테지만, 내가 알기로 그의 부친도 다방의 단골이니 유야무야 넘어갈 것이다.

"언니, 진짜로 아무 일 아니야. 나 평소에도 재랑 사이 안 좋았어."

"하지만."

언니는 머뭇거리며 손을 뻗었다. 차갑게 식은 손이 볼을 조심스레 어루만졌다. 걱정하는 기색이 역력한 언니의 표정에 고장이 난 기계처럼 괜찮을 거라는 말만 반복했다. 인기척을 느낀 윤이서가 고개를 돌린 후에야 나도 입을 다물었다.

"오셨습니까, 아버님."

여태 효자손으로 정강이나 두들기던 학생 주임이 황급히 문가로 다가갔다. 다른 선생들도 하나둘 같은 방향을 바라보았다. 몇몇은 아예 반갑다는 의사를 노골적으로 드러냈다. 미연 언니가 들어왔을 때와 사뭇 다른 반응이었고, 문 쪽을 돌아보고서 그 이유를 알았다.

"안녕하십니까, 선생님."

검은 정장을 차려입은 남자가 한쪽 손에 음료수 상자를 들고 서 있

122

었다. 윤이서의 부친, 윤석호 사장이었다. 정갈하게 맨 넥타이와 빳빳하게 다려진 셔츠 차림이 낯설었다. 다방에 방문했을 때는 지금보다 훨씬 가벼운 차림새였으니까.

윤 사장은 부랴부랴 다가오더니, 학생 주임과 담임에게 음료수를 나눠 주었다. 두 사람은 어색하면서도 기분 좋은 미소를 머금으며 그것을 받았다. 교무실에서 윤 사장의 입지는 대체로 좋은 편이었다.

사람들은 윤 사장의 평소 행실엔 조금도 관심이 없었다. 오로지 그가 서울서 내려온 사람이고, 서곡 마을 반대편에 들어선 섬유 공장의 공장장이라는 사실만이 중요했다. 더불어 고급 주택의 주인이라는 점도.

"급히 연락받고 달려왔습니다. 대체 무슨 일입니까?"

"아이고, 큰일은 아닙니다. 다름이 아니라……."

학생 주임이 침착하게 설명을 시작했다. 윤 사장은 이따금 고개까지 주억거리며 신중하게 이야기를 들었다. 중간중간 이쪽을 곁눈질하기도 했다.

윤이서는 부친의 시선을 똑바로 마주하면서 얼굴을 딱딱하게 굳혔다. 가끔 윤 사장의 시선이 내게도 꽂힐 때마다 뭔가 불편한 사람처럼 인상도 찌푸렸다.

"저어, 사장님."

쭈뼛거리며 눈치를 살피던 미연 언니가 조심스럽게 그쪽으로 다가갔다. 교무실 사람들이 눈을 흘겼지만, 언니는 아랑곳하지 않고 가까이 다가가 허리를 숙였다. 사과하는 언니의 모습에 윤 사장이 그러지 말라며 팔을 저었다.

"죄송해요. 우리 다희가 애들하고 다투었는데, 지나가던 이서가 도와준 모양이에요. 정말 면목 없습니다."

"한창 혈기 왕성할 때 아닙니까. 애들끼리 다툴 수도 있죠."

"그렇지만……."

"애들 봅니다. 어서 고개 드세요."

점잖게 달래 주는 윤 사장의 태도에 언니가 살며시 얼굴을 들었다. 학생 주임한테 대강 설명을 들었는지, 놀랍게도 윤 사장은 나를 변호해 주기 시작했다. 박동재와 다툰 건 제 아들이니 언니는 더 걱정하지 말라는 위로도 함께였다.

뜻밖의 상황에 윤이서를 힐끗거렸지만, 녀석도 별말이 없었다.

"많이 놀랐겠네요. 학교까지 불려 오고. 저도 전화받고 많이 놀랐습니다."

다방 레지를 직업으로 삼다 보면, 동네 사람들에게 온갖 하대란 하대를 다 당할 수밖에 없었다. 손님으로 찾아올 남자는 물론, 그 남자들의 마누라한테까지도 마찬가지였다.

마을 사람들의 모두가 레지를 직업으로 인정해 주지 않았다. 기둥서방 하나 손님으로 두고서 돈 빨아먹는 기생충 정도로만 여겼다.

"아, 아니에요. 저는 괜찮아요. 감사합니다, 사장님……."

그런 취급이 일상이기에 점잖고 예의 바른 윤 사장의 모습이 낯설고 신기한 모양이었다. 언니는 어쩔 줄 몰라 고개를 꾸벅거리면서도 가끔 그와 눈을 맞추며 볼을 붉혔다.

윤 사장은 언니를 지명한 적이 없던 게 분명했다. 언니가 향기 다방 레지라는 걸 알아차리지 못한 눈치였으니까.

"애들은 선생님께서 잘 타일러 주실 테니, 너무 걱정하지 맙시다."

"네, 사장님."

"동생도 많이 놀랐을 텐데, 잘 달래 주고요."

윤 사장은 부드럽고 유순한 태도로 놀란 언니를 토닥여 준 다음, 별안간 내 쪽으로 걸어왔다. 다가오는 부친의 모습에 윤이서의 얼굴이 천천히 굳었다. 겉으로는 티가 나지 않았지만, 등 뒤로 돌린 그의 손이 주먹을 그러쥐는 걸 보아 불편한 심기라는 게 느껴졌다.

"윤이서."

마침내 코앞까지 다가온 윤 사장이 입을 뗐다. 한 걸음 떨어진 곳에서 바라본 그의 체구는 상당히 거대했다. 윤이서와 비슷한 신장이었으니 그럴 법도 했다. 교무실에서 그를 처음 봤을 때처럼 단정하게 차려입은 정장에서 짙고 독한 향수 냄새가 풍겼다.

"자세한 얘기는 집에서 하자꾸나. 나도 공장으로 돌아가야 하니까."

그게 끝이었다. 윤 사장은 훈계도, 질책도 없이 등을 돌렸다. 그러곤 교무실에 도착했을 때처럼 공손하게 고개를 숙여 가면서 문가로 걸어갔다. 윤이서의 시선이 부친이 사라진 자리에 맹렬히 내리꽂혔다. 체한 것처럼 속이 답답했다.

"선생님."

잽싸게 담임한테 달려가 속이 불편하니 보건실에서 쉬어도 괜찮은지 물어보았다. 담임은 미연 언니의 걱정스러운 낯을 확인하더니 그러라며 흔쾌히 허락했다. 그 대신 언니에게 쓸데없이 잡담을 건넸다.

박동재도 학생 주임의 손에 붙잡혀 교실로 떠났다. 윤석호 사장의 등장 덕분에 큰 문제없이 일이 마무리되려는 분위기였다.

"가자."

윤이서한테 짧게 소곤거리며 복도로 나섰다. 따라오려던 녀석은 문 근처에서 다른 선생한테 붙잡혔다. 윤이서의 담임이었다. 눈치를 보다가 잔소리가 길어지기에 먼저 빠져나왔다. 어차피 같은 교실로 돌아갈 것도 아니었고, 할 얘기가 있다면 하교한 다음 나눠도 충분했다.

복도로 나오자 멀지 않은 거리에 윤 사장이 보였다. 그는 누군가와 바쁘게 통화하는 듯했는데, 눈이 마주치자 전화를 끊었다. 어색한 마음에 황급히 지나치려다가 앞을 가로막혔다. 윤 사장은 마치 오래된 사이처럼 친근하게 말을 붙였다.

"다희라고 했나?"

"……"

"우리 아들이랑 친하니?"

대답할 말이 없어 망설였다. 윤이서랑 친하지 않다고 말하기엔 너무 자주 만났고, 친하다고 대답하기엔 썩 가깝지도 않았다. 어떻게 대답해야 하나 고민하는데, 윤 사장이 대뜸 품을 뒤적여 지갑을 꺼내 들었다.

"이거 받아라."

빳빳한 지폐 서너 장이 눈앞으로 다가왔다. 이게 뭐지. 당혹스러운 마음에 지폐와 윤 사장을 번갈아 바라보았다. 그는 인심 좋은 미소를 보이며 손에 든 지폐를 펄럭펄럭 흔들었다.

어서 받으라는 손짓에 고개를 저었지만, 그 역시 고집이 셌다. 물러서지 않는 윤 사장의 태도에 몰래 한숨을 삼켰다.

"사장님!"

다행히 담임의 추파를 상대하고 복도로 도망친 언니가 이 모습을 발견했다. 허둥지둥 달려오는 언니의 모습에 윤 사장이 활짝 웃으며 맞이했다. 언제 통성명을 나눴는지, 언니의 이름을 부르는 목소리가 낮고 다정했다.

"미연 씨."

"이런 건 주지 않으셔도 괜찮아요."

언니가 만류했고, 나도 끝까지 거절하며 고개를 저었다. 그러자 윤 사장이 목표를 변경하고서 언니에게 돈을 내밀었다. 당황한 언니의 얼굴이 사과처럼 발갛게 익었다. 동정받았다는 수치심 때문일까 싶었지만, 표정을 보고 그게 아니라는 걸 알았다.

"아들놈 때문에 욕봤는데, 이 정도는 받아 주시죠."

"다, 다희 도와주다가 그런 거라고 들었어요. 괜찮아요."

"동생분 용돈이라고 생각해요. 자, 어서."

언니가 손사래를 치면서 옆으로 물러났다. 결국 윤 사장의 조용한 재촉에 못 이긴 내가 돈을 받았다. 윤 사장은 후련한 표정으로 언니한테 몇 가지 질문을 던졌다. 꽤 오래 이야기를 나누고서야 언니가 향기 다방 레지였다는 사실을 알아차리곤 무척 놀라며 미소 지었다.

"그랬군요. 어쩐지…… 제 아들이 워낙 낯가림이 심한데, 갑자기 이아이를 도와줬다기에 별일이구나 했습니다. 이웃이었네요."

옆집도 아니고, 언덕 위쪽에 놓인 집인데 이웃은 무슨. 어이가 없어 코웃음 쳤다.

"이번 일은 정말 죄송해요, 사장님. 나중에 다방으로 오시면 다시 사과드릴게요."

"이웃끼리 이런 일로 뭘 사과랍니까. 괜찮대도."

윤 사장은 무슨 생각인지, 언니가 다방 레지라는 걸 알게 된 후에도 꼬박꼬박 점잖은 태도를 보였다. 언니도 그 덕에 긴장이 풀렸는지 배시시 웃으면서 대화에 응했다.

두 사람이 시시한 잡담을 이어 나가는 동안, 불편한 마음으로 손에 쥔 지폐 몇 장을 내려다보았다. 아직 교무실에 있겠지만, 윤이서의 귀에도 두 사람의 목소리 정도는 들릴 터였다.

"정말, 어떻게 감사드려야 할지……."

미연 언니가 허리 숙여 고마움을 표시했다. 윤 사장은 되었다면서 언니의 어깨까지 붙잡아 고개를 들게 했다. 서로를 응시하는 두 사람 사이에 미묘한 기류가 흘렀다. 미연 언니가 손님을 상대할 때는 느끼지 못했던 공기였다. 기분이 이상하게 가라앉았다.

"그럼 다음에 다방으로 한번 찾아가겠습니다."

"네, 사장님. 꼭 오세요."

멋대로 약속까지 받아 낸 윤 사장이 반대편 복도로 천천히 걸어갔다. 미연 언니는 원피스 자락을 부여잡고서 멍하니 그의 뒷모습을 지켜보았다. 홀린 듯 그쪽만 쳐다보는 언니의 눈빛이 몽롱하게 흔들렸다.

"언니."

작게 부른 목소리에도 언니는 돌아보지 않았다. 불안했다. 이유는 모르겠지만, 정말로 속이 안 좋았다.

"나 보건실 가서 쉴게. 언니도 어서 다방으로 가."

윤 사장에게 받은 지폐가 더러운 물건처럼 느껴졌다. 언니 손에 억지로 돈을 넘겨주고서 멀찍이 물러났다. 뒤늦게 돌아본 언니가 의아한 눈빛을 보냈다.

"얼굴이 창백하잖아, 다희야. 어디 아파?"

"갈게."

"다희야? 잠깐만, 다희야!"

건성으로 대꾸하며 도망치듯 자리를 떴다. 언니가 수차례 내 이름을 불렀지만 끝끝내 돌아보지 않았다. 그저 기분 나쁜 예감에 쿵쿵 뛰는 가슴을 느끼며 속도를 높였다. 교무실 앞을 지나칠 때, 열린 문틈 사이로 윤이서와 눈이 마주친 듯했다.

그러나 거기까지 신경 쓸 겨를은 없었다.

※   ※   ※

보건실은 마침 선생님의 외근으로 텅 비어 있었다.

탁자에 놓인 대일밴드를 멋대로 뜯어 턱에 붙이고 침대로 향했다. 단 두 개뿐인 침대에 먼지가 뽀얗게 쌓여 있었다. 평소 보건실을 이용하는 학생이 적다는 증거였다.

가볍게 손끝으로 먼지만 털어 내고서 올라갔다. 구겨진 이불을 무릎까지 덮은 다음, 가만히 눈을 감았다.

복잡한 머릿속 때문인지 온몸이 피로했다. 눈을 감고 속으로 숫자를 셈하는 동안, 금방 졸음이 찾아왔다. 노곤한 몸을 축 늘어트리고 선풍기 바람을 맞이했다. 흐트러지는 머리카락이 간질간질하게 볼을 스쳤다.

바람은 선선하고 바깥에서는 매미 울음이 찌르르 울려 퍼졌다. 따끔하던 턱의 통증도 점차 흐릿해졌다. 문제는 불편한 속이 전혀 나아지지 않는다는 점이었다. 하교할 때까지 눈 좀 붙이자 싶었는데, 잡념이 둥둥 떠다녀서 도통 잠들 수가 없었다.

한참 졸음과 씨름하다가 눈을 뜨니 벽시계의 분침이 아까보다 한 뼘 정도 이동한 게 보였다. 나도 모르는 사이, 깜빡 잠이 들었던 건지 눈이 뻑뻑했다. 꿈을 꾸지 않아서 졸았는지 잠에 빠졌는지 분간할 수가 없었다. 가만히 고개를 돌리다가 뒤늦게 이쪽을 빤히 쳐다보던 시선이 마주쳤다.

"……."

윤이서였다. 녀석은 바로 옆에 서서 멍하니 내 얼굴을 내려다보고 있었다. 언제 들어왔는지, 또 얼마나 이러고 있던 건지 모르겠다. 놀란 심장이 세게 뛰었다. 코라도 곤 건 아니겠지? 윤이서의 앞에서 쿨쿨 잠들었을지도 모른다고 생각하니 퍽 수치스러웠다.

"코 안 골았어요."

"뭐?"

"궁금한 표정이길래."

윤이서의 눈치가 좋은 건지, 나쁜 건지 헷갈렸다. 안심되면서도 부끄러운 말이었으니까. 황급히 이불을 걷으려는데 윤이서의 손이 머리맡으로 다가왔다.

짓누르는 손바닥을 따라 매트리스가 조금 흔들렸다. 뭐 하는 거냐고 물을 새도 없이, 녀석이 무릎까지 들어 침대로 올라왔다. 스프링 소리와 함께 아까보다 더 깊이 매트리스가 기울었다.

"손님 받아?"

뜬금없는 물음이 날아왔다. 마치 녀석과 처음 대화를 나누던 날, 나한테 몸을 파는지 물어보던 그 순간 같았다. 상체를 일으키고 차갑게 일갈했다.

"갑자기 무슨 소리야."

"선배도 손님 받고, 돈 받냐고."

윤이서의 얼굴에 표정이 없었다. 무슨 의도로 던지는 질문인지 알 수 없었다. 선이 예쁜 얼굴을 가만히 흘겨보다가, 아까 교무실 문틈 사이로 눈이 마주쳤던 게 생각났다. 아마도 윤 사장이 나한테 돈을 주던 걸 본 모양이었다. 어쩌면 그 전의 대화까지 전부 들었을 수도.

"……늙은이는 줘도 안 먹어."

단칼에 짜증 섞인 대답을 던졌다. 앙칼진 태도에도 윤이서는 그 대답이 아주 만족스럽다는 듯 웃었다. 언제 정색했냐는 것처럼 환하게 미소 짓는 얼굴에 어이가 없었다. 피식피식 새어 나오는 웃음을 참지 않는 와중에, 윤이서가 재차 물었다.

"나중에도 그럴 거지?"

"왜?"

자꾸 뭘 확인받고 싶어서 이러는 걸까. 조금 도발해 볼까 싶은 마음에 냉큼 되물었다.

"나중에 내 기둥서방이라도 되고 싶어?"

날 선 목소리로 튀어 나간 물음에 공기가 싸늘해졌다. 윤이서는 순식간에 차가워진 얼굴로 미간을 구겼다. 박동재의 얼굴에 발길질할 때처럼 사나운 낯이었다. 녀석의 무릎이 허벅지 사이를 짓누르면서 다가왔다. 아까보다 거리가 더 좁혀졌다.

"누가 선배한테 그런 말 한 적 있어?"

"그런 말?"

"기둥서방 되고 싶다고."

코앞까지 다가온 녀석이 으르렁대듯 뇌까렸다. 집요하게 물어보는 윤이서의 태도가 우스웠다. 저렇게 초조하게 물어볼 필요가 있는 질문일까. 향기 다방에서 지내는 이상, 나 역시 클 때까지 빚을 갚지 못하면 레지가 될 게 뻔한데. 그리고 성인이 되기 전에 빚을 전부 갚을 가능성은 없었다.

물론 솔직하게 대답해 줄 생각은 없었다. 자존심이 상하니까. 게다가 윤이서는 박동재의 행동으로 대충 눈치챘을 것이다. 지금까지 나한테 추파 아닌 추파를 던진 새끼가 꽤 많았다는 걸.

"너무 많아서 셀 수도 없는데."

"어떤 새끼인데."

말해 주면 진짜로 찾아내서 팰 기세였다. 픽 웃으면서 녀석의 멱살을 붙잡아 끌어당겼다. 손쉽게 끌려온 윤이서가 흠칫하며 미간을 좁혔다. 제멋대로 고개를 들이밀 때는 언제고, 막상 내가 다가가니 겁먹은 것처럼 구는 게 재미있었다. 녀석의 귓가에 입술을 대고서 속삭였다.

"기둥서방이 무슨 뜻인지 알긴 하니?"

비웃음을 담아 속삭인 말에 윤이서가 숨을 크게 들이마셨다. 녀석의 숨소리가 아주 가까이서 들렸다. 이 정도 놀리면 알아들었겠지. 그만 까불라는 뜻을 눈치채기를 바라며 고개를 뒤로 뺐다. 아니, 빼려고 했다.

"알 건 다 알지. 확인해 볼래?"

커다란 손이 뒷덜미를 감싸며 억세게 당겼다. 물러설 여유도 주지 않고 가까워진 입술이 코끝을 스쳤다. 더운 숨결에 놀라서 눈을 뜨자 호선을 그리는 윤이서의 입꼬리가 보였다.

찌르르, 요란하던 매미 울음이 순간 뚝 끊어졌다.

"나한테 선배 기둥서방 될 자격이 있는지, 없는지."

윤이서가 낮게 갈라진 음성과 함께 내 아랫입술을 살며시 깨물었다. 맞붙은 입술에 따끔하고 정전기가 일었다.

아파, 작게 중얼거리며 윤이서의 어깨를 붙들었다. 녀석은 메마른 제 입술을 느리게 핥더니 다시 급하게 달려들었다. 속도가 빠른 호흡 사이로 더운 숨결이 전해졌다. 젖은 혀가 입천장을 느리게 쓸고, 고른 치열을 가볍게 스쳤다.

내 목덜미를 단단하게 쥔 녀석의 손이 살짝 떨리는 게 느껴졌다. 난폭하게 이어질 줄 알았던 입맞춤이 생각보다 부드럽고 섬세해서 나 역시 조금 당혹스러웠다.

서울서 양아치처럼 놀다가 내려왔을 거라고 예상한 탓이었을까. 윤이서가 키스에 누구보다 익숙하리라고 오해했으니까.

그래, 그건 정말 오해인 모양이었다. 윤이서는 아랫입술을 잘근 깨물기도 하고, 혀뿌리까지 단번에 감아올려 빨기도 했다. 그렇지만 그 행동 하나하나에 익숙하다는 느낌이 없었다. 들뜨고 성난 움직임 사이사이에 서툴고 풋풋한 조급함이 묻어났다.

살며시 고개를 비틀었다. 벌어진 입술 틈새로 질척이는 소음이 흘러나왔다. 가늘게 뜬 윤이서의 눈가가 흥분으로 불그스름하게 질려 있었다. 하얗고 깨끗한 얼굴에 홍조가 아른거리고 솔직한 열기를 드러냈다. 조금 놀란 그의 눈빛을 마주하며 입꼬리를 올렸다.

첫 키스였다. 하지만 그걸 들키고 싶지 않았다. 적어도 윤이서보다 키스에 능숙한 것처럼 보이고 싶었다. 누가 듣는다면 비웃을 이유겠지만, 녀석에게 지고 싶지 않았다. 어깨를 붙잡던 손을 스스로 미끄러트렸다. 내 손끝이 팔꿈치를 스치자 녀석이 일순간 경직되었다.

"하……."

조심히 입술을 벌리고, 일부러 윤이서의 입술을 살짝 깨물었다. 부드럽고 말캉하게 늘어지는 입술이 도톰하니 붉었다. 침에 젖어 반들거리는 녀석의 입술을 혀를 내어 사탕처럼 핥아도 보았다. 윤이서의 목울대가 꿈틀 움직이는가 싶더니, 잡아먹히듯 입술을 빼앗겼다.

완전히 무너진 몸 위로 윤이서가 달려들었다. 단단한 손바닥이 뒷덜미에서 허리까지 주르륵 미끄러졌다. 고개를 기울이는 각도가 시시때때로 변했다. 입술이 스치고, 놓치고, 닿을 때마다 축축한 열기가 번졌다. 습한 숨결마저도 몽땅 빼앗길 만큼 다급하고 여유 없는 입맞춤이었다.

하아, 짧게 숨을 내뱉으면서 불만을 토로했다. 입술이 떨어지기 직전까지도 윤이서의 혀가 입 안을 마구 헤집었다. 피아노를 능숙하게 연주하던 손이, 어색하게 허리와 꼬리뼈 사이를 더듬는 게 느껴졌다. 새빨개진 윤이서의 얼굴을 보면서 내 얼굴 역시 별반 다르지 않으리라 직감했다.

우리는 잠시 고요하게 서로를 응시했다. 대화가 사라진 자리에 거친 숨소리가 빼곡하게 들어섰다. 오르락내리락 숨 가쁘게 움직이는 가슴팍이 이따금 맞닿고 멀어졌다.

가파르게 뛰는 심장 박동이 전해지지 않기를 간절히 빌었다. 윤이서의 눈이 입맞춤의 여운에 젖은 채 일렁였다.

"성격이 진짜…… 독하다니까. 어떻게 한 번을 안 져?"

먼저 입술을 뗀 건 윤이서였다. 투덜대는 말투와 달리 웃음기 섞인 목소리였다. 아직도 뜨거운 입술이 귓불을 스치고 장난스레 깨물었다. 어쩐지 눈을 맞추기 부끄러워 녀석의 턱을 밀어 냈다.

오기가 생겨서 키스에 응하긴 했지만, 생각보다 느낌이 나쁘지 않았다. 내 예상과 달리 윤이서의 경험이 적어 보였다는 점도 신기했다.

"이겼다고 좋아할 게 꼴 보기 싫어서."

퉁명스러운 척 던진 대답에 윤이서가 어이없다는 얼굴로 픽 웃었다. 다가온 손가락이 아랫입술을 꼼꼼하게 닦아 주었다. 또 키스하려나 싶어 두근거렸지만, 진지한 윤이서의 표정이 낯설어서 가만히 있었다. 윤이서는 무심하게 속삭였다.

"나 첫 키스였어, 방금."

"거짓말."

"거짓말 같아?"

진실이라는 건 짐작하고 있었다. 첫 키스가 아니었다면, 이토록 조심스럽게 할 필요가 있었을까. 혀가 미끈하게 스칠 때마다 더욱 조급하게 호흡하던 윤이서의 태도를 떠올렸다.

오기 때문에 녀석을 밀어 내지 않았지만, 쿵쿵 요란하게도 뛰던 내 심장을 기억했다. 서로가 첫 키스라는 걸 확신했기에 느낀 감각들이 존재했다.

윤이서는 빤히 내 눈을 들여다보았다. 그 눈빛에 담긴 질문을 일일이 캐묻지 않아도 알 수 있었다. 나 또한 방금 그게 첫 키스였냐고, 녀석은 딱 그렇게 물어보고 싶은 표정을 지었다. 일부러 외면하며 침묵하는 사이, 옆구리를 파고든 손길이 나를 더 강하게 끌어안았다.

윤이서가 상체를 일으켜 앉더니 단숨에 내 몸을 제 허벅지에 올려 두었다. 비틀거린 몸의 균형을 잡고자 녀석의 어깨를 붙잡았다. 엉겁결에 마주 본 윤이서의 고개가 위로 들렸다. 호기심과 흥미로움이 점철된 시선이 빗장 걸어 잠근 마음을 꿰뚫었다.

"지금까지 전부 선배한테 이기려고 들었어?"

윤이서가 던지는 질문이란 죄다 한 번에 이해하기 어려운 것들뿐이었다. 잠시 고민하다가 고개를 끄덕였다. 서곡의 그 누구도 나한테 져 주려는 법이 없었다. 모두가 나한테 이기는 걸 당연하게 여기며 지냈다. 다방에 얹혀사는 빚쟁이 여학생 한 명을 배려해 줄 정도로 선한 사람은 없었다.

"그럼 내가 첫 번째겠네."

이번에도 영문 모를 소리였다. 윤이서가 내 허리를 더 바싹 끌어당겼다. 접히는 팔꿈치에 힘을 주어 완강하게 버텼지만, 이내 귀찮아서 힘을 풀었다. 폭 안기는 몸이 마음에 들었던 걸까, 윤이서는 내 어깨에 이마를 붙이고서 차분하게 숨을 골랐다. 어깨 아래로 흩어지는 녀석의 숨결이 뜨거웠다.

"뭐가 첫 번째야?"

"선배한테 진 사람."

뜻밖의 말에 놀라서 쳐다보는데, 윤이서가 슬그머니 고개를 들었다. 순식간에 다가온 입술이 왼쪽 볼에 쪽 장난스러운 입맞춤을 흘리고 멀어졌다.

"지금까지 나를 이긴 사람도 선배 한 명뿐이야. 좋지?"

웃음도 나오지 않았다. 무슨 논리인지, 어떤 생각으로 이런 말을 하는 건지 하나도 모르겠다. 윤이서의 입술은 조금 뜨거웠고, 보건실은 덥고 습했으며, 거칠고 서툰 첫 키스의 여운으로 머릿속이 아직 몽롱했다.

"놀란 표정 귀엽다."

"……."

"져 준 보람이 있네."

"네가 져 준 게 아니라, 내가 이긴……."

당황해서 대답하기도 전에 입술이 다가왔다. 물끄러미 바라보는 눈길에 감추지 못한 열기가 아른거렸다. 맞닿은 입술을 혀끝으로 벌리면서 윤이서가 웃었다. 샐쭉, 미소 짓는 녀석의 눈매가 반달처럼 휘어졌다. 여우가 따로 없었다.

"응, 선배가 이겼어."

"잠깐, 으응……."

"평생 이겨. 나도 평생 져 줄 테니까."

내 허리를 끌어안은 윤이서의 팔뚝에 단단히 힘이 들어갔다. 빠져나갈 공간을 조금도 남겨 두지 않은 윤이서가 목을 높이 빼 들고 내 입술을 삼켰다. 뭉근하게 녹은 잼처럼, 입 안의 혀가 이리저리 빨리고 깨물리며 늘어졌다. 손바닥으로 애써 녀석의 어깨를 밀어 보려고 했으나 역부족이었다.

오른손이 붙잡혔다. 윤이서는 깍지 낀 손을 무릎으로 내리며 도망치지 못하도록 힘을 주었다. 옴짝달싹 못 하게 녀석의 품에 가둬진 상태로 나지막이 헐떡였다.

당혹스러운 건 얼마 가지 않았다. 조금씩 머릿속이 흐려지면서 아무 생각도 나지 않았다. 녀석이 그러듯 눈을 감고 키스의 감각에 집중했다.

어른들이 왜 키스를 하는지 조금 알 것도 같았다. 입술을 붙이고, 뭉개고, 덧그릴 때마다 현실의 감각이 하나둘 지워져 나가는 것만 같았다.

좁아터진 보건실이 넓고 휑한 공간처럼 느껴졌다. 이 세계의 모두가 백지처럼 지워지고, 나랑 윤이서 단둘만 남은 기분이었다.

때때로 윤이서가 미처 억누르지 못한 쾌감에 갈라진 신음을 토해 낼 때마다, 억센 힘으로 내 팔을 붙잡아 더 아래로 끌어 내릴 때마다 미묘한 우월감에 심장이 두근거렸다.

풋풋한 만큼 그 정도를 조절하지 못한, 윤이서의 순수한 욕구가 온전히 나만을 원하며 쏟아지고 있다는 게.

그건 정말 끔찍하고도 황홀한 착각이었다.

모든 건 처음이 어려운 법이었다.

예상치 못했던 첫 키스 이후, 윤이서는 이전보다 자주 주변을 맴돌았다. 날씨는 점점 더워졌고, 우리가 키스하는 횟수도 조금씩 늘어났다. 빈도가 잦아지면서 입맞춤의 정도도 강해졌다.

장난스레 입술을 붙였다가 떨어지다가도, 어느 순간 정신을 차리고 보면 진한 키스가 되어 있었다.

우리는 남들의 눈을 피해 숨는 재주가 탁월했다. 학교 뒤편에서, 다방으로 향하는 골목에서, 뒷산으로 올라가는 중턱에서, 혹은 아무도 없는 윤이서의 방에서.

틈만 나면 단둘이 있을 수 있는 공간에 처박혀 서로의 입술에 간절히 매달렸다. 뜨겁게 짓이긴 입술 안으로 단단한 혀가 들어올 때마다 이상한 감각을 맛보았다.

윤이서는 이제 주말에도 다방 앞을 배회하는 날이 늘었다. 일요일이 되어 아침 일찍 바깥으로 나오면, 담벼락에 기대앉은 윤이서를 볼 수 있었다.

녀석은 새파란 은행잎을 손에 쥐고 빙글빙글 돌리면서 콧노래를 낮게 흥얼거렸다. 그러다가 눈이 마주치면, 얄궂게 눈가를 휘며 미소를 머금었다.

"선배."

우리의 관계가 변한 건 아니었다. 그건 아마도 내가 아무런 대답도 들려주지 않기 때문이겠지. 윤이서는 기둥서방 운운한 이후에 그 말을 다시 꺼내지 않았다. 나 또한 그에게 자격이 있음을 알려 주지 않았다.

그런 이야기 없이 지금 정도의 관계를 유지하고 싶었다. 아무것도 책임지고 싶지 않았고, 책임져 주길 원하지도 않았다.

잘 숨겼다고 생각했지만, 학교에서 지켜보는 눈이 워낙 많았다. 윤이서가 박동재를 팼다는 이야기는 입을 타고 가면서 더 다채롭게 부풀려졌다. 눈 깜짝할 새, 윤이서는 일방적으로 나를 쫓아다니는 남학생이 되어 있었다. 소문의 내용을 알려 주자 윤이서는 간결하게 감상평을 들려주었다.

"잘됐네."

"잘됐다고?"

"선배한테 다른 새끼가 집적댈 일이 줄어들 거 아냐."

윤이서의 예측은 그대로 이루어졌다. 박동재도 윤이서의 부친과 암암리에 합의를 마쳤는지, 가끔 내 얼굴을 맹렬히 노려보기는 해도 이전처럼 다가오지 않았다. 다른 애들도 마찬가지였다.

뒤에서 수군거리던 목소리도 많이 잦아들었다. 고작 윤이서와 몇 번 노는 모습을 보였다고 이렇게 변하다니. 놀랍고도 허무한 변화였다.

"이거 받아요."

담벼락에 기대던 등을 떼고 일어난 윤이서가 오른손을 내밀었다. 그의 손에 올려진 자그마한 장난감을 발견하고 미간을 좁혔다. 설명을 요구하는 눈빛에 녀석은 들뜬 목소리로 대답했다.

"선물."

"이게?"

"같이 놀자고 샀는데, 별로야?"

윤이서가 선물이랍시고 건네 준 건 비눗방울이었다. 문방구에서 산 건지, 가격 적힌 스티커가 그대로 붙어 있었다. 떼어 낸 스티커를 담벼락에 붙이고 뚜껑을 돌려 열었다.

몽글몽글한 비누 거품이 막대 끝에 개구리알처럼 잔뜩 뭉쳐 있었다. 막대를 뽑아 가볍게 불어 보자 투명하게 반짝이는 비눗방울이 둥글게 피어올랐다.

비눗방울에 햇빛이 반사되어 자그마한 무지개를 그렸다. 윤이서가 시선으로 그것을 쫓다가 검지로 건드렸다. 톡 하고 터진 비눗방울이 녀석의 손가락에 작은 거품을 남겼다.

아직 허공에 떠다니는 비눗방울 너머로 윤이서의 근사한 미소가 선명하게 비쳤다. 찬란하게 빛나는 햇살 아래서 윤이서가 목소리 낮춰 중얼거렸다.

"선배랑 키스하고 싶다."

"……."

"지금 당장."

커다란 손이 뺨을 끌어당겼다. 우리의 모습은 담벼락 뒤쪽으로 은밀하게 사라졌다. 서곡은 시골이라 좁은 골목길 곳곳에 틈새가 많았다. 비좁은 틈으로 들어간 몸이 한 치의 여유도 없이 맞닿았다.

바닥에 떨어트린 장난감에서 비눗물이 콸콸 넘치며 웅덩이를 만들었다. 웅덩이 위로 팔랑대며 떨어진 은행잎이 동그란 파동을 그렸다.

가만히 눈을 감고 입술을 내주었다. 몇 번을 해도, 윤이서는 매번 여유를 잃고 달려들 듯 키스했다. 내 입술을 온통 집어삼킬 것처럼 거칠면서도 상처 하나 남기지 않게 섬세한 입맞춤이었다. 가끔 숨을 내쉬고자 입술이 떨어지는 순간마저도 아쉬운 듯, 일그러지는 녀석의 낯을 볼 때마다 가슴에 간질간질한 감각이 퍼졌다.

이건 뭐지. 이게 대체 뭐지.

수차례 되물었으나 답은 나오지 않았다.

무더위를 식히려는 듯 장마가 시작될 때쯤, 학교에서도 여름 방학이 시작되었다. 일전의 사건 이후로 잠잠하던 박동재는 종이 치자마자 부리나케 가방을 들고 도망쳤다.

포주 강씨가 얼마 전에 직접 박동재의 집으로 찾아가 미연 언니의 치료비를 받아 냈다고 들었다. 물론 그 치료비가 미연 언니의 손으로 떨어지지 않았지만, 어느 정도 죗값을 치렀다는 생각에 속이 편했다. 박동재의 삼촌도 미연 언니는 물론 향기 다방의 레지를 다시는 지명하지 못할 테니까. 예상 밖의 쾌거였다.

방학이 시작되면서 아침마다 자유 시간이 생기자, 꾸준히 옥상으로 올라가 화단 가꾸기에 몰입했다. 깨진 도자기를 주워다가 대충 만든 간이 화분에 들꽃을 옮겨다 심었다. 덕분에 나팔꽃 옆으로 화사한 들꽃이 장식처럼 부드럽게 어울렸다.

가끔 담배를 피우러 올라오던 마담도 화단이 꽤 예뻐 보였는지, 하루는 장에 나가 물뿌리개 하나를 사다 주었다. 녹색 플라스틱으로 된 코끼리 모양 물뿌리개였다. 유치한 생김새여도 물 주기엔 무척 편했다.

마당 수돗가에서 물을 담아 올라가 꽃에 뿌리면, 햇볕을 받아 그 위로 자그마한 무지개가 아른거렸다.

며칠간 쏟아지던 빗줄기가 뚝 그치자 하늘의 먹구름도 맑게 갰다. 물뿌리개를 내려놓고 허리를 편 순간, 담벼락 너머로 발랄한 피아노 소리가 들려왔다. 윤이서가 연주하는 소리였다. 일부러 내가 옥상으로 올라오는 시간을 노려서 연주하는지 매일 아침 10시마다 음악이 들렸다.

이름 모를 클래식 곡이 흐르고 나면, 마지막은 반드시 동요로 마무리되었다. 꽃밭에서, 혹은 고향의 봄이었다.

윤이서는 기억력이 제법 좋았다. 처음에는 왜 저러나 싶었지만, 어느새 꽃에 물을 줄 때마다 음악을 즐기게 되었다. 내 처지에 어울리지도 않게 고상한 취미가 늘었다.

지금 댓돌을 밟아 올라간다면, 열심히 피아노를 연주하는 윤이서의 얼굴이 보일 터였다. 하지만 그러지 못했다. 요즘 윤이서를 볼 때마다 간질간질한 감정이 올라와 가슴이 답답해졌으니까. 정확히는 녀석과 입맞춤을 한 날부터.

"선배, 아랫입술 조금만 더 벌려. 그렇지, 잘하네……."
"얼굴 좀 보여 줘, 응?"
"코로 숨 쉬라니까. 귀엽게, 얼굴 다 빨개졌어."

연달아 머릿속을 스치는 기억에 입술을 꽉 깨물었다. 얼굴은 순식간에 빨개져서 열이 오르고, 괜히 부끄러움에 목이 탔다. 이럴 때마다 아주 죽을 맛이었다. 그 빈도도 늘어나서 참 고역이었다.

이게 다 윤이서 때문이었다. 마주칠 때마다 어떻게든 입을 맞추려는 그 집요함이 원인이었다.

처음 서툴고 거칠게만 입을 맞추었던 게 거짓말인 것처럼, 윤이서는 나날이 키스에 능숙해졌다. 조금이라도 더 내 숨결을 앗아 가고자 급급하던 모습도 거의 사라졌다. 부드럽게 내 얼굴을 감싸고서 가까이 끌어당긴 다음, 목덜미를 단단히 받치고 입술을 느긋하게 빨아 삼키곤 했다.

내가 부끄러움에 눈을 감아 버리면, 윤이서의 혀가 조금 거칠게 움직였다. 가물거리는 눈을 뜨기 전까지 키스는 멈추지 않았다.

열기로 흐려진 시야에 윤이서의 표정이 잡힐 때마다 낯설고 묘했다. 그토록 열렬하게 나를 원하는 눈동자라니. 그 눈을 마주하면 가슴이 펑 터져 버릴 듯 세게 뛰었다.

"다희야! 또 옥상에 있어? 잠깐 내려와 봐!"

공상에 빠져 허우적대는 사이, 아래층에서 나를 찾는 목소리가 들렸다. 후다닥 계단을 내려가며 뜨거워진 얼굴을 식혔다. 흐트러진 호흡은 뛰어온 탓이라 생각할 테니, 걱정할 필요가 없었다. 서둘러 달려간 아래쪽에 미정 언니가 팔짱을 끼고 서 있었다.

"옥상에 왜 자꾸 올라가? 안 더워?"

"왜 불렀어?"

"커피 좀 타 주라. 금방 나가야 해서."

미정 언니의 옷차림이 짧은 치마가 아니라 딱 달라붙는 청바지인 걸 보면, 오랜만에 회관에서 커피 배달을 시킨 모양이었다. 서둘러 부엌으로 들어가 찬장을 뒤적였다. 보온병을 나란히 내려 두고 작업에 집중했다.

얼음까지 넣은 다음, 뚜껑을 닫고서 열심히 보온병을 흔들었다. 팔이 저릴 때쯤 부엌으로 들어온 미정 언니가 괜히 주변을 기웃거렸다. 뭔가 물어보고픈 눈치였다.

혹시 윤이서에 관한 건 아니겠지? 살짝 긴장하면서 할 말이 있으면 빨리 물어보라 눈짓했다.

"미연이 어디 갔는지 알아? 아침부터 안 보이길래."

돌아온 질문은 뜻밖이었다. 갑자기 튀어나온 이름에 보온병을 흔들던 손이 조금 느려졌다. 나도 모르게 어깨에서 힘이 빠진 탓이었다. 시무룩한 티를 내지 않도록 노력하면서 짧게 대답했다.

"몰라."

"모른다고?"

"응."

"진짜 몰라?"

꼬치꼬치 캐묻는 미정 언니의 눈에 호기심이 가득 일렁였다. 특별한 대답이 숨겨져 있으리라 기대한 걸까. 하긴, 며칠 전부터 미연 언니의 행동이 퍽 수상쩍기는 했다. 그래도 들려줄 대답이 딱히 없어 같은 말만 반복했다.

"왜 자꾸 물어봐? 정말 모른다니까."

"아니, 별일이잖아. 네가 황미연 행방을 모른다니. 바늘이 실 가는 길을 모른다는데 당연히 놀랍지."

"배달 갔겠지. 자, 얼른 다녀와. 언니도."

완성된 냉커피 보온병을 차곡차곡 봉지에 담아 건네주었다. 언니가 그것을 천 가방에 옮겨 담고서 입술을 삐죽였다. 대화를 더 나누고 싶은 눈치였다.

대답 대신 벽에 걸린 시계를 가리키자, 언니는 부랴부랴 가방을 챙겨 바깥으로 나섰다. 미정 언니를 태운 오토바이가 멀어지는 소음에 참았던 한숨을 내쉬었다.

미정 언니의 추측은 옳았다. 요즘 미연 언니는 수상하기 짝이 없었다. 가끔은 손님 지명이 없는데도 아침 일찍 외출을 감행하곤 했으니까.

문제는 언니가 가는 이유를 아무에게도 알려 주지 않는다는 점이었다. 마담이 몇 번이나 잔소리해도 소용이 없었다. 언니는 나한테도 그 이유를 숨겼다.

그러나 얼핏 그 이유를 알았다. 언니가 왜 가는 장소를 숨기는지, 또 어디로 가는지. 궁금한 점을 하나씩 추리할 때마다 기이한 찝찝함만이 가슴에 차곡차곡 쌓였다. 옷장 속에서 언니의 노란 원피스가 자주 사라질 때마다 느끼던 불안함도 그에 이바지했다. 부정적인 생각들이 머리에 맴도는 게 싫어 어느 순간부턴 추리를 포기했다.

이른 오후, 부엌을 뒷정리하다가 문득 배가 고파 마당으로 나왔다. 찐 감자 하나를 허겁지겁 먹은 다음, 마담 몰래 밖으로 나섰다. 슬슬 일을 시작할 시간이었으나 옥상에서 피아노 연주를 들은 후부터 온 신경이 다른 곳에 쏠려 있었다.

잠깐이라도 좋으니 윤이서의 얼굴을 보자는 생각에 거침없이 걸음을 옮겼다. 오르막길을 올라가면서 선선한 바람이 이마에 맺힌 땀을 식혀주었다.

윤이서는 지금쯤 뭐 하고 있을까. 아직도 피아노를 연주하고 있을까. 마침내 도착한 양옥 앞에서 한참이나 거칠어진 숨을 골랐다.

긴장 속에서 초인종을 눌렀다. 고요했다. 초인종을 다시 눌러 보고, 노크도 해 봤지만 여전했다. 분명 아침까지만 해도 위층에 윤이서가 있음을 알았기에 호기심이 눈덩이처럼 불어났다. 어쩔까 고민하다가 슬쩍 문고리를 돌려 보았다.

"아⋯⋯."

문고리는 맥 빠지게도 바로 돌아갔다. 덜컥 소리와 함께 문이 열렸지만, 안쪽에서는 아직도 인기척이 없었다. 다만 윤이서가 외출했는지 현관에 녀석의 메이커 운동화가 보이지 않았다.

잠깐 슈퍼라도 간 걸까. 몇 번 놀러 왔다고 그새 익숙해진 거실을 눈으로 살피다가 슬그머니 들어와 문을 닫았다.

슬리퍼를 손에 쥐고 살금살금 계단을 올랐다. 위층도 아래층과 똑같이 조용했다. 역시 윤이서가 잠깐 집을 비운 건지, 방으로 들어가자 열린 창문이 보였다. 우두커니 서서 아무도 없는 방을 둘러보다가 옷장에 눈이 닿았다. 순간 번개처럼 머릿속으로 윤이서를 놀릴 계획이 떠올랐다.

고민은 금방 끝났다. 슬리퍼를 품에 안고서 슬그머니 옷장을 열어 보았다. 옷장은 높이 걸린 겉옷이 많아 아래쪽에 공간이 충분했다. 조심히 안으로 들어가 문을 닫아 보았다. 쪼그려 앉았는데도 전혀 불편하지 않을 만큼 옷장이 넓었다.

윤이서가 방으로 돌아오면 깜짝 놀라게 해야지. 갑자기 왜 이렇게 유치한 계획이 떠올랐는지 모를 일이었다. 학교에서 가끔 뒤에서 나타나 깜짝깜짝 놀라게 하던 녀석에게 복수심 때문이었을까. 어쨌든 계획은 완벽했다.

슬리퍼를 발밑에 내려 두고, 무릎을 당겨 안고서 숨을 죽였다. 옷장 너머에서 바람에 커튼이 펄럭이는 소리만 간간이 울려 퍼졌다. 깜빡 졸아 버릴 정도로 평화로운 정적이었다. 그대로 기다리기를 잠시, 멀리서 계단을 올라오는 발소리가 들렸다.

"헉!"

드디어 왔구나. 반가운 반, 긴장 반으로 떨리는 마음에 마른침을 삼켰다. 윤이서가 들어와 침대나 의자에 앉으면 곧장 문을 열어 버려야지. 놀란 녀석의 얼굴을 가리키며 깔깔 웃어 줘야지. 윤이서와 어울리다 보니 유치한 장난에 익숙해진 건지, 상상만으로도 제법 유쾌했다.

끼익. 문 열리는 소리가 지척에서 들렸다. 귀에 익은 발소리도 마찬가지였다. 윤이서가 들어온 게 틀림없었다. 두근거리는 심장 박동을 느끼면서 옷장 문에 바짝 귀를 대고 기다렸다.

바스락, 소리가 아주 자그맣게 들렸다. 옷을 갈아입는 걸까? 그럼 잠깐만 기다려 줘야지.

"하아……."

순진한 평온을 깨트린 건, 매미 울음과 바람 소리 사이를 비집고 들어선 숨소리였다. 나는 그맘때 남학생들이 홀로 방에 있을 때 뭘 하는지 몰랐다. 진작 알았다면, 이런 상황에 홀로 숨어 있는 짓 따위 벌이지 않았을 텐데. 인상을 찌푸리고 바깥 소음에 집중하다가 두 눈을 크게 떴다.

작지만 분명하게 숨소리 사이로 희미한 신음이 섞였다. 이따금 옷과 손이 스치는 소리, 혹은 끈적한 소음도 이어졌다. 하필 눈에 익은 공간에 들어온 탓일까. 윤이서가 지금 침대에 걸터앉아 있는 모습, 이불에 습하고 축축한 숨결이 흩어지는 모습이 머릿속으로 선명히 떠올랐다.

말도 안 돼. 떨리는 손으로 겨우 입을 틀어막는 게 고작이었다. 돌처럼 굳어져서 어떤 행동도 할 수 없었다. 혹시나 약간의 인기척이라도 새어 나간다면 큰일이었다.

내가 여기 숨었다는 걸, 수치심을 떠나서 다른 것이 걱정되었다. 상상하기도 무서운 일이.

동시에 한편으로는, 윤이서가 정확히 뭘 하고 있는지 궁금했다. 살짝이나마 문을 열어 바깥의 풍경을 확인해 보고픈 위험한 충동도 치솟았다. 쾌감에 솔직하게 억눌린 숨소리의 원인이 대체 무엇인지 확인하고 싶었다. 입가를 가리던 손이 바닥으로 떨어진 찰나였다.

"……권, 다희."

금방이라도 끊어질 듯한 신음 사이로, 윤이서가 내 이름을 불렀다.

순간 내 위치를 들켰나 싶어 심장이 쿵 떨어졌다. 그러나 곧 우연이라는 걸 알았다. 정확히는 우연이 아니라, 지금 윤이서가 누구를 떠올리는지 알 수 있었다.

그걸 깨닫자 긴장이 가라앉기는커녕 손까지 덜덜 떨렸다. 잔뜩 웅크리고서 쾌락을 좇고 있을 녀석의 얼굴이 머릿속에 그려졌다.

윤이서가 연달아 내 이름을 부를 때마다 심장이 입 밖으로 튀어나올 듯 거세게 뛰었다. 떨군 손끝이 부드러운 천에 스쳤다. 그제야 옷장 속 향기를 자각하고서 이를 악물었다.

왜 하필 여기 숨었을까, 후회가 앞섰다. 원치 않아도 윤이서의 체취가 코끝으로 스며들었으니까.

나지막한 신음, 헐떡이는 숨소리. 열기에 취해 붉어졌을 얼굴과 턱끝에 맺혀 바닥으로 떨어지기 직전의 땀방울. 눈에 보이는 건 어둠뿐인데도 머릿속 풍경은 잘도 그려졌다.

오히려 청각에만 의존하기 때문일까. 내 입술을 집어삼키듯 달려들었던 윤이서의 흥분한 낯이 너무나도 선명하게 떠올랐다.

평소 짓궂게 머금던 미소를 저버리고, 진지한 얼굴로 다가오던 순간순간이 생생했다. 솔직한 열기에 취한 얼굴을 마주하기 부끄러워, 무심코 웃음을 흘리면 윤이서가 입술을 꾹 깨물곤 했다. 참기가 어려워 어찌할 바 모르겠다는 듯이.

윤이서는 지금 어떤 표정일까. 그때와 비슷한 표정일까? 양팔로 무릎을 당겨 움츠린 채 눈을 질끈 감아 버렸다.

등에 닿는 옷자락이 묵직하게 어깨 위로 달라붙었다. 다부진 체격에 너른 어깨, 담과 저 사이에 나를 가두듯 끌어안았던 팔뚝. 커다란 손등 위로 불거진 핏줄…… 그만 생각하고 싶어도 끝이 없었다.

여태까지 윤이서가 나를 어떻게 생각하는지 깊이 고민한 적이 없었다. 윤이서는 어쩌다가 서울에서 서곡까지 전학 온 외지인이었고, 나는 어릴 적부터 이곳에서 자란 서곡 토박이였다.

서로 가지지 못한 것에 관심이 동하여 우연히 마주치다가 어울리고, 고작 몇 번의 입맞춤을 나눈 게 전부인 사이. 내가 정의한 건 딱 그 정도였다.

"으, 권다희……."

그저 장난인 줄 알았다. 치기 어린 행위인 줄 알았다. 맨 처음 나한테 입 맞추던 날, 윤이서의 표정을 보고 대충 짐작했으면서도 깊이 생각지 않았다. 윤이서의 처음이 아마도 나일 거라는 점을. 또한 꾸준히 내 곁을 맴돌던 행동이 보여 주던 뜻을.

천과 무언가가 마찰하며 질척대는 소리를 끝으로 신음이 멈추었다. 숨죽여 참았던 걸 멈추고 느리게 고개를 들었다. 윤이서는 뒷정리를 하는지 바스락거리는 소리가 이어지다가 조금씩 사라졌다.

화장실을 들락거리는지 발소리와 물소리도 간간이 들려왔다. 손바닥으로 얼굴을 감싸고 뜨거워진 얼굴을 식혔다. 밀폐된 공간에 갇혀 오래도록 숨을 참은 탓인지 볼이 제법 뜨거웠다.

제발, 어서 나가고 싶어. 그렇게 생각한 순간 문고리 돌아가는 소리가 들렸다. 반가운 마음에 고개를 돌렸다. 계단을 내려가는 발소리에 희망이 찾아왔다.

조마조마한 마음으로 기다린 끝에 발소리가 완전히 멀어졌다. 옷장 문을 살짝 밀어보자 틈 사이로 좀 더 커다란 소음이 들렸다. 현관문이 닫히는 소리였다. 윤이서가 다시 외출한 게 틀림없었다.

그대로 구르듯 옷장 바깥으로 빠져나왔다. 좁고 더운 공간에서 해방되자 시원한 바람이 볼을 스쳤다. 열린 창가 너머로 커튼이 펄럭대는 풍경이 보였다.

자연스레 시선이 피아노 옆 침대로 향했다. 침대에 구겨진 이불 가운데가 옴폭 파여 있어서, 방금까지 윤이서가 그곳에 있었음을 짐작했다.

침대 앞으로 다가가 조심스레 손을 내밀었다. 움푹 파인 자리를 더듬어 보자 약간의 온기가 남아 있었다. 방금까지 이곳에 앉아서 윤이서가 했을 행위가 허공에 떠도는 낯선 체취와 관계가 밀접해 보였다. 바로 떠나지 못하고 제자리에 못 박혀 숨을 크게 들이마셨다.

궁금한 게 많았다. 그렇지만 이에 대해 물어볼 자신이 없었다. 홀로 서 있기만 해도 부끄러운 기분에 괜히 주변을 둘러보다가 방을 빠져나왔다. 윤이서의 방에서 아래층까지, 또 현관까지 달려가는 길이 들어올 때보다 더 멀게 느껴졌다.

품에 숨겼던 슬리퍼를 내려놓고서 허겁지겁 발을 쑤셔 넣었다. 마당으로 나오자 여전히 화창한 날씨와 강한 햇볕이 몽롱한 정신을 일깨웠다. 방금 벌어진 일이 그야말로 꿈 같았다. 차라리 꿈이었다면 얼마나 좋을까.

볼을 꼬집고 싶은 마음을 되새기면서 터덜터덜 골목길을 걸었다. 현관을 빠져나올 때 윤이서의 신발이 보이지 않았음에 안도했다.

혹시라도 윤이서가 내 존재를 알아차렸을까 봐, 그래서 어딘가에 숨어 있지 않을까 두려웠으니까. 이대로 윤이서가 아무것도 모른 채 지나갔으면 했다. 나만 아는 일로 그렇게.

"다녀왔습니다."

복잡한 마음을 애써 갈무리하고 다방 앞에 도착했다. 투명한 유리문에 붙여 놓은 스티커가 너덜너덜하게 뜯겨 멀리서 보면 향과 다방의 글자가 사라진 모양새였다. 며칠 비가 거세게 오더니 그 때문인 것처럼 보였다.

마담한테 말해서 스티커를 페인트로 바꿔 보자고 해 볼까. 짧은 고민과 함께 문을 열었다.

머리 위쪽의 종이 딸랑 소리를 내며 흔들렸다. 몇 해 전, 손님 한 명이 풍물 시장에서 샀다며 마담에게 선물로 준 잉어 모양 종이었다. 녹이 슬어 연한 갈색빛이 도는 잉어 밑으로 자그마한 방울이 달려 있었다.

방울 소리가 뱀과 악운을 쫓는다고, 미신을 유독 강하게 믿던 레지한 명이 문에 장식하자며 마담을 졸라 댔다. 마담도 그 의견에 못 이겨 문에 종을 달았다. 덕분에 손님이 찾아오거나 바람이 세게 부는 날이면 시끄럽게 종소리가 울리곤 했다.

귓가에 맴도는 방울 소리에 정신이 팔린 게 문제였을까. 홀 가운데 커다란 테이블을 홀로 독차지한 상대와 눈이 마주쳤을 땐 나도 모르게 표정을 굳히며 멈추었다.

나와 달리 상대는 얼굴에 느긋한 미소나 띠며 손을 흔들었다. 가느다란 손가락 사이에 걸린 티스푼이 유리잔을 톡톡 두들겼다. 유리잔에 담긴 얼음이 달그락 소리를 내며 서로를 밀치고 깨트렸다.

"늦게 왔네, 선배. 나도 방금 오긴 했는데."

윤이서가 홀에 덩그러니 앉아 있었다. 다급하게 계산대를 살폈지만, 김 마담은 보이지 않았다. 휑한 자리에 작게 찢어 놓은 종이 쪼가리가 보였다. 황급히 달려가 확인하자 마담의 필체로 적힌 메모가 눈에 띄었다. 잠깐 포주에게 다녀올 테니 그동안 다방 좀 지키라는 내용이었다.

뒤늦게 문고리에 걸린 나무판이 '닫힘' 쪽으로 돌려져 있었다는 걸 깨달았다. 당장 그의 얼굴을 보기가 곤란했으나 어쩔 도리가 없었다. 손에 쥔 메모를 바지 주머니에 깊숙이 구겨 넣고 돌아섰다. 윤이서가 오른손으로 턱을 괸 채 내 얼굴을 뚫어져라 쏘아보았다.

"어디 다녀왔어?"

"뭐?"

"얼굴이 빨갛길래. 햇빛 오래 쐬면서 걸어 다녔나 해서."

아무렇지 않은 척 굴면 될 것을, 당황하여 얼굴 이곳저곳을 더듬었다. 확실히 뺨이 후끈거리긴 했다. 갑자기 나타난 윤이서 때문일 수도 있고, 아까 그의 방에서 마주한 상황 때문일 수도 있고. 어느 쪽이든 전부 윤이서 탓이었다.

"슈퍼에 심부름 다녀왔어."

"그래?"

윤이서가 티스푼으로 커피를 휘저으며 능청맞게 대꾸했다. 나름 잘 둘러댔다고 생각하며 테이블 앞으로 걸어갔다. 방금 왔다는 그의 말과 달리 반쯤 녹은 얼음 탓인지 커피색이 살짝 옅었다.

저 얼음이 녹을 때까지 윤이서는 여기 앉아 나를 기다렸을까? 내가 일부러 윤이서의 집에서 가장 멀고 복잡한 방향으로 골목길을 돌아오는 동안에.

"이 커피는 뭐야?"

"선배 친구라니까 저기 앉아 있던 사람이 타 줬어요."

"김 마담이?"

소곤소곤 귓속말로 물어보자 윤이서가 작게 웃으며 고개를 끄덕였다. 아무도 없는데 왜 귓속말을 하냐는 눈빛이었다. 마담의 이야기를 꺼내자니 조심스러울 수밖에 없었다.

윤이서가 내 친구라는 말을 했을 때, 김 마담은 과연 어떤 표정을 지었을까. 낮게 헛기침하다 텅 빈 홀을 가만히 둘러보았다.

외출했다는 표시를 해 두었으니 당장 손님이 들이닥칠 일은 없었다. 그러나 커피 배달을 나갔을 레지가 돌아오는 건 얼마든지 가능했다.

단둘이 있는 장면을 누구에게라도 들킨다면 분명 이상한 소문이 돌게 뻔했다. 언니들은 유독 나와 관련된 소문이라면 기를 쓰고 알아내려 했으니까.

특히나 지금은 더 위험했다. 언니들은 이미 나와 윤이서의 사이를 수상쩍게 여기고 있었다. 일전의 소동으로 미연 언니가 학교에 방문했을 때, 얼마나 많은 추측과 놀림이 내 뒤를 쫓아왔던가.

언니들은 밤만 되면 삼삼오오 둘러앉아 담배를 태우거나 고구마를 먹으며 수다로 삼류 소설을 쓰곤 했다. 소설 속 주인공은 언제나 나와 윤이서였다.

입 맞추는 장면이라도 들킨다면 언니들은 아예 우리가 결혼이라도 할 사이로 넘겨짚을 터였다. 그러니 남들이 오해를 할 만한 그 어떤 단서도 주지 말아야 했다.

"따라와."

"어디? 밖에 더운데."

윤이서가 비스듬히 고개를 기울여 올려다보더니 대뜸 내 손목을 잡았다. 서늘한 다방의 공기와 달리 녀석의 체온은 군불을 땐 방처럼 조금 뜨거웠다.

손목을 거머쥔 손가락의 마디마디가 곧고 예쁘게 늘어졌다. 오늘따라 왜 윤이서의 손에 이토록 시선이 갈까. 이상한 기분에 휩싸여 그 손을 뿌리쳤다.

"선배?"

왜 그러냐는 듯 되물어 보는 윤이서의 낯이 순진무구했다. 시원스럽고 커다랗게 뜬 눈을 가늘게 휘며 미소 짓는 모습에 숨이 턱 막혔다.

거칠게 씨근덕대던 숨소리, 그 사이로 물감처럼 섞이던 짙고 탁한 신음. 저 말간 얼굴로 살짝 인상을 찌푸렸을까. 애써 잊으려 했던 순간이 눈앞을 사진처럼 뒤덮었다.

"조용히 하고 따라와, 얼른."

차마 더 마주 볼 자신이 없어 재빠르게 테이블을 등지고 뛰어갔다. 고개를 갸우뚱 기울이는 윤이서의 얼굴이 유리창에 반사되어 아른거렸다.

다방 뒤편으로 빠져나와 쪽방으로 달려가는 동안, 쿵쾅거리며 요란히 뛰는 심장이 가라앉기를 기다렸다. 느리게 숨을 들이마시고 내쉬자 조금씩 평온함이 돌아왔다.

낡은 미닫이문을 열고 들어가자 마찬가지로 빈 쪽방이 나타났다. 장마철이 시작되면서 습기를 감당하지 못한 쪽방 이곳저곳에 곰팡이가 가득 슬었는데, 당연히 레지들의 불만이 속출했다. 하루가 다르게 투덜거림이 늘자 김 마담도 큰맘 먹고서 장판과 벽지를 갈아 주었다. 여전히 누리끼리한 풍경이었으나 덕분에 악취는 말끔히 사라졌다.

"들어와."

뒤따라온 윤이서를 서둘러 쪽방으로 밀어 넣고 문을 닫았다. 안 그래도 좁은 방이 윤이서의 존재감 때문인지 더 작게 느껴졌다. 윤이서는 천장이 낮은 방 때문에 허리를 살짝 구부린 상태로 이리저리 두리번거렸다. 쪽방을 유심히 구경하는 녀석의 소매를 당겨 바닥으로 앉혔다.

"여기가 선배 자는 방이야?"

"응."

"저 이불 깔고 다른 사람들이랑 같이 자나?"

"맞아."

궁금한 것도 참 많다. 핀잔을 던지며 쏟아진 머리칼을 넘겼다. 쪽방은 선풍기가 없어서 다방보다 더웠다. 머리칼을 왼쪽으로 넘겨 목덜미를 드러내고 손으로 부채질하는데, 윤이서가 화장대에 올려놓은 부채를 쥐고서 다가왔다. 가만히 쳐다보자 녀석은 말 한마디 없이 부채질을 시작했다.

부드러운 부채질에 기분 좋은 바람이 살랑살랑 불어와 목덜미에 내려앉았다. 땀을 식히기에 제격이라 잠자코 눈을 감았다. 왜 다방까지 찾아왔냐고 물어볼 생각이었는데, 그냥 조용히 있다가 보내기로 했다. 괜히 대화를 나누다가 실수로 옷장에 숨었던 게 밝혀지면 큰일이다.

눈을 감은 탓인지 귀가 예민해졌다. 부채질의 바람 소리, 은행나무에 매달린 매미 울음. 이따금 바람에 나뭇잎끼리 스치자 파도와 비슷한 소리가 울려 퍼졌다. 깊게 숨을 내쉬며 소리에 집중하다가 어느 순간 부채질이 멎었음을 알아차렸다.

"참, 선배."

윤이서는 깜빡 잊었던 사실을 떠올린 것처럼 부채를 내려놓았다. 나직한 중얼거림이 더운 숨결과 함께 목 뒤를 스쳤다. 눈을 뜬 찰나에 윤이서의 손가락이 움직였다. 단단한 손가락이 온기를 찾듯 깍지 끼며 손등을 완전히 덮었다.

"아까 왜 내 방 옷장에 숨어 있었어?"

저지할 틈도 없이 혼잣말 같은 속삭임이 귓속을 파고들었다. 차라리 귀를 막을걸. 의미 없는 후회를 곱씹다가 시선을 내렸다. 내 손을 온전히 덮고도 남은 녀석의 손가락 사이로 묘한 긴장감이 번졌다.

머릿속이 표백된 것처럼 하얗게 변해 어떤 생각도 떠오르지 않았다. 이 상황을 타개할 방법이 없다면 정면으로 부딪치는 수밖에 없었다. 하지만 어떻게 부딪치라는 건가.

너를 골려 줄 생각으로 잠깐 숨었는데, 네가 그런 짓을 하는 바람에 곧장 나오지 못했다고, 그러니까 이건 네 책임이라고? 그렇게 둘러댄다면 윤이서가 내 이름을 부르며 신음했다는 사실 역시 알던 게 되겠지. 젠장, 그게 더 큰 문제다.

침묵의 골이 깊어질수록 윤이서의 숨소리가 거칠어졌다. 금방이라도 땅을 박차고 달리기 전처럼 팽팽한 긴장감이 좁혀진 거리 사이에 존재했다. 마른침을 꿀꺽 삼킨 순간, 드디어 녀석의 손이 움직였다. 손목을 타고 올라온 검지가 팔꿈치 안쪽 여린 살갗을 장난스레 할퀴었다.

"내 얼굴 좀 봐."

묵묵부답으로 일관하는 게 좋지 않은 방법이라는 걸 알려 주듯, 윤이서가 갑작스럽게 턱을 움켜쥐었다. 다소 우악스러운 손길에 놀라 고개를 돌리자마자 더운 숨결이 턱 근처를 스쳤다.

가까스로 오른쪽으로 피하지 않았더라면, 턱 끝에 닿아 미끄러진 입술을 정면으로 부딪쳤을 뻔했다.

"왜 그래. 이제 내 얼굴 못 보겠어?"

피하지 마. 윤이서가 가늘게 휜 눈매를 드러내며 속삭였다. 웃음기 어린 목소리였으나 낮게 잠겨 거칠었다. 더는 벌릴 거리도 없어 벽에 등을 기댄 채 몸을 둥글게 말았다. 나도 모르게 양손으로 가슴팍을 감싸고 가만히 떨었다. 본능적인 방어였다. 상체를 든 윤이서가 가만히 목을 좌우로 흔들었다.

"내 탓하지 마. 애초에 거기 숨은 선배 잘못인데. 신발까지 숨겨 놓고 나름 치밀하게 속이려고 했잖아."

"너……."

"언제까지 숨을 생각인지 궁금해서 기다려 봤는데, 끝까지 안 나오니까, 나도 못 참겠더라고."

가까이 오라고 흔드는 손짓을 무시했다. 들키지 않도록 조심하며 왼쪽의 문고리를 힐끗거렸다. 괜히 누가 오면, 그래서 이 장면을 들킨다면……. 좋은 상황이 아니라는 건 확실했다.

문을 잠그는 편이 좋겠다는 생각에 눈만 이리저리 굴렸다. 그러는 동안에도 윤이서의 뜻 모를 중얼거림은 멈추지 않았다.

"내가 아까 침대에서 뭐 했는지, 자세하게 알려 줄까?"

"저리 비켜."

"오늘만 그런 게 아니야. 최근에 혼자 있으면 자꾸 선배 생각이 나. 작은 입술로 오물거리는 거, 덥다고 욕하던 거, 내 품에 안겼던 거……."

두 팔을 뻗은 윤이서가 가까이 고개를 숙였다. 허무하게 벽과 녀석의 팔 사이에 갇혀 눈치를 보았다. 식은땀이 흐를 법도 한데, 이상하게 얼굴은 자꾸 뜨거워지기만 했다. 가까워진 윤이서의 잘생긴 얼굴이 시야에 잡혔다.

"사탕 빨던 것까지, 전부."

나만큼이나 열이 오르는지 흰 얼굴에 발간 생기가 어려 있었다.

4장.

대서(大暑)

"시끄러워."

"왜 이러는 걸까? 선배는 알겠어?"

"몰라, 비키라니까!"

왼쪽 얼굴을 가리던 팔을 세차게 밀치며 움직였다. 윤이서의 팔이 아래로 떨구어진 걸 보고서 잽싸게 손을 뻗었다. 문고리에 닿을락 말락 가까워진 손끝에 힘을 주고서 미간을 찌푸렸다. 문만 잠글 생각이었는데, 강한 악력이 손목을 낚아챘다.

"갑자기 문고리는 왜 잡아. 도망가게?"

이끌리듯 돌아간 몸이 크게 흔들렸다. 걱정되는 나와 달리, 윤이서는 이 상황을 즐기는지 들뜬 기색이 역력한 얼굴로 미소 지었다. 그러면서도 손목을 붙든 악력을 풀어 주지 않았다.

붙잡힌 손목과 피부에 얽힌 손가락을 보자 또 민망한 생각이 떠올라 이를 악물었다. 저 손으로 아까 무엇을 했는지 떠올랐으니까. 거세게 팔을 빼내려고 안간힘을 쓰자 윤이서가 재차 물었다.

"아니면, 누가 와서 볼까 봐?"

"잠깐, 그만……."

"보면 또 어때."

윤이서가 잠시 말을 멈추었다. 문고리를 놓친 손이 바닥으로 힘없이 미끄러졌다. 단단한 손아귀가 손쉽게 발목을 붙잡아 끌어 내렸고, 순식간에 녀석의 아래에 깔려 숨을 삼켰다. 그늘 속에서 옅은 갈색 눈이 은근한 시선을 보냈다. 짙은 속눈썹 아래로 촘촘하게 드리운 그림자가 어두웠다.

"들키면 어떠냐니까. 어차피 학교에 소문 다 났잖아. 내가 발정 난 개새끼처럼 선배만 보면 좋아서 뒤꽁무니 졸졸 쫓아다닌다고. 선생들도 다 알걸."

"비, 비켜."

"선배만 모르는 거야. 온종일 선배 생각만 하느라, 나 정신 하나도 없는 거."

발목을 스친 손이 겁도 없이 위로 향했다. 정강이를 지나 무릎까지 올라온 손가락에 반바지 밑자락이 닿았다. 통이 넓어서 조금만 벌려도 허벅지 안쪽까지 훤히 보일 듯했다.

황급히 녀석의 손목을 붙잡았으나 멈출 생각이 없어 보였다. 거침없이 바지 밑단 안쪽을 파고든 손가락이 무릎 뒤쪽을 간지럽게 쓸었다.

"빨리 어른이 되고 싶다는 생각을…… 여태까지 한 적 없었거든. 그런데 요즘은 자꾸 그 생각만 해."

간지러운 감각에 깊숙이 몸을 말았다. 다행히 윤이서의 손길은 더 올라오지 않았다. 대신 무릎 뒤쪽의 여린 살결을 집요하게, 또 오래 쓰다듬으며 작게 한숨을 흘렸다.

저 자신도 들끓는 욕망을 어찌하지 못하겠다는 듯 내뱉는 무게가 느껴졌다. 덩달아 거칠어진 숨을 고르며 시선을 옮겼다.

손에 닿으면 온기가 느껴질지도 모른다는 착각이 들 만큼 녀석의 시선이 뜨거웠다. 필사적으로 유혹하려는, 내 관심을 끌고 싶어 안달 난 눈이 낯설었다. 그동안 이런 눈으로 내 얼굴을 바라보던 사람은 많았다. 다만 선을 넘지 않고 얌전히 기다리는 건 윤이서가 처음이었다.

선을 넘길 바라면서, 이 관계가 망가지길 원치 않아 자제하는 모습이라니. 참 낯설고 생소한 태도였다.

서곡에서 나고 자란 남자들은 도저히 지닐 수 없는 태도. 태생적인 차이라면 살짝 비참하기까지 하다. 첫 만남부터 이런 순간까지, 윤이서에게 압도당할 때면 매몰된 자존심이 제 존재를 알렸다.

"입 벌려, 선배."

다가온 손이 부드럽게 볼을 감싸 쥐었다. 아슬아슬하게 아랫입술에 걸친 손가락이 부드럽게 짓누르며 그 틈을 벌렸다. 입술이 벌어지며 드러난 혀가 단단한 엄지를 가볍게 스쳤다. 그 잠깐의 감촉에도 좋아 어쩔 줄 모르는, 발랑 까진 것 같다가도 더할 나위 없이 순수한 윤이서의 눈빛이 우습다.

"싫……."

"제발."

봐, 이렇게. 거절하면 금방이라도 숨이 넘어갈 것처럼 절절히 끓는 목소리로 매달려 오잖아. 숨이 턱 막히는 우월감이 몰려와 가슴을 가득 채웠다.

나보다 강하고, 크고, 잘난 윤이서가 고작 입맞춤을 기대하며 거듭 부탁해 오는 모습이 꿈처럼 멀게 느껴졌다. 이목구비가 뚜렷하여 그 감정마저도 분명하게 전해지는 얼굴이 눈앞으로 쓱 다가왔다.

"선배 입술, 진짜 작다고…… 얘기했었지?"

그래서 좋아. 입 안이 좁으니까, 키스할 때 금방 뜨거워져서. 제멋대로 음담패설을 지껄이기 시작한 녀석의 목소리가 혀 위를 넘나들었다. 나무랄 여유도 없이 입술이 겹치고 보드라운 혀끝이 입천장을 슬며시

건드렸다. 젖은 입술이 닿았다가 떨어질 때마다 귀에 거슬리는 소리가
났다.

"읍, 으응……."

"선배 우는 거 보고 싶어."

무슨 미친 소리야. 타박하고자 눈을 뜨자 발갛게 달아오른 눈가를
마주할 수 있었다. 침착하고 담담한 척 버티던 표정이 무너지고 솔직한
욕망이 표면에 드러난 얼굴이었다. 천천히 떨어진 입술이 습한 열기를
담아 목으로 움직였다. 윤이서가 중얼거릴 때마다 이빨이 목덜미를 잘
근거려 소름이 돋았다.

"엄청 예쁘겠지. 웃는 게 예쁘니까, 아마 우는 얼굴도 그만큼……."

입술이 목을 지나 귓가로 다가왔다. 좁은 귓속을 파고드는 혀가 뜨
겁고 질척거렸다. 귓바퀴를 느긋하게 핥고, 또 깨물면서 윤이서가 자그
맣게 웃음을 흘렸다. 뜨겁게 부푼 무언가가 아랫배를 꾹 짓눌렀다. 윤
이서는 언제 웃었냐는 듯 인상을 찡그리면서 물러났다. 이 묵직한 존재
가 무엇인지 구태여 묻지 않아도 알았다.

"윤이서."

이름을 부르자 고개를 든 녀석이 나를 빤히 쳐다보았다. 응시하는
눈길이 집요하여 얼굴에 구멍이 뚫릴 것만 같다. 차분하고 고요한 정적
속에서 내 볼을 감싼 손바닥에 잔떨림이 일었다. 윤이서는 무슨 대답을
기다리길래 이토록 떨고 있는가. 파르르 떨리는 눈꺼풀을 바라보다가
목소리를 흐렸다.

"나는……."

윤이서가 갑자기 말을 멈춘 덕분인지, 문밖의 소리가 다시 들리기
시작했다. 매미 울음 사이로 발소리가 들렸다. 인기척을 느낀 순간 흐
려지던 머릿속으로 빛이 돌아왔다. 볼에 닿은 윤이서의 손을 홱 밀치고
등을 돌렸다. 문에 바짝 귀를 대는 내 행동에 윤이서도 눈치 빠르게 입

을 다물었다.

인기척은 꽤 먼 거리에서 느껴졌다. 쪽방까지 들어올 생각은 아니었는지, 이따금 웃는 소리가 멀리서 바람을 타고 전해졌다. 귀에 익은 웃음이 들리자 당황한 마음이 앞섰다. 문고리를 살짝 그러쥐고서 약하게 힘을 주어 열어 보았다. 벌어진 문틈으로 나비 날개처럼 팔랑대는 노란 원피스가 보였다.

"누가 왔는데?"

아직 문 너머를 보고 못한 윤이서가 귓가에 대고 작게 물었다. 반사적으로 문틈을 가려 보고자 한껏 몸을 높이 세웠지만, 체구가 작아서 완전히 숨기기엔 무리였다.

윤이서의 눈길이 날카로운 송곳처럼 매섭게 그 사이를 발견했다. 차갑게 얼어붙은 녀석의 얼굴을 올려다보자 가슴 안쪽이 꽉 조여지는 느낌이 들었다.

"무시해, 그냥."

도로 문을 닫아 버리고 막아섰다. 윤이서의 입술에 냉소가 걸렸다. 흐트러진 옷차림을 정리할 여유도 없는지, 윤이서는 사나운 낯으로 닫힌 문을 쏘아보았다. 당장 문을 걷어차고 뛰쳐나가도 이상하지 않을 분위기였다.

어떻게든 분노를 가라앉히려고 노력했으나 실패한 것처럼, 윤이서가 오른손을 가볍게 흔들었다.

"비켜, 선배."

나 역시 평온한 상태는 아니었다. 미연 언니가 노란 원피스를 예쁘게 차려입고서 누구와 손을 잡았는지 보았으니까. 남자의 품에 안겨 화사하게 웃는 언니의 얼굴이 행복해 보이는 만큼 속도 깊이 타들어 갔다. 역시 최근에 불쑥불쑥 올라오던 불안의 원인은 명확했다.

윤석호 사장과 언제 저렇게 가까운 사이가 되었을까. 사실 그에 대한 대답도 거의 나와 있었다. 아마 박동재와 얽힌 일로 학교에 불려 왔을 때, 그때 언니는 친절하게 대해 준 윤석호 사장의 모습에 반했으리라. 서곡에서 다방 레지에 불과한 언니에게 그토록 상냥한 어투로 말을 붙여 준 이가 없었으니까.

하지만 언니는 모르고 있을 터였다. 윤석호 사장에게 언니는 그저 향기 다방의 레지 중 한 명에 불과하다는 걸. 저 남자는 그저 잠깐의 유흥을 함께 즐겨 줄 여자가 필요한 것뿐일 테니까.

초조하게 입술을 곱씹으며, 자꾸 앞으로 튀어 나가려는 윤이서의 팔을 단단히 붙잡아 매달렸다.

"가지 마. 어차피 이쪽 못 봤어."

"그게 무슨 상관이야. 내가 저 꼴을 못 보겠는데."

윤이서가 언성을 높이지 않는 건, 아마도 나를 위한 배려겠지. 그렇지만 금방이라도 분노를 참지 못하고 터트릴 듯 보였다.

미연 언니에게 윤이서와 단둘이 있던 걸 들키고 싶지 않았다. 윤석호 사장도 마찬가지였다. 우리의 관계는 아직 아무도 모르는 편이 좋았다.

"이서야."

담담하게 윤이서의 이름을 부른 순간, 문을 노려보던 시선이 내게로 돌아왔다. 귀를 의심하듯 놀라서 흔들리는 눈빛이 달가웠다. 고작 이름 한 번 불렀다고 이 정도라니. 나를 향한 윤이서의 장벽이 꽤 낮아졌음을 체감하며 손을 뻗었다.

"나랑 더 좋은 거, 하면 되잖아."

목덜미를 끌어당기자 윤이서의 얼굴이 딱딱하게 굳었다.

"다른 일은 신경 쓰지 말고……."

다물린 입술에 가벼이 입을 맞추며 소곤거렸다. 멈추었던 손이 다급하게 어깨를 감싸며 끌어안았다. 기우뚱 흔들린 몸이 다시 바닥으로 쓰러졌다. 납작 엎드리듯 내 몸 위로 올라탄 윤이서가 성난 얼굴로 씨근 거렸다.

"선배가 이런다고, 내가 안 나가고 여기 있을 것 같아?"

그의 물음에 답하는 대신 조용히 손을 뻗었다. 손바닥으로 감싼 그의 뺨이 불덩이처럼 뜨거웠다. 서툴고 속내가 뻔히 비치는 유혹이었건만, 그는 착실하게 흥분하며 반응했다. 그 눈을 지긋이 응시하며 타일렀다.

"저런 것 신경 쓸 시간에 나랑 같이 있는 게 더 좋잖아. 아니야?"

"……."

"내 얼굴 봐, 윤이서."

녀석이 고개를 돌리지 못하도록 단단히 붙잡으면서 끌어당겼다. 바깥의 상황을 무시하고서 당장 나에게만 집중해 주길 바랐다. 그래서 쓸데없는 고민과 우울감이 우리를 잠식하지 않길 원했다.

"다른 거 생각하지 말고, 지금은…… 나만 봐 줘."

얼굴을 쓰다듬는 손길 한 번에, 윤이서가 힘없이 무너지며 달려들었다. 아까보다 더 진하고 깊은 입맞춤에 휘청이며 고개를 젖혔다.

숨이 부족하여 짧게 헐떡이자, 그의 손이 어깨를 쓰다듬었다. 천천히 숨을 내쉬라고 달래 주듯 부드러운 손길이었다. 일부러 눈을 감고서 윤이서의 온기와 호흡에 집중했다. 윤이서도 내 의도를 눈치챈 사람처럼 더 강하게 온몸을 끌어안았다.

그동안 애써 미뤄 둔 문제였지만, 오늘은 꼭 물어봐야겠다고 생각했다. 미연 언니가 어째서 요즘 노란 원피스를 자주 입었는지, 그 원피스를 입고서 어디로 갔던 건지. 가끔 들고 돌아오는 종이봉투 속 꽃다발과 관련이 있는 건지.

제발 내가 추측한 게 오답이기를 바라며 윤이서의 품을 열렬히 파고들었다.

162

미연 언니는 자정을 넘겨서 다방으로 돌아왔다.

문지방이 덜컥대는 소리에 놀라 이불을 걷었다. 드러누운 채 한참 껌 종이 스티커를 잡지에 덕지덕지 붙이던 중이어서, 바닥에 댄 팔꿈치에도 불그스름한 자국이 남았다. 허리를 세워 똑바로 앉자마자 문이 벌컥 열렸다. 습하고 더운 밤바람이 피부에 끈적하게 달라붙었다.

"다희야, 아직 안 잤어?"

미연 언니가 왼손에 종이봉투를 쥐고 서 있었다. 반쯤 풀린 눈에 살짝 발개진 얼굴이었다. 술을 마시고 왔는지 눈을 피할 생각도 없어 보였다. 얼굴을 마주한 게 상당히 오랜만처럼 느껴져서 잠시 시선을 빼앗겼다. 언니가 냉큼 마루 위로 올라와 문턱을 넘었다.

"늦었는데 왜 안 자고……. 언니 기다렸구나?"

미연 언니가 헤실헤실 웃음을 흘리며 무릎걸음으로 다가왔다. 원피스 소매 아래로 언니의 가늘고 하얀 팔이 드러났다. 박동재가 남겼던 상처는 어느새 붉은 딱지가 되어 있었다. 유심히 딱지를 살피려는데 언니가 두 팔을 넓게 뻗어 내 얼굴을 끌어안았다. 가느다란 손가락이 머리칼을 헤집으며 다정히 쓰다듬었다.

"우리 다희, 예쁜 내 동생."

가까워진 언니의 품에서 술 냄새가 훅 풍겼다. 폭신한 가슴에 턱을 기대고서 올려다보자 립스틱이 옅게 지워진 입술이 보였다. 입꼬리에 번진 자국을 손가락으로 꼼꼼히 닦아 주었다. 얌전히 입술을 내어 주던 언니가 방긋 웃었다. 뭐가 좋다고 웃는담. 얄미운 마음에 눈을 흘겼다.

"술 많이 마셨어?"

"딱 한 잔 마셨는데."

"거짓말……."

투덜대면서도 반항 없이 몸을 맡겼다. 언니가 축 늘어진 내 몸을 소중히 끌어안아 등을 토닥였다. 그 손길을 느끼던 중, 동네 길고양이가 새끼한테 젖을 먹이던 풍경이 떠올랐다.

마루 밑에 납작 엎드려 눈을 형형히 빛내며 품 안의 새끼를 사랑스럽게 핥아 주던 그 모습. 언니와 내 모습을 누군가 본다면 그와 비슷하게 보이지 않을까.

내가 정말로 미연 언니와 친자매였다면 어땠을까. 어릴 적부터, 어쩌면 지금까지 쭉 상상했던 관계였다. 아무리 생각해도 이뤄질 가능성이 전혀 없는 일이기도 했다. 그래도 좋았다. 어떤 관계들은 피로 이어지지 않아도 그보다 더 끈끈했다. 그 사실 또한 언니 덕분에 알았다.

"언니가 뭐 가져왔게?"

언니가 대뜸 오른손을 쭉 뻗어 구석에 내려놓은 봉투를 가져왔다. 종이봉투 안에 네모난 상자가 여러 개 들어 있었다. 재촉에 못 이겨 봉투를 뒤집자 내용물이 죄 쏟아졌다. 큼지막한 로고가 박힌 상자에 언니 얼굴만큼이나 빨간 리본이 달려 있었다. 값비싼 화장품 세트였다.

"이게 다 뭐야?"

"너랑 나눠 쓰려고 선물 받아 왔지. 다른 애들한테 비밀이야."

취기에 꼬부라진 혀로 속삭인 언니가 활짝 미소 지었다. 검지로 장난스레 입가를 가린 모습이 어린아이처럼 천진했다. 이리저리 기우뚱 흔들리는 고개를 손바닥으로 받쳐 주자, 언니는 씻고 오겠다며 급하게 화장실로 향했다.

언니의 잠옷을 문 앞에 놓아 주고 자리로 돌아와 흩어진 선물을 살펴보았다. 포장도 벗기지 않은 새 화장품이 좋을 법도 하건만 미묘한 거부감이 앞섰다.

어째서일까. 가끔 사람의 본능적 감각은 이상한 방향으로도 활용이 되는 모양이었다. 언니가 화장실 문밖으로 내놓은 노란 원피스와 선물, 번진 립스틱 자국을 보니 더욱 불안함이 엄습했다.

화장품은 종류도 많고 하나같이 비싼 것들이었다. 화장대에 주르륵 올려 둔, 다방 레지들이 공유하는 싸구려 화장품과 모양부터 달랐다. 투명한 유리병에 깔끔하게 담긴 토너를 가볍게 흔들자 끈적한 액체가 긴 꼬리를 남기고 흘러내렸다. 나머지 화장품도 하나둘 포장을 뜯어보았다.

"로션 떨어졌지? 그거 너만 써. 요즘 제일 인기 많은 화장품이래."

세수를 마친 언니가 수건으로 얼굴을 닦아 내며 걸어왔다. 통이 넓은 잠옷 바지 밑자락이 언니의 허벅지까지 올라갔다. 민망한 흔적을 발견하기 전, 가까스로 옷자락을 끌어 내리며 고민하던 질문을 꺼냈다.

"오늘 어디 다녀왔어?"

얼굴을 토닥토닥 두드리던 수건이 움직임을 멈추었다. 언니의 손에서 젖은 수건을 빼앗아 빨래 통에 던져 넣었다. 언니가 발갛게 생기 오른 볼을 더듬으면서 딴청을 부렸다. 대화를 멈출 생각이 없어서 다시금 재촉했다.

"서곡에서 손님 받은 거 아니잖아. 다 알아."

이 동네는 이렇게 값비싼 화장품을 파는 가게가 없었다. 읍내까지 내려가도 보기 힘들었다. 서곡 바깥으로 벗어난 게 분명한 흔적을 차례차례 가리키며 물어보자, 마침내 언니가 머쓱한 미소를 머금었다. 곁에 쭈그려 앉은 언니의 무릎에 아직 물기가 남았는지 미끈거렸다.

"너만 알아야 해."

"응, 말해."

"명옥 언니한테도 말하지 마."

"마담이 내 얘기를 들어 줄 것 같아? 빨리 말해 보라니까."

술기운에 취해 용기가 생겼는지, 언니가 결연한 표정으로 손짓했다.

손바닥으로 입가를 가린 모습이 사뭇 비장했다. 덩달아 긴장하여 마른 침을 꿀꺽 삼켰다. 고개를 끄덕이고 얼마 지나지 않아 언니가 자그맣게 소곤거렸다.

"사실…… 오늘 서울 다녀왔어."

"뭐? 서울?"

당황한 나머지, 목소리가 뒤집혀 튀어나왔다. 언니가 놀랄 줄 알았다며 옆구리를 찌르곤 웃었다. 이게 웃을 일인가. 당황해서 입술만 잘근잘근 씹으며 머리를 굴렸다. 불안은 점점 더 크기를 키워 금방 터질 풍선처럼 팽창했다.

"누구랑? 손님이 데려갔어?"

"으응, 차로 데려다주셨어. 정말 재미있었어. 드라이브……."

드라이브, 드라이브. 언니는 그 네 글자의 단어가 그렇게 좋은지 수차례 되뇌면서 키득거렸다. 이 동네서 언니가 타 본 거라고는 자전거나 오토바이가 전부였으니 신날 법도 했다.

마찬가지로 나 역시 자동차 조수석에 앉아 본 적이 없었다. 애초에 차를 타 본 건 겨울철 포주의 봉고차에 올라타 김장 배추를 날라 본 게 고작이었다.

"드라이브 처음 해 봤어. 정말 재밌더라."

"좋았겠네."

언니의 하얀 얼굴에 기분 좋은 설렘이 머물렀다. 똑바로 응시하기 불편한 설렘이었다. 그 상대가 누군지, 내가 추측하는 이가 아니기를 바라고 있었으니까. 애꿎은 언니의 무릎만 손바닥으로 문지르면서 딴청을 부렸다.

제발 조용히 지나갔으면 하는 마음 반, 그래도 진실을 들어야지 싶은 마음이 반이었다. 낮의 일을 또다시 겪고 싶지 않았다. 오늘은 어떻게든 윤이서가 뛰쳐나가는 걸 막았지만, 그런 행운이 자주 올 리 없었다. 그의 설익은 감정이 언제까지고 나를 위해 주리라는 보장이 없었으니까.

"다희야."

화장품을 화장대에 옮기는 동안, 드라이기로 머리카락을 말끔하게 말린 언니가 곁으로 다가왔다. 깔아 둔 이불을 가리킨 다음 손을 높이 들어 백열등 아래 달린 줄을 잡아당겼다. 딸깍 소리와 함께 천장의 등이 꺼졌다. 캄캄해진 방의 어둠에 서서히 익숙해지자 언니의 윤곽이 보였다.

"왜?"

"꼭 물어보고픈 말이 있어서."

언니의 옆자리를 파고들 듯 누우며 길게 하품했다. 어서 자고 싶은 척 굴었지만, 사실 조금도 피곤하지 않았다. 갑자기 언니가 말을 붙이려는 통에 졸음이 달아난 탓이었다. 설마 싶으면서도 드디어 진실을 알게 될지도 모른다는 생각에 심장이 쿵쿵 뛰었다.

"만약에, 혹시나 해서 하는 말인데……."

언니가 모로 누워 내 머리카락을 쓰다듬으며 느리게 말꼬리를 늘였다.

"무슨 말 하려고 그렇게 뜸을 들여."

"언니가 만약 결혼하게 되면, 같이 살고 싶어?"

머리 위로 냉수가 쏟아져도 이보다 춥진 않으리라. 갑자기 온몸에 끼쳐 오는 한기를 느끼고 벌떡 상체를 일으켰다. 흘러내린 이불을 붙잡은 언니가 무릎까지 그것을 덮어 주었다. 지금 이불이 중요한가. 말없이 웃는 언니의 어깨를 흔들며 설명을 채근했다.

"무슨 소리야. 결혼이라니?"

순간적으로 언니가 미쳤나 싶었다. 윤석호 사장이 설마 언니한테 결혼 얘기까지 꺼낸 걸까? 설령 그랬다고 해도 진심일 리가 없었다. 그냥 농담처럼 던진 얘기를 언니가 진지하게 받아들이는 건가 싶어 걱정이었다.

윤석호 사장은 이사 온 지 고작 몇 달 만에 향기 다방의 단골이 되었다. 미연 언니를 만나기 전에도 이미 수많은 다방 레지가 그의 손을 거쳐 갔다는 뜻이다.

얌전히 커피만 마셨을 리도 없었다. 레지를 차에 태우고 모텔촌으로 이동하는 걸, 윤이서와 함께 두 눈으로 똑똑히 보았는데. 오늘 미연 언니를 태우고 드라이브한 차도 그때 그 자동차였겠지.

그는 아내의 장례식을 치르고 서곡으로 내려오자마자 다방 여자를 찾은 남자였다. 그런 남자가 언니를 진짜로 부인 삼으려고 할 리가. 게다가 언니는 지금 술에 취해 있었다. 아마 진지하게 건네는 이야기가 아닐 거다. 아니, 반드시 그래야만 했다.

"그러니까, 어디까지나 만약에 하는 소리인데……."

어둠 너머로도 언니의 수줍은 미소를 한눈에 알아보았다. 평소에 언니의 저 웃음을 꽤 좋아했으니까. 따뜻한 손이 다가와 팔꿈치를 붙잡아당겼다. 눕히는 손길을 뿌리치지 않고 얌전히 등을 기댔다. 언니가 내 머리를 끌어당겨 제 가슴팍에 깊이 눌렀다.

"언니는…… 나중에 아줌마가 되고, 할머니가 되어도 우리 둘은 꼭 같이 살았으면 좋겠거든."

"……."

"내가 생각보다 훨씬 더 많이 너를 좋아하나 봐, 다희야."

뺨에 살며시 입술을 누르는 언니의 행동이 귀찮아 밀어 낼 법도 한데, 손은 조금도 움직일 생각이 없었다. 밀어 내기는커녕 오히려 그 품에 매달리고 싶었다. 매달려서 말하고 싶었다. 나를 정말로 아낀다면 결혼 같은 건 하지 말라고, 그냥 우리 둘이서도 살 수 있지 않으냐고.

"100살까지 언니 동생 해 줄 거지?"

속에 있는 말을 하는 대신, 언니의 농담에 억지로 입술 끝을 올렸다. 전혀 즐겁지 않았으나 티를 낼 수는 없었다. 평생 다방 레지로 사느니 좋은 사람한테 시집가서 행복하게 사는 게 옳았다. 나라는 짐도 없이, 그냥 언니 혼자서 자유롭게.

"사람이 100살까지 어떻게 살아."

"감나무 집 할머니도 올해 구순이 넘으셨잖아."

"그래서 그 집 아저씨 만날 불평하잖아. 뒷방 늙은이 언제 죽냐고 투덜대는 거 다 들었어."

다만 그 상대가 누군지 중요할 뿐이었다. 그 남자가 정말로 언니에게 결혼을 말했을까? 언니는 윤석호 사장을 진심으로 사랑하는 걸까? 만난 지 고작 며칠이 지났다고, 이렇게 빨리 사랑에 빠진다는 게 말이 되나.

그 순간 윤이서의 얼굴이 떠올랐다. 내가 그와 만난 날도 별반 다르지 않았으니까. 그 사실이 입술을 떼지 못하게 막았다.

보통 사람끼리 사랑에 빠지는 속도가 얼마나 걸리는지 궁금했다. 표준이 정해져 있다면 얼마나 좋을까. 우리가 보통인지, 이상한 건지 금방 알 수 있을 텐데.

"언니랑 같이 사는 거 싫어?"

잡념을 깨트린 언니의 물음에 고개를 가로저었다. 할 수만 있다면, 아예 무덤까지도 언니랑 같이 들어가고 싶었다. 미연 언니야말로 내 가족이고 유일한 은인이라고 불릴 만했다. 나를 맡아 준 건 김 마담이었지만, 업어 키워 준 건 미연 언니였다.

어릴 적 다른 애들이 고아라고 놀려도 당당하게 돌아다닐 수 있던 건, 조금도 창피하지 않았던 까닭은 전부 언니가 내 곁에 있어 줬기 때문이었다. 울지 않고 돌아오면 나를 안아 주고 맛난 걸 손에 쥐어 주던 언니 덕분에. 언니는 내 부모였고, 형제였고, 친구였다.

"나도 당연히 같이 살고 싶지."

"정말?"

언니가 기쁨을 숨기지 못하고 웃었다. 그녀의 허리에 팔을 두르고 꽉 끌어안았다. 언니의 품에서 향긋한 꽃 냄새가 났다. 술 냄새는 사라졌지만, 여전히 언니의 체온은 뜨끈했다.

"그런데 언니 남편 될 사람이 좋아하겠어? 입이 하나 더 느는 거잖아. 귀찮게 생각할걸, 자기 자식도 아닌데."

"아냐, 그건 걱정하지 않아도 돼. 어차피 그쪽도……."

나지막한 중얼거림은 이윽고 잔잔한 숨소리에 섞여 사라졌다. 조용히 이불을 끌어당겨 언니의 목까지 덮어 주었다. 슬그머니 고개를 떨어트리고 잠에 빠진 언니의 얼굴을 가까이 들여다보았다.

노곤하게 잠든 언니의 얼굴에서 아직도 발갛게 생기가 맴돌았다. 사랑에 빠진 언니의 얼굴이란 정말 낯설고 귀여웠다. 가슴의 불편함이 죄스럽게 느껴질 정도로.

이 이야기를 알게 되면 윤이서는 과연 어떻게 반응할까. 윤석호 사장이 정말로 언니와 깊은 관계가 된다면…… 언젠가 진짜로 결혼 얘기라도 나온다면.

아버지의 차를 그늘에서 싸늘히 응시하던 윤이서의 무표정이 떠올랐다. 증오라는 단어로 표현하기 어려울 정도로 짙은 혐오가 그 눈빛에 담겨 있었다. 그러나 나는 미연 언니를 사랑했다. 어쩌면 나 자신을 향한 아낌보다, 언니를 사랑하는 마음이 더욱 깊었다. 타인을 향한 호감조차 그 마음에 비한다면 먼지처럼 미미할 따름이었다.

복잡한 심경을 끌어안고서 이마를 짚었다. 언니와 다르게 내 손은 차갑게 식어 얼음장같이 서늘했다.

어떤 마음을 선택하면, 다른 마음은 접어야 할 수밖에 없었다. 그게 접을 정도의 크기인지 살짝 가늠해 보다가 이불을 덮고 누웠다. 지끈거리는 머리의 열기가 서서히 눈가로, 또 가슴으로 내려갔다.

시큰거리는 눈시울을 이불로 가리고 이를 꽉 깨물었다. 조용해진 문 바깥으로 고양이 울음이 바람에 섞여 들려왔다. 왜 눈물이 나는지, 도통 모를 일이었다.

❋   ❋   ❋

장마가 시작되기 전, 우리는 남들의 눈을 피해서 아슬아슬한 간격으로 만남을 이어 갔다.

우연히 다방에서 미연 언니와 윤 사장을 목격한 이후부터 만남의 장소가 바뀌었다. 윤이서는 자꾸만 나를 산으로 데려갔고, 다시는 집으로 초대하지 않았다. 혹시나 아버지와 마주칠까 봐 피하는 눈치였다. 나 또한 언니와 마주치기 싫어 얌전히 제안에 응했다.

전망대와 고장 난 망원경을 지나서 비탈길을 올라가면, 언제나 똑같은 풍경이 우리를 맞이했다. 여름 더위로 관광객마저 끊겨 휑한 청재사의 풍경이 황량하게 다가왔다. 산 주인의 방문도 줄어들었는지 텅 빈 공양 함에 먼지가 뽀얗게 쌓여 있었다.

윤이서는 청재사에 들를 때마다 주머니에서 동전을 꺼내 동자상에 올려 두었다. 그다음 할 일도 정해져 있었다. 근처에서 작고 예쁜 돌을 발견하면, 녀석은 꼭 주머니에 그것을 넣어 두고서 동굴로 향했다. 깊은 동굴 안쪽에는 녀석과 내가 며칠 사이 만들어 둔 돌탑이 제법 많았다.

아이들끼리 모래로 장난치듯 열심히 돌탑을 쌓고 나면 이상한 뿌듯함이 밀려왔다. 한동안 자리를 뜨지 못하고 서성일 때면, 윤이서는 옆에서 조용히 두 손 모아 기도를 올리곤 했다. 차분하게 눈을 내리깔고 기도하는 표정이 사뭇 진지하여 말을 붙이기 어려웠다.

무슨 소원을 그렇게 열심히 빌어 대냐고 농담을 던질 수도 없었다. 녀석의 소원이 무엇일지 대충 감을 잡았기 때문에.

"제발 죽었으면 좋겠다고 생각하는 사람이 있는데. 그 사람 좀 죽어 달라고 빌었어요."

윤이서는 언제까지 그 소원을 빌까. 설마 죽으라는 상대가 아버지일까. 온갖 물음을 목구멍 깊숙이 눌러 넣고서 동굴을 빠져나오면, 등 뒤쪽에서 나지막한 한숨이 뒤따라왔다. 많은 감정이 응축된 한숨이었다. 모른 척 기다리면, 윤이서는 언제 그랬냐는 듯 미소 지으며 나오곤 했다.

그렇게 한 달이 꼬박 지날 즈음, 장마가 다시 시작되었다. 세차게 쏟아지는 빗줄기에 마담은 며칠간 장사를 접기로 했다. 오토바이의 운전이 어렵기도 했고, 손님들도 잠시 발길이 끊어지는 때였으니까.

모든 레지가 손님을 받지 않으니, 미연 언니의 외출은 당연히 눈에 띌 수밖에 없었다. 모두가 하나같이 언니의 외출을 궁금히 여겼다. 다녀올 때마다 손에 선물 꾸러미가 가득 들려 있으니 그럴 수밖에.

미연 언니는 화장품 외에도 노트나 시집, 간식거리를 내 품에 자주 안겨 주었다. 출처 불분명한 선물을 받을 때마다 가슴에 불편한 감정이 하나둘 쌓였지만 티를 내지 못했다. 행복한 언니의 얼굴을 마주하고서 차마 의문을 제기할 수 없었다.

기뻐하는 언니를 볼 때마다 머릿속에는 윤이서의 소원이 둥둥 떠다녔다.

오랜 빗줄기가 멈춘 다음 날, 어째선지 피아노 소리가 들리지 않았다.

화단에서 물을 주다가 그 사실을 깨닫고 고개를 돌렸다. 물뿌리개를 내려 두고 담벼락 앞까지 걸어가 귀를 기울였다. 담벼락 너머로 아무런 소리도 들리지 않아 이상했다.

낯선 고요함이었다. 윤이서가 이사 온 다음부터 이 시간에는 늘 피아노 소리가 들렸었는데.

벽돌을 내려다보며 수차례 망설였다. 올라가서 건너편을 들여다보다가 저번처럼 눈이 마주치면 어떡하지. 무엇보다 윤이서가 아닌, 윤 사장이라도 마주치면 굉장히 찜찜할 듯했다. 신중한 고민 끝에 담벼락을 등지고 돌아섰다.

옥상 구석에 놓인 우산을 들고 화단 앞으로 돌아와 쭈그려 앉았다. 얼마 전 다방 손님이 두고 간 비닐우산이었다. 고장이 나서 접히지 않는 우산 비닐을 죄 벗겨 내자 생선 뼈처럼 앙상한 뼈대만이 남았다. 가운데만 남을 수 있도록 나사를 전부 풀었다.

무럭무럭 자란 나팔꽃은 이세 방울토마토뿐만 아니라 화분 바깥까지 줄기를 뻗어 갔다. 바람이 불 때마다 흐느적대는 모양새가 안쓰러워서, 줄기를 손수 우산 뼈대에 칭칭 감아 주었다. 얼기설기 이어 붙인 아이스크림 막대기 대신 그것을 심자 그럴싸한 지지대처럼 보였다.

"다희야! 옥상에 있어?"

아래층에서 미연 언니의 목소리가 들렸다. 주말인데도 외출하지 않는 걸 보면, 오늘은 윤 사장이나 다른 손님에게서 지명이 들어오지 않은 모양이었다. 진작 나갈 줄 알았던 언니의 부름에 황급히 몸을 일으켰다. 시장에 갈 생각이라면 당장 따라가고 싶었다.

허겁지겁 계단을 내려오자 마당에 선 언니의 모습이 보였다. 아침에만 해도 후줄근한 잠옷 차림이던 사람이 어디서 구한 건지 예쁜 남색 원피스 한 벌을 입고 있었다. 소매에는 하얀 레이스가 치렁치렁하게 달려 상당히 고급스러운 분위기였다.

"새 옷 예쁘네. 언제 샀어?"

"시장에서 산 건 아니지?"

"야, 시장에서 저런 옷을 어떻게 구하냐."

마루에 앉아 수박을 먹던 레지들이 언니를 보며 한마디씩 던지기 바빴다. 다들 미연 언니가 저 옷을 어떻게 구한 건지 궁금해했다. 미연 언니는 보란 듯 제자리에서 빙글빙글 돌면서 펄럭이는 원피스를 자랑했다. 멀찍이 떨어져서 그 모습을 어색하게 지켜보는데, 눈이 마주친 언니가 손을 뻗었다.

"이리 와 봐, 다희야. 너도 옷 갈아입어야지."

갑자기 무슨 옷을 갈아입으라고. 의아한 표정을 지었으나 언니는 아랑곳하지 않고 내 팔을 억세게 잡아끌었다. 주변의 시선은 쪽방까지 걸어가는 우리를 졸졸 쫓아왔다. 정확히는 내가 아니라 미연 언니의 새 원피스에. 다방 레지가 입기에 지나치게 예쁘고, 무엇보다 정숙한 느낌이 강했다. 맨살을 드러내는 부분이라고는 발목 정도였으니까.

"자, 이거 입어 봐."

쪽방으로 들어가고 문을 단단히 잠근 언니가 옷가지를 내밀었다. 샛노란 색을 마주한 순간, 진심인가 싶어서 고개를 들어 언니의 표정을 확인했다. 언니는 생글생글 웃으며 화장대 앞에 앉아 립스틱으로 입술을 덧발랐다.

"언니."

"안 맞아? 나랑 사이즈 비슷하잖아."

"그게 아니라…… 정말 이 옷 입으라고?"

언니의 노란 원피스를 손에 들고서 어정쩡한 자세로 굳었다. 잠깐 몸에 대보기만 해도 어색한 옷이었다. 그러거나 말거나 곁으로 다가온 언니가 잘 어울린다며 호들갑을 떨더니, 아예 입는 걸 도와주기 시작했다. 원피스에 두 다리를 넣고 겨우 소매에 팔을 맞춰 끼웠다. 가느다란 손끝이 등을 스치며 지퍼를 쭉 올려 주었다.

화장대 앞으로 내 손을 끌고 간 언니가 손뼉을 쳤다. 잘 어울린다는 칭찬을 들으면서도 거울을 정면으로 바라보기 어려워 한참 머뭇거렸다. 겨우 고개를 들었을 땐 어색한 얼굴로 원피스를 입은 내 모습이 보였다.

교복이 아닌, 깨끗한 치마를 입는 건 처음이었다. 심지어 원피스라니.

"정말 예쁘다, 다희야. 시집가도 되겠네."

"시집은 무슨⋯⋯."

마치 언니의 원피스를 뺏어 입은 기분이었다. 보드라운 천이 온몸을 감싸 오는 감촉이 좋기는커녕 불편했다. 멋쩍은 얼굴로 소매만 만지작거리는데, 언니가 립스틱을 가져와 내 아랫입술에 살짝 발라 주었다. 립스틱 때문인지 입술이 더 빨갛게 보였다.

"어디 가려고? 시장?"

"음, 비슷한 곳. 어서 가자."

자그마한 가죽 가방을 챙긴 언니가 먼저 문지방을 넘었다. 따라오라는 손짓에 못 이겨 그 뒤를 쫓았다. 마당으로 돌아오자 수박을 다 먹고 쟁반을 치우던 언니들이 깜짝 놀라며 웃음을 터트렸다. 부끄러운 놀림과 칭찬 세례에서 빠져나와 밖으로 나가자 오토바이 대신 택시가 보였다.

택시라니, 읍내까지 갈 일이 없으면 절대 여기까지 와 주지 않을 텐데. 놀라서 돌아보자 언니가 여유롭게 지갑을 흔들며 웃었다. 어서 타라는 눈빛이었다.

머뭇거리다가 조심스럽게 뒷좌석에 올라탔다. 대나무 발로 만든 방석이 까끌까끌하게 엉덩이 아래에 닿았다. 장마 때문에 습기가 든 탓인지 퀴퀴한 냄새가 허공에 떠다녔다. 따라서 옆자리로 올라탄 미연 언니가 차분하게 목적지를 읊었다.

뒤늦게 다방 레지들이 목적지를 물어도 끝까지 대답하지 않았다는 게 생각났다. 목적지는 읍내가 맞았다. 시장이 아니라 읍내까지 갈 일이 뭐가 있을까. 당황해서 가방을 뒤적이는 언니의 손목을 붙잡았다.

"언니! 어디 가는 거냐니까?"

바퀴가 요란스러운 소리를 내며 굴러갔다. 흔들리는 차체 안의 공기가 답답하게 숨통을 조였다. 언니는 내 손을 떨어트리고 안전벨트부터 하라며 속삭였다. 시키는 대로 벨트를 맨 다음에도 이렇다 할 설명은 없었다. 초조한 마음으로 대답을 기다렸지만, 언니는 부드럽게 웃으며 농담조로 물었다.

"배고프지? 식사부터 하러 갈까?"

"아니, 나 배 안 고파. 얼른 설명부터 해 줘."

기분이 이상했다. 직감적으로 불안했다는 게 옳은 표현일까. 마담 몰래 언니와 시장에 놀러 간 적도 많았지만, 이렇게 불안한 건 처음이었다. 오늘은 아예 택시까지 잡아 읍내로 향하는데 마담이 붙잡지 않았다는 점도 이상했다. 사전에 얘기해 둔 건 아니었을까. 그렇다면 더더욱 지금의 목적지가 의문이었다.

"다희야."

택시 기사가 혀를 차며 핸들을 돌렸다. 오른쪽으로 끼어든 자전거가 경적을 요란스럽게 울리며 지나갔다. 잠깐 차창으로 시선을 빼앗긴 언니가 오른손으로 머리칼을 넘겼다.

그러고 보니 언니의 머리가 평소보다 좀 짧았다. 언제 미용실을 들러서 머리까지 정리했을까. 코에 그리던 가짜 점도 보이지 않았다. 한껏 꾸미기 시작한 언니의 얼굴이 봄날에 피어난 꽃처럼 화사했다.

"언니랑 서울 가서 살래?"

시선을 의식한 언니가 짧게 물었다. 뜻밖의 질문에 심장이 쿵 내려앉았다. 지난번 술에 취한 언니와 나눴던 이야기가 머릿속을 스쳤다. 지금의 대화는 그때의 연장선일지도 몰랐다. 바싹 말라붙은 입 안에서 혀가 굳은 채 움직였다.

"갑자기 무슨 말이야, 또."

"어떻게 생각해? 서울 올라가는 거."

뜬구름 잡는 이야기에 정신이 아득해졌다. 윤 사장이 이곳저곳 데려간 영향으로 언니도 이상한 꿈을 꾸기 시작한 걸까. 잠깐의 만남으로 현실을 잊는 건 좋지만, 완전히 배제하는 건 무리였다. 언니가 잊어버렸을지도 모를 사실을 친절하게 짚어 주었다.

"우리가 어떻게 서울로 가? 포주한테 빚으로 묶였는데. 그거 다 갚기 전에, 서울은 무슨…… 서곡 밖으로도 못 나가."

"빚 갚고 떠나면 되잖아."

이번에도 허무맹랑한 소리였다. 언니는 고개를 숙여 무릎에 올려 둔 가방을 가만히 내려다보았다. 곰곰이 생각해 보니 저것도 못 보던 가방이었다.

새 원피스, 새 가방. 누군가 선물한 화장품으로 한껏 꾸민 얼굴. 며칠 사이 눈에 띄게 달라진 언니의 옆모습이 불현듯 낯선 사람처럼 느껴졌다.

"그럴 돈이 어디 있냐고, 우리한테!"

결국 참지 못하고 언성을 높였다. 운전하던 택시 기사가 심상치 않은 분위기를 느끼고 힐끗 이쪽을 돌아보았다. 언니도 조금 놀랐는지 눈을 크게 뜨고서 나직이 조용히 하라며 타일렀다. 다정하고 부드러운 잔소리에도 좀처럼 마음이 진정되지 않았다. 어깨를 붙잡으려는 언니의 손을 뿌리치고 조금 더 강하게 대꾸했다.

"갑자기 왜 그러는 거야? 말도 안 되는 소리만 하고……. 언니 요즘 이상해, 이상하다고."

"말도 안 되는 소리가 아니야, 다희야."

침착하게 같은 말을 되풀이하는 언니의 표정이 진지했다. 농담이 아니라 진심이라는 건 표정만 봐도 느껴졌다. 언니 역시 이 제안의 무게를 아는지, 몇 번 입술을 잘근거리다가 힘겹게 말을 이었다.

"어쩌면 가능할지도 몰라. 그래서 그래."

언니의 시선은 어느새 내 얼굴을 떠나 차창으로 가 있었다. 시시각각 변하는 차창의 풍경을 더듬듯 바라보는 표정에서 설렘과 희망이 아른거렸다. 햇빛 한 줄기가 언니의 눈가에 맺혀 눈물처럼 반짝였다.

"빚 다 갚게 되면, 언니 따라서 서울 갈 거야?"

대체 무슨 헛꿈을 꾸느냐고 물어보지 못한 건, 떨리는 목소리로 물어보는 언니가 너무나도 행복해 보인 탓이었다. 지루하고 느리게 흘러가던 일상 속에서 처음으로 반짝이는 무언가를 발견한 사람처럼 언니의 눈동자에서 아름다운 빛이 까맣게 일렁였다.

"언니랑…… 같이 갈 수 있겠어?"

대답을 꺼내기 전, 거친 흔들림과 함께 택시가 멈추었다. 언니는 지갑에서 지폐를 꺼내 기사에게 건네주었다. 잔돈을 계산하는 동안 침묵을 지키며 마른침을 삼켰다.

이상한 긴장감이 언니와 나 사이를 떠돌았다. 그저 부드러운 권유일 뿐인데, 왜 이렇게 마음이 착잡한지 모르겠다.

서곡을 떠나서 살면 뭐가 좋을지 한 번도 깊게 고민해 본 적 없었다. 고등학교를 졸업한 다음에도 서곡에서 머무는 건 이미 정해진 일이었으니까. 포주에게 빚이 잡힌 이상, 대학을 갈 일도 없었다.

차에서 내리자마자 작게 흙먼지가 일었다. 택시는 새카만 매연을 뿜으며 대로변으로 사라졌고, 언니는 내 손을 붙잡고서 인도로 향했다.

읍내는 서곡보다 더 많은 가게와 사람들로 빼곡하게 차 있었다.

　고개를 둘러볼 때마다 처음 보는 풍경이 시야를 꽉 채웠다. 바글거리는 인파에 시끄러운 소리가 연신 귀를 때렸다. 언니가 등을 떠밀며 어서 가자고 재촉했다. 들뜬 언니의 목소리에 웃음꽃이 활짝 피어 있었다. 점점 빨라지는 걸음에 숨을 몰아쉬면서 정면을 바라보았다.

　수많은 인파 사이로 유독 한 명의 모습이 눈에 그림처럼 박혔다. 그대로 멈춰 멍하니 그 자리를 응시했다. 상대도 마찬가지였다. 사람이 개미처럼 모여서 바글거리는 와중에, 우리는 서로를 득달같이 알아보고 꽁꽁 얼어붙었다.

　"저기로 가면 돼, 다희야."

　눈치 없는 언니는 재차 손목을 당겼다. 무력하게 이끌려 천천히 걸음을 옮겼다. 읍내 커피숍 아래 두 명의 남자가 서 있었다. 중년의 남자는 주머니에 손을 찔러 넣고 언니를 향해 웃었다.

　그 옆에 선 남학생의 얼굴은 나를 발견할 때부터 조금씩 구겨지더니 이내 완전히 일그러졌다. 눈을 부릅뜬 윤이서의 표정이 이윽고 완전히 싸늘하게 변모했다.

　"윤 사장님, 오래 기다리셨어요?"

　미연 언니가 바람결에 흐트러진 머리칼을 정리하면서 부산스러운 걸음으로 다가갔다. 제자리에 못 박혀 멀어지는 언니와 미소 지으며 가방을 들어 주는 윤 사장을 번갈아 한 번씩 바라보았다. 그 와중에도 윤이서의 송곳처럼 날카로운 시선이 계속 얼굴에 닿고 있음을 알았다. 의식적으로 시선을 피했다.

　"거기서 뭐 해. 어서 와."

　언니가 다정하게 부르는 목소리를 듣고서야 몸의 긴장이 풀렸다. 마치 얼음땡 놀이를 하는 기분이었다. 누군가의 목소리를 들어야 몸이 움직이는 규칙이 존재하는 것처럼, 가만히 서서 굳은 상태로 놓이는 게 되레 마음이 편하다니.

얼떨떨하게 서 있는 와중에도 두 사람은 반가운 기색을 드러내며 이야기꽃을 틔웠다. 윤 사장이 직접 문까지 열어 주었고, 언니는 발갛게 물들인 얼굴로 고맙다며 속삭이며 웃었다.

제법 가까워진 두 사람의 거리감이 낯설고 불편하게만 느껴졌다. 대체 언제부터 저렇게까지 가까워졌을까. 그동안 언니가 내 눈을 피해 가며 저 남자를 몇 번이나 만났던 걸까.

먼저 커피숍으로 들어가 버린 두 사람과 다르게, 윤이서는 문가에서 움직이지 않았다. 내가 다가오기만 기다리는 몸 아래로 긴 그림자가 졌다. 터덜터덜 힘없이 걸어가 문가에 도착하자 낮게 잠긴 목소리가 귓가에 감겼다.

"웬일로 같이 외출하자는 건가 싶었는데."

"……."

"이딴 꿍꿍이가 있을 줄 몰랐어. 따라온 내가 등신이지."

자조하듯 뇌까리는 윤이서의 말투가 꽤 험했다. 윤이서는 부친에게 속아 여기까지 끌려온 눈치였고, 지긋지긋하다는 얼굴로 혀를 찼다. 나역시 언니에게 속아서 온 것이나 마찬가지였지만, 대충 짐작하면서도 따라온 책임이 있다고 생각했다.

군말 없이 녀석을 지나쳐 안으로 들어가려는데, 대뜸 손목이 붙잡혔다. 다짜고짜 내 몸을 돌려세운 윤이서의 미간에 깊은 주름이 박혔다. 불만 어린 눈빛이 밝은 갈색으로 일렁였다. 못마땅한 마음에 치기 어린 행동을 벌이려는, 또래 남학생들이 지닌 특유의 눈빛이었다.

"우리끼리 다른 데 가자, 선배."

달콤한 제안이었다. 나도 모르게 고개를 끄덕일 뻔했다. 지금 제일 듣고 싶은 말이었으니까 당연했다. 그렇지만 윤이서의 제안을 받아들이기엔, 설렘과 희망에 부푼 언니의 미소가 줄곧 눈에 밟혔다.

지금 돌아선다면 언니는 분명 아쉬워하며 다음 만남을 주선하려고 들 터였다. 차라리 잠깐 이 불편한 상황을 참는 게 효율적이었다.

　"가기는 어딜 가."

　일부러 세게 손을 떨쳐 내면서 짧게 거절했다. 거절의 뜻을 분명히 읽었을 텐데, 윤이서는 모른 척 시선을 마주쳤다. 새하얀 윤이서의 셔츠에 햇빛이 내려앉자 푸른빛이 돌았다. 평소 보던 티셔츠가 아니라서 그런지, 그 도회적인 차림새가 다소 낯설게 다가왔다. 오늘은 향수도 뿌렸는지 다소 독한 향기가 윤이서의 소매 부근에 머물렀다.

　"저기 들어갈 생각이야? 나랑 마주 앉아서 커피라도 마시겠다고?"

　"그럼 어떡해."

　"어떡하긴, 그냥 우리끼리……."

　"언니가 기다리잖아. 네 아빠랑 우리 언니, 단둘이 두기 싫어."

　난처한 상황이었지만, 솔직하게 내 의견을 밝혔다. 윤이서가 혼자 떠난다고 해도 상관없었다. 지금은 언니를 윤 사장과 단둘이 두지 않는 게 더 중요했다. 재빨리 문고리를 당겨 안으로 들어갔다. 시원한 에어컨 바람이 머리카락을 마구 흐트러뜨렸다.

　문가 근처에서 잠시 기다리자 곧 천천히 뒤따르는 발소리가 따라붙었다. 생각보다 얌전하게 구는 윤이서의 태도에 일단 안도했다. 정말로 떠나가 버리면 조금 아쉬울 듯했는데, 녀석은 다행히 옆으로 다가와 나란히 걸어갔다. 곁에 윤이서가 있다는 것만으로도 조금은 든든했다.

　커피숍은 겉만큼이나 내부도 다방과 크게 달랐다. 넓은 공간 곳곳에 하얗고 깨끗한 테이블이 가득했으며, 유리병에 장미가 한 송이씩 꽂혀 있었다. 계산대 앞에 앉은 직원도 앞치마 차림에 이상한 모자를 쓰고 있었다. 커다란 스피커에서는 유행 지난 트로트가 아니라, 윤이서가 연주했던 곡과 비슷한 피아노 소리가 흘러나왔다.

　향기 다방과 하나부터 열까지 모두 다른 이곳에서, 나는 이물질이 된 것처럼 겉돌았다.

윤 사장과 미연 언니는 가장 구석진 자리에 마주 앉았는데, 연신 웃으며 대화를 나누기 바빴다. 커피도 벌써 주문했는지 테이블에 네 잔이 정갈하게 놓여 있었다. 다방에서 파는 쌍화차나 싸구려 믹스커피가 아니었다. 한약처럼 새카맣고 진한 블랙커피였다.

윤이서는 꼭 오면 안 되는 장소로 끌려온 아이처럼 굳은 얼굴로 침묵했다. 테이블 앞까지 걸어가자 미연 언니가 어서 옆에 앉으라며 재촉했다. 언니의 손짓에 조용히 옆자리에 앉았다. 윤이서도 윤 사장의 옆자리에 앉아 내 얼굴을 마주 보았다. 기분이 묘했다.

"일단 너희 음료는 커피로 주문했어. 아이스커피 괜찮지?"

이미 시켜 놓고서 묻는 게 우스웠다. 윤 사장의 부담스러우리만큼 강렬한 눈빛에 못 이겨 고개를 주억거렸다. 침착한 내 태도가 마음에 들었는지, 그는 미연 언니를 보며 동생이 아주 착하고 바르다는 칭찬 따위를 던졌다. 우리 담임이 듣는다면 코웃음을 치고도 모자랄 칭찬이었다.

언니는 그 뒤에도 몇 가지 대화를 주고받으며 커피를 마셨고, 윤 사장은 가끔 언니의 입술에 번진 립스틱을 닦아 주었다. 두 사람 사이의 공기는 상당히 짙어서 도저히 모른 척할 수가 없었다.

그 낯 뜨겁고 어색한 기류라니. 언니의 동생인 내가 다 불편할 정도였으니, 윤이서의 마음은 가늠할 필요도 없었다.

윤이서는 내 얼굴만 빤히 쳐다보며 단 한 번도 부친 쪽으로 시선을 두지 않았다. 앞에 놓인 커피의 얼음이 빠르게 녹아 가는데도 전혀 건드리지 않았다. 그저 언제 이 지루하고 의미 없는 자리가 끝날지 기다리는 사람 같았다. 내 마음 역시 그와 별반 다르지 않았다.

"흠, 다희도 언니 닮아서 참 예쁘구나."

언니의 재촉에 애써 커피 한 모금을 삼킨 찰나, 윤 사장이 슬그머니 말을 건넸다. 대답 대신 멀뚱히 언니를 돌아보았다.

우리가 친자매가 아니라는 걸 아직 설명하지 않은 걸까? 언니는 머쓱한 미소만 지으며 윤 사장에게 고맙다고 답했다. 분위기를 읽지 못한 윤 사장이 계속 떠들었다.

"오늘 만나자고 한 건, 다름이 아니라…… 너희에게도 조심스레 밝힐 이야기가 있어서다. 미연 씨도 그러는 게 좋다고 했거든."

미연 씨, 애정 섞인 호칭에 언니의 얼굴이 재차 불그스름한 빛을 띠었다. 수줍은 미소가 번진 언니의 손이 꼼지락대며 찻잔을 만지작거렸다.

윤 사장의 손이 테이블을 손쉽게 넘어 언니의 손을 붙잡았다. 맞잡은 두 사람의 손을 가만히 지켜보자 가슴이 답답하게 죄였다.

"다희야."

"……."

"아저씨는 네 언니와 정식으로 만날 생각이야. 어쩌면 더 발전할 수도 있고……. 당장은 아니겠지만 같이 서울로 올라가는 편도 나쁘지 않다고 생각한다."

친근한 척 이름을 부르는 목소리에 소름이 돋았지만, 그보다 더 관심을 이끈 건 뒷말이었다. 여기 오는 동안 택시에서 언니가 내내 떠들어 댔던 서울 타령이 머릿속에 떠올랐다.

서울 얘기를 꺼낸 건 다 이유가 있었구나. 정말로 괜히 꺼낸 이야기가 아니었구나. 어안이 벙벙한 가운데, 저절로 윤이서에게 시선이 돌아갔다.

녀석의 무표정은 그대로였다. 남 얘기를 듣는 것처럼 덤덤하고 무심한 얼굴이었다. 윤 사장도 제 아들의 반응 따위는 전혀 고려하지 않은 채 멋대로 이야기를 계속했다.

"만약 우리가 결혼하게 된다면, 가족이 되는 거야. 다희는 어떻게 생각하니?"

억지도 정도가 있었다. 이건 허용 가능한 범위를 넘어선 궤변이었다. 다짜고짜 결혼이라니, 그리고 서울로 올라가자니. 이 말도 안 되는 이야기를 진심으로 믿는 건가?

황당한 제안이라고 대답하고 싶었지만, 돌아본 언니의 눈빛이 간절해서 입을 다물었다. 제발 좋다고, 그러자고 말해 달라는 눈빛이었으니까. 쉽게 대답을 꺼내지 못하고 망설였다. 침묵이 길어질수록 윤 사장의 낯은 조금씩 굳어졌다. 당연히 좋다고 할 줄 알았는데, 그렇지 않아 살짝 당황한 기색이었다.

"그럼……."

여태 쥐 죽은 듯 입을 꾹 다물던 윤이서가 처음으로 목소리를 냈다. 미연 언니가 반가운 표정으로 녀석을 바라보았다. 조마조마한 마음에 그러지 말라며 테이블 아래로 녀석의 발을 슬쩍 걷어찼다. 윤이서는 꿈쩍도 하지 않고서 빙그레 미소 지은 얼굴로 물었다.

"선배가 저한테 이모가 되는 건가요?"

이모라니, 괴상망측한 관계가 따로 없었다. 아마도 내 얼굴은 백지장처럼 하얗게 질렸을 터였다. 나랑 윤이서의 관계가 어떻게 변했는지 조금도 알 리 없는 미연 언니의 순진한 대꾸가 테이블 위로 올라왔다.

"응, 그렇지. 다희가 이서보다 한 살 더 많으니까 너무 어색하게 대할 필요 없어. 저번에 다희 도와준 것도 그렇고…… 고마워. 내가 이서한테 참 고마운 게 많네."

"뭘요."

윤이서가 조소하듯 중얼거렸다. 거기서 멈춰야 했다. 재차 발을 건드렸지만, 녀석은 멈출 생각이 없는 자전거처럼 거침없이 입술을 움직였다.

"그런데 어쩌죠."

"응?"

"우리가 가족이 되면……."

윤이서의 눈길이 내 얼굴을 노골적으로 느리게 훑어보았다. 이상함을 느낀 미연 언니가 미소를 지우고, 윤 사장은 정색하며 제 아들의 얼굴을 그제야 돌아보았다.

손끝에 닿은 차가움에 놀라 시선을 떨구었다. 어느새 테이블을 넘어온 윤이서의 손이, 제 아비가 그러했듯 내 손을 꽉 움켜쥐고 있었다. 깍지를 낀 손가락에 조금씩 힘이 들어가는 게 느껴졌다.

"나 권다희한테 더 꼴릴 거 같은데."

테이블의 분위기는 그야말로 한겨울 서릿발처럼 꽁꽁 얼어붙었다. 에어컨 바람을 오래 맞은 탓인지 한기마저 느껴졌다. 싸늘한 직감이 뒷덜미를 스치고 꼬리뼈까지 내리꽂혔다.

윤이서는 일부러 저런 말을 던진 게 틀림없었다. 아마도 부친이 서울 타령을 하기 시작했을 때부터, 어떻게든 이 자리를 무너트릴 심산으로.

미연 언니가 어, 하고 나직이 신음하더니 실수로 티스푼을 떨어트렸다. 챙 소리와 함께 빈 찻잔 안으로 티스푼이 떨어져 이리저리 흔들렸다. 조심스럽게 손을 잡아 빼려고 시도했으나 소용없었다.

윤이서는 깍지 낀 손을 살며시 들어 올리며 대수롭지 않게, 그러나 분명한 발음으로 또박또박 읊었다.

"이모랑 씹질하면, 그건 후레자식이잖아요."

"이…… 이서야, 그게 무슨."

미연 언니의 눈동자가 얼마나 세차게 흔들리고 있을지 보지 않아도 뻔했다. 윤 사장의 얼굴은 점점 시뻘겋게 변하여 금방이라도 터질 폭탄 같았다.

그만해, 그만하라고. 억세게 손을 흔들었으나 녀석은 끝까지 놓아 주지 않고 버텼다. 아예 고개를 돌려 일그러지는 윤 사장의 눈을 똑바로 올려다보는 행동에 깊은 경멸이 담겨 있었다.

"제가 후레자식이 되길 원하세요?"

윤이서…… 미쳤어. 생각을 마침과 동시에 둔탁한 타격음이 울려 퍼졌다. 더 참지 못한 윤 사장이 다짜고짜 윤이서의 얼굴에 주먹을 꽂은 탓이었다. 윤이서는 저항도 없이 내 손을 놓아 주며 의자 아래로 넘어졌다. 굴러떨어진 녀석의 얼굴이 금방 시야에서 사라졌고, 윤 사장은 아예 발길질까지 하기 시작했다.

"사장님, 그만! 진정하세요!"

깜짝 놀란 미연 언니가 황급히 테이블 바깥으로 돌아 나왔다. 윤 사장은 기어이 녀석의 멱살까지 잡아 일으키고서 주먹질을 이어 나갔다.

남자를 말리려 가까이 다가간 언니가 악 소리와 함께 주저앉았다. 실수로 윤 사장의 팔꿈치에 눈가를 정통으로 맞은 듯했다. 그걸 본 순간, 머리에서 피가 거꾸로 솟는다는 게 어떤 느낌인지 알았다.

"언니!"

"시발, 저리 비켜!"

윤 사장이 분노를 이기지 못하고 욕설을 내뱉었다. 언니는 이런 윤 사장의 모습을 처음 목격했는지 덜덜 떨면서 올려다보았다. 다급하게 언니의 어깨를 감싸며 일으켜 세우려는데, 윤 사장이 또다시 팔을 휘두르다가 테이블의 재떨이가 스쳤다. 덜컹 소리와 함께 흔들린 테이블 아래로 재떨이가 곤두박질쳤다.

하필이면 언니의 머리 위였다. 반사적으로 재떨이를 막기 위해서 몸을 던졌다. 언니의 얼굴이라도 다치면 큰일이라는 생각뿐이었는데, 저항도 없이 맞던 윤이서가 그 순간 돌변하여 윤 사장의 팔을 뿌리쳤다. 윤 사장이 어, 하며 넘어가는 순간 윤이서의 손이 내 얼굴로 향했다.

퍽. 강한 소리에 두 눈을 질끈 감았으나 통증은 없었다. 대신 오징어

타는 듯 기이한 냄새가 코끝을 간질였다. 눈을 뜨자마자 보인 건, 나 대신 재떨이를 뒤집어쓴 윤이서의 손등이었다. 아직 꺼지지 않은 담뱃불이 피부에 고스란히 닿았는지 윤이서가 아랫입술을 꽉 깨물고 있었다.

"윤이서, 손……!"

기겁하며 윤이서의 손을 붙잡았다. 바닥에 굴러다니는 재떨이 사이로 흩어진 담뱃재에서 연기가 폴폴 풍겼다. 아직도 뜨거웠음이 여실하게 드러났다. 피아노를 연주하는 중요한 손이 다친 걸지도 모른다는 생각에 심장이 쿵쿵 뛰었다.

"갑자기 뛰어들기는, 기고만장한 새끼. 내가 자식 교육을 헛시켰어."

윤 사장은 투덜거림과 함께 바닥에 나뒹구는 재떨이를 걷어찼다. 제 자식 손은 신경도 쓰지 않고서, 엄살 부리지 말라며 타박하는 목소리에 귀를 의심했다.

고개를 들어 눈을 마주치고서야 남자는 조금 민망했는지 돌아서서 머리를 벅벅 긁었다. 저 남자는 아들의 빛나는 재주를 알지 못하는 건가. 기가 막혔다.

소란스러운 잡음에 놀란 직원이 달려왔다. 무슨 상황인지 파악했는지, 그는 곧 차가운 물에 적신 수건을 가져와 건네주었다. 황급히 물수건을 받아 윤이서의 손등에 눌러 주었다. 쓰라린 통증이 느껴지는지 윤이서의 낯이 와락 구겨졌다.

윤 사장은 짜증 섞인 한숨과 함께 이마를 짚었다. 미연 언니는 떨어진 재떨이를 부랴부랴 테이블에 올려 두고서 윤 사장의 곁으로 다가갔다. 진정하라며 속삭이는 언니의 말에도 그는 쉽게 화를 가라앉히지 못했다.

불편한 분위기 속에서 앓는 소리 한번 내지 못하고 입술을 꽉 깨무는 윤이서를 보고 있으니 점점 분노가 치솟았다. 물수건을 치우고 발갛게 변한 손등을 살피다가 벌떡 일어났다.

손목이 붙잡힌 윤이서도 덩달아 몸을 일으키며 당황한 눈빛을 보냈다. 통증으로 인해 식은땀이 송골송골 맺힌 녀석의 얼굴이 안쓰러웠다.

"미연 언니."

윤 사장의 팔에 매달려 안절부절못하던 언니가 슬쩍 고개만 돌렸다. 붓기 시작한 손등을 보여 주면서 먼저 가 보겠다는 신호를 보내자, 언니는 사색이 된 얼굴로 고개를 저었다. 이런 식으로 만남을 끝내기 걱정되는 표정이었다. 만류하는 언니의 고갯짓을 무시하고 윤 사장의 옆으로 한 걸음 다가가며 말을 붙였다.

"저희 먼저 가 볼게요."

라이터 뚜껑을 열던 윤 사장이 멈칫하며 시선을 옮겼다. 그는 이미 입에 새 담배를 물고 있었다. 언니가 눈치껏 그의 손에서 라이터를 뺏어 대신 불을 붙여 주었다. 어떻게든 그의 화를 잠재우려는 언니의 노력이 느껴졌다.

이렇게까지 할 이유가 뭔지, 언니의 마음을 도통 이해할 수 없었다. 이해하고 싶지도 않았다.

"윤이서 손등, 화상이면 치료받아야 해요."

윤 사장이 코웃음을 치며 매캐한 연기를 길게 내뱉었다. 곁에 선 언니가 입가를 가리고 가볍게 기침했다.

"겨우 손 하나 다쳤다고 유세는……. 연고 바르면 다 나을 상처다. 신경 쓸 것 없어."

인자하고 다정한 윤 사장의 미소가 전처럼 좋은 의미로 다가오지 않았다. 오히려 미정 언니의 무릎에 담뱃불을 지져 대던 세탁소집 아들과 비슷한 인간처럼 느껴졌다. 무언가 더 따지기 전에 앞을 가로막은 윤이서가 입을 열었다.

"더 말 섞을 가치도 없어. 나가자."

싸늘한 혐오가 짙게 깔린 목소리였다. 윤이서는 그 날카롭게 갈린 감정을 숨길 생각도 없이 아버지의 앞에서 고스란히 전시했다. 당연히 윤 사장의 눈에도 불꽃이 튀었다.

"뭐야? 이 새끼가 어디서 버릇없이……."

"사장님! 저, 저희 커피 마저 마셔요죠. 네?"

윤 사장이 아들의 머리채라도 잡아챌 듯 흉흉한 눈빛을 보내자 미연 언니가 다급하게 끼어들었다. 그 틈을 탄 윤이서가 재빠르게 내 어깨를 감싸고 테이블을 벗어났다. 언니를 혼자 두기 신경이 쓰였지만, 빨라지는 걸음을 멈출 수 없었다. 부어오른 윤이서의 손등에 온 신경이 꽂혔으니까.

커피숍을 빠져나와 대로변을 따라 계속 걸었다. 건물이 시야에서 보이지 않을 때까지 벗어난 후에야 윤이서는 어깨를 감싼 손을 놓아 주었다. 득달같이 그 손을 붙잡아 찬찬히 상태를 확인했다. 아픈 곳은 없는지 집중하느라 찡그린 미간을, 윤이서가 장난스레 검지로 꾹 눌렀다.

하지 마, 고개를 흔들면서 입 안 깊은 곳을 사려 물었다. 화가 났다.

"내가 저번에 말했지, 선배."

반면 윤이서의 얼굴은 퍽 괴로운 표정인데도 어딘가 후련해 보였다. 그래서 더 안쓰럽고 시선이 갔다. 녀석은 신경 쓰지 말라는 듯 손을 등 뒤로 숨기면서 고갯짓을 했다. 그 시선의 끝은 팔락이는 노란 원피스였다.

"선배한테 노란색, 안 어울린다니까."

"……."

"다음에는 흰색 옷 입어. 내가 사 줄게."

쓴웃음을 머금은 입술이 가까이 다가왔다. 가볍게 스치는 입술을 거부하지 못하고 가만히 눈을 감았다. 나른한 한숨이 입술 틈을 벌리며 더 깊이 들어섰다. 끈적하고 더운 여름의 열기가 윤이서의 입 안에서도 느껴졌다.

그렇게 가벼운 입맞춤만 남긴 채, 윤이서는 택시를 잡아 보겠다며 멀어졌다.

✤   ✤   ✤

오전이 다 지나도록 비가 그치지 않았다.

눅눅하고 더운 쪽방 공기에 눈을 떴다. 몸 상태가 나쁘다는 핑계로 내내 잠을 청했던 터라 허리가 뻐근했다. 너무 오래 누워 있었나, 부스스한 머리카락을 오른손으로 대충 정리하면서 화장대 앞에 앉았다. 습관처럼 손을 뻗다가 미연 언니한테 선물받았던 로션을 발견하고 굳어졌다.

처마에서 빗방울 떨어지는 소리가 요란하게 울려 퍼졌다. 고요한 쪽방을 유일하게 메우는 소음이었다. 한숨과 함께 애꿎은 로션을 손끝으로 톡톡 건드렸다. 유리 공병 안으로 흔들리는 액체가 불투명한 꼬리를 그렸다.

미연 언니는 결국 지난밤에도 들어오지 않았다. 아마 윤 사장과 함께 있었겠지. 해가 뜨자마자 방으로 찾아와 미연 언니의 행방을 묻는 마담 앞에서 우물쭈물 침묵했다. 마담은 눈치가 빠른 건지, 관심이 없는 건지 되었다며 자리를 떴다. 딱 한 마디의 경고를 남기고서.

"미연이 들어오면, 나한테 잠깐 오라고 해라."

자세를 바르게 고치고 거울을 보았다. 밤새 언니 걱정으로 잠을 설치느라 얼굴이 엉망이었다. 실핏줄이 터져 빨개진 눈이 언뜻 보기에도 상당히 피로해 보였다.

언제 잠들었는지 구체적으로 기억나지 않았다. 내 신경은 언제 마당에서 들릴지 모르는 발소리에 전부 꽂혀 있었으니까.

아침이 되어 방으로 찾아왔던 김 마담의 태도는 생각보다 평온했다. 어제 미연 언니가 나를 데리고 외출했다는 걸 다른 레지들에게 듣고 온 눈치였다. 윤 사장을 만났다는 건 얘기했지만, 그 이후의 행방을 설명할 도리가 없었다. 윤이서와 중간에 도망치듯 나왔으니까.

"택시 잡았어. 다방 앞에서 내리자."

금방 택시를 잡고 돌아온 윤이서와 나눈 대화가 떠올랐다. 여전히 손등의 상처가 신경 쓰여서 뚫어지게 바라보자니, 시선을 느낀 녀석이 등 뒤로 그것을 숨겼다. 아예 모른 척할 기세라서 다급하게 소매를 붙잡았다.

"너 손은 어쩌고? 그대로 집 들어가게?"
"웬일이야. 내 걱정도 해 주고, 선배답지 않네."
"나다운 게 뭔데."
"너무하다 싶을 정도로 사람한테 벽치고 선 긋는 점?"

농담을 속삭이면서도, 통증을 이겨 내느라 식은땀이 맺힌 이마에 자꾸만 눈길이 갔다. 물수건으로 대충 닦은 손등에 핏자국이 얼룩덜룩하게 묻어 끔찍한 고통이 저절로 떠올랐다. 애써 아픔을 숨기고 머쓱하게 미소 짓던 얼굴이 쉽게 잊히지 않았다.

나 혼자 다방으로 보내고 돌아선 다음, 집에서 홀로 통증을 견뎌 냈을 윤이서의 표정을 상상했다. 싸늘한 무표정으로 침대에 앉아 대충 밴드나 붙였겠지. 안 봐도 뻔했다. 소독약이나 연고를 바를 정도로 섬세한 성격 같지는 않았으니까. 어제의 소동을 회상하니 조금씩 불편한 감정이 몰려왔다.

지금쯤 윤이서도 일어났겠지. 미연 언니가 간밤에 들어오지 않은 걸 보면 윤 사장도 마찬가지라 짐작했다. 밥은 먹었을까? 무엇이든 좋으니 핑계를 대고서라도 윤이서의 상태를 확인하고 싶었다. 손등의 상처나 얻어맞은 얼굴의 상태도 궁금했다.

부산스럽게 몸을 일으켜 화장실로 향했다. 찬물로 얼굴을 씻으니 그나마 정신이 맑아지는 듯했다. 로션을 꼼꼼하게 바르고 밖으로 나오니, 어느새 비가 그친 상태였다. 다만 먹구름이 가득해서 금방이라도 다시 비가 쏟아질 분위기였다.

옷을 갈아입고 다방 뒷문으로 들어가자 레지들이 꾸역꾸역 모여 앉은 홀이 보였다. 오늘은 날이 우중충하니 평소보다 손님이 적은가 보다. 어쩌면 다른 이유일 수도 있고.

옆구리에 낡고 커다란 장부를 낀 마담의 모습을 보면 그랬다. 마담은 포주가 불시 검문을 핑계로 들이닥치는 날에만 저것을 끼고 돌아다녔으니. 혹여나 잃어버릴세라 장부를 들고서 돌아다니는 마담의 행동에서 미미한 긴장감이 느껴졌다.

"오늘 포주 오는 날인가?"

배달을 나갔다가 돌아왔는지, 문가에서 우산을 털던 미정 언니가 물었다. 다홍색 블라우스에 물 빠진 청바지를 입은 언니가 슬그머니 눈치를 살피면서 다가왔다. 말없이 언니의 품에서 보온병 든 가방을 뺏어 들었다.

"언니, 거울 안 봤지."

"왜? 얼굴에 뭐 묻었어?"

"입술 좀 정리해."

아랫입술에서 턱까지 진하게 번진 립스틱 자국이라니. 언니가 무얼 하다가 돌아왔는지 적나라하게 보여 주는 몰골이었다. 타박하지 말라며 옆구리를 간질이는 언니의 눈길이 넓은 홀을 향했다. 손님이 별로 없나 보네, 작게 중얼대는 목소리에 맞장구를 쳤다.

"비도 오고, 날씨가 쌀쌀해서 그런가 봐."

"그래도 더위는 가셔서 좋네, 손님 없으니까 쉬기도 편하고⋯⋯. 포주 새끼가 늦게 들어오면 더 좋겠지만."

흘리듯 덧붙인 욕설에 언니의 개인적인 증오가 덕지덕지 묻어 있었다. 그때 전화기가 길게 울렸고, 테이블에 삼삼오오 모여 앉았던 레지들이 단체로 달려갔다. 언제 올지 모를 포주의 방문을 기다리느니 차라리 배달이라도 가고 싶다는 의지가 분명하게 드러났다.

빈 보온병을 손에 꼭 쥔 채로 부엌까지 걸어갔다. 내용물은 반이나 남은 상태였다. 뚜껑을 열고 싱크대에 부어 버리자 새카만 커피가 콸콸 쏟아졌다. 물을 틀고 고무장갑을 끼는데, 어느새 부엌까지 따라 들어온 미정 언니가 별안간 머리를 쓰다듬었다.

"어제 늦게 들어왔다며?"

미정 언니는 퍽 눈치가 빠른 편이었다. 괜히 다방에서 제일 수완이 좋고 약삭빠르기로 소문난 게 아니었다. 언니의 눈을 속이려면 연기의 귀재가 아니고서야 불가능했다. 어떻게든 표정을 숨기려고 더 얼굴을 굳힌 건데 역효과가 난 듯했다.

"무슨 일 있었어? 오늘따라 풀이 죽었는데, 얼굴이."

대답 대신 고개를 흔들었다. 손을 떨어트린 언니가 머리 끈으로 머리를 묶으며 벽에 기대섰다. 풀이 죽어 보인다니, 티가 날 줄은 몰랐는데. 조용히 수세미에 거품을 내어 설거지를 시작했다. 낡은 보온병을 수세미로 세게 문지를 때마다 거품이 소리도 없이 터지고 흩어졌다.

"뭐 재미있는 얘기라도 해 줘야 하나?"

"나 설거지하잖아. 그냥 나가서 쉬고 있어."

언니는 부엌을 떠나지 않고 곁을 지켰다. 나가서 그냥 쉬라고 몇 번이고 권유했는데도 소용이 없었다. 하여간 고집을 꺾기도 참 어려운 성격이었다. 맘대로 하라며 툴툴거리자, 그 말만 기다렸다는 얼굴로 눈을 반짝였다. 호기심과 걱정이 반반 섞인 눈동자가 내 표정을 열심히 뜯어살폈다.

"혼자 있으면 심심할 텐데."

"안 심심해."

"또 그런다, 또. 안 심심하다는 애가 맨날 미연이 옆에 철썩 붙어 있어? 내 눈 속일 생각하지 마라."

예고 없이 튀어나온 미연 언니의 이름에 수세미를 놓쳤다. 다행히 언니는 눈치채지 못했는지, 냉장고를 열고 사탕 봉지를 꺼냈다. 눈처럼 하얀 박하사탕을 입에 쏙 넣자 언니의 볼이 불룩하게 튀어나왔다.

"아까 산업 단지 쪽에 배달 갔거든. 공장들 줄 서 있는……. 거기서 무슨 얘기 들었게?"

불분명한 발음으로 웅얼거리는 목소리가 멋대로 이어졌다.

"우리 뒷집에 사는 애 말이야. 저번에 너 찾아온 그 남자애."

실수로 또 놓칠 뻔한 수세미를 고쳐 잡았지만, 보온병은 놓치고 말았다. 싱크대 바닥에 떨어진 보온병이 요란한 소리를 내며 굴러갔다.

사탕을 으드득 씹어 먹던 언니가 깜짝 놀라 쳐다보는 시선이 느껴졌다. 아랑곳하지 않은 척하고 싶은데, 손이 떨려서 그러기 어려웠다. 다행히 목소리는 떨지 않고 자연스레 흘러나왔다.

"윤이서?"

"그런 이름이었나? 또 까먹었어. 윤 사장 아들이니까 윤 씨는 맞겠네."

"걔가 왜?"

표정을 관리할 여유도 없었다. 초조하게 되물어 보는 내 모습에 미정 언니가 이상함을 감지했는지 눈살을 찌푸렸다. 그렇지만 이내 흥미로운 미소를 보이며 소곤소곤 이야기를 들려주었다.

"가출했다더라, 아침에."

그건 정말 뜻밖의 이야기였다. 어제 그 소동이 벌어지고 얌전히 집에 들어갔다고 생각했는데, 가출이라니. 그러고 보니 오늘 아침에는 늦잠을 자느라 옥상에서 피아노 소리도 확인하지 못했다. 내가 듣지 못했던 게 아니라, 윤이서가 연주하지 않았던 걸까.

"가출?"

"윤 사장이 섬유 공장 공장장이잖아? 오늘 출근을 안 해서 직원이 방문했다가 봤대, 그 집 아들이 짐 싸서 나가는 모습."

언니가 손에 쥔 사탕 껍질을 있는 힘껏 구겼다. 바스락 소리를 내며 구겨진 사탕 껍질이 긴 포물선을 그리며 날아갔다. 쓰레기통 귀퉁이를 맞추고 밖으로 떨어진 사탕 껍질에 언니가 쯧, 혀를 차며 다가갔다. 껍질을 쓰레기통에 집어넣는 언니를 응시하다가 고무장갑을 벗었다.

"경찰에 신고는……."

조마조마한 마음으로 입을 뗐다가 도로 닫았다. 이 동네에서 가출은 비일비재하게 일어나는 일이었고, 대부분 하루가 지나지 않아 돌아오기 마련이었다.

서곡을 떠나려면 읍내까지 내려간 다음 버스를 타야 했으니까. 번거로운 방식을 이용하면서까지 이곳에서 멀리 떠나려는 이가 그다지 많지 않았다.

"얘는. 이 좁은 동네에서 가출해 봤자지. 뭐 얼마나 멀리 나갔다고 신고를 해?"

미정 언니도 같은 생각을 했는지, 별 우스운 소리를 다 들었다는 식으로 핀잔했다. 대수롭지 않다는 언니의 말에도 놀란 가슴이 좀처럼 가라앉지 않았다.

정말 괜찮을까. 아니, 애초에 어디로 떠난 걸까. 어제의 그 만남이 마지막일지도 모른다는 생각이 들자 머릿속이 뿌옇게 흐려졌다.

"읍내까지 내려가도 어차피 만리항이 지척이잖아. 해 떨어지기 전에 알아서 돌아오겠지. 이 동네서 이런 일 한두 번이야?"

원래 그맘때 남자애들은 맘이 싱숭생숭한 법이야. 언니가 웃으면서 던진 농담에도 따라 웃지 못했다. 싱크대에는 아직 닦지 못한 보온병이 보란 듯이 놓여 있었고, 고무장갑에도 거품이 몽글몽글 묻어 있었다. 얼른 물로 헹궈 내야 하는데 손끝 하나 움직이지 못했다.

이상한 일이었다. 윤이서가 어떻게 되든 나와 무슨 상관이라고, 그냥 이전의 생활로 돌아갈 뿐인데. 귀찮게 찾아와서 장난을 거는 방해꾼이 사라지는 것뿐인데. 오히려 좋은 방향일 수도 있는데…… 왜 이렇게 마음이 불안할까. 어째서 이토록 애가 탈까.

내 입에 사탕을 물려 주던 그 애의 호의를 떠올렸다. 아침마다 잊지 않고 피아노를 연주해 주던 정성을 떠올렸다. 그동안 아무도 해 주지 않았던, 그래서 특별하다는 착각에 허우적댔던 시간을 되새겼다.

누군가 자신을 동경하고 갈망하며 쳐다보는 눈빛이 그토록 황홀하다는 걸, 누구 덕분에 알았는지 생각했다.

치졸한 열등감마저 점점 바스러질 정도로 쏟아지던 관심이었다. 서곡의 그 누구도 보여 주지 않았던 행동들. 윤이서는 그런 행동을 내 앞에서 아무렇지 않게 보여 주었다.

반짝이는 햇살 아래서 내 팔을 끌어당겨 조급하게 입을 맞추던 윤이서의 눈빛, 숨결, 체온. 이번 여름이 짧게 느껴진 건…… 이유가 있었구나.

"다희야?"

떨리는 손으로 들었던 고무장갑을 싱크대 안에 내팽개쳤다. 사방으로 튄 거품이 티셔츠에 검은 자국을 남겼다. 어떤 방해도, 거슬림도 없이 달리려면 비가 그친 지금이 제격이었다. 결심은 한순간의 충동이었으나 실천은 계획했던 것처럼 빠르게 이어졌다.

"야, 어디 가!"

땅을 박차고 무작정 달리기 시작했다. 기겁한 얼굴로 소리치는 미정 언니의 눈빛이 옆을 스쳤다. 언니의 부름에도 돌아보지 않고서 그대로 마당을 가로질렀다.

커다란 은행나무를 지나, 담벼락을 따라 흙길을 달려갔다. 군데군데 고인 웅덩이를 밟을 때마다 흙탕물이 무릎까지 튀어 올랐다.

숨이 점점 차올라 심장도 거세게 뛰었다. 벅찬 숨이 버거우면서도 힘들지 않은 건, 온 신경이 산으로 쏠린 탓이었다. 윤이서가 가출했다는 말에 가장 먼저 떠올린 장소가 있었다. 그곳은 읍내도 아니었고, 버스 정류장은 더더욱 아니었다.

청재사의 절벽을 제일 먼저 떠올렸다는 사실이 내 마음을 깊은 불안으로 빠트렸다. 아래를 내다보며 그 거리를 가늠하듯 가늘어지던 눈매를 기억했다.

그날 윤이서는 까마득한 낭떠러지를 관찰하며 무슨 생각을 했을까. 하필 지금에서야 떠오른 그 의문이 못내 신경 쓰였다. 미정 언니는 가출이라고 설명했지만, 어쩌면 그게 아닐지도 모른다는 생각이 들어서.

"안 돼, 아니야……"

정신없이 중얼거리며 산길을 마구 달렸다. 완만한 입구를 지나 가파른 중턱을 넘나들 때쯤 귀에 거슬리는 소리가 들렸다. 차갑고 날카로운 빗방울이 이마를 때리며 흘러내렸다.

미간을 찌푸리고 허공을 올려다보자 먹구름 가득 낀 하늘이 보였다. 톡, 톡 소리가 조금씩 커지고 잦게 들리기 시작했다.

쾅 소리가 울려 퍼졌을 때, 깜짝 놀라 걸음을 멈추었다. 번쩍하고 눈앞이 하얘진 순간 빗소리도 거세졌다. 언제 한두 방울 떨어졌냐는 것처럼 빠르고 강한 소리를 동반한 폭우였다.

눈에 보일 정도로 굵은 빗줄기에 오른손으로 눈가를 가렸다. 손날을 타고 흘러내린 빗방울이 속눈썹 사이에 맺혀 시야가 흐려졌다.

군데군데 웅덩이가 고였던 흙길이 한겨울 진눈깨비처럼 질척해진 게 보였다. 웅덩이를 피해 걷고 싶었지만, 세세하게 길을 살필 여유가 없어 무작정 걸음을 옮겼다. 속도를 높일 때마다 미끄러지기 일쑤였다. 당연히 신발과 바지 밑자락에 진흙이 잔뜩 묻으며 사방으로 튀었다.

하필 어젯밤 일로 피로가 쌓였는지, 이마를 짚어 보자 미열이 있었다. 그걸 인지하고서부터 갑작스럽게 더위가 느껴졌다. 습하고 무더운 공기에 땀 흘리며 비까지 맞으니 온몸이 점차 끈적하게 젖어 갔다. 땀방울인지 빗방울인지 모를 이마의 물기를 수차례 훔쳐 내며 이를 악물었다.

오늘따라 산길이 길고 드높게 보였다. 안간힘을 써서 발을 내디딜 때마다 거센 폭우가 방해하듯 쏟아졌다. 울창한 나무 아래를 골라 걸을 때조차 완벽히 빗줄기를 피하긴 어려웠다.

나무 기둥을 손으로 짚어 가며 미끄러운 산길을 버텼다. 아무리 위쪽으로 올라가도 인기척은 없었다.

만약 윤이서가 이곳이 아니라 정말 다른 곳으로 갔다면 차라리 안심이었다. 단순한 가출이라면 적어도 목숨이 위험하지는 않을 테니까.

다만 내가 걱정한 건, 혹시라도 윤이서가 그 절벽을 마음에 담아 두고 있을까 하는 점이었다. 절벽 아래로 뛰어내리고 싶을 만큼 궁지에 몰렸을까 봐.

가쁘게 몰아쉰 숨소리가 빗소리에 묻힐 때쯤 해가 졌는지 산 중턱이 까무룩 어두워졌다. 기우뚱 흔들린 몸이 앞으로 곤두박질쳤다. 겨우 가까운 나뭇가지를 붙잡아 버텼지만, 무릎은 바닥에 쓸려 진흙투성이가 되었다.

손끝으로 대충 더러워진 부분을 털어 내며 고개를 들었다. 땅거미가

진 청재사의 으슥한 풍경이 코앞에 있었다.

"윤이서!"

비틀거리는 몸으로 청재사 뒤편까지 내달렸다. 법당은 물론이고 그 주변에서도 어떠한 인기척을 느끼지 못했다. 잠시 호흡을 고르며 둘러보다가 멀지 않은 땅 위로 흐릿하게 찍힌 발자국을 발견했다.

강한 빗줄기로 진흙이 된 땅이라 발자국의 방향은 알 수 없었지만, 적어도 사람이 지나간 흔적이라는 건 명확했다.

"이서야…… 윤이서!"

빗물과 땀으로 축축하게 젖은 옷이 맨살에 묵직하게 달라붙었다. 무거워진 옷과 비 때문에 더디게 나아갈 수밖에 없는 사실이 거슬렸다. 모든 신경은 오로지 어디에 있는지 모를 윤이서의 행방만 쫓고 있었으니까. 이리저리 고개를 저으면서 사방을 낱낱이 살폈다. 근처의 동굴로 걸어가는 길목에서 발자국이 완전히 사라졌다.

발자국이 사라진 방향으로 시선을 옮겼다. 좁고 기다란 길을 따라 울창한 수풀을 마구 헤쳐 들어갔다.

비바람에 흔들리는 나뭇잎 사이, 잿빛으로 물드는 풍경 너머로 그림자 하나가 위태로이 서 있었다. 금방이라도 어두운 허공과 굵은 빗줄기에 휩쓸려 사라질 것처럼 아슬아슬한 위치에서.

윤이서는 빛바랜 수채화 속 주인공처럼 흐려진 풍경에 녹아들었다. 일순간 호흡의 순서마저 잊을 만큼 그 처연한 분위기에 압도되었다. 흩날리는 물방울의 속도가 느려지고, 먼 곳을 응시하는 그의 눈꺼풀이 느리게 깜빡거렸다.

하얗고 깨끗하던 얼굴에 고스란히 찍힌 폭력의 흔적이 어제의 기억을 되살렸다. 발갛게 멍든 광대뼈 부근에서 날카로운 턱선으로 흘러내린 빗방울이 바닥으로 후드득 떨어지기 바빴다.

언제부터 여기 있던 건지 머리부터 발끝까지 몽땅 젖어서 파리한 안

색이었다. 하얗게 질린 입술도 가늘게 떨었다.

제자리에 박힌 듯 굳었던 윤이서의 오른발이 별안간 앞으로 향했다. 움직이는 녀석의 가슴팍에 네모난 물체가 아른거렸다. 꽁꽁 싸맨 새하얀 담요 끄트머리도 미처 피하지 못한 빗줄기에 젖어 가고 있었다.

가파른 절벽 끝자락을 고작 한 걸음 남겨 두고서 윤이서가 고개를 기울였다. 그제야 말라붙었던 입술이 힘겹게 벌어졌다.

"이서야!"

다급하게 쥐어 짜낸 목소리가 다행히 빗소리에 묻히지 않았는지, 윤이서의 등이 움찔 흔들렸다. 곧바로 돌아본 녀석과 정면에서 시선이 마주쳤다. 천둥이 내려치고 하얗게 점멸되는 풍경 너머로 윤이서의 놀란 표정이 들어섰다.

망설임 없이 땅을 박차고 뛰어가 녀석의 팔을 잡아챘다. 강하게 끌어당기자 발이 꼬였는지 윤이서가 짧게 비틀거렸다. 앞으로 무너지듯 기울어진 그의 몸을 양팔로 감싸 안았다.

옆구리 사이로 끼워 넣은 팔로 너른 등을 꽉 움켜쥐고서 성나듯 빨라진 호흡을 잠재웠다. 서로의 젖은 옷이 빈틈없이 달라붙어 쿵쿵 뛰는 맥박을 남김없이 전달했다.

"어떻게……."

더듬더듬 입술을 뗀 윤이서의 목소리가 머리 위에서 들려왔다. 커다란 손이 어깨를 감싸며 떼어 내려고 하기에, 고집스럽게 고개를 묻고서 움직이지 않았다.

몇 번 밀어 내기를 반복하던 손이 점점 느려졌다. 이윽고 완전히 포기했는지 손을 떼어 낸 윤이서가 나지막이 속삭였다.

"선배, 옷 다 젖었잖아. 일단 저쪽으로 들어가자. 응?"

다정하게 달래 주는 목소리도, 머리를 쓰다듬어 주는 손길에도 이상하게 안심이 되지 않았다. 이대로 놓아 주면 윤이서가 절벽으로 달려가 몸을 던질 것만 같았다. 내 불안을 눈치챈 것인지 그의 입술이 귀 가까이 내려와 뜨거운 숨결을 흘렸다.

"나도 같이 갈게. 정말이야. 못 믿겠으면, 손잡아도 돼."

녀석은 부드러운 저음으로 다짐하며 오른손을 내밀었다. 오른쪽 시야 귀퉁이로 들어선 손바닥을 보고서야 미미한 안도감이 찾아왔다. 조심스럽게 고개를 들자, 눈이 마주친 윤이서가 여상한 미소를 보냈다. 이유는 모르겠으나 그새 붉어진 눈시울을 발견하자 내 가슴까지 먹먹하게 잠겼다.

푹 젖은 손에 힘주어 깍지를 낀 다음, 천천히 몸을 떨어트렸다.

5장.

이서(怡恝)

윤이서는 내 손을 붙잡고서 청재사까지 빠르게 걸어갔다. 수풀을 다시 헤치면서 지나가는 동안, 천둥이 치고 빗발이 거세졌다. 잠잠해질 기세를 보이지 않는 빗줄기에 녀석이 가볍게 혀를 찼다.

발길이 멈춘 곳은 법당 앞이었다. 현명한 판단이었다. 산길을 내려가는 건 불가능에 가까웠으니까. 잘못 미끄러져서 바위에 머리라도 부딪치거나 팔다리가 부러진다면 그것대로 큰일이었다.

우리는 조용히 시선을 교환했고, 이곳에서 밤을 보내기로 암묵적인 약속을 나누었다. 차례대로 안쪽에 들어가 얇은 문을 닫았다. 다행히 법당 안은 제법 아늑했다. 가끔 천장에서 물이 새는 소리가 들리고, 불상이 공간을 지나치게 많이 차지한다는 점만 제외한다면.

머리칼을 돌돌 말아 물을 쭉 짜내고 돌아섰다. 손바닥으로 입가를 꾹 짓누르며 재채기를 숨겼지만, 역시나 눈치 빠른 윤이서의 시선에서 벗어날 수 없었다.

"추워?"

조금씩 떨리는 움직임을 눈치챘는지, 윤이서가 미간을 좁히며 다가왔다. 내색하지 않으려고 했으나 비를 많이 맞은 탓인지 온몸이 싸늘했다. 그 와중에도 이마는 뜨끈하게 달아올라서 정말 이상한 감각이었다. 추운데 땀이 난다니, 말도 안 된다고 생각하며 고개를 가로저었다.

"괜찮아."

"괜찮기는, 얼굴도 빨간데."

윤이서가 타박과 함께 옆구리에 끼고 있던 물건을 내려놓았다. 절벽 앞에서도 소중하게 품고 있던 물건이었다. 새하얀 담요 사이에서 튀어나온 건, 뜻밖에도 평범한 액자였다.

네모나고 낡은 액자. 그러나 액자 속 사진만큼은 익숙했다. 해바라기 꽃다발을 들고서 웃는 여자, 윤이서의 모친이었다.

"일단 이걸로 닦아요."

멍하니 액자를 바라보는데, 윤이서가 가볍게 물기를 털어 낸 담요를 내밀었다. 왼손으로는 여전히 소중하게 모친의 사진이 담긴 액자를 쥔 채였다. 액자 유리에 빗방울이 자그맣게 달려 있었다. 시선을 떼지 못하고 눈만 깜빡거리자 답답했는지 윤이서가 담요로 아예 내 무릎을 덮어 버렸다.

"어서 닦으라니까."

"어차피 옷도 다 젖었는데."

"무슨 소리예요. 당연히 옷 벗고 닦아야지."

"뭐?"

지금 너를 앞에 두고서 옷을 벗으라고? 황당한 제안에 놀라 얼어붙은 내 모습에 윤이서가 코웃음 쳤다.

"뭐예요, 그 눈초리는. 안 볼 거야."

"하지만……."

"뒤돌고 있을 테니까 얼른 닦아요. 감기 걸려."

나보다 훨씬 처참하게 젖은 그가 내 상태를 걱정한다니, 누가 보면 정말 우스운 상황이었다. 담요를 받아 들고 머뭇거리자 윤이서가 냉큼 등 돌려 앉았다. 녀석이 손끝으로 머리칼을 털 때마다 물방울이 후드득 소리를 내며 떨어졌다. 정말로 보지 않겠다는 의지가 확고한 뒷모습이었다.

윤이서를 믿어 보기로 하고 조심히 윗옷을 벗었다. 속옷까지 벗은 다음, 담요로 몸을 닦아 내자 아까보다 훨씬 나았다. 기나긴 정적이 찾아왔다. 바깥에서 들리는 빗소리, 옷을 갈아입느라 뒤척대는 소음만이 좁은 공간을 가득 메웠다. 가슴과 목까지 꼼꼼하게 닦고 담요를 내려 두었다.

"옷 다 벗었어요?"

아무렇지 않나 싶었는데, 그건 또 아닌 모양인지 윤이서의 목소리가 낮게 잠겨 있었다. 자세히 살펴보자 머리칼 사이에 가려진 귀 끝도 붉게 물든 상태였다. 태평한 척하더니 혼자 부끄러워하고 있었네. 윤이서가 내심 긴장했다는 증거를 눈으로 확인하자 왠지 웃음이 나왔다.

"응, 다 벗었어."

"옷 나한테 줘요."

"갑자기 내 옷은 왜?"

"물기 짜내야지."

윤이서가 등 뒤로 왼손을 길게 뻗었다. 어서 달라는 투로 흔들거리는 손바닥에 조심히 윗옷만 올려 주었다. 속옷을 옆에 두고, 담요로 꽁꽁 상체를 감추자 그럴싸했다. 담요가 커다란 덕분에 빈틈 하나 보이지 않았다.

그사이 윤이서는 살짝 열린 문틈으로 옷의 물기를 쭉 짜내고 있었다. 녀석이 힘을 줄 때마다 하얀 팔뚝에 퍼런 힘줄이 도드라지며 움찔거렸다. 짜낸 물기가 단단한 손목을 타고 팔뚝 아래까지 주르륵 흘러내렸다. 녀석은 그것을 가볍게 허공에 털어 내더니, 대뜸 팔을 교차시켜 윗옷을 벗었다. 낭창하게 쭉 뻗은 팔뚝 아래 흉곽이 크게 들썩였다.

윤이서가 옷가지를 한데 뭉치며 문을 닫았다. 시선을 돌렸어야 했는데, 그러지 못한 상태로 녀석이 몸을 돌렸다. 툭 하고 맞닿은 무릎에 아직 물기가 남아 있었다. 하얗고 매끈한 피부에 섬세하게 잡힌 근육을 따라 시선이 점점 올라갔다. 무릎이 가볍게 스치며 미묘한 감촉을 남긴다.

"선배."

거리가 지나치게 가까웠다. 얇은 담요 한 장으로 몸을 가린 상태여서 그런지, 아니면 윤이서의 상체를 적나라하게 마주 본 상황이라서 그런지 가슴이 꽉 조여 오는 느낌에 매몰되어 숨을 죽였다. 정적을 깨트린 건 윤이서가 더 참지 못하겠다는 듯 내뱉은 한마디였다.

"나랑 도망갈래?"

어느새 붙잡힌 손에 서서히 힘이 들어갔다. 도망이라니, 허무맹랑한 제안이었다.

미성년자인 우리가 도망쳐 봤자 어디로 갈 수 있겠는가. 어른 없이 단둘이서 얼마나 버틸 지도 모르는데. 윤이서의 표정이 평소와 달리 진지했는데도 그 제안은 무척 가볍게 다가왔다.

하얗게 빈 머릿속으로 대답을 궁리했다. 윤이서가 원하는 대답이 무엇일까.

침묵하는 동안에도 젖은 손이 깍지를 단단히 끼며 접촉했다. 처음 세상 밖으로 나온 어린아이처럼 조금 긴장한 윤이서의 얼굴이 낯설었다. 농담이 아니라 진심이라는 걸 느껴서 더욱 그랬다. 녀석이 쓰디쓴 미소라도 한 점 보였다면 이토록 입을 떼기 어렵지 않았을 텐데.

대답을 갈망하며 흔들리는 눈빛에 천천히 고개를 떨구었다. 내려간 시선이 붙잡힌 손에 내리꽂혔다. 담뱃불에 닿아 까만 흉터가 생긴 녀석의 손등이 보였다.

저 흉터가 생겼던 날, 남색 원피스를 입고서 환하게 미소 짓던 미연 언니의 얼굴이 떠올랐다. 행복해지고 싶다는 듯 벅차오르는 목소리로 내 이름을 부르던 언니의…….

"못 가."

대답이 툭 튀어 나갔다. 윤이서를 향해 쌓이던 호감보다, 가족처럼 지낸 언니와 맺은 감정의 무게가 더 무거울 수밖에 없었다. 그는 딱딱하게 경직된 얼굴을 서서히 일그러뜨렸다. 차라리 대답을 듣지 말걸, 하는 후회가 녀석의 눈빛을 스쳤다. 미안하다는 말도 나오지 않았다. 괜한 기대를 안겨 주고 싶지 않아서.

"그럼……."

냉랭한 표정으로 변한 윤이서의 얼굴을 보며, 깊이 숨을 삼켰다. 손을 빼내고자 힘껏 당겼으나 꿈쩍도 하지 않았다. 강한 악력이 아예 손목까지 틀어쥔 탓이었다. 아귀힘이 점점 강해지는 걸 느끼면서 인상을 썼다.

"그럼 어떡하자는 거야."

녀석이 싫어서 거절한 게 아닌데, 그쪽으로 오해한 건지 윤이서가 빠른 속도로 평정심을 잃고 있었다. 격양되어 크고 떨리는 음성에 감추지 못한 불만과 초조함이 실렸다. 뿌리치는 대신, 아예 손목의 힘을 풀면서 차분하게 답했다.

"어른들 일은…… 어른들한테 맡기면 돼. 우리가 일일이 신경 쓸 필요 없어."

"나더러 선배랑 가족이 되라고?"

비웃음 어린 목소리가 날카로운 가시 같았다. 나는 내가 단단하다고 생각했는데, 고작 저 정도 비꼼으로도 마음이 따끔한 걸 보면 생각보다 여린 모양이었다. 어쩌면 윤이서와 어울리는 동안 물러진 걸 수도 있고.

"가족한테 발정하는 새끼랑 한 지붕 아래서 살 자신 있어?"

"말 좀 곱게 해."

"나는 그럴 자신 없어. 그래서 떠나자는 거라고!"

언성을 높이는 윤이서의 목덜미에 붉은 핏대가 섰다. 이 말도 안 되는 상황 속에서 타개할 방법이 없어 궁리한 끝에 도출한 답안이 도망뿐이라니. 하지만 윤이서는 그 허무하고 힘 빠지는 답마저 못내 간절한 듯이 씨근거렸다.

"우리가 어떻게 가족이 돼? 기억 안 나? 나랑 키스했잖아."

윤이서는 이따금 제 날뛰는 감정을 다스리지 못하는 어린아이처럼 굴었다. 충동적으로 싸움에 끼어들어 박동재를 걷어찼을 때, 내 앞에서 결혼 얘기를 꺼내던 제 아버지를 비꼬았을 때. 그리고 지금처럼 내 감정을 어떻게든 끄집어내고자 애를 쓸 때. 그럴 때마다 신경질적으로 구겨지는 녀석의 낯에 솔직한 조급함이 어렸다.

"키스까지 했는데, 이제부터 나를 조카처럼 대하겠다고? 그럴 수 있다고?"

"윤이서, 진정하고 내 말……."

"봐, 지금도!"

갑자기 붙잡힌 손이 앞으로 억세게 당겨졌다. 기우뚱 흔들린 몸을 이기지 못하고 녀석의 무릎을 짚었다. 물기가 남은 무릎에 미끄러진 손이 완전히 바닥에 닿을 때, 붙잡힌 오른손에도 무언가 닿았다. 화들짝 놀라 손을 뿌리쳤다. 윤이서가 성난 숨결을 내뱉으며 갈라진 음성으로 중얼거렸다.

"지금 내가 누구 때문에 이러는 건데. 선배 손만 잡아도, 향기만 맡아도…… 이 꼴이잖아."

완만한 윤곽을 그리는 바지춤에서 황급히 시선을 떨어트렸다. 윤이서의 옷장에 숨어서 의도치 않게 무언가를 알아 버린 그 순간이 떠올랐다. 상체를 한껏 뒤로 물리자마자 윤이서가 딱딱한 목소리로 되물었다.

"여기까지 왜 올라왔는데?"

"그건……."

"나 걱정돼서 찾으러 온 거잖아. 아니야?"

왜 여기로 올라왔더라. 처음의 이유를 다시 떠올렸다. 윤이서의 안전이 걱정되었지만, 오로지 그 이유 때문만은 아니었다.

아침까지 다방에 돌아오지 않던 미연 언니의 행방에 관한 문제도 답답하게 얽혀 있었다. 윤이서한테 이 얘기를 해야만 했고, 우리 관계의 끝도 넌지시 알려야 했다.

"너 없어지면, 언니 입장이 곤란해져."

그 방법이 아니고서는 언니의 행복을 빌 수가 없었다. 우리가 계속 애매한 관계를 유지하는 이상, 그녀는 절대로 윤 사장의 손을 잡지 않을 터였다.

내가 생각하기에 윤 사장이 썩 괜찮은 남자가 아니었지만, 그래도 언니가 처음으로 좋아하는 상대였다. 손님이 아니라 남자로 보는 상대였다.

내 대답에 윤이서의 얼굴이 와락 구겨졌다. 이보다 더 무너질 수 없다고 생각했던 얼굴이 어두워지는 걸 보며 아랫입술을 꾹 깨물었다. 숨막힐 듯 압박하는 시선에 고개를 떨구었다. 상처받은 것처럼 흔들리는 윤이서의 눈을 차마 똑바로 볼 수 없었다.

"윤 사장이 너 어디로 갔느냐고 따지면 내가 할 말이 없으니까. 그래서 직접 너 데려서 돌아가려고 왔어. 같이 내려가서……."

"정말, 그것뿐이라고?"

어영부영 떠들던 입을 단단히 다물었다. 책망하는 목소리에 참지 못하고 고개를 들자, 윤이서가 자조하듯 입꼬리를 비틀었다. 뿌리친 손이 여전히 어색하게 허공을 떠돌다가 천천히 바닥으로 추락했다.

"그럼 쓸데없는 짓 했네. 굳이 올라오지 않아도 알아서 내려갔을 텐데."

"거짓말하지 마."

그럼 왜 절벽을 내려다보고 있었는데? 그 끄트머리에 서서 위태롭게 서 있던 이유가 뭔데. 공격적인 어조로 타박하자 윤이서의 손이 미세하게 떨렸다. 바닥으로 떨어졌던 손이 아슬아슬하게 무릎을 스쳤다.

나도 모르게 담요를 더 단단히 여미면서 어깨를 움츠렸다. 윤이서의 입에서 흘러나올 말이 별로 좋지 않으리라는 예감 때문에.

"거짓말 아니야. 나……."

안 좋은 예감이라는 게 늘 틀리지 않음을, 수차례 경험으로 알고 있는데도 귀를 막지 않았다.

"여기서 떠나게 됐어."

"뭐?"

담담하지만, 무심하지 않은 고백이었다. 멍청하게 굳은 채로 녀석을 응시하면서 입술을 달싹였다. 명확한 단어를 갖추지 못한 물음이 숨결로나마 미약하게 흘러나왔다. 그게 무슨 소리냐고, 설명이 필요하다고. 꺼내지 못한 질문을 어떻게 알아들었는지 윤이서가 차분하게 설명을 덧붙였다.

"할머니가 어떻게 알았는지, 엄마 돌아가셨다는 소식을 뒤늦게 듣고서 찾아오셨어."

"할머니?"

"아빠가 아침까지 집에 돌아오지 않은 건, 할머니가 집에서 기다리고 계셔서 그래. 할머니를 만나면 무슨 말을 들을지 뻔하니까. 할머니는 원래부터 엄마를 싫어했거든. 당연히 서곡도 싫어했고, 그래서……."

윤이서의 할머니가 왜 그토록 며느리를 싫어했을까. 이해하기 힘든 부분이 많았지만, 윤이서는 목소리를 흐리며 뒷말을 끊어 냈다. 구태여 깊게 얘기하고 싶지 않은 부분이라고 짐작했다. 중요한 건 한 가지였다. 윤이서가 서곡을 떠나게 되었다는 사실.

"어쨌든, 확실한 건 내가 곧 떠난다는 거야. 선배는 여기 남고."

나와 미연 언니는 서곡에 남고, 윤이서와 그의 아버지는 서곡을 떠난다. 한여름 무더위처럼 갑작스럽게 찾아오더니 이번에는 허무하게 사라지겠노라는 예고였다.

나도 이렇게 당황스러운데, 윤이서는 이 소식을 듣고 얼마나 황당했을까. 거기까지 생각이 들자 비가 쏟아지는데도 뒷산을 꾸역꾸역 올라온 마음이 이해가 갔다.

윤이서는 그 집에 있을 자신이 없던 거다. 하루가 꼬박 지나고, 날이 밝아 서곡을 떠나기 전까지 내 얼굴을 보지 않을 자신이 없었던 거다. 하지만 향기 다방에 찾아온다면 할머니가 가만두지 않았을 테고, 괜히 나한테도 불똥이 튀겼을 수도 있었다. 우리가 똑같이 기억하는 장소로 무작정 올라오는 것 외엔 방도가 없었으리라.

품에 든 액자를 챙겨 온 것도 비슷한 이유라 짐작했다. 예를 들면, 할머니가 모친과 관련된 물건을 모두 버리라고 명령했다면 어떻게든 숨기고 싶었을 테니까. 되도록 비에 젖지 않도록 담요로 소중하게 싸고, 산길을 올라왔을 윤이서의 모습이 머릿속에 아른거렸다. 우산을 챙길 정신도 없이 다급하게 뛰쳐나왔을 모습이.

"선배."

윤이서가 손을 잡았다. 깍지 낀 손에 아프지 않을 정도로 부드럽게 힘을 주면서 가까이 당겼다. 얇은 창호지 문 너머로 번쩍 하얀빛이 점멸했다. 뒤이어 천둥소리가 요란히 울려 퍼지는데도 내 시선은 온통 윤이서에게 사로잡힌 상태였다. 절벽 앞에서 마주쳤을 때와 비슷한 표정의 윤이서가 간결하고 간절히 속삭였다.

"기다릴게."

목소리 끝이 희미하게 떨린 건, 내 착각이었을까.

"내일 밤까지 기다릴 테니까 떠날 생각 있으면…… 읍내 버스 정류장으로 와."

"……."

"같이 서울로 올라가자."

복잡한 머릿속을 정리하고자 애를 썼다. 딱히 정리할 필요가 없는 이야기인데도, 그러지 않으면 이 숨 막힐 듯한 분위기를 견딜 자신이 없었다.

붙잡힌 손으로부터 뜨거운 체온이 느껴졌다. 비를 맞아 차게 식었던 게 방금이었는데, 윤이서의 몸은 금세 뜨거워졌다. 긴장한 윤이서의 눈빛이 어둠 속에서도 맑게 흔들렸다.

내가 어른이라면 조금 더 똑똑한 방법을 찾아냈을까? 아쉽게도 내 마음은 쉽사리 방향을 정하지 못하고 갈팡질팡 흔들렸다. 지금 저 제안을 거절한다면 두고두고 후회하게 되리라는 사실도 명백했다. 알면서도 고개를 저어야만 했다. 그것만이 정답이었다.

"안 돼, 나는 서곡 못 떠나."

"무조건 기다릴 거야."

고집스러운 건 윤이서도 마찬가지였다. 녀석은 망설임도 없이 내 대답을 못 들은 척했다.

"그러니까 지금 대답하지 마. 밤사이에 생각이 바뀔 수도 있잖아."

"기다리지 마."

"권다희!"

윤이서가 버럭 소리를 질렀다. 소리쳐 놓고도 널뛰는 감정을 가라앉히지 못하고 숨 고르듯 몸을 떨었다. 꿋꿋이 제안을 받아들여 달라며 애원하는 어조에 이를 악물었다. 더욱 냉정하고 싸늘한 대답을 떠올리느라 머리에서 쥐가 날 지경이었다.

"계속 서곡에서 지내다가 레지처럼 살 생각이야? 커피 팔고, 몸도 팔고! 그따위로……."

"그래, 어차피 나도 언니들처럼 살게 되겠지!"

윤이서의 말이 가시처럼 마음을 찔렀다. 비겁한 표현이지만, 차라리 잘되었다고 생각했다. 실수했다고 생각했는지 크게 뜬 눈을 보자 안심이 되었다. 내 처지를 안다면 윤이서도 쉽게 도망을 말하지 못할 걸 알았기에.

"포주한테 내 빚이 남아 있는 이상 못 떠나. 난 너처럼 돈 많고 여유 있는 부모가 없어서, 마음대로 어디 갈 형편조차 안 돼. 다방 언니들도 똑같아. 다 나랑 비슷한 처지야."

"……."

"다방 사람 중에 이 동네가 좋아서 눌러앉은 사람이 있겠어? 빚 없는 사람이 있기나 한 줄 알아?"

나는 내 처지를 읊으며 윤이서에게 상처를 안겨 주고자 노력했다. 아주 치가 떨릴 정도로 나를 미워하길 바랐다. 서곡을 떠난 다음, 애초에 여기 머물렀던 기억이 한 줌도 남지 않을 정도로…… 나를 완전히 잊었으면 했다. 그게 윤이서의 미래에도 더 좋은 방향이었다.

문제는 녀석에게 던진 말 한 마디 한 마디가 내게도 부메랑처럼 돌아온다는 점이었다. 빚을 갚지 못하면, 나 역시 홀에서 담배를 피워 대며 손님을 기다리는 처지가 될 게 뻔해서. 그 답답하고 절망적인 미래의 무게가 별안간 어깨를 무겁게 짓눌러서 괴로웠다.

"나라고, 아무렇지 않은 거 아냐. 나도 힘들어, 나도 지긋지긋해……."

내 것이라고는 믿기지 않을 만큼 약한 목소리가 흘러나왔다. 이서의 위로를 받고 싶다가도, 한편으로는 외면하고 싶었다. 아무도 해결하지

212

못한 채 내 인생의 무게를 이서에게도 느끼게 해 줄 수 없었다.

그랬다가 이서가 내게 질릴까 걱정이었다. 내 것이라곤 하나도 없던 서곡에서, 홀연히 비눗방울처럼 나타난 너였는데. 그런 너마저 펑 터져 사라지면…… 나도 사라지게 될 것 같아서.

"선배."

"그러니까, 내 말은……."

윤이서는 서울로 떠나도 잘 살 텐데 나만이 썩은 웅덩이처럼 서곡에 고여서 자랄 거라는 현실이 싫었다. 빚을 다 갚은 후에도 아마 마음 편히 떠날 수 없겠지. 왜냐하면 서곡에 언니들이 있으니까. 그중에서도 나를 가장 아끼고 사랑해 준 미연 언니가 있으니까. 언니가 떠나지 않는다면 나 역시 후련하게 이곳을 떠날 자신이 없었다.

"대신 빚 갚아 줄 생각 아니면 말도 꺼내지 마. 필요 없……."

"내 보물, 보여 줄까."

떨리는 목소리를 뚝 자른 윤이서가 대뜸 액자를 내밀었다. 더 듣기 싫다고 생각했는지, 아니면 어떻게든 화제를 바꾸어야 한다고 생각했는지. 종잡을 수 없는 녀석의 행동에 당황하여 눈을 깜빡거렸다.

쉽게 대답을 꺼내지 못하는 동안, 윤이서는 액자 뒷면의 장식을 반원으로 크게 돌렸다. 장식이 벌어지면서 달칵 소리가 났다.

"우리 엄마가 돌아가시기 며칠 전에 선물로 준 엽서야. 아무도 보여 준 적 없어."

물어보지도 않은 설명을 이어 가면서 녀석이 액자 뒷면을 열었다. 사진에 가려져 보이지 않았던 그곳에 자그마한 엽서 한 장이 떨어졌다.

"선배만 특별히 보여 줄게."

멋대로 내 손에 엽서 한 장을 쥐어 준 윤이서가 슬쩍 고갯짓을 건넸다. 엽서를 확인하라는 눈빛이었다. 갑작스러운 윤이서의 행동에 휩쓸려 미간을 좁혔다.

"대화의 맥락을 좀 읽……."

엽서의 앞면에는 커다란 해바라기 한 송이가 찍혀 있었다. 조심스레 엽서를 뒤집어 뒷면을 확인한 순간, 아름다운 사진 속 풍경에 압도되어 숨을 삼켰다. 이름 모를 식물이 뿌옇게 들판을 뒤덮은 사진이었다.

끝도 없이 이어지는 연갈색 파도처럼, 바람에 넘실대는 들판의 풍경이 머릿속으로 자연히 그려졌다. 엽서에 귀를 대면 이파리 스치는 소리까지 들리지 않을까 싶을 만큼 생생하게 찍힌 사진이었다.

"이게 뭐야?"

방금까지 언성을 높이던 걸 잊어버리고 질문을 던졌다. 검지로 살며시 엽서를 쓸어 보자 이파리의 감촉이 느껴지는 착각이 들었다. 아마도 엽서의 종이가 거칠거칠한 재질이어서 그랬을 터였다. 내 태도가 조금 누그러졌다는 점에 만족했는지, 윤이서가 퍽 다정한 목소리로 일러 주었다.

"팜파스그라스. 갈대 비슷한 식물이래."

태어나서 처음 보는 식물이었다. 신기한 이름을 속으로 중얼거리며 되뇌었다. 꽃도 없고 별다른 특징도 없는데 가득 모여 있으니 가을 앞바다의 파도처럼 웅장한 분위기가 담겨 있었다. 해바라기가 뙤약볕 아래 생동감을 느끼게 한다면, 이 식물은 해 질 무렵의 허무함을 전해 주었다. 그 허무함이 나쁘지 않았다.

"예쁘다……."

"우리 엄마도 그랬어. 너무 예뻐서, 나중에 퇴원하면 꼭 구경하러 가보자고."

윤이서의 다정다감한 목소리가 가까이서 들려왔다. 엽서를 보여 주느라 몸을 기울인 녀석의 어깨가 담요에 스쳤다. 거슬리지 않게 미약한 힘을 주면서 기대 오는 녀석의 온기가 살갗에 퍼졌다.

"엄마 소원이었거든. 이런 배경에서 사진 찍는 거."

끝내 이뤄지지 못한 모친의 소원이 윤이서에게 짐이 되었을까? 엽서의 의미를 생각하며 돌려주고자 손을 뻗었다. 윤이서는 액자를 멀리 치우더니, 선물로 주겠다며 속삭였다. 놀라서 돌아본 시선이 지나치게 가까워 숨소리가 바로 앞에서 들려왔다. 닿을 듯 말 듯 가까워진 입술에 간질간질한 숨결이 스쳤다.

"나중에 같이 가 보고 싶어, 선배랑."

"……."

"그러니까…… 기다릴게."

대답하기 힘든 말만 얄밉게 내뱉은 입술이 눈가에 닿았다. 따끔한 감촉과 함께 속눈썹 사이사이에 맺힌 눈물이 떨어지는 걸 느꼈다. 제발, 나를 자극하지 마. 떨리는 손으로 윤이서의 어깨를 밀어 내려다 도로 붙잡혔다.

"좋아해, 권다희."

담요가 어깨 아래로 떨어지는 걸 느끼며 몸을 깊이 움츠렸다. 내 불안을 알아차린 윤이서의 팔이 어깨를 감싸고 끌어안았다. 가슴팍이 아슬아슬하게 닿지 못했는데도 녀석의 심장 소리가 들리는 기분이었다.

윤이서의 고백이 심장을 아프게 헤집었다. 여태 흐릿하게만 느껴지던 녀석의 존재감이 가슴을 꽉 조여 왔다.

"꼭 나와. 약속이야."

기다리지 말라고……. 소리 없이 대답을 삼키며 고개를 푹 숙였다. 한없이 붉어진 눈시울을 들키고 싶지 않았으므로. 끝까지 얄밉고 눈치 빠른 윤이서가 말없이 손에 힘을 주었다.

등을 감싸 안는 손이 크고 따듯해서 가슴은 덜컹덜컹 흔들리기만 했다. 마음의 빗장을 아무리 채워도 소용이 없었다.

좋아한다는 윤이서의 고백이 귓가에 수없이 맴돌았다.

빗소리가 멎은 건 언제부터였을까.

위아래로 부드럽게 흔들리는 몸이 느껴졌다. 반사적으로 균형을 잡다가 발이 땅에 닿지 않음을 깨닫고 눈을 떴다. 힘겹게 들어 올린 눈꺼풀 너머 흐린 시야에 빛 한 줄기가 들어섰다. 투명한 햇살을 받아 허공의 먼지들이 눈꽃처럼 반짝이며 흩날렸다.

바람결을 따라 어지러이 흔들리는 머리카락이 보였다. 옅은 갈색빛이 아른거리는 머리칼에 엽서 속 풍경이 되살아났다. 탁 트인 들판을 꽉 채워 파도처럼 넘실거리던 팜파스그라스. 너른 등에 올린 손끝에서 바스락 구겨지는 엽서의 감촉이 번졌다.

언제부터 이러고 있던 걸까. 윤이서는 나를 등에 업고서 열심히 산길을 내려가던 중이었다. 거친 돌부리와 나무뿌리를 피해 가며 걸음을 내디디는 모습이 퍽 조심스러웠다. 덕분에 여태껏 잠에서 깨지 못한 것이리라.

"내려 줘."

어깨를 건드려 잠에서 깨어났음을 알렸다. 윤이서는 묵묵하게 비탈길을 내려가며 내 엉덩이를 받친 팔뚝에 힘을 주었다. 이마에 송골송골 맺힌 땀방울이 턱 끝에서 바닥으로 느리게 하강했다. 무시하는 녀석의 어깨를 붙잡고 조금 더 강한 어조로 다그쳤다.

"내 발로 걸을게."

"내려가면, 산길 오르다가 굴러서 다쳤다고 해. 그래서 어쩔 수 없이 하룻밤을 보낸 거라고. 내려올 때 나한테 업힌 것도 그래서라고."

팔을 풀어 내려 주는 대신 사려 깊은 조언이 이어졌다. 내가 잠든 사이 윤이서가 홀로 어떤 생각을 했는지 여실하게 느껴지는 대목이었다. 아랫입술을 사려 물고서 손끝에 힘을 실었다. 점점 산 입구에 도착하는

216

걸 알아차렸는지, 윤이서의 걸음이 조금씩 느려졌다.

"괜히 쓸데없는 소문에 휩싸이지 않으려면 말은 맞춰야지."

"……."

"알았지?"

정말 떠나는 거냐고 물어보는 대신, 힘주어 녀석의 목을 꽉 끌어안았다. 그런 질문을 던졌다간 대화의 방향이 어젯밤처럼 흐를 게 뻔했다. 윤이서는 내 곁에 남겠노라 단언할 수 없었고, 나 역시 같이 떠나주겠다며 약속하기 힘들었다.

우리는 아직 어리고 미성숙한 만큼 보호자의 존재가 필요했다. 보호자에게 책임을 안겨 주기 싫다면, 결국 독립만이 답이었다. 하지만 그럴 자금도, 여유도, 자격조차 우리에게 없었다. 이미 정해진 상황을 되돌리기엔 힘과 시간마저 턱없이 부족했다.

내가 진작 뼈저리게 깨달은 이 사실을 윤이서는 애써 모른 척할 뿐이었다. 그걸 간과해야지만 내게 손을 내밀 수 있으니까. 그 사실을 모른 척해야 함께 도망가자며 헛된 꿈을 꿀 수 있으니까.

침묵을 지키는 동안 우리는 산 입구에 도착했다. 윤이서는 끝까지 내려 달라는 부탁을 무시하고 걸었다. 자신이 떠난 뒤 괜한 헛소문에 시달릴 게 그토록 걱정이었다면 처음부터 친한 척하지 말았어야지. 나직한 타박에도 녀석은 그런가, 담담하게 대답할 뿐이었다.

얼마 지나지 않아 저 멀리 커다란 은행나무가 보였다. 향기 다방이 가까워진다는 증거였다. 고개를 높이 들었다가 뜻밖의 풍경을 발견하고서 눈을 크게 떴다. 평소라면 한적했을 담벼락 앞에 사람이 바글바글 모여 있었다. 그곳엔 마담과 미연 언니도 있었다.

깔끔한 옷차림의 노인 한 명이 윤석호 사장과 나란히 서서 크게 호통을 쳤다. 꽤 먼 거리였는데도 그 고함이 선명하게 들릴 정도였다. 삐쩍 말라 주름이 자글자글한 얼굴로, 어디서 그런 힘이 샘솟는지 의아할 따름이었다. 걸음을 멈춘 윤이서가 지친 얼굴로 한숨을 내쉬었다.

또 저러네. 짧게 내뱉은 중얼거림을 놓치지 않았다. 미연 언니는 어쩔 줄 모르는 얼굴로 그 샛노란 원피스를 입은 채 서성이기 바빴다. 연신 허리를 숙이는 언니를 보고도 윤 사장은 아무 말이 없었다. 노인의 호통을 막아 주거나 언니를 두둔해 주지 않았다. 그저 남 일처럼 방관하며 하늘을 보고 있었다.

언니는 왜 저런 남자에게도 사랑이라는 감정이 있다고 믿었을까. 언니는 저 간단한 속임수마저 간파하지 못하고 철석같이 믿고 말았다. 아마도 미연 언니가 여태껏 누군가에게 제대로 된 사랑을 받아 본 적이 없다는 증거겠지.

"언니……."

자그맣게 입 밖으로 흘러나온 목소리를, 멀리 있던 언니가 어떻게 들었는지 모른다. 어쨌든 언니는 곧장 고개를 돌렸고 눈이 마주치자 비명을 질렀다. 반가움과 안도감이 뒤섞인 비명이었다.

"다희야, 너!"

뒤도 돌아보지 않고 달려오는 언니의 모습에 윤이서가 천천히 나를 바닥에 내려 주었다. 달려온 언니가 그대로 내 몸을 끌어안으며 주저앉았다. 언니의 무게를 이기지 못하고 바닥에 엉덩방아를 찧었다.

"대체 어디 있다가 이제 온 거야! 밤새 비가 그렇게 오는데 다방에도, 어디에도 없어서……. 얼마나 찾았는지 알아?"

안절부절못하며 몸 이곳저곳을 더듬어 보던 언니의 낯이 빠른 속도로 어두워졌다. 지저분한 옷차림을 확인하자 안 좋은 생각부터 든 모양이었다. 다급하게 고개를 저으며 언니가 오해한 상황 같은 건 없었다며 짚어 주었다.

"미안해, 언니. 옷이 좀 지저분하긴 한데, 진짜 아무 일도 없었어. 밤새 산에 있었거든."

"어젯밤 내내 뒷산에 있었다는 거니?"

"빗길에 미끄러져서 다쳤는데, 이서가…… 도와줬어. 비가 너무 많이 오니까 내려갈 수가 없어서 아침까지 기다린 거야."

눅눅한 더위가 찝찝한 몸에 내려앉았다. 하늘 꼭대기에 걸린 해가 화창한 햇빛을 나뭇잎 사이사이로 뿌려 댔다. 쨍한 햇빛에 눈이 부셔서 미간을 찡그리는데, 언니가 물끄러미 윤이서를 올려다보았다. 나를 돌봐 줘서 고맙다고, 언니가 겨우 한마디를 내뱉는 순간 거친 발소리가 울려 퍼졌다.

"윤이서!"

분노 섞인 외침과 함께 짝 소리가 이어졌다. 다짜고짜 뺨을 맞게 된 윤이서가 신음 한번 내지 못하고 비틀거렸다. 돌아간 왼쪽 뺨이 금세 불그스름하게 부어올랐다. 손주가 맞는 모습에 기겁한 노인이 허겁지겁 지팡이를 들고서 달려왔다.

"아이고, 이 녀석아. 애를 왜 때려, 때리긴!"

"비켜 봐요! 이 정신 나간 놈. 머리에 피도 안 마른 게, 어디 여자애를 데리고 나가!"

윤 사장이 윤이서의 머리칼을 쥐어뜯자, 노인이 새파랗게 질린 얼굴로 지팡이를 휘둘렀다. 휘두른 지팡이에 팔뚝을 얻어맞은 남자가 욕설과 함께 물러났다.

노인은 득달같이 윤이서의 얼굴을 살피면서 '아이고, 아이고' 소리만 반복했다. 정작 윤이서는 눈앞의 상황에 전혀 연루되고 싶지 않은 것처럼 거렇게 죽은 눈으로 허공을 응시했다.

"사장님, 아니에요! 이서가 다희를 도와준 거라고……."

"이놈 말을 어떻게 믿습니까! 제 엄마 죽었을 때도 거짓말이나 하던 놈을!"

지켜보던 미연 언니가 용기 내어 변호해 보았지만, 윤 사장은 벽창

호처럼 화를 내며 듣지 않았다. 아예 그의 팔에 매달려 진정하라며 다독이는 언니의 눈시울이 붉었다.

노인은 지팡이로 언니를 가리키며 마구잡이로 욕설을 뱉기 시작했다. 건실한 홀아비 물어다가 아주 신세를 망치려고 했다며, 당장 두들겨 패도 시원치 않다며 소리 질렀다.

언니의 소매를 당겨 억지로 윤 사장에게서 끌어냈다. 미연 언니가 저따위 막말을 들어야 할 이유는 어디에도 없었다.

언니만 일방적으로 저 사람을 쫓아다니며 구애한 게 아니었다. 게다가 먼저 관심을 보이고 구애한 쪽은 윤 사장이었다. 그런데 왜 언니만 이따위 비난을 감내해야 하는가.

언니를 완전히 끌어당겨 뒤로 숨겼을 때, 윤 사장은 씩씩거리던 걸 멈추고 침을 뱉었다. 구둣발로 그 자리를 짓이기는 모습에서 일전에 목격했던 폭력성이 느껴졌다. 평소의 그 다정하고 인자한 척 굴던 게 가면이고, 아마 이쪽이 진짜 저 남자의 얼굴이겠지. 유심히 지켜보던 가운데 남자가 윤이서의 손목을 붙잡았다.

"서울로 돌아가자."

윤이서가 두 눈을 부릅떴다. 나 역시 마찬가지였다. 이미 알고 있던 소식이었는데도 심장이 요동치듯 흔들렸다. 빨라지는 맥박에 손끝이 덜덜 떨렸다. 진짜로 떠나는 건가. 하얗게 질린 아들을 내려다보며 윤 사장이 쯧 혀를 찼다.

"네 할머니 뜻이야. 별수 없어."

윤 사장의 말이 사실이라는 걸 증명하듯 노인이 이서의 등을 토닥이며 연신 중얼거렸다.

"우리 손주, 괜히 예까지 내려오느라 고생했지? 얼굴이 그새 상했어."

윤이서는 아무 말도 하지 않았다. 줄이 끊어진 인형처럼, 그저 등을 떠미는 노인의 손길에 못 이겨 걸음을 옮겼다. 터덜터덜 멀어지는 녀석의 뒷모습을 보다가 풀썩 소리에 놀라 돌아보았다. 미연 언니가 눈물 가득 고인 눈으로 빈자리를 내려 보다가 나지막이 흐느꼈다.

울먹이는 언니가 내 몸을 와락 끌어안았지만, 그녀의 신경이 온통 윤 사장에게 쏠려 있음을 알았다. 오히려 내게 표정을 보이기 싫어서 끌어안은 느낌이었으니까.

나를 되찾았다는 안도 때문인지, 윤석호와 이별하게 될 거라는 직감 때문인지. 무언인지 모를 이유로 울음을 그치지 못하는 언니의 모습이 퍽 처량했다.

"다희야, 너 괜찮아?"

"야, 이 정신 나간 것아! 어제 날씨가 그 모양인데 어딜 튀어 나간 거야!"

윤 사장과 노인이 떠나자 마당 안쪽에서 구경하던 언니들이 뒤늦게 우르르 몰려왔다. 더러워진 내 몰골을 보며 놀라기도 하고, 누군가는 어디를 다쳤느냐며 발목 이곳저곳을 더듬었다. 괜찮다며 중얼대는 내 모습에 누군가 지난밤의 상황을 설명해 주었다.

윤이서의 할머니가 밤늦게 다방으로 들이닥치더니 어디서 뭘 듣고 왔는지 미연 언니를 내놓으라며 윽박질렀다고 한다. 제 모친이 실랑이를 벌이는 동안, 당연히 윤 사장은 코빼기도 보이지 않았다고. 그사이 미연 언니는 쪽방에 숨어 오들오들 떨어야 했다.

다른 레지들이 마당을 점거하듯 막지 않았더라면 노인은 기어코 들어와서 언니의 머리채를 붙잡았을지도 몰랐다. 그 삭막한 분위기 속에서 당연히 아무도 내 부재를 알아차리지 못했다. 밤이 아주 깊었을 때쯤, 천둥이 거세진 후에야 하나둘 나를 찾기 시작했다고.

"얘, 다희야. 너 열나잖아!"

어떤 언니가 깜짝 놀라 소리치며 내 이마를 짚었다. 뾰족하게 다듬은 손톱이 이마를 가볍게 스치며 지나갔다. 따끔했지만 시원한 손길이 금세 통증을 잊게 했다. 아까부터 눈앞이 흐린 게 피곤하고 지치기 때문만이 아니었나 봐.

"다희야? 다희야!"

윤이서는 지금 무슨 생각을 하고 있을까. 함께 도망가자고 했을 때, 고개라도 끄덕일 걸 그랬나. 괜한 희망을 남겨 주기 싫어서 그랬던 건데 그마저도 그 애한테 상처를 입히는 행동이었을까. 덜컥 겁이 났지만, 초조하고 두려운 마음과 반대로 눈꺼풀은 야속하게만 내려갔다.

너도 지금…… 내 생각을 하고 있을까.

닭이 우는 소리에 눈을 떴다.

꿈을 꾸지 않았는데도 눈을 뜨자마자 한기에 소름이 끼쳤다. 식은땀으로 축축하게 젖은 베개가 불편했던 잠자리를 증명했다. 이마의 땀을 닦고, 목덜미에 달라붙은 머리카락을 떼어 내 질끈 묶었다.

높이 틀어 올린 머리카락이 동그랗게 거울에 비쳤다. 문득 창호지 너머로 들어오는 은은한 빛에 소스라치게 놀라 일어섰다.

열이 펄펄 끓어 언니들의 간호를 받고, 또 울먹이는 미연 언니를 위로하다가 까무룩 잠이 들어 버렸다. 어느새 새벽을 맞이한 쪽방의 풍경을 보니 스산한 예감이 몰려왔다.

윤이서는…… 이미 떠났을까? 지금 가면, 어쩌면 시간에 맞출 수 있을지도 몰라. 아직 새벽이잖아. 희망 사항을 중얼거리다가 색색 내뱉는 숨소리에 옆을 돌아보았다.

미연 언니가 불편하게 몸을 말고서 자고 있었다. 이불도 제대로 덮지 못한 모습에서 감출 수 없는 피로가 엿보였다. 밤새 내 이마를 닦아

주었는지, 손에는 바싹 말라붙은 물수건이 들린 채였다. 그걸 보니 울컥하는 마음에 눈가가 뜨거워졌다.

일단 나가 보자. 언니가 깨지 않도록 조심조심 움직이면서도 덜덜 떨리는 손끝만은 어찌할 수 없었다. 덜컥 소리와 함께 문이 열리자마자 헛기침 소리가 지척에서 들렸다. 혹시 싶은, 반가운 마음은 상대를 발견한 찰나 안개처럼 사라졌다.

마루에 앉은 김 마담이 담배를 뻑뻑 피워 댔다. 댓돌 아래쪽에는 새벽이 지나가는 동안, 그녀가 피우다 버렸을 꽁초가 수북하게 쌓여 있었다. 혹시나 윤이서의 할머니가 다시 찾아와 미연을 괴롭힐까 봐 내내 자리를 지킨 모양이었다. 어쩌면 내가 도망갈지도 모른다는 생각일수도 있고.

"그러니까, 왜 진작 말을 안 들어."

굳은 내 얼굴을 곁눈질하던 마담이 불만 섞인 음성으로 뇌까렸다. 그녀가 내뱉은 한숨이 매캐한 담배 연기와 한데 섞이며 허공을 잿빛으로 물들었다. 지켜보기만 해도 가슴이 답답하게 무거워지는 풍경이었다. 연기가 서서히 밝아지는 하늘로 올라가 투명하게 사라졌다.

"얘기했잖아. 윤 사장네 아들내미하고 친하게 지내지 말라고."

그랬다. 마담은 분명히 경고했었다. 내가 그 경고를 대수롭지 않게 여겼을 뿐이지. 언니들이 이 동네 남자애들과 깊이 어울리지 말라며 툭 툭 던지던, 평소의 충고와 비슷한 무게를 지닌 것으로 느껴졌으니까. 마담이 담배를 바닥에 내던지며 짧게 말했다.

"떠났다."

순간 숨 쉬는 것조차 잊었다. 설마설마하면서 부정하던 사실에 대못을 콱 박아 준 느낌. 네가 아무리 부정해 봤자 이미 그 애는 떠났노라고, 밝아 오는 아침 햇살이 눈이 시릴 만큼 환하게 일러 주고 있었다.

"떠났어. 둘 다."

"……."

"그 집 할망구가 난동 부릴 때 알아봤지. 예나 지금이나 똑같은 집구석이야. 변한 게 하나도 없어."

새로운 담배 한 개비를 찾던 마담이 별안간 입을 다물었다. 동시에 인기척을 느끼고서 멍하니 뒤돌아섰다. 반쯤 열린 문 너머로 미연 언니가 창백한 얼굴로 서 있었다. 내가 깨서 바스락대는 소리에 같이 눈을 뜬 모양이었다. 언니는 믿기 힘든 현실 앞에서 빠르게 무너졌다.

"떠나다뇨? 윤 사장님이…… 떠나셨어요?"

김 마담이 문을 닫으려는데, 미연 언니가 맨발로 달려 나오다가 문턱에서 넘어졌다. 앞으로 고꾸라진 언니의 상체를 마담이 엉겁결에 두 손으로 지탱했다.

철없는 것아, 호통치며 언니의 등을 마구 때리는 마담의 표정도 어딘지 서글프게 일그러졌다. 눈가에 눈물이 그렁그렁 맺힌 언니의 얼굴이 부모 잃은 아이처럼 엉망으로 구겨졌다.

"정말로 떠나셨어요? 서, 서울 어디로 가셨는데요?"

"언니……."

"어디로 가신 거냐고요!"

힘겹게 목소리를 쥐어짜 언니를 불렀지만, 그녀는 악을 쓰며 윤 사장을 찾았다. 김 마담이 언니의 어깨를 붙잡고 세게 흔들자 헝클어진 머리칼이 바람에 힘없이 나부꼈다. 언니는 기운이 빠졌는지, 제자리에 무릎을 꿇고 주저앉아 엉엉 울었다. 마담은 성난 표정으로 목에 핏대를 세웠다.

"나도 몰라, 이것아! 고작 손님 한 명한테 뭐 그리 신경 써!"

미연 언니에게 윤 사장이 고작 손님 하나가 아니라는 걸 알면서도, 알고 있기에 더 혼을 냈다. 발이 저절로 움직였다. 댓돌에 놓인 슬리퍼를 대충 꿰어 신고서 무작정 달려 나갔다. 마당을 가로지르며 뛰어가는 동안, 커다란 슬리퍼가 헐겁게 흔들리며 불편하게 꺾였다.

"권다희! 너는 또 어디 가!"

만류하는 김 마담의 외침에도 돌아보지 않았다. 두 눈으로 직접 보기 전까지는 그 부재를 견딜 수 없었다. 숨 가쁘게 달려가는 골목 곳곳에 채 마르지 않은 비 웅덩이가 가득했다.

밟을 때마다 찰박, 소리를 내며 튀긴 흙탕물이 무릎을 잔뜩 적셨다. 언덕길을 휘청거리며 올라가는 동안 등은 또다시 땀으로 축축하게 젖어 들었다.

어릴 적부터 그토록 동경하며 지켜보던 양옥 앞에 도착했을 땐, 소름 끼칠 정도로 싸늘한 정적과 고요한 풍경을 보고 오한이 들었다. 쉬지 않고 뛰어오느라 호흡은 거칠었는데도 이상하게 한기를 떨칠 수 없었다.

흙먼지 가득한 마당에 들어서자 구석에 그대로 남은 짐 꾸러미가 보였다. 정말 간단하게 이삿짐을 몇 가지 추려 하룻밤 사이 급하게 이동한 것처럼 보이는 흔적이 가득했다. 사람이 살던 자취는 곳곳에 남았는데, 아무도 없는 ㄱ 집에서 윤이서의 부재만이 강렬하게 느껴졌다.

소리 없이 서곡을 방문했던 타향의 손님은, 그렇게 편지 한 장조차 남기지 않고서 조용히 돌아갔다.

윤이서가 서곡을 떠난 지 일주일이 지났다.

사람들은 그들이 처음부터 서곡에서 머물지 않았던 것처럼 지냈으나 마을이 워낙 좁다 보니 한 가구의 빈자리도 생각보다 크게 느껴졌다. 높은 언덕에 놓인 고급 양옥도 오래전처럼 빈집으로 돌아갔다.

주말 사이 트럭 한 대가 찾아와 양옥 마당의 널린 짐을 챙겨 떠났다.

매캐한 연기를 뿜으며 멀어지는 트럭을 두고서 동네 촌로들은 삼삼오오 모여 수군거렸다.

평소 윤 사장이 발에 불나도록 향기 다방에 드나들었던 사실을 모르는 이가 없었다. 윤 사장의 모친까지 찾아와 행패 부린 점을 뼈대 삼아 이런저런 헛소문이 덧붙여졌다.

미연 언니가 윤 사장의 아이를 가져서 이 사달이 났다, 혹은 그 집 아들에게 문제가 생겼다, 처음부터 오래 머물 생각으로 내려온 게 아니었다······. 소문은 가지각색으로 퍼졌다.

사람들은 뭐가 진실이고 거짓인지 판단할 의지조차 없어 보였다. 다방 레지들이 거짓을 조목조목 지적할 때마다 믿어 주는 손님도 드물었다.

윤이서의 말대로 산에서 구르는 바람에 업혀 돌아왔다는 변명을 하기 잘했던 걸까. 다행히 나와 관련된 소문부터 빠르게 거짓으로 판명되어 잠잠해졌다.

개학 후 내가 헛소문에 시달리게 될까 봐 걱정하던 언니들도 다행이라며 웃어 주었다. 그들이 제일 열정적으로 내 의혹을 벗겨 주려고 암암리에 노력했음을 모르지 않아 무척 고마웠다.

일상은 생각보다 조용하고 차분하게 흘러갔다. 다방 언니들은 때때로 내 눈치를 보기도 하고, 일부러 농담을 던지며 분위기를 띄워 주기도 했는데 정작 나는 아무렇지도 않았다. 마당에 서서 흔들리는 은행나무 잎을 마주할 때면, 어쩌면 지난 일이 전부 꿈이나 환상 같은 게 아니었을까 생각했다.

비좁은 쪽방, 이리저리 구불거리는 골목길, 청재사로 향하는 산길과 그 너머의 절벽. 윤이서와 돌아다녔던 장소를 다시 찾아보아도 마찬가지였다. 처음부터 윤이서를 만난 적이 없던 것처럼 마음이 평온했다.

다만 윤이서가 기다렸을지도 모른다는 생각에 읍내 정류장은 방문하지 못했다. 그저 그뿐이었다.

하지만 미연 언니는 나와 달랐다. 언니는 윤 사장이 서곡을 떠난 날부터 시름시름 앓기 시작했다. 다른 사람들은 병의 원인이 무엇인지 잘 알았고, 약이 없다는 걸 알았기에 구태여 병원에 데려가지 않았다. 이따금 머리맡에 앉아 울지 말라며 다독여 주는 게 내가 할 수 있는 전부였다. 다정하고 애틋한 위로에도 언니는 전혀 울음을 그치지 못했다.

며칠간 밥도 제대로 먹지 못하고 눈물로 베갯잇만 적시기 바쁜 언니의 모습에 다방의 분위기도 우울하게 잠겼다. 마담은 언니의 식사를 챙겨 주면서도 냉큼 자리 털고 일어나라며 타박하기 바빴다. 그게 김 마담 나름의 위로였겠으나 언니에게 도움이 된 것처럼 보이진 않았다.

미연 언니의 상태는 이틀 전, 포주 강씨가 찾아온 다음부터 더욱 심해졌다. 포주가 무슨 말을 했는지 모르겠으나 언니는 그날부터 울음을 그쳤다. 대신 쪽방 구석에 기대앉아 멍하니 천장을 보는 날이 잦아졌다.

김 마담은 가끔 나를 심부름 핑계로 내보낸 다음, 그런 언니를 붙들고 어떤 내화를 나누기에 여념이 없었다. 언니는 입을 열지 않았고 고갯짓으로만 대답을 대신했다. 두 사람이 무슨 대화를 하는지 알 수 없었지만, 분위기를 통해 무거운 주제라는 것만 짐작했다.

"언니, 잠깐 일어나 봐."

김 마담에게 오전 내내 붙잡히느라 진이 빠진 언니가 힘겹게 눈을 떴다. 언니의 머리맡에 쪼그려 앉은 채 어깨를 흔들어 댔다. 언니는 손등으로 눈가를 비비며 짧게 하품했다. 앓아눕는 동안 야윈 언니의 볼이 홀쭉했다.

"배고파? 라면 끓여 줄까?"

"언니한테 할 말 있어."

상체를 일으킨 언니를 마주 보면서 뜸을 들였다. 언니는 여전히 무슨 생각을 하는지 모르게 몽롱한 얼굴이었다. 다만 눈가에 실린 피로감으로 보아, 이야기를 마치고 나면 다시 잠에 빠질 듯했다. 왜 그러냐고 물어보듯 응시하는 시선을 마주하다가 질문을 던졌다.

"윤 사장, 보고 싶어?"

무의식적으로 무릎을 만지작거리던 언니의 손이 움직임을 멈추었다. 쉽사리 대답하지 못하는 언니의 눈빛이 가늘게 떨렸다. 그럴 법도 했다. 그날 이후로 언니 앞에서 내가 윤 사장 이야기를 꺼낸 적이 없었으니까. 차분하고 담담하게 지난 시간 고민했던 이야기를 입에 담았다.

"언니 이러는 거 처음 봐서, 그래서 신경 쓰여. 이러다 정말 쓰러질까 봐 솔직히 매일 걱정했어. 나만 그런 거 아니야. 다방 언니들도 나랑 똑같이 생각할 거야."

"미안해."

"사과 듣고 싶어서 하는 말 아니야."

언니의 손을 꽉 잡았다. 악력을 느낀 언니가 숙였던 고개를 다시 들었다. 그 눈을 똑바로 응시하면서 또박또박 속삭였다.

"언니, 정 못 참겠으면 나랑 서울로 가 보자."

"뭐?"

"윤 사장 만나러 한번 가 보자고."

다소 무모하게 내뱉은 말에 언니의 눈이 크게 뜨였다. 처음에는 의아하다는 눈초리를 보냈으나 진지한 내 태도에 농담이 아니라는 걸 느꼈는지, 얼굴이 창백해졌다. 고개를 절레절레 흔드는 언니의 눈빛에 짙은 체념이 깃들었다.

"명옥 언니가 절대 허락 안 할 거야."

"당연히 몰래 떠나야지. 솔직히 알면 보내 주겠어?"

"다희야. 언니가 왜 그러는지 알잖아? 포주가 알게 되면…… 우리 둘 다 큰일 나."

"새벽에 조용히 도망가면 돼. 나 실수로 잠들면 큰일이니까, 언니가 밤에 깨워 줘. 눈만 뜨면 바로 출발하는 거야."

고집스레 언니의 말을 하나하나 반박했다. 그녀는 더 설득할 수 없다는 걸 느꼈는지, 내 손을 그러쥐면서 한숨을 내쉬었다. 그런 언니의 눈빛을 외면하면서 계획했던 내용만 술술 불었다.

"옷은 서울에서 사면 되니까 지갑만 챙기자. 짐은 중요한 것만 챙겨서 화장대 서랍에 넣어 두고. 그럼 눈 뜨자마자 바로 들고 나갈 수 있어."

열심히 의견을 펼쳐 보았으나 언니는 고개만 저었다. 거절하는 의사에 불만이 샘솟았다. 매일 축 늘어져 있을 바에야 서울로 올라가서 제대로 문제를 끝맺는 게 훨씬 좋지 않나. 언니를 위해서라면 그럴 수 있는데. 재촉하듯 손목을 당기자 언니는 아예 그 손을 놓았다.

"안 돼. 그렇게 못 해."

"왜 못 해?"

"너 학교도 다녀야 하는데 어떻게 서울을 가. 괜히 이럴 필요 없어. 언니 괜찮아."

"하나도 안 괜찮아 보여."

학교는 자퇴하면 그만이잖아. 덧붙인 말에 언니의 표정이 굳었다. 매사 헤실거리던 언니답지 않게 타이르는 눈빛이 엄해서, 순간 언니가 나보다 훨씬 어른인 것처럼 느껴졌다. 언니는 어릴 적 학교를 제대로 다니지 못한 탓인지, 내 학업을 유난히 신경 쓰는 부분이 있었다.

"나도 다 알아, 언니 마음. 일이 이렇게 된 건 내 탓도 있으니까."

변명처럼 중얼거린 말에 언니가 깜짝 놀라 소리쳤다.

"그런 거 아니라니까! 누가 그래? 누가 너한테 그렇게 말했어?"

"말 안 해도 다 알아, 눈치껏. 내가 윤이서랑 가까워지지 않았으면…… 두 사람 정말로 결혼했을지도 몰랐다는 거."

언니가 안절부절못하며 내 팔을 잡았다. 억지로 끌어안으려는 손길을 뿌리치며 입술을 꼭 깨물었다. 왠지 눈시울이 시큰해서 다시 말을 잇기 전에 몇 번이고 숨을 골라야 했다. 격해진 감정을 겨우 다스린 끝에 침착하게 언니를 보았다.

"나 정말 걔랑 아무 사이도 아니었어. 정말이야. 언니가 윤 사장이랑 결혼해도 나 아무렇지 않을 자신 있었다고."

"다희야, 이서는…… 그 애는 아니었을 거야. 그 애는 너 좋아했었어. 계속 도와주고 챙겨 줬잖아. 너 보러 다방까지 오기도 했고."

"만약에 윤이서가 진짜로 나 좋아했으면, 그게 뭐. 어차피 나한테는 언니가 더 소중해."

마지막 말에 언니의 몸이 움찔 흔들렸다. 놀라서 굳어진 얼굴과 점점 붉어지는 언니의 눈가에 시선이 꽂혔다. 파르르 떨리던 콧잔등도 이내 발갛게 물들었다. 내내 눈물을 쏟아 내느라 짓무른 눈가가 다시금 젖어 들고 있었다. 울지 말라고 타박하며 나 역시 코끝을 훌쩍거렸다.

"언니 이러는 모습 더 못 보겠어. 서울 가서 윤 사장 만나면 언니도 기분 좋아질 거야. 어쩌면 언니한테 다시 결혼하자고 할지도 모르잖아. 그러면……."

"고마워, 다희야."

횡설수설 이어 가던 말을 멈추고 고개를 숙였다. 무릎을 들어 더 가까이 다가온 언니의 손길이 느껴졌다. 눈물로 떨리지만 다정함이 담긴 언니의 음성에 말문이 턱 막혔다.

그래, 나한테 언니만 있으면 충분해. 언니한테도 나만 있으면 충분할 거야. 서울로 올라가서 윤 사장을 못 만나더라도 우리는 괜찮을 거야.

"언니가 다희 많이 좋아해, 알지?"

"당연한 소리 그만하고 일어나, 얼른. 남들한테 들키기 전에 준비 다 끝내야 하니까."

230

언니는 물끄러미 내 얼굴을 보다가 오른손을 뻗었다. 조심스럽게 뺨을 쓰다듬어 주는 손길이 애틋해서 가슴이 울렁거렸다. 그만하라고 고개를 옆으로 피했지만, 언니는 고집스럽게 쫓아와 기어이 내 몸을 끌어안았다.

마주 안은 몸으로부터 따듯한 고동이 느껴졌다. 가족의 사랑이라는 안정감이 불안한 가슴에 스며들었다.

"우리 다희, 언제 이렇게 컸어. 이제 언니 없어도 잘 살겠네."

언니는 연신 내 등을 토닥이고 쓰다듬으며 울먹였다. 또다시 울음보가 터진 언니의 팔을 꽉 잡고 숨죽였다. 누구를 달래 주는 데 영 재주가 없었지만, 이 정도 품은 빌려줄 수 있었다. 언니의 품은 보드랍고 따듯해서 하나도 귀찮지 않았다.

꼭 둘이서 몰래 서울로 올라가야지. 연신 다짐하면서 쪽방을 살폈다. 챙겨 갈 짐이 많지 않아 오히려 다행이었다. 윤이서가 선물로 준 엽서와 옷가지 몇 벌, 현금만 간단하게 챙길 계획이었다. 언니한테 윤 사장의 명함도 있을 테니, 서울에 도착한 다음 전화를 걸어 봐도 좋을 터였다.

미미하게나마 희망을 더듬으면서 오늘따라 멀게 느껴지는 밤을 기다렸다.

그날 밤은 유독 눈이 감기질 않았다.

서곡을 떠난다. 향기 다방서 자라나면서 아주 가끔 상상도 해 보았으나 결국 말도 안 된다면서 고개를 저었던 일이다. 내가 과연 서곡을 떠나서도 잘 살 수 있을까.

생각해 보니 포주가 도망친 레지들을 기어이 붙잡아 끌고 왔다는 이야기를 괴담처럼 들은 기억이 있었다. 우리는 어디까지 안전하게 도망갈 수 있을까?

미연 언니와 함께 누운 자리가 따뜻했다. 오랜만에 언니와 꼭 손을 붙잡고서 잠에 빠졌다. 요즘 자주 잠을 설치던 언니였기에 나를 깨워주는 데 무리가 없으리라고 판단했다.

정해진 박자로 울리는 등 너머의 박동을 느끼면서 안도감으로 눈을 감았다. 불안을 애써 떨치고 잠에 빠진 건, 내 실수였다.

아침에 눈을 떴을 때, 이불은 소름 끼치도록 서늘했다. 비슷한 감각을 고작 일주일 전에 느낀 적 있었으므로 공포감이 더해졌다. 반사적으로 등 뒤를 더듬었다. 손에 아무것도 걸리지 않는 걸 알면서도, 차마 무서워서 돌아볼 수가 없었다. 한참 후에야 바닥을 짚고 몸을 일으켰다.

미연 언니는 어디에도 없었다. 심장이 철렁 내려앉아 가슴이 섬뜩해졌다. 황급히 일어섰다가 힘 풀린 다리가 비틀비틀 흔들리면서 그대로 털썩 주저앉았다.

엉금엉금 기어서 화장대 서랍을 열어 보았다. 언니가 지난밤 넣은 짐이 그대로 들어 있었다. 대체 뭔가 싶어서 거울을 바라보는데, 끼익 소리와 함께 문이 열렸다.

"권다희."

화창한 아침 햇살이 방으로 쏟아져 들어왔다. 눈이 부셔서 인상을 찡그렸다. 문가에 김 마담이 서 있었다. 몰래 옷장에 숨겨 둔 가방이 그녀의 손에 들려 있었다. 마른침을 꿀꺽 삼키고 쳐다보는데, 마담이 화를 내는 대신에 바깥을 가리켰다.

"잠깐 나와."

"미연 언니는……."

"말할 테니까 얼른 나오라고."

퉁명스레 답한 김 마담이 마루에 앉았다. 익숙하게 품을 뒤져 담배를 꺼내는 모양새가 일주일 전과 별로 다를 새가 없었다. 그래서 그런지 아직도 꿈을 꾸는 기분이었다.

사실 이게 전부 꿈이면, 그래서 눈을 뜨면 아주 옛날로 돌아가는 건 아닐까. 멍청한 잡념을 이어 가면서 마루로 걸어 나왔다.

김 마담은 불붙인 담배를 깊이 빨아들이며 인상을 찡그렸다. 햇볕이 너무 강했다. 시끄럽게 울어 대는 매미 소리와 땅 위로 피어오르는 아지랑이에 정신이 어질어질했다. 눅눅하고 습한 여름 더위에 숨통이 갑갑했다.

"놀라지 말고 들어라."

마담 옆자리에 쪼그려 앉음과 동시에 그녀가 담뱃재를 툭툭 털었다.

"황미연, 이미 서곡 떴다."

떨어진 담뱃재가 숯처럼 까맣게 타들어 갔다. 바람이 불어 엉망으로 흩어지는 재 가루에 눈이 따가웠다. 고요하던 몸이 사시나무처럼 떨려서, 손끝에 긁히는 마루가 거슬리는 소음을 냈다. 담담한 태도로 말문을 열었던 마담조차 당황했는지 담배만 뻑뻑 피워 댔다.

"떠나요?"

겨우 정신을 차리고 질문을 던질 때, 닭이 두 번째로 목 놓아 길게 울었다. 완전히 밝아 오는 아침 햇살이 마당으로 비처럼 쏟아졌다. 바람결에 흔들리는 은행나무 그림자가 길게 늘어져 발목 언저리에 닿았다. 동그란 빛무리에 스친 살갗이 따끔거렸다.

"누가 떠나요."

마담의 태도가 지나치게 평온하여 거부감이 앞섰다. 차라리 지금이라도 거짓말이라고 해 주면 좋겠는데, 여느 때처럼 유유자적한 모습에 거짓이 아님을 확신했다.

미연 언니가 밤새 정말로 서곡에서 떠나 버린 거다. 허락도 없이 떠나면 큰일 난다고 당부하던 언니가, 다른 사람도 아닌 나를 혼자 두고서.

"떠나다니, 무슨 소리예요."

"권다희."

"거짓말하지 마요…… 언니한테 아무 얘기도 못 들었어!"

주춤주춤 자리에서 일어나 슬리퍼를 찾았다. 당장 달려가서 확인할 기세를 느꼈는지, 김 마담이 얼굴을 와락 구겼다. 어떻게 나를 타일러야 하나 고민하는 그녀의 눈초리에 더욱 안달이 났다.

언니는…… 역시 혼자서 서울로 올라가 버린 걸까. 나만 여기 두고서 홀쩍 떠나 버렸을까. 어쩌면, 여태까지 나라는 존재가 내심 귀찮았던 건 아닐까. 어릴 적부터 나를 돌봐 키운 탓에 언니에게는 불필요한 책임감이 주어졌을지도 몰랐다. 겁에 질린 내 표정을 보며 김 마담이 속단하지 말라는 듯 혀를 찼다.

"얘기 끝까지 들어! 비밀로 해 달라 신신당부했으니까 너한테도 당연히 말 못 했겠지."

어서 앉으라는 손짓에 망설이다가 허리를 내렸다. 온 신경은 다방 밖을 향해 있었지만, 부스럭거리는 소리에 멋대로 시선이 돌아갔다. 마담이 늘 허리춤에 차던 전대 지퍼를 열고 있었다. 낡고 해진 전대를 뒤적이던 손가락 사이로 빛바랜 종이 한 장이 튀어나왔다. 얼핏 봐도 세월의 흐름이 느껴지는 종이였다.

"이거 봐."

"이게…… 뭔데요."

"네 차용 증서. 맨 밑에 도장 찍힌 거 보여, 안 보여."

꼬깃꼬깃 구겨진 종이를 내놓은 마담이 담배 연기를 길게 내뱉었다. 햇빛을 받은 불씨가 더 발간색으로 일렁였다. 입술 근처에 매달린 연기마저 싹싹 긁어모아 뱉어 낸 마담이 대수롭지 않게 담배를 바닥에 내던졌다. 바닥을 나뒹구는 꽁초 위로 가느다란 잿빛 연기가 피어올랐다.

"미연이, 그년이 네 빚 다 갚았다."

김 마담이 조약돌 던지듯 내뱉은 말이 가슴에 가시처럼 박혔다. 자초지종을 물어야 하는데 입술이 떨어지지 않았다. 마담은 어렵게 돌려 설명하는 재주가 없었으니, 저것은 아마도 사실일 터였다.

미연 언니가 그동안 모아 둔 돈을 탈탈 털어 내 빚을 갚았다고. 떠나기 전 마지막으로 벌인 행동이 그것이었노라고. 목까지 치민 의문이 조각조각 잘려 튀어나왔다.

"언니는, 어디로……."

"강씨가 너 잘 때 데려갔다."

기척도 느끼지 못했다. 오랜만에 언니와 손까지 꼭 붙잡고 잤는데. 손을 잡았으니 놓았을 때는 뒤척이기라도 했을 텐데.

둘이서 함께 서울로 올라가는 상상에 부풀었던 게 문제였을까. 잠들기 직전, 사랑한다며 머리칼을 넘겨 주던 언니의 눈빛이 떠올랐다. 내가 기억하는 언니의 마지막 얼굴이 고작 그런 것이었다.

"지난번에 그 난리가 나서 포주 심기를 망친 게 문제지. 동네에 소문까지 돌았으니 이제 누가 걔를 지명하겠냐는 거야."

포주는 이 좁아터진 동네에 소문이 도는 걸 경계했다. 좁고 폐쇄적인 마을이니만큼, 헛소문이 쉽사리 가라앉지도 않을뿐더러 오래도록 와전된다는 것이다. 그래서 레지들이 유부남의 아이를 갖게 되면, 몰래 병원으로 데려간다는 걸 들은 적이 있다. 그런 날이면 언니들은 두꺼운 이불로 아랫배를 덮고서 사나흘을 죽을 듯이 앓았다.

하지만 미연 언니가 그 정도의 사건을 일으킨 건 아니지 않나. 마담의 말에는 반박할 여지가 너무나도 많았다. 심지어 윤 사장은 이미 서곡을 떠난 상황이었다. 문제를 일으킨 장본인이 사라졌는데 언니마저 떠나야 할 이유가 있었을까. 해소되지 못한 의문이 답답하게 차오르는데 마담이 계속 말을 이어 갔다.

"마침 강원도 정선에 신부 구하던 총각이 하나 있다고, 그리로 시집 보냈다."

"언니가 그 사람하고…… 결혼한다는 거예요?"

"그래. 이제 그 집 식구야."

그 집 식구. 오랜 시간 공고하게 쌓아 올린 관계가 네 글자의 선으로 뚝 단절되는 느낌이었다. 모래성처럼 무너지는 관계의 잔재가 빈 쪽방에 먼지처럼 남아 있었다.

언니는 이제 향기 다방 식구가 아니었다. 김 마담의 설명에 의하면 그랬다. 다시는 서곡으로 돌아올 일도 없는 외지인. 언니는 외지인이 되기 위해서 서곡을 떠났다.

"그쪽에서도 참한 신붓감인 줄로만 알고, 다방서 일했다는 건 모를 거야. 그편이 미연이한테도 좋아. 요리 잘해, 청소 잘해…… 시모한테 귀염받을 일만 남았지."

김 마담이 떨어트린 꽁초를 지그시 짓밟았다. 쉽게 끊어지지 않고 질기게 살아나던 불씨가 완전히 꺼졌다. 마치 아등바등 이어 나가던 언니와 내 관계 같았다. 어떻게든 살려 내려고 했으나 기어이 사그라지고만 관계.

김 마담이 연신 잘된 일이라고 설명하는 걸 보면, 미연 언니의 신랑은 나쁘지 않은 상대인 듯싶었다. 나이가 너무 많은 홀아비도 아니었으며 어딘가 문제가 있는 청년도 아니라고. 그냥 혼기를 놓쳐서 잠시 시골로 내려왔다가 정착한 남자였다고.

"네 빚이야 다 갚았지만, 간곡히 부탁하더라. 자기 떠나도 너 좀 챙겨 달라고. 학교 졸업하고 제구실하기 전까지 다방서 살게 해 달라고."

언니가 몇 년간 꼭꼭 모아 둔 돈, 그리고 결혼하게 된 상대에게서 받게 된 돈. 그 돈으로 언니 본인의 빚과 내 몫마저 깔끔하게 갚았다. 김 마담이 보여 주는 장부에 그 기록이 낱낱이 적혀 있었다. 휘갈긴 사인에 목돈이 생겨 들뜬 포주의 기분이 그대로 묻어났다.

언니는 자신이 떠난 다음 내가 지낼 곳이 사라질까 봐 걱정이었을까. 구태여 마담을 붙잡고 그런 부탁을 남긴 걸 보면 확실했다. 우리 두 사람을 그나마 키워 줬다고 말할 수 있는 게 김 마담이었으니, 부탁할 상대로 잘 고른 셈이었다. 그 증거로 내 얼굴을 바라보는 마담의 눈빛이 알게 모르게 씁쓸했다.

"받아라."

마담은 전대를 뒤적여 또 다른 봉투 두 개를 내밀었다. 하나는 돈뭉치가 들어 있었고, 다른 하나는 삐뚤삐뚤한 글씨로 내 이름이 적힌 편지가 들어 있었다. 떨리는 손으로 봉투 입구를 뜯어 곱게 접힌 종이를 끄집어냈다.

언니가 미처 말하지 못한 내용이 그 편지에 빼곡히 담겨 있었다. 강 포주의 소개를 받아 갑작스럽게 시집가게 되었지만, 듣자 하니 맞선 상대가 그리 나쁘지 않았다고. 그러니까 걱정할 것 없다고. 다만 그쪽에서 자신이 다방 레지 출신이었다는 걸 모르기에 들키지 않으려면 앞으로 연락을 끊어야만 한다는 내용이었다.

앞으로 연락할 수 없으니 미안하다고 적힌 문장이 유난히 흐렸다. 마찬가지로 언니가 흘렸을 눈물 자국에 쪼그라든 글씨가 곳곳에 엿보였다. 새로운 인생을 시작하기 위하여 서곡의 인연을 전부 두고 떠나야 했을 언니의 고민과 슬픔이 편지에 오롯이 담겨 있었다.

"망할 년."

김 마담은 새로 꺼낸 담배에 불을 붙이며 일어섰다. 조금씩 떨리는 내 어깨를 답지 않게 툭 치고 나가는 마담의 눈시울이 붉었다. 쪽방에서 두 사람이 나 몰래 떠들던 건 아마 이 내용이었겠지.

아랫입술이 터지도록 세게 깨물고서 찬찬히 편지를 읽어 내렸다. 미안하다고, 사랑한다고 거듭 적힌 문장의 글씨가 진하고 굵었다.

　말미에는 윤 사장과 언니의 관계가 망가질까 봐 조금씩 나를 원망했다는 고백도 적혀 있었다. 나와 윤이서가 아니었으면 두 사람의 관계가 좀 더 다른 결말을 맞이했을지도 모른다는 원망이 문득문득 떠올라서, 그게 너무나 괴롭고 끔찍하여 자기혐오를 반복했다고.

　윤 사장이 서곡을 떠났을 무렵 그 원망과 자기혐오는 점점 더 심해진 모양이었다. 종래에는 나한테까지 안 좋은 생각을 품게 될까 봐 무서웠다고 적힌 글씨가 흐릿했다. 죄책감과 욕심에 서곡을 떠나게 되었으니, 앞으로 언니를 절대 보고 싶어 하지 말라는 당부도 적혀 있었다.

　언니는 이 편지를 쓰면서 무슨 생각을 했을까. 내가 떠나자고 말을 건넸을 때, 마지막까지 고민하던 언니의 마음에 어떤 결심이 섰을까.

　차라리 그때 솔직하게 말해 주었더라면 좋았을 텐데. 나를 싫어하게 될지도 모른다는 두려움과 불안으로 공포에 떨던 언니의 마음을 일찍 알았더라면…….

　나를 많이 좋아한다고 속삭이던 언니의 목소리를 떠올렸다. 봉투와 편지를 손에 쥐고 일어나 쪽방으로 돌아갔다. 새벽까지만 해도 언니가 누워 있었을 이불에 쪼그려 앉았다. 차갑게 식어 버린 이불의 감촉이 기분 나쁘게 다가왔다.

　마지막 용돈이라며 남겨 준 봉투 속에서는 빳빳한 새 돈 냄새가 났다. 언니가 여태 하나도 쓰지 않고 아껴 두었던 애정의 무게가 묵직했다. 봉투를 곱게 접어서 편지와 함께 화장대 서랍에 깊이 집어넣었다. 언니와 이별했다는 걸 인정하는 것 같아 다시 편지를 읽어 볼 용기가 나지 않았다.

　미연 언니는 과연 그곳에서 향기 다방을, 나를 잊을 수 있을까. 정말로 새로운 생활을 시작할 수 있을까. 먹먹한 기분을 애써 짓누르며 천장을 보았다. 새로 도배했던 천장 구석에 다시 누리끼리하게 번진 곰팡이 자국이 보였다.

　아무리 새로운 것으로 덮어 두어도 오래된 흔적이란 완전히 사라지지 않는 법이었다.

❀　　　　❀　　　　❀

　다음 날은 굵게 떨어지던 빗방울이 아침이 되고서야 잠잠해졌다.

　새벽부터 내린 장대비에 다방은 한여름답지 않은 서늘함으로 가득했다. 언니들은 바가지를 들고 나와서 마당 곳곳에 지저분하게 흩어진 나뭇잎과 잔가지를 주워 담았다.

　가끔 벌레가 둥둥 떠다니는 웅덩이를 밟을 때마다 꺅꺅 내지르는 소리가 드높게 울려 퍼졌다. 소란 피우지 말라는 마담의 외침에 눈을 떴다.

　다방 언니들은 전부 내 눈치를 보는지, 간밤에 아무도 쪽방에 들어오지 않았다. 미정 언니만 새벽에 잠깐 들어와 이마를 짚어 보고 떠났다. 또 열이 오르면 어쩌나 걱정하던 눈치였다. 끝내 세탁소집 아들과 헤어졌다는 언니의 낯이 어두웠으나 몸에는 상처가 현저히 줄어들어 보기 좋았다.

　아무도 없어 고요한 쪽방이 버겁게 느껴졌다. 이 방에서 지낸 시간이 그토록 길었는데도, 혼자 있기 힘들다는 생각이 든 건 처음이었다. 화장대 앞에 앉아 새것처럼 깨끗한 화장품을 바라보다가 쓰지 못하고 서랍을 열었다. 머리 끈을 찾을 생각이었는데, 서랍을 열자마자 엽서와 편지가 튀어나왔다.

　하나는 윤이서가 남기고 떠난 것, 하나는 미연 언니가 남기고 떠난 것. 생각지도 못하게 마주한 두 가지 물건 앞에서 할 말을 잃었다. 둘 중 어느 하나라도 함부로 치워 버릴 물건이 아님과 동시에 계속 눈앞에 두고 싶은 물건도 아니었다. 어느 걸 봐도 가슴이 울렁거려 조용히 서랍을 닫아 버렸다.

문득 지난 며칠간 옥상의 화단 상태를 잊었다는 게 떠올랐다. 오랜 장마로 꽃이 다 떨어졌으면 어떡하지. 갑작스럽게 든 생각이 무척이나 반가웠다. 무기력하게 어깨를 짓누르는 감정을 떨쳐 내고자 억지로 일어났다. 문을 열자 비가 그치고 맑게 갠 하늘이 보였다. 청명했다.

다방 홀로 들어가 찬물을 벌컥벌컥 마셔서 잠을 깨웠다. 벽시계가 오전 10시를 가리켰다. 낡은 시계추가 삐걱삐걱 흔들리자 벽시계 꼭대기에서 뻐꾸기가 모습을 드러냈다. 고장이 나서 소리 없이 앞뒤로 흔들대는 뻐꾸기 날개에 이가 다 빠져 있었다.

"쌍화차 나가요!"

빨간 땡땡이 스카프로 머리를 묶은 레지 하나가 부산스럽게 뛰어갔다. 쟁반에 올린 찻잔에 노른자가 보름달처럼 떠 있었다.

"사장님, 뭘 하다 이제 오셨어요. 아내분 미용실 새로 차리느라 바쁘셨어요?"

구석진 테이블에 앉아 신문을 읽던 노인이 왼손을 높이 들었다. 레지가 냉큼 그 앞에 앉아 찻잔을 놓아 주며 애교를 부렸다. 오랜만에 찾은 손님이었는지 레지를 바라보는 노인의 눈빛도 퍽 반가워 보였다.

"그것도 그렇고…… 섬유 공장 공장장이 갑자기 서울로 올라갔잖아. 그걸로 내내 정신이 없었지. 다른 사람들도 다 마찬가지야."

섬유 공장이라는 말에 문가로 향하다가 멈춰 섰다. 단번에 윤석호 사장의 이야기임을 알 수 있었다. 레지가 힐끔 내 눈치를 보더니, 다른 화제로 전환하고자 애를 썼다. 하지만 손님은 제 이야기를 멈출 생각이 없어 보였다.

"그 사람 떠난 날, 내가 특이한 놈을 하나 봤는데."

"특이한 놈이라뇨?"

"읍내 버스 정류장서 누굴 봤거든. 딱 봐도 어린놈인데, 자꾸 그 근처를 서성이길래 쳐다봤지. 그런데 버스를 죄 보내기만 하고 타지를 않는 거야. 대체 누구를 기다리나 싶어서 보고 또 보고…… 거참. 내가 헛것을 본 건지."

숨 쉬기 버거울 정도로 뛰는 심장에 귀가 먹먹했다. 가빠지는 숨소리가 이상했는지, 근처를 지나가던 언니가 어깨를 붙들었다. '왜 그래, 다희야. 너 표정이 너무 안 좋아. 어디 아파?' 반복적으로 물어보는 말이 뱃고동처럼 크고 불명확하게 뭉그러졌다.

괜찮아, 나 안 아파. 대충 대답하는 내 목소리도 별반 다를 바 없었다.

마당으로 나오는 동안 버스 정류장에서 한참 서성였다는 사람의 모습을 상상했다. 상상 속 윤이서는 영문자 로고가 박힌 하얀 티셔츠에 청바지를 입고 서 있었다. 버스를 살피고, 다시 읍내 입구를 살피고.

그 애는 그걸 몇 번이나 반복했을까. 바보처럼 떠나지 않고 언제까지 나를 기다렸을까.

옥상으로 올라가는 계단이 오늘따라 가파르고 높게 느껴져서, 중간에 몇 번이고 벽을 짚고 숨을 골라야 했다. 가슴이 체한 것처럼 답답하고 무거워 주먹으로 가만히 두드렸다. 퍽퍽 칠 때마다 엉망으로 뛰어대는 심장 박동이 가슴팍을 두드렸다.

진정하라고, 아무렇지 않다고 중얼댈 때마다 그 말을 부정하듯이 심장도 함께 날뛰었다. 쭈그려 앉아 떨리는 손으로 목덜미를 매만졌다. 비 오듯 흐르는 식은땀이 눈에도 닿았는지 시야가 흐렸다.

미연 언니의 부재가 가슴 시리도록 허무하여 다른 생각을 할 틈이 없었다. 그래서 윤이서의 부재를 잊고 있었다. 그 애도 서곡을 떠나 버렸는데. 옥상을 향해 고개를 들자 강한 햇빛이 계단 웅덩이 곳곳에 푸르른 녹색으로 스며들었다.

"이제 들려줄 사람도 없겠다, 좀 아쉬웠는데……."

옥상까지 올라가는 계단을 반쯤 남겨 둔 그 자리에서 또 하나의 부재를 떠올렸다. 실로 오랜만에 느껴 보는 정적의 무게가 온몸을 짓눌렀다. 소름이 끼치도록 불편하고 낯선 적막이었다. 윤이서가 매일 똑같은 시간에 나를 위해 들려준 음악의 상실이 그제야 피부로 느껴졌다.

"선배가 오늘처럼 놀러 와서 들어 주면 되겠다."

서곡에는 이제 윤이서가 없다. 앞으로 그 얼굴을 볼 방법은 존재하지 않았다. 그 애가 어디로 떠났는지, 앞으로 누구와 살게 될지조차 몰랐다. 그 애가 들려주는 피아노 연주도 들을 수 없었다.

훌쩍 떠난 미연 언니와 마찬가지로 윤이서는 서곡에 돌아오지 않을 것이며, 죽기 전까지 만날 수 없었다.

"윤이서……."

나도 모르게 그 애의 이름을 불렀다. 새어 나오는 목소리가 눈물로 뭉그러져 부정확했다. 그대로 뒤돌아 미끄러운 옥상 계단을 도로 내달렸다. 내려가는 동안 속도가 붙어, 마당을 넘고 골목으로 빠져나왔을 때는 이미 미친 듯이 달리고 있었다. 오른쪽 슬리퍼가 벗겨져도 무시하고 달렸다. 돌부리에 걸려 넘어져도 일어나 뛰었다.

이미 윤이서가 없다는 걸 알면서도 달리고 싶었다. 가서 내 눈으로 직접 그 애의 부재를 확인하고 싶었다. 마지막 미련을 버리기 위해서라도, 나한테 기약 없는 약속을 남겼던 그 애의 마음을 위해서라도.

숨 가쁘게 뛰어가 버스를 타고, 다시 달려가 겨우 읍내에 도착했다. 문득 내려다보니 슬리퍼가 사라진 오른발이 엉망이었다. 달려오는 동안 돌부리에 스치고 넘어졌으니, 발등도 발바닥도 흙투성이에 까져서 붉은 생채기가 드러났다. 이상하게 곁눈질하는 시선을 모른 체하고 절뚝절뚝 걸어갔다.

읍내로 오는 동안 시간이 흘러 해가 지고 있었다. 저물어 가는 노을이 낡은 노래방 건물 위로 엉금엉금 기어갔다. 그 건물 맞은편에 버스 정류장이 있었다. 서곡 밖으로 유일하게 나갈 수 있는 장소였다.

기다란 정류장 벤치 앞, 여름을 맞이하여 급히 설치한 파라솔이 바람에 엉망으로 나부꼈다.

벤치에는 아무도 없었다. 근처에서 버스를 기다리는 손님도, 지나가는 사람도 없어 한적했다. 해가 지는 와중에도 습하고 무더운 바람이 불어와 숨통이 훅 막혔다. 광고지가 지저분하게 덕지덕지 붙은 정류장 창문 너머로 찌그러진 쓰레기통 하나가 눈에 들어왔다. 본능적으로 그 앞까지 걸음을 옮겼다.

아무도 건들지 않아 오래도록 방치된 듯한 쓰레기통. 양철 쓰레기통 안쪽에 버린 물건 중 유독 눈에 띄는 게 있었다. 쓰레기라고 보기엔 지나치게 깔끔해서 다른 것과 동떨어진 물건이었다. 차마 지나치지 못하고 그 물건을 응시하다가 망설이지 않고 팔을 뻗었다. 허리를 깊이 숙이고서야 겨우 물건에 손끝이 닿았다.

거지처럼 쓰레기통을 뒤적거리는 내 모습을 지나가는 사람들이 힐끔거렸다. 이윽고 먼지투성이 비눗방울 장난감과 함께 자그마한 비닐 뭉치가 손에 잡혀 튀어나왔다.

무색투명한 비닐 포장지 너머로 무지개색 막대 사탕이 있었다. 리본으로 정성스레 묶어 놓은 사탕이 반으로 쪼개져 있었다.

언젠가 윤이서가 선물이라며 건넸던 물건들을 멍하니 바라보았다. 뜨거운 기운이 죄다 얼굴로 몰려가나 싶더니 서서히 눈앞이 뿌옇게 흐려졌다. 목 안쪽으로 울컥울컥 치솟던 감정이 끝내 희미한 흐느낌으로 함께 흘러나왔다. 억지로 소리를 억눌러 보아도 소용이 없었다.

"⋯⋯가지 마."

뜨거워진 눈시울을 마구 손등으로 비비자 쓰라린 통증이 밀려왔다. 더 서 있을 기운도 없어서 그대로 벤치를 부여잡고서 주저앉았다. 가슴을 쥐어 짜내며 터진 울음이 남의 것처럼 아득히 들려왔다.

차마 만져 볼 엄두조차 나지 않는 물건을 무릎에 올리고서 이를 악물었다. 정신없이 쏟아지기 시작한 울음을 주워 삼키기엔 늦은 때였다.

"너까지 가 버리면⋯⋯ 나, 나는⋯⋯."

주저앉아 어린아이처럼 펑펑 울음을 터트리는 내 모습에 지나가던 사람들이 말을 걸며 다가왔다. 괜찮으냐고, 무슨 일이 있냐고 물어보는 질문을 들을수록 더 서글펐다.

전혀 괜찮지 않았다. 뭐라고 설명해야 이 감정을 알려 줄 수 있는지도 의문이었다.

이제 더는 서곡에서 나를 위해 정성스레 피아노 연주를 들려줄 이가 없다고. 나더러 예쁘다며 귓가에 꽃을 꽂아 줄 사람도, 손에 비눗방울을 쥐여 주며 웃어 줄 사람도 없다고. 함께 도망가자며 손을 건네줄 사람도⋯⋯.

눈물이 나는 이유를 되새길 때마다 가슴에 구멍이 뻥 뚫린 것처럼 감정이 속수무책으로 빠져나갔다.

"이서야, 윤이서⋯⋯."

미연 언니에게 서울로 올라가자 건넸던 제안은, 순수하게 언니만을 위해 떠올린 계획이 아니었을지도 몰랐다. 그것은 나를 위로하는 계획이기도 했으니까.

서울로 올라가 윤이서를 다시 만나게 되면 꼭 사과를 건네고 싶었다. 그날 일부러 정류장으로 달려가지 않은 게 아니었다고, 너와 약속을 어기고 싶었던 게 아니었다고.

그래, 사실은 나도 도망치고 싶었다. 모든 걸 남겨 두고 미련 없이 서곡을 떠나고도 싶었다. 아예 아무도 모르는 장소로 떠나 새로운 인생을 시작해 보고 싶었다. 그럼 감당하기 힘든 빚을 가지고 다방에 얹혀 사는 여자애가 아니라, 그냥…… 평범하게 살 수 있지 않을까 싶어서.

평범하게 윤이서를 만났다면 이 감정을 버리지 않아도 괜찮았을 테니까. 다른 애들처럼 아무 생각 없이 윤이서가 건네는 말에 웃고 떠들다가 가까워질 수 있었을 텐데. 우리는 얼마든지 그럴 수 있었을 텐데.

그러지 못한 건 내가 무작정 그 애를 밀어 낸 탓이 컸다. 더 가까워지면 안 된다고 수차례 되뇌고 선을 긋기 바빠서.

윤이서 또한 나한테 상처를 받을 수 있다는 점을 무시했다. 알려고도 하지 않았다. 그 애의 행복한 미래를 상상하는 대신, 그 애가 가진 불행의 순간에 집중했다. 내가 가지지 못한 걸 그 애도 가지지 못했음에 안도하며 웃었다. 순간의 열등감을 떨쳐 내는 것에 급급하여 내 마음을 제대로 들여다보지 못했다. 그 결과가 지금의 상황이었다.

무릎에 올려 둔 막대 사탕 봉지 위로 눈물이 후드득 떨어져 이슬처럼 맺혔다. 반으로 쪼개 놓은 사탕 자국에서, 반씩 나눠 먹자고 짓궂게 농담을 던지는 윤이서의 얼굴이 떠올랐다.

사탕 봉지를 손에 쥐고 하염없이 나를 기다리면서 그 애는 무슨 생각을 했을까. 지키지 못한 약속이 무거운 짐처럼 가슴 언저리를 아프고 잔인하게 짓눌렀다.

무더운 여름날.

내 첫사랑은 그 시작을 알게 된 날, 설익은 채로 끝이 나 버렸다.

2부. 사랑이 어떻게 너에게로 왔는가

6장.

입추(立秋)

부드러운 빵 한쪽에 커피로 채운 배가 제법 불렀다.

볕이 잘 드는 부엌 구석에서 꾸벅꾸벅 졸다가 눈을 떴다. 어느새 길어진 햇빛이 발목까지 내려왔는지 뜨끈뜨끈했다. 다리를 가까이 끌어당기며 기지개를 켰다. 아침부터 깨끗하게 쓸고 닦아 낸 부엌 곳곳에서 반질반질 윤이 났다.

앞치마를 풀어 개수대에 얹어 두고 돌아섰다. 터벅터벅 홀로 걸어가는 동안, 멀어졌던 노랫소리가 선명하게 커졌다. 며칠 전 고물상에서 3만 원에 주워 온 레코드플레이어에서 흘러나오는 소리였다.

새카만 레코드가 뾰족한 카트리지에 긁히며 묵직한 음을 뽑냈다. 오래된 기계여도 음악 감상에는 문제가 없었다.

"달력, 지금 바꿀까?"

한참 빗자루로 마당을 쓸던 미정 언니가 안으로 들어왔다. 언니의 손에 마을 회관서 새로 받아온 달력이 들려 있었다. 재빨리 거울 옆으로 다가가 기존의 달력을 뜯어냈다. 얼마 전 물에 젖어 쭈글쭈글한 달력의 모양새가 거슬렸다. 헐거운 못을 주먹으로 대충 꾹꾹 누르며 언니에게 새 달력을 넘겨받았다.

"그건 버리게?"

"이걸 왜 버려. 나중에 포장할 때 써야지."

"어휴, 너 점점 명옥 언니 닮아 가나 봐. 애가 구두쇠가 다 됐어."

"아껴 쓰면 좋은 거지, 뭘."

뜯어낸 달력을 탈탈 털며 계산대 앞으로 향했다. 장부 위 안경을 옆으로 치우자 미정 언니가 기겁하며 달려왔다. 아, 이 안경 여기 있었네. 명옥 언니가 한참 찾았는데…… 중얼거리는 언니의 눈가에 안도감이 스쳤다.

"나 나갔다 온다."

미정 언니가 잽싸게 안경을 챙겨서 밖으로 향했다. 굳이 마담을 찾을 필요가 없는데도 떠난 걸 보니 아마도 쉬고 싶은 모양이었다. 달력을 챙겨 다가가는데 피로한 내 얼굴이 거울에 고스란히 비쳤다. 작년에 교체하여 금 하나 없는 새 거울이 깔끔하게 빛이 났다.

못에 달력을 걸고 한 발자국 뒤로 물러났다. 고등학교를 졸업하고 여덟 해나 지났는데도, 머리카락이 길어진 걸 제외하고는 변한 구석이라곤 없는 내 얼굴이 우스웠다. 귀신처럼 허여멀건한 얼굴에 고양이처럼 빼죽 올라간 눈매까지 그대로였다.

"다희야!"

바깥에서 누군가 내 이름을 다급히 불렀다. 달력에서 시선을 떼어내고 목소리가 들린 방향으로 다가갔다. 마당 한가운데서 호스로 물 뿌리느라 여념이 없던 언니 한 명이 오른손을 마구 흔들었다.

"꽃 좀 봐줘. 물만 맞았는데 이 모양이야."

가까이 다가가자 꽃대가 크게 꺾인 해바라기 한 송이가 보였다. 개화 시기를 맞이하여 샛노랗게 물든 꽃잎이 처량하게도 흔들거렸다.

"물줄기가 너무 강해서 그래. 호스 이리 줘 봐."

"그런 거야? 미안……."

"뭐가 미안해? 흔한 일인데. 들어가서 홀 정리나 해 줘."

"응, 알았어."

부랴부랴 달려가는 지혜 언니의 턱 끝에서 구슬땀이 후드득 흘러내렸다. 땅을 돌보고, 꽃에 물을 주고……. 미처 해 보지 못한 일을 하느라 언니들의 손에는 못 보던 굳은살이 많이 박였다.

그걸 볼 때마다 묘한 뿌듯함이 있었다. 피부가 새카맣게 타고 애써 칠한 매니큐어가 벗겨져도 언니들은 즐거워했으니까.

올해 서곡의 가을은 유난히도 빠르게 찾아왔다. 일찌감치 찾아온 장마가 성급하게 멎어 버리자 더위도 함께 잦아들었다. 오후를 넘기면 중천에 떠 있던 해가 금세 모습을 감추곤 했다. 그래서였는지 앞마당에 빼곡하게 심어 둔 해바라기도 이르게 꽃망울을 터트렸다.

평생 변하지 않을 듯했던 서곡의 풍경이 바뀌기 시작한 건 내가 성인이 된 후부터였다. 정확히 말하자면 본격적으로 산업 단지가 발달하기 시작했던 해. 서곡에 아파트가 들어설 거라는 소문이 돌더니, 별안간 정부에서 성매매 단속을 대대적으로 시작했다.

당연히 다방과 모텔촌도 엄중한 순찰의 대상이 되었다. 갑작스럽게 변화한 시대의 물살에 포주는 무척 당황했다. 이윽고 그의 관심이 땅 투기로 전환되면서 물장사는 끝을 맞이했다. 내게는 하늘이 준 기회나 마찬가지였다.

그동안 김 마담의 배려로 몸을 팔지 않았지만, 틈만 나면 추행하는 손님들 때문에 골치가 아팠으니까. 얼마든지 돈을 줄 테니 성인이 되자마자 같이 서울로 떠나자는 유혹도 파다했다.

만약 서곡에 미련이 남지 않았다면 곧장 떠났을 테지만, 나는 그러지 못했다. 첫사랑인 윤이서도 잊지 못했고, 혹시 돌아올지 모를 미연 언니의 존재도 내 발목을 붙잡았다.

"빚도 없겠다. 고등학교만 졸업하면 바로 떠나라, 알겠냐."

미연 언니의 부탁으로 내 생활을 돌봐 주던 김 마담조차 이별을 종용했다. 물장사가 사라지면서 다방도 같은 순서를 밟게 되리라는 걸 미리 깨달았나 보다.

나 역시 다방을 떠나 독립하기로 마음먹었는데, 그해 겨울날 문제가 하나 생겼다. 김 마담이 간암에 걸렸다는 소식이었다.

"죽을 때가 된 거다."

김 마담은 몸 상태를 알게 된 다음에도 술 담배를 끊지 않았다. 못자리나 알아보겠다며 취한 상태로 뒷산과 마을을 돌아다니는 그녀의 모습에 레지들은 발만 동동 굴렀다. 손님들의 잡담에서 말기 직전에 발견되어 수술비가 상당하다는 얘기를 주워들었다.

우스운 일이었다. 여태껏 가족이라고 생각한 건 미연 언니가 전부였는데, 막상 마담의 병환을 알게 되니 가슴이 쿵 내려앉았다. 김 마담이 그나마 미연 언니와 연결된 사람이기 때문이었을까. 아니면 지금까지 나를 거둬 보살펴 준 그녀에 대한 감사함 때문이었을까.

이유가 뭐든 김 마담을 죽게 내버려 두고 싶지 않았다. 그래서 수능이 끝난 당일, 읍내 포장마차에서 술잔치를 벌이던 포주 강씨를 찾아갔다. 마침 강씨가 서곡에 머물러서 다행이었다. 그가 아니면 마땅한 뒷배가 없는 나한테 돈을 빌려줄 만한 사람이 없었으므로.

"이 멍청한 것아, 미쳤어! 머리가 어떻게 된 거 아냐?"

마련한 수술비를 내밀자마자 김 마담은 호통을 쳤다. 마구 등을 때리는 손길에 힘껏 허리를 비틀었지만, 피할 방법이 없었다. 그냥 얌전히 맞자고 결심하고 쭈그려 앉고서야 매타작이 뚝 멎었다.

"그걸 왜 빌려, 응? 네가 뭣 하러 그놈한테 손을 또 벌리느냐고!"

미쳤다면서 마구 화를 내는 김 마담의 눈가가 새빨갰다. 마담의 얼굴에서 그런 표정을 보는 건 처음이라 한동안 넋 놓고 지켜보았다. 저 꼬장꼬장하고 입버릇 험한 여자의 눈에서 눈물을 보는 날이 오다니.

그날부터 마담은 방에 틀어박혀 내 얼굴을 보지 않았고, 꼬박 일주일이 지나고서야 밖으로 나왔다. 나오자마자 꺼낸 첫마디도 그녀다운 말이었다. 어이가 없어서 피식 웃음이 새어 나올 정도로.

"망할 년."

일주일간 무슨 생각을 했는지, 아니면 내 무언의 압박이 통했는지, 어느 쪽인지 모르겠으나 마담은 수술에 동의했다. 다방의 언니들도 조금씩 돈을 보태서 수술 후의 입원비까지 몽땅 마련했다. 무사히 수술을 마치고 돌아온 후부터 마담은 술, 담배를 몽땅 끊어 버렸다.

이때 알게 된 사실이지만, 마담은 저가 죽으면 다방 땅을 팔아서 언니들에게 나눠 줄 생각이었다고 했다. 그 돈에는 포주가 손 뻗치지 못하게 만들 계획이었다고. 하지만 언니들은 마담의 계획을 듣고도 아쉬워하지 않았다. 나도 마찬가지였다.

"지혜 언니, 어디 있어?"

"나 부엌! 차 좀 끓이려고."

지혜 언니가 부엌 문가에 서서 팔을 흔들었다. 언니의 손에 노란 주전자가 들려 있었다. 매번 마담이 끓이던 엽차도 이제 다른 사람들의 몫이 되었다.

마담은 가끔 다방에 찾아와 잔소리를 퍼붓거나 알량한 칭찬을 적선하듯 던져 주기만 했다. 내게 다방의 경영권을 몽땅 넘긴 다음부터 늘 그랬다.

"명옥 언니 언제 온대? 너한테는 얘기했니?"

"오늘 장날이니까…… 오후에나 올 것 같은데."

"그래? 꽈배기 사 오면 좋겠다. 나 그거 좋아하는데."

김 마담이 내게 향기 다방을 넘겨준 건, 오롯이 내 빚을 위해서였다. 그녀의 수술비를 마련하느라 또다시 포주에게 빚을 진 내 인생을 위해서. 뒤 사정을 모르는 서곡 사람들은 내가 김 마담의 진짜 딸이라도 된 것 같다며 놀라워했다. 죽음에 가까운 병마를 겪으니 김 마담조차 변했노라고.

사실 김 마담은 생애 처음으로 얻은 아이를 유산하고 서곡으로 오게 되었다고 했다. 삼대독자 외자식을 잃자마자 표독스럽게 괴롭히는 시모를 피해 도망쳤다고. 입원 기간이 끝나고 서곡에 돌아오자마자, 김 마담은 내게 사과를 깎아 주면서 그 이야기를 들려주었다.

"계집애였으면, 낳았어도 그 할멈이 죽였을 거야."

아이가 배 속에서 커 갈수록 아들이라는 생각이 도통 들지 않더란다. 입덧도 없었고, 복통도 없었고, 아기가 하도 얌전하기에 딸이겠구나 싶어서, 그날부터 필사적으로 기도했다고 했다. 아들이 아니라면 어차피 시모 손에 죽을 테니 차라리 태어나지 말라고…….

김 마담은 미연 언니에게서, 혹은 내게서 죽어 버린 자식의 모습을 겹쳐 보았을까. 어쩌면 다방 레지 모두가 알게 모르게 김 마담의 자식이 되어 살고 있었는지도 모르겠다.

마담은 포주 아래서 일했지만, 그나마 우리에게 돈을 벌고 살 장소를 마련해 준 사람이기도 했으니까.

"앞으로는 네가 이 다방 운영해라. 빚 갚으려면 벌어먹긴 해야 하니까……."

김 마담은 그렇게 내게 향기 다방을 넘겼다. 언니들은 막내나 다름없는 내가 하루아침에 다방 주인이 되었는데도 별 불만이 없어 보였다. 한순간에 일자리를 잃었다는 점이 더욱 불안했을 테니까.

물장사를 돌연 그만두자 당연히 손님이 현저하게 줄어들었다. 언니들도 다방에서 뭘 하면 좋을지 몰라 당황하는 눈치였다. 이따금 찾아와 행패를 부리는 인간도 있었다. 그럴 때마다 미정 언니와 함께 바가지에 소금을 담아 뿌렸다. 눈을 까뒤집고 악다구니를 쓴 다음에서야 그들의 발길이 끊어졌다.

김 마담은 어차피 죽을병 걸렸으니 원하는 내로 해 보라며 포주 강씨에게 으름장을 놓았다. 그 덕분에 유예 기간이 넉넉해졌으나 빚이 사라진 것은 아니니, 레지들은 여차하면 미연 언니처럼 결혼 시장에 팔려 갈 처지였다. 어쩌면 포주도 땅을 보러 다니느라 한동안 신경을 쓰지 못할 테니 그런 것일 수도 있고.

"언니, 차 다 끓이면 호미 들고서 뒷마당으로 나와."

"오늘 거기까지 정리하게?"

"여럿이서 같이 하면 금방 끝나."

처음 다방을 물려받았을 때, 스무 살의 봄을 맞이했던 날에는 무척 암담했다. 갓 성인이 된 주제에 이 다방을 어떻게 운영할 수 있을까. 아무리 김 마담의 신뢰를 얻었다지만, 배운 것 없이 살아온 내가 뭘 할 수 있을까. 일거리가 없어 하염없이 홀에 죽치고 앉은 언니들을 보면서 걱정이 늘어났다.

기적은 그다음 해에 벌어졌다. 아파트가 들어온다는 소문이 퍼지고 얼마 후에 우연한 기회로 서곡의 풍경이 방송을 탔다. 방송사에서 청재사의 망가진 모습을 연일 보도한 덕분이었다.

청재사의 재건이 시작되면서 그 모습을 보고자 서곡에 방문하는 외지인의 숫자가 폭발적으로 늘었다. 제아무리 낡았다지만, 향기 다방에서는 그때까지도 계속 커피와 차를 팔았다. 쌀쌀한 봄바람을 피해서 다방을 찾아온 손님을 보았을 때, 이 기회를 놓칠 수 없다고 생각했다.

"저한테 돈 좀 주세요."

"뭐?"

"남은 돈 다 긁어서 주세요. 저 한 번만 믿어 줘요."

김 마담과 언니들을 불러 모아서 한참을 설득했다. 사람들은 일주일 간 고민을 거듭하다가 나름 목돈을 모아 넘겨주었다. 그 돈으로 다방 외관을 대대적으로 수리했다. 기존의 분위기는 유지하되 위생적인 부분에 초점을 맞추었다. 손님들이 낡고 금이 간 벽과 창문, 흙먼지 가득한 처마를 보고서 돌아가지 않도록.

다방 마당도 변화가 필요했다. 장독을 전부 옥상으로 옮기고, 빈자리에 화단을 넓게 지어 해바라기를 잔뜩 심었다.

봄이 지나 여름이 되어 해바라기가 활짝 핀 풍경에 손님들은 그냥 다방을 지나치지 못했다. 안쪽으로 들어와 사진을 찍고, 겸사겸사 커피를 주문했다.

덕분에 홀에 앉아 멍하니 신문을 읽고 화투나 치던 언니들은 발에 불이 나도록 뛰어다녔다. 앞치마를 두르고 머리를 깔끔하게 올려 묶자 제법 종업원의 행색이었다.

사람들이 해바라기 가득한 마당과 간판 사진을 찍어 인터넷에 올린 후부터 손님의 발길이 더욱 많아졌다. 우리도 날이 갈수록 분주해졌다.

물론 그중 몇몇은 새로운 작업 환경에 적응하지 못하고 서곡을 떠나기도 했다. 자진해서 결혼 시장에 나선 사람도 있었다. 남편 곁에서 집안을 돌보며 살고 싶다는 언니들까지 붙잡을 자격은 나한테 없으므로 결국 다섯 명의 언니만 향기 다방에 남게 되었다.

"여기에 뭐 심으려고?"

호미를 챙겨 뒷마당으로 향한 지혜 언니가 슬그머니 물어보았다. 괭이를 들고 언니 뒤를 졸졸 쫓다가 우뚝 멈추었다. 뒷마당은 앞마당보다 훨씬 넓고 볕이 잘 들어서 뭘 심어도 잘 자랄 터였다.

"아직 고민 중이야."

"장미는 어때? 장미도 예쁘잖아."

"장미도 좋은데, 조금 특별한 걸 심고 싶어."

"왜? 향기 다방이 해바라기로 유명해졌으니까?"

맨 처음 해바라기를 심자고 했을 때 시혜 언니는 반대 의견부터 내밀었다. 너무 특이한 꽃이라는 게 이유였다. 커다란 꽃을 빽빽하게 심어 놓으면 좀 무섭기도 하다면서.

그래도 억척스럽게 해바라기를 고집한 건, 한 장의 엽서 때문이었다. 그 애가 서곡을 떠난 지 벌써 10년이나 지났는데도 보물처럼 간직한 그 엽서 때문에…….

"사실 생각해 둔 건 있어."

"그래? 뭔데?"

"확실하게 정해지면 말해 줄게."

미적미적한 대답에 언니가 못마땅한 듯 눈을 흘겼다. 얼른 땅이나 뒤집자고 언니를 설득하며 괭이를 들었다. 딱딱한 땅바닥을 괭이로 찍어 낼 때마다 돌무더기가 사방으로 튀었다. 수차례 이 자리를 뒤집고, 돌을 골라내고, 비료를 퍼다 뿌리면 제법 괜찮은 화단이 될 터였다.

그 자리에는 엽서 뒷면에 찍힌 식물을 심고 싶었다. 연갈색 파도처럼 울창하게 흔들리듯 아름다운 풍경을 보여 주던 식물. 팜파스그라스.

낯선 이름만큼이나 이국적인 아름다움을 품은 그 식물을 이곳에 심고 싶었다. 언젠가 윤이서가 돌아올지도 모른다는 희망을 품기 위해서라도.

그는 지금까지 한 번도 서곡에 돌아오지 않았다. 돈을 모은 언니들이 다방 바깥에 집을 구하고, 다방의 쪽방이 온전히 내 차지가 되고, 마담의 병치레로 진 빚을 모두 갚은 다음에도 돌아오지 않았다. 돌아오기는커녕 소식 한 줄조차 전해 듣지 못했다.

"다희야, 너 이제라도 서울서 살지 않을래."
"괜찮아요."
"왜. 혹시 그놈 기다리나."

마담의 질문에는 고개를 저었다. 미연 언니와 함께 지냈던 쪽방을 도저히 떠날 수 없다는 핑계가 꽤 유용했다. 마담은 어쩔 수 없이 백기를 들었고, 그때부터 쭉 서곡에서 살며 우리의 보금자리인 향기 다방에서 머물렀다.

그렇게 윤이서 없이, 홀로 스물여덟의 가을을 맞이했다.

대충 뒷마당의 흙을 다 정리하니, 어느덧 해가 뉘엿뉘엿 저물었다.

손님으로 북적이던 홀이 조용해지고, 언니들은 다 같이 목욕이나 해야겠다며 다방을 나섰다. 서랍장에서 목욕 바구니를 챙기는 언니들의 이마에 땀이 송골송골 맺혀 있어 보기 좋았다.

테이블의 먼지를 다시 점검하고, 부엌으로 들어가 유리컵과 접시를 닦았다. 서랍장을 열어 부족한 게 없는지 확인하다가 노래가 끊겼음을 알고 돌아섰다. 홀의 레코드플레이어가 멈춘 상태였다. 달려가서 LP를 꺼내는데 오른쪽 뺨으로 시선이 느껴졌다.

"왜요?"

가만히 물어보자 계산대 앞을 서성이던 김 마담이 터벅터벅 걸어왔다. 의자를 끌어다가 앉는 그녀의 콧등에 낡은 돋보기안경이 걸려 있었다. 미정 언니가 잘 전해 준 모양이네.

"여 앉아 봐라."

괜히 테이블 위 신문을 접었다가 폈다가 반복하던 김 마담이 툭 말을 던졌다. 안경을 연신 추켜올리는 행동에서 뭔가 할 말이 있다는 게 느껴졌다. LP를 도로 올려놓고 카트리지를 움직였다. 잔잔하게 흐르는 음악을 등지고서 다가갔다.

"뒷십 말이다."

맞은편에 앉자마자 마담이 입을 열었다. 뒷집. 두 글자에 별안간 마음이 불편하게 가라앉았다. 다방 뒤쪽 양옥은 이제 돌보는 주인 하나 없이 쓸쓸하게 자리를 지켰다. 윤 사장이 이서를 데리고 떠난 후, 아무도 이사 오지 않았으니까.

불편한 주제라는 걸 마담도 느꼈는지 표정에서 어색함이 느껴졌다. 하지만 반드시 꺼내야 할 이야기였는지 물러서지도 않았다. 그녀는 웃음기 없는 얼굴로 안경만 만지작거리다가 간결하게 이야기했다.

"강씨가 주변 땅 좀 정리하다가 들었는데 그 집주인, 올봄에 죽었단다."

요즘 서곡 부지를 이곳저곳 돌아다니며 장부를 작성하던 포주의 이야기였다. 다달이 빚을 처리하다가 만나서 이야기를 나눈 모양이었다. 습관적으로 고개를 끄덕이다가 뒷말이 귓가에 걸려 멈칫했다.

"집주인이요?"

"누구겠니."

차분하게 되묻는 마담의 표정에 변화가 없었다. 갑작스러운 윤 사장의 부고 앞에서 숨이 턱 막혔다. 아무 대답도 하지 않고서 눈만 끔뻑거렸다. 윤 사장이 죽었다고? 그럼 이서는, 그 애는 어떻게 된 걸까.

차갑게 식은 손바닥에 땀이 배어 나왔다. 무릎에 손바닥을 닦아 내면서 아랫입술을 잘근 씹었다. 어떻게 반응해야 할지 몰라 당황한 내 모습에 김 마담이 걱정스러운 핀잔을 읊조렸다.

"다 잊고 사는 줄로만 알았더니. 얼굴 보니 그건 또 아닌 모양이고."

"……"

"윤 사장네 행방 찾아 달라 부탁한 적이 있다면서?"

포주는 참 입이 가벼웠다. 그의 천성을 알면서도 물어본 내 잘못이었다. 침묵으로 대꾸하자 김 마담이 신문을 들고서 일어났다. 옛날이면 쓸데없는 짓 그만하라며 잔소리를 했을 텐데, 이제는 앙상해져 뼈마디가 도드라진 손으로 내 어깨를 두드리는 게 끝이었다.

"떠난 사람은 그만 잊어야지."

조용히 아랫입술을 깨물었다. 나도 잊고 싶었다. 잊기 싫어서 아등바등 버틴 게 아니었다. 도통 잊을 수가 없으니 나름대로 머리를 쓴 것뿐이었다. 행방이라도 알고 나면 이 마음이나마 편해질까 싶어서.

다방 옥상으로 올라가면 윤이서가 들려주던 피아노 소리가, 길거리를 거닐 때면 골목에 숨어 몰래 나누던 입맞춤이, 읍내 정류장으로 가면 그 아이가 두고 떠난 사탕과 비눗방울 장난감이 떠올랐다.

어디를 가든 첫사랑의 파편이 남아 견딜 수가 없었다. 내가 서곡을 떠나지 않는다면, 첫사랑의 기억은 평생 머릿속을 따라다닐 거라는 걸 그때 알았다. 그게 마냥 싫지만은 않아 의아한 적도 있었다.

나는 윤이서를 잊고 싶은 걸까, 잊고 싶지 않은 걸까. 여태 그 기억을 잊지 못한 건 무의식의 발로였을 터였다. 청재사에 단둘이 앉아 쏟아지는 빗줄기를 바라보면서 나누었던 약속. 그 약속을 지키지 못했다는 죄책감 때문일지도 모르고……. 어느 쪽이든 쉽게 지워지지 않았다.

"저도 노력하고 있어요."

맥없이 웃으며 그녀를 보았다. 김 마담이 바보처럼 웃지 말라며 눈을 흘겼다. 내 말을 믿는지 아닌지 모를 반응이었다. 마담을 따라 자리에서 일어나는데, 그녀가 갑자기 주머니를 뒤적여 무언가를 꺼냈다.

"참, 저번에 부탁한 일 말인데. 제주에서 일하던 사람 하나가 서곡으로 내려왔다더라."

머릿속에 전등이 번쩍 켜지는 느낌이었다. 듣던 중 반가운 소리에 성큼성큼 다가갔다. 마담은 무심히 명함 한 장을 건넸다. 명함 뒷면에 화훼 단지 주소가 적혀 있었다. 제주 서귀포시에서 막 내려왔는지, 옛 주소였다.

"시간 될 때 연락 좀 주십사, 부탁했는데 언제 줄지는 모르겠다."

발이 넓은 김 마담에게 부탁한 건 옳은 선택이었다. 기대했던 것보다 훨씬 빨리 정보를 얻었으니까. 팜파스그라스 모종을 뒷마당에 심어도 괜찮을지, 가능하다면 얼마나 심을 수 있는지 궁금했다. 질문이 산더미처럼 쌓여 하루도 부족할 지경이었다.

"오늘 연락 올까요?"

"요즘 바쁜 눈치던데……. 산업 단지 근처에 공원 짓는다고, 거기서 대량 주문이 들어온 모양이라."

최근 청재군 산업 단지는 잦은 공사로 시끄러운 나날을 보내고 있었다. 아파트가 들어선다는 소식에 따라 변화의 돌다리를 밟는 중이었다. 공장장들은 아파트 건설 업체와 상의하여 구역과 날짜를 조정해야 한다며 자주 불만을 토로하곤 했다.

그러고 보니 섬유 공장의 공장장은 윤 사장이었는데. 그 사람이 죽었으면 섬유 공장은 어떻게 되는 걸까. 윤 사장은 서곡을 떠나서도 계속 그 공장을 운영하던 눈치였다. 대부분 업무를 전화로 해결하고, 서울서 직원을 내려 보내면서.

"혹시 모르니까 연락 오는지 안 오는지 잘 살펴라."

마담의 당부에 잡념이 깨졌다. 설레는 마음으로 명함의 까슬까슬한 앞면을 손끝으로 더듬었다. 어서 뒷마당에 모종을 심고, 물을 주고, 자라나길 기다리면서 서성이고 싶었다. 다가오는 가을을 맞이하여 피어날 이파리가 궁금했다. 많은 풍경을 보고 싶었다.

엽서 속 사진을 그대로 재현한 향기 다방의 모습을.

❀   ❀   ❀

문자는 새벽이 채 지나가기도 전에 도착했다.

오후에 사무실에서 만나 이야기를 나누자는 내용이었다. 엉성한 띄어쓰기와 틀린 글자를 보아하니 나이가 제법 있는 사람 같았다. 아침에 눈을 뜨고 문자를 보자마자 가슴이 터질 것처럼 설레었다. 오늘따라 시간이 느리게 흘러 시계도 몇 번이고 확인했다.

약속 시각 한 시간 전, 외출 준비를 마치고 밖으로 나오니 자전거 앞에 선 미정 언니가 보였다. 커피를 배달하려는지 스테인리스 배달 통 뚜껑이 크게 열려 있었다. 이제 다방에서 티켓은 끊어 주지 않았지만, 가끔 커피는 배달하고 있었다. 다가가서 장소를 확인하니 마침 산업 단지 쪽이었다.

"내가 갈게. 어차피 공장에서 만나야 할 사람 있어."

"그럴래?"

미정 언니가 흔쾌히 헬멧을 넘겨주었다. 그것을 머리를 깊숙이 눌러 쓰고 핸들을 붙잡았다. 때가 타고 녹슬었지만, 매일 행주로 닦아 준 덕분에 자전거는 깔끔하고 반질반질 윤이 났다.

다방이 어려워졌을 때 배달부를 고용할 돈이 떨어지면서 직접 다니고자 마련했던 자전거였다. 시원한 바람을 맞이하면서 페달을 밟자 자전거가 부드럽게 미끄러졌다. 하품하며 마중 나온 미정 언니의 모습이 점점 멀어졌다.

찌르릉, 찌르릉 울리는 벨 소리에 골목 어귀에서 땅따먹기 하던 아이들이 와 소리를 내며 우르르 흩어졌다. 이제 얼마 남지 않은 매미들의 울음이 잔잔하게 귓가를 스쳤다. 아침 햇살이 나뭇잎 사이로 내려앉아 푸르게 눈앞을 비추었다. 기분이 좋았다.

만리항과 서백 염전 저수지를 지날 때쯤 2층짜리 보건소가 나타났다. 목이 타서 잠시 그곳에 자전거를 세웠다. 버스를 타면 금방 산업 단지에 도착하겠지만, 이 보건소를 지날 수가 없었다. 잠깐 보건소에 들어가 찬물을 얻어먹는 게 나름의 즐거움이었다.

조심스레 보건소 문을 열었지만, 관리하는 아주머니 외에 아무도 없었다. 눈이 마주친 그녀가 다정하게 인사를 건넸다. 따라서 고개를 꾸벅 숙이고, 홀리듯이 정수기 앞으로 다가갔다. 찬물을 종이컵에 담아 꿀꺽꿀꺽 넘기자 더위가 조금이나마 가시는 기분이었다.

'박 선생님은…… 외출하셨구나.'

김 마담이 병원 신세를 한창 지고 살 때, 우연히 가까워진 남자 의사가 한 명 있었다. 그의 모습이 보이지 않는 걸 보면, 오늘은 회관으로 떠난 모양이었다. 동네 노인들의 예방 접종을 위해서 가끔 외근을 나가곤 했으니까.

그는 좋은 사람이었다. 배운 것 없고 부족한 시골 여자한테도 친절하고, 어떤 흑심도 없이 웃으며 배려를 베푸는 남자였으니까. 서곡에서 흔히 볼 수 없는 성격이었다. 다방 언니 중에서는 내심 그를 마음에 둔 사람도 있는 듯했다.

잠시 소파에 앉아 에어컨 바람을 쐬다가 종이컵을 구기면서 일어났다. 파란 쓰레기통에 종이컵을 버리고 흐트러진 머리카락을 올려 머리핀으로 단단히 고정했다. 질끈 묶은 머리칼에 목덜미가 시원해져서 좋았다. 헬멧은 거추장스러워 바구니에 담았다.

보건소 밖으로 나오자 끊어졌던 매미 울음이 이어졌다. 서둘러 안장에 올라 페달을 밟았다. 좁은 논길을 빠져나오자 아스팔트 도로가 나타났다. 표지판을 따라서 이동하는 동안, 논밭은 사라지고 넓은 부지와 커다란 공장이 하나둘 모습을 드러냈다.

산업 단지가 들어선 이후부터 근처의 인파는 더욱 줄어들었다. 반대 방향의 읍내까지 향하지 않으면 사람을 만나긴 어려운 동네였다. 몇 년 전부터 꾸준히 수리를 거듭하여 깔끔하고 거대해진 공장들이 줄줄이 늘어져 잿빛 몸뚱어리를 뽐냈다.

내리막길로 들어서자 커다란 나무 그늘과 함께 자전거 거치대가 나타났다. 안장에서 내려와 문자 속 주소를 재차 확인했다. 정확한 위치를 기억한 다음, 자전거를 끌고 가 묶어 두었다. 자물쇠를 채우자 바구니에 담긴 헬멧이 덜커덩 흔들렸다.

배달 통에서 커피를 꺼내서 정문으로 부리나케 걸어갔다. 휴게실에 막 도착했다는 남자의 문자 내용을 떠올리면서 계단을 오르자, 투명한 유리창이 나타났다. 유리 너머로 넓은 휴게실을 독차지한 남자의 모습이 보였다.

낡은 검정 야구 모자를 푹 눌러쓰고 체크무늬 셔츠를 입은 중년 남자였다. 조심스럽게 문을 열자 인기척을 느낀 남자가 내 쪽을 돌아보았다. 눈이 마주친 순간에 고개를 깊이 숙여 인사했다.

"안녕하세요, 혹시 문대명 사장님 맞으세요?"

나름 살갑게 인사를 건넸지만, 남자는 나를 알아보지 못하고 멀뚱멀뚱 쳐다보았다. 조금 더 가까이 다가가며 커피를 보여 주었다.

"저는 향기 다방에서 일하는 사람인데요. 김명옥 씨 소개로 연락 부탁드렸는데……."

아아, 남자가 낮은 탄성과 함께 자리에서 일어났다. 반가운 낯으로 악수를 청하는 모습에 안도감이 찾아왔다. 가볍게 손을 맞잡고 인사를 나누는 동안, 그의 시선이 커피로 떨어졌다. 서둘러 그의 몫으로 가져온 커피 한 잔을 건네주었다.

"커피 좀 가져왔는데 시원하게 목 좀 축이세요. 제주에서 서곡까지 오시느라 고생하셨네요."

"아이고, 아닙니다. 온 김에 겸사겸사 지인 부탁도 들어주는 거지."

문 사장이 정중하게 손사래를 쳤다. 거듭 권하고서야 커피를 받아 드는 남자의 표정에 미소가 가득했다. 인심 좋은 얼굴에 통통한 체형까지, 푸근하고 부드러운 인상이었다.

"명옥 씨 말로는 사장님 부탁이라던데, 그럼 아가씨가 사장이신가?"

"네, 제가 사장이에요. 권다희라고 합니다."

"아직 젊어 보이는데 대단하시네. 어쩐지, 명옥 씨가 사장님 자랑을 아주 많이 했어요. 예쁘고 일머리도 좋고, 싹싹하다면서. 일등 며느릿감이라고."

내 귀로 듣고도 도저히 믿지 못할 칭찬 세례였다. 명옥 언니는 꼭 저런 말을 나 없는 곳에서만 한다니까……. 멋쩍게 맞장구치면서 대화를 나누었다. 남자는 서곡에 생길 공원의 조경 관리 외주를 받아 내려왔다고 말했다.

"섬유 공장 공장장이 공원 부지 주인이라 윗사람들 만나서 조정도 하고 아주 바쁘답디다."

산업 단지 근처에 시민 공원이 들어설 예정인데, 곧 들어설 아파트

와 관련하여 땅값도 톡톡히 오르는 중이라고. 그래서 서울서 지내던 공장장이 처음으로 내려왔다는 말도 덧붙였다.

공장장이라는 단어가 자꾸만 귓가에 걸려서 미간을 찌푸렸다. 아무래도 윤 사장이 죽고 그 후임으로 내려온 담당자가 있는 모양이었다.

"젊은 양반이 내려와서 공장장이라고 소개해서 깜짝 놀랐는데, 아가씨고 그렇고. 요즘 젊은 사람들 참 대단하네요."

"공장장께서도 새로 부임하신 건가요?"

"소식이 늦으셨네. 부임하신 지는 한 달도 안 되었다고 들었는데, 정확한 건 잘 모릅니다."

남자가 너털웃음을 터트렸다. 그도 조경 관리 때문에 공장 근처를 둘러보느라 몇 번 마주친 게 다라고 했다. 자꾸만 마음에 걸리는 기분이 들어서 그의 말을 곰곰이 되짚어 봤지만, 특별히 이상한 부분이 없었다. 근데도 목에 걸린 가시처럼 생각이 씻겨 내려가질 않았다.

"마침 옆 사무실에 계시는데, 같이 인사라도 드릴까요?"

옆 사무실이면…… 그제야 뭔가 깨닫고 아, 소리를 냈다. 커피에 붙여 놓은 포스트잇에 적힌 주소가 바로 옆 사무실이었다.

"그럼 커피 주문하신 분이 그분이신가 봐요. 배달 장소가 201호 사무실이더라고요."

"정말입니까? 이런 우연히 있나, 바로 인사하러 가죠."

남자가 손뼉을 치면서 문가로 향했다. 덩달아 그를 따라 걸어가며 커피 상자를 고쳐 쥐었다. 그래, 어차피 배달도 목적이었으니까. 모종 얘기는 조금 천천히 진행해도 괜찮겠지.

복도로 나오자 휴게실보다 시원한 바람이 쏟아졌다. 천장에 달린 에어컨에서 내려오는 바람이었다. 다방에도 에어컨을 설치하면 조금 시원하려나. 뭉개진 정수리 쪽 머리카락을 대충 손끝으로 정리하며 사무실 앞에 섰다. 남자가 먼저 노크하면서 문을 열었다.

"공장장님, 점심 아직이십니까?"

다정하게 건네는 인사와 함께 문이 닫혔다. 사무실의 공기는 복도보다 훨씬 차가웠다. 나도 모르게 오한이 들어 벽을 보았다. 벽에 붙은 네모난 수조에는 눈이 커다란 금붕어 몇 마리가 넓은 수조를 유유자적하게 돌아다녔다. 그 옆에 가지런히 놓인 먹이 봉지와 아이스크림 수저가 귀여웠다.

시선은 자연스레 사무실의 풍경을 확인했다. 다방 쪽방보다도 넓은 공간이었다. 새하얀 벽과 천장에 먼지 하나 보이지 않고, 대신 코끝을 스며드는 방향제 향기만이 허공을 떠다녔다. 비누처럼 깔끔하고 가슴이 상쾌해지는 향기였다.

"아, 네. 서류 검토하느라 깜빡했습니다."

"아무리 바빠도 끼니는 챙기셔야죠. 중요한 일 앞두신 분께서."

문 사장의 뒷모습에 가려져서 공장장의 얼굴이 보이지 않았다. 하지만 딱딱하고 서늘한 목소리가 귓속을 파고든 순간, 가슴이 바싹 마르는 듯하여 고개를 들었다.

근처 테이블에 커피를 내려놓길 잘했다는 생각이 들 정도로 손도 세차게 떨기 시작했다. 수조의 물그림자에 허옇게 질린 내 얼굴이 비쳤다. 금붕어가 내 속도 모르고 꼬리를 나풀나풀 흔들었다.

"참, 커피 배달시키셨죠? 제 손님으로 오신 분인데, 알고 보니 카페 사장님이셨지 뭡니까. 직접 배달까지 오셨답니다."

"사장님께서 직접?"

혹시, 하는 생각이 머릿속을 강타했으나 그 가정이 틀릴까 봐 두려워 고개를 돌리지 못했다. 시선을 바닥에 고정한 채, 떨리는 손으로 애꿎은 의자만 꽉 붙들었다. 이거라도 붙잡지 않으면 다리에서 힘이 풀릴 것만 같았다. 그럴 리 없는데, 그럴 수도 있다는 희망에 숨이 턱턱 막혔다.

"다희 씨, 이쪽이 새로 오신 공장장님이십니다. 윤 사장님이에요."

확인하지 말라고 외치는 마음과 달리, 고개는 먼저 왼쪽으로 움직였다. 옆으로 비켜서는 중년 남자의 배려에 가려졌던 공장장의 얼굴이 나타났다. 크리스털 명패에 박힌 이름 석 자가 시야 구석에 박혀 아른거렸다.

시골 풍경에 전혀 어울리지 않는 검정 정장 차림. 목을 반듯하게 조인 넥타이와 각 잡힌 셔츠 칼라. 다부진 체격에 선명한 이목구비. 이렇게나 멀리 떨어져 있는데도 코끝을 간질이는 그의 향기. 턱을 괸 남자의 손가락이 천천히 책상으로 떨어졌다.

여름날, 언제인지도 모르게 조용히 가시처럼 박힌 첫사랑.

윤이서가 눈앞에 앉아 있었다. 말문이 턱 막혀서 인사도, 대꾸도 하지 못한 채 얼어붙었다. 긴장으로 움츠린 어깨가 창피했다. 한눈에 알아본 얼굴이 반가우면서도 머릿속이 점점 새하얘졌다. 예상치 못한 재회에 당황한 건 나뿐이었는지, 윤이서는 무감하게 시선을 내렸다.

뭘까, 저 표정은. 이렇다 할 반응이 없는 그의 모습에 굳은 어깨에서 힘이 풀렸다. 나를 알아보지 못했나 싶을 만큼 무감한 얼굴이었다. 문 사장이 윤이서에게 몇 마디를 더 건넸지만, 대화는 길게 이어지지 못하고 끊어졌다.

"급한 일이 있었는데 깜빡했네요. 볼일 좀 보고 오겠습니다."

"아, 네, 그러시죠."

윤이서가 갑자기 손목시계를 확인하며 일어났다. 문 사장은 흔쾌히 길을 터 주며 꾸벅 고개를 숙였다. 훨씬 젊은 청년에게도 깍듯이 구는 모습을 보니, 윤이서가 새로운 공장장이라는 사실이 새삼 실감 났다.

"수고하십시오."

차분한 목소리와 함께 윤이서가 문 쪽으로 성큼성큼 다가왔다. 다시 눈이 마주쳤건만, 이번에도 꿀 먹은 벙어리가 되어 버렸다. 굳어 버린 입술이 움직이지 않아서 조용히 고개만 숙였다. 어깨를 툭 스치는 옷깃의 느낌이 서늘했다. 그는 말 한마디 없이 그대로 옆을 지나쳤다.

가슴이 쿵 내려앉았다. 알아보지 못한 걸까, 아니면 일부러 모른 척하는 걸까. 내 얼굴이 그렇게까지 변했던가? 등 뒤로 문이 닫히는 소리가 들린 후, 나도 모르게 손으로 얼굴을 더듬었다. 건조한 피부가 평소보다 조금 뜨거웠다.

생각해 보면 지금까지 걸린 시간이 꼬박 10년이었다. 윤이서의 모습이 변한 만큼 내 얼굴도 변했을 거라는 뜻이었다. 나야 매일 거울로 통해서 보는 게 내 얼굴이니 변한 점을 모르겠지만, 타인의 눈을 통해서는 아닐 터였다. 윤이서도 예전에 비해 앳된 티가 많이 사라지지 않았던가.

"우리도 이만 나갈까요."

공장장과 인사를 나눴다는 사실에 들떴는지, 문 사장이 싱글벙글 웃는 낯으로 다가왔다. 멍하니 바닥만 내려다보던 시선을 억지로 끌어 올렸다. 손끝이 차게 식은 탓인지 몸이 삐걱거렸다.

윤이서를 다시 만나서 기뻐하기도 모자랄 시간에 두려움이 앞섰다. 왜 나를 못 알아보는 거지? 왜…….

"참, 그래서 어떤 걸 물어보려고 하셨죠?"

문 사장이 질문을 던져 주지 않았다면, 입 한 번 벙긋하지 못한 채 넋을 놓았을지도 몰랐다. 그 관심을 달갑게 받아들이며 입술을 달싹였다. 정신없는 와중에도 처음의 목표를 떠올리자 생기가 돌았다.

그래, 우선 이것부터 해결하자. 윤이서가 공장장으로 내려왔다면, 얼굴을 다시 볼 기회란 또 생길 테니까.

"그게, 모종 때문에요. 뒷마당에 심고 싶은 화초가 있어서요."

"어떤 화초입니까?"

암담한 기분을 억지로 무마시키며 대화에 응했다. 휴게실로 돌아가면서 팜파스그라스 모종을 요청하는 동안, 내 신경은 온통 사무실 근처에서 떠나지 않았다. 윤이서가 어디로 나갔는지도 모르는 주제에 호기심이 끊이질 않았다.

10년 전, 윤이서의 존재를 처음 알았을 그 당시로 돌아간 기분이었다.

❊　　　❊　　　❊

대체 왜 기억을 못 하는 걸까.

노을로 붉게 물든 땅바닥을 응시하다가 자전거 손잡이를 당겼다. 바퀴가 돌부리 위로 툭툭 걸려서 불편했다. 해가 진 공장 부지의 풍경이 스산해서, 보는 내내 쓸데없는 생각이 떠올랐다. 물론 대부분 윤이서에 관한 생각이었다.

나중에 고민하자고 넘겼지만, 혼자 남겨지자 생각이 걸음을 멈추지 않았다. 안장에 올라타 페달을 밟으면서 한숨을 푹푹 내쉬었다. 무거운 다리로 페달을 꾹 누를 때마다 자전거가 빠르게 앞으로 질주했다. 선선한 가을바람이 흐트러진 머리칼을 마구 건드렸다.

문 사장은 생각보다 말이 많은 사람이었다. 팜파스그라스로 시작된 얘기가 자연스레 앞마당의 해바라기로 흐르고, 얼마 지나지 않아 제주 생활로 흘러갔다.

화원을 가꾸며 밑바닥부터 올라왔다는 그의 성공담을 듣는 동안에도 도통 집중이 되지 않아 괴로웠다. 그럴싸한 맞장구를 떠올리느라 아주 진땀을 뺐다.

땅거미가 내려앉은 논길을 이리저리 빠져나가면서 하늘을 보았다. 어둑어둑해지는 하늘에 푸른색도, 붉은색도 더 보이지 않았다. 혼란스러운 내 마음처럼 오묘한 색이었다. 낮에 공장으로 오는 동안에는 그토록 신이 났었는데 지금은…… 기분이 영 별로였다.

따르릉.

괜스레 자전거 벨을 한 번 울려 보고, 불 꺼진 보건소를 지나치며 읍내를 벗어났다. 아이들이 몽땅 사라져 한적해진 골목에 귀뚜라미 몇 마리가 통통 튀다가 풀숲으로 사라졌다.

자전거에 조명이 없어서 인상을 찡그린 채, 시력에만 의지했다. 아직 달이 뜨기 전이라 사방이 온통 그늘이었다.

여기까지 돌아오는 동안에도 결국 윤이서를 마주치지 못했다. 공장장으로 내려왔다면 어디서 지내는 걸까. 서곡에는 잠깐만 내려올 뿐이고 서울서 지낸다거나, 따로 숙소를 얻었을지도 모르겠다. 바퀴가 돌부리를 스쳤는지 바구니에 담긴 배달 통이 덜컥덜컥 흔들렸다.

정말로 못 알아보는 거라면…… 그냥, 이대로 모른 척하는 게 옳을까? 곰곰이 생각해 보니 윤이서도 그간 나를 그리워했을 거라는 보장이 없었다. 어쨌든 마지막 약속을 저버린 건 나였으니까.

윤이서가 정류장에서 나를 기다리고 또 기다리다가 어떤 마음으로 서곡에서 떠났는지 나로서는 그 마음을 도무지 알 길이 없기에, 함부로 그의 마음을 재단하는 건 옳지 못한 짓이었다. 적어도 내게 양심이 남아 있다면.

"양심이 없으면…… 뭐 어때."

투덜거림이 절로 새어 나왔다. 윤이서의 마음이 변했다 한들, 그게 뭐 대수라고. 끊어진 인연이어도 다시 만나서 이어 가면 될 문제가 아닐까. 애써 긍정적인 사고를 떠올리면서 열심히 페달을 밟았다.

시원한 밤공기에 섭섭한 마음을 흘려보내고자 노력했다. 그렇지 않으면 잠들기 직전까지 우울함에 허우적댈 것만 같았다.

골목길에 들어설 때쯤, 천천히 안장에서 내려와 자전거를 끌었다. 다방은 어느새 불이 다 꺼져 있었다. 주머니 속 열쇠를 확인하면서 담벼락에 자전거를 세워 놓았다. 마당으로 들어가려던 찰나 발목을 붙잡은 건, 귓속을 파고든 소리였다.

놀라서 소리가 들린 방향 쪽으로 고개를 돌렸다. 그 존재를 의식하자 더욱 선명하게 들려왔다. 그건 피아노 소리였다. 더불어 내가 유일하게 제목을 기억하는 클래식 음악이기도 했다.

베네치아의 뱃노래, 고등학생 윤이서가 직접 연주해서 들려주었던 곡.

귀신에 홀린 기분이었다. 밤늦게 정적을 가르고 들려오는 음악이 너무 낯설어 오싹하기까지 했다. 자전거를 등지고 소리를 따라 터벅터벅 걸음을 옮겼다. 골목길 어귀에 고장 난 가로등 불빛이 깜빡깜빡 점멸했다.

언덕을 오르는 동안, 문이 닫혀 새카매진 수목원의 풍경이 눈에 들어왔다. 가로등 주변에서 날아다니다가 추락하는 날벌레의 소리가 예민해진 신경을 건드렸다. 무더운 가을밤의 습한 공기도 찐득하게 살갗을 짓눌렀다. 이마의 땀을 닦으면서 양옥 근처까지 도착했을 때, 음악이 사라졌음을 깨달았다.

숨을 고르며 올려다본 양옥이 컴컴했다. 분명 음악 소리를 들었을 때, 위층도 아래층도 전부 불이 꺼져 있었다. 평소처럼 아무도 살지 않는 분위기 그대로였다. 귀신의 집처럼 스산한 공기도 여전했다.

내가 정말…… 뭐에 홀렸나. 차마 양옥 안까지 들여다볼 용기가 없어서 머뭇거렸다. 입구로 한 걸음 가까이 다가가다가 두 걸음 물러났다. 아무도 없으면, 일말의 기대마저 사라질 듯한 기분이 불쾌했다. 멍청하게 우두커니 선 채로 주먹만 쥐었다가 펴 보았다.

어떡할 거야? 뭘 어쩌려고 여기 온 건데.

"오랜만이야, 권다희."

굵직하고 낮은 목소리가 귓전을 강타했다. 비명 대신 신음을 삼키면서 뒷걸음질 쳤다. 담벼락에 세게 부딪힌 등에 따끔한 통증이 일었다. 소리도 없이 뒤에서 나타난 불청객의 얼굴이 늦게 내려앉은 달빛 아래서 드러났다. 두 눈을 휘둥그레 뜨고 쳐다보는 내 시선에 그가 한쪽 눈썹을 들어 올렸다.

"너……."

근사한 미소를 띤 얼굴이 여전히 희고 깨끗했지만, 앳된 분위기가 말끔하게 사라져 성숙한 느낌이 강했다. 변하지 않은 건 가늘게 뜬 눈매에 슬며시 비치는 눈웃음뿐이었다. 그가 자주 보여 주던, 얄궂고 뜻모를 미소도 그대로였다. 예전보다 더 묵직하게 코끝을 스치는 향기가 성장한 윤이서의 현재를 단적으로 드러냈다.

윤이서는 멀거니 내 얼굴을 들여다보며 침묵했다. 내 반응을 기다리는 그의 침묵이 돌덩이처럼 무겁게 가슴을 짓눌렀다.

왜 아무 말도 안 하는 거야, 이름을 불러 놓고서. 제정신으로 돌아오기 전에 그의 입술이 열렸다.

"그 몸, 벌써 팔렸어?"

윤이서가 무신경하게 툭 내뱉었다. 그 한마디에 강렬한 기시감이 머리를 때렸다. 느닷없이 찬물을 끼얹는 말투와 무감한 얼굴. 처음 만났던 고등학생 윤이서와 똑같은 행동이었다. 화도 나지 않고 바보처럼 반가운 마음이 앞섰다. 내 목소리까지 반갑게 튀어나오지 못했지만.

"이제 물장사 안 해, 우리."

냉랭한 즉답으로 그와 나 사이에 정적이 깔렸다. 양옥 건너편 가로등에 거짓말처럼 팍 하고 불이 들어왔다. 환한 오렌지빛 그림자가 윤이서의 짙은 갈색 머리칼을 비추었다. 어떻게 손질했는지, 시원하게 올린 머리 스타일마저 옛날과 달랐다.

다부진 체격에 넓은 어깨, 팽팽하게 당겨져 주름 잡힌 셔츠. 겉옷은 어디에 두었는지 까만 정장 바지에 흰 셔츠 차림이었다. 낮과 달리 넥타이가 사라진 가슴팍에 단추가 두어 개 열려 있었다. 무의식적으로 그 자리를 살필 무렵, 웃음기 섞인 목소리가 들렸다.

"알아."

"뭐?"

"알고 있다고."

언제 뾰족한 말투로 질문했냐는 듯, 한결 상냥해진 대답이 당혹스러웠다. 윤이서가 한 걸음 더 다가오며 거리를 좁혔다. 물러설 공간도 없는데 괜히 발을 들고서 주춤거렸다. 그는 물러서지 말라는 듯 손을 뻗었다.

"공장 사람들한테 들었어. 단속이 돈 다음부터 이 촌구석도 변하기 시작했다고."

코앞에서 올려다보는 윤이서의 얼굴이 지나치게 가까웠다. 달빛과 가로등 불빛을 번갈아 받을 때마다 색이 변하는 눈동자에 시선을 빼앗겼다. 연하고 진한 갈색으로 바뀌며 일렁이는 게 신기해서 도무지 눈을 떼기 어려웠다. 시간이 멈춘 듯한 착각 속에서 숨을 죽였다.

"청재사가 방송 타면서 유명해지고, 손님도 찾아오고……. 공장 부지에 아파트가 들어온다고 하지를 않나. 처음 들었을 때, 완전히 다른 동네 얘기인 줄 알았어."

천천히 다가온 손가락이 귓가를 스쳤다. 예민하고 여린 살갗을 부드럽게 스치는 손길이 퍽 다정했다. 윤이서가 내 머리카락을 넘겨 준 것도 자그마치 10년 만이었다. 그런데 바로 어제도 그랬던 것처럼 익숙하게 가슴이 뛰었다.

"다방도 많이 변했던데."

아, 그 말에 움찔하고 시선을 내렸다. 한 마디씩 말을 이을 때마다 윤곽이 도드라지는 남자의 목울대가 보였다.

낮에 볼일이 있다면서 공장에서 나간 건 향기 다방을 확인하기 위함이었을까. 이전에 이미 확인했다면 왜 진작 나를 찾아오지 않았을까. 꾸역꾸역 올라오는 질문이 답답하게 목구멍을 두드렸다.

"마당에 해바라기도 심고……. 처음엔 못 알아봤어, 너무 많이 변해서."

귓가에서 미끄러지듯 내려온 손바닥이 어깨를 지그시 눌렀다. 뜨거운 체온이 얇은 티 한 장 너머로 고스란히 번졌다. 팔을 흔들어 빼내면 되지만 나를 잡아먹을 것처럼 응시하는 시선이 나를 막았다.

"그동안 왜 서곡에 남아 있었어?"

눈웃음 말고도 변하지 않은 게 하나 더 있었구나. 갑작스럽게 날아온 질문 앞에서 문득 그런 생각을 했다. 윤이서의 목소리, 눈빛, 향기. 모든 게 너무나 오랜만이었다.

시간이 느리게 흐르는 느낌 속에서 정신이 아득해졌다. 돌아올 거라고 전혀 기대하지 않았던 얼굴을 갑작스레 마주한 탓일까. 윤이서를 올려다보는 내 표정이 귀신을 마주한 그것과 비슷할까 싶어 신경 쓰였다. 혹시라도 떨림이 목소리에 드러나지 않도록 신중히 답했다.

"그러는 너야말로……."

물어보고픈 말이 많았다. 윤이서도 그럴 터였다. 하지만 원하는 대답을 들려주면 그가 금방 흥미를 잃고 떠날까 봐 두려웠다. 그래서 대답 대신 질문을 들이밀기로 했다.

"왜 서곡으로 돌아왔는데."

윤이서의 눈매가 더욱 가늘어졌다. 내 행동을 속으로 재는 표정이었다. 이 질문을 던진 의미가 뭔지 그리 깊이 생각할 필요가 없었는데도.

바보가 아닌 이상 마당에 심은 해바라기 화단만 보고도 알 텐데. 내가 왜 서곡에 남아서 향기 다방을 가꾸었는지. 누구를 그토록 기다리고 있었는지…….

"돌아온 게 아니야. 잠깐 들른 거지."

그 간단한 답을 윤이서만은 알아채지 못한 눈치였다. 그는 심드렁한 태도로 대꾸하고서 흘낏 양옥집을 곁눈질했다. 같은 방향을 바라보다가, 급하게 나오느라 확인하지 못한 입구의 화병을 발견했다. 모래로 꽉꽉 채워진 화병 위 새하얀 꽃 한 송이가 보였다.

"그 남자가 죽은 건 들었어?"

국화였다. 멀리서 불어온 바람에 국화의 자그마한 꽃잎이 힘없이 흔들렸다. 그제야 윤이서가 왜 검은 정장 차림으로 있는지 이유를 알았다. 내 눈에서 빛난 깨달음의 흔적을 읽었는지 그가 소리 죽여 웃었다.

"이미 알고 있나 해서. 강 사장이 이 집 사들이려고 안달 났다는 걸 들었으니까."

"강 사장?"

"포주 말이야. 강길태 사장."

포주를 낯설게 부르는 호칭 앞에서 미간을 좁혔다. 땅장사에 부쩍 관심이 생겨 동네 집 곳곳을 탐방하던 건 마담에게 들어서 알고 있었다. 이 집까지 눈독 들인 건 몰랐지만.

"다방은 어떻게 된 건데. 누구한테 넘어갔어?"

여전히 딱딱하게 내리꽂히는 질문 세례에 꼭 시험에 응하는 학생이 된 기분이었다.

"나한테 넘어왔어."

계속 말하라는 듯 침묵이 이어졌다. 어디서부터 설명하면 좋을까. 우선 다방의 소유주부터 밝히기로 했다.

"향기 다방은 이제 내가 관리해. 그래서 물장사를 접은 거야. 좋은 기회였지. 나라에서 단속해 준다는데 마다할 이유도 없으니까."

"그래?"

상황을 이해하기 시작했는지, 윤이서가 픽 웃었다. 즐거워서 짓는 미소처럼 보이지는 않았다. 눈빛은 아까부터 지금까지 서늘한 빛을 유지했으니까. 따듯하게 느껴지던 그의 갈색 눈이 지금은 서릿발처럼 차갑게 다가왔다.

"네 언니가 무척 좋아했겠네."

언니, 두 글자를 또박또박 내뱉은 어조도 마찬가지로 날카로웠다. 그가 꺼낸 문장이 겨우 아문 기억 언저리를 아프게 헤집었다. 오랜만에 느끼는 그리움과 원망, 후회였다. 손바닥에 손톱이 파고들 만큼 억세게 쥔 주먹이 살짝 떨렸다. 내 목소리도 마찬가지였다.

"미연 언니는…… 서곡에 없어."

울컥한 마음 때문인지 뜨거움이 목 밑까지 밀려와 찰랑거렸다. 건조한 답변에 윤이서가 인상을 찌푸렸다.

"없다고?"

"떠났으니까."

그는 대답하지 않았다. 대신 내 얼굴의 표정을 분석하듯이 빤히 응시했다. 그 눈을 똑바로 마주하면서 단호하게 쏘아붙였다.

"네가 떠난 다음, 미연 언니도 떠났어."

"……"

"나만 서곡에 남았어."

그리고 기다렸어, 네가 돌아오기를. 차마 꺼내지 못한 말이 바싹 메마른 입 안을 공허하게 배회했다. 국화꽃을 다시 흘겨보다가 뒤늦은 조문의 말을 속삭였다.

"부친상은 마담한테 전해 들었어. 고생…….."

"어디까지 들었는데? 내 얘기."

별안간 낮아진 목소리가 말허리를 끊었다. 그의 눈빛에서 경계심을 읽었다. 경계할 만한 이유가 있었나, 속으로 곰곰이 생각하다가 적당한 대답을 내놓았다.

"양옥집 윤 사장 죽었다더라. 딱 이렇게만 들었는데."

"다른 건?"

"다른 얘기가 더 있어?"

윤이서가 깊이 숨을 들이켰다. 팽창하는 흉곽에 따라 넓은 어깨가 짧게 흔들렸다. 어둠 속에서 물끄러미 응시하던 그의 얼굴에 달빛이 흰 꼬리를 그리며 지나쳤다.

"아니, 없지."

미소를 지었던가, 아니면 혀를 찼던가. 사선으로 고개를 숙인 그의 눈길이 손목시계에 닿았다. 마찬가지로 달빛에 반사되어 반짝이는 것을 확인한 그가 뜻밖의 물음으로 대화를 이었다.

"저녁은?"

식사를 마쳤냐는 물음이었다. 무슨 생각으로 던진 질문인지 몰라서 잠시 할 말을 잃었다가, 이윽고 별 뜻 없이 던진 질문일 거라고 판단을 마쳤다. 그렇게 생각하니 대답은 쉽게 튀어나왔다.

"공장에서 막 돌아오던 길이라. 끼니 챙길 틈이 없었어."

"그럼 같이 저녁이나 먹자."

"지금?"

목소리가 높아졌다는 걸 깨닫고 서둘러 입을 다물었다. 갑자기 나타나서 하는 말이 식사나 하자니. 낮에 나를 왜 모른 척했는지, 그동안 왜 연락이 없었는지 이런 말을 먼저 꺼낼 줄 알았는데. 당혹스러운 마음에 쳐다보자 윤이서가 무감한 얼굴로 웃었다. 역시나 기분 좋은 미소는 아니었다.

"나랑 밥 먹기 불편해?"

묘하게 비꼬는 어조가 거슬렸다. 발끈하여 대구하는 말투가 좀 딱딱해졌다.

"이 시간까지 영업하는 식당 없어."

"따라와."

대수롭지 않다는 얼굴로 그가 앞장섰다. 양옥 오른쪽 골목으로 향하는 길이었다. 고민하며 따라가다가 우뚝 걸음을 멈추었다. 멈춘 발소리를 듣고도 그는 계속 걸어가다가 운전석 앞쪽에서 가볍게 고갯짓했다.

"뭐 해. 얼른 타."

밤하늘보다 더 검게 빛나는 승용차를 보다가 조심스레 다가갔다. 조수석에 올라서 벨트를 매는 과정이 죄다 어색했다. 어디 이런 차에 올라타 본 적이 흔했어야지. 멋쩍은 마음으로 괜히 벨트만 만지작거렸다.

까슬까슬한 겉면이 손바닥 안쪽을 간질였다. 그사이 운전석에 올라탄 윤이서가 능숙하게 시동을 걸고 핸들을 잡았다.

윤이서는 목적지를 말하지 않았고, 나 역시 묻지 않았다. 좁은 길목을 빠져나온 차가 금세 대로변에 접어들었다. 읍내로 향하는 동안, 캄캄한 도로를 자동차의 헤드라이트만 환히 밝혀 주었다. 겨우 읍내 끄트머리에 들어서고서야 주황빛 가로등이 하나둘 모습을 드러냈다.

"생각보다 변한 게 많아서 놀랐어."

오로지 나만 변하지 않았다는 듯 그가 꼬집어 말했다. 향기 다방도, 청재사도, 서곡의 곳곳이 세월의 흐름을 타고서 빠르게 변했다. 시간의 흐름에서 벗어나 과거의 기억만을 쫓으며 하루하루를 보낸 건 나뿐이었다. 맞는 말이라는 생각에 대답 없이 차창만 주시했다.

"물어보고 싶은 게 많아, 이쪽도. 그동안 왜……."

시끄러운 경적이 윤이서의 말을 자르며 울려 퍼졌다. 서곡이 유명해진 덕분인지, 밤이 깊었는데도 읍내 쪽에는 차가 적지 않았다. 뒷말이 궁금해서 고개를 돌렸지만, 윤이서는 주차를 마친 후 시동을 끄고 있었다.

"도착했어."

내리라는 손짓에 벨트를 풀었다. 차 문을 열고서 밖으로 나오자 환한 조명 불빛이 시야를 장악했다. 최근에 지은 신축 건물이 새하얀 벽을 자랑하며 드높게 솟아 있었다. 근처에서 제일 높은 건물이었다. 영어로 휘갈겨 적은 듯한 필체의 간판은 번쩍번쩍 형광빛을 밝혔다.

"아직도 고기 좋아하나?"

윤이서가 무심히 내뱉으며 옆을 지나쳤다. 앞서가는 그의 뒷모습을 바라보다가 따라서 걸음을 옮겼다. 고기를 좋아하냐는 한마디에 과거 그와 나눠 먹은 도시락이 생각났다. 윤이서의 말 하나하나에 기억이 되살아날 때마다 그리움과 답답함이 함께 밀려왔다.

그가 지금 이 행동으로 내게 보여 주려는 의도가 무엇인지 알 수가 없어서.

❋   ❋   ❋

예상대로 가게는 최근에 생긴 식당이었다. 정확히는 레스토랑으로, 서곡에서 한 번도 본 적 없는 고급 양식을 파는 곳이었다. 말쑥하게 셔츠를 입은 남자가 주문을 받고, 긴 치마를 입은 여자가 음식을 날랐다.

은쟁반에 담겨 나온 스테이크와 글라스의 검붉은 와인, 깨끗하고 싱그러운 녹색 채소가 낯설었다. 식탁 구석에는 양초까지 있었다. 다가온 직원 하나가 양초에 불을 붙이자 주황색 그림자가 은은하게 흰 식탁보 위로 퍼졌다. 미정 언니가 가끔 홀에서 텔레비전으로 보던 드라마에서 이런 장면이 나왔던 것도 같았다.

머뭇거리는 내 모습에 윤이서가 대신 손을 들었다. 다가온 직원에게 주문해 주는 그의 모습에서 능숙함이 느껴졌다. 자주 이런 식사를 즐긴 사람처럼, 한 치의 망설임도 없는 모습이었다.

"……."

그와 달리 내게는 무엇 하나 익숙한 풍경이 없었다. 가시방석에 앉은 기분을 느끼며 어색하게 고기를 내려다보았다. 고등학교를 졸업한 날, 김 마담이 처음으로 사 준 경양식 식당의 돈가스를 떠올렸다.

그때처럼 똑같이 썰어 먹으면 되겠지 싶어서 나이프를 고쳐 잡는데, 별안간 접시가 앞쪽으로 휙 움직였다. 윤이서가 그릇을 제 쪽으로 당긴 탓이었다.

"와인부터 마셔."

그는 딱딱한 말투로 중얼거린 후, 나이프로 접시의 고기를 썰기 시작했다. 손도 대지 않은 글라스를 흘깃거리다가 그의 앞을 보았다. 윤이서의 글라스에도 와인이 가득 담겨 있었다.

"술 마셔도 괜찮아? 운전은 어떡하려고."

나름 걱정되어 꺼낸 말이었는데, 윤이서가 내 쪽은 쳐다보지도 않고서 접시를 돌려주었다. 다른 사람을 부르려고 그러는 걸까. 이런 관심조차 불편하나 싶어서 더 걱정하지 않기로 했다.

"지금 내 걱정하는 거야? 답지 않네."

순식간에 정갈하게 썰린 고기가 눈앞으로 되돌아왔다. 무언의 압박에 못 이겨 포크를 들었다. 포크로 쿡 찌른 고기가 솜처럼 부드러웠다. 입에 한 점 넣어 보니 예상보다 훨씬 부드럽게 씹혔다. 위에 뿌린 소스도 맛있었다.

"재작년 봄에 전역했어."

오랜만에 맛보는 고기를 꼭꼭 씹는 사이, 윤이서가 글라스를 들었다. 와인 한 모금으로 입가심을 한 그는 느리게 이야기를 시작했다.

"그해 여름에 그 남자가 쓰러져서 병원으로 옮겨졌는데, 결과가 생각보다 늦게 나왔어. 간암이라고."

와인 때문인지 붉게 물든 윤이서의 아랫입술에 시선을 고정했다. 대답할 틈을 놓친 게 차라리 다행이었다. 이런 화제에 대체 내가 무슨 말을 얹을 수 있나.

오래전, 미연 언니를 만날 때마다 인상 좋게 웃던 중년의 남자를 떠올렸다. 제 아들의 멱살을 잡고 주먹질하던 것도 같은 남자였다. 이중적인 윤 사장의 모습을 보고도 마음을 접지 못해 괴로워하던 미연 언니도 떠올랐다. 애써 묻어 둔 기억의 가시가 다시 마음을 쿡쿡 찔렀다.

"의사가 간 이식 받으면 살 확률이 높아진다고, 아직 희망을 버리지 말라면서 위로하더라고."

윤이서가 나이프를 들고서 그의 고기를 썰었다. 그제야 내 것을 썰어 주느라, 그의 접시에 손도 대지 못했음을 알았다. 그를 따라 고기 한 점을 재차 입에 넣었다. 불편한 분위기 때문인가, 아까와 달리 썩 맛있게 느껴지지 않았다.

"그런데 거부했어, 내가."

고기를 찍으려던 포크가 접시 위에서 미끄러졌다. 거슬리는 소음이 들렸는데도 윤이서는 표정 변화가 없었다. 가게 안에 틀어 둔 음악 소리가 부드럽게 울려 퍼졌다. 피아노 음악이었다. 어느새 나이프를 내려놓고 테이블을 톡톡 두들기는 그의 검지가 보였다.

"서곡으로 왜 돌아왔냐고 물었지. 정리하려고 왔어."

"정리?"

"어머니의 유품이 아직 남았다고 해서."

유품이라면……. 윤이서가 남기고 떠났던 엽서를 말하는 걸까 싶었지만 뒷말까지 듣고서 그게 아님을 알았다.

다행이라고 생각했다. 그 엽서는 내게 아주 큰 의미가 있었고, 그 감정을 일일이 설명하기엔 너무나도 어려워서. 만약 돌려 달라고 말한다면 어떤 말로 거절하면 좋을지 가늠할 수도 없어서.

"그 남자가 나한테 제발 간 좀 나눠 달라고, 울면서 빌다가 알려 줬어. 유품 하나가 사실 쭉 서곡에 있었다는데, 그걸 찾아 줄 테니까 자기 목숨 좀 살려 달라고."

묘한 정적이 길어지기 전, 윤이서가 태연히 속삭였다.

"비굴하지?"

"……."

"그딴 게 내 아버지라니. 아직도 끔찍해."

시선을 바닥에 처박았다. 윤이서가 어떤 표정을 지을지 몰라서 확인하기 두려웠다. 혹시라도 웃고 있을까 봐. 떨리는 손끝에 힘을 주면서 애써 덤덤한 척 굴었다.

"보아하니, 정말로 이 얘기까지는 몰랐나 봐? 강 사장도 아는 얘기일 텐데."

포크를 내려놓고 마음을 가다듬은 후에야 다시 눈을 마주할 수 있었다. 걱정과 다르게 그는 웃지 않았고, 그저 무표정했다. 그의 부친에게 일말의 동정심조차 남지 않았다는 듯이.

막상 마주한 그의 얼굴 앞에서 두려움이 아닌, 씁쓸하고 안타까운 감정이 밀려왔다. 그러나 내색하지 않았다. 그런 반응조차 윤이서의 자존심에 상처를 줄까 봐.

"부친상 얘기도 마담 언니한테 들은 거야."

포주랑 자주 볼 만큼 좋은 사이 아니니까. 나직한 중얼거림에 윤이서가 침묵했다. 이대로 대화를 이어 나가고픈 마음이 반, 적당히 멈추고픈 마음이 반이었다. 앞으로도 유쾌한 화제로 대화가 이어질 분위기는 아니었으니까.

한숨과 함께 애꿎은 포크로 접시 바닥을 툭 건드렸다. 그 소리에 접시를 확인한 윤이서의 눈빛이 짧게 흔들렸다.

"여전하네. 조금씩 먹는 건."

방금…… 잘못 들었나. 귀를 의심하는데, 건조한 덧붙임이 들렸다.

"더 먹어."

윤이서가 글라스를 쥐고서 무심히 식사를 재촉했다. 나 역시 무던하게 반응하고자 애쓰면서 식사에 집중했다. 고기를 한 점 입에 넣고, 꼭 꼭 씹어 넘기는 동안에도 시선은 소리 없이 따라붙었다.

한 번 의식하기 시작하자 끝이 없었다. 꿀꺽, 음식물을 삼키는 소리가 바깥에 들릴 리 없는데도 거슬렸다.

"내 얼굴 그만 봐."

결국 중간에 포크를 내려 두고 쏘아붙였다. 윤이서는 대답 없이 손에 든 글라스를 흔들었다. 투명한 유리잔 안쪽으로 붉은빛이 여울처럼 급히 찰랑거렸다.

"보기만 하는데, 왜. 닿는 것도 아니고."

탁, 글라스를 내려놓은 손길이 영 퉁명스러웠다. 건조한 목소리가 불만을 드러냈다. 자존심 때문에라도 보지 않았다고 할 줄 알았건만, 예상외로 솔직한 대답이었다. 윤이서는 대답할 틈도 주지 않고 물었다.

"아니면, 신경이라도 쓰여?"

얄미운 물음이었다. 내 마음을 알고도 저러는 거라면, 지금 머리를 한 대 쥐어박아도 아쉽지 않을 텐데. 어떻게 대답할까 고민하다가 고개를 푹 숙였다.

"그래, 신경 쓰여."

솔직한 대답에 정적이 찾아왔다. 길어지는 침묵에 괜히 대답했나 싶어서 민망해졌다. 그냥 화제를 돌려도 이상하지 않았을 텐데. 무슨 생각인지 모를 윤이서의 눈빛을 보니 솔직하게 대답하는 건 손해라는 생각이 들었다.

나와 달리 그의 감정이 예전과 같지 않다면, 그럼 내 행동이 얼마나 우습게 비칠까. 약간의 두려움을 동반한 걱정이 뒤따랐다.

"……서곡에서 얼마나 머물 계획인데."

방금 꺼낸 대답을 무마하기 위해 다른 질문을 던졌다. 시선 끝에 윤이서의 손가락이 겨우 닿았다. 간간이 테이블을 두드리는 손가락으로 미미한 진동이 느껴졌다. 할 말이 없는 건지, 반대로 생각이 많은 건지.

윤이서는 손등에 턱을 괴고서 잠시 눈을 감았다. 대답을 생각해야 할 만큼, 구체적인 계획을 짜지 않고 내려온 걸까. 궁금한 마음에 한 가지 질문을 더 덧붙였다.

"공장장이 되었다면서. 앞으로 쭉 거기서 일해?"

"내가 빨리 돌아가길 원하는 마음은 알겠지만, 당장 정할 문제가 아니라서."

이유는 모르겠으나 기분이 상한 태도였다. 조곤조곤 낮게 속삭이는 음성에 시간이 점점 느려졌다. 아니, 아마도 내가 그렇게 착각하는 거 겠지. 싸늘하게 식어 가는 접시 위 고기를 바라보던 그가 마침내 대답을 내놓았다.

"이번 달은 쭉 머물 계획이야. 그 집에서."

"그 집?"

"이미 청소도 끝냈어. 곧 가구도 들일 거고……."

뜻밖의 말에 놀라 퍼뜩 고개를 올렸다. 그는 글라스에 남은 와인을 단번에 털어 넘겼다. 왜 하필 양옥으로 돌아온 거냐고 묻기도 전, 한 박자 빠르게 설명이 이어졌다.

"강 사장이 자꾸 눈독 들이는 꼴이 역겨워."

눈을 맞춘 윤이서가 근사한 얼굴에 미소를 지었다. 역겹다는 의견에 는 동감이었다. 이리저리 땅을 알아보는 포주가 거슬리는 건 비단 그 뿐만이 아니었으니까. 마담도, 동네 사람들도 내심 그의 행보에 불만을 지녔다.

특히 동네 사람들은 서곡이 유명해지는 걸 내심 꺼려 했다. 아마 관광객이 늘 때마다 같이 늘어나는 쓰레기며, 소음이 못마땅한 걸지도. 장사하는 집이야 매출이 늘어서 좋겠지만, 아닌 집도 많았으니까.

"다시 이웃이 되었는데, 떡이라도 돌려야 하나?"

뜬금없는 말에 인상을 찡그렸다.

"농담할 기분 아니야."

"나도 농담 아닌데."

기분이 좋은지, 나쁜지 도통 파악할 수가 없었다. 예나 지금이나 변덕스러운 점이 똑같았다. 입맛이 뚝 떨어져 포크를 테이블에 올려 두었다. 어차피 접시도 반쯤은 비운 상태였다.

"오랜만에 이웃이 생겼는데, 반가운 티라도 내 봐. 어차피 유품 찾으면 곧장 떠날 거니까."

완전히 머문다면 반기기라도 할 텐데. 정류장처럼 잠시 머물다가 떠나겠다는 선언 앞에서 마음이 편할 리 없었다. 있는 힘껏 불편한 티를 꾸며 보는 게 최선이었다. 조금이라도 긴장의 끈을 늦추면, 쓸데없는 이야기를 미주알고주알 쏟아 낼지도 모르니까.

"그때까지는 마주치는 게 싫어도 좀 참고."

"싫다고 한 적 없어."

"그래, 좋다고 한 적도 없지만."

말대꾸에 재주가 있는 점도 여전했다. 분위기에 맞지 않은 웃음이 새어 나왔다. 필사적으로 억누르던 입꼬리가 움찔거렸다. 그걸 본 윤이서도 바람 빠지는 소리를 내며 웃었다. 웃지 마, 낮게 쏘아붙인 말에 그가 대충 고개를 끄덕였다.

"다 먹었어?"

그가 내 접시를 가리키며 물었다. 그렇다고 대답하자 윤이서가 왼손을 들어 직원을 불렀다. 부리나케 달려온 직원이 그의 카드를 받아 계산했다. 과연 얼마나 나왔을까. 테이블 위의 음식을 눈으로 셈하면서 심장이 두근두근 뛰었다.

"나도 돈 낼게."

"됐어."

지갑까지 꺼내서 보여 주었지만, 칼같이 거절당했다. 그에게 꼬박 10

년 만에 얻어먹는 식사였다. 그것도 상당히 호화롭고 낯설기 그지없는 식사. 윤이서와 교복 차림으로 단둘이서 나눠 먹었던 도시락이 떠올랐다. 새삼 우리가 나이를 먹었다는 점도 실감이 났다.

밖으로 나서자 캄캄한 풍경이 시야를 장악했다. 가로등 아래서 걸음을 멈춘 윤이서가 담벼락에 등을 기댔다. 식당으로 들어가기 전보다 확연하게 풀어진 긴장감이 느껴졌다.

"대리 불렀으니까 기다려."

읍내는 택시도 잘 다니지 않았다. 불편하게 걸어갈 수도 없으니, 거절하지 않기로 했다. 바닥의 돌멩이를 툭 건드리자 저만치 날아갔다. 데굴데굴 굴러가는 소음이 끊어질 때쯤, 윤이서가 양손을 주머니에 찔러 넣었다.

"안에서 기다려도 상관없어."

그는 가만히 내 모습을 응시하다가 가까이 주차한 차를 가리켰다. 무표정했지만 이상하게도 눈을 보니 그 마음이 읽혔다. 내심 그의 옆에 있어 주길 바란다는 걸. 대꾸 없이 옆으로 다가가 주머니를 뒤적였다. 찾던 물건이 손끝에 걸려 잽싸게 꺼내 들었다.

"담배?"

오래전에 향기 다방에서 나눠 주던 일회용 라이터였다. 물장사를 접으면서 함께 처분하려 했지만, 양이 지나치게 많았다. 한 보따리나 남았는데 쓸데가 없으니 늘 들고 다녔다. 가끔 담배를 피우는 사람들에게 불을 빌려주기 위해서.

윤이서의 시선이 나른하게 내 손바닥을 훑었다. 싸구려 라이터의 투명한 표면이 형광으로 반짝였다. 취기가 오르는지 그의 눈꺼풀이 천천히 깜빡거렸다. 남자치곤 길고 빽빽한 속눈썹도 함께 나풀거렸다. 눈가에 붉은 기가 어렸다.

"나 담배 안 피워."

의외였다. 말쑥한 정장 차림에 그럴싸한 승용차까지 있으니, 왠지 윤 사장처럼 담배도 피울 것 같았는데. 알겠다고 대답하며 손바닥을 접었지만, 윤이서는 어째서인지 못마땅한 눈길을 거두지 않았다.

"너는?"

옛날이었다면 건방지다면서 꿀밤이라도 먹였을 텐데. 이제는 그러기 힘들다는 사실에 안타까움을 느꼈다. 더는 윤이서한테 선배라고 불릴 이유가 없다는 점도 새삼 깨달았다. 권다희, 혹은 너. 특별하지 않은 우리 사이에 저 정도 호칭이 적당하다는 걸 느꼈다.

"나도 안 피워."

"그럼 라이터는 왜 가지고 있는데?"

라이터를 도로 주머니에 넣는데 건조한 물음이 뒤따랐다. 눈썹을 치켜들며 눈을 흡떠도 그는 시선을 피하지 않았다. 대답해 줄 때까지 계속 바라볼 기세라 서둘러 머리를 굴렸다. 일일이 사정을 밝히기는 귀찮으니, 대충 던질 대답이 필요했다.

"다방에 흡연자가 많아서 들고 다녀."

"손님?"

"언니들."

아아, 윤이서가 짧은 맞장구와 함께 시선을 거두었다. 비로소 만족한 듯 평평해진 입매를 보니 어이가 없었다. 대체 뭘 상상한 거야, 물장사는 접었다니까……. 역시 눈으로 확인하기 전까지는 믿기 힘든 걸까.

주머니에 넣은 라이터를 기계적으로 만지작거리는 동안, 윤이서는 허공을 올려다보았다. 까만 밤하늘에 쏟아부은 모래처럼 반짝이는 별이 보였다. 별을 보는 윤이서의 눈동자도 반짝반짝 일렁였다. 밤하늘 아래서 평소보다 어두워진 눈빛이 말갛게 빛났다.

"정말로 변하긴 했나 보네. 많은 부분이."

"그렇지."

서곡은 정말로 많이 바뀌었다. 향기 다방, 청재사, 사람들. 많은 게 사라지고 채워지면서 또 다른 풍경을 그렸다. 그게 익숙지 않았는지 윤이서는 연신 주변을 돌아보고, 다시 바닥을 내려다보길 반복했다. 그의 시선이 마지막으로 내 얼굴에 스치다가 멀어졌다.

"김 마담이 기다리겠네."

손목시계를 확인하는 윤이서의 고개가 비스듬히 기울었다. 쥐 죽은 듯 고요한 어둠이었다. 이따금 깜빡이는 가로등 불빛 아래서 윤이서의 입김이 드러났다가 사라졌다. 이제 밤이 되니 제법 쌀쌀해지는구나, 속으로 생각하면서 팔짱을 꼈다.

"명옥 언니는 이제 따로 살아."

"뭐?"

"나는 다방 쪽방에서 지내고."

윤이서의 눈동자에 불만이 차오르는 게 보였다. 또 뭐가 문제지. 왜 그러냐고 물어보자, 그가 미간을 찌푸리면서 한숨을 내쉬었다.

"여자 혼자 겁도 없이, 위험하게……."

걱정되는 거라면, 솔직하게 그렇다고 말하면 될걸. 윤이서는 말 한마디를 해도 잔뜩 꼬아 내뱉는 재주가 있었다.

"뭐가 위험해. 다 아는 사람들이 사는 동넨데."

"뒤통수는 원래 아는 사람이 치지. 모르는 사람이 뒤통수치는 거 봤어?"

처음 듣는 말인데. 대답을 궁리하는 사이, 오른쪽으로 누군가 터벅터벅 걸어왔다. 고개를 돌리자 턱수염 가득한 중년 남자가 서 있었다. 아마도 윤이서가 부른 대리 기사인 모양이었다. 윤이서가 먼저 다가가 그에게 차 키를 넘겨주었다.

집으로 돌아갈 시간이라는 걸 알았다. 서둘러 차 앞으로 다가갔다. 설마 같이 뒷좌석에 오르려나 싶어서 고민하는데, 윤이서가 곁으로 다가왔다. 커다란 손바닥이 어깨를 살며시 짓눌렀다. 뜨거운 체온에 놀라 주먹을 쥐었다.

"뒤에 타."

윤이서가 내 어깨를 떠밀었다. 조수석에 올라타는 그의 얼굴이 무표정했다. 군말 없이 그가 시키는 대로 움직이면서 내심 안도했다. 나란히 옆에 앉는다면, 가는 동안 숨 막히도록 어색할 게 뻔했으니까.

우리는 집으로 돌아가는 동안, 서로 한 마디도 꺼내지 않았다. 조용하고 여유로운 귀가였다. 내가 먼저 향기 다방 앞에서 내린 후, 윤이서를 태운 차가 뒤편으로 사라졌다. 오늘부터 저곳에서 머무는 걸까.

그날 밤은 유독 잠이 오지 않았다.

7장.

처서(處暑)

하루 만에 뚝 떨어진 기온 탓인지, 아침부터 싸늘한 기운이 바닥을 타고 올라왔다.

덕분에 일찍 잠에서 깨어나 밖으로 나왔다. 마침 할 일이 있어서 기상 시간이 당겨진 게 다행이었다. 부랴부랴 창고를 열어 구석으로 가 보니, 포대 자루가 너저분하게 놓여 있었다. 며칠 전에 가을 쑥을 캐다가 방앗간에 맡겼던 자루였다.

자루를 열어 보자 적당한 양으로 분류해 놓은 반죽이 보였다. 바구니에 반죽 봉지를 한가득 담아 마당으로 나왔다. 다방 문을 열 때까지 시간이 넉넉해서 여유가 있었다. 바구니를 어깨에 지고서 조심조심 걸음을 옮겼다.

"그걸로 뭐 하게?"

부엌으로 들어가기 직전, 마당의 간이 화장실에서 나오던 미정 언니가 물었다. 막 세수를 마쳤는지 수건으로 얼굴을 벅벅 닦고 있었다. 화장실의 물기로 푹 젖은 언니의 슬리퍼에 모래 알갱이가 다닥다닥 붙었다. 슬리퍼 아래 흙에도 검은 동그라미가 생겨났다.

"개떡."

"팔 거야?"

"팔기는, 그냥 서비스로 드려야지. 대충 만드는 건데."

언니가 수건으로 머리를 둘둘 말더니, 도와주겠다며 다가왔다. 머리부터 말리라고 타박하면서 부엌에 들어갔다. 먼저 일어나 졸린 눈을 비비던 지혜 언니가 가마솥 앞에 서 있었다. 커피를 끓이려고 했는지, 찬장이 활짝 열려 있었다.

"다희야, 왜 이렇게 일찍 일어났어?"

"잠깐 비켜 봐, 언니."

언니는 티스푼을 든 채, 게걸음으로 물러났다. 그 앞에 바구니를 내려놓고 구슬땀을 훔쳤다. 이것 하나 옮겼다고 힘이 들다니. 소매를 걷어붙이고 반죽을 뜯어 살펴보는데, 지혜 언니가 근처에 쪼그려 앉았다.

"생각보다 색이 연하네."

반죽을 손끝으로 콕콕 찔러 보던 언니가 군침을 삼켰다. 아직 찌지도 않았는데, 벌써 먹고픈 모양이었다. 워낙 군것질을 즐기는 사람이라서 예상했던 반응이었다.

"가을 쑥이라서 그래. 양이 적어서 어쩔 수 없어."

"이게 적다고?"

언니가 의아한 표정으로 반죽을 가리켰다. 엄청 많은 거 아니냐며 중얼거리는 목소리에 단호하게 고개를 저었다.

"막상 찌면 별로 안 돼."

"동네 사람들도 주려고 많이 하는 거야?"

"응, 손님들도 나눠 드리고. 아니, 그보다 많은 거 아니라니까 왜 자꾸……."

두런두런 잡담을 나누는 사이, 머리카락을 말리고 돌아온 미정 언니가 밀가루 포대를 가져왔다. 셋이서 포대를 깔고 앉아 고무 대야에 반죽을 부었다. 나머지 언니들은 다방을 청소하는 중이라기에 부르지 않았다.

언니들은 반죽을 떼어 동글동글하게 빚었다. 부엌 천장에서 꺼낸 떡도장으로 반죽을 찍어 누르자 예쁜 모양이 나타났다. 반죽을 하나하나 찍어 누르는 과정도 재미있었다. 실없는 이야기를 이것저것 나누면서 쿵쿵 찍어 가는데, 미정 언니가 옆구리를 쿡 찔렀다.

"참, 다희야."

"손 멈추지 말고 말해."

"아, 좀 쉬엄쉬엄해도 되잖아!"

쉬고 싶어서 괜한 얘기를 꺼낸 줄 알았다. 알았다고 대충 대꾸하는데, 언니가 갑작스러운 질문을 던졌다.

"너 어제 누구 만나고 들어온 거야?"

도장을 찍던 손이 우뚝 멈추었다. 침묵이 길어지면 의심할 게 뻔했지만, 달리 떠오른 생각이 없었다. 윤이서의 차를 본 건 아닐 테고. 변명거리를 생각하는데 언니가 빈틈을 주지 않고 추궁했다.

"누구 만났냐니까?"

"그냥 아는 사람."

"아는 사람, 누구."

끈질긴 심문이 이어졌다. 어느새 지혜 언니도 대화에 참여하고 싶은지, 물끄러미 내 얼굴을 응시했다. 그나마 나머지 언니들이 여기 없어서 다행이었다. 평범한 주제 하나로도 반나절은 거뜬히 떠드는 사람들이니까.

"말해 줘도 언니는 몰라."

"야, 서곡에 내가 모르는 사람이 어디 있어?"

공교롭게도 미정 언니의 말대로였다. 언니는 김 마담만큼이나 서곡에 아는 사람투성이였다. 세탁소 아들이랑 헤어진 후, 다른 남자들도 두루두루 거치느라 모르는 사람이라곤 한 톨도 없었다.

"너…… 남자 만났지."

게다가 눈치도 빨랐다. 가늘게 뜬 눈으로 쏘아보기에 가슴이 쿵 내려앉았다. 별것 아닌 척, 의연하게 반죽을 빚었으나 시선은 바닥으로 추락했다. 눈을 보며 대답하기 어려웠다.

"남자는 무슨, 아니야."

"빨리 말해. 누구야?"

"없다니까."

"언니가 눈치 백 단이야, 백 단. 나중에 걸리면 더 놀린다. 그냥 지금 불어."

미정 언니의 날카로운 추궁에 이어서, 지혜 언니까지 천진하게 질문 공세를 시작했다.

"서곡 사람이야?"

"아니라니까."

"그럼 어디서 온 사람인데?"

아차, 실수했다. 입을 꽉 다물면서 미정 언니를 째려보았다. 언니는 씩 웃으면서 잘했다는 듯 지혜 언니와 눈길을 주고받았다.

"그만 물어봐!"

빽 소리를 지른 다음에야 질문이 끝났다. 계속 힐끔거리며 말을 건네려는 미정 언니를 무시하고, 가마솥에 반죽을 차례차례 넣었다. 떡을 찌고, 꺼낸 다음 다시 빈자리를 채우고. 수차례 반복하는 동안 쟁반에도 떡이 탑처럼 쌓였다.

시간은 빠르게 흘러갔고, 마침내 다방 문을 열 때쯤 마지막 솥뚜껑도 열었다. 모락모락 올라오는 김 사이로 먹음직스러운 쑥개떡이 모습을 드러냈다. 지혜 언니가 침을 꼴깍꼴깍 삼키면서 주변을 맴돌았다.

얼른 먹어 보고 싶다며 조르는 통에 떡 하나를 건네주었다. 언니들은 후다닥 먹어 보더니 너무 맛있다면서 호들갑을 떨었다. 나한테 물어 보던 얘기까지 까먹은 눈치였다. 웃음을 터트리면서, 이번에는 양푼에 참기름을 부었다.

붓으로 떡에 참기름을 바르자 고소한 냄새가 사방에 퍼졌다. 이윽고 다른 언니들까지 냄새에 이끌려 하나둘 부엌으로 찾아왔다. 지혜 언니가 작은 접시에 나눠서 돌리자, 언니들은 감탄하면서 엄지를 치켜세웠다.

"진짜 맛있다."

"그런데 너무 많이 한 거 아니야? 어디 멀리 가는 줄 알겠네."

양에 대한 타박도 들어왔다. 언니들은 저들끼리 농담하고 깔깔 웃더니, 다른 쟁반에도 척척 떡을 나눠 담았다. 이런 부분에서는 시키지 않아도 손발이 맞아서 좋았다. 나머지 떡을 가리키면서 미정 언니의 허리를 팔꿈치로 쿡쿡 찔렀다.

"나머지도 빨리 끝내자. 시간 없어."

"어휴, 너 타박하는 게 명옥 언니 빼닮았어. 언니가 배 아파 낳은 새끼라고 해도 믿겠네."

미정 언니가 던진 말에 또 한 번 웃음꽃이 터졌다. 언니들이 다 같이 쭈그려 앉아 바르니, 생각보다 금방 동이 났다. 다 만들어 놓은 떡의 탑을 뿌듯한 얼굴로 바라보았다. 며칠간 먹을 생각에 흐뭇한 사이, 별안간 마당이 소란스러워졌다.

"다희야, 나와 봐!"

뭔가 싶어서 돌아보는데, 홀을 지키던 언니가 부엌으로 달려왔다. 갑자기 잘생긴 남자 한 명이 찾아왔다며 횡설수설하는 언니의 얼굴이 새빨갰다. 무슨 일이야, 허겁지겁 참기름 묻은 손을 닦고서 뛰쳐나왔다.

"아……."

하지만 말 한마디 제대로 내뱉지 못하고 굳어 버렸다. 이 촌스러운 다방의 풍경과 전혀 어울리지 않는, 말쑥한 정장 차림의 남자가 종이봉투 두 개를 들고 서 있었다. 하나는 음료수였고, 다른 하나는……

"빨리 받아, 팔 아파."

시루떡이었다. 황당해서 올려다보자 변명 같은 말이 돌아왔다.

"어제 얘기했잖아. 조만간 돌리겠다고."

그건…… 그냥 던져 본 얘기인 줄 알았지. 당연히 농담이겠거니 했는데, 그에게 지독히도 어울리지 않는 농담. 윤이서가 답답하다는 듯 넥타이를 가볍게 당기면서 헛기침했다. 멍하니 시루떡과 그의 얼굴을 번갈아 바라보았다.

향기 다방 마당에 윤이서가 서 있다니. 이렇게 어울리지 않는 풍경이 또 있을까. 그야말로 꿈결 같아서, 눈만 끔뻑끔뻑 감았다가 떴다. 그의 뒤편에 앞마당의 해바라기가 배경처럼 펼쳐져서 더 낯설고 이상했다.

"근처에 이사 오셨어요?"

내가 할 말을 잃은 사이, 지혜 언니가 머리카락을 넘기면서 말을 걸었다. 너무 오랜만이고, 또 그새 변한 부분이 많아서 그랬는지 윤이서를 알아보지 못하는 눈치였다. 미정 언니도 넘겨받은 시루떡이나 살피고 있었다.

초롱초롱한 지혜 언니의 눈길에도 윤이서는 묵묵부답이었다. 내가 아닌 상대와 대화하려는 의지가 없어 보였다. 괜히 언니가 민망해지지 않도록 서둘러 대답했다.

"아예 사는 건 아니고, 잠깐 머무는 거래."

어제 알려 준 대로 대답한 건데, 윤이서는 가만히 눈살을 찌푸렸다. 또 뭐가 문제야? 타박할 틈도 없이 지혜 언니가 쪼르르 달려가 시루떡을 꺼내 들었다. 먹음직스러운 모양새에 언니들이 탄성을 질렀다.

말릴 새도 없었다. 언니들은 떡을 꺼내 한 점씩 뜯어먹기 시작했다.

296

고슬고슬한 떡 아래로 팥고물이 후드득 떨어졌다. 지혜 언니가 작게 뜯어 낸 떡을 가져와 건네주었다. 마지못해 받아 들었지만, 차마 먹지는 못했다.

"먹어 봐, 얼른. 진짜 맛있어."

"언니, 잠깐만……."

"참, 우리도 줘야겠네. 마침 잘됐다, 잠시만 기다려요."

지혜 언니가 서둘러 부엌으로 들어갔다. 그러지 말라고 허겁지겁 눈길을 보냈지만, 언니들은 이미 쟁반에 쑥개떡을 듬뿍 담아 가져오는 중이었다. 탑처럼 쌓인 떡을 확인한 윤이서의 눈빛이 살짝 흔들렸다. 크게 티가 나지 않았지만, 눈만 봐도 알 수 있었다. 조금 당황한 상태라는 걸.

"이것 좀 드셔 보세요. 막 찐 거예요."

아직도 김이 올라오는 쑥개떡에서 고소한 참기름 냄새가 진하게 풍겼다. 웬일인지 이번에는 윤이서도 정중하게 두 손 벌려 쟁반을 받았다.

"네, 감사합니다."

언니들은 시루떡과 쑥개떡을 각자 알차게 챙겨서 홀로 쏙 들어갔다. 졸지에 그와 단둘이 남겨지고 말았다. 어색한 분위기 속에서 미간을 좁히고 손안의 시루떡을 내려다보았다. 그사이 윤이서도 쑥개떡을 이리저리 살피다가 심드렁하게 물었다.

"뭐야, 이건."

"보면 몰라? 떡이잖아."

나도 퉁명스레 대꾸했다. 참기름에 번들거리는 표면만 봐도 군침이 도는데, 무감한 그의 반응이 불만스러웠다. 부연 설명을 요구하는 눈빛에 못 이기는 척 답했다.

"쑥개떡이야. 오늘 아침에 만들었어."

"쑥?"

쑥을 별로 좋아하지 않는지 담담한 표정이었다. 괜스레 기분이 상했다. 이것도 없어서 못 먹는 사람이 지척에 널렸는데. 필요 없다면 넘겨받자는 생각으로 황급히 손을 뻗었다.

"싫으면 돌려줘. 너 말고도 줄 사람 많아."

접시를 뺏으려는 순간, 윤이서가 쟁반을 높이 들어 올렸다. 아무리 용을 써도 절대 닿을 수 없는 높이였다. 설마 키가 더 큰 건가? 까마득한 높이에 미간을 찌푸리는데, 윤이서가 냉랭한 표정으로 물었다.

"줄 사람, 누구."

"손님들."

그건 왜 묻냐고 타박했지만, 그는 조용히 표정을 풀고서 팔을 내렸다. 이렇다 할 대꾸도 없이 묻고 싶은 것만 물어보았다.

"네가 직접 만들었어?"

"언니들이랑 다 같이 했어."

윤이서는 떡에 손도 대지 않고서 조용히 바라보았다. 먹기 싫으면 억지로 먹을 필요 없는데. 서울서 맛난 음식만 먹다가 이런 게 들어가기나 할까. 그의 상태를 이해하기로 하면서, 너그러운 마음으로 손을 내밀었다.

"억지로 먹으라고 말 안 해. 언니들 보기 전에 빨리……."

"떡만 먹으면 목 텁텁해."

윤이서가 또다시 쟁반을 오른쪽으로 돌리더니, 생뚱맞은 소리를 내뱉었다.

"뭐?"

"냉커피 한 잔 줘. 같이 먹게."

이건 또 무슨 소리지. 황당한 마음에 멀뚱히 쳐다보는데도, 그는 대답이 없었다. 오히려 똑같이 내 눈을 깊게 들여다보기나 했다. 밝게 일렁이는 담갈색 눈에 햇볕이 들어섰다. 색이 옅어진 눈동자가 투명하게 반짝였다.

"다방에서…… 먹고 갈 거야?"

"그럼, 여기 서서 먹을까?"

능청맞은 물음이 귓속을 파고들었다.

"그게 좋으면 그렇게 하고."

무감한 얼굴에 여유로운 말투. 눈을 떼지 못하는 내 모습이 마음에 들었다는 것처럼, 그가 살며시 입꼬리를 올려 웃었다. 나른하게 표정을 살피던 시선이 천천히 내려가 입술에 닿았다.

"됐어, 그럼 빨리 들어가."

집요하게 뜯어 살피는 시선에 못 이겨 결국 먼저 고개를 돌려 버렸다. 윤이서가 다방으로 들어가자 금방 시선이 따라붙었다. 계산대 앞에 옹기종기 붙어 앉은 언니들의 호기심 어린 시선이었다. 그만 보라며 작게 속삭였지만, 짓궂은 웃음만 되돌아올 뿐이었다.

그러는 동안 윤이서는 텅 빈 홀을 둘러보더니 제일 구석진 자리로 향했다. 이리저리 둘러보는 행동에서 묘한 호기심이 느껴졌다. 그 역시 변한 다방의 풍경이 낯설고 신기한 모양이었다.

메뉴라고 해 봤자 얼마 없었고, 윤이서도 커피만 마실 게 뻔했다. 슬그머니 주방 쪽으로 몸을 돌렸다. 직접 커피를 탈 생각이었는데, 눈썰미 좋은 은주 언니가 다가오더니 앞을 가로막았다.

"기다려. 커피는 내가 가져다줄게."

원치 않은 배려였다. 윤이서의 귀에 들리지 않도록 조용히 내가 가져오겠다며 속삭였지만, 언니는 단호하게 거절했다. 그것도 모자라서 내 어깨를 꽉 짓눌렀다. 억지로 윤이서의 맞은편에 앉게 되어 눈을 동그랗게 떴다.

"언니, 잠깐……."

"커피 금방 내올게. 떡 먼저 먹고 있어요."

윤이서를 향해 호호 웃던 언니가 냉큼 주방으로 달려갔다. 그녀의 뒤를 따르듯, 지혜 언니가 예쁜 그릇에 떡을 소복하게 담아 가져왔다. 쑥개떡과 시루떡이 반반 섞여 모락모락 김을 냈다. 엉거주춤 일어나서 그릇을 받아 들었다.

윤이서는 한쪽 다리를 꼰 채, 멀거니 내 얼굴을 올려다보았다. 얼른 앉지 왜 그러고 서 있냐는 표정이었다. 재촉하는 눈빛에 못 이겨 접시를 내려놓았다. 맞은편에 앉자마자 질문이 날아왔다.

"커피는?"

"곧 나올 거야. 떡 먼저 먹어."

"의외네. 커피 핑계 대고서 도망칠 줄 알았는데."

무심히 던진 농담에 얼굴이 확 뜨거워졌다. 마당에서 그를 발견하고 놀랐던 심정을 고스란히 들킨 듯했다. 저 무감한 얼굴로 언제 내 표정을 관찰했을까. 낱낱이 읽히는 마음이 거슬려서 미간을 팍 구겼다.

"내가 잘못한 것도 없는데, 도망을 왜 쳐."

"아까는 부엌으로 도망치려고 했으면서."

참 상세하게도 관찰했구나. 어이도 없고 솔직히 뜨끔해서 불만을 삼켰다. 다행히 더 놀릴 생각은 없었는지, 윤이서가 포크로 쑥개떡을 폭 찔렀다. 무덤덤하게 떡을 씹어 먹는 테이블 위로 고요함만이 잔잔하게 흘렀다.

열린 창밖으로 앞마당 해바라기의 그림자가 길게 늘어졌다. 새파란 하늘을 향해 꼿꼿하게 자라난 꽃대가 바람결에 살랑살랑 흔들렸다. 샛노란 꽃잎이 아롱아롱 흔들릴 때면, 여린 이파리도 함께 춤을 췄다.

창틀을 액자처럼 꾸며 둔 덕에 풍경이 정말로 하나의 그림처럼 보였다. 수채화처럼 아름다운 경관에 윤이서도 시선을 빼앗겼다. 가만히 구경하는 그를 보면서 내심 뿌듯했다. 네가 떠난 사이, 이곳을 이만큼 아름답게 일구어 놓았다고. 자랑하고픈 마음을 꾹꾹 눌러 참았다.

앞마당을 빽빽하게 채운 해바라기가 일순간 파도처럼 흔들렸다. 바깥으로 나간 은주 언니가 호스로 물을 주고 있나 보다. 시원하게 흩뿌려진 물줄기 사이로 흐릿한 무지개가 호선을 그리며 나타났다. 흰 뭉게구름 사이로 비치는 무지개의 모습이 제법 운치 있었다.

"다희야, 여기."

커피를 가져온 지혜 언니가 정적을 깨트렸다. 언니는 커피 두 잔을 테이블에 올려 주면서 후다닥 사라졌다. 주방 너머로 이쪽을 연신 흘긋거리는 눈길이 느껴졌다. 나를 찾아 방문한 남자가 처음이다 보니, 언니들의 유난스러운 관심이 이해가 갔다.

달칵, 컵 안의 얼음이 녹으면서 저들끼리 부딪쳤다. 그제야 윤이서가 고개를 돌렸다. 마당의 풍경에서 쉽사리 떼어 내지 못하던 시선이 커피에 꽂혔다. 마시라고 눈짓하자 그가 묵묵히 유리컵을 들었다. 한 모금을 쭉 들이켠 그가 이내 담담히 평가를 내뱉었다.

"맛있네."

그의 목소리에 별안간 옛날 생각이 났다. 정확히 10년 전에 이 다방에서 그에게 커피를 타 줬던 기억. 그때 윤이서는 언니들에게 둘러싸여 온갖 이야기를 듣다가, 내가 준 커피를 마시면서 지금처럼 말했었다. 맛있다고.

"그 엽서."

윤이서의 시선이 다시 바깥 풍경에 닿았다. 눈이 멀 정도로 샛노란 꽃을 바라보다 보니, 그 역시 쓸데없는 옛 기억이 떠오른 모양이었다. 선선한 바람 앞에서 그의 밤색 머리칼이 이마로 한 가닥씩 흐트러지며 내려왔다.

"아직 가지고 있어?"

대답 없이 고개를 위아래로 흔들었다. 눈동자만 굴려 내 표정을 확인한 그가 나른하게 중얼거렸다.

"그래? 진작 버렸을 줄 알았는데……."

윤이서는 창에서 시선을 떼지 못하고 중얼거렸다. 진작 버렸다고 생각했다니, 그 정도로 서곡에 미련 한 톨 남지 않았던 걸까. 괜스레 기분이 상해서 미간을 좁혔다. 휴지를 뽑아 애꿎은 테이블을 벅벅 닦는 동안, 윤이서는 혼잣말처럼 고저 없는 음성으로 말을 이었다.

"왜 안 버렸어?"

"버릴 이유가 없으니까."

"오해하기 딱 좋은 대답인데, 그거."

그가 픽 웃으면서 남은 커피를 쭉 들이켰다. 윤이서의 목울대가 울컥 튀었다. 손가락 사이로 유리컵 표면에 맺힌 물방울이 주르륵 흘러내렸다. 뜻 모를 대답에 알쏭달쏭 머리를 굴리는 동안, 갑자기 달그락 소리가 들렸다.

우리는 함께 고개를 돌렸다. 어느새 주방에서 나온 지혜 언니가 레코드플레이어를 만지작거리는 중이었다. 보관함을 뒤적이는 언니의 손길에서 즐거움이 묻어났다. 설마 그 노래를 틀지는 않겠지. 조마조마한 마음으로 지켜보다가 윤이서의 주의를 뺏고자 입을 뗐다.

"안 궁금해?"

충동적으로 꺼낸 질문이었다. 윤이서는 슬쩍 의아한 표정을 지었다. 그의 의문이 깊어지기 전에 서둘러 부연 설명을 보탰다.

"내가 왜 마당에 해바라기를 심었는지."

대답이 돌아오기도 전에 후회가 밀려왔다. 뭐 하려고 이런 질문을 건넸지? 윤이서에게 별로 달가운 질문도 아닐 텐데.

윤이서는 나한테 별로 관심이 없을 터였다. 옛날처럼 집요한 시선 속에도 이제는 묘한 원망이 섞여 있었다. 아마도 그의 제안을 따르지 않고 서곡에 남았던 탓에 생긴 원망이 아닐까. 침묵이 길어지면서 자연스레 마음이 불편했다.

"궁금했으니까 온 거지."

어색함을 참지 못하고 몸을 일으키려던 찰나, 윤이서의 담담한 속삭임에 주의를 빼앗겼다. 놀라서 쳐다보니 그 역시 내 눈을 뚫어지라 응시했다.

"내 눈으로 직접 확인하려고."

"뭐를……."

"권다희."

윤이서가 턱을 괴며 웃었다. 이 상황이 즐겁다는 눈치기에 되레 긴장이 풀렸다. 방금 나눈 대화에 즐거운 부분이 있던가? 아니면 내가 엽서의 풍경을 기억하고 있었다는 사실이 내심 반가웠나. 어떻게든 그의 마음을 파악하려고 노력하는 와중에 더욱 놀라운 부탁이 이어졌다.

"나한테 서곡 좀 구경시켜 줘. 예전처럼."

뜻밖의 제안에 눈을 크게 떴다. 누가 뒤통수를 때린 것처럼 정신이 멍해졌다. 이번에도 옛 기억을 단번에 불러일으키는 말이었다. 윤이서가 서울서 내려온 전학생이던 시절, 내게 부탁했던 내용과 똑같았으니까.

"뭐가 변했는지, 예전이랑 어떤 게 달라졌는지 궁금해서."

"……."

"청재사를 한번 다녀오는 것도 나쁘지 않겠네."

빈 컵에 남은 얼음이 달그락, 또다시 흔들렸다. 윤이서는 손목시계를 확인하더니 슬쩍 눈썹을 찡그렸다. 아마도 약속 시각이 다 된 모양이었다. 품에 손을 넣어 뒤적이는 그의 행동이 꽤 분주했다.

"다방도 내 눈으로 직접 확인하니까 재밌어. 밖에서 들여다볼 때랑 느낌이 다르거든."

윤이서가 대뜸 새카만 지갑에서 지폐를 꺼내 눈앞으로 내밀었다. 돈을 건네는 손길이 무뚝뚝하기 짝이 없었다. 당연히 커피값으로 내민 돈일 텐데, 묘하게 기분이 찝찝했다. 입술을 꾹 깨물다가 퉁명스레 거절했다.

"됐어."

"나한테는 한 푼도 받기 싫어서 그래?"

내 대답을 다른 의미로 받아들였는지 비꼬는 어조가 돌아왔다. 자세하게 설명해 주지 않으면 또 괜한 오해를 하겠구나 싶어서 한숨을 내쉬었다. 이런 부분은 예전과 크게 변하지 않았네.

"시루떡 답례라고 생각해, 그냥. 겨우 커피 한 잔인데."

느리게 풀어지는 그의 표정을 확인하다가 몸을 일으켰다. 쟁반을 들고 옮기려는데, 윤이서가 덥석 손목을 붙들었다. 주방 쪽에서 나직하게 탄성이 들려왔다. 아직도 지켜보고 있었구나. 주방을 흘기는데, 윤이서가 조심스러우면서도 강한 힘으로 손목을 당겼다.

"나중에 또 올 테니까 생각해 봐. 서곡 구경."

꼭 내가 아니어도 상관없지 않냐고 물어보고픈 마음이 굴뚝같았다. 하지만 곧이곧대로 말하지 못했다. 만약 윤이서가 미련도 없이 그래, 라고 답하는 순간 그 반동을 견딜 자신이 없어서.

다행히 그는 별말 없이 문으로 다가갔다. 슬슬 손님들이 밀려올 때였다. 적당한 때에 돌아가서 안심이라고 생각하다가 걸음을 멈추었다. 어디까지 마중을 나가야 하는 거지? 윤이서는 손님도 아닌데…… 고민하는 사이, 귓가에 다급한 발소리가 들렸다.

"저기, 잠깐만요!"

갑자기 지혜 언니가 부리나케 쫓아왔다. 서둘러 내보내려는 내 행동을 읽었나 싶어서 황급히 돌아보았다. 그녀의 손에는 흰 보자기가 들려 있었다. 언니가 활짝 웃으며 멈춘 윤이서 앞으로 보자기 뭉치를 들이밀었다.

"이거 가져가서 먹어요. 우리끼리 먹기엔 양이 많아서."

얼떨결에 보자기를 받아 든 윤이서가 당황한 얼굴로 한 걸음 물러났다. 강하게 드러내는 호의 앞에서 어떻게 반응하면 좋을지 모르는 눈치였다. 나까지 민망한 마음에 언니의 옆구리를 쿡 찔렀지만, 언니는 별 대꾸도 없이 웃기만 했다.

"잘 먹겠습니다. 감사합니다."

떡보자기를 든 윤이서가 답지 않게 예의 바른 태도로 인사했다. 내게도 가 보겠다면서 눈인사를 건넸다. 어색하게 인사를 받자 그는 대문 밖으로 느긋하게 걸어갔다. 한참이 지나 그의 발소리가 완전히 사라질 때쯤, 지혜 언니가 호들갑을 떨며 어깨를 쳤다.

"얘, 누구야? 키도 훤칠하니 잘생겼잖아. 어디서 알게 된 사이야? 그동안 왜 우리한테 말 안 했어?"

어느 하나 대답하기 쉬운 질문이 없었다. 긴장이 풀린 탓인지, 피로감도 한꺼번에 밀려왔다. 언니의 팔을 붙잡고 어깨를 축 늘어트리며 대꾸했다.

"나 피곤해."

"으응?"

"좀만 자다가 나올게."

잠이라도 푹 자지 않으면, 이 이상한 기분에 오래도록 갇혀 있을 것만 같았다.

언니들의 예상대로 쑥개떡은 양이 상당했다.

다방 근처 가게에 돌리고, 손님들에게 나눠 주고도 양이 꽤 남았다. 언니들은 윤이서가 들고 온 시루떡에만 정신이 팔려 쑥개떡은 거들떠

보지도 않았다. 시루떡을 한 점씩 먹을 때마다 호기심 어린 질문을 던지는 것도 잊지 않았다.

계속 이름이 뭔지, 언제 그렇게 잘생긴 사람을 만났는지 물어보는 통에 밥도 조용히 먹기 힘들었다. 어찌나 지독하게 묻는지 다음날 보건소로 떡을 가져다주라는 말을 들었을 때 차라리 다행이라고 생각이 들 정도였다.

변덕스러운 날씨 탓에 기온이 올라가 햇살이 제법 뜨거웠다. 따뜻한 바람을 맞이하면서 부지런히 페달을 밟았다. 자전거 바구니에 실린 떡 상자가 덜컹덜컹 소리를 내면서 흔들렸다.

허공에서 떨어진 나뭇잎이 어느새 바구니에 같이 담겨 있었다. 저물어 가는 가을을 따라 낙엽은 반쯤 붉게 물들어 있었다. 노을 지는 아래 산의 풍경처럼 예쁜 색이었다. 정신없이 자전거를 타다 보니 자연스레 윤이서에 대한 걱정도 조금씩 가라앉았다.

서백 염전 저수지는 물길을 새로 내느라 공사가 한창이었다. 바깥에서 일할 사람을 구했는지, 처음 보는 얼굴도 여럿이었다. 시끌벅적한 길목을 지나자 2층짜리 보건소가 모습을 드러냄과 동시에 익숙한 뒷모습이 보였다.

그는 마당 구석에서 강아지를 돌보던 중이었다. 자그맣고 낡은 개집 안에서 찹쌀떡처럼 희고 뽀얀 강아지가 한데 뭉쳐 꼬물거렸다. 보건소에서 키우는 백구가 얼마 전 낳은 새끼였다. 어미를 닮아 짧고 통통한 다리가 무척 귀여웠다.

남자는 젖은 수건으로 열심히 강아지를 닦아 주고 있었다. 다가온 백구가 연신 그의 손등을 핥아 대느라 온통 침 범벅이었다. 번거로울 법도 한데, 그는 백구를 다정하게 달랠 뿐 짜증도 내지 않았다. 낑낑거리는 강아지를 가만히 지켜보다가 반갑게 소리쳤다.

"안녕하세요, 박 선생님!"

"악!"

너무 집중한 탓이었을까. 그는 발소리도 감지하지 못했는지, 슬그머니 건넨 인사에 깜짝 놀라며 엉덩방아를 찧었다. 어리둥절한 그의 표정에 황급히 안장에서 내려와 자전거를 담장에 세워 두고 달려갔다.

"선생님! 괜찮으세요?"

"다, 다희 씨?"

당황하며 고개를 돌리는 남자의 볼이 발개진 게 보였다. 가운에 매달린 명찰이 햇빛을 받아 반짝반짝 빛을 뿜었다. 박태식이라고 적힌 글자도 까맣게 윤을 냈다. 주인의 비명에 덩달아 놀랐는지, 새끼를 핥아 주던 백구가 왕왕 짖었다. 고요하던 보건소 앞뜰이 순식간에 소란스러워졌다.

"이런, 제가 인기척을 못 느껴서……. 언제 왔어요?"

선생님이 허둥지둥 일어나면서 안경을 고쳐 썼다. 가운 끄트머리에 흙먼지가 잔뜩 묻어 지저분했다. 눈치도 없는 백구가 짖던 걸 멈추고 선생님에게 덤벼들었다. 졸지에 강아지 발자국마저 옷자락에 덕지덕지 묻었다.

"죄송해요, 선생님. 자전거 소리 들으신 줄 알았어요."

다급히 사과부터 건넸다. 선생님은 가운의 흙먼지를 털어 내다가 붉게 물든 얼굴로 손사래를 쳤다. 내 앞에서 넘어졌다는 게 신경이 쓰이는지 슬쩍 눈치를 보는 표정이었다. 애써 더러워진 가운을 못 본 척했다.

"괜찮아요. 살짝 넘어진 건데, 민망해서 그러죠."

선생님이 크게 웃음을 터트리면서 허리를 숙였다. 놀란 백구의 머리를 쓰다듬어 주다가도 힐끔거리며 곁눈질하는 시선이 느껴졌다. 쳐다보면 더 민망해할까 싶어서 자전거로 돌아가 떡 보자기부터 꺼내 들었다.

오색 보자기로 꽁꽁 싸맨 떡이 제법 묵직했다. 선생님이 부랴부랴 달려오더니 보자기를 대신 받아 들었다. 다정한 배려가 몸에 밴 태도였다. 별로 무겁지 않아 괜찮다고 했지만, 선생님은 끝까지 보자기를 넘겨주지 않았다.

"이게 뭔가요?"

"떡을 좀 했는데, 언니들이 선생님께도 전해 드리라고 해서요. 지난번엔 실례가 많았잖아요."

며칠 전 새벽, 지혜 언니가 배를 움켜쥐고 나 죽는다며 쓰러진 적이 있었다. 비명에 놀라서 달려간 철물점 사장님이 언니를 업고 다방으로 달려왔지만, 딱히 손 쓸 도리가 없었다.

발만 동동 구르다가 무작정 보건소로 달려갔는데, 마침 퇴근하지 않고 남았던 선생님이 빠르게 처지하고 응급차도 불러 주었다. 그가 아니었다면, 언니는 정말 큰일이 났을지도 몰랐다.

"지혜 씨 상태는 어때요?"

"많이 좋아졌어요. 새벽에 맹장이 터지다니, 다들 너무 놀랐는데."

"다희 씨가 빠르게 대처한 덕분이죠. 바로 보건소로 달려왔잖아요."

"아뇨, 제가 뭘……. 선생님이 도와주신 거죠."

그때를 생각하면 아직도 간담이 서늘했다. 김 마담이 쓰러진 다음부터 언니들의 건강이 더욱 신경 쓰였다. 조금이라도 몸이 안 좋으면, 재깍재깍 보고하라고 단단히 일러두기도 했으니까. 급성 맹장은 예방도 소용이 없었지만 말이다.

"날이 아직 덥네. 잠깐 들어올래요?"

이마의 땀을 닦는데, 내 얼굴을 살피던 선생님이 어색하게 권유했다. 그렇게 더워 보였나 싶어서 조금 민망했다. 고개를 저으면서 자전거 쪽으로 몸을 돌렸다.

"괜찮아요. 어차피 다방으로 돌아가야 해서."

"그, 그래요?"

선생님은 멋쩍게 볼을 긁적이면서 서성였다. 이만 들어가도 괜찮은데, 계속 곁에 머무르는 행동이 의아했다. 혹시 따로 할 말이 있는 걸까? 안장에 올라가려던 걸 멈추고 그를 돌아보았다. 눈이 마주친 선생님의 어깨가 흠칫 흔들렸다.

"더 하실 말씀이라도 있으세요?"

혹시나 해서 물어본 건데, 선생님은 입만 달싹이며 아무 말도 못 했다. 다홍색으로 물든 낯을 보니 아침 햇살이 워낙 뜨거웠던 모양이었다. 손바닥으로 햇빛을 가려 주고 싶어도, 선생님의 키가 훤칠해서 그럴 수가 없었다.

"아니, 날씨가 너무 덥지 않나 해서요. 안에 들어가서 차라도 한 잔……."

"어머, 다희야!"

겨우 몇 마디 꺼내던 선생님의 목소리가 끊어졌다. 범인은 부랴부랴 보건소에서 달려 나온 간호사 혜원 언니였다. 반가운 얼굴에 활짝 웃으며 왼손을 높이 흔들었다. 선생님은 옆으로 한 길음 물러나며 괜히 백구의 머리만 만지작거렸다.

"혜원 언니! 서울은 잘 다녀오셨어요?"

"잘 다녀왔지. 휴가가 왜 이렇게 짧은지, 시간이 참 빨리 가더라."

혜원 언니는 박태식 선생님이 부임하기 한참 전부터 오랫동안 보건소를 지켰던 터줏대감이었다. 언니의 남편은 서곡 사람으로, 읍내에서 국밥집을 운영했다.

두 사람은 결혼을 하자마자 쌍둥이를 낳았는데, 애들 나이가 어느새 다섯 살이었다. 쌍둥이는 워낙 귀여워서 읍내 상인들의 사랑을 독차지하곤 했다.

"애들은요?"

"식당에서 어머님이 봐주고 있지. 오늘은 남편 차례거든."

"아쉽다."

"네가 왜 아쉬워. 아, 애들 보고 싶어서?"

쌍둥이는 격주로 보건소와 식당을 오가면서 하루를 보냈다. 가끔 커피 배달을 나가다가 마주치면, 애들이 와와 달려와서 허리를 껴안곤 했다. 애들을 썩 좋아하는 편이 아니었으나 쌍둥이는 특별했다. 빈말이 아니라 정말로 귀엽고 예쁜 애들이었기에.

"나중에 애들 있을 때 다방으로 놀러 와요. 간식도 줄게요."

"너는, 저번에 겪어 놓고……. 애들 해바라기 뽑아 가겠다는 거 말리느라 죽는 줄 알았는데."

"해바라기 몇 송이야 꺾어도 괜찮아요."

"막상 꺾어 가도 금방 시드니까 마음 아프잖아. 해바라기도 거기서 자라야 행복하지. 괜히 좁아터진 우리 집에서…… 어휴, 너무 오래 세워 뒀네."

신나게 떠들던 언니가 다짜고짜 팔을 붙잡았다. 에어컨 아래서 오랫동안 자리를 지켰는지, 언니의 손이 무척 시원했다.

"들어와서 차나 마시고 가. 미숫가루도 있어."

"아니요, 저 얼른 가 봐야 하는데……. 손님도 많고."

"손님이야 매일 많지. 너무 덥잖아, 잠깐만 들어와."

거듭 이어지는 권유를 못 이겨 미적미적 걸어갔다. 앞장서서 걷던 언니가 별안간 박 선생님을 돌아보더니, 묘한 눈웃음을 보냈다. 왜 그러는가 싶어 쳐다보자 선생님의 얼굴이 또 새빨갛게 변했다. 워낙 수줍음이 많은 분이라서 그러려니 싶었다.

보건소는 예상대로 쾌적하니 시원했다. 관리하는 아주머니가 창가의 화분에 물을 주다가 싱긋 웃었다. 아주머니의 손에도 종이컵 한 잔이 들려 있었다. 정말로 미숫가루를 타던 중이었는지, 테이블에 미숫가루가 흩어진 자국이 보였다.

"다희 씨, 뭐 마실래요?"

소파에 앉자마자 선생님이 물었다. 고민하다가 미숫가루를 부탁했다. 그는 빠르게 주방으로 들어가더니, 얼음을 동동 띄운 미숫가루 한 잔을 금세 만들어서 건네주었다. 고소한 냄새를 풍기는 종이컵을 받아 꿀꺽꿀꺽 삼켰다. 머리가 지끈거릴 정도로 차가웠다.

"왜 그래요?"

조용히 미간을 찌푸리자 선생님이 의아한 표정으로 물었다. 관자놀이를 꾹꾹 누르면서 힘겹게 대답했다.

"머리가 아파서……. 너무 빨리 마셨나 봐요."

심각한 게 아니라는 걸 느꼈는지, 그는 다시 웃음을 되찾았다.

"얼음을 괜히 넣었네. 천천히 마셔요."

"그래도 맛있어요."

칭찬을 건네자 선생님이 머쓱하게 미소 지었다. 제자리를 몇 번 더 서성이던 선생님은 미묘하게 풀이 죽은 얼굴로 주방에 갔다. 그곳에서 혜원 언니가 선생님의 옆구리를 팔꿈치로 퍽퍽 찌르는 게 보였다.

선생님은 악 소리도 못 내고 얌전히 맞았다. 이어서 혜원 언니가 타박하는 소리가 들렸다. 자세한 내용까지 들리진 않았지만, 아무래도 선생님이 뭘 잘못한 모양이었다. 그러지 않고서야 혜원 언니가 저렇게 성을 낼 리 없으니까.

"저 이만 가 볼게요. 미숫가루 잘 마셨습니다."

열심히 비운 종이컵을 구기면서 일어났다. 보건소는 시원하고 편했지만, 오래 있자니 마음이 불편했다. 다방에서 바쁘게 일할 언니들 생각도 나고. 멀리서 보자기를 풀어 떡을 확인한 혜원 언니가 웃으며 다가왔다.

"벌써 가게? 더 쉬다가 가지. 우리랑 얘기도 좀 하고."

"많이 쉬었는데요. 얼른 가서 일해야죠."

"왜 그렇게 열심히 일해? 서곡 떠나서 서울 가려는 건 아니지?"

"제가 가긴 어딜 가겠어요. 서울살이가 쉬운 것도 아닌데."

언니는 그건 그래, 맞장구를 치면서 한숨을 내쉬었다. 예전에 서울에서 지내던 기억이 물씬 떠오른 듯했다. 종이컵을 쓰레기통에 넣고서 계단을 내려갔다. 자전거 손잡이를 단단히 쥐고 안장에 오르려는데, 다급한 발소리가 들렸다.

"다희 씨! 잠깐만요."

박 선생님이 가운을 펄럭이면서 달려왔다. 새로 갈아입었는지 흙먼지가 온데간데없이 깨끗한 가운이었다. 코앞까지 다가온 그가 품에서 주섬주섬 무언가를 꺼내 건네주었다. 네모나게 포장된 종이봉투였다. 봉투 위쪽을 열어 보자 책 한 권이 보였다. 새하얀 시집이었다.

"가끔 다방에서 책 읽는 걸 봐서……. 읍내 나갔을 때 서점에서 샀어요."

설명을 요구하기도 전에, 선생님이 쭈뼛쭈뼛 말을 이었다. 뒤늦게 선물이라는 걸 알아차리고 시선을 올렸다. 눈이 마주친 선생님은 입술을 잘근거리며 약간 긴장한 것처럼 보였다. 갑자기 왜 선물을 주나 싶어서 조심스레 물었다.

"저 때문에 일부러 사신 거예요?"

"비싼 책도 아닌데, 부담 갖지 말아요."

"그래도……. 저는 드릴 것도 없는데."

빈손이 민망했다. 나도 떡 말고 뭘 하나 가져올 걸 그랬나? 하지만 선생님뿐만 아니라 다른 사람과 선물이라는 걸 원체 주고받은 적이 없다 보니, 이런 문제를 고민해 본 기억이 없었다.

"그럼 나중에 커피나 한잔 사 줘요."

"선생님은 다방 오시면 커피 무조건 공짜죠. 저희가 신세를 얼마나 많이 졌는데."

"음, 다방 말고 다른 곳에서는……."

"네?"

선생님이 끝말을 흐리다가 머리를 벅벅 긁었다. 목소리가 너무 작아서 못 들었는데, 되묻자마자 새빨개진 얼굴로 물러났다.

"아, 아무것도 아니에요! 얼른 가 봐야 한다고 했죠?"

미안하면서도 고마운 마음이었다. 봉투를 꼭 껴안아 자전거 앞 바구니에 실었다. 선생님께 꾸벅 고개를 숙이는 것도 잊지 않았다. 어쨌든 선물을 받았다니 기분 좋은 일이었다.

"감사해요. 잘 읽을게요."

"집 가서 꼭 읽어 보세요."

선생님이 거듭 강조하면서 낮게 기침했다. 연신 고개를 숙이면서 안장에 올라탔다. 보건소 계단에 서 있던 혜원 언니가 잘 가라면서 크게 인사를 건넸다. 이유는 모르겠지만, 언니는 뿌듯한 표정을 짓고 있었다.

보건소를 벗어나 다시 페달을 부지런히 밟았다. 다방으로 가는 길에 하룻밤 사이 우수수 떨어진 낙엽이 보였다. 마당의 은행나무도 조만간 낙엽을 무더기로 떨어트리겠지. 반나절은 낙엽만 청소할 생각에 헛웃음이 나왔다.

"안녕하세요, 사장님."

"네, 조심해서 가세요."

다방 담벼락에 자전거를 기대 놓다가 손님과 눈이 마주쳤다. 손님과 반갑게 인사를 주고받은 다음, 바구니 속 봉투를 들고서 쪽방으로 직행했다. 혹시 언니들한테 붙잡히면 괜히 이상한 질문 세례나 받게 될 테니까.

봉투를 화장대에 올려 두고서 머리를 꼭 묶었다. 한창 길렀더니 제법 치렁치렁해진 머리카락이 거슬렸다. 언제 읍내에 나가서 어깨 길이까지 짧게 정돈해 볼까. 거울을 바라보면서 고민하는데, 바깥에서 경적이 울렸다.

밖으로 나오자 다방 입구에 도착한 트럭 한 대가 보였다. 가까이 다가가다가 뒤편을 발견하고 탄성을 질렀다. 팜파스그라스 모종이 담긴 포트가 가득했다. 시동 꺼지는 소리를 듣고 뛰쳐나온 미정 언니가 내용물을 확인하고 투덜거렸다.

"오늘 일 많이 하겠네."

불만 어린 언니의 눈빛에 작게 웃었다.

"언니가 도와주면 금방 끝나지."

"한 번이라도 일찍 끝내 주고서 그런 소리 해라."

"다 하고 국수나 먹자. 내가 할게."

주머니에서 목장갑을 꺼내 끼고, 트럭으로 다가갔다. 미정 언니는 툴툴거리면서도 소매를 걷어붙이면서 따라왔다. 막상 팜파스그라스의 모종을 마주하자 신기했는지, 꼼꼼히 살펴보는 눈길에서 즐거움이 느껴졌다.

나머지 언니들도 도와주겠다면서 달려왔지만, 포트를 옮기는 동안 홀이나 맡기로 했다. 괜히 여럿이서 뒷마당을 서성이면 손님들 호기심이나 끌 테니까. 오늘도 손님들이 복작복작하게 다방을 채워서 일손을 뺏기는 어려웠다.

미정 언니와 함께 손님들의 잡담을 엿들으며 열심히 포트를 옮겼다. 트럭과 마당을 바삐 오가는 동안 이마에서 목덜미까지 땀이 주룩주룩 흘렀다. 중간부터는 트럭 기사까지 내려와서 일을 도와주었다.

마침내 마지막 포트를 옮겼을 때, 박수가 절로 나왔다. 트럭 기사는 커피 한 잔과 쑥개떡을 얻어먹고 홀가분한 얼굴로 떠났다. 홀이 한산해질 무렵, 언니들이 하나둘씩 마당으로 나와 모종을 구경했다.

"우리 다방 더 유명해지면 어떡해? 이러다가 방송도 타는 거 아니야?"

"꿈도 크다. 방송은 아무나 나와?"

"말이라도 하면 좋잖아!"

지혜 언니가 설레발을 치자, 미정 언니가 단번에 훼방을 놓았다. 언니들은 일렬로 세워 놓은 포트를 보면서 기대감 섞인 웃음을 터트렸다. 그러는 동안 목장갑 낀 손목을 휘휘 저으며 모종 개수를 확인했다. 제법 많은데 몇 개는 오늘 미리 심을까?

"다희야, 잠깐만!"

삽을 찾으려고 창고로 걸어가려는데, 갑자기 지혜 언니가 앞을 막아섰다. 의미심장한 미소를 띤 얼굴에 장난기가 만연했다.

"왜 그래?"

"너 보건소 갔을 때 말이야."

언니가 주머니를 뒤적여 꼬깃꼬깃 접힌 쪽지 하나를 건넸다. 학생들이나 접을 법한, 노트 줄이 선명한 쪽지였다.

"그 사람이 너한테 전해 달라고 부탁했어. 잠깐 들렀었거든."

"그 사람?"

"어제 너 보러 온 남자 말이야."

쪽지를 펼치려던 손이 그대로 굳었다. 엿듣던 언니들이 먹이를 찾으며 어슬렁대는 고양이처럼 곁으로 몰려왔다. 부랴부랴 쪽지를 등 뒤로 숨겼다.

"언니들한테 끝까지 얘기 안 해 줄 거야, 누군지?"

"그게……."

지혜 언니가 서운한 척 입술을 쭉 내밀었다. 변명할 말을 찾다가 포트 더미를 가리켰다.

"모종 다 심으면 말해 줄게."

"오늘은 절대 안 알려 주겠다는 소리야, 저거."

미정 언니가 쯧쯧 혀를 차며 핀잔을 던졌고, 나머지 언니들도 아쉽다며 투덜거렸다. 얼른 모종이나 심자고 소리치면서 창고로 피신했다. 문을 단단히 닫은 후에야 쪽지를 확인할 수 있었다. 조심스레 펴 보자 정갈하게 적힌 글자가 나타났다.

토요일 아침에 만나.

내용은 단순했고 시간도, 장소도 적혀 있지 않았다. 설마 또 다방으로 오겠다는 걸까. 언니들이 또 얼마나 놀릴 줄 알고.

한숨이 절로 나왔다. 동시에 일전의 부탁이 빈말이 아니었구나 싶어서 놀랍기도 했다. 나한테 서곡 안내를 부탁해 봤자 뭐가 특별하다고. 물론 옛날에도 그랬지만……. 서둘러 쪽지를 주머니에 감추었다.

지켜보는 사람도 없는데 괜히 남들한테 쫓기듯 마음이 급했다. 허둥지둥 삽을 챙기면서 일할 계획이나 짜 보았다. 그러는 와중에도, 머릿속 한편에는 얼마 안 되는 쪽지의 내용이 둥둥 떠다녔다. 다가오는 토요일이 멀게만 느껴져서 기분이 이상했다.

윤이서를 어떤 얼굴로 만나야 할까. 그게 제일 큰 고민이었다.

토요일 아침이 밝았을 때, 그때까지도 계속 고민했다.

오늘 정말로 윤이서를 만나는 게 옳은 일일까. 하지만 고민을 이어 갈 틈도 없었다. 이미 윤이서가 토요일에 찾아온다는 걸 쪽지를 훔쳐보고 알게 된 언니들 탓이었다.

"다희야, 너 옷이 그게 뭐야!"

헐렁한 티셔츠에 청바지를 입고 나가자마자 언니들이 벌 떼처럼 몰려왔다. 언니들은 옷차림을 보며 한마디씩 얹기 바빴다.

"일할 때나 입던 옷을 입으면 어떡해?"
"당장 바지 벗고 이리 와. 이거 입어."

미정 언니가 옷장을 뒤지다가 흰 원피스를 찾아 건네주었다. 뒷산에 오를 수도 있는데, 원피스 차림이라니. 손사래를 치며 거절했지만 끝내 붙잡혀 원피스를 입어야 했다. 언니들은 내 머리카락을 빗겨 주고, 화장까지 손댄 후에야 흡족한 얼굴로 물러났다.

거울에 비친 내 모습이 어색하기 그지없었다. 차라리 윤이서가 오지 않으면 좋겠다고 바랄 때쯤, 지혜 언니가 호들갑을 떨며 쪽방으로 넘어왔다. 윤이서가 진짜로 찾아왔다는 소식에 데이트라고 오해한 언니가 마구 등을 떠밀었다. 바쁘다는 핑계로 돌려보낼 틈조차 없었다.

결국 화사한 원피스 차림에 어울리지도 않는 구두까지 신고서 엉거주춤 나섰다. 쫓아오겠다는 언니들에게 한번 인상을 쓴 뒤 걸음을 옮겼다. 겨우 모퉁이 하나를 돌았을 때, 담벼락 끝에서 윤이서를 발견했다.

그는 오늘도 정장 차림이었다. 차림새를 보아하니 오늘 산에 오르지 않을 듯했다. 안도하는 사이, 윤이서가 인기척을 느꼈는지 고개를 돌렸다. 그는 눈이 마주친 그대로 내 모습을 빤히 응시했다. 어색함을 떨쳐내려고 입술을 달싹였다.

"일찍 왔네."

노곤하게 내리쬐는 햇살 아래서 그가 가만히 머리칼을 훑었다. 그의 머리카락에 조용히 내려앉았던 나뭇잎이 팔랑거리며 떨어졌다. 윤이서의 집요한 시선이 오래도록 내 얼굴에 머물렀다. 나 역시 지지 않고 눈을 맞추었다.

원피스를 입고 나오는 바람에, 괜히 오늘을 기대했던 것처럼 보일까 봐 민망했다. 담벼락에서 등을 뗀 윤이서가 터벅터벅 걸어왔다. 그의 담담한 중얼거림이 먼저 정적을 깨트렸다.

"치마 입은 거, 오랜만이네."

어디 이것만 오랜만일까. 화장도, 머리를 단장한 것도 내 기준에서는 오랜만이었다. 가만히 바닥을 내려다보았다. 얌전히 모은 구두 사이로 꽃봉오리를 맺은 민들레가 보였다. 샛노란 꽃과 희고 깨끗한 원피스를 번갈아 바라보니 옛날 생각이 불쑥 떠올랐다.

"흰색이 잘 어울리더라, 선배는."
"다음에는 흰색 옷 입어. 내가 사 줄게."

학생 시절, 스스럼없이 칭찬을 건네던 윤이서의 목소리가 오디오처럼 머릿속에서 재생되었다. 새하얀 원피스 탓인지, 아니면 좁은 흙길에 눈치도 없이 피어난 민들레 탓인지. 멋쩍은 마음에 시선을 피하는데 뚜벅뚜벅 다가온 윤이서가 덥석 손을 낚아챘다.

"소, 손은 왜……."

잔뜩 긴장하던 참이라서 나도 모르게 큰 소리가 튀어나왔다. 동시에 자전거 두 대가 빠르게 지나갔다. 중학생처럼 보이는 애들이었다. 한참 지나서야 미안하다는 외침이 돌아왔다. 눈앞에 사람이 보이면 벨부터 울려야지! 과민 반응을 했다는 생각에 얼굴이 화끈 달아올랐다.

"왜 잡냐니. 자전거랑 부딪히게 내버려 둬?"

윤이서가 한 박자 늦게 핀잔을 던졌다. 자전거는 한참 멀어졌건만, 손은 계속 붙잡힌 상태였다. 나직한 그의 물음이 부끄러워서 세차게 팔을 흔들었다.

"자전거 오는 줄 몰랐어. 손 놔."

"고맙다는 인사도 없어?"

윤이서가 물끄러미 내 눈을 들여다보았다. 색소 옅은 갈색 눈이 어둡게 일렁였다. 대답하지 않으면 쉽게 물러나지 않을 모양새였다. 혹시라도 다방 언니들이 이 모습을 구경하려고 뛰쳐나올까 봐 불안했다.

"고마워."

서둘러 대답을 던졌지만, 윤이서는 곱게 놓아 주지 않았다.

"맨입으로?"

"맨입이지, 그럼. 소원이라도 들어줘?"

돌아온 질문에 기가 막혔다. 지금 놀리는 건가 싶어 되받아쳤는데, 놀랍게도 원하던 대답이었는지 윤이서가 득달같이 고개를 끄덕였다.

"소원 좋지."

"뭐?"

"오늘 계속 손잡아, 나랑."

윤이서의 손가락이 안쪽을 스쳤다. 유연히게 깍지를 낀 손에 단단히 힘이 들어갔다. 다시 흔들어 보아도 소용이 없었다. 뻔뻔한 요구를 내뱉는 얼굴에 웃음기 한 점 없었다. 하지만 그 집요한 시선을 가까이서 마주하니 가슴이 불안정하게 요동쳤다.

"싫으면 지금 말해."

그는 덤덤한 얼굴로 여유롭게 중얼거리기나 했다. 계속 입씨름해 봤자 끝이 나지 않을 거라는 걸 느꼈다. 팔에서 힘을 풀고 축 늘어뜨렸다. 포기가 빨라진 건, 전적으로 그의 탓이었다. 윤이서의 고집이 나보다 훨씬 강하다는 걸 학생 때부터 알고 있었으니까.

"어차피 말해도 안 놓을 거면서."

"응, 잘 알고 있네."

윤이서가 씩 웃었다. 호선을 그린 입매가 퍽 얄궂었다. 갑작스러운 미소가 당혹스러워 입을 굳게 다물었다. 다방에서 최대한 멀어지는 게 좋겠다는 생각뿐이었다. 다행히 윤이서도 말없이 걸음을 옮겼다. 담벼락을 따라가는 그가 나보다 한발 먼저 앞섰다.

좁은 골목으로 선선한 바람이 불어와 원피스가 나풀나풀 흔들렸다. 정장 차림의 남자와 이런 차림으로 나란히 서서, 그것도 손을 잡고 걷다니. 동네 사람 한 명이 봐도 이상한 소문이 금방 퍼질 게 뻔한 동네에서 할 수 없는 대담한 짓이었다.

제발 아무도 마주치지 않았으면 좋겠다는 생각이 들었다. 괜한 이상한 기대가 가슴에 고여 썩지 않도록. 방심한 사이, 윤이서의 신경 하나하나를 쫓다가 지치지 않도록. 주의할 게 많은 외출이었다.

"어디 갈 건데."

언덕길을 내려가면서 목적지를 물었다. 발을 맞춰 걷고 있으니 침묵이 어색했다. 뭐라도 대화를 하는 편이 그나마 나을 듯했다. 윤이서는 손목시계를 확인하면서 차분히 답했다.

"읍내."

"읍내는 왜?"

"사진관에 볼일이 있어."

갑자기 사진관이라니, 의도를 알 수가 없었다. 갑자기 사진이라도 찍을 생각은 아닐 테고. 조금 더 물어볼까 고민하다가 일단 조용히 따라가기로 했다. 하늘을 올려다보니 푸르고 맑았다. 흰 구름이 둥실둥실 떠다녀서 평화로운 풍경이었다.

어지럽게 돌아가는 내 머릿속과 다르게.

❀   ❀   ❀

윤이서는 버스에서 내려 읍내에 도착할 때까지도 손을 놓지 않았다.

슬슬 놓아 주려나 싶었는데, 표정을 보니 끝까지 잡고 있을 눈치였다. 대체 왜 이러나 싶으면서도 한편으로는 가슴이 간질간질했다. 낯설고 불편한 간질거림이었다. 학생 때나 풋풋하고 가벼웠던 그 감정은 시간이 지나고 보니 그 무게가 달리 느껴졌다.

정류장을 벗어난 후부터 내가 앞장을 섰다. 사진관을 찾는 건 어렵지 않았다. 읍내에 딱 하나뿐이었으니까. 읍내 사진관은 여전히 박동재의 부친이 운영 중이었다. 삼대를 거치며 가업을 이어 가는 동안, 사진관은 외관도 바뀌지 않고 옛 모습 그대로였다.

박동재는 작년 늦은 입대로 서곡을 떠나기 직전까지 사진관에서 잡일을 도왔다. 서곡에 머무는 동안, 자꾸만 다방을 기웃거려서 영 처리가 곤란하던 놈이었다. 그가 자리를 비운 사이에 윤이서가 와서 다행이라는 생각도 들었다. 박동재는 아직도 술만 취하면 그 얘기를 꺼내며 분해 하곤 했으니.

오래전 윤이서와 박동재가 다퉜던 일이 자연스레 떠올랐다. 그도 아직 그 일을 기억하고 있을까? 아니면, 진작에 잊어버렸을까. 사진관의 문고리를 붙잡는 그의 옆모습을 곁눈질하며 짧게 고민했다.

"어서 오세요."

계산대 앞 여자가 손거울을 내려놓고서 인사를 건넸다. 나를 볼 때만 해도 무심하던 얼굴이 뒤따라 들어온 윤이서를 확인하고서 한층 밝아졌다. 꽤 노골적인 관심이 섞인 시선에도 윤이서의 표정은 변화가 없었다.

"사진 찍으려고 오셨어요?"

여자가 머리카락을 귀 뒤로 넘기며 사근사근 물었다. 피사체로서의 윤이서는 어떨까. 아마 상당히 좋은 모델일 터였다. 사진에 대해서 잘 모르는 나조차 한번 찍어 보고 싶을 정도로 근사한 외모였으니까. 다짜고짜 촬영 얘기부터 꺼내는 여자의 마음도 이해가 갔다.

"혹시 박홍영 씨, 안에 계십니까?"

윤이서가 품에서 명함 한 장을 건네며 물었다. 색이 빛바랜 걸 보니 상당히 오래된 명함 같았다. 손때를 탄 건지 군데군데 흐릿한 글씨가 보였다.

"사장님이요? 잠깐 외출하셨는데…… 아, 저기 오시네요."

조금 더 대화를 이어 보려던 여자의 눈빛에 실망이 스쳤다. 뒤를 돌아보니, 마침 문을 열고 들어오던 사장님이 서 있었다.

"아이고, 담배 태운 사이에 손님이 오셨네."

사장님이 머쓱한 얼굴로 손을 털었다. 어쩐지 미세하게 담배 냄새가 났다. 윤이서가 옆으로 비켜서자, 뒤늦게 나를 발견한 사장님이 반갑게 웃었다. 아들과 달리 인자한 인상의 사장님은 올해 예순을 맞이하여 머리카락이 희끗희끗했다.

"다희도 왔구나. 오랜만이네."

"안녕하세요, 사장님."

아주 오랜만이긴 했다. 마지막으로 본 게 고등학교 졸업 기념사진을 찍을 무렵이었으니까. 재차 안부를 물어보려던 사장님 앞으로 윤이서가 대뜸 끼어들었다.

"안녕하세요. 혹시 박홍영 사장님 맞으십니까?"

"네, 그런데 누구시죠?"

사장님이 안경을 추켜올리며 물었다. 윤이서가 지갑을 꺼내더니 낡은 사진 한 장을 꺼냈다. 아까 그 명함과 함께 내미는 손길에서 미미한 초조함이 느껴졌다. 버스를 타고 오는 동안, 느긋하게 차창이나 바라보던 여유는 온데간데없었다.

"여쭤볼 게 있어서 찾아왔습니다."

윤이서가 정중하게 사진 한 장을 건네며 물었다. 곁으로 다가가 고개를 쭉 내밀고 사진을 훔쳐보았다. 어쩐지 인상이 익숙한 여자가 찍혀 있었는데, 사진 귀퉁이에 사진관의 상호가 박혀 있었다. 이 사진관에서 찍었던 사진인 게 틀림없다.

"어디 보자……."

"여기서 찍은 사진 같은데, 맞을까요?"

"아, 맞네. 날짜를 보니까 내가 찍은 사진 같아요."

사장님이 미간을 찌푸리며 사진을 앞뒤로 팔랑팔랑 흔들었다. 덕분에 사진의 뒷면을 어렵지 않게 볼 수 있었다. 뒷면에도 글씨가 적혀 있어서, 고개를 기울여 유심히 살펴보았다. 누군가 적어 놓은 메모가 있었다.

사랑하는 동생 수지에게. 생일 축하해.

사진에 찍힌 여자가 환하게 웃는 걸 보면, 수지는 저 사람의 이름처럼 보였다. 긴 머리에 청순한 외모가 퍽 아름다웠다. 빛바랜 사진 탓인지 애틋하고 아련한 분위기가 풍겼다. 다시 봐도 눈에 익은 얼굴 같아서, 몇 번을 살펴보았으나 딱히 떠오르는 기억이 없었다.

"이분, 혹시 기억하십니까?"

윤이서가 사진을 돌려받으며 물었다. 사장님은 턱수염을 만지작거리며 고개를 휘적휘적 흔들었다.

"손님 얼굴을 일일이 기억하긴 힘들지. 나이를 먹으니까 기억력도 예전 같지 않거든."

"이름은 정수지라고 합니다. 서곡에서 살았고요."

"수지, 수지라……. 예서 찍은 사진인 건 확실한데."

"네, 확실할 겁니다."

사장님은 작게 이름을 되뇌면서 제자리를 서성였다. 윤이서는 조금 긴장한 낯으로 그 모습을 지켜보았다. 계산대 앞 여자마저 이야기를 듣다가 궁금해졌는지, 딸깍이던 마우스를 멈추었다. 약간의 정적 끝에 사장님이 소리 내어 손가락을 튕겼다.

"혹시 매화 다방서 일하던 수지인가?"

처음 들어 보는 이름이 튀어나왔다. 매화 다방이라니, 서곡에 그런 곳이 있던가. 착각하셨겠거니 싶어서 시선을 옮겼다. 그렇지만 윤이서의 얼굴을 확인한 순간, 아저씨의 기억이 정확하다는 걸 깨달았다. 그의 눈빛이 흔들리고 있었으니까.

"이 사진을 같이 찍으러 온 여자도 있을 텐데, 기억나시나요?"

윤이서가 조급한 태도로 질문을 이었다. 사장님은 또다시 절레절레 고개를 가로저었다. 워낙 오래된 일이라 정확하게 떠올리기 어렵다는 눈치였다.

"어휴, 거기까지는 기억 못 하지. 그런데 누구신가? 수지를 다 알고?"

"그분 아들입니다."

윤이서의 나직한 대답에 귀를 의심했다.

"수지한테 이렇게 다 큰 아들이 있었나?"

사장님도 놀라서 소리쳤다. 반가워하는 기색에 그는 입꼬리만 올려 웃었다. 사장님이 뭐라고 아는 척하며 더 말을 이었지만, 내 귀에는 하나도 들리지 않았다. 머릿속에는 딱 한 가지 의문만 휘몰아쳤다. 윤이서의 모친이 매화 다방에서 일했다는 점.

서곡에는 그간 많은 다방이 생겼다 사라졌다. 내가 기억하는 것만 해도 몇 개였으니 아마 세월을 감안하면 더욱 많을 터였다. 그런 다방 하나쯤 더 있었다고 해도 이상할 건 없었다. 중요한 건 사장님의 표현이었다. 다방에서 일하던 여자라는 그 말, 그건…… 내가 생각한 뜻이 맞을까.

"어머니 아시는 분을 처음 뵙네요."

윤이서는 쓰게 웃으며 사장님이 건넨 손을 잡았다. 악수하는 두 사람의 모습을 멍하니 지켜보다가 한 걸음 물러났다. 들으면 안 될 얘기를 귀에 담은 것처럼 심장이 쿵쿵 뛰었다.

"나도 처음 알았네. 가끔 들러서 사탕이나 먹던 애가 언제 다 커서…… 아니지, 이제 그 애도 다 컸겠구나."

사장님이 윤이서의 손을 꽉 붙잡고 토닥이며 웃었다. 그의 모친에게 좋은 기억이 남은 모양이었다. 서곡의 남자들은 대체로 다방 레지를 삐딱하게 보는 경향이 있었는데, 사장님은 그러지 않았다. 박동재가 왜 부친을 닮지 않았나 아쉬울 정도로.

더불어 안심도 되었다. 사장님은 분명 박동재와 윤이서가 다툰 날 교무실에 왔었을 텐데. 그때 윤이서의 얼굴을 확인했음에도 기억이 남지 않은 눈치였다. 기억이 남았다면, 이렇게 스스럼없이 반가워하지는 못했으리라.

"그 사진도 참 오랜만에 봤어. 당시에 레지들이 워낙 사진을 자주 찍어서…… 그래, 수지는 잘 지내고?"

그때 사장님의 입에서 설마설마 걱정하던 질문이 튀어나왔다. 입을 굳게 다물고 윤이서의 눈치를 살폈다.

"오래전에 돌아가셨습니다. 몸이 안 좋아서요."

걱정과 달리, 윤이서는 차분히 대답했다. 사장님이 놀라며 미안하다고 사과하는 동안에도 똑같았다. 특별한 반응도 없이 단조로운 태도였다. 이런 대답이 올 거라고 예상이나 했던 것처럼.

"바쁘실 텐데 실례했습니다. 알려 주셔서 감사합니다."

윤이서가 깍듯하게 인사를 건넸고, 나도 부랴부랴 그를 따라 고개를 수그렸다. 사장님은 계산대 옆 바구니에서 사탕을 두어 개 꺼내더니 먹으라며 건네주었다. 자그마한 알사탕을 받은 윤이서의 얼굴에 웃음기가 짧게 서렸다.

별다른 소득도 없이 사진관을 나섰다. 물론 윤이서에게만 해당하는 말이었다. 내게도 군이 소득이랄 게 있나 짚어 보자면 그의 모친에 대해 약간의 정보를 얻었다는 점이 되겠다. 그를 만나고 10년이 지난 지금에야 알게 된 정보.

아까보다 훨씬 더 어색해진 분위기를 느꼈다. 알사탕을 원피스 주머니 깊숙이 찔러 넣고서 옆을 보았다. 묵묵히 걸어가던 윤이서가 대뜸 걸음을 멈추었다. 나뭇잎을 투과한 햇빛이 그의 뺨에 짙은 연두색 그림자를 남겼다.

"날씨가…… 아직 덥네."

윤이서가 내 얼굴을 살피며 손을 뻗었다. 느리게 다가온 손이 가볍게 귓가를 스쳤다. 기다랗고 곧은 손가락이 땀방울을 툭툭 털어 냈다.

차마 말하지 못했다. 더워서 흘리는 땀이 아니라, 놀라서 흘린 식은 땀이라고는.

"아이스크림이라도 먹자."

그의 입가에 별안간 장난스러운 웃음이 맺혔다. 순간 10년의 세월이 눈앞을 스치며 어릴 적 기억이 되살아날 정도로, 잠깐이나마 앳된 미소였다. 청년이 된 윤이서의 얼굴에 아직 이런 부분이 남아 있었던가.

"갑자기 무슨 아이스크림이야."

"덥잖아. 잠깐 기다려."

찰나에 사라진 웃음이 멀어지고, 그는 근처 슈퍼마켓으로 발길을 돌렸다. 그동안 멍청하게 제자리에 박혀 움직이지 못했다. 윤이서가 기어이 아이스크림을 사서 돌아올 때까지 가만히 서서 빈자리만 응시했다.

검은 구두코가 시야에 들어올 때쯤 고개를 들었다. 윤이서의 손에 멜론 맛 아이스크림 두 개가 들려 있었다. 큼지막하게 박힌 로고 끝에 멜론 그림이 귀엽게 그려져 있었다. 그는 능숙하게 아이스크림 껍질을 벗겨서 건네주었다.

"좀 걸을까."

얼떨결에 그것을 받고서 주춤거리는 사이, 윤이서는 제 몫도 껍질을 벗겨 한 입 크게 깨물었다. 조금 우습다는 생각이 들었다. 남도 아니고, 윤이서가 내 옆에서 정장을 입고서 아이스크림이나 먹고 있는 게. 심지어 수상쩍은 사진을 본 다음에 보이는 모습이 이런 거라니.

"녹으니까 빨리 먹어."

그가 덧붙인 말에 서둘러 아이스크림을 베어 먹었다. 달콤하니 좋은 향기가 듬뿍 풍겼다. 평소 다방에서 더우면 커피만 마셨던 터라, 오랜만에 먹어 보는 아이스크림이었다.

그렇게 아이스크림을 반쯤 해치웠을 때, 뒤늦게 깨달았다. 어느새 윤이서와 또다시 손을 잡고 있었다는 걸. 겨우 몇 시간 잡고 있었을 뿐인데, 그새 감각이 익숙해졌는지 지나치게 자연스러웠다. 이걸 늦게 알아차렸다는 게 민망할 정도로.

"나 화장실."

다시 정류장까지 돌아왔을 때, 급히 손을 뿌리치고 도망쳤다. 비좁고 꾀죄죄한 간이 화장실에 들어가자마자 다 먹은 아이스크림 막대부터 버렸다. 손을 씻고 허공에 물기를 터는 동안, 거울을 응시했다.

불그스름하게 물든 얼굴의 열기가 꼭 더위 때문만은 아니었다. 손으로 부채질하며 발개진 볼을 열심히 식혔다. 아무리 노력해도 쉬이 잦아들지 않는 열기가 당황스럽고, 또 원망스러웠다. 표정 관리에 자신이 있다고 생각했는데 오늘따라 엉망이었다.

"그렇게 하는 거 아닌데……."

밖으로 나가다가 시끌벅적한 소리에 걸음을 멈추었다. 빼꼼히 문밖으로 고개를 내밀자 신나게 떠드는 아이들의 뒷모습이 보였다.

"거품을 더 묻혀야 해요."

"자세도 틀렸어요."

자그마한 머리통 사이로 윤이서가 탑처럼 홀로 우뚝 서 있었다. 손에는 길쭉하고 끝이 둥근 막대를 하나 쥔 채였다. 거품이 허공에 흩날리는 걸 보니, 비눗방울 장난감인 듯했다.

"그럼 어떻게 하는 건데?"

"더 크게 흔들어요. 맞아요, 그렇게!"

아이들이 방글방글 웃으면서 커다란 방울로 양팔을 높이 뻗었다.

"더 해 줘요! 더!"

"아까는 잠깐만 빌려준다더니."

윤이서가 픽 웃으면서 막대기를 크게 휘둘렀다. 아이들은 열렬하게 반응하며 좋아했다.

"형이 해 주니까 훨씬 커서 좋아요."

보통 비눗방울 장난감보다 곱절은 커서 그런지, 방울의 크기도 상당했다. 아이들이 손뼉을 치며 그걸 터트리고 또 휘둘러 달라 부탁하기를 반복했다. 비눗물이 적당히 비워지고서야 윤이서가 장난감을 돌려주면서 아이들의 머리를 하나하나 쓰다듬었다.

"이제 너희끼리 놀아."

"더 놀아요. 장난감도 특별히 형한테 줄게요."

"애들 장난감 뺏어서 어디다 써."

윤이서가 돌아서자 아이들이 아쉬운 소리를 냈다. 무심히 답하는 것치고는 꽤 즐겁게 보였는데……. 나갈 타이밍을 놓치고 서성이다가 얼떨결에 눈이 마주쳤다. 아이들은 아쉬운 마음이 금방 사라졌는지 와와 소리를 내지르며 저만치 몰려갔다. 먼지가 인 자리에 거품으로 인해 축축해진 땅바닥이 남았다.

"요즘 비눗방울은 크게 불 수 있네."

멋쩍게 다가가는데, 예상외로 윤이서가 먼저 말을 걸었다. 하필이면 비눗방울 장난감이라서 찝찝했건만 그는 아무렇지도 않아 보였다. 그럼 그렇지 싶으면서도, 마음 한편에서는 아쉬움이 일었다. 오래전 그날, 정류장에 버리고 갔던 걸 완전히 잊어버렸나 싶어서.

"그래 봤자 비눗방울이지."

애써 담담한 척 대답하며 다가갔다. 윤이서가 희미한 미소를 머금고 비눗방울이 사라진 자리에서 눈을 뗐다. 무료하고 나른한 눈길이었다. 서곡이 그리운 게 아니라, 옛 추억이 그리운 듯한 표정. 처음으로 그의 눈빛 속에서 그리움을 엿보았다.

"물어보고 싶은 게 있으면 그냥 말해."

윤이서가 내 얼굴을 보지 않고서 속삭였다. 내내 주시하던 걸 들킨 모양이었다. 쳐다보지도 않고 무슨 수로 알았을까. 찔린 마음에 입만 벙긋거리자 그가 느리게 돌아보며 말을 보탰다.

"힐끔힐끔 쳐다보지만 말고."

다가온 손끝이 바람결에 흐트러진 머리카락을 살며시 넘겨 주었다. 대범하면서도 조심스러운 손길이었다. 흠칫 몸을 떨며 올려다보자 사뭇 진지한 윤이서의 표정이 보였다. 기분이 상했나 싶었는데, 이어지는 말을 들으니 그건 아닌 듯했다.

"다 말해 줄 테니까, 너한테는."

다른 이가 들으면 참 달콤한 속삭임이라고 여길 법했다. 물론 그의 묘한 관심을 수차례 받았던 전적이 있기에, 내게는 딱히 순수한 다짐처럼 다가오지는 않았다. 다만 귓가를 지나 뺨을 스치며 떨어진 손길이 조금은 애틋할지도 모르겠다고, 그런 착각 정도는 품었다.

"다리 아파."

모른 척 등을 돌려 걸어갔다. 정류장 벤치에 털썩 주저앉자 곁으로 다가온 윤이서가 따라 앉았다. 우리는 잠시 침묵했고, 선선하게 흐르는 바람을 맞이했다. 아무리 기다려도 버스가 오지 않아 정적은 길어졌다.

고민을 멈추고 질문 하나를 조심히 건넸다.

"정말로 네 어머니셔?"

윤이서가 셔츠 단추를 하나 풀고, 앞머리를 크게 쓸어 넘겼다. 대답이 금방 돌아오지 않아서 부연 설명을 덧붙였다.

"아까 그 사진 말이야."

"맞아, 어머니 어렸을 때 사진."

느긋하게 동의한 그가 주머니를 뒤적였다. 아까 받은 알사탕이 바스락 소리를 내며 튀어나왔다. 연녹색 사탕이었다. 청포도 맛이겠거니, 멍하니 생각하며 고개를 들었다.

"예쁜 이름이네."

"본명이 아니니까."

윤이서가 무심하게 답하며 사탕 껍질을 뜯었다.

"다방에서 수지라고 불린 모양이던데. 원래 이름은 그게 아니었어. 더 촌스럽다고 들었거든."

윤이서의 입술 사이로 사탕이 도르륵, 소리를 내며 굴러갔다. 멀끔한 볼 한쪽이 볼록 튀어나왔는데도 웃기기는커녕 근사한 얼굴이었다.

"끝까지 나한테 알려 주지 않을 정도로 본명이 싫었나 봐. 어차피 장례식 때 자연히 알게 될 이름이었는데도."

윤이서가 작게 웃으며 사탕을 씹었다. 어쩐지 옛날 사람치고는 예쁜 이름이구나 싶었다. 다방 레지로 살게 되면, 이름을 바꾸는 경우가 꽤 흔한 편이었다. 향기 다방 레지들만이 예외였다. 김 마담이 헷갈린다고 싫어했기에.

"매화 다방이라는 곳도 처음 들었는데."

"진작 없어졌겠지. 서곡에 다방이 좀 많았나."

퍽 촌스러운 이름이라며 중얼거린 윤이서가 턱을 괴고 웃었다. 그의 말에 동의하며 고개를 주억거렸다. 워낙 다방과 모텔이 바글거렸던 동네였다. 그중 하나가 빠르게 생기고 없어졌다고 해도 이상한 일이 아니었다. 어쩌면 이름만 바꾸고 버젓이 운영하는 중일 수도 있었다. 특별한 일도 아니었으니까.

"어머니, 오래전부터 미인이셨네."

치켜 올라간 그의 눈매가 가늘어졌다. 무슨 뜻이냐고 묻는 눈빛이었다. 시선을 바닥으로 떨구면서 과거에 봤던 사진 한 장을 떠올렸다. 윤이서의 집에서 보았던 액자 속 사진. 해바라기 꽃다발을 들고서 활짝 웃던 여자의 얼굴.

"나한테 사진 보여 준 적 있잖아, 병실에 계셨던 사진. 그때도 아름다우셨어."

"그걸 아직도 기억해? 의외네."

윤이서가 손바닥에 올려 둔 사탕 껍질을 힘주어 구겼다. 바스락, 소리와 함께 껍질이 뭉개졌다.

"뭐가 의외야."

"깔끔하게 잊어버린 줄 알았지. 그딴 기억 따위."

또 어디에서 기분이 상한 건지, 윤이서의 목소리가 낮게 가라앉았다. 아랑곳하지 않고 솔직한 감상을 들려주었다.

"사진 보니까 나보다 훨씬 예쁘신데."

윤이서의 잘생긴 외모가 어디서 왔는지 명백한 사진이었다. 부친과 모친의 외모에서 멋지고 예쁜 부분만 고스란히 닮은 얼굴. 가끔 다방에서 텔레비전을 볼 때마다 윤이서가 나오지는 않을까 바보 같은 상상도 했었다. 그 얼굴이라면 연예인쯤 족히 할 수 있다고 믿었으므로.

"네가 나한테 그랬잖아. 네 어머니만큼 예쁜 사람, 처음 봤다고."

애꿎은 원피스 끝자락을 탁탁 털었다. 내 입으로 말하기 민망한 얘기라서 손을 가만히 두기 힘들었다. 무거운 정적을 소음으로나마 채우는 수밖에. 윤이서가 고개 돌려 내 얼굴을 곁눈질하는 게 느껴져서 더

331

욱 어색했다.

"그 사진 보니까 그냥 빈말이었구나 싶어서."

"빈말 아니었어."

보기 좋게 침묵하던 그가 이번에는 빠르게 대답했다. 뜻밖의 말에 손을 멈추고 눈을 깜빡거렸다. 윤이서가 주먹에서 힘을 풀었는지, 벌어진 손 틈 사이로 구겨진 사탕 껍질이 나타났다. 바람에 흔들린 사탕 껍질이 바닥으로 힘없이 추락했다.

"서울에서 지낼 때도 너보다 예쁜 사람 본 적 없고."

"……."

"그 말은 아직도 유효해."

그러니까, 대체 무슨 생각으로 이런 말을 하는 거냐고. 투덜거림을 삼키며 입술을 꽉 깨물었다. 아랫배의 간질거림이 가슴께까지 서서히 차올랐다. 아무 생각 없이 던졌을 한마디에 일일이 반응하고 싶지 않았고, 조금 분했다.

멀리서 버스가 보일 때까지, 눈치 없는 두근거림은 멎지 않았다.

8장.

백로(白露)

짧은 외출을 마치고 다방으로 돌아오니, 어느새 날이 저물었다.

멀리서도 훤히 보이는 은행나무를 응시하며 잠깐 고민했다. 언니들이 분명 이것저것 캐물을 텐데. 슬슬 윤이서부터 돌려보내는 게 좋지 않을까. 하지만 어째선지 그는 돌아갈 생각이 전혀 없는 것처럼 보였다. 당황스럽기 그지없어 수차례 힐끔거렸는데도 마찬가지였다.

"너 집에 안 가?"

결국 내가 먼저 이야기를 꺼냈다. 윤이서의 정교한 얼굴 위로 노을빛이 붉게 드리워졌다. 그가 어깨를 으쓱하더니 다방으로 들어가는 입구를 눈짓했다.

"물이나 한잔 얻어먹게."

물 같은 소리 하네. 커피 핑계는 스스로 생각해도 아니다 싶었는지, 이번에는 물이었다. 미간을 찌푸렸는데도 그는 물러나기는커녕 씩 웃어 보였다. 사근사근한 척 부드럽게 풀어진 눈매가 반달 같았다.

"물만 마시고 가."

저 미소에 속아 넘어가는 나도 바보였다. 윤이서는 여유로운 미소와 함께 뒤따라 들어왔다. 문턱을 넘고서 조용히 하라는 신호를 보냈다. 그가 나를 따라 검지로 입술을 꾹 누르는 시늉을 보였다.

마른침을 삼키면서 속도를 높였다. 언니들은 홀에서 일하느라 바쁠 테니, 잽싸게 쪽방으로 들어갈 셈이었다. 살금살금 창문을 피해 걸어가는데 발소리가 들리지 않는다는 걸 알아차렸다.

"윤이서?"

왜 멈추었나 불러 봐도 대답이 없었다. 뭐지, 하다가 뒤를 돌아보았다. 겨우 몇 발자국 떨어진 곳에서 윤이서가 멍하니 홀을 응시하고 있었다. 동시에 귓가로 익숙한 음악이 들어섰다. 아차 싶어 홀 안쪽에 비치된 레코드플레이어를 보았다.

누군가 틀어 둔 멘델스존의 클래식이 흘러나오고 있었는데, 하필이면 그 노래였다. 베네치아의 뱃노래. 스무 곡이 넘는 와중에 딱 저게 나오다니 기가 막힌 우연이었다. 어쩌면 불운일 수도 있고.

"뭐 해, 빨리 따라오라니까."

나도 모르게 그의 소매를 잡아끌었다. 고집부리며 버틸 줄 알았건만, 그는 예상과 달리 쉽게 끌려왔다. 다만 시선은 홀 안쪽에 꽂혀 도통 움직이지 않았다.

겨우 뒷마당으로 빠져나오자 공터를 가득 메운 팜파스그라스 모종이 보였다. 산 넘어 산이었다. 하지만 윤이서는 아까 들은 노래에만 신경이 쏠린 듯했다.

"저 노래 기억나?"

떠보는 질문이 아주 전매특허였다. 일부러 모른 척해 볼까 고민하면서 돌아보았다. 멀뚱히 서서 내 얼굴을 응시하는 표정이 꽤 진지했다. 이 분위기에서 놀리는 건 무리가 있었다. 금방 관두고 솔직히 대답했다.

"당연히 기억하지."

"당연히?"

그의 되물음에 빈정대는 어조가 섞여 있었다. 눈을 바라보면서 또박또박 쏘아붙였다.

"그래, 네가 알려 줬던 노래잖아. 베네치아의 뱃노래."

정확하게 제목을 읊자 윤이서의 눈이 어둡게 가라앉았다. 대체 무슨 생각으로 이런 질문을 던지고, 또 어떤 대답을 기대한 걸까. 나 역시 그에게 혼란을 주고 싶은 마음에 입술을 움직였다. 최대한 그가 혼란스러울 대답을 고민하며.

"그때는 몰랐는데…… 자주 듣다 보니까 네 말이 맞았어."

"무슨 말."

"들으면 네 생각이 날지도 모른다고 했던 말."

예상대로 윤이서가 입을 굳게 다물더니 낮게 숨을 죽였다. 짧은 침묵을 달갑게 받아들이며 그의 소매를 놓았다. 멀어지는 내 손을 따라 그의 시선이 이동했다. 미련이 한 톨 정도는 저 눈동자에 묻어 있을까. 무표정한 그의 낯에 숨겨진 속내가 궁금했다.

"노래를 들을 때마나 네 생각이 났어, 윤이시."

한 박자 늦게 말을 이었다. 윤이서는 뭔가 생각하듯 아랫입술을 짓뭉갰다. 사실대로 말한 것뿐이었는데, 그의 눈빛에는 혼란뿐만 아니라 분노도 섞여 있었다. 서서히 일그러지는 얼굴에 못마땅한 표정이 떠올랐다.

"그런 식으로 자꾸 사람 떠보는 건, 어디서 배웠어?"

뭐야? 어이가 없어서 눈을 크게 떴다. 떠보지 말라는 건 이쪽이 하고픈 말이었다. 지금껏 대화하면서 계속 떠보듯 질문한 게 누구였는데. 감성에 젖어 들던 가슴이 바싹 메말라 붙었다. 울컥하는 마음을 다스리지 못하고 등을 돌렸다.

"너 그냥 가."

"뭐?"

"나 바쁘니까, 그냥 돌아가라고!"

아예 소리까지 내지르며 성큼성큼 걸음을 옮겼다. 윤이서의 다급한 발소리가 뒤따랐으나 돌아보지 않았다. 그는 손만 뻗으면 붙잡을 거리에 있으면서도, 멋대로 내 팔을 잡아채지는 않았다. 대신 바로 옆까지 따라붙어서 말을 걸었다.

"권다희, 기다려."

"……."

"기다리라고."

일부러 그의 말을 무시했다. 양손으로 귀까지 틀어막았다. 내가 미쳤지, 윤이서를 여기까지 들여놓다니. 쓸데없이 내가 지내는 공간을 엿볼 기회만 안겨 준 꼴이었다. 댓돌에 신경질적으로 신발을 벗어 두는데 지켜보던 윤이서가 그대로 따라 했다.

귀를 막았던 손으로 허겁지겁 문고리를 붙잡았다. 문을 열고 한 발을 내디디기 무섭게 윤이서도 문턱을 넘었다. 쏜살같이 들어와서 문을 닫을 여유조차 없었다. 치솟는 짜증에 문을 쾅 닫으면서 돌아섰다.

윤이서는 제자리에 서서 쪽방을 가만히 둘러보았다. 내 시선은 신경도 쓰지 않고 선 모습이 얄밉기 짝이 없었다. 허락도 없이 들어온 것도 모자라서 대놓고 구경이라니. 더 참지 못하고 그의 팔을 세게 밀었다. 물론 그는 미동조차 없었다.

"누가 들어오래. 안 나가?"

"여기도 변한 게 없네. 다 그대로야."

"다른 사람이 보기 전에 빨리……."

나가라는 재촉이 끝나기도 전에, 윤이서가 화장대 앞으로 다가갔다. 화장대에는 박 선생님께 받았던 종이봉투가 얌전히 놓여 있었다. 열린 봉투 입구로 새하얀 시집 귀퉁이가 삐죽 튀어나왔다. 반사적으로 화장대까지 달려갔다.

"비켜!"

하지만 애석하게도 윤이서는 언제나 나보다 눈치가 빨랐다. 그는 한 발 앞서 손을 뻗더니 기어이 시집을 꺼내 들었다. 제목을 확인하는 그의 고개가 슬며시 기울어졌다. 이걸 왜 샀지 싶은 표정이었다.

"시도 읽어?"

"선물로 받은 거야. 이리 내."

"누가 줬는데."

아까부터 느꼈지만, 대화가 각기 다른 방향을 향하고 있었다. 윤이서는 입가에 미소를 머금었지만, 결코 기분 좋아 짓는 게 아닐 터였다. 저 머릿속을 직접 열어서 확인할 수만 있다면 얼마나 편리할까.

말도 안 되는 상상을 이어 갈 찰나, 그가 시집을 가볍게 넘겼다. 팔랑대며 넘어가는 종이 사이로 무언가 미끄러지듯 떨어졌다. 바닥에 툭 소리를 내며 착지한 건 작고 귀여운 편지지였다. 아이에게나 줄 법한, 토끼가 그려진 분홍색 편지지.

당황스러운 마음에 손이 먼저 움직였지만, 이번에도 윤이서에게 차례를 빼앗겼다. 그는 시집을 도로 내려 두고서 선수 쳐서 들어 올린 편지를 확인했다. 편지에 적힌 글자를 훑어보던 그의 미간에 깊은 주름이 박혔다.

옆으로 다가가 확인해 보자 편지에 단정하게 적힌 글씨가 보였다. 내용은 간결했다. 나중에 같이 영화라도 보자는, 아주 흔하고 다정한 문구였다. 당연히 내게는 흔하지 못한 문구였다. 심지어 이 편지를 끼워 놓았을 상대를 생각하면, 더더욱 어색한 내용이었다.

"확실히 바쁘네. 남자랑 영화도 보러 다니고."

윤이서가 비아냥거리듯 중얼거렸다. 잠시 멍해졌던 머리가 싸늘한 음성에 제정신을 차렸다. 질세라 눈을 치켜뜨면서 날카롭게 받아쳤다.

"그런 거 아니야."

"뭐가 그런 건데?"

"네가 뭘 생각하든, 다 아니라고."

당혹스러웠다. 선생님은 왜 이런 걸 주셨을까? 갑자기 영화라니. 아무리 고마워도 이런 건 부담스러운 선물이었다. 시집이야 선생님의 수고를 생각해서 어쩔 수 없이 받았다지만, 이건 받을 수 없었다. 받을 이유가 없었으니까.

"그러니까, 뭐가 아니냐고 묻잖아."

그러한 사정을 알 리 없는 윤이서가 편지를 까닥까닥 흔들었다. 이번에는 무슨 생각을 하는지 훤히 보이는 얼굴이었다. 이럴 때만 속내를 보이다니, 어쩐지 치사하다는 생각이 떠올랐다. 뭐라고 대답할지 곤란한 상황이어서.

"그냥 선물로 주신 거야. 굳이 예민하게 반응할 필요 없어."

"아, 그래. 내가 좀 예민한 편이지."

윤이서가 사나운 낯으로 편지를 흘겨보았다. 잠깐 시선을 놓으면 편지를 찢어 버릴 기세였다.

"너는 여전히 둔감하고."

"누가 둔감하다는 거……."

"그래서, 영화 볼 거야?"

말허리를 끊고 다짜고짜 질문하는 태도마저 거슬렸다. 읍내를 거닐면서 그나마 맴돌았던 평화가 흔적도 없이 바스러졌다.

이렇게까지 성을 낼 일인가? 어차피 나랑 아무 사이도 아니면서……. 가슴 깊은 곳에서 불만이 물거품처럼 보글보글 올라왔다.

"이 남자랑 영화 볼 거냐고."

"그런 사이 아니라니까."

"그럼 무시해."

그는 돌려 달라고 내민 손바닥을 무시하며 편지를 구겼다. 곧바로 덤벼들었지만, 예상대로 금방 빼앗기 어려웠다. 어떻게든 팔을 꽉 붙잡고 힘주어 내려 보았지만, 그는 지나치게 힘이 셌으며 키도 컸다.

"돌려줘."

다 큰 성인 둘이서, 이 좁아터진 방에서 편지 하나 가지고 뭐 하는 짓인지. 부끄러운 마음에 얼굴이 화끈거렸다. 윤이서는 이리저리 팔을 움직이면서 내 손을 피했다. 요리조리 빠져나가는 꼴이 얄미워 죽을 지경이었다.

"그런 사이 아니면, 무시해도 상관없잖아."

"무시하든 말든, 그건 내 마음이라니까!"

일일이 응수할 때마다 윤이서의 표정은 점점 더 싸늘해졌다. 방의 분위기도 마찬가지였다. 서릿발 내린 겨울처럼 공기가 차가웠다. 포기하고 팔을 내리자 윤이서의 질문이 귓속을 파고들었다.

"이 새끼랑 친해?"

그는 언제 냉정하게 굴었냐는 듯 표정을 갈아 치우고 이를 갈았다. 노기 섞인 음성에 정제되지 못한 질투가 묻어났다. 질투라니, 우스운 착각이었다. 이제 나한테 아무 마음도 없을 텐데 질투라니. 그렇지만 질투가 아니라면 왜 화를 내는지 도통 모르겠다.

"그딴 식으로 부르지 마. 선생님 좋은 분이셔."

"누군데 자꾸 선생님, 선생님 하고 불러. 교사야?"

잠시 인내심을 잃었는지, 윤이서의 음성이 낮게 갈라졌다. 건조한 눈빛에 열기가 일렁였다. 질투로 인한 것이든, 짜증으로 인한 것이든 정말 오랜만에 마주하는 눈빛이었다. 고등학생 때나 보여 주었던 그 눈빛.

"보건소 선생님."

"보건소?"

"평소 신세를 많이 져서 가까워진 거고, 네가 생각하는 관계 아니야."

"보건소 의사가 동네 주민한테 사적으로 만나자고 할 정도면, 지나치게 가까운 것 아닌가?"

언제 풀릴지 모르는 대치 상황을 마주한 기분이었다. 윤이서는 심문하는 형사처럼 쉴 틈도 주지 않고 질문을 이었다. 어디서부터 얼마나 솔직하게 설명해야 하는지 의문이었다. 바람피우다 걸린 것도 아닌데, 변명하는 위치가 된 것부터 불만이었다.

"계속 설명해도 네가 하고픈 말만 할 거면, 그냥……."

"뭐 이리 시끄러워! 늦은 시간에."

얼른 돌려보내야지 고민하는 순간, 밖에서 예기치 못한 인기척이 느껴졌다. 귀에 익은 음성에 놀라서 소리가 들린 방향을 쳐다보았다. 문 너머로 사람 그림자가 아른거렸다. 하필 이럴 때 올 게 뭐람. 불청객의 방문에 윤이서도 느리게 팔을 내렸다.

"대체 누가 왔길래, 밖에 소리가 다 들릴 정도로……."

막을 새도 없이 문이 열렸다. 덜컹 소리와 함께 문고리가 흔들렸다. 열린 문틈 사이로 고개를 내밀던 불청객, 김 마담이 쩡쩡 얼어붙었다. 그녀는 당황한 와중에도 나와 윤이서의 얼굴을 번갈아 응시했다.

"명옥 언니, 금방 내보낼게요. 줄 게 있어서 잠깐만 들어오라 한 거예요."

일단 윤이서를 가리듯 막아서면서 손을 내저었다. 김 마담은 이미 윤석호 사장의 부고도 알았으니, 윤이서가 왜 여기 있는지 어렵지 않게 유추할 터였다. 어쩌면 훨씬 전부터 그가 새로운 공장장으로 내려왔다는 걸 알았을지도.

만약 그렇다면 알면서도 내게 말하지 않은 이유가 있을 터였다. 김 마담은 예전에도 윤이서와 어울리지 말라며 충고했던 적이 있었으니까. 그때는 아마 윤석호 사장과 미연 언니의 관계를 눈치채서 그랬겠지만.

"정말이에요. 그렇지?"

"……."

"너 이제 나가, 얼른."

황급히 윤이서의 등을 떠밀면서 나가기를 재촉했다. 윤이서는 조금 의아한 표정이었지만, 눈치껏 김 마담을 살피다가 걸음을 내디뎠다. 김 마담이 옆으로 비켜서면서 그의 시선을 피했다. 언뜻 보니 윤이서가 누군지 한눈에 알아본 눈치였다.

윤이서는 덤덤히 고개만 한 번 숙이면서 지나쳤다. 편지를 돌려받지 못했다는 게 마음에 걸렸지만, 어쩔 수 없었다. 그는 조용한 분위기 속에서 댓돌로 내려가 구두를 신었다. 그렇게 정적 속에서 뒷마당을 지나쳐 다방을 빠져나갔다.

"권다희."

한참이 지나고서야 김 마담이 구겨진 얼굴로 단호하게 호통을 쳤다.

"저놈이 왜 여기 있어!"

"명옥 언니, 그게……."

어디서부터 설명하는 게 좋을까. 일단 김 마담을 안으로 들이고 문부터 닫았다. 괜히 나머지 언니들까지 큰소리에 달려온다면 낭패일 테니까.

문을 닫은 후에야 그토록 기다리던 고요함이 찾아왔다. 김 마담은 안경을 고쳐 쓰고서 구석에 놓인 방석을 끌어다가 앉았다. 눈치를 보다가 그 앞에 마주 앉았다. 낡은 쪽방에 흰 원피스가 부자연스럽게 섞였다.

"옷까지 곱게 차려입고서 다방 비우고, 뭘 하나 했더니……."

김 마담이 못마땅한 시선으로 방금까지 윤이서가 서 있던 자리를 흘겨보았다. 애꿎은 원피스 자락을 만지작거리며 관찰하는 시선을 회피했다.

"저놈 만나고 왔던 거야? 그래?"

"읍내 구경 다녀왔어요. 오랜만이니까 소개 좀 해 달라고 부탁해서."

"다 핑계지. 너 아니어도 부탁할 사람이 없을까."

김 마담이 한숨을 내쉬면서 주머니를 뒤적였다. 그녀는 담배를 끊은 후부터 자주 껌을 씹었다. 동그란 회색 껌을 한 뭉텅이 입에 털어 넣고서 우물거리는 얼굴에 불만이 가득 껴 있었다. 조심스레 그간의 상황을 설명했다.

"며칠 전에 공장으로 커피 배달 갔다가 우연히 만났어요."

"……"

"섬유 공장 있잖아요. 공장장 자리가 비어서 윤 사장 대신해서 왔다고……. 서곡은 잠깐 머물다가 떠날 예정이래요. 아예 뒷집으로 짐까지 옮겼더라고요."

김 마담은 대답 없이 고갯짓으로 듣는 시늉을 보였다. 차라리 무슨 대꾸라도 해 준다면 덜 어색할 텐데. 그녀에게서 다정하고 상냥한 배려 따위를 기대하기란 힘들었다. 혹시나 오해할까 봐 설명을 보탰다.

"일부러 숨긴 건 아니었어요. 경황이 없어서 못 말한 거고……. 그런데 진짜 몰랐어요?"

"뭘 몰라."

"윤 사장 죽은 다음, 그 아들이 서곡으로 돌아왔다는 얘기."

김 마담이 절레절레 고개를 흔들었다.

"강씨가 그런 일까지 알려 줄 놈도 아니고, 말해 줘도 기억 못 했다. 죄 쓸데없는 얘기인걸."

김 마담의 눈빛에 당황한 기색이 역력했다. 외간 남자를 쪽방까지 데려왔냐고 잔소리할 정신도 잃은 걸 보면, 그녀도 확실히 놀란 눈치였다. 일단 안심시키고자 간단하게 윤이서의 상황을 늘어놓았다.

"어차피 금방 서울 간다고 했으니까 크게 신경 쓰지 마요."

"너는."

"……."

"너는 신경 안 쓰이고?"

아무렇지 않다고 대답하면 거짓말이었다. 신경이 쓰이는 것도 모자라, 이미 그에게 끌려다니고 있었다. 예기치 못했던 말다툼도 불편하기는 마찬가지였다.

"신경은 쓰이는데, 괜찮아요."

그러나 놀라운 건 그 사소한 말다툼조차 반가웠다는 점이었다. 고등학생 시절, 시답잖은 일로 말꼬리를 잡으며 오갔던 대화들도 생각났다. 겨우 사람 한 명을 다시 만났을 뿐인데 이렇게나 많은 기억이 떠오르는 게 신기했다.

김 마담이 휴지를 뽑아 껌을 뱉더니, 둘이 읍내까지 나가서 뭘 했는지 꼬치꼬치 물었다. 혹시 몰라 자세한 얘기를 숨기고 대충 읍내만 구경했다고 말했다. 주의 깊게 이야기를 듣던 김 마담이 끙 앓는 소리를 내며 몸을 일으켰다.

"벌써 가려고요?"

"잠깐 들른 거야. 미정이 그년이 모종 심었다고 하도 떠들길래 좀 볼까 해서."

쪽방으로 들어오기 전에 팜파스그라스 모종을 본 모양이었다. 모종마다 거리를 두었는데도 빽빽한 이파리 때문인지 언뜻 보기엔 부추밭처럼 보였다. 일부러 올해 갈대 같은 꽃을 볼 수 있도록, 제법 성장한 모종을 주문해서 그런가.

댓돌로 내려간 김 마담이 고무신을 신고서 터벅터벅 걸어갔다. 슬리퍼를 신고 그 뒤를 쫓아갔다. 그녀는 다방 창문을 통해 붐비는 손님들을 살펴보다가 천천히 고개를 돌렸다. 다시 팜파스그라스를 살펴보는 눈길이 꼼꼼했다.

"어때요?"

"어떻긴 어때. 화초가 거기서 거기지, 별것도 아닌데 호들갑은……."

투덜대면서도 바뀐 뒷마당의 풍경이 꽤 흡족한 눈치였다. 김 마담은 앞마당 화단에 해바라기를 심었을 때도 불만이 많았지만, 활짝 핀 모양새를 보았을 때는 남몰래 핸드폰으로 사진까지 찍어 갔다. 원래 그런 성격이라는 걸 알았기에 투덜거림도 대수롭지 않았다.

"다희야."

"네."

"그놈이랑 너무 가깝게 지내지 마라."

김 마담이 무심한 조언을 건넸다. 왜냐고 물어보지 못하고 바닥만 응시했다. 이유는 물어보지 않아도 뻔했다. 윤이서는 윤 사장의 아들이었고, 언젠가 서울로 돌아갈 타향의 손님이었으니까. 예나 지금이나 그 점은 마찬가지였다.

"간다. 괜히 나오지 말고."

그녀가 돌멩이 하나를 툭 걷어차며 돌아섰다. 경고처럼 남긴 말에 내 마음이 얼마나 무거워졌는지도 모르고, 떠나는 뒷모습이 후련하기만 했다.

✿   ✿   ✿

여름이 훌쩍 넘어갔음을 알리듯, 며칠간 비가 내리지 않았다.

곳곳에 고이던 웅덩이도 바짝 말라붙어 흙길이 깔끔했다. 물에 젖어 썩어 가던 낙엽도 마찬가지였다. 빗자루를 쓸면 힘없이 바스러지고 흩날렸다.

"응?"

팜파스그라스 모종에 물을 뿌리던 지혜 언니가 허리를 펴고서 고개를 갸웃거렸다. 옆에서 호스를 정리하다가 따라서 고개를 들었다.

"왜 그래?"

"오늘은 피아노 소리 안 들리네 싶어서."

호기심 어린 언니의 얼굴에 화사한 햇살이 내려앉았다. 호스에서 시원하게 뿜어져 나오는 물줄기 너머로 무지개가 아른아른 흔들렸다. 잠깐 정신을 놓은 사이, 물기에 젖은 이파리가 서서히 기울었다. 서둘러 호스를 치우고 이파리를 다시 살폈다. 다행히 물방울을 털어 내자 원래대로 돌아왔다.

"며칠간 뚱땅뚱땅 잘도 치더니, 무슨 일이래."

지혜 언니가 고개를 갸웃거렸다. 윤이서가 돌아온 날부터, 아침이 되면 피아노 소리가 들리기 시작했다. 아마 그가 직접 연주하는 소리일 터였다. 서울로 떠난 다음에도 피아노 연주를 계속 연습했는지, 실력은 녹슬지 않은 그대로였다.

그의 연주가 끊어지면 공장으로 떠났음을 짐작할 수 있었다. 그런데 오늘은 그 소리가 들리지 않았다. 아무 말도 하지 않았지만, 나 역시 내내 신경 쓰이던 참이었다. 지혜 언니가 눈치도 없이 자꾸만 옆을 기웃거리며 물었다.

"다희야, 뭐 들은 얘기 없어?"

나한테 질문을 던지면서도 정작 시선은 부엌 쪽을 향해 있었다. 혹시 누가 엿듣지는 않나 조마조마한 눈치였다. 며칠 사이 드디어 다방 언니들이 김 마담의 입을 통해서 윤이서의 정체를 알아 버린 탓이었다.

"앞으로 그놈 만나기만 해 봐, 너!'

윤이서가 오래전 서곡에 머물렀던 윤석호 사장의 아들이라는 걸 알았을 때, 미정 언니는 빌려줬던 원피스를 홱 채 가며 앙칼지게 외쳤다. 제발 남자 좀 만나 보라 할 때는 언제고……. 단숨에 뒤바뀐 태도가 당혹스러운 한편, 이해도 갔다. 미정 언니는 예전 일을 빼곡하게 기억할 테니까.

다른 언니들의 반응도 별반 다르지 않았다. 다들 미연 언니와 윤 사장의 관계를 똑똑히 기억하고 있을 테니까. 불편한 분위기 속에서 유독 호기심이 강한 지혜 언니만 관심을 끊지 못했다. 가끔 슬쩍슬쩍 윤이서의 안부를 떠볼 정도로.

"나도 몰라. 그날 이후로 마주친 적이 있어야지."

윤이서와 읍내 사진관에 다녀온 날부터 일주일이 흘렀다. 멋대로 편지를 훔쳐 간 이후로 소식이 전혀 없다는 뜻이었다. 보건소로 찾아가 영화를 보자던 제안도 거절해야 하는데, 편지를 잃어버렸으니 참 난감했다. 정확한 편지의 내용을 알아야 대화를 맞출 테니까.

"어차피 근처에 살잖아. 직접 가서 물어보는 건?"

"미정 언니가 나를 가만히 두겠어? 나중에 무슨 잔소리를 들을 줄 알고."

"내가 홀에서 붙들고 있을게. 요즘 손님도 많잖아. 미정이도 정신없을걸."

지혜 언니가 끊임없이 회유하면서 싱긋 웃었다. 왜 이렇게 나를 도와주려고 할까. 언니의 즐거운 표정에서 전에 없던 활기가 넘쳤다.

"언니는 아무렇지도 않아?"

"뭐가?"

"윤이서가 윤석호 사장 아들이라는 거."

조심히 건넨 질문에 언니가 어깨를 으쓱하며 대꾸했다.

"그게 뭐 큰일이라고. 서곡에 이상한 남자가 좀 많았어? 물론 미연

346

언니가 윤 사장 때문에 서곡 떠나고 다들 힘들었지만……."

언니가 다짜고짜 내 손에서 호스를 빼앗았다. 그것도 모자라 바구니의 수건을 꺼내 얼굴을 벅벅 문질러 닦아 주었다. 볼에 묻은 흙먼지와 땀자국이 수건에 고스란히 남았다. 밀짚모자를 벗어 의자에 걸어 두고, 머리칼을 고쳐 묶었다.

"지나간 일 하나하나에 신경 쓰며 살아가면, 금방 지치는 거야. 앞으로 살아갈 날이 얼마나 긴데."

옷매무시를 정돈하라고 호스를 들어 준 줄 알았더니, 목적이 따로 있었나. 지혜 언니는 수도꼭지를 잠그고 내 등을 툭툭 떠밀었다. 그녀의 입가에 음흉한 미소가 알게 모르게 떠 있었다.

"그러니까 가서 인사도 하고, 안부도 좀 묻고. 너 하고픈 대로 해."

"나 아무 말도 안 했는데."

"네 얼굴에 나가고 싶다고 다 쓰여 있어."

그냥 던진 말일 수도 있는데, 순간 속내를 들켰다는 생각에 부끄러웠다. 열이 올랐을 얼굴을 가리려고 화장실로 뛰어갔다. 찬물로 세수하고 수건으로 재차 닦았더니, 얼굴의 열이 빠르게 떨어졌다.

화장실 밖으로 나오자 지혜 언니가 기다렸다는 듯이 밀짚모자를 내밀었다. 아직 햇볕이 뜨거우니 가는 동안 쓰라는 뜻일까. 윤이서가 이걸 보면 촌스럽다고 생각할 텐데. 고민하는 와중에도 손은 이미 모자를 받아 들었다.

"얼른 가."

지혜 언니의 인사를 뒤로한 채 다방을 벗어났다. 창문을 힐끗거리자 아무것도 모르고 일에 열중하는 언니들이 보였다. 몇몇은 부엌으로 들어가 설거지에 열중하는 중이었다. 도망친다면 지금이 제격이었다.

잽싸게 골목길을 빠져나와 언덕을 오르는 동안, 걸음이 점점 가벼워졌다. 편하게 생각하기로 했다. 만약 미정 언니한테 들킨다고 해도 고작 잔소리 몇 번 듣고 끝날 일이었다. 오래 걸리지도 않을 터였다. 잠깐만 확인하면 충분했으니까.

자세히 관찰하면 수상하게 보일 테니, 입구만 살짝 들여다볼 셈이었다. 윤이서 혼자 사는 집이니 누구한테 들킬 일도 없었다. 열심히 머리를 굴리면서 청재 수목원을 지나쳤다. 실내 수목원의 통유리창 너머로 울창하게 자라난 화초가 보였다.

수목원은 예나 지금이나 이 장소를 묵묵히 지켰다. 향기 다방만큼이나 오래되었지만, 여전히 손님은 드물었다. 서곡이 청재사로 방송에 알려진 이후에도 마찬가지였다. 이곳 사람들조차 수목원을 잘 찾지 않았다. 매일 똑같은 자리에서 있으니, 굳이 들여다볼 필요가 없다고 해야 할까.

수목원을 천천히 지나치자 저 멀리 커다란 양옥집이 보였다. 입구까지 다가간 다음, 잠시 멈추어 주변을 둘러보았다. 저번과 달라진 풍경을 확인하고서 미간을 찌푸렸다. 입구에 놓였던 화병이 보이지 않았다. 당연히 화병 위 국화도 사라진 상태였다.

대신 휑한 마당 한가운데 못 보던 자전거가 놓여 있었다. 그 옆으로 넓고 네모난 평상이 떡하니 자리를 차지했다. 저 평상은 어디서 구한 걸까. 니스 칠을 새로 했는지, 평상이 햇빛 아래서 반질반질 윤을 냈다.

"왜 그러고 서 있어?"

안쪽으로 몇 발자국 내디딘 찰나, 머리 위로 목소리가 들렸다. 깜짝 놀라서 물러나다가 담벼락에 등이 부딪쳤다. 소리가 들린 방향을 쳐다보자 창문 밖으로 고개 내민 남자가 보였다. 창문과 거리가 가까워서 상체까지 한눈에 보였다.

"마중하러 갈 생각이었는데. 어떻게 알고 먼저 왔네."

윤이서였다. 오늘은 검은 정장이 아닌, 편안한 티셔츠 차림이었다. 화병과 국화를 치워 버린 이유와 관련이 있을까. 멍하니 지켜보는 사이, 그가 창문을 닫고서 움직였다. 밀짚모자를 꽉 쥐고서 계단 위쪽을 지긋이 응시했다.

얼마 지나지 않아 현관문이 벌컥 열렸다. 윤이서가 깨끗한 운동화를 신고서 팔꿈치로 문을 닫았다. 흰 티셔츠에 청바지 차림이라니, 적잖이 당황스러웠다. 독특한 건 아니지만 쓸데없는 오해를 사기에 딱인 차림이라서.

"마중이라니…… 뜬금없이 무슨 소리야."

짐짓 냉정한 척 쏘아붙였지만, 윤이서는 아랑곳하지 않고 계단을 내려왔다. 터벅터벅 다가오는 그의 얼굴에 눈부신 가을 햇살이 쏟아졌다. 반듯한 콧대 아래로 적당한 명암이 드리워져서 퍽 근사했다. 평범한 차림인데도, 윤이서가 입으니 그렇게 보이지 않았다.

"너 보러 온 거 아니야. 내려오지 마."

"피아노 소리 안 들려서 확인하러 온 거면서."

윤이서는 질리도록 남의 속내를 잘 파악했다. 정작 중요한 점은 읽지 못했지만, 어쨌든 그건 재주라고 부를 만했다. 시선을 회피하기도 귀찮아서 밀짚모자를 푹 눌러 썼다. 끈을 조이자 턱 아래가 간질간질했다.

"공장은 왜 안 갔어."

윤이서가 그럴 줄 알았다는 얼굴로 피식 웃었다. 그의 운동화는 코 앞까지 다가와 바닥을 툭툭 걷어찼다. 옷차림을 보니, 다른 곳에 볼일이 있는 모양이었다. 아니나 다를까 예상에 적중한 대답이 돌아왔다.

"청재사에 가 보려고."

"혼자?"

"너랑 같이 갈 건데."

여느 때처럼 뻔뻔하고 당당한 부탁이 뒤따랐다.

"나랑…… 가겠다고?"

"안내해 주겠다며."

담담하게 대답한 윤이서가 옆을 지나쳤다. 그렇게 몇 걸음 앞서가더니 얼른 따라오라며 손까지 흔들었다. 지난번 말다툼하다가 헤어진 건 까맣게 잊은 듯 무표정했다. 어이가 없었지만, 일단 그의 곁으로 다가갔다.

"언제 안내해 주겠다고 했어? 네가 우긴 거지. 그리고 읍내 구경으로 끝난 얘기 아니었어?"

말을 이을수록 기시감이 늘었다. 10년이나 흘렀는데도 우리 사이의 대화는 좀처럼 변하질 않았구나 싶었다. 윤이서는 고등학생 때도 이렇게 막무가내식으로 뒷산 안내를 부탁했다. 나는 맛난 도시락 반찬에 홀랑 넘어가서 그 부탁을 들어주었고.

"서곡에 읍내만 있나?"

윤이서가 짤막하게 되물었다. 안내를 부탁한 건 서곡 전체였지, 읍내뿐만이 아니었다는 소리였다. 답답한 한편 완전히 틀린 말도 아니라서 반박하지 않았다. 대신 오른손을 쭉 내밀면서 당차게 요구했다.

"온 김에 돌려줘."

"뭘."

"뭐겠어? 네가 가져간 편지 말이야."

보건소에 찾아가 얼른 거절의 말을 전해야 했다. 신경 써 주시는 건 감사하지만, 이럴 필요는 없다고. 주변에 괜한 오해를 살 수도 있으니 빨리 거절해야 했다. 그렇지 않아도 박 선생님께 관심을 가졌던 언니들도 있었으니까.

"중요한 물건도 아닌데, 왜."

윤이서가 퉁명스레 대답하며 지나쳤다. 황급히 그의 곁으로 따라붙으며 목소리를 높였다.

"중요하고 아니고, 그걸 왜 네가 결정해?"

"청재사 다녀오면 돌려줄게."

더 따지지 말라는 듯 윤이서가 눈을 좁혔다.

"이제 됐어?"

내가 저놈의 세 치 혀에 또 넘어갔나 의구심이 들었지만, 그냥 무시했다. 윤이서의 제안이 마냥 싫지 않았던 탓이었다. 편지를 **빼앗겨** 화가 났던 건 언제고, 같이 뒷산에 오르자는 제안에 기분이 들떴다.

"약속 지켜."

나도 내 마음을 모를 정도로 변덕스러운 기분이었다.

�֯   ✿   ✿

예전과 비교하자면, 뒷산을 오르는 사람은 눈에 띄게 많아진 편이었다.

평일 오후에 뒷산을 오르는 사람이 이렇게 많았나 의아할 정도였다. 비슷한 생각을 했는지, 윤이서도 이곳저곳을 두리번거리며 산을 올랐다. 아무것도 없던 흙길에 판자를 대고 등산로처럼 만든 덕분에 걷기 훨씬 수월했다.

숲은 여전히 **빽빽하니** 울창했고, 멀리서 바닷바람이 선선하게 불었다. 고된 산행은 아니어도 가끔 돌부리가 튀어나와서 주의하며 걸어야 했다. 윤이서는 불평 한마디 없이 묵묵히 산길을 올라갔다. 나도 이따금 흔들리는 밀짚모자를 푹 눌러쓰고서 나란히 걸었다.

아주 가끔, 돌멩이에 걸려서 휘청일 때도 있었다. 그때마다 득달같이 윤이서의 손이 다가왔다. 커다란 손바닥이 차마 팔을 붙잡지 못하고 아슬아슬하게 맴도는 게 느껴졌다. 닿지 않았는데도 지탱해 주는 것처럼 든든해졌고, 그게 조금 설레서 어이가 없었다. 내 마음이 이토록 가벼웠나 싶어서.

윤이서가 내 두근거림을 알아채지 못하도록 부단히도 노력했다. 티 내지 않으려고 얼굴은 시종일관 무표정을 유지했다. 대화가 끊기고 찾 아온 정적 속에서 새소리만 요란히 울려 퍼졌다.

"많이도 변했네."

중턱을 코앞에 두었을 즈음, 전망대 앞에 도착한 윤이서가 나직이 중얼거렸다. 야생 동물 주의 표시판이 사라진 자리에 새로운 망원경이 하나 더 놓여 있었다. 관광객을 위해서 몇 년 전 수리를 마치고 말끔해 진 망원경이었다.

지나가려나 싶었는데, 윤이서는 망원경에 관심을 보이며 다가갔다. 예전에는 동전이 있어도 쓸 수 없었던 망원경이었다. 아이들이 놀다가 갔는지, 망원경 근처에 부러진 잠자리채와 텅 빈 채집통이 굴러다녔다.

윤이서가 주머니를 뒤적이더니 5백 원짜리 동전을 꺼냈다. 바람에 소나무가 흔들릴 때마다 나뭇잎 사이로 푸르른 바다가 그림처럼 나타 났다. 그 풍경을 좀 더 자세히 관찰하고픈 눈치였다. 슬그머니 옆에 서 서 그의 행동을 구경했다.

절그럭. 기계에 동전을 넣는 소음이 요란했다. 다행히 기계가 동전을 날로 먹지 않았는지, 망원경 위로 빨간불이 들어왔다. 윤이서가 망원경 렌즈를 향해 고개를 깊이 기울였다. 진갈색 머리카락도 고갯짓을 따라 흐트러졌다.

"뭐가 보여?"

넌지시 질문을 던졌다. 윤이서가 한쪽 눈썹을 찡그린 채, 진지하게 답했다.

"갈매기가 보여."

"갈매기?"

"두 마리. 염전 쪽인가…… 뭘 쪼아 대는데. 저게 뭐지?"

여기서 서백 염전까지 보이던가? 궁금한 마음에 망원경 근처를 기웃거렸다. 직접 확인하고 싶은데, 물어보기 좀 그래서 조용히 서성였다. 초조한 발소리를 들었는지 윤이서가 불쑥 고개 돌려 웃었다.

입가에 머금은 미소가 순수한 즐거움을 드러냈다. 일순간이었지만 고등학생의 윤이서를 마주한 기분이었다. 그 시절, 쓸데없는 질문 세례로 나를 잔뜩 곤란하게 만들었던 남학생을.

"이리 와."

거절할 틈도 없이 어깨가 붙잡혔다. 억센 힘으로 순식간에 망원경 앞까지 끌려갔다. 원하던 대로 망원경을 차지했지만, 온 신경이 어깨를 붙잡은 그의 손으로 쏠려 버렸다. 단단히 어깨를 붙든 체온이 뜨거웠다.

"내가 망원경 잡아 줄 테니까, 움직이지 말고."

그가 말하지 않아도 긴장된 마음에 손끝 하나 움직일 수 없었다. 길쭉한 망원경에 윤이서의 곧은 손가락이 감겼다. 좁혀진 거리에 그의 숨결이 목덜미까지 내려앉았다. 붕 뜬 기분에 잠겨 정작 갈매기는 제대로 확인하지 못했다. 곧 망원경이 허무하게 점멸되었다.

"다 봤으니까, 그만……."

비켜 달라는 말이 목구멍 밑으로 쏙 들어갔다. 렌즈에서 고개를 돌리자마자 딱 마주친 시선 때문이었다. 이상하게 한쪽 어깨가 묵직하다 싶었는데, 윤이서가 그곳에 턱을 괴고 있었다. 볼에 숨결이 닿을 정도로 가까운 거리였다. 입술도 마찬가지였다.

"갈매기는, 찾았어?"

금방이라도 닿을 거리에서 윤이서의 입술이 느리게 벌어졌다. 왼손으로 다급하게 그의 어깨를 밀어 냈다. 윤이서도 버티지 않고 물러났다. 발개졌을 내 얼굴에 그의 시선이 맹렬하게 꽂혔다. 뒤로 벗겨진 밀짚모자가 대롱대롱 매달리며 흔들렸다.

서둘러 모자를 눌러쓰고 얼굴을 가린 채 주춤주춤 거리를 벌렸다.

티 내지 말자고 그렇게나 다짐했는데, 고작 입술이 닿을 뻔했다고 이 꼴이라니. 누가 보면 첫사랑에 빠진 고등학생인 줄 알겠다.

"시간 부족해서 못 봤어."

바닥만 응시하면서 대답했다. 시야 귀퉁이에 윤이서의 운동화가 들어섰다. 더 벌릴 거리도 없는데, 그는 자꾸만 다가와서 말을 걸었다.

"다시 볼까? 동전 남았는데."

"됐어, 그냥 가자."

전망대에서 더 할 게 뭐가 있다고. 중얼중얼 그를 설득하면서 발길을 돌렸다. 윤이서는 그런가, 작게 대답하면서 옆에 바싹 다가섰다. 묘한 기분에 휩싸인 채로 전망대를 벗어나 등산로를 밟았다.

그놈의 호기심이 뭐라고, 괜히 망원경을 본다고 했다. 이 애매한 거리를 유지하지도 못하고 단숨에 그의 반경으로 끌려간 느낌이어서.

새빨갛게 물들었을 볼이 걱정되어 함부로 고개를 들지도 못했다. 바람이 강하게 불 때면, 잠깐씩 고개 들어 부지런히 얼굴을 식혔다.

한참을 더 올라가자 넓은 공터와 깔끔한 법당이 모습을 드러냈다. 예전보다 훨씬 더 빽빽한 대나무 숲이 흔들리며 우리를 맞이했다. 청재사라고 적힌 나무 간판이 예전과 똑같았지만, 그 외의 풍경은 확연히 달라졌다.

윤이서가 천천히 법당의 열린 문 앞으로 걸어갔다. 누가 막 불을 지펴 둔 향로에 잿빛 연기가 모락모락 올라왔다. 불상을 뒤덮던 이끼가 사라지고, 무릎 아래 동자상은 죄다 사라져서 텅 비어 있었다. 그는 오래도록 불전의 풍경을 주시하다가 물었다.

"이제 관리인이 생긴 모양이지."

윤이서의 말대로, 청재사는 이제 관리인이 붙었다. 산 주인이 따로 고용한 남자였다. 그는 산 아래 주택에 홀로 머물면서 주변을 청소하고, 공양 함이 채워질 때마다 올라와 그것을 비웠다. 돈은 고스란히 산 주인의 몫이었다. 관광객이 여전히 모르는 청재사의 비밀이었다.

"주기적으로 청소하는 사람이 있어. 찾는 사람이 많아졌으니까."

바닷바람이 세차게 불었다. 눈이 뻑뻑해서 손등으로 쓱 문질렀다. 윤이서는 눈 하나 깜짝하지 않고 불상에서 통 시선을 떼지 못했다. 무거운 정적을 이기지 못하고 입을 열었다.

"동굴도 구경할 거야?"

무심히 말을 던진 순간, 한 가지 깨달음이 머리를 스쳤다. 산길을 올라오는 동안, 윤이서가 조약돌을 하나도 줍지 않았다는 걸. 아마도 그의 소원이 이루어진 탓이리라. 누군가를 죽여 달라며 간곡히 빌었던 그 소원이.

그 사실을 깨닫자 과거로 돌아갔던 기분이 순식간에 현재로 끌려왔다. 윤이서는 대답 없이 계속 불상을 올려다보았다. 문득 그가 속으로 감사 인사를 건네는 게 아닐까 싶어졌다. 물론 부처님이 그의 소원을 들어주고자 부친에게 병마를 떠안긴 건 아니겠지만……

혼자 감상에 빠진 그를 지켜보며 한 걸음 물러났다. 진녹색 그림자가 옅게 어린 옆모습이 처연하게 풍경에 녹아들었다. 열일곱의 윤이서가 아직 그곳에 있었다. 이 조그마한 법당에 쪼그려 앉아 내게 도망가자고 권유했던 그 애가.

"아!"

잡념에 잠긴 채 물러나던 게 화근이었을까. 발뒤꿈치가 돌부리에 걸려 순식간에 몸이 무너졌다. 떨어진 밀짚모자도 함께 바닥을 나뒹굴었다.

"권다희!"

소리를 들은 윤이서가 다급하게 팔을 붙잡았지만, 이미 오른쪽 발목이 삐끗하며 쓰러진 다음이었다. 엉거주춤 주저앉은 자세로 발목을 움켜쥐었다. 뚝 소리가 났지만, 부러지진 않은 듯한데 욱신거리는 통증이 올라오는 걸 보면 어딘가 잘못 삐어 버린 모양이었다.

"왜 그래? 발목이 이상해?"

윤이서가 멋대로 내 발목을 손으로 더듬거리며 미간을 구겼다. 쓰라린 통증에 이를 악물자, 그의 표정도 서서히 굳어졌다. 별것 아니라고 대답하기엔 통증이 심했다. 하필이면 이럴 때 넘어질 게 뭐람, 민망함에 아무 말도 못 했다.

"안 되겠어. 내려가자."

윤이서의 말에 깜짝 놀라 고개를 들었다. 그는 이미 업히라면서 등까지 내민 상태였다. 청재사에 도착한 지 얼마나 되었다고 벌써 내려가자니, 다급하게 고개를 가로저었다.

"그 정도 아니야. 걸을 수 있어."

그를 무시하고 일어나려다가 통증에 못 이겨 비틀거렸다. 다시 주저앉으려던 내 몸을 지탱한 윤이서의 낯이 사나워졌다. 어색한 마음에 눈치를 살피자, 그가 한숨을 길게 내쉬면서 밀짚모자를 줍더니 내 머리에 푹 눌러 주었다.

"고집부리지 말고 업혀. 안고 내려가기 전에."

누가 고집을 부리는 거냐고, 속으로 투덜거리면서 너른 등을 쏘아보다 이내 눈에 힘을 풀고 포기했다. 평소 윤이서의 행동을 돌이켜보면 정말 나를 안아 들고도 남을 성격이었다. 즉, 계속 버티는 건 나한테 손해였다. 백기를 들고 얌전히 그의 등에 업혔다.

일단 업히자 몸은 편했다. 대신 마음이 엄청나게 불편했다. 그의 등에 닿는 내 가슴이 신경 쓰였고, 그의 목을 끌어안은 내 팔이 신경 쓰였고, 내 엉덩이를 지탱하는 그의 팔뚝이 신경 쓰였다. 어느 하나 맘 편히 둘 곳이 없었다.

그러거나 말거나 윤이서는 교차한 손목으로 내 엉덩이를 단단히 추켜올렸다. 균형을 잃지 않고자 자연스레 그의 목을 꽉 끌어안았다. 팔

안쪽으로 뜨끈뜨끈한 목덜미가 닿았다. 두근거리는 박동이 그에게 고스란히 전해질까 두려워 마른침을 꿀꺽 삼켰다.

"옛날 생각나네."

청재사를 등지고 등산로를 내려가기 시작한 윤이서가 담담히 말했다. 나도 가만히 고개를 끄덕였다. 옛날이라는 건, 그가 서곡을 떠나기 며칠 전의 일이었다. 함께 도망치자는 제안을 거절하고 비탈길을 조심조심 내려왔던 그때의 기억.

"그때는 발목 멀쩡했잖아."

"그랬지."

비바람을 맞으면서, 절벽 끄트머리까지 다가갔던 윤이서를 붙잡았던 기억이 아직도 생생했다. 수채화처럼 풍경에 섞여 완전히 사라질 것처럼 위태했던 그날의 윤이서. 제 보물이라면서 해바라기와 팜파스그라스가 찍힌 엽서를 보여 주던 그때.

"좋아해, 권다희."

아프게 가슴을 헤집던 그의 고백이 떠올랐다. 삽시간에 눈시울을 뜨겁게 만들었던, 솔직하고 순수한 고백. 차마 고개를 끄덕이지 못해 미안하고 또 미안했던. 떠올릴수록 가슴이 무거워져서 고개를 푹 숙였다. 이마에 닿은 윤이서의 머리칼에서 좋은 향기가 났다.

아직 동굴도 확인하지 못했건만, 이른 하행이었다.

업혀서 산길을 내려가는 동안, 다행히 아는 사람은 마주치지 않았다. 이따금 관광하러 온 듯한 가족들이 지나치면서 힐끗거리긴 했어도,

크게 신경 쓰지 않는 분위기였다. 어쩌면 함께 여행을 온 연인이라고 오해했을지도 몰랐다. 하필이면 옷차림이 비슷했으니까.

대수롭지 않은 상처이길 간절히 바랐지만, 발목은 야속할 정도로 붓기 시작했다. 산 입구에 도착했을 때는 누가 봐도 붉게 부어 있었다. 윤이서가 발목 상태를 확인하더니 낮게 혀를 찼다. 조심 좀 하지 그랬느냐고, 지금은 아무 의미 없는 잔소리를 덧붙이면서.

오기로라도 직접 걸어 보고 싶었지만, 부축해 주는 팔이 없으면 한 발자국도 내디디기 어려웠다. 시큰거리는 통증이 너무 심해서 식은땀이 날 정도였다. 다방 사람이 볼 수도 있다는 위험 부담을 감수하고서 얌전히 그의 등에 업힌 채 이동했다.

윤이서의 등은 지나치게 넓고 뜨거웠다. 가슴을 기대고 있으니, 잘 익은 떡처럼 흐물흐물해지는 느낌이었다. 그가 쓸데없이 말을 걸지 않아서, 산행에 지친 몸에 노곤한 피로가 찾아왔다.

나도 모르게 깜빡 졸았다가 눈을 떴을 때, 윤이서가 천천히 내 몸을 내리고 있었다. 엉겁결에 그의 어깨를 붙잡고 어딘가에 털썩 주저앉았다. 왼쪽의 핸들을 발견하고서야 조수석에 올라탔음을 알 수 있었다. 윤이서의 차였다.

"윤이서?"

당황해서 불렀지만, 그는 대답도 없이 차 문을 닫았다. 보란 듯이 정면을 돌아 운전석에 오르는 표정이 당당했다. 어이가 없어서 빤히 쳐다보는데도 그는 아랑곳하지 않고 핸들을 붙잡았다. 시동을 켠 차체가 가볍게 흔들렸다.

"지금 어디 가는 거야?"

서서히 흔들리는 차체에 놀라 물었다. 윤이서는 무심하게 오른손을 뻗어 조수석의 안전벨트를 채웠다. 막상 운전석의 안전벨트는 느리게 채우던 그가 짧게 읊조렸다.

"보건소."

돌아온 대답에 말문이 턱 막혔다.

"갑자기 무슨 보건소야? 다방 앞에 내려 줘, 그냥."

"안 돼."

윤이서가 단호하게 대답하며 전방을 주시했다. 커다란 차가 좁은 골목길을 요리조리 잘도 빠져나갔다. 그는 능숙하게 내비게이션으로 보건소 주소를 검색하면서 한숨을 내쉬었다.

"싫으면 처음부터 넘어지지 말았어야지."

"대충 냉찜질하면 가라앉아."

"네가 의사야? 마음대로 판단하게."

넘어지고 싶어서 넘어진 것도 아닌데, 윤이서가 쏘아붙인 말에 더욱 열이 받았다. 부글부글 끓어오르는 화를 억누르면서 표정을 관리했다. 유치하게 싸우지 말자. 어른스럽게 설득해 보자. 속으로 되뇌다가 침착하게 입을 뗐다.

"내 몸은 내가 제일 잘 알아."

"병원 안 가는 사람들 단골 변명이지."

"야!"

참담하게도 나보다 윤이서가 한 수 더 위였다. 약이 잔뜩 올라 버럭 소리를 질렀다. 씩씩대는 내 목소리에 윤이서가 바람 빠지는 듯한 웃음을 흘렸다. 뭐가 웃기냐고 따지는데, 그가 차분하게 대답했다.

"발목 진찰받고 얌전히 다방까지 데려다줄 테니까 걱정하지 마."

"……."

"진짜야."

윤이서가 오른손으로 새끼손가락 거는 시늉을 보였다. 그의 팔을 밀치며 핸들이나 똑바로 잡으라고 훈수했다. 길쭉한 눈매가 눈웃음으로 부드럽게 휘어졌다. 짓궂은 미소를 흘리며 특별히 이번 한 번만 넘어가기로 했다.

딱 한 번만, 진짜 마지막으로.

✼　　　✼　　　✼

"다희야, 너 왜 그래? 어디 다쳤어?"

윤이서의 팔을 지지대 삼아 보건소로 들어가자 깜짝 놀란 혜원 언니가 빠르게 달려왔다. 혼자서 옥수수라도 먹었는지, 보건소 안에 고소한 냄새가 가득 했다. 가까이서 보니 예상대로 언니의 입가에 옥수수 알갱이가 그대로 붙어 있었다.

"안녕하세요, 언니."

슬그머니 검지로 알갱이를 떼어 주었다. 혜원 언니가 민망한 표정으로 웃으며 입가를 손등으로 쓱 문질렀다.

"발목을 좀 삐끗했어요. 박 선생님, 진료실에 계세요?"

언니가 고개를 끄덕이면서 문 닫힌 진료실을 눈짓했다. 윤이서의 시선도 자연스레 같은 방향을 향했다. 조금 신경이 쓰였지만, 설마 보건소에서 시비를 걸지는 않겠지 싶었다.

"회관 갔다가 방금 오셨는데, 다행이다. 얼른 들어가 봐."

언니가 종이에 내 이름을 적은 다음, 가볍게 등을 두드렸다. 고맙다고 말하면서 윤이서를 돌아보았다. 휴게실에 놓인 의자를 가리켰는데도 그는 요지부동이었다. 왜 안 가냐고, 옆구리를 쿡 찌르자 마지못한 대답이 돌아왔다.

"혼자 걷지도 못하면서. 같이 들어가."

그럴 필요까지 없는데……. 거절할 틈도 없이 윤이서가 내 팔을 끌고 앞장섰다. 달리 방법이 없어 얌전히 그의 부축을 받으면서 걸음을 옮겼다. 진료실 문을 똑똑 두드리자 들어오라는 중저음이 들렸다.

"다희 씨?"

문을 열고 들어가자 반가운 기색이 역력한 목소리가 들렸다. 안경을 고쳐 쓰던 선생님이 환하게 웃었다가, 뒤늦게 윤이서를 발견하고 의아한 표정을 지었다. 내가 절뚝거리며 다가가 의자에 앉았을 때는 미간을 찌푸렸다.

"어디 다쳤어요?"

"발목을 삐었는데 계속 부어요. 집에서 찜질만 하려고 했는데……."

"잘 왔어요. 빨리 나으려면 약도 먹어야죠."

선생님은 꼭 자신이 아픈 것처럼 안타까운 눈빛을 보냈다. 그가 시키는 대로 한쪽 다리를 올려 발목을 보여 주었다. 바지를 조심히 걷어 올리는 손길이 가늘게 떨렸다. 미처 확인하지 못했던 발목은 이제 보랏빛으로 멍 들고 있었다.

선생님의 커다란 손가락이 가볍게 발바닥을 받치며 들어 올렸다. 힘이 들어가자 욱신거리는 통증이 뒤따랐다. 아야, 작게 중얼거리며 인상을 찡그렸다. 선생님이 미안하다고 속삭이면서 발목을 이리저리 살펴보았다.

윤이서는 내 옆에 서서 선생님이 발목을 건드릴 때마다 가만히 주먹을 쥐었다가 폈다. 검사가 끝나자 아예 의자를 끌어다가 옆에 앉았다. 선생님은 조금 당황한 눈치였지만, 내색하지 않고 혜원 언니를 불렀다. 곧 언니가 금방 얼음주머니를 만들어서 달려왔다.

"다행히 금이 간 건 아니고, 접질린 것 같네요. 냉찜질부터 하는 게 좋겠어요. 자, 얼음주머니로 누르고 있어요."

"감사합니다."

"그럼 잠깐 기다리세요."

박 선생님이 사람 좋게 웃으면서 진료실을 나섰다. 소염제라도 처방해 주실 모양이었다. 선생님이 사라진 문을 빤히 쳐다보는데, 손안의 얼음주머니가 사라졌다. 윤이서가 잽싸게 낚아챈 탓이었다. 부은 발목에 얼음주머니를 올리자 차갑고 시큰거렸다.

"저 사람한테 설명했어?"

얼음주머니를 문지르던 윤이서가 뜬금없이 물었다. 고작 10분도 지나지 않았는데, 이번에는 또 뭘까. 반사적으로 미간을 좁혔다.

"무슨 설명?"

"영화 안 본다고 말했냐고."

황급히 문 쪽을 확인했다. 윤이서의 목소리가 특별히 큰 것도 아니었는데, 괜히 심장이 빨리 뛰었다. 혹시라도 선생님이 들을까 봐 걱정이 앞섰으니까. 일단 그의 입부터 다물게 하자는 생각이 들었다.

"조용히 안 해?"

"아직도 말 안 했어?"

안 했다면 자신이 직접 달려가서 대신 말하겠다는 표정이었다. 처음에는 성숙해져서 돌아왔다고 생각했는데 볼수록 그렇지도 않았다. 상대할 때마다 괜히 나까지 덩달아 유치해지고 있었으니까.

"너한테 그 편지 돌려받고 거절할 거야. 잠자코 기다려."

"그놈의 편지, 편지……."

여태 무표정하던 가면을 버리기로 했는지, 윤이서가 와락 얼굴을 구겼다. 조금 더 솔직해진 그의 눈빛에 선명한 분노가 자리를 잡았다. 다만 원인을 명확하게 알 수 없는 분노라는 점이 나를 헷갈리게 했다.

"대체 언제부터 그따위 편지를 소중하게 여겼다고?"

어째서 편지만 관련되면 예민하게 구는 걸까. 대답이 없자 긍정으로 받아들였는지, 그의 낯이 더욱 일그러졌다.

"저 새끼가 준 편지가 그렇게 대단하고 중요해, 너한테?"

"그딴 식으로 부르지 말라고 했지."

"편지 없어. 찢어서 버렸으니까."

362

사납게 으르렁대는 말에 귀를 의심했다. 표정을 보아하니 거짓말 같지 않아서 조금씩 화가 치밀었다. 아무리 마음에 안 들어도 그렇지, 남이 준 편지를 멋대로 찢다니. 심지어 그의 것도 아니면서.

　"너 미쳤어?"

　"완전 제정신이고, 똑같은 상황이 와도 찢을 거야."

　"너…… 나한테 대체 왜 이래."

　노기 섞인 내 목소리가 위태롭게 흔들렸다. 어떻게든 소리를 높이지 않기 위해 안간힘을 쓰고 있었다. 싸워도 때와 장소를 가려야 하는 법이었다. 나는 이제 충동적이고 감정이 앞서던 열여덟의 권다희가 아니라고, 스스로 다그치며 마음을 가라앉혔다.

　"대답해. 대체 왜 이러는 거냐고."

　"진짜 몰라서 물어?"

　윤이서의 입술이 비뚜름하게 휘었다. 새삼스럽다는 비웃음이었다.

　"깊이 생각 좀 하고 물어봐. 내가 왜 이러는 것 같은데?"

　"떠보지 말고, 할 말 있으면 그냥 말해."

　대답이 없는 질문만 주고받는 이 관계가 피곤했다. 짜증 섞인 시선을 보내자 윤이서 역시 입을 다물었다. 그의 표정은 이미 굳어진 후였다. 윤이서는 서늘한 눈빛으로 내 얼굴을 응시하다가 천천히 손을 뗐다. 그가 떨어트린 얼음주머니가 발목을 무겁게 짓눌렀다.

　"정말 하나도 안 변했구나, 권다희."

　"뭐?"

　"중요한 순간에 절대 대답 안 하는 거. 그래, 딱 옛날 그대로야. 내가 뭘 기대하고 서곡까지 돌아왔는지 모르겠다."

　자조적인 음성과 달리, 눈빛에 괴로움이 스쳤다. 이해할 수 있는 말이 하나도 없었다. 혼란스러운 기분에 휩싸여 입술을 달싹였다.

　"윤이서, 제발 알아듣게 설명을……."

"다희 씨, 발목에 보호대 감아 줄까요?"

갑작스럽게 끼어든 목소리가 말허리를 뚝 끊어 냈다. 진료실로 돌아온 선생님의 손에 보호대가 들려 있었다. 윤이서는 내내 조용히 기다렸다는 것처럼 잠자코 뒤로 물러났다. 선생님은 어색한 침묵을 눈치채지 못하고 웃으며 다가왔다.

"마침 딱 하나 남았어요. 혹시 더 아프면 다시 오고, 당분간 무리하지 말고 푹 쉬세요."

보호대를 감아 주는 손길이 퍽 다정하고 정성스러웠다. 나는 그 친절한 설명을 듣는 둥 마는 둥 하면서 윤이서만 곁눈질했다. 분명 내 시선을 느꼈을 텐데, 그는 별안간 시동을 켜 두겠다면서 진료실을 나섰다. 윤이서의 손에 들린 차 키가 쇳소리를 내며 멀어졌다.

속마음은 파도가 잦아들지 않은 수면처럼 거칠게 일렁였다. 같이 있으면 설레다가도 꼭 이렇게 기분이 상했다. 가끔 잡아 주는 손길이나 애틋한 눈빛을 보면, 나와 같은 마음인가 싶다가도 속을 알기 어려웠다. 윤이서는 여전히 그랬다.

"저기, 다희 씨."

침울해진 기분으로 의자에서 내려오려는데, 머뭇거리던 선생님이 말을 걸었다.

"지난번에 드린 시집 읽어 봤어요?"

"아, 아뇨."

예상치 못한 말에 다급히 고개를 저었다. 선생님께 미안했지만, 거짓말할 수밖에 없었다. 편지를 잃어버렸다고 솔직하게 말할 수도 없는 노릇이었으니까.

"요즘 정신이 없어서 깜빡 잊었네요."

"그렇군요."

"죄송해요. 빨리 읽어 볼게요."

364

"천천히 읽어도 괜찮아요. 재촉할 일도 아니고, 다희 씨 마음인데요."

선생님은 붉어진 얼굴로 고개를 설레설레 저었다. 그의 순박하고 상냥한 웃음에 괜한 죄책감이 마음을 쿡쿡 찔렀다. 서둘러 자리라도 피하고자 의자에서 내려왔다. 균형을 잃고 비틀거린 순간, 선생님이 다급하게 어깨를 잡아 주었다.

"괜찮아요?"

"아, 네. 아직 조금 아프네요."

"당연하죠. 급하게 움직이지 마요, 당분간."

고맙다면서 고개를 든 순간, 진료실 문이 느리게 열렸다. 시동을 켜고 돌아온 윤이서가 굳은 얼굴로 서 있었다. 그는 내 어깨를 붙잡은 선생님의 손을 노려보다가 성큼성큼 걸어왔다. 그러더니 대뜸 팔을 내밀었다.

아까 얼굴을 붉힐 때는 언제고 또 얌전해진 태도였다. 그 와중에도 시선은 계속 선생님을 경계하는 게 느껴졌다. 그 경계심을 읽었는지 선생님의 눈에도 의아한 기색이 서렸다. 침묵 속에서 부랴부랴 윤이서의 팔을 붙잡았다.

"봐주셔서 감사해요, 선생님. 이만 가 볼게요."

"아…… 그래요."

선생님이 멋쩍은 미소로 답하면서 물러났다. 윤이서는 그에게 보란 듯이 아예 내 어깨를 감싸며 부축했다. 왜 이러냐는 뜻으로 흘겨보았지만, 그는 무표정한 얼굴로 걸음을 옮겼다. 그에게 반쯤 안긴 채 절뚝이면서 진료실을 나섰다.

나가는 동안 박 선생님의 시선이 뒤통수에 따갑게 꽂혔다. 그걸 알면서도 차마 돌아볼 수 없었다. 윤이서가 괜히 쓸데없는 소리나 지껄일까 봐 조마조마했기 때문이었다.

"자, 소염 진통제."

밖으로 나오자 혜원 언니가 약을 건네주었다. 냉랭한 분위기에서 빠져나온 것만으로도 안도감이 찾아왔다. 나도 모르게 한숨을 푹 내쉬며 약을 받았다.

"고마워요, 언니."

"무리하지 말고 집에서 가만히 쉬어. 괜히 돌아다니다가 더 부으면 큰일 난다."

"그럴게요."

"그나저나…… 이쪽은 누구?"

혜원 언니가 호기심 가득한 눈빛으로 윤이서를 응시했다. 내가 남자랑 다니는 걸 처음 봐서인지 평소보다 과한 관심이 느껴졌다. 나중에 윤이서가 누군지 설명하려면 꽤 골머리를 앓겠구나 싶었다.

"안녕하세요, 다희 친구입니다."

윤이서가 답지 않게 정중한 태도로 인사를 건넸다. 친구는 무슨, 한 살 어리면서. 대꾸하기도 귀찮아서 매섭게 쏘아보는 것으로 대신했다. 뻔뻔한 미소를 장착한 그가 일부러 내 팔을 단단히 지탱했다.

"다희한테 이렇게 훤칠하고 잘생긴 친구가 있었어? 처음 알았네."

혜원 언니는 깜짝 놀라면서도, 찝찝한 표정으로 진료실 쪽을 흘긋거렸다. 이유는 모르겠으나 선생님의 상태를 신경 쓰는 눈치였다. 오래 있으면 다른 질문을 던질까 봐 약을 챙기면서 윤이서의 팔을 당겼다.

"언니, 그럼 이만 가 볼게요."

"조심해서 가!"

언니가 살짝 아쉬운 눈빛을 보냈지만, 자연스레 회피하며 보건소를 나섰다. 마당에 묶인 백구가 나를 알아보고 꼬리를 살랑살랑 흔들었다. 개집에 찹쌀떡처럼 희고 뽀얀 강아지들이 옹기종기 모여 자고 있었다.

통 정신이 없던 하루와 달리, 유유자적한 풍경이었다.

다방 앞에 도착한 윤이서가 천천히 시동을 껐다.

눅눅해진 얼음주머니를 무릎에 올리며 안전벨트를 풀었다. 곧장 문고리를 붙잡다가 차창 밖으로 익숙한 얼굴을 발견했다. 잽싸게 고개 숙여 몸을 숨겼다. 나가지 못하고 눈치를 살피는데, 운전석에서 철컥 소리가 들렸다.

"왜 그래?"

"명옥 언니가 있어."

갑작스럽게 굳어진 내 모습이 이상했는지, 윤이서가 안전벨트를 풀면서 힐끗 쳐다보았다. 황급히 검지로 입술을 누르고 조용히 하라는 신호를 보냈다. 그는 그러거나 말거나 조수석까지 고개를 길게 빼내며 차창을 응시했다.

"어디에?"

"다방 앞."

은행나무 아래서 미정 언니가 빗자루로 낙엽을 쓸고 있었다. 김 마담은 그 앞에서 팔짱을 낀 채 수다를 떨고 있었다. 무슨 일로 들렀나 싶었는데, 왼손에 먹음직스러운 감이 들려 있었다. 감나무 집 할머니랑 마실 다녀온 김에 잠시 들렀나 보다.

"그래서. 왜 숨는데?"

김 마담이 너를 만나지 말라 경고했노라고 솔직히 말할 수 없었다. 대답을 고민하는 사이, 윤이서가 알 것 같다는 조소를 머금으며 넌지시 물었다.

"나 만나지 말래?"

차마 그렇다고 긍정할 수 없어 빤히 바라보는 것으로 대답을 대신했다. 그는 팔꿈치를 비스듬히 핸들에 기대면서 픽 웃었다. 턱을 괸 윤이

367

서의 얼굴로 불그스름한 노을빛이 스며들었다.

"어떻게 알았냐는 표정이네."

"……어떻게 알았어?"

"뻔하잖아, 그 아비에 그 자식이라고 생각했겠지. 우리 친척들도 그렇게 말하곤 했으니까. 남이 보기엔 더하지 않겠어."

윤이서의 표정에는 못마땅한 기색이 없었다. 이런 대우를 받는 게 너무나 흔해서 아예 무뎌진 반응이었다. 그의 마음을 완전히 모르는 게 아니기에 입을 다물었다. 어렸을 적, 다방 레지들이 동네에서 당연하다는 듯 받았던 취급이 떠올랐다. 아마 그런 기분이겠지.

차창으로 김 마담의 모습을 곁눈질하며 나갈 때를 잡으려 노력했다. 대체 무슨 이야기를 저렇게 오래 하는지, 미정 언니는 깔깔대며 웃기 바빴다. 빗자루질은 천천히 느려지다가 어느 순간 아예 멈추었다.

차 안에는 무겁고 불편한 적막이 가득했다. 아직 보건소에서 다투던 앙금이 다 풀리지 않은 상태였다. 윤이서도 무리하게 이야기를 꺼내지 않았고, 나도 대화를 잇고자 노력하지 않았다. 10년이라는 시간 동안 만들어진 벽이 비로소 느껴졌다.

"그나저나 수상하네."

김 마담이 감 하나를 다 먹어 치웠을 즈음, 윤이서가 나직이 말을 던졌다. 무슨 소리를 하려고 저러나 싶어 돌아보았다. 그는 등받이 깊이 몸을 기댄 채 손끝으로 핸들을 톡톡 두드렸다. 단조로운 소음에 내 목소리를 얹었다.

"수상하다니, 뭐가?"

"김 마담 말이야. 저번에 나 보고 놀랐을 때 일부러 눈을 안 마주치던데."

"명옥 언니가?"

"뭘 숨기는 사람들이 꼭 그러더라고."

이건 또 뭔 소리야. 대뜸 의심하는 말에 황당함이 앞섰다.

"이상한 말 좀 하지 마."

"그럼 왜 내 눈을 피했을까."

물끄러미 차창 밖 풍경을 주시하는 그의 눈빛이 어둡게 잠겼다. 그 표정이 너무 진지해서, 질문이 말도 안 된다는 걸 알면서도 가슴이 쿵 내려앉았다. 김 마담은 그저 윤이서를 경계하는 것뿐이었다. 그가 윤석호 사장의 아들이니까.

"너무 수상해서 잠도 안 오던데……. 어떻게 생각해, 너는?"

이 단순한 사실을 왜 의심하는 걸까. 김 마담이 그냥 마음에 들지 않았던 건 아닐까. 나더러 만나지 말라고 충고했던 게 괘씸해서. 일부러 차갑게 그의 말을 끊어 냈다. 가까운 사람을 의심하는 짓 따위, 정말 넌더리가 났다.

"쓸데없는 말 하지 말라고."

"권다희, 내가 누누이 말했지."

하지만 나 못지않게 배신당한 경험이 많은 듯한 윤이서의 눈을 보니 더는 말이 나오지 않았다. 무심하고 담담한 목소리에 상처의 얼룩이 묻어 나왔다. 만나지 못한 10년간 겪었을 상처의 얼룩이.

"내가 많이 당해 봐서 아는데, 뒤통수는 원래 아는 사람이 쳐."

가슴이 턱 막혔다. 윤이서의 충고가 마치 예전의 경험을 빗대어 표현하는 듯해서. 도망가자는 제안을 거절하고, 끝내 정류장으로 나오지 않았던 나를 일컫는 느낌이 들었다.

담담한 표정 때문에 어떤 마음으로 이런 말을 건네는지 알 수가 없었지만, 직감적으로 느껴졌다. 저건 내 얘기라고.

더 듣지 못하고 도망을 택하며 문고리를 잡았다. 김 마담은 미정 언니를 따라 홀로 들어갔는지, 어느새 모습을 감추었다. 얼음주머니를 왼손에 꼭 쥔 채로 차에서 내려왔다. 다친 발목을 절뚝이면서 걸어가는데 등 뒤로 발소리가 들렸다. 윤이서가 나를 따라 내려서 다가오는 소리였다.

"왜 내려?"

그는 뻔뻔하게 손을 내밀었다.

"너 부축하려고."

"필요 없어. 얼른 가. 괜히 누가 보면······."

"괜히 또 넘어지지 말고 잡아. 아님, 내 품에 안겨서 들어갈래?"

협박인지, 배려인지 알기 힘든 질문이었다. 못 이기는 척 그의 팔에 무게를 실었다. 얄미운 마음에 힘껏 눌러도 보았지만, 그는 평온한 얼굴로 나를 부축했다. 이 정도 무게쯤 아무것도 아니라는 표정이었다.

기어이 다방을 지나 쪽방 앞에 도착하고서야 윤이서가 나를 놓아 주었다. 마루에 엉덩이를 대고 앉으며 그를 올려다보았다. 노을을 등진 그의 얼굴에 그림자가 짙게 번졌다. 언니들이 전부 홀에 있는지, 시끌 벅적한 소음이 창문을 통해 넘어왔다.

"청재사 구경, 재미있었어."

윤이서가 무언가 내밀었다. 깜빡 잊고 차에 두고 내렸던 약이었다. 얼음주머니 위로 툭 떨어진 약을 조용히 내려다보았다. 이상하게도 윤이서의 얼굴을 똑바로 보기 힘들었다. 그가 갑자기 애틋하게 속삭인 까닭일까.

"다음에 또 가. 네 발목 다 나으면."

"······."

"갈게."

그 말을 끝으로, 윤이서는 미련 없이 등을 돌려 걸어갔다. 발소리가 멀어지는 걸 느끼면서 천천히 시선을 올렸다. 휑한 뒷마당에 그의 걸음이 닿았던 자리마다 낙엽이 흩어진 게 보였다.

차 소리가 멀어질 때쯤, 뒤늦게 언니들이 들이닥쳤다. 외출한 사이 모두가 지혜 언니를 추궁한 모양이었다. 눈에 불을 켠 미정 언니가 어딜 갔다가 이제 오느냐며 소리쳤다. 다급하게 아픈 발목을 붙잡고 보란 듯이 끙끙거렸다.

"너 발목 왜 그래? 다쳤어?"

예나 지금이나 언니들은 내가 아플 때면 화를 내다가도 금방 식혔다. 그 다정함을 이용하는 건 약은 짓이었지만, 가끔은 아주 유용했다. 절대 보이지 않던 엄살까지 부리면서 언니의 품에 슬쩍 기댔다.

"뒷산 오르다가 삐었어. 보건소 다녀왔는데, 심한 건 아니래."

"나이를 스물여덟이나 먹어 놓고 아직도 이래? 어디 봐."

"아주 시퍼렇게 멍들었네. 어쩌면 좋아……."

살가운 위로와 걱정을 들으면서 배시시 웃었다. 미정 언니가 눈치 없게 쪼개지 말라며 꿀밤을 먹이기 전까지.

언니들은 내 손에 물 한 방울 묻히지 않겠다면서 분주히 돌아다녔다. 마감은 도와주려고 했는데, 가만히 앉아서 쉬라는 잔소리만 돌아왔다. 쪽방에 들어가자 아예 찐 옥수수와 감자를 양푼 가득 담아 넣어 주기도 했다.

별수 없이 쪽방에서 새로 만든 얼음주머니로 붓기를 식히며 불편한 휴식을 취했다.

"나 왔다."

얼마나 지났을까. 옥수수로 배를 채우고 꾸벅꾸벅 졸고 있는데, 누군가 문을 두드렸다. 길게 하품하면서 고개를 들었다. 허락도 구하지 않고서 멋대로 들어온 김 마담이 바구니를 옆구리에 낀 채 서 있었다.

"다쳤다며?"

방석을 끌어다가 쭈그려 앉은 그녀가 발목을 흘낏 쳐다보았다. 문지르던 얼음주머니를 옆으로 치워서 상태를 보여 주었다. 좀처럼 가라앉지 않는 붓기를 확인한 김 마담이 미간을 팍 찌푸렸다.

"칠칠치 못하기는."

무심한 핀잔에 머쓱한 미소로 답했다. 다방의 소식은 반나절도 지나지 않아 김 마담의 귀로 들어가곤 했다. 김 마담이 윤이서가 돌아온 걸 눈치채지 못했던 건 이례적인 경우였다.

그날, 정말로 김 마담이 윤이서의 눈을 피했을까. 그가 윤석호 사장의 아들이라는 이유만으로? 달리 불편할 이유가 떠오르지 않아서 적잖이 궁금했다. 하지만 그보다 먼저 물어볼 게 있었다. 지난번 윤이서와 사진관에 다녀온 이후, 질문해 보자고 결심한 이야기였다.

"명옥 언니."

"왜."

"혹시 매화 다방이라고 알아요?"

김 마담이라면 알지도 모르겠다고 생각했다. 서곡으로 내려온 이후부터 향기 다방의 마담이 되기 전까지는 그녀도 꽤 오래도록 레지 생활로 밥벌이했다고 들었으니까. 긴장 속에서 지켜보는 가운데 김 마담이 고개를 주억거렸다.

"알지."

흔쾌히 튀어나온 대답에 아연한 표정을 지었다.

"안다고요?"

"애 잃고 내려오자마자 일한 곳이니까."

처음 듣는 이야기였다. 멍하니 입을 벌리면서 쳐다보니, 김 마담은 별 얘기도 아니라는 듯 코웃음 쳤다. 반짇고리를 뒤적이는 그녀의 손길이 분주했다. 미정 언니가 맡겼는지, 오른손에는 구멍 난 청바지를 들고 있었다.

"너만 모르는 건 아니다. 말한 적도 없으니 모르는 게 당연하지."

군이 서운하게 여길 필요 없다는 뜻이었다. 사실 서운하지도 않았고, 그럴 문제도 아니라고 생각했다. 내가 김 마담에게 서운했던 일이 있다면, 암에 걸렸을 때 일찍 말해 주지 않았다는 점뿐.

손을 뻗어 낡은 반짇고리에서 은색 골무를 하나 꺼냈다. 손가락 끝에 걸고 돌리면서 장난을 치자, 김 마담이 어이가 없다는 듯 웃었다. 어린아이나 할 짓이니 한심스레 보였을까. 골무를 구슬처럼 굴리며 손장난을 하다가 중얼거렸다.

"향기 다방이 처음인 줄 알았는데."

"강씨한테 빚지기 전까지는 매화 다방서 일했어. 재개발이니 뭐니 얘기 나오면서 없어졌지만……. 그 시절에는 거기가 제일 장사도 잘됐지."

김 마담이 돋보기를 쓰고서 실에 침을 묻혔다. 바늘에 실을 꿰는 손길이 아주 능숙했다. 청바지에 푹 찔러 넣은 바늘에 까만 실이 길게 이어졌다.

"매화 다방은 어디서 듣고 온 거야?"

"그걸 가장 먼저 물어봤어야 하는 거 아니에요?"

"얼른 대답이나 해."

김 마담이 청바지를 능숙하게 꿰매면서 퉁명스레 쏘아붙였다. 손바닥에서 빠져나온 골무가 데굴데굴 굴러갔다. 골무를 제자리에 올려 두고 양푼을 끌어당겼다.

"사진관에서 들었어요."

"사진관?"

"박 사장님이 운영하는 사진관이요."

"알지, 알지. 거긴 왜 갔어?"

반쯤 먹다 남은 옥수수 알갱이를 하나하나 뜯어내면서 기억을 되짚었다. 윤이서가 보여 줬던 사진 속 예쁜 여자의 얼굴, 뒷면에 다정하게 적힌 문장들.

"윤이서가 사진을 하나 보여 줬는데, 그게 거기서 찍었다고 해……
서……."

끝말을 흐리면서 눈치를 살폈다. 김 마담의 바느질이 멈춘 걸 알아
차린 탓이었다. 돋보기 너머로 험상궂게 치켜뜬 눈매가 보였다. 눈만
봤는데도 어떤 잔소리가 튀어나올지 예상이 갔다.

"읍내 구경만 했다더니, 이년이. 순 거짓말만."

"정신없어서 넘긴 거지, 일부러 거짓말한 거 아니에요."

"입에 침이나 바르고 말해."

쯧, 김 마담이 못마땅한 표정으로 혀를 찼다. 표정에 불만이 가득했
지만, 그녀의 손은 다시 바쁘게 바느질을 이어 나갔다. 더 잔소리할 생
각이 없는 눈치였다. 이미 지나간 일을 어찌할 수 없다는 듯이.

"나 계속 말해도 돼요?"

"그래."

"어쨌든, 윤이서가 그 사진을 박 사장님께 보여 줬더니 알아보시더
라고요. 매화 다방에서 살았던 애라고 하시면서요."

종알종알 떠들다 보니 꼭 어릴 적으로 돌아간 기분이었다. 예전에는
미연 언니가 시답잖은 이야기도 흥미진진하게 들어 줬는데. 이제는 그
자리를 김 마담이 대신하고 있다니, 정말 사람 일은 어떻게 흘러가는지
모르겠다.

한참 자초지종을 듣던 김 마담이 바늘을 반짇고리에 넣었다. 깔끔하
게 바느질을 마친 청바지를 차곡차곡 개는 손길이 분주했다. 그녀는 청
바지에 반짇고리를 올리고 잠깐 뜸을 들이더니, 짧게 물었다.

"그래서 누가 매화 다방에서 살았다는 거야?"

"윤이서 어머니요. 예전에 들은 적 있거든요. 서곡에서 살다가 서울
로 올라간 거라고……. 그런데 다방에서 살았다는 건 처음 알았어요."

유언으로 서곡에 제 유골을 뿌려 달라고 한 걸 보면, 그녀는 무척 서곡을 사랑한 모양이었다. 이런 촌구석에서 다방 레지로 지내면 좋은 기억보다 나쁜 기억이 더 많을 텐데도. 어쩌면 미연 언니처럼 태어나기를 다정하고 긍정적인 사람이었을지도 모르겠다.

"명옥 언니도 아는 사람이려나? 예전에 매화 다방에서 지냈다면서요."

김 마담이 반짇고리를 잠깐 만지작거리며 무심히 답했다.

"아는 사람일 수도 있겠지."

"사진, 한번 볼래요? 잠깐만 보여 달라고 하면……."

"됐다. 필요 없어."

슬쩍 내민 권유 앞에서 그녀가 냉정하게 고개를 저었다. 아예 자리를 털고 일어나는 김 마담의 시선이 내 발목을 짧게 스쳤고, 다시 얼굴로 올라왔다. 무슨 말을 하려나 싶어 쳐다보는데 단호한 충고가 떨어졌다.

"그놈이랑 그만 만나고."

"……."

"어차피 서울로 돌아갈 놈, 정 붙여서 뭐 해. 다 부질없는 짓이지."

틀린 말도 아니었다. 하지만 그 말에 부정이라도 하고 싶은 듯, 의미 없는 달싹거림이 입술에 맴돌았다. 끝내 아무 말도 하지 못하자 김 마담이 문을 열었다.

"발목 괜찮아질 때까지 얌전히 쉬고."

걱정치고 쌀쌀맞은 말투였지만, 진심은 느껴졌다. 그녀는 언제나 이런 식이었으니까.

9장.

한로(寒露)

윤이서가 서울로 돌아간다니.

갑작스러운 재회가 반갑고 신기한 나머지, 깜빡 잊었던 사실이었다. 그는 서곡에 머무르고자 돌아온 게 아니라, 잠시 들른 것뿐이라는 사실. 일부러 구석으로 치워 두고 묻어 둔 실정을 김 마담이 날카로운 지적으로 끄집어낸 셈이었다.

윤이서를 마지막으로 본 건 일주일 전이었다. 발목을 다쳐서 내내 쪽방에 틀어박힌 탓이겠지만, 그 역시 다방을 찾지 않았다. 다만 아침마다 들려온 피아노 연주로 그가 아직 서곡에서 떠나지 않았다는 걸 느끼며 내심 안도했다.

나도 모르게 윤이서가 떠나는 날짜를 계산하고 있던 걸까. 불편한 진실에서 눈을 돌리고 싶어도, 마당에서 쑥쑥 자라나는 팜파스그라스 모종이 시간의 흐름을 알려 주었다. 물만 규칙적으로 줄 뿐인데 모종은 너무나도 잘 자랐다. 따라잡을 수 없는 시간이 아쉽게 다가올 정도로.

"다희야, 이제 좀 괜찮아?"

쪽방으로 들어온 지혜 언니가 살갑게 물었다. 다 먹은 아침 밥상을 가져가려는 모양이었다. 싹싹 비운 밥그릇을 보여 주자 언니의 입가에 만족스러운 미소가 떠올랐다.

"잘 먹었네. 약은?"

언니들은 며칠간 나를 중환자 취급하며 쪽방에 가두다시피 했다. 과보호라고 누누이 말했으나 씨알도 먹히지 않았다. 그럴수록 발목을 향한 관심만 더욱 강해질 뿐이었다. 하는 일도 없이 천장만 보며 쉬는 생활에 좀이 쑤셨다.

"오늘로 마지막이야. 발목도 많이 좋아졌어."

어떻게든 나가고자 발목을 보여 주며 열렬히 설명했다. 멍과 부기가 사라진 발목이 언뜻 보기엔 멀쩡했다. 걷기엔 아직도 살짝 지끈거리지만, 다쳤던 날처럼 절뚝거릴 정도는 아니었다.

지혜 언니가 다가와 발목을 꼼꼼히 살폈다. 매서운 시선이 이곳저곳을 확인할 때 가슴이 콩콩 뛰었다. 제발, 그냥 넘어가라……. 속으로 간절히 빌던 게 통했는지, 언니가 씩 웃으며 밥상을 들고 일어났다.

"이제 움직여도 괜찮겠네. 그래도 무리하면 안 돼?"

"이제 홀에 나가도 되지?"

"그래, 미정이한테 내가 말해 둘게. 아까 장 선다고 나갔거든."

마침 미정 언니도 외출했다는 소식이었다. 다방 제일의 잔소리꾼이 사라졌으니 마음이 한결 편해졌다. 부랴부랴 씻고 편한 옷차림으로 갈아입었다. 단정한 고무신을 신고서 다방으로 들어가니 조용한 홀이 나를 반겼다. 아직 이른 시간이라 손님이 없었다.

"커피 한 잔 마실래, 언니?"

"응, 좋지."

밥상을 들고 부엌으로 들어가던 지혜 언니가 웃으며 대답했다. 그녀의 뒤를 따라 들어가 찻잔을 준비했다. 바람 불어 제법 쌀쌀한 날씨였으니, 따뜻하게 먹는 편이 좋았다. 가스레인지에 주전자를 올리고 잠시 밖을 보았다.

보글보글 물 끓는 소리에 재잘거리는 참새 소리가 부드럽게 섞였다. 평화로운 아침이었다. 폭풍전야처럼 찝찝할 정도로 고요한 아침. 설거지를 마친 지혜 언니가 다가와 커피 가루와 프리마, 설탕을 찻잔에 두 숟갈씩 담았다.

"설탕 한 숟갈만 더 넣어 줘."

"너무 달 텐데."

"안 달아. 한 숟갈만, 응?"

재차 조르며 간절히 쳐다보았다. 언니가 어쩔 수 없다는 듯 웃으면서 설탕을 다시 꺼냈다. 푹 떠서 넣은 설탕이 백열등 아래 별처럼 반짝거렸다. 산봉우리처럼 소복하게 담긴 설탕을 보면서 만족스럽게 미소 지었다.

뜨거운 물을 붓자 김과 함께 구수한 향기가 번졌다. 언니가 제 것을 먼저 저은 다음, 숟가락을 넘겨주었다. 따라서 휘휘 젓자 진갈색 커피에 희끄무레한 거품이 몽글몽글 피어났다.

"아…… 좋다."

따뜻한 커피 한 모금을 삼킨 언니가 나른하게 웃었다.

"언니는 이게 제일 맛있더라. 읍내에 새로 생긴 가게에서 먹어 봤는데, 그건 영 입맛에 맞지도 않고 생각보다 별로였어."

"그랬어? 다른 거 먹지. 과일 음료는 맛있어."

"그거 다 설탕물이야. 차라리 화채를 먹지."

언니가 좋아하는 콜라도 설탕 덩어리라고 말하려다가 관두었다. 이런 식으로 대화를 이어 가면 끊어지지 않을 테니까. 커피 한 잔을 아침 삼아 단숨에 비우고, 아카시아 향기가 가득한 껌으로 깔끔히 입가심했다.

정오가 될 때까지 손님은 네 명 정도 다녀갔다. 두 사람은 젊은 연인이었고, 나머지 두 사람은 중년 부부였다. 네 사람 모두 다방 커피에 쑥 개떡을 맛있게 먹었다. 기분 좋은 하루를 보내라고 인사를 건넬 때마다 화사한 웃음이 돌아왔다.

평소보다 여유롭고 유유자적한 다방이었는데도, 이상하게 기분은 쉽게 들뜨지 않았다. 간밤에 김 마담과 나눈 대화가 줄곧 가슴 언저리 부분을 짓누른 탓이리라. 기분이라도 환기하고자 레코드플레이어로 음악을 틀어 봐도 마찬가지였다.

"어서 오세…… 어머, 박 선생님! 어쩐 일이세요?"

창가에 앉아 해바라기나 묵묵히 구경하는데, 계산대를 지키던 지혜 언니가 소란스럽게 외쳤다. 놀라서 쳐다보니 갈색 바지에 스웨터를 입은 남자가 머뭇거리며 서 있었다. 박태식 선생님이었다. 그는 가볍게 홀을 둘러보다가 나를 발견하고서 반갑게 웃었다.

"이쪽으로 오세요. 주문은 어떻게 하시겠어요?"

지혜 언니가 무작정 선생님을 떠밀면서 내 앞에 앉혔다. 졸지에 나와 마주 앉게 된 선생님의 표정이 뻣뻣하게 굳었다. 내가 주문을 받겠다면서 지혜 언니를 돌려보낸 후에야 그의 표정이 편해졌다.

"갑자기 오셔서 놀랐어요. 뭐 드실래요?"

선생님이 계산대 위 메뉴판을 신중하게 살피다가 답했다.

"제가 커피를 별로 안 좋아해서……. 쌍화차도 있나요?"

"그럼요. 조금만 기다리세요."

자리에서 일어나 부엌으로 향했다. 잔을 열탕하고 쌍화액을 끓인 다음, 찬장을 열었다. 깨끗한 유리병에 계핏가루와 말린 대추가 들어 있었다. 차례대로 꺼내고 잣과 호두도 꺼냈다. 능숙하게 대추를 돌돌 말아서 썰어 내자 예쁜 꽃 모양이 나왔다.

끓인 쌍화액을 잔에 천천히 부었다. 모락모락 솟아오른 김이 얼굴까지 따뜻하게 감싸고 흩어졌다. 손질한 재료를 넣고, 냉장고로 달려가 달걀을 가져왔다. 반으로 쪼갠 달걀에서 노른자가 흘러나와 퐁당 소리를 내며 잠겼다. 둥둥 뜬 대추가 노른자에 찰싹 달라붙었다.

꽃무늬 쟁반에 주황색 플라스틱 수저와 함께 담아 밖으로 나갔다. 조금 긴장한 표정으로 앉은 선생님이 보였다. 아무도 없는데 긴장한 표정이라, 외출이 오랜만인가 싶었다.

"선생님, 여기요. 뜨거우니까 천천히 드세요."

"고마워요, 다희 씨."

서둘러 다가가 쌍화차를 내려놓으니 그의 얼굴이 환해졌다.

"그냥 드리는 거니까 계산 안 하셔도 괜찮아요."

쌍화차를 후후 불던 선생님이 깜짝 놀라 고개를 들었다.

"네? 하지만……."

"저번에 발목도 봐주셨잖아요."

신세를 진 게 어디 발목뿐일까. 수차례 받았던 도움을 회상하며, 재차 답례라고 설득했다. 그제야 선생님이 감사히 마시겠다며 찻잔을 들었다. 한 모금을 부드럽게 삼킨 다음에는 갑작스럽게 말도 걸었다.

"그렇지 않아도 다희 씨 발목 상태가 궁금해서 잠깐 들른 거예요."

그러셨구나. 자리를 뜨려다가 멈칫했다. 혼자 조용히 드시도록 떠날 생각이었는데, 선생님의 눈빛이 대화를 원하는 듯했다. 맞은편에 도로 앉자 예상대로 선생님의 입가에 미소가 그려졌다.

"어때요? 좀 괜찮나요?"

"아직 욱신거리지만…… 심하진 않고 견딜 만해요."

슬그머니 발목을 보여 주었다. 눈대중으로 붓기를 살피던 선생님이 안도하는 표정을 지었다. 내심 걱정해 주셨던 걸까. 고마운 마음이 들었지만, 그보다 쓸데없는 걱정이 앞섰다. 근처를 기웃거리는 지혜 언니 때문에.

"언니들한텐 비밀로 해 주세요. 자꾸 쉬라고 해서 온몸에서 쥐가 나는 줄 알았거든요."

일부러 입가를 가리며 소곤소곤 중얼거렸다. 선생님이 크게 웃으면서 고개를 끄덕였다.

"다희 씨는 푹 쉬는 게 맞죠. 매일 열심히 일하니까."

"아니에요. 저도 농땡이 자주 피워요."

"정말요? 그렇게 안 보였는데."

그 외에도 시시한 잡담이 이어졌다. 백구가 오늘은 뭘 했는지, 강아지들이 그새 또 훌쩍 자랐다든지, 혜원 언니 애들이 찾아와서는 얼마나 시끄럽게 굴었는지……. 특별할 건 없어도 적당히 흥미 있는 이야깃거리였다.

"이만 가 봐야겠어요."

그렇게 30분이 지났을 때, 선생님이 찻잔을 내려놓으며 일어섰다. 깔끔하게 비운 찻잔을 보니 쌍화차가 제법 그의 입맛에 맞은 듯했다.

"참, 그리고……."

입구까지 배웅을 나서는데, 선생님이 부랴부랴 가방을 뒤적였다. 커다란 손바닥에 천 파우치 하나가 딸려 나왔다. 꼼꼼한 바느질 자국이 익숙한 파우치였다.

"엊그제 김명옥 씨께서 보건소 왔다가 두고 가셨어요. 다희 씨가 대신 전해 주시겠어요?"

"그럼요, 이리 주세요."

김 마담의 파우치라는 말에 냉큼 손을 내밀었다. 좋은 빌미를 얻었다는 생각 때문이었다. 저번부터 쭉 내 머릿속을 괴롭히던 의문을 해결하고자, 김 마담을 찾아가 다시 대화를 나눌 핑곗거리가 필요했다.

"선생님."

파우치를 받아 들고, 또 한 가지 잊었던 사실이 떠올랐다. 조심스레 부르는 목소리에 선생님이 휙 뒤를 돌아보았다.

"저번에 주신 시집, 읽어 봤어요."

그 역시 쭉 생각했지만, 차마 먼저 물어보지 못했던 걸까. 까만 눈동자에 한 줄기 기대감이 서렸다. 머뭇거리다가 담담한 척 거절의 말을 내뱉었다.

"죄송하지만…… 영화는 힘들 것 같아요. 요즘 너무 바쁘고 통 정신이 없어서요."

미안한 마음에 고개를 푹 떨구었다. 실망으로 얼룩질 선생님의 낯을 마주할 자신이 없었다. 누군가는 그깟 영화 하나쯤 같이 보면 어떠냐고 할지도 모르겠지만, 내게는 아니었다. 선생님과 영화를 보는 동안, 분명히 다른 생각에 휘말려 집중하지 못할 터였다.

지금도 마찬가지였다. 공장 터 정리는 잘 되고 있을까. 서울은 언제쯤 돌아갈 생각일까. 어머니의 유품에 대해서 새로운 단서는 찾았을까……. 가만히 있는데도 머릿속에서 윤이서에 관한 생각만 끊임없이 몰아쳤다.

"다희 씨, 하나만 물어봐도 괜찮을까요?"

이어진 침묵 끝에 무거운 질문이 돌아왔다. 슬그머니 고개를 들자, 예상과 달리 침착한 선생님의 얼굴이 보였다. 그는 씁쓸한 미소를 입가에 머금고서 내 눈을 마주했다.

"네, 말씀하세요."

"저번에 보건소로 같이 오셨던 남자분, 정말로 친구인가요?"

입술이 쉽게 떨어지지 않았다. 윤이서와 나 사이에 친구라는 단어가 어울렸나. 단순한 이웃도 아니지만, 친구도 아니었으며, 연인조차 아니었던 우리의 관계. 그 관계를 명확하게 설명할 단어가 떠오르지 않았다.

"친구…… 비슷한 사람이에요."

띄엄띄엄 꺼낸 대답에 선생님이 멋쩍게 웃었다.

"그렇군요."

그는 더 말을 잇는 대신, 천천히 몸을 돌렸다. 오래 배웅하지 못하고 문가에 서서 그의 뒷모습을 지켜보았다. 몇 걸음 걸어가던 선생님이 재차 뒤돌아 내 얼굴을 빤히 응시했다. 미련 가득한 그의 눈빛을 읽었지만, 애써 모른 척했다.

"영화는 아쉽네요. 언제든지 생각 바뀌면 보건소로 오세요. 발목 항상 조심하고요."

"네, 선생님도 조심해서 가세요."

선생님이 다방을 떠난 후, 지혜 언니가 쪼르르 다가와 어떤 얘기를 했는지 물었다. 아무 얘기도 안 했다고 얼버무리며 쪽방으로 돌아갔다.

화장대에 올려 둔 시집을 서랍 깊숙이 넣으면서 선생님의 마지막 눈빛을 떠올렸다. 그러나 그것마저도 결국, 윤이서의 마지막 모습만큼 강렬하게 다가오지는 않았다.

본의 아니게 내 마음의 방향을 확고하게 깨달은 셈이었다.

❋   ❋   ❋

지혜 언니에게 홀을 부탁하고 다방을 나섰다.

다른 언니들이 돌아오기 전에 나가는 편이 좋을 듯해서 옷도 갈아입지 못했다. 촌스러운 몰골이 다방 유리창을 통해 고스란히 비쳤다. 목이 늘어난 티셔츠에 발목까지 내려오는 고무줄 치마, 흰색에 동백꽃 무늬가 그려진 고무신까지.

혹시라도 나가는 길에 윤이서를 마주칠까 봐 조마조마했다. 아무리 편안한 옷차림이라지만, 이런 모습까지 보이고 싶지 않았으니까. 다행히 골목길을 빠져나와 마담의 집으로 향할 때까지 마주친 건 동네 어린 아이들이 전부였다.

김 마담의 집은 서곡 고등학교를 지나, 옛날 모텔촌 자리에 지어진 주택이었다. 싸구려 모텔을 밀어 버린 자리에 차곡차곡 들어앉은 주택들엔 대부분 노인들이 거주하고 있었다.

예전처럼 서곡 사람들만 모여 사는 건 아니었고, 귀농한다며 내려온 도시 사람들도 많았다. 쓸데없이 텃세를 부리는 이가 없다 보니 귀농인들에게 제법 인기를 끄는 자리였다.

자전거를 타면 금방 왔을 텐데, 발목이 불편하니 산책한다는 기분으로 천천히 걸었다. 고등학교 앞을 지날 때는 옛 생각에 잠겨 걸음을 멈추기도 했다. 텅 빈 운동장 구석에는 여전히 벤치와 등나무가 있었다. 휑한 벤치를 물끄러미 주시하다가 재차 걸음을 옮겼다.

김 마담의 주택은 조용했다. 자그마한 앞마당 곳곳에는 정리하지 못한 낙엽과 자갈이 굴러다녔다. 현관으로 올라가는 돌계단에 길고양이 두세 마리가 멋대로 뒹굴며 때늦은 낮잠을 청했다.

인기척이 들리지 않아 주머니에서 열쇠를 꺼내, 마당 문을 열고 들어갔다. 갑작스러운 불청객에 놀란 고양이들이 우르르 흩어졌다. 멀리 도망가지 않고 근처를 맴돌며 우는 걸 보니, 내가 집으로 들어가면 다시 계단에 드러누울 작정 같았다.

"명옥 언니, 안에 있어요?"

문을 두드리면서 외쳤지만, 들려오는 답이 없었다. 그새 외출한 걸까. 마담은 병치레를 앓고 난 이후부터 낮에 자주 돌아다니기 시작했다. 건강을 회복하기 위한 산책이지만, 이따금 시간이 지나치게 길어질 때도 있었다. 그게 바로 오늘인 모양이었다.

어쩔 수 없이 열쇠를 하나 더 꺼내 문을 열었다. 쿵, 문이 닫히고 들어선 현관에 누런 전등이 팍 하고 켜졌다. 현관에 놓인 신발을 살펴보니 운동화가 없었다. 역시나 운동할 겸 외출한 듯했다.

"다방으로 갔나?"

그랬다면 중간에 길이 엇갈렸을 수도 있겠다. 신발을 벗고 거실을 지나 곧장 안방으로 향했다. 김 마담의 짐은 모조리 그곳에 놓여 있었으니까. 안방의 불을 켜자 소박한 풍경이 눈에 들어왔다. 좁은 방에는 자개장과 개어 둔 이불, 옛날 경첩만이 보였다.

"어디에 둘까……."

두리번거리다가 경첩 앞으로 다가갔다. 경첩 아래쪽에 서랍이 두 칸 달려 있었다. 예전에 듣기로, 김 마담이 레지 생활을 시작할 때부터 쓰던 것이라고 했다. 그녀의 말대로 경첩은 손때가 가득하고 상당히 낡아 있었다.

그 앞에 쪼그려 앉아 마지막 서랍을 당겼다. 공간도 적당하니, 그 안에 마담의 파우치를 넣어 둘 생각이었다. 그러나 서랍을 열어 보니 자질구레한 물건으로 이미 가득 차 있었다. 다른 서랍도 마찬가지였다.

고민 끝에 왼쪽 자개장을 응시했다. 이전에 김 마담이 자개장에 짐을 넣어 두던 게 생각났다. 그 안에 금고마저 보관할 정도로 자개장을 꽤 아꼈다. 일단 저기에 넣어 두고 나중에 알려 줘야겠다 싶어서, 자리에서 일어나 천천히 걸어갔다.

자개장을 열자 오래된 가구 특유의 냄새가 훅 끼쳤다. 얼마 되지 않은 옷을 정갈하게 걸어 둔 게 보였다. 옛날 홀복도 있었고, 물 빠진 개량 한복도 있었다. 그리고…….

"이게 뭐지?"

자개장 구석, 금고 위에 낯선 물건을 발견하고 미간을 찌푸렸다. 노란 고무줄로 칭칭 감아 놓은 종이 뭉치였다. 호기심에 손이 멋대로 움직였다. 밖으로 빼내고서야 그게 단순한 종이가 아님을 알았다. 구석에 우표가 붙여져 있었기에.

"편지잖아. 누가 보낸 거지?"

편지가 제법 많았다. 옛날 편지인 줄 알았는데 상태를 보니 꽤 깨끗했다. 색이 변하지 않아 하얀 봉투에 우표가 덕지덕지 붙어 있었다. 누가 보낸 걸까, 대수롭지 않게 생각하며 뭉치를 뒤집었다.

권다희.

정갈하게 적힌 이름을 본 순간. 불안한 예감처럼 온몸의 피가 차갑게 식었다. 끼익, 흔들리는 자개장이 스산한 소리를 내며 닫혔다. 주춤주춤 물러나 백열등 아래서 다시 편지를 확인했다. 역시나 내 이름이 맞았다.

향기 다방 주소가 적힌 편지 귀퉁이, 권다희에게 보낸다는 편지가 족히 스무 통은 넘었다. 그중에는 처음 보는 편지 봉투도 있었다. 귀여운 마스코트가 그려진 초록색 봉투에 대한민국 육군이라는 글자가 박혀 있었다. 군대에서 온 편지였다. 즉, 편지를 보낸 건 남자였다.

글씨체가 똑같아서 모두 같은 사람임을 짐작할 수 있었다. 대체 누가 나한테 편지를 보냈을까. 심지어 군대에서도 편지를 보내다니. 예상가는 인물이 단 한 명도 없었다. 딱 한 명, 며칠간 내 머릿속을 꽉꽉 채웠던 걱정 속 인물만 제외하고서.

"……."

떨리는 손으로 맨 아래에 깔린 편지를 조심스럽게 뽑아냈다. 돌돌 말린 고무줄이 편지 귀퉁이에서 툭 하고 떨어졌다. 아마도 가장 먼저 보냈을 편지 봉투에 빗물이 마른 흔적이 보였다. 힘주어 밀어 보자 종이가 벗겨질 만큼, 바스러진 편지였다.

보내는 이, 윤이서.

일곱 글자만 마주했을 뿐인데 숨이 턱 막혔다. 윤이서가 권다희에게 보내는 편지들. 어째서 김 마담이 자개장에 숨겨 놓았는지 그 이유를 알기 어려운 편지들. 봉투와 달리, 편지지는 빗물 자국도 없이 깔끔했다.

　선배, 나야.

　첫 문장을 소리 내서 읽었다. 담담한 목소리와 다르게 눈시울은 벌써 뜨거워졌다. 시야가 흐려지면 편지를 읽을 수 없을 테니, 안간힘으로 울컥 올라오는 감정을 참아 냈다. 서곡을 떠난 직후 보냈던 편지였을까.

　아버지가 막 잠들었어. 언제 빼앗겨서 찢길지 모르니까, 글씨가 엉망이어도 이해해 줘. 빨리 쓰고 숨겨야 보낼 수 있거든.

　힘주어 눌러쓴 자국을 손끝으로 살며시 문지르자 흑연이 묻어났다. 엉망이라기엔 이서의 글씨가 너무나 깔끔했다. 알아보기 힘든 글씨 따위 하나도 없었다.

　정류장에서 선배를 기다렸어. 올 때까지 계속 기다릴 생각이었는데, 할머니가 찾아와서 끝까지 기다릴 수가 없었어. 미안해.

　미안하다니, 대체 뭐가. 네가 나한테 미안할 건 하나도 없는데.

　서울로 올라오면서 쭉 걱정했어. 선배가 텅 빈 정류장을 보고 오해할까 봐. 내가 선배를 기다려 주지 않았다고 생각할까 봐…… 절대아니야, 늦게까지 기다려 주지 못해서 미안해. 먼저 서울로 올라가서, 선배를 두고 가서 미안해.

 윤이서는 이 내용을 적으면서 무슨 생각을 했을까. 설마 나한테 미안하다고 생각할 줄은 꿈에도 몰랐다. 당연히 원망하다가 자리를 떴다고 생각했다. 아무리 기다려도 오지 않는 나를…… 너는 끝까지 믿고 기다렸구나, 이서야.

 차마 더 읽을 자신이 없어 편지를 접었다. 고이 접은 편지지에 눈물이 후드득 떨어졌다. 조금이라도 번질까 봐 황급히 눈물을 닦았다. 손등으로 눈가를 벅벅 문지른 다음, 나머지 편지를 훑어보았다.

 윤이서는 그 이후로도 쭉 편지를 보낸 모양이었다. 심지어 입대했을 때조차. 돌아오지 않는 답장에 그럴 만한 사정이 있으리라 생각했을까. 홀로 불안에 맞서 필사적으로 편지를 적었을 터였다. 언젠가는 답장이 돌아오리라는 희망 속에서.

 하지만 10년이 지나고, 그는 끝내 마지막 편지를 쓰고야 말았다. 그 편지를 무슨 심정으로 적었을까. 전부 확인할 자신이 없어서 이번에는 맨 위 편지를 붙잡았다. 가장 깨끗한 편지였다.

 권다희.

 무미건조한 첫 마디가 10년이라는 공백이 준 변화를 보여 주었다.

 이게 마지막 편지가 될 거야. 기쁜 소식이려나, 너한테는.

 일말의 기대조차 사라진 말투에 입술을 꽉 깨물었다. 희망이 사라진 자리를 체념이 채웠다는 게 명백한 말투. 더는 답장을 기대조차 하지 않는 윤이서의 모습에 심장이 쿵 내려앉았다.

곧 너를 직접 만나러 갈 생각이거든. 드디어 기회가 와서……

아버지의 죽음은 그에게 조금도 슬픈 일이 아니었다. 모든 감시를 벗어나 드디어 서곡을 확인할 기회일 뿐이었다. 말투에는 설렘보다 긴장이 더 강하게 묻어났다.

그러니까 나를 만나는 게 진절머리가 날 정도로 싫다면, 차라리 내가 도착하기 전에 떠나도록 해.

경고처럼 적어 둔 문장에 오래도록 시선이 머물렀다.

네가 서곡에 남아 있기를 원했지만, 차라리 떠났기를 바란 적도 많아. 편지를 무시하는 이유가 뭔지 알기 싫었으니까. 하지만 가야겠어.

만약 내가 서곡을 떠났다면, 일부러 제 편지를 피한 게 아니었노라고 생각할 수도 있었다. 그러나 내가 떠나지 않고 남아 있다면 그것만큼 상처가 될 일이 어디 있을까. 윤이서는 그걸 다 예감한 문장이었다.

지금은 네 뻔뻔한 얼굴이라도 좋으니까, 딱 한 번만이라도 보고 싶다.

그런데도 윤이서는 서곡을, 정확히는 나를 포기하지 못했다. 어떤 실망과 분노를 감수하고서라도 나를 찾겠다며 적었다. 답장이 오지 않음에 크게 상심했으면서도, 들끓는 마음을 이기지 못해 직접 서곡으로 내려갈 예정이라고.

무슨 소리인지 알겠어? 인정하기 싫지만······ 아직도, 네가 정말 그립다는 뜻이야.

그 문장에 시선이 멈추었다. 편지를 든 손이 세차게 떨려서 자그마한 주름이 잡혔다. 약간의 흠집조차 아까워서 서둘러 손을 폈다. 바닥으로 팔랑팔랑 떨어지는 편지의 마지막 문장을 읽었다.

꼭 만나자, 우리.

그렇게 우리는 만났다. 윤이서가 서곡으로 돌아와, 차마 내 얼굴을 마주 보고서 편지에 관해 물어볼 용기를 내지 못한 사이에. 전혀 예상치 못하게 그의 공간으로 내가 나타나면서도 재회했다.

다시 만났던 날, 윤이서는 어떤 표정을 지었더라. 흐린 기억을 더듬으며 머리칼을 쥐어뜯었다. 무감한 얼굴로 급한 일이 있었다면서 떠나던 그가 생각났다. 사실 급한 일 따위 없던 게 아닐까. 어떻게 반응해야 할지 몰라서, 자리를 피한 건 아니었을까.

"그동안 왜 서곡에 남아 있었어?"

윤이서가 던진 질문에 수많은 뜻이 숨겨져 있었다는 걸, 그 말을 던질 때 그의 마음은 아마 긴장과 원망으로 가득 했으리라는 걸 너무나 늦게 알았다. 나는 내 상처만 생각하기 바빠 그따위 대답이나 건네고 말았다.

"그러는 너야말로······ 왜 서곡으로 돌아왔는데."

그 말이 윤이서에게 어떤 식으로 들렸을까. 일부러 편지를 무시했는데 왜 눈치도 없이 돌아왔냐는 타박처럼 들리진 않았을까. 지나간 행동과 말을 복기해 보는 동안, 발작이라도 일어난 것처럼 온몸이 덜덜 떨렸다. 털썩 주저앉은 채 떨어진 편지만 겨우 붙잡았다.

"물어보고 싶은 게 많아, 이쪽도. 그동안 왜……."

듣지 못했던 윤이서의 뒷말을 추측했다. 왜 답장을 보내지 않는지 궁금했을 테니까. 차라리 그때 질문을 들었더라면 편지를 한 통도 직접 읽지 못했다고 설명할 수 있었을 텐데.

소복하게 모아 둔 편지를 가만히 내려다보며 생각했다. 그동안 윤이서가 내게 보였던 눈빛, 표정, 말투…… 모든 걸 되짚었다. 그러나 윤이서의 심정만큼은 도저히 짐작할 수가 없었다. 어떻게 내 얼굴을 다시 볼 용기가 생겼을까. 죄책감과 참담함이 마음을 무겁게 짓눌렀다.

"왜 연락도 없이 찾아와서는 들어가 있어, 있기는."

문 뒤로 목소리가 들렸다. 현관에서 내 신발을 발견한 김 마담이 곧장 안방으로 달려온 모양이었다. 뜨거운 눈시울에 와락 인상을 구겼다. 미적지근한 눈물이 턱 끝까지 흘러내려 무릎에 후드득 떨어졌다.

"여기까지 뭐 하러……."

문이 벌컥 열리는 소리에 천천히 뒤를 돌아보았다. 내 표정을 발견한 김 마담의 목소리가 끊어졌다. 의구심 스친 눈동자가 방의 풍경을 발견하고서 크게 떴다. 반쯤 열린 자개장과 흩어져 나온 편지 무더기, 그 앞에 쪼그려 소리 없이 우는 내 모습.

"다희야."

"……."

"그건…… 그러니까, 저 편지는……."

김 마담은 횡설수설하며 좀처럼 말을 잇지 못했다. 무슨 상황인지 전부 알아차린 그녀의 눈빛에 낭패감이 짙게 머물렀다. 왜 그랬던 거냐고 눈으로 물어보면서 입술을 꽉 깨물었다. 손등으로 눈가를 벅벅 문지르는 동안 김 마담이 빠르게 걸어왔다.

"이게 다 뭐예요."

편지를 눈짓하며 물었다. 김 마담은 내 앞에 털썩 주저앉고서 손바닥으로 이마를 크게 쓸었다. 어디서부터 설명하면 좋을지 헷갈리는 건 그녀도 마찬가지인 듯했다. 김 마담은 마른침만 삼키다가 담담히 중얼거렸다.

"네가 놀란 거 이해한다. 다 설명해 줄 테니까……."

"설명한다고 뭐가 해결되는데요."

침착하게 편지를 주워 담으려는 마담의 손을 쳐 냈다. 나를 위해서 그랬다는, 말 같지도 않은 변명을 듣고 싶지 않았다. 설령 그게 사실이어도 이해하고 싶지 않았다. 당장은 그랬다. 김 마담이 내게 소중한 사람이 되었던 만큼, 배신감도 더욱 컸으니까.

"어떻게, 10년이나…… 이런 걸 비밀로 해요?"

"내 말 들어. 일부러 너 속인 것 아니다. 다 이유가 있어서……."

"이유가 있으면, 속인 게 아니에요?"

너울대는 감정에 목소리가 덜덜 떨렸다. 일그러지는 내 얼굴을 확인한 김 마담의 얼굴이 창백해졌다. 그녀의 눈빛에도 죄책감이 어린 걸 보면, 확실히 이유가 있기에 편지를 숨긴 모양이었다. 하지만 그 이유 따위는 내게 하등 중요치 않았다.

"항상 왜 그러는 거예요? 암 걸렸던 것도 숨기더니, 왜 나한테 온 편지까지 숨겨요? 내가 언제 그런 거 부탁했어요!"

"다희야, 잠깐…… 권다희!"

붙잡는 김 마담의 팔을 뿌리치며 돌아섰다. 가까스로 챙긴 편지 한 장을 손에 쥐고서, 안방을 빠져나와 현관으로 달려 나갔다. 정신을 차렸을 때는, 이미 맨발로 흙길을 달리고 있었다. 이따금 돌부리에 발뒤꿈치가 찍혀서 따끔거렸으나 신경 쓸 겨를도 없었다.

그제야 깨달았다. 박 선생님의 편지를 돌려받으려는 제 모습에 윤이서가 왜 그렇게까지 화를 냈는지. 제 편지는 긴 세월 동안 모두 무시하고서, 완전히 잊어버린 것처럼 굴고서 정작 남이 준 짧은 쪽지를 돌려 달라며 성내는 내 모습을 보며 그는 어떻게 받아들였을까.

어쩌면 사정이 있어서 답장하지 못하는 걸지도 모른다고, 진작 서곡을 떠났을지도 모른다고 생각하며 돌아왔을 터였다. 그러나 자신이 여전히 서곡에 살고 있음을 확인하면서 또다시 상처를 받았겠지.

비로소 윤이서의 마음을 깨달은 순간, 죄책감의 파도가 내 몸을 잠식했다.

※   ※   ※

다방으로 돌아갈 수 없었다.

김 마담이 찾아와서 설명하겠노라고 붙잡으면, 그때야말로 이 울컥대는 감정을 고스란히 화풀이처럼 토해 낼 것 같아서. 혹은 그녀에게도 합당한 이유가 있었으리라고 애써 낙관적인 사고로 흘러갈까 봐. 그래서 이곳으로 왔다.

윤이서의 집 마당은 텅 비어 조용했다. 터덜터덜 걸어가 평상에 걸터앉고서 하늘을 올려다보았다. 내 마음도 모르는 푸르고 청명한 하늘이 보였다. 눈이 시릴 정도로 아름다워서 천천히 고개를 떨구었다.

김 마담의 집에서 유일하게 들고 나온 건 윤이서가 보낸 마지막 편지였다. 케케묵은 원망과 어쩔 수 없는 그리움이 공존하는 편지. 그 편지를 읽고 또 읽으면서 윤이서를 기다렸다. 해가 떨어지고 노을 그림자가 마당을 붉게 채울 때까지.

그러나 땅거미가 내려앉아 어두워지기 시작하는데도 윤이서는 오지 않았다. 퇴근이 늦어지는지 서곡을 잠깐 떠났는지도 알 수 없었다. 새삼 내가 그에 대하여 아직도 모르는 게 많다는 생각이 들었고, 곧 서글퍼졌다.

마당 입구 근처의 가로등이 팍 켜졌다. 조금 밝아진 풍경에 고개를 들려는데 차가운 빗방울이 볼에 닿았다. 멍하니 고개를 들자 더 많은 빗방울이 얼굴을 적시기 시작했다. 소나기였다. 아차 하는 사이, 빗방울은 점점 더 굵어지고 세찬 소리마저 들려왔다.

편지를 주머니에 넣고 평상에서 일어났다. 금세 비를 맞고 젖어 가는 땅이 검게 물들었다. 추적추적한 흙을 밟으면서 두 발자국 정도 걸어가다가 멈추었다. 우산도 없이, 온몸이 젖도록 시원하게 쏟아지는 빗줄기 아래서 침묵했다.

오래도록 앉아서 기다린 탓에 다리도, 허리도 뻐근했다. 가을비로 축축해진 몸도 무거웠다. 얼마나 기다려야 윤이서가 올까. 잠깐의 기다림도 견디지 못해 일어난 스스로가 하찮았다. 윤이서는 꼬박 10년의 세월을 기다림으로 쏟아부었는데.

"권다희?"

정적을 깨트린 목소리가 귓전을 강타했다. 가로등 불빛 아래 길게 진 그림자가 내 발끝까지 닿았다. 느린 걸음으로 뒤를 돌아보자 남색 우산을 쓴 윤이서가 막 골목길에 주차한 세단 앞에서 이쪽을 응시했다.

말없이 서로 바라보기를 한참, 먼저 움직인 건 윤이서였다. 다급하게 다가온 그의 얼굴이 딱딱하게 굳은 채였다. 그가 무작정 우산을 씌워 준 후에야 눈가로부터 턱 끝까지 줄줄 흘러내리던 빗물도 멎었다.

"언제부터 여기 있었어."

윤이서의 음성에 미약한 노기가 실려 있었다. 너는 왜 화가 났을까. 내가 비에 젖은 게 뭐 얼마나 큰일이라고…….

"대답 안 해? 나한테는 이제 설명도 하기 싫어?"

다그치는 목소리 앞에서 힘없이 고개를 가로저었다. 당황한 윤이서가 짧게 한숨을 내쉬었다. 우산 너머로 톡톡, 빗방울이 부딪히다가 튕겨 나가는 소리가 음악처럼 이어졌다. 커다란 우산 아래서 윤이서와 나, 단둘만 남겨진 기분이었다.

윤이서가 텅 빈 왼손을 내밀었다. 눈가를 가린 머리카락을 치워 주는 손길이 한없이 다정하고 부드러웠다. 뾰족하고 냉기 서린 눈빛이나 목소리와 달랐다. 아마 그의 진심이 치중된 곳은 이쪽일 터였다.

"대체 무슨 생각이야. 발목도 안 좋으면서, 감기까지 들면……."

"편지."

귓가에 묻은 빗물을 문지르던 손이 멈추었다.

"편지 때문에 왔어."

"편지?"

고개를 들어 무표정한 윤이서의 얼굴을 보았다. 그는 서서히 얼굴을 일그러뜨렸다. 기억이 난 걸까 싶었는데, 완전히 다른 방향으로 오해했는지 눈빛에 짜증이 어렸다.

"그 보건소 의사한테 받은 편지가 그렇게 중요해? 이 비를 다 맞아 가면서 기다릴 만큼?"

"이서야."

"그래, 권다희? 그딴 편지가 그렇게……!"

이를 갈며 언성을 높이던 윤이서가 꾹 입을 다물었다. 예고도 없이 그의 품에 와락 안긴 탓이었다. 놀라서 숨을 삼키는 소리가 귓속을 파고들었다. 굳어진 그의 허리에 팔을 두르고 더욱 세게 껴안았다. 반동에 떨어진 우산이 바닥을 아무렇게나 나뒹굴었다.

"미안해."

"……."

"네 편지, 답장 못 해서."

세차게 쏟아지는 빗소리가 공기의 여백을 간신히 메꾸었다. 비에 젖어 가는 우리가 안쓰러워 보였을까. 멀리서 아른거리는 가로등 불빛은 위로하듯 이서와 나의 몸에 닿았다.

주황빛이 스며든 윤이서의 손이 작게 떨렸다. 혹시나 그가 나를 밀쳐 낼까 싶은 걱정에 끌어안은 손끝까지 강하게 힘을 주었다. 윤이서의 너르고 따뜻한 품에서 가을 바닷바람의 향기가 느껴졌다.

침묵 속에서 쉴 새 없이 쏟아지는 빗줄기만이 우리를 에워쌌다. 겉옷은 물론이거니와 속옷까지 젖어 갈 즈음, 마침내 윤이서의 손이 움직였다. 어깨를 감싸는 그의 손이 서늘한 소나기를 맞으면서도 여전히 뜨거웠다.

그는 아무 말도 하지 않고서 내 몸을 떨어트렸다. 올려다본 시야에 빗물로 흥건하게 젖은 그의 몰골이 들어섰다. 깊은 눈동자에 비친 내 모습도 그와 별반 다르지 않았다. 초라한 내 꼴을 빤히 살피던 윤이서가 천천히 걸음을 옮겼다.

내 손을 꽉 그러쥔 채로, 따라오라는 말 한 마디 없었으나 조용히 뒤따랐다. 아무렇게나 굴러다니는 우산도 줍지 않았다. 그런 걸 생각할 겨를도 없다는 듯 그의 뒷모습이 초조하게 흔들렸다. 그는 성큼성큼 계단을 올라서 현관문을 열고 그 안에 나를 밀어 넣었다.

쿵, 문이 닫히고서야 빗소리가 멀어졌다. 흠뻑 젖은 몸에서 떨어지는 물소리만 스산하게 정적을 채웠다. 맨발로 서서 바닥을 내려다보았다. 내 발과 그의 구두 아래로 흘러내린 물기가 점점 커다란 동그라미를 그렸다.

"계속 말해 봐."

그는 옅은 한숨과 함께 잠긴 목소리를 토해 냈다. 내 손을 놓치고 미끄러지는 그의 손바닥에서도 빗물이 뚝뚝 흘러내렸다. 미미한 움직임을 감지한 현관 조명이 또다시 켜졌다. 화사한 조명 아래서 취조받는 사람이 된 것처럼 입술을 달싹였지만, 더 말할 수 없었다.

"안 그래도 궁금했는데, 네가 내 편지를 신경도 쓰지 않는 얼굴이어서……."

윤이서의 목소리가 담담하게 현관을 울렸다. 그토록 기다리던 답장 대신 갑작스러운 사과나 받게 되었으니 얼마나 황당할까. 심지어 그 부재의 원인이 너무나 생각지도 못한 이유라는 점에서 얼마나 어이가 없을까. 당장 내게 소리를 질러도 이상할 게 없었다.

하지만 윤이서는 그러지 않았다. 화를 내기는커녕, 오히려 침착한 모습이 무서울 지경이었다. 이제는 화를 낼 정도의 마음조차 남지 않았을까 봐. 나한테 더 실망할 구석도 없어서 이토록 침착할 수 있는 걸까, 그런 불안이 앞섰다.

"설명해 봐. 들을 준비 끝났어."

어떤 대답이든 조용히 들어 주겠다는 소리에 감정이 울컥 치솟았다. 그가 과연 어디까지 제 말을 들어 줄까, 그리고 어디까지 믿어 줄까. 아랫입술을 잘근 씹으면서 흔들리는 마음을 단단히 붙잡았다. 제 손으로 직접 매듭짓지 않으면 언제까지고 그를 괴롭힐 문제였으니까.

"네 편지. 나는…… 하나도 못 받았어."

윤이서의 미간에 깊은 주름이 박혔다. 내 대답을 전혀 이해하지 못한 표정이었다. 천천히 눈을 깜빡이면서 떨리는 목소리를 이어 갔다.

"네가 다방으로 보낸 편지들. 전부 명옥 언니 집에 있었어."

"김 마담 집에?"

"다방에 우체통이 없어서 그 주소로 보내면 전부 명옥 언니한테 넘어가. 너는 몰랐겠지만, 옛날부터 쭉 그랬어."

의심조차 하지 못했다. 김 마담은 늘 고지서나 신문을 죄 다방으로 보내 줬고 한 번도 이런 적이 없었으니까. 지금도 이유를 추측하지 못할 정도로 당혹스러운 일이었다.

"명옥 언니가 왜 편지를 숨겼는지는 몰라. 차마 못 물어보고 뛰쳐나왔어. 편지 보고 너무 놀라서……."

주머니에 손을 넣었다. 편지는 구겨졌지만, 다행히 빗물로 완전히 젖지는 않았다. 조심조심 펼친 편지를 보여 주자 윤이서의 눈빛이 가볍게 흔들렸다.

"너무 늦게 확인해서…… 미안해."

다시금 건넨 사과에 그가 깊이 숨을 삼키고 도로 내쉬었다. 편지를 손에 꼭 쥔 채로 그의 반응을 살폈다. 내 사과가 뭐 그리 대단하냐고 묻는다면 할 말이 없었다. 그래도 꼭 사과하고 싶었다. 의도치 않게 그의 희망을 짓밟아 버린 지난 10년에 대해서.

"너한테 너무 무책임한 말로 들리겠지만, 나는……."

"그래서."

윤이서가 말허리를 가만히 끊어 냈다. 내게서 더 들을 말이 남았을까. 그의 의도를 파악하지 못하고 시선을 올렸다. 마주한 윤이서의 표정이 생각보다 차분해서 당황스러웠다. 그는 내 눈을 곧게 들여다보며 담담한 목소리로 속삭였다.

"편지, 이제라도 확인했다며."

다가온 손바닥이 뺨을 감쌌다. 빗물인지, 눈물인지 모를 물기로 얼룩졌던 뺨이 금세 따듯해졌다. 기다랗고 가느다란 검지에 스친 귓불이 간지러웠다.

"대답은."

"……."

"나한테 그냥 미안하기만 해? 정말로 그게 끝이야?"

솔직하게 고백하라는 재촉 앞에서 눈시울이 뜨거워졌다. 화를 내지도 않고, 고작 내 마음이나 묻는 게 너의 대답이라니. 윤이서의 상냥한 타박이 겨우 버티던 마음을 와르르 무너트렸다. 부서진 마음 곳곳에 결핍된 공간이 나타나 그를 갈구했다.

"고등학교를 졸업한 다음에도 다방을 떠날 수 없었어. 네가 서곡으로 돌아올까 봐, 혹시라도…… 나 찾아올까 봐."

가슴을 졸이며 오랫동안 홀로 되뇌기만 했던 속내를 털어놓았다. 서곡으로 돌아온 윤이서의 의도를 오해해서, 어떻게든 그의 앞에서 들키지 않으려고 숨겼던 마음이었다.

"나도 너를 기다렸어."

이제는 그럴 필요가 없다는 사실에 감정이 파도처럼 요동쳤다. 목소리가 물기에 잠겨 거칠어지고, 눈물을 흘리느라 일그러지는 얼굴이 엉망일 텐데도…….

"나도 똑같이 네가 그리웠어, 윤이서."

윤이서는 내 얼굴에서 시선을 떼지 못했다. 한껏 노력해서 내뱉은 고백의 중얼거림을 모조리 기억하겠다는 듯 주시했다. 한 발자국 다가오는 그의 행동에 얼굴로 넓은 그늘이 졌다. 뺨을 감싸던 손길이 어느새 목덜미를 어루만졌다.

"이서야……."

다시 만났던 그날 밤. 나 역시 이 말을 너무 하고 싶었노라고.

"보고 싶었어."

아무것도 아닌 그 한마디의 고백 앞에서, 사소하고 하찮은 속마음의 조각 앞에서. 그는 한여름 가장 더운 날, 내게 농담을 던지듯 애정을 표현했던 순간처럼 웃었다. 부드러운 미소를 머금은 그의 입술이 서서히 기울어졌다.

"잘했어, 권다희."

입술이 닿은 순간, 감기는 그의 눈가에 이슬처럼 맺힌 눈물을 보았다.

✿　　　✿　　　✿

팽팽하게 부풀어 버린 긴장이 곧 풍선처럼 터질 듯했다.

욕실은 싸늘한 공기로 가득 차 있었다. 엉키는 걸음으로 자꾸만 몸이 휘청였다. 그럴 때마다 윤이서는 한 손으로도 손쉽게 내 허리를 지탱했다. 꼬리뼈 부근을 어루만지는 손길의 여유로움과 달리, 목선을 따라 내려오는 입맞춤은 조급하기 짝이 없었다.

더 가까이 당기는 완력에 가슴이 맞닿았다. 다리 사이로 탄탄한 허벅지가 들어서 길게 짓눌렀다. 무릎에 깔린 고무줄 치마가 서서히 아래로 벗겨지는 게 느껴졌다. 황급히 손을 뻗었지만, 금세 붙잡혀 실패로 돌아갔다.

불이 켜진 욕실 거울에 우리의 모습이 비쳤다. 물에 젖은 생쥐처럼, 흠뻑 적신 옷을 입고서 맞붙은 모습이 조금 우스웠다. 현관에서부터 욕실로 오는 동안 이어진 입맞춤에 숨소리도 거칠어졌다. 뜨거운 윤이서의 몸에서 금방이라도 수증기가 흩어질 것만 같았다.

"다 젖었네."

윤이서가 웃음기 섞인 목소리로 중얼거렸다. 왼손으로 내 허리를 안은 채, 오른손이 고무줄 치마를 완전히 벗겨 냈다. 빗물 젖은 치마가 발목을 미끈하게 스치며 찰박 소리와 함께 바닥을 굴렀다. 순식간에 아래가 휑한 기분으로 욕조에 걸터앉았다.

"잠깐만, 윤이서……."

말리는 손길을 무시한 그가 단번에 허리를 숙였다. 한쪽 무릎을 꿇고 앉은 그가 가늘게 뜬 눈으로 나를 올려다보았다. 신자가 신이라도 동경하듯, 간절함으로 일렁이는 눈길이 몽롱해진 기분을 꿰뚫었다.

이윽고 그의 손이 내 발목을 감싸 무릎에 올렸다. 얼마 전에 다친 발목이었다. 맨발로 달려온 탓인지 곳곳에 못 보던 상처도 있었다. 윤이서는 가만히 생채기를 살피다가 희미하게 남은 멍 자국을 더듬었고, 느릿하게 고개를 기울였다.

가벼운 입맞춤이 발목에 닿자 오싹한 감각이 밀려왔다. 쪽, 작은 소리와 떨어진 입술이 서서히 위쪽으로 올라왔다. 종아리, 무릎을 지나 단번에 허벅지까지 찾아온 간질거림에 나도 모르게 엉덩이를 들썩거렸다. 습한 열기가 허벅지 안쪽을 진득하게 훑었다. 발간 자욱이 남았음은 물론이었다.

숨도 쉬지 못하는 압박감 속에서 끙끙 앓았다. 부끄러움에 다리를 오므리고 싶었으나 그의 손바닥이 무릎을 붙잡아 고정했다. 속옷까지 빗물에 젖어 차라리 다행이었다. 그의 손길과 입맞춤에 내가 얼마나 쉽게 반응하는지 들키고 싶지 않았으니까.

"아……."

작게 흘린 신음에 그의 시선이 움직였다. 윤이서가 허벅지 안쪽을 가볍게 깨물고서 허리를 올렸다. 서서히 다가오는 그의 어깨에 팔을 얹어 끌어안았다. 그는 물기 젖은 아랫입술을 삼키듯 물었다. 포개진 입술 사이로 습한 숨결이 오갔다. 흩어지는 신음을 달게 받아들이며 그가 웃었다.

우리는 신호를 주고받은 것처럼 서로의 몸에 손을 뻗었다. 내 티셔츠가 머리 위로 올라가 떨어지고, 나 역시 윤이서의 셔츠 단추를 풀어 내렸다. 엉망으로 흐트러진 옷가지가 앞으로 욕실에서 어떤 일이 벌어질지 예고했다.

빈틈없이 꽉 짜인 복근으로 물방울이 길게 꼬리를 그리며 흘러내렸다. 윤이서가 숨을 크게 들이마실 때마다, 단단한 몸 아래 깔려 금방이라도 허덕일 것만 같았다. 다가온 입술을 재차 받아들이며 낮게 신음했다. 등 뒤로 넘어온 손이 조심스레 브래지어 호크를 풀었다.

"기, 기다려……."

양팔로 가슴을 가리며 숨을 골랐다. 거친 숨소리가 우리 사이의 여백을 빼곡하게 채웠다. 분명 그의 손이 떨어졌는데도, 명치가 저릿할 정도로 흥분이 가시질 않았다.

거울 너머로 그가 물고 빨았던 내 입술이 눈에 띄게 붉어진 게 보였다. 윤이서의 시선이 집요하게 그 자리를 훑는다는 점도. 눈빛만으로도 나를 탐내는 것처럼 뜨거운 시선이었다. 가슴이 지나치게 세게 뛰어 멀미가 날 것만 같았다.

"얼마나 더 기다려."

"5분…… 아니, 1분만……."

"나 10년이나 기다렸는데."

윤이서가 씩 웃으며 오른손을 잡아 입술로 당겼다. 손등을 가볍게 깨무는 그의 눈빛이 위험하게 반질거렸다. 흐트러진 브래지어가 느리게 바닥으로 떨어지고, 서서히 다가오는 그의 입술이 재차 목을 빨았다. 따끔한 통증과 함께 붉은 자국이 남았다.

"흐읏."

조금씩 내려간 입술이 이내 가슴을 베어 물었다. 볼우물이 팰 정도로 세게 빨아들이는 힘에 허리를 비틀었다. 뾰족하게 세운 혀가 딱딱해진 유두를 긁어내리듯 핥았다. 사정없이 온몸에 스며드는 쾌감에 헐떡이며 그의 머리칼을 붙잡았다. 손가락 사이로 부드러운 머리카락이 모래처럼 빠져나갔다.

윤이서가 시선을 올려 내 반응을 살폈다. 보란 듯 유두를 우물거리며, 살며시 깨물곤 웃었다. 타액으로 번들거리는 가슴을 손바닥으로 움켜쥐고 힘주어 뭉갰다. 손아귀 사이로 빠져나온 살덩이를 혀로 진득하게 핥는 모습이 너무나 요사스러웠다.

손가락으로 정점을 비틀고, 다시 그 자리를 핥고. 계속 이어지는 애무에 헐떡이면서 겨우 그의 등에 매달렸다. 난생처음 겪는 쾌감에 어쩔 줄 몰랐다. 희고 뽀얀 가슴 이곳저곳에 정복욕을 과시하듯 자국을 남긴 윤이서가 나직이 숨을 골랐다.

둥근 곡선을 지나서 배꼽 아래를 스친 입술이 은밀한 부위로 향했다. 돌돌 말린 팬티가 그의 손에 붙잡혀 발목 아래로 추락했다. 뜨겁고 단단한 무언가가 종아리를 툭 건드렸다. 화들짝 놀라 허리를 폈지만, 그보다 윤이서가 빠르게 다가왔다.

"이서야, 거긴…… 흐…….."

매끄러운 손가락이 섬세하게 허벅지를 붙잡더니 양쪽으로 세게 벌렸다. 완력에 못 이겨 벌어진 허벅지 사이로 집요한 시선이 들어섰다. 끈적한 소리와 함께 갈라진 틈으로 곧 손가락이 다가왔다. 고개 숙인 윤이서가 붉고 도톰한 자리에 입술을 문질렀다.

흐윽, 흐느끼듯 신음하며 그의 어깨를 붙잡았다. 밀어 낼 힘조차 없어서 덜덜 떨었다. 가느다랗고 곧은 손가락이 물기 어린 살을 정성스레 벌렸다. 뜨거운 혀가 그 자리를 길게 훑으며 쓸어내렸다. 그곳이 어떤 상태인지 알려 주는 물소리에 부끄러움이 밀려왔다.

"여기도 젖었어."

구태여 설명하는 그의 목소리에도 여유가 부족했다. 다리를 오므리려고 하자, 그의 손이 힘주어 반원을 그렸다. 손끝에 걸리듯 긁히는 정점에 허리가 멋대로 들썩였다. 튀어 오르는 허리를 단단히 붙잡은 그가 재차 고개를 처박고 갈라진 자리를 강하게 빨았다. 전기가 통한 것처럼 아릿한 쾌감에 숨이 터져 나왔다.

쾌감에 허리가 빠질지도 모른다는 불안이 들었다. 그야 이렇게나 좋은데, 무서울 정도로 몸이 떨리는데……. 다급하게 붙잡을수록 윤이서는 더 깊고 뜨겁게 파고들었다. 배꼽 아래로 낯설고 무서운 쾌감이 소용돌이치듯 움직였다. 달뜬 숨이 욕실 거울을 흐리게 만들 정도로 가득 퍼졌다.

마침내 고개를 든 윤이서가 손을 움직였다. 아차 하는 사이, 그에게 안긴 채 욕조로 들어갔다. 팔꿈치로 수전을 건드렸는지 머리 위로 따뜻한 물줄기가 쏟아졌다.

그는 흠뻑 젖은 내 몸을 뒤에서 껴안고 목덜미를 깨물었다. 차가운 타일 벽을 손으로 짚고 비틀거리며 아래를 파헤치는 손길에 다시금 헐떡였다.

벽을 짚은 손이 물기에 미끄러지면, 윤이서가 허리를 당겨 고쳐 안았다. 뜨겁고 두꺼운 열기가 엉덩이를 문지르면서 움직였다. 손가락이 빠져나간 틈이 움찔거리며 새로운 것을 찾았다. 단단한 기둥이 여린 살갗을 스칠 때마다 다리가 후들거렸다. 뜨거운 쇠막대 위로 앉혀진 느낌이었다.

윤이서가 낮게 씨근거렸다. 벌어지는 틈 사이로 서서히 열기가 밀려들었다. 뭉툭한 끝부분이 비좁은 틈을 벌리며 들어오자 숨이 턱턱 막혔다. 긴장하지 말라는 듯이 그의 손바닥이 아랫배를 가만가만 쓰다듬었다. 두 눈을 질끈 감으며 압박감을 이겨 내고자 애를 썼다.

"다희야."

성마른 숨이 등을 스쳐서 오싹했다. 눈을 보지 않는데도, 그가 어떤 표정인지 알 것 같았다. 허리를 단단히 붙잡은 그의 손아귀에 힘이 들어가는 게 느껴졌다. 내가 도망이라도 칠 것 같은지, 미미한 불안이 담긴 악력이었다. 엄지로 꼬리뼈 부근을 문지르던 그가 담담히 속삭였다.

"보고 싶었어."

뜨거운 열기가 배 속을 점령하면서 더 깊이 밀려들었다. 아까와 비교도 못 할 만큼 거센 압박감이었다. 천천히 부드럽게 밀어 넣는데도 몸이 두 갈래로 갈라지는 것처럼 크고 뜨거웠다. 넣은 것만으로도 빠듯하게 채워지는 쾌감에 눈앞이 새하얗게 번졌다.

팽팽하게 부푼 그의 것이 안쪽에서 스스로 움직이는 듯했다. 덜덜 떠는 와중에 그가 조금 빠져나왔다가 더 깊게 파고들었다. 빡빡하게 드나드는 움직임에 허리가 자꾸만 흔들렸다. 그가 허리를 잡아 주지 않으면, 그대로 무너질 것만 같았다.

"이서, 흑, 윤이서⋯⋯."

이름을 부르자 그의 움직임이 거세졌다. 가슴을 주무르던 손길이 이내 턱을 붙잡고 뒤를 돌아보게 했다. 흔들리는 입술이 제자리를 찾고 다급하게 포개졌다.

달뜬 신음이 그의 입술 사이로 사라졌다. 아랫입술을 빨고, 깨무는 그의 눈빛에 간절함이 엿보였다. 허리를 강하게 밀어붙이는 그의 손등에도 붉은 핏대가 섰다.

감당하기 어려운 쾌감이었다. 정신을 놓을 것 같다는 생각에 연거푸 그의 이름을 불렀다. 물론 이름을 불릴 때마다 몸은 더 세게 흔들렸다. 어느새 몸이 돌아서고 그와 함께 주저앉아 무너졌다. 욕조에 한쪽 다리를 걸친 채, 마구잡이로 흔들렸다. 허벅지를 끌어안은 그가 보란 듯 허리를 움직였다.

그의 턱 끝에 맺혔던 땀방울이 내 가슴으로 후드득 떨어졌다. 욕조 바닥을 채운 물에 온몸이 찰박찰박 흔들렸다. 눈에 보이지 않을 때와 보일 때의 차이는 대단했다. 그 좁은 틈에 저만한 게 어떻게 드나드는지 이해할 수가 없었다. 멍하니 바라보자 윤이서가 속도를 늦추며 입꼬리를 올렸다.

"왜 그렇게 봐?"

"아으, 읏."

"예전에 알려 준 적 있잖아. 크다고."

웃음을 뱉은 건 한순간뿐이었다. 그는 다시 내게 열중하면서 절정으로 몰아붙였다. 누웠던 몸이 강하게 끌어 올려졌다. 그의 허벅지에 앉자 체중이 실려 결합이 깊어졌다.

아아, 강한 쾌감에 못 이겨 울음이 새어 나왔다. 그의 등을 마음껏 할퀴면서 힘없이 흔들렸다. 윤이서가 탁하고 갈라진 신음을 몰아쉬면서 입술을 맞추었다.

아까 미소 지은 게 무색할 만큼, 그의 눈시울 또한 붉었다. 그게 안타까워 떨리는 입술로 눈가를 짓눌렀다. 눈물이 입술에 묻어 짠맛이 번졌다.

윤이서가 속도를 높이자 온몸이 강하게 치달렸다. 시야가 흐려질 정도로 강한 쾌감에 머리가 녹을 듯했다. 깊숙이 밀려드는 윤이서의 존재를 느끼며 흐느꼈다.

빗소리가 들릴 리 없는데. 그날의 빗소리가 들리는 착각이 들었다.

❋   ❋   ❋

언제 잠들었는지도 모르겠다.

눈을 떠보니 새벽이었고, 낯선 천장이 시야에 들어왔다. 쪽방의 천장이 아니었다. 멍하니 기억을 되감다가 욱신거리며 밀려오는 허리의 통증에 미간을 찌푸렸다. 인기척을 느꼈는지 옆자리의 남자가 웃으며 손을 뻗었다. 그의 검지가 내 미간을 느리게 문질렀다.

"더 자."

어슴푸레한 어둠 속에서 윤이서가 미소 지었다. 허리를 감싼 손길이 다정했다. 한참이 지나고서야 그의 품에 안겨서 잠들었다는 걸 알았다. 언제 씻겨서 잠옷까지 입혀 주었는지 기억이 하나도 없었다.

아픈 건 허리뿐만이 아니었다. 목덜미도, 가슴도, 다리 어딘가도……

하여간 온몸이 쓰라렸다. 윤이서가 빈틈없이 깨물고 자국을 남긴 탓이
리라. 쾌감에 절여져 눅진눅진했을 때는 알아차리지 못했던 통증이었
다. 짐승이 따로 없다고 생각하며 투덜댔다.

"적당히 좀…… 하지."

"10년을 기다렸는데 적당히 되겠어?"

그게 된다면, 남자로서 문제가 있는 거라고. 얄밉게 속삭이던 입술이
다가와 볼을 문질렀다. 낯부끄러운 소리와 함께 이어지던 입맞춤이 점
점 아래로 내려갔다. 다급하게 손바닥으로 그의 입술을 막았다. 손가락
사이로 그의 눈매가 반달처럼 휘는 게 보였다. 여우 같은 게.

"그만하라고 했다."

"그만 못 하겠는데."

한마디도 지지 않고 반박하는 게 딱 옛날 모습 그대로였다. 10년이나
지났는데 어떻게 똑같을 수가 있지? 재회했던 첫날, 많이 변했을지도
모른다고 걱정했던 게 무색할 만큼 똑같다.

"읏……."

주의를 놓친 사이, 그의 손이 티셔츠 밑으로 파고들었다. 납작한 아
랫배를 쓰다듬는 손길에 기분이 이상해졌다. 손을 떼라고 발버둥을 쳐
도 윤이서는 코웃음만 칠 뿐, 절대로 물러나지 않았다. 끝내 백기를 들
고서 축 늘어졌다.

"예전에도 그랬는데 여전해."

"뭐가."

"네 손만 잡아도, 향기만 맡아도…… 이 모양 이 꼴이라고."

허리에 둔탁한 존재감이 닿았다. 이럴 줄 알았지, 한숨과 함께 그의
어깨를 밀어 냈다. 꿈쩍도 하지 않는 몸이 철옹성처럼 단단했다. 윤이
서가 웃으면서 내 귓가를 잘근 씹었다. 간질간질한 감각에 살갗으로 스
며들었다.

"나 안 미웠어?"

"미웠지."

툭 던진 질문에 그가 시원스러운 대답을 건넸다. 어이가 없어서 픽 웃었다. 윤이서도 따라 웃으며 내 머리카락을 넘겨 주었다. 그의 팔에 머리를 기대고서 가만히 쳐다보았다. 어둠 속에서도 윤이서의 눈은 말갛게 반짝였다.

"그런데도 용케 찾아올 생각이 들었네?"

"밉다고 보고 싶은 마음마저 사라진 건 아니니까."

윤이서가 담담하게 대답하면서 내 몸을 끌어안았다. 꽉 안긴 품에서 좋은 향기가 번졌다. 두근거리는 그의 박동이 손바닥 너머로 선명하게 느껴졌다.

"오히려 미워질수록 더 보고 싶었어."

"……."

"결국 그딴 미움도 핑계였을 뿐이라는 사실만 확실해졌고."

그가 고저 없는 음성으로 속삭이는 고백이 가슴에 깊이 박혔다. 긴 세월 동안 응어리진 그의 감정은 오롯이 나 때문에 생긴 부산물이었다. 원망도, 그리움도, 사랑도 전부……. 아까 실컷 울었다고 생각했는데 금세 눈시울이 뜨거워졌다.

시큰한 코를 괜히 그의 가슴팍에 문지르면서 파고들었다. 윤이서가 기꺼이 내 몸을 안았다. 뜨끈하고 너른 품에 안겨서 고른 숨을 내쉬었다. 오해가 풀리자 서로의 마음이 있는 그대로 순수하게 보였다. 그게 무척 좋았다.

"좋아해, 권다희."

잠기운이 밀려와 몽롱한 와중에도 상냥한 음성이 귓가에 닿았다. 졸음에 취해 고개를 끄덕이자 그가 나직이 웃었다. 두근두근, 기분 좋게 울려 퍼지는 박동에 저절로 미소가 그려졌다. 다시는 절대 놓지 않겠다는 것처럼 온몸을 끌어안은 윤이서의 품이 좋았다.

어느새 바깥의 빗소리가 멎어 있었다.

다시 잠들지 말걸. 아침이 되자마자 후회했다.

지나치게 늦게 일어난 탓에 해가 중천이었다. 허둥지둥 옷가지를 찾는 나와 달리, 윤이서는 내 허리나 끌어안고서 고개를 묻기 바빴다. 그의 품에서 한참 투덜거리다가 겨우 빠져나왔다.

아침 일찍 몰래 들어갈 생각이었는데. 말도 없이 외박이라니…… 아마 난리가 났을 터였다. 언니들한테 들을 잔소리를 걱정하면서 부랴부랴 씻었다. 그동안 윤이서도 느긋하게 나갈 준비를 마쳤다.

문제는 간밤에 빗물로 옷가지가 엉망이 되었다는 점이었다. 고민하는 내 손을 이끌고 윤이서가 다른 방으로 들어갔다. 아예 옷 방으로 쓰는 공간이었는지, 어딜 둘러봐도 옷만 보였다. 그는 가장 구석진 옷장을 뒤적이더니 남색 원피스 한 벌을 내밀었다. 깔끔한 걸 보면 새 옷이 분명했다. 어디서 난 거냐는 물음에 그가 시원스럽게 대답했다.

"너한테 선물로 주려고 샀던 옷."
"내 선물?"
"그럼 누구 선물이겠어? 내가 아는 여자라고는 권다희 한 명뿐인데."

간밤에 솔직히 대화를 나눈 덕분인지, 그의 말과 행동에 거침이 없었다. 어이가 없어 쳐다보니 미소를 머금은 입술이 이마를 지그시 눌렀다. 스스럼없는 입맞춤이 어쩐지 쑥스러웠으나 밀어 낼 기운도 없었다. 눈앞의 남자 때문에 며칠 분의 체력을 다 사용해 버렸기에.

서둘러 그가 준 옷으로 갈아입고서 밖을 나섰다. 출근 준비를 마친 윤이서가 조수석의 문을 열어 주었다. 그의 옆자리에 올라 다방으로 향하는 동안, 차내에서도 미묘한 공기가 흘렀다. 처음 그의 차에 올랐을 때와 확연히 다른 변화였다.

"그럼, 저녁에 봐."

또 찾아오겠다는 예고와 함께, 윤이서는 나를 다방 앞에 내려 주고서 공장으로 떠났다. 멀어지는 차를 바라보다가 조용히 다방으로 들어갔다. 앞마당을 빽빽하게 채운 해바라기 덕분에 홀에서 내 모습이 보이지 않을 터였다.

후다닥 쪽방으로 달려가다가 멈칫했다. 댓돌에 미정 언니의 고무신이 가지런하게 놓여 있었으니까. 조심조심 다가가 마루로 올라서서 심호흡했다. 이상하게 보이지 말자고, 침착한 마음으로 문을 열었다.

"이제 와?"

예상대로 미정 언니가 서 있었다. 눈이 마주친 언니는 먼지 날리니까 얼른 들어오라며 타박했다. 언니의 손에는 낡은 청소기 한 대가 들려 있었다. 쭈뼛거리다가 들어가서 문을 닫았다. 언니는 청소기 전원을 끄고 이마의 땀을 닦았다.

"언니, 나 어젯밤 안 들어온 거……."

"알아."

변명을 다 꺼내기도 전에 대답이 돌아왔다. 당황해서 쳐다보자 언니가 청소기를 건네주며 구부정했던 허리를 쭉 폈다. 하품을 길게 내뱉은 언니가 눈가를 벅벅 문지르면서 되물었다.

"명옥 언니 집에서 잤다며? 언니가 전화해서 알려 줬어."

아무래도 김 마담이 대충 둘러댄 모양이었다. 황급히 고개를 주억거렸다.

"아, 응."

"애도 아니고, 왜 거기서 자? 명옥 언니가 외로움 타는 양반도 아닌데."

언니의 의아한 목소리에 멋쩍은 웃음만 흘렸다. 김 마담을 만나서 자세한 이야기를 들어봐야 할 텐데…… 지금은 정확히 무얼 물어보면 좋을지 헷갈렸다. 당분간 마담을 피해야겠다고 결심하는데, 미정 언니가 인상을 찌푸리며 물었다.

"그런데 그 옷은 뭐야? 어디서 났어?"

손을 뻗은 언니가 원피스 소매를 붙잡고 이리저리 살폈다. 딱 보기에도 비싼 원피스였으니 어중간한 변명이 먹히지 않으리라는 건 자명했다. 고민하다가 청소기를 구석에 세워 두면서 언니를 돌아보았다.

"받았어."

"누구한테?"

그냥 넘어가지 않는 치밀함에 뜨끔했다. 거짓말로 둘러대다간 끝이 없을 테고, 언제까지 숨길 일도 아니었다. 매도 먼저 맞는 게 낫다는 말이 괜히 존재하는 게 아니겠지. 언니의 눈치를 살피다가 슬쩍 정답을 던져 주었다.

"윤이서한테…… 받았는데."

"뭐? 누구한테 받아?"

언니가 곧장 도끼눈을 하고서 버럭 소리를 질렀다. 바깥에서 언니의 소리를 들었는지, 지혜 언니가 무슨 일 있냐며 소리쳤다. 저벅저벅 들리는 발소리에 아차 싶어 이마를 짚었다. 미정 언니는 코앞으로 다가와 내 어깨를 붙들고 흔들었다.

"너 그게 무슨 소리야? 똑바로 말해!"

더 숨길 걸 그랬나. 뒤늦게 후회해 봤자 소용없는 일이었다. 그대로 언니들한테 붙잡혀 자초지종을 털어놓았다. 중요한 얘기를 제외하고 간단히 설명하자면, 윤이서가 고백하여 그 마음을 알게 되었다는 이야기였다.

언니들은 본인에게 이야기를 듣지 않고서는 절대 허락하지 못한다며 으름장을 놓았다. 마침내 저녁이 되어 윤이서가 다방을 찾아왔을 때 언니들은 무작정 그를 붙잡아 홀에 앉혀 두고서 탐문을 시작했다.

근처를 기웃거리며 조마조마하게 그들을 살폈지만, 다행히 큰 소리는 오가지 않았다. 윤이서가 냉정하게 느껴질 만큼 차분하고 담담한 태도를 유지한 덕분이었다. 그 반응이 오히려 언니들한테 좋게 먹힌 듯했다.

단 하루 만에 우리 사이를 모두에게 들킨 셈이었다.

✻　　　✻　　　✻

윤이서와 어떤 사이인지 밝혀지고 좋은 점이 딱 하나 있었다.

내 외출에 언니들이 나서기 시작했다는 점이다. 부득불 다방에 남겠노라고 선언해도 소용이 없었다. 언니들은 할 일도 없는데 외출이나 하라며 내 등을 떠밀었다. 적극적으로 응원하는 모습에 적잖이 부담스러웠다. 내가 이 정도인데 윤이서는 어떨까.

"나는 상관없는데."

"상관이 없다고?"

천하 태평한 대답에 기가 막혔다. 그러거나 말거나, 윤이서는 싱긋 웃으면서 고개나 끄덕였다. 언니들의 응원에 부담이 되기는커녕 기쁘다는 대답이나 던지면서.

"좋지, 그럼."

"아무 생각이 없어서 좋겠네."

"생각이 왜 없어? 있으니까 좋은 거지."

"대체 뭐가 좋아? 언제 만나냐, 만나면 뭐 하냐…… 괜히 붙잡혀서 시간만 잔뜩 뺏길걸."

생각하면 할수록 어이가 없어서 그를 흘겨보았다. 평상에 앉아 싱글 벙글 웃던 윤이서가 자리에서 일어나 다가왔다. 그는 저번처럼 흰 티셔츠에 청바지 차림이었다. 나 역시 그와 별반 다르지 않은 차림새였는데, 오늘은 주말인 데다가 편하게 입어야 할 이유가 있었다.

"슬슬 가자."

윤이서가 담벼락에 세워 놓은 자전거를 끌고 왔다. 새로 구매했는지 깨끗하게 윤이 나는 자전거였다. 보조 안장이 달려 있어서 설마 했는데, 예상대로 그가 뒤에 타라며 손짓했다. 같이 자전거나 타자기에 무슨 소리인가 했더니…….

"기다려. 나 다방에서 내 자전거 가져올게."

"얼른 타라니까."

"무거워서 안 돼."

진심으로 건넨 대답이었건만, 윤이서는 별 웃긴 소리를 다 들어 본다는 것처럼 코웃음 쳤다. 무시하고 지나치려는데 윤이서가 앞을 가로막으며 바닥을 가리켰다. 그가 가리킨 방향에 내 발목이 있었다.

"발목 괜찮아질 때까지는 내 말 들어."

"거의 다 나았다니까."

"완전히 괜찮을 때까지 안 된다고."

철옹성처럼 완고한 대답에 끝내 항복을 선언했다. 온종일 마당에서 입씨름이나 벌이다간 아무것도 못 하고 다방에 돌아갈 게 뻔했으니까. 윤이서는 기어코 나를 뒤에 태우고서 만족스럽게 미소 지었다.

윤이서가 페달을 밟자 자전거가 크게 흔들렸다. 균형을 잡기 위해 어쩔 수 없이 그의 허리를 꽉 끌어안았다. 언니들한테 괜히 이런 모습을 보이지 않도록 뒤쪽 골목을 통과해서 가자고 제안했다. 그는 시키는 대로 얌전히 핸들을 움직였다.

언제나 혼자서 자전거를 타고 다니던 길이었다. 평소와 똑같은 길인데 윤이서의 뒤에 앉아 움직인다는 이유 하나만으로도 기분이 이상했다. 너르고 따뜻한 등에 고개를 묻자 여느 때처럼 좋은 향기가 맡아졌다.

등에 코를 대고 가볍게 문질렀다. 작게 웃는 윤이서의 진동이 내게도 전해졌다. 허리를 꽉 끌어안고서 영화처럼 눈앞을 스치는 풍경에 집중했다. 윤이서가 서곡에 오기 전까지 연녹색으로만 가득하던 풍경이었다. 풀숲 곳곳에 노을 그림자처럼 스며든 붉은색이 아른거렸다.

오늘도 바쁘게 계절이 바뀌는 중이었다. 시끄럽게 울던 매미의 부재는 어느덧 정신없이 날아다니는 잠자리 떼가 차지하고 있었다. 짝을 짓고 날아다니는 잠자리가 뾰족한 풀잎 끝에 앉아 기우뚱 흔들렸다. 자전거가 그 옆을 세게 지나치자 바람결에 파드득 흩어지기도 했다.

"무슨 생각해?"

윤이서가 나직이 물었다. 대답 대신 그의 등에 더욱 깊이 얼굴을 묻었다. 그는 더 묻지 않고서 자전거를 몰았다. 덜컹대는 흙길을 빠져나오자 염전의 풍경이 펼쳐졌다. 크게 달아 놓은 간판 아래, 페인트로 엉성하게 써 놓은 글자가 보였다.

염전 체험 모집. 어린이 대환영. 소리 내어 읽어 보자 윤이서가 뭘 하는 거냐며 웃었다.

짠 바닷바람이 코끝을 스치면서 제방 둑을 따라 달렸다. 점점 멀어지는 만리항을 구경하면서 팔에 힘을 주었다. 단단히 끌어안은 윤이서의 가슴팍이 가만히 오르락내리락 움직였다. 그는 바닷가를 빠져나와 서곡 고등학교 쪽으로 방향을 틀었다.

고등학교 근처에 넓은 공터가 하나 있었다. 예전에는 슈퍼가 있던 자리였는데, 폐업하면서 터만 덩그러니 남아 버렸다. 다행히 슈퍼 옆에 자란 느티나무 한 그루와 정자는 멀쩡했다. 여전히 동네 촌로들의 단골 쉼터로 쓰이는 덕분이었다.

우리는 그 자리에 자전거를 세워 두고 다가갔다. 윤이서가 정자 위 흩어진 느티나무 이파리를 치워 내며 손짓했다. 챙겨 온 바구니를 들고 정자에 걸터앉았다. 바람에 흔들리는 느티나무 가지 때문에 정자에도 새카만 덩굴처럼 그림자가 번졌다.

"그건 뭐야?"

"복숭아."

성큼 다가온 가을 냄새를 맡으며 과도를 쥐었다. 복숭아 껍질이 부드럽게 썰리며 희고 말랑한 과육을 드러냈다. 한 조각을 예쁘게 잘라 윤이서의 입에 가져갔다. 그는 조금 머뭇거리다가 입을 벌렸다. 누군가 그에게 뭘 먹여 주는 게 어색한 눈치였다.

나도 그를 따라 한 조각 입에 넣고 우물우물 씹었다. 바깥에 두느라 시원하진 않아도 다행히 새콤하면서도 단맛이 강했다. 단숨에 먹어 치운 복숭아 껍질을 휴지에 싸서 바구니에 담았다. 윤이서가 물티슈를 뽑아 건네주었다.

"저번에 내가 사 준 복숭아 아니네. 그건 왜 안 들고 왔어?"

"딱딱한 복숭아가 더 좋아서. 그건 언니들이 다 먹었을 거야."

끈적해진 손을 깨끗하게 닦고 그의 어깨에 머리를 기댔다. 정자 근처에 아무도 없어 한적하니 고요했다. 윤이서가 흔들리는 느티나무를 올려다보면서 가벼운 한숨을 내쉬었다. 두 눈을 감고서 적막을 가슴 깊이 받아들였다.

여유로운 서곡의 가을 풍경을 윤이서와 함께 보게 되다니. 그는 짧게 머무르고 떠나느라 무덥고 쨍한 여름의 서곡밖에 느끼지 못했다. 윤이서가 떠난 후, 그게 자꾸만 마음에 걸렸다. 그의 머릿속에 서곡의 안 좋은 추억만 남았을까 봐.

"좋다."

내 속마음을 듣기라도 한 것처럼, 윤이서가 낮게 소곤거렸다. 눈을 뜨기도 전에 입술이 닿았다. 달콤한 복숭아 맛이 옅게 남은 입맞춤이었다. 그는 내 머리카락을 넘겨 주면서 얄궂게도 미소 지었다.

"잠깐 눈 감고 기다려."

"왜?"

"얼른."

재촉에 못 이겨 다시 눈을 감았다. 바닥 쪽에서 부스럭 소리가 들렸다. 낙엽이라도 주워 장난을 치려는 걸까. 유치하다는 생각에 피식 웃음이 샜다. 무언가 한참 조몰락대던 그의 손가락이 내 손목을 감쌌다. 가까이 당기는 손길에 눈을 떠 버렸다.

"조금만 더 기다리지. 참을성이 없어."

윤이서가 웃음 섞인 목소리로 타박했다. 그에게 붙잡힌 검지가 보드라운 감촉에 닿아 간질거렸다. 동그랗게 손가락을 감싼 줄기 위로 하얗고 동그란 꽃이 보석처럼 달랑거렸다. 자그마한 토끼풀꽃이었다.

꽃반지라니, 유치한데 웃을 수가 없었다.

"왜 그래. 또 옛날 생각나?"

침묵하는 내 모습에 윤이서가 작게 물었다. 내 손을 가져가 만지작거리는 손길이 느리고 상냥했다. 말없이 고개를 끄덕이며 엉성한 꽃반지를 빤히 내려다보았다. 그가 이걸 기억했다는 것만으로도 코끝이 시렸다. 윤이서를 만난 후로 눈물이 잦아졌다는 걸 재차 실감했다.

"이런 건 어디서 배웠어."

"안 배워도 할 수 있지."

"다른 여자한테 해 줬던 건 아니고?"

"떠보지 마, 권다희. 내 인생에 여자라고는 너 하나라니까. 몇 번을 말해?"

드라마의 주인공이나 할 법한 말을 건네면서 윤이서가 팔을 당겼다. 어느 틈에 뒤로 왔는지, 그의 품에 와락 안겨서 등을 기댔다. 양팔로 내 몸을 꽉 끌어안은 그가 정수리에 턱을 문질렀다. 간질임을 피해 이리저리 허리를 비틀었다.

"거짓말."

"너 두고 아버지한테 붙잡혀서 서울로 올라갔을 때, 오래도록 적응을 못 했어."

이어지는 말에 움직임을 멈추고 돌아보았다. 눈이 마주친 윤이서가 씩 웃었다. 웃으면서 꺼낼 얘기가 아닐 텐데도, 그러지 않으면 견딜 수 없다는 것처럼.

"웃기지? 원래 서울에서 살던 놈이…… 서곡이 고향이라도 된 것처럼. 맨날 집에서, 서울에서 도망칠 궁리나 하면서."

윤이서는 타향의 손님이었다. 그런데도 어느새 서곡을 그리워하고 있었다. 서곡에 내가 살고 있다는 이유 하나만으로. 대체 너는 얼마나 더 나를 울릴 작정일까.

"이서야."

윤이서가 서곡을 떠나기 직전, 함께 겪었던 일을 되짚었다.

"그날 왜 죽으려고 했어?"

10장.

다희(多熙)

　태풍 같은 비바람 속에서 수채화처럼 흔들리던 풍경이 떠올랐다.
　그는 분명 절벽 끄트머리까지 다가가 아래를 주시하고 있었다. 언제라도 뛰어들 준비가 되었다는 것처럼. 그 아련하고 애틋한 풍경이 오래도록 기억에 남았다.
　내내 물어보고 싶었지만, 어떤 대답이 돌아올지 몰라서 참았다. 윤이서 역시 아니라는 대답으로 늘 회피하던 질문이었다. 그러나 그게 진심이 아님을 우리는 모두 잘 알고 있었다. 윤이서는 어쩔 수 없다는 얼굴로 작게 웃었다.
　"예전에 말한 적 있지. 엄마가 서곡에 묻히고 싶다는 유언을 남겼다고."
　윤이서가 내 손등을 가져가 살며시 깨물었다. 얇은 살갗에 불그스름한 잇자국이 떠올랐다.
　"그거 거짓말이야. 엄마는 나한테 그런 말한 적 없어."
　찬 바람이 불었다. 흐트러진 머리칼을 윤이서가 정성스레 정리했다. 섬세한 손길이 턱선을 따라 내려가 어깨를 꼭 끌어안았다. 등에 맞닿은 그의 가슴 너머로 미미한 두근거림이 전해졌다.

"대신 아버지를 불러 달라고 부탁했어. 죽기 전날까지 병실도 안 찾아오고, 어디서 또 술이나 마시는지 모를 그 작자가 너무 보고 싶다고. 마지막으로 얼굴이나 보게 해 달라고."

"……"

"알겠다고 대답했는데, 아무리 생각해도 들어주고 싶지 않은 거야. 그 사람한테는 엄마의 임종을 지켜볼 자격이 없다고 생각했거든."

끌어안은 팔에 힘이 들어가는 걸 느꼈다. 아직 어린 윤이서의 모습을 상상했다. 병든 엄마의 머리맡에 서서 마지막 소원을 들었을 때, 그 아이가 느꼈을 절망과 실망을 떠올렸다. 그 짧은 순간 얼마나 깊은 갈등이 그를 괴롭혔을까.

"그래서 끝까지 안 불렀어. 엄마가 숨을 거둘 때까지, 불렀으니까 조금만 기다리라고 거짓말하면서."

그의 목소리에 아쉬움은 없었다. 지금도 그 선택을 후회하지 않는다는 증거였다. 그의 모친은 숨을 거두기 직전, 남편이 다급히 달려오는 걸 떠올렸는지 웃었다고 했다. 윤이서는 여한이 없는 얼굴로 미소 짓던 모친의 얼굴이 아직도 생생하다며 중얼거렸다.

"그런데 신기하게…… 딱 그때 연락이 온 거야. 별일 없냐고, 기분이 이상해서 전화해 봤다고. 엄마가 잠들었다고 거짓말한 덕분에, 그 사람은 다음날까지도 무슨 일이 생겼는지 몰랐고."

낮게 잠긴 목소리에 빈정대는 어조가 섞여 있었다. 고개 돌려 바라본 그의 눈빛에 독기가 아른거렸다. 간절히 부친의 죽음을 바라던, 고등학생 시절의 윤이서에게도 느껴졌던 독기였다.

"장례식이 끝나고 나한테 징그러운 새끼라고 소리를 지르길래, 마지막 유언이랍시고 그 얘기를 꺼낸 거야. 엄마가 서곡에 묻어 달라 부탁했다고."

마지막 양심이라도 남았던 건지, 아니면 그제야 후회가 찾아왔던 건지. 이유는 모르겠으나 윤 사장은 이서의 말을 귀담아들은 모양이었다. 물려받게 된 서곡의 공장장 자리까지 받아들이며 직접 내려온 걸 보면.

여름 햇살 가득한 날, 길거리에서 다짜고짜 나를 붙잡고 시비를 걸던 그가 떠올랐다. 모친의 죽음을 위로한답시고 내려온 부친이 갑자기 다방 레지를 만나고 다니는 꼴을 보고 얼마나 답답했을까.

"유언을 핑계 삼아서라도 서곡에 가 보고 싶었어. 엄마가 줄곧 그립다고 말했던…… 여기가 어떤 곳인지 궁금해서."

윤이서가 볼에 입을 맞추며 속삭였다. 그에게 붙잡힌 손이 저릿저릿했다. 소중히 쓰다듬는 손길에 그의 눈을 오래도록 들여다보았다. 독기가 사라진, 색소 옅은 갈색 눈이 가을 햇볕처럼 따스했다. 오직 내게만 보여 주는 윤이서의 눈빛이 아름다웠다.

"막상 와 보니까 생각보다 시시한 동네였지만, 오길 잘했다고 생각했어."

"왜?"

"너를 만났잖아."

솔직한 고백이 몇 번을 들어도 질리지 않았다. 가까워진 거리에 달콤한 복숭아 향기가 코끝을 맴돌았다. 쿵쿵 뛰는 심장에 머리가 어질어질 흔들렸다. 이마가 닿아 살며시 문지른 자리마저도 뜨거웠다.

"이대로 계속 여기 있어도 괜찮겠다. 어쩌면 그것도 나쁘지 않겠다고 생각했는데……."

뒷말을 흐린 입술이 가볍게 포개졌다. 달뜬 숨결이 부드럽게 흩어졌다. 짧게 스친 입맞춤 너머로 자그마한 중얼거림이 흘러나왔다.

"대뜸 너랑 가족이 되라고, 말 같지도 않은 소리를 지껄이니까…… 다 끝내고 싶었어. 아무리 생각해도 지긋지긋해서."

서울로 돌아가 아버지와 단둘이 지내는 생활을 떠올리니 당장 숨을 거두고만 싶었다고. 성인이 된 윤이서가 그날의 어둠을 무감한 얼굴로 담담히 드러냈다. 말로 형용할 수 없이 깊은 우울감이 늪처럼 그의 바닥을 차지했다.

부모를 택할 수 없다는 건, 참 슬픈 일이었다. 그에게도 나에게도, 혹은 누구에게나. 나 역시 한때는 그 사실을 미치도록 증오하던 때가 있었다. 나이를 먹어 흐려진 기억이었으나 그때의 좌절과 절망이 완전히 사라진 건 아니었다. 어린 시절의 상처가 곧 여태 살아온 인생의 밑바닥이었으므로.

"그런데 네가 나를 찾아왔을 때, 엄마가 생각났어. 서곡에서 죽는 건 못 할 짓 같더라고."

"어머니께서 서곡을 쭉 그리워하셨으니까?"

윤이서가 고개를 무겁게 끄덕였다. 그에게 서곡의 이야기를 들려주었다는 모친에게 감사했다. 그녀가 아니었다면, 나 역시 평생 윤이서를 만날 수 없었을 테니까.

그의 품에서 빠져나와 옆자리에 앉았다. 손에 끼워 준 꽃반지를 이리저리 살펴보면서 침묵했다. 윤이서도 기나긴 이야기를 들려준 탓에 살짝 피로했는지, 챙겨 온 물병을 꺼내 벌컥벌컥 들이켰다.

목이 타는 걸까. 이상한 일도 아니었다. 목숨을 끊으려던 순간의 기분까지 회상하는 작업이었으니 얼마나 고될까. 손등에 턱을 괴고서 그의 얼굴을 올려다보았다. 물병을 내려놓고 입가의 물기를 훔치던 그가 씩 웃었다. 아직 할 말이 남았는지 사뭇 진지한 눈빛이었다.

"서곡에 두고 온 사람이 있다고도 했어."

뜻밖의 말에 인상을 찌푸렸다. 그러고 보니 매화 다방서 살았다고 했었지. 그녀에게 가족이 있었다면, 그 사람은 곧 이서의 가족이기도 했다.

"두고 온 사람?"

"나도 궁금했는데…… 그게 누군지 덕분에 대충 감이 잡혔네."

무슨 소리인지 여전히 알 수가 없어서 그를 빤히 쳐다보았다. 그는 더 말해 줄 수 없다며 고개를 절레절레 흔들었다. 직접 확인하는 편이 좋다는 뜻 같았다. 서운하게 여기지 말라며 사르르 짓는 눈웃음 앞에 조용히 체념했다.

"어차피 오늘 알게 될 거야. 그 사람한테 따로 연락했으니까."

"오늘?"

휘둥그레 뜬 눈으로 쳐다보는데도 윤이서는 작게 웃기만 했다. 내 호기심이나 해결해 주고 웃을 것이지. 불만 섞인 눈빛으로 응시하니, 아예 내 어깨를 감싸며 벌떡 일어났다. 그는 복숭아를 가져왔던 도시락을 챙겨 자전거 바구니에 도로 올려 두고는 손짓했다.

"같이 가자."

"갑자기 어디를 가?"

당황해서 목소리가 뒤집혔다.

"그 사람 만나러."

윤이서의 목소리가 조금 떨린 것 같다는 착각이 들었다.

어쩌면…… 착각이 아닐지도 모르고.

자전거 뒷자리에 올라타 멍하니 스치는 풍경을 구경했다.

너무나 익숙한 길목이라서 목적지를 모를 수가 없었고, 그래서 더욱 의아했다. 윤이서가 이 장소를 어떻게 아는 거지. 애초에 왜 여기로 온 건지 이해할 수가 없었다. 자전거가 멈추고, 내려오라는 말을 들을 때까지도 현실감이 돌아오지 않았다.

윤이서는 자전거에서 내리자마자 고개를 돌리며 눈앞의 집을 관찰했다. 계단에 뒹굴다가 인기척을 느끼고 저만치 멀어진 고양이가 야옹 울었다. 가장 작고 어린 고양이를 바라보는 윤이서의 눈가가 조금 부드러워졌다. 그 앞을 가로막으며 물었다.

"여긴 왜 왔어?"

그는 대답 없이 자전거를 담벼락에 기대 놓았다. 머뭇거리다가 계단을 돌아보니, 도망가지 않고 미적거리는 고양이 한 마리가 늘어지게 하품을 했다. 여전히 낙엽이 정리되지 않아 지저분한 앞마당이었다.

"너 설마…… 명옥 언니 만나려는 거야?"

김 마담의 집 주소를 대체 무슨 수로 알았을까. 윤이서는 딱 보면 모르겠냐는 표정으로 고개를 끄덕였다. 입꼬리를 올려 웃었지만, 눈빛이 진지해서 농담이 아님을 알았다. 불안한 마음에 그의 주변을 기웃거렸다.

김 마담이 그의 편지를 숨겼기에 따지러 온 걸까. 아직 나조차 그녀와 제대로 이야기를 나누지 않았기에, 지금 윤이서가 들이닥치면 문제가 커질 수도 있었다. 만약 그가 김 마담에게 책임을 묻는다면 내 입장도 곤란해졌다.

"네 마음은 이해하는데, 이서야…… 갑자기 이러면 명옥 언니도 놀라실 거야."

팔을 잡아끌었으나 그는 조금도 움직이지 않았다. 고집만큼이나 그의 힘도 강했다. 선이 예쁜 얼굴선을 따라 이파리 모양 그림자가 하늘하늘 흔들렸다. 어느새 머리카락에 붙은 나뭇잎을 건드리자 바닥으로 툭 떨어졌다. 윤이서가 내 손바닥에 장난스레 볼을 문댔다.

"조금만 기다려. 곧 나올 거야."

"다음에 오자니까."

"기다릴 여유가 없어."

웃고 있었지만, 굳어진 입매에서 약간의 긴장이 느껴졌다. 윤이서는 내 손을 꼭 붙잡고 계단으로 성큼성큼 다가갔다. 더 말릴 방법이 없나 고민하는 순간, 정말로 벌컥 문이 열렸다. 문소리에 놀란 고양이가 계단 아래로 황급히 뛰어내렸다.

"왔으면 초인종이나 누를 것이지, 거기서 뭐 해. 안 들어오고."

고무신을 신은 김 마담이 문가에 기대서 딱딱한 얼굴로 소리쳤다. 며칠 만에 본 얼굴이었다. 마지막에 봤을 때보다 어두운 낯빛에 저절로 신경이 쓰였다. 내 시선에 김 마담은 작게 한숨을 내쉬고, 문을 연 채 안으로 들어갔다.

윤이서는 기다렸다는 듯 그녀를 쫓아 계단으로 올라갔다. 의아한 분위기 속에서 두리번대며 그의 뒤를 따라갔다. 문을 닫고 들어선 김 마담의 집에 정적이 찾아왔다. 그녀는 안방으로 들어가 자개장을 열고 옷더미를 한참 뒤적이더니 무언가를 꺼내 들었다.

그녀가 꺼낸 건 자주색 보자기로 꽁꽁 묶어 놓은 물건이었다. 노란색 보자기 뭉치도 있었다. 노란색 보자기 사이로 윤이서의 편지 귀퉁이가 삐죽 튀어나와 있었다. 김 마담은 노란색 보자기를 내 쪽으로 밀어주면서 자리에 앉았다. 우리도 그녀의 앞에 마주 앉았다.

"저번에 말했잖아. 뒤통수는…… 아는 사람이 치는 거라고."

귓가에 고개 숙인 윤이서가 나직이 비꼬았다. 김 마담은 헛기침하며 내 시선을 회피했다. 죄책감 어린 그녀의 눈빛에 아랫입술을 꾹 깨물었다. 악의로 그런 일을 벌일 사람이 아니라는 걸 알면서도, 배신감은 쉽사리 사라지지 않았다.

"이것부터 받아라."

김 마담이 자주색 보자기를 윤이서에게 건네주었다. 윤이서는 보자기를 받아 짧게 살피며 되물었다.

"이게 뭡니까?"

"유품."

짧고 간단한 설명이었지만, 윤이서는 물건의 가치를 단박에 알아차렸는지 눈을 빛냈다. 그토록 찾아 헤매던 유품의 정체에 나 역시 고개를 들이밀었다. 어두운 자주색 보자기에 두툼한 무언가가 담겨 있었다.

윤이서가 침착하게 보자기 끈을 풀어 헤쳤다. 안에는 낡고 너덜너덜한 노트 서너 권이 들어 있었는데, 표지에 삐뚤빼뚤한 글씨가 적혀 있었다. 정수지. 노트 주인의 이름이었다. 떨리는 손끝이 이름이 적힌 자리를 가볍게 스쳤다.

"일기장이네요."

"아주 오래된 물건이야. 너무 낡아서…… 글씨가 보일지 모르겠지만, 수지 물건이 맞아."

김 마담은 한숨과 함께 보자기를 당겼다. 노트만 꺼내서 내려놓은 윤이서가 품에서 지갑을 꺼냈다. 지갑에서 사진을 꺼내 내미는 그의 손이 작게 떨리고 있었다.

"이 사진."

"……."

"뒷면에 적힌 메모."

김 마담은 차분하게 그가 내민 사진을 받아들었다. 지난번, 읍내 사진관에 방문하여 출처를 확인했던 그 사진이었다. 그녀는 빛바랜 사진 속 환하게 웃는 여자의 얼굴을 유심히 들여다보았다.

"당신이 쓴 겁니까?"

깜짝 놀라 그를 돌아보았다. 무슨 소리냐며 작게 물었지만, 윤이서는 대답하지 않고 마담의 반응만 기다렸다. 김 마담은 천천히 사진을 뒤집어 적힌 글자를 소리 내어 읽었다. 사랑하는 동생, 수지……. 낮게 잠긴 목소리가 힘없이 사그라졌다.

"이게 왜 언니한테……."

"나도 매화 다방서 살았으니까."

김 마담이 나직이 대답했다. 윤이서가 무감한 얼굴로 노트를 가볍게 넘기며 읽기 시작했다. 곁에서 바쁘게 눈을 굴러가며 일기의 내용을 함께 읽었다. 그곳에는 윤이서의 모친, 정수지가 매화 다방 막내로 지내던 시절이 고스란히 담겨 있었다.

곳곳에는 김명옥이 그녀를 친동생처럼 아껴 준다는 내용이 적혀 있었다. 서곡의 사계절이 얼마나 아름다운지, 다방의 생활이 얼마나 즐거운지. 레지가 되기 전까지 밝고 활기차게 지낸 정수지의 청춘이 문장 하나하나에 오롯이 묻어났다.

레지가 되면서부터 일기는 점점 짧아지고, 빈칸으로 넘기는 날짜가 많아졌다. 그러나 매번 마지막 문장을 내일을 기대한다는 내용으로 끝이 났다. 윤이서는 마지막 장을 넘기지 못하고 일찍 노트를 덮어 버렸다.

"서로 나이가 같으니, 정도 그만큼 빨리 통했을까."

김 마담은 노트를 내려다보며 손에 든 사진을 만지작거렸다.

"윤 사장이 그 애를 데리고 멋대로 도망치는 바람에 소식이 끊겼어. 강씨가 당장 데려와서 죽이겠다고 으름장을 놓는 바람에, 그 애 빚까지 내가 떠안았다."

처음 듣는 이야기였다. 김 마담은 차마 내 얼굴을 똑바로 보지 못하고 두런두런 자신의 이야기를 들려주었다. 매화 다방에서 지냈다는 것도 최근에 알게 된 사실이었으니, 들을수록 놀라움은 커질 수밖에 없었다.

"공장으로 달려가서 윤 사장의 거주지나 알려 달라고 아무리 부탁해도 답이 없었지."

정수지는 그러니까, 김 마담에게 나나 미연 언니 같은 존재였다고 했다. 어쩌면 우리보다 더 소중하고 가까운 존재였을지도 모른다고. 나처럼 부모의 빚에 팔리듯 버려져 다방에서 자라난 아이였다고.

그렇게 커서 자연스레 다방 레지가 되었다는 말에 가슴이 철렁했다. 나도 김 마담의 도움으로 다방을 물려받지 못했다면, 그리고 운 좋게 청재사가 방송에 나와 서곡이 유명해지지 않았다면…… 지금쯤 티켓이나 끊어 먹고 사는 처지일 수도 있었다. 그게 아니고서야 빚을 갚을 만한 방법이 없었을 테니까.

"다시 돌아왔을 때 부인은 없고 아들만 달랑 데려왔으니, 어이가 없었다. 수지가 죽었다는 말을 들었을 때는 화도 났고. 뻔뻔한 얼굴로 철없는 계집애를 또 꾀어 데려갈까 봐 얼마나 마음을 졸였는지……."

김 마담은 낮게 혀를 차며 가슴팍을 툭툭 두드렸다. 답답하다는 그녀의 몸짓에 미연 언니의 얼굴이 떠올랐다.

미연 언니는 이 얘기를 알고 있었을까? 설령 알았다고 한들, 윤 사장에게 단단히 넘어간 이상 제대로 된 판단을 내리기 어려웠을 테였다. 사랑에 빠진다는 건 그런 거니까. 윤 사장도 미연 언니의 약한 마음을 파악하고서 집요하게 굴었을 테고.

윤 사장의 아들과 가깝게 지내지 말라며 충고했던 김 마담의 마음도 이해가 갔다. 이따금 윤 사장을 경멸하듯 주시했던 마담의 마음이 어땠을까. 그의 아들인 윤이서에게서 그리운 동생의 모습을 떠올렸을 때는 또 어땠을까. 생각할수록 복잡한 심경이 되었다.

"피는 못 속인다고, 아들까지 아비랑 똑같은 짓을 한다고 생각하니 도통 곱게 보일 수 있어야지……. 그래서 너희 부자가 서곡을 떠났을 때, 차라리 다행이라고 생각했다."

신중하게 한마디씩 이어 가는 김 마담의 목소리에서 약간의 긴장이 느껴졌다. 윤이서에게 연락을 받고서 사실대로 이야기를 들려주자고 결심하기까지 그녀도 얼마나 깊이 고민했을까. 뛰쳐나가는 내 뒷모습을 보면서 홀로 얼마나 자책했을까.

"이대로 만나지 않는 게, 너희 둘한테 좋은 일이겠거니 싶었고."

그래서 그녀의 이야기를 어떠한 편견도 없이 진심으로 받아들일 수 있었다. 내가 아는 그녀라면, 절대로 가볍게 이 이야기를 꺼내지 않았을 테니까. 드디어 눈이 마주친 김 마담이 손을 뻗었다.

"편지를 숨긴 건…… 미안하구나. 나도 늙어서 언제 죽을지 모르겠다고 생각하니, 그전에 확실하게 정리하고 싶었다."

주름 가득한 손이 내 손등을 살며시 토닥였다. 매사 무뚝뚝하던 그녀답지 않은 손길에 코끝이 시렸다. 갑자기 왜 이러냐고 퉁명스레 답하고 싶었는데, 미안해서 어쩔 줄 몰라 하는 그녀의 눈빛을 보니 타박조차 나오지 않았다.

"미안하다."

김 마담은 고개를 깊이 수그리면서 사과를 건넸다. 꼬장꼬장하던 그녀에게서 먼저 사과를 받아 보는 날이 올 줄이야. 침울한 마음으로 쳐다보는 가운데, 대뜸 윤이서가 그녀의 손을 덥석 붙잡았다. 화들짝 놀란 김 마담의 표정에 그가 입을 열었다.

"이제라도 알려 주셔서 감사합니다."

윤이서는 마담의 손을 꽉 잡은 채, 힘주어 내리눌렀다. 두 사람의 손에 깔린 손바닥에 따뜻한 온기가 번졌다. 윤이서는 김 마담을 안심시키듯, 또 나를 안심시키듯 중얼거렸다.

"나는 아버지랑 다릅니다. 가벼운 마음으로 서곡에 돌아온 것도 아니고요."

"그때 윤 사장도 너랑 똑같이 말했다. 가벼운 마음으로 수지를 데리고 떠났던 게 아니었다고. 일이 잘못된 것뿐이었다고……."

김 마담의 씁쓸한 답변에도 윤이서는 물러서지 않았다. 제 진솔한 결심을 알아 달라는 것처럼 그녀의 손을 꼭 붙잡고서 쳐다볼 뿐이었다. 그의 속내를 관찰하듯 마주 보던 김 마담의 입가에 자그마한 미소가 떠올랐다.

"그래도 한 가지는 안심이지. 그 애와 달리, 다희에게는 돌아올 장소가 생겼으니까."

후회가 번진 목소리였다. 김 마담은 아직도 옛날 일을 잊지 못했을까. 미연 언니가 떠난 게 그녀에게 더욱 아픈 기억으로 남았을지도 몰랐다. 나만큼이나 그녀에게도……

"매화 다방이 조금 더 좋은 장소였다면, 내가 더 좋은 사람이었다면…… 수지도 어쩌면 돌아왔을 텐데. 그러지 못했다는 게 아쉽구나."

"아닙니다. 어머니는 어차피 몸이 약해서 돌아오긴 힘들었어요. 그래도 늘 서곡이 그립다고 말씀하셨습니다."

탁한 마담의 눈빛에 서서히 총기가 들어섰다. 벌게지는 눈시울이 부끄러운지, 그녀가 고개를 떨구고 손을 뺴냈다. 무릎에 떨어진 사진을 조심스레 쓰다듬는 손길에서 진득한 그리움이 느껴졌다. 정수지는 김 마담에게 어떤 존재였을까.

"두고 온 사람이 있어서 너무 그립다고."

그게 당신이었을 거라고, 윤이서의 눈이 그렇게 말하는 듯했다. 김 마담의 눈빛이 애틋하게 흔들렸다. 그녀의 눈에서 눈물방울이 떨어지기 전에 다급히 속삭였다.

"나도 언니 마음, 이해해요."

김 마담이 휙 고개를 올렸다. 흔들리는 그녀의 눈을 보면서 다정하게 웃었다. 윤이서의 편지를 숨겨서 속상했지만, 배신감도 느꼈지만 그녀가 윤이서를 쉽게 믿지 못했을 이유도 이해가 갔다. 같은 일을 두 번 겪고 싶지 않았던 두려움 때문이리라.

"미연 언니도 이 얘기를 미리 들었다면 좋았을 텐데…… 그렇죠."

또한 이 얘기를 듣지 못하고 떠나 버린 미연 언니를 생각하자 안타까웠다. 평온하게 내뱉으려고 했으나 뒷말이 작게 떨렸다. 흐려지는 시야 너머로 김 마담이 고개를 끄덕이는 게 보였다. 나를 향해 넓게 벌려진 두 팔을 보았다.

"그래."

김 마담이 어린아이 다루듯 나를 끌어안고서 등을 토닥였다. 떨리는 손이 다가와 볼을 마구 문질렀다. 민망하게도 그 순간 둑 터지듯 맺혔던 눈물이 주룩주룩 흘러내렸다. 이게 이렇게 슬픈 일인가 싶으면서도 서럽게 울었다.

김 마담의 품에 안겨서 울어 본 건 처음이었다. 그녀는 내가 울고 있으면, 곁에 와서 조용히 앉아 있다가 자리를 떠 주는 게 다였다. 늘 그랬던 김 마담의 서투른 위로가 더 마음을 울렸다. 나도 손을 뻗어 그녀의 눈가를 닦아 주었다.

평생 메마른 줄로만 알았던 김 마담의 눈가도 눈물로 축축했다. 그랬기에 그녀를 용서했다.

윤이서가 서곡에 온 지 딱 한 달이 지난 아침이었다.

본격적인 가을을 맞이한 뒷마당도 변화가 생겼다. 무럭무럭 자라던 팜파스그라스에 드디어 꽃대가 올라온 것이다. 며칠만 더 기다리면, 실뭉치처럼 보들보들한 꽃이 피어나겠지. 언니들은 모두 기대에 차서 어쩔 줄 몰라 했다.

내심 기대하는 건 윤이서도 마찬가지였다. 마당에 어째서 해바라기를 심었는지, 그 이유를 알게 된 후부터 그는 쭉 뒷마당을 유심히 살피곤 했다. 과연 엽서의 풍경이 얼마나 비슷하게 재현될지 궁금한 눈치였다.

김 마담은 가끔 다방에 찾아와 엽차를 마시며 그를 마주했다. 지난번 대화 이후로 윤이서에게 미안함을 느꼈는지, 낡은 앨범을 들고 오기도 했다. 윤이서는 빛바랜 사진 속에서 드문드문 모친의 얼굴을 발견하고서 씁쓸히 미소 지었다.

"다른 건 몰라도, 네 눈이 정말 그 애를 똑 닮았어."

앨범을 끝까지 구경한 날. 김 마담은 그의 모친이 찍힌 사진만을 손수 꺼내서 건네주었다. 꽤 많은 양의 사진을 받아든 윤이서가 떨리는 목소리로 감사를 표했다. 아마도 그의 모친을 닮았을, 맑고 투명한 담갈색 눈동자를 반짝이면서.

김 마담이 다방을 드나들고 윤이서가 나와 함께 서곡 이곳저곳을 구경하는 동안. 윤이서에 관한 소문도 서곡 전체에 널리 퍼졌다. 다만 다소 왜곡된 부분이 있었는데, 내가 서울에서 기둥서방으로 그를 여기까지 물어 왔다는 내용이었다.

"둘이 결혼 날짜까지 받아 뒀다고 그러길래 득달같이 아니라고 했지."

아침 일찍 슈퍼에 나갔다가 돌아온 미정 언니가 투덜거렸다. 슈퍼에 모인 사람들이 이른 아침부터 시끄럽게 수다를 떤 모양이었다. 언니가 들고 온 장바구니를 열면서 대충 맞장구를 쳤다.

"잘했어, 언니."

"그놈이 너 서울로 언제 데려가는 건 맞는지도 궁금하단다. 대체 어디서 이딴 소문이 도는 거야?"

미정 언니가 구체적인 소문의 내용을 알려 주면서 슬쩍 떠보듯 물었다. 정말로 헛소문이 맞는지 확인하려는 눈빛이었다. 딱히 대답할 말이 없어서 잠깐 머리를 굴렸다.

윤이서가 내게 고백한 걸 알려 줬을 때, 언니들은 놀라워하면서도 불안한 표정을 지었다. 동시에 그가 나를 서울로 데려갈까 봐 걱정이었는지 벌써 서운한 눈치였다. 그래서인지 부쩍 저렇게 떠보는 물음을 던지는 횟수가 잦아졌다.

덕분에 나 역시 잊었던 문제를 깨달은 셈이었다. 윤이서가 공장장으로서 정리를 끝마치면 다시 서울로 돌아갈 수도 있다는 걸. 그렇게 된다면 예전처럼 나 혼자 서곡에 남게 될 수도 있다는 문제를 말이다.

서곡에 남아 달라고 부탁하고 싶지만, 그래도 되는지 의문이었다. 차라리 윤이서가 서울로 떠나고 어떻게 연락을 주고받아야 할지 고민하는 게 나을 듯했다. 복잡한 생각을 차분히 정리하면서 아무 말이나 중얼거렸다.

"시골 사람들이 다 똑같지. 뭐 하나 이야깃거리 생기면 삼삼오오 모여서 추측하는 게 재미라잖아."

"감나무 집 아저씨가 진짜냐고 캐묻길래 아니라고 대답하느라 혼났다, 아주."

"잘했어, 잘했어."

언니에게서 받은 우유와 달걀을 냉장고에 차곡차곡 정리하다가 풋웃음을 터트렸다. 언니는 뭐가 우습냐면서 등을 찰싹 때렸고, 그 옆에서 참기름을 병에 옮기던 지혜 언니가 따라 웃었다.

"그 집 아저씨는 매일 우리 연애사에 참견이셔. 옛날엔 너한테도 그러더니."

지혜 언니의 말에 귀를 쫑긋 세웠다. 호기심 가득한 내 시선을 느꼈는지, 언니가 곤란한 표정으로 고개를 절레절레 흔들었다. 참기름 냄새에 코를 킁킁거리던 미정 언니가 미간을 찌푸리면서 되물었다.

"나한테? 옛날 언제?"

"얘 좀 봐. 기억 안 나는 척하기는! 너 세탁소집 아들이랑 만날 때 그랬잖아. 만날 맞고 다니지 말라면서 회초리도 깎아서 가져다주고……."

제대로 이야기보따리를 풀려는 모습에 미정 언니가 화들짝 놀라며 일어섰다. 벌떡 일어난 언니의 무릎에서 미처 정리하지 못한 감자가 데 굴데굴 바닥으로 굴러갔다. 느긋하게 손을 뻗어 감자를 붙잡고 먼지를 털어 냈다.

"이게, 무슨 얘기인가 했더니……. 너 조용히 안 해!"

"내가 거짓말했어? 왜 화를 내고 그래?"

"안 해도 될 이야기를 꺼내니까!"

미정 언니는 붉으락푸르락한 얼굴로 성을 냈다. 다 끝난 얘기를 왜 꺼내냐는 타박에 지혜 언니가 샐쭉 미소 지었다. 또다시 말다툼을 시작한 두 사람을 지켜보다가, 문 열 준비를 한다는 핑계로 슬그머니 빠져 나왔다. 아마도 20분은 더 저러고 있을 게 뻔했으니까.

뒷마당으로 나오자 흙을 담아 둔 항아리 위로 흩어진 꽁초가 보였다. 이따금 담배를 태우다가 몰래 버리는 사람들이 있었다. 금연 구역이라고 설명해도 들을 생각이 없는지, 쓰레기통도 아니고 멀쩡한 항아리에 이런 짓을 하는 거였다.

재빨리 꽁초를 치우고 빈자리에 표지판을 꽂았다. 얼마 전에 지혜 언니랑 간단하게 만든 표지판이었다. 조잡하게 생겼지만, 글자만 확인할 정도의 크기면 충분했다. 마루에서 굴러다니던 유성 매직을 챙겨와 큼직하게 흡연 금지라는 경고 문구를 써 놓았다.

"팜파스그라스 다 태우면 누가 책임지려고 이러나 몰라……."

투덜거리며 표지판을 세게 박아 넣었다. 그렇지 않아도 건조한 가을 날씨에 잘못해서 꽁초 불이라도 옮겨붙으면 큰일이었다. 향기 다방에는 뒷산도 있으니, 불조심이 각별했다. 혹시 더 버려진 꽁초는 없나 이리저리 둘러보며 앞마당으로 향했다.

그러다가 문득 뒷집에서 들리던 피아노 연주가 끊겼음을 깨달았다. 언제부터 멈추었나 궁금할 틈도 없이, 익숙한 얼굴이 마당 입구를 넘는 게 보였다.

"아침부터 화려한 옷을 입었네."

오늘은 남색 정장을 빼입은 윤이서가 빙글 웃으며 눈을 맞추었다. 화려한 옷이라는 건, 내가 입은 앞치마를 일컫는 말이었다. 지난번 윤이서와 시장에 나갔다가 잔돈이 필요해서 구매한 앞치마였다. 흰색 바탕에 연분홍색 꽃무늬가 가득해서 언뜻 보기엔 식탁보 같았다.

"응, 화려하지. 아주."

어깨를 으쓱하면서 뽐내는 시늉을 보였다. 윤이서가 바람 빠지는 소리를 내며 웃더니, 가까이 다가와 손을 뻗었다. 볼에 뭐가 묻었는지 검지로 닦아 주는 손길이 퍽 다정했다.

"저 멀리서 봐도 다방 주인 같아."

"다방 주인이니까."

싱거운 대화를 주고받는데도 자꾸만 웃음이 나왔다. 괜히 이런 꼴을 보였다간 언니들한테 또 며칠 놀림감이 될지도 모른다는 생각에 퍼뜩 정신을 차렸다.

윤이서는 금세 뚱한 표정이 되어 눈을 가늘게 떴다. 볼멘소리나 하려는 입술이 우물거리기에 주변을 살피다가 잽싸게 까치발을 세웠다. 짧게 닿았다가 떨어지는 입맞춤에 윤이서의 눈을 멍하니 끔뻑거렸다.

"아직 손님 안 와서 해 주는 거야. 손님 있었으면 국물도 없었어."

"야박하네."

말은 그렇게 해도, 이미 입가엔 함박웃음이 가득했다. 고작 애들이나 할 법한 뽀뽀 한 번이 뭐라고. 윤이서는 환하게 미소 지으며 재차 고개를 내밀었다. 슬그머니 뺨을 들이미는 목적이 아주 투명하고 뚜렷했다.

"안 돼."

"안 되는 게 어디 있어. 시골 인심 참 야박하네."

이까짓 뽀뽀 때문에 야박하다는 말을 두 번이나 듣다니.

"아주 네 집처럼 드나드네, 이제."

윤이서는 정해진 일정처럼 아침마다 향기 다방에 얼굴도장을 찍었다. 빈손으로 오는 법이 없어서, 덕분에 언니들의 간식거리만 늘고 있었다. 오늘도 그의 오른손에는 귀여운 빵 그림이 그려진 상자가 들려 있었다.

"이렇게라도 해야 네가 얼굴을 보여 주니까."

윤이서가 뻔히 알면서 왜 물어보냐는 듯 눈을 흘겼다. 뒷산이 붉게 물들어 가며 서곡의 관광객이 늘어나는 바람에, 향기 다방은 근래 제일 바쁜 시간을 맞이했다. 지금처럼 그가 일부러 아침에 찾아오지 않으면 대화를 나누는 일조차 어려운 만큼.

홀의 문부터 열고자 돌아서는데, 윤이서가 냉큼 내 손을 잡아당겼다. 손등에 입술을 대고서 미소를 머금은 그의 눈빛이 은밀하게 반짝였다. 뭘 원하는지 너무나 명백한 눈빛이었다. 가슴이 간질간질해져서 입술을 악물었다.

"오늘도 커피 한 잔."

커피만 얌전히 마시고 돌아갈 태도가 아니었다. 손을 빼내려고 하자 이번에는 어깨에 걸쳐 버렸다. 끌어안으려는 힘에 저항하면서 그의 옆구리를 꼬집었다. 그는 미동도 하지 않고서 능숙하게 문을 열었다.

딸랑, 종소리와 함께 문이 열리자 어둠에 잠긴 홀이 나타났다. 이리저리 몸을 비틀어 그의 품에서 겨우 빠져나왔다. 스위치를 누르자 천장의 조명에 팍 불빛이 들어왔다. 윤이서가 가까운 테이블에 상자를 올려두며 의자를 빼내 앉았다.

"빈속에 자꾸 커피만 먹으면 나중에 후회한다. 빵이랑 같이 먹어 봐."

포트에 주전자를 올려서 물을 끓이고, 테이블로 돌아와 상자를 열어 보았다. 고급 호두과자와 땅콩 빵이 한가득 들어 있었다. 이걸 누구 다 먹으라고 산 거야? 어이가 없어서 쳐다보는데, 윤이서가 싱글싱글 웃

435

으면서 내 손을 당겼다.

"지금 나 걱정해 주는 거야?"

"알면 얌전히 말 들어."

손가락 하나하나에 입 맞추는 행동이 아주 집요하고 끈질겼다. 제 것인 것처럼 주물럭대는 손길이 썩 나쁘지는 않다고 생각하는 걸 보면, 나도 꽤 중증인가 싶었다. 하긴, 10년 만에 첫사랑이 이루어졌는데 중증이 아닐 리가. 그의 입술을 꾹 밀어 내면서 주방으로 다가갔다.

커피 한 잔을 빠르게 만들고, 예쁜 쟁반을 가져와 호두과자 몇 알을 담았다. 윤이서가 얼른 맞은편에 앉으라면서 손짓했다. 벽시계를 확인하니 손님을 받기 전까지 30분 정도 남아 있었다.

의자에 앉자마자 윤이서가 호두과자 껍질을 벗겨 입에 넣어 주었다. 쏙 받아먹고 우물우물 씹었다. 포슬포슬한 빵에 달콤한 팥앙금이 부드럽게 어우러졌다. 적당한 포만감이었고, 너무 달다 싶을 때 쌉싸름한 커피를 곁들이니 딱 좋았다.

"오늘 커피도 맛있네."

"당연하지. 누가 탔는데."

"하긴, 어릴 때 타 준 커피도 맛있었어."

우리는 이제 자연스럽게 옛날 이야기를 주고받았다. 그 변화가 가장 마음에 들었다. 서로의 마음에 불편한 부분 없이, 자연스레 추억을 회상할 수 있게 되었다는 점이.

"참, 공장 부지에 팜파스그라스를 심기로 했는데…… 그 수가 꽤 많아. 이미 봉오리가 맺힌 걸 들여왔으니 금방 피어날 거야."

커피를 반 정도 비웠을 때, 윤이서가 뜻밖의 이야기를 들려주었다. 생각해 보니 우리에게 팜파스그라스 모종을 가져다준 문 사장에게서 비슷한 얘기를 들은 적이 있었다. 고개를 갸웃거리다가 커피 잔을 탁하고 내려놓았다.

"공원 주변에 심겠다는 거야?"

"맞아."

시민 공원이 들어올 부지 역시 윤이서의 땅이었다. 원래 예정대로 공원을 건설하되, 조경에 윤이서의 입김이 들어가는 모양이었다. 그는 열띤 목소리로 앞으로의 계획을 상세하게 읊어 주었다. 근처 아파트 가격이 오르면 곧장 처분하여 서울로 올라갈 계획이라고.

"공원이 유명해져서 아예 유명세를 좀 타면 좋겠지. 주요 관광 지역이 되면 발전할 여지도 더 늘어날 테니까. 자연히 땅값에 영향이 가고."

"서곡이 지금보다 더 유명해지면, 다방도 엄청 바빠지겠지……."

기분 좋은 한숨을 내쉬면서 빨대를 입술 끝으로 물었다. 잘근잘근 씹는 내 모습을 빤히 바라보던 윤이서가 손등에 턱을 괴며 눈웃음쳤다. 말끔하게 정리한 머리카락과 넥타이를 맨 모습 때문인지, 오늘따라 성숙한 분위기를 풍겼다. 짙은 향수 향기마저도 그에 어울렸다.

"바빠져도 괜찮잖아. 우리는 어차피 서곡에 없을 텐데."

보면 볼수록 근사한 얼굴을 감상하느라 하마터면 그대로 넘길 뻔한 말이었다. 뒤늦게 그의 말을 곱씹으면서 굳어졌다. 멍청한 표정을 짓고 있을 내 얼굴에 그가 갸우뚱 고개를 기울였다.

"왜 그런 표정이야? 애초에 서울로 데려갈 생각하고서 내려왔던 건데."

"나를?"

"서울 가고 싶어 했잖아."

그야 물론, 옛날에는 서곡이 지긋지긋할 정도로 싫었으니까. 하지만 지금은 서곡을 떠나려는 마음이 무척 작아진 상태였다. 결과적으로 서곡에 남은 덕분에 윤이서와 재회할 수 있었고. 쭈뼛거리다가 대답을 건넸다.

"그때는…… 고등학생 때였잖아."

"지금은 생각이 바뀌었어?"

머쓱할 법도 하건만, 윤이서는 표정 변화 없이 차분하게 물어보았다. 진심으로 내 생각이 궁금하다는 눈빛이었다. 그제야 처음으로 찬찬히 내 마음을 들여다보았지만, 역시나 답은 쉽게 나오지 않았다.

"아, 너 늦겠다. 일단 출근부터 해."

결국 일단 시간을 벌자고 결심하며 자리에서 일어났다. 쟁반을 치우려는 내 모습에 윤이서가 따라서 일어나더니, 대뜸 등 뒤로 다가와 껴안았다. 단단한 팔뚝이 어깨를 감싸 손쉽게 끌어당겼다. 순식간에 그의 품에 폭 안긴 상태로 얼어붙었다.

"권다희."

다정다감한 속삭임이 귓속을 파고들었다. 따뜻한 숨결이 목덜미를 간질이며 흐트러졌다. 그는 내 턱을 붙잡아 살며시 돌리더니, 빠르고 짧게 입술을 훔쳤다. 마주한 눈빛에 열기로 얼굴이 확 달아올랐다.

"저녁에 다방으로 올 테니까 그때 대답해 줘."

"……."

"도망칠 필요 없으니까, 천천히 생각해."

들뜬 윤이서의 모습이 순간 고등학생 같다는 생각이 들었다. 오래전, 내게 멋대로 고백을 건네고서 대답을 기다리던 고등학생의 모습. 그는 이번에도 내게 선택권을 넘겨주기를 자청했다.

"응, 꼭 할게."

두근거리는 마음으로 약속했다. 새끼손가락 거는 시늉을 보이자, 그가 흔쾌히 응하면서 해사하게 미소 지었다.

공교롭게도 오후의 다방은 무척이나 바빴다.

손님이 파도처럼 들이닥치는 바람에 홀을 부리나케 뛰어다니느라 정신이 없었다. 언니들은 제발 숨 좀 돌리고 싶다며 알게 모르게 애원했다. 특히 아침 일찍부터 장을 보고 온 미정 언니의 부탁이 처절하게까지 가슴에 와 닿았다.

결국 미정 언니를 쪽방에서 잠깐 재우고 허둥지둥 빈자리를 채웠다. 혼자서 두 사람 몫을 채우려니 기진맥진했다. 점심 즈음에 놀러 온 김 마담이 다방 꼴을 보고는 말없이 소매를 걷어붙였다. 됐다고 뜯어말려도 소용이 없었다. 그녀는 기어코 계산대 앞을 차지했다.

"먼 길서 온 사람들, 서운하게 돌려보내는 거 아니다."

무뚝뚝한 한마디와 함께 김 마담은 직접 계산을 시작했다. 오래도록 계산대 앞을 지켰던 그녀답게 손님 받는 일이 능숙하게 느껴졌다. 지혜 언니는 드디어 한숨 돌리겠다면서 방긋방긋 웃었다.

홀을 가득 채워서 들어오지 못한 손님들에게는 뒷마당을 내어 주었다. 사람들은 뒷마당 한가운데를 빼곡하게 메꾼 팜파스그라스를 구경하느라 바빴다. 카메라로 사진을 찍기도 하고, 줄기를 만지작거리며 관찰했다. 개구쟁이 아이들이 몰래 줄기를 꺾으려고 시도하다가 부모에게 걸려 야단을 듣기도 했다.

김 마담은 창문 밖으로 기다리는 손님의 얼굴을 하나하나 눈에 담았다. 긴 시간 끝에 물장사를 완전히 정리하고 새롭게 변한 다방의 모습이 그녀에게도 신기한 듯했다. 커피 담은 쟁반을 나르다가 그녀와 눈이 마주쳤다. 민망한지 슬쩍 피하는 그녀를 보며 작게 웃었다.

"아으, 잘 잤다."

반나절이 지나 뉘엿뉘엿 해가 질 무렵, 단잠에서 깨어난 미정 언니가 나타났다. 산발이 된 머리를 질끈 묶은 언니의 모습에 김 마담이 쯧 쯧 혀를 찼다. 잔소리를 시작하려는 그녀의 모습에 미정 언니가 후다닥 내 곁으로 달려왔다.

"점심에 바빴어?"

"조금. 언니, 나 외출해야 해서 저녁 장사 부탁할게. 괜찮지?"

"그래, 덕분에 잘 쉬었다. 앞치마 얼른 이리 줘."

잽싸게 앞치마를 건네주고서 화장실로 뛰어갔다. 부랴부랴 땀에 젖은 몸을 개운하게 씻어 내고, 열심히 머리카락을 말리며 단장했다. 화장품까지 바르고 나왔을 때는 노을빛이 뒷마당을 붉게 물들었다.

여유롭게 생각할 시간이 있었다면 좋으련만, 너무 바쁜 나머지 윤이서에 관한 일을 깜빡하고 있었다. 마루에 걸터앉아 아직 촉촉한 머리칼을 손으로 빗어 내리며 생각했다. 그에게 어떤 대답을 들려주면 좋을까.

"좋아해, 권다희. 꼭 나와. 약속이야."

이건 자그마치 10년 전에 받았던 고백이었다. 빗물에 흠뻑 젖어 그의 집에 찾아간 날, 그날의 대답을 뒤늦게나마 전했다. 그렇지만 이건 그의 고백에 대한 대답이었다. 서울로 올라가자는 제안의 대답이 아니라.

"선배, 나랑 도망갈래?"

내 마음을 아프게 헤집던 목소리, 애틋하게 바라보던 눈빛과 온몸을 부서트릴 것처럼 껴안던 힘. 윤이서는 그토록 간절하게 나를 원했다. 자그마치 10년이나 기약 없는 만남을 위해 인내할 정도로.

더는 그에게 기다림을 부탁할 수 없었다. 한숨과 함께 뒤돌아 쪽방을 바라보았다. 화장대 앞에 급히 꺼내 둔 편지 두 통이 올려져 있었다. 하나는 윤이서, 다른 하나는 미연 언니의 편지였다.

내게 소중한 보물이나 마찬가지인 편지를 내려 두고서 한참을 고민했다. 과연 둘 중 하나를 선택하는 게 옳은 일일까. 내가 과연 서곡으로 떠나 서울로 간다고 한들, 지금보다 더 행복하게 지낼 수 있을까. 윤이서도 그럴 수 있을까.

거듭 이어지는 고민 속에서 하늘을 보았다. 서곡의 하늘은 여느 때처럼 맑고 청량했다. 윤이서는 서곡의 여름과 가을을 보았다. 겨울의 풍경이 또 얼마나 아름다운지, 아직 모르고 있겠지. 그걸 생각하니 좀 아쉬웠다.

"저녁에 다방으로 올 테니까 그때 대답해 줘. 도망칠 필요 없으니까, 천천히 생각해."

다가오는 선택의 시간을 기다리며 눈을 감았다. 시야에 어둠만이 들어서자 생각은 조금 더 명료해졌다. 그러다 다급한 발소리에 눈을 떴다. 아무도 없던 뒷마당 구석에 누군가 서 있었다.

"저…… 다희 씨."

거친 숨을 몰아쉬는 남자가 마당에 서서 내 이름을 불렀다. 보건소의 박 선생님이었다. 퇴근하자마자 정신없이 달려오신 건지, 셔츠 단추가 하나씩 어긋난 게 보였다.

"선생님?"

너무 놀라서 허둥지둥 고무신을 신고서 내려왔다. 선생님은 이마의 땀을 닦아 내면서 터벅터벅 다가왔다. 상기된 그의 낯빛이 배경의 노을 때문인지 더욱 붉게 보였다.

"갑자기 어쩐 일이세요?"

가까운 거리까지 다가온 선생님이 머뭇거리다가 입을 열었다.

"다희 씨가…… 곧 서울로 떠난다는 얘기를 들었어요. 정말인가요?"

선생님의 까만 눈동자가 세차게 흔들렸다. 아무래도 환자 중에서 내 얘기를 흘린 사람이 있던 모양이었다. 서곡에 남녀 문제로 소문이 돈건 한두 번이 아니었는데, 이렇게 달려와서 확인까지 하실 일인가. 당혹스럽기는 했지만 일단 고개를 저었다.

"아뇨, 저 서울 가기로 한 적 없어요."

"그, 그래요?"

선생님의 얼굴에 짧게 화색이 돌았다. 그렇지만 아주 잠깐이었다. 그는 이내 심각한 얼굴이 되어 머리를 벅벅 긁더니, 특유의 어리숙한 표정으로 멋쩍게 미소 지었다.

"한 가지 더 물어봐도 괜찮을까요?"

"네, 말씀하세요."

"영화 보자는 거 거절하셔서 대충 예감은 했는데, 그래도 직접 얼굴 보고 듣는 편이 좋을 것 같아서요."

선생님은 신중하게 할 말을 고르듯 잠시 뜸을 들였다. 그러쥔 주먹에 돋은 핏줄만 봐도 그가 얼마나 긴장했는지 느껴졌다. 재촉하지 않고 충분히 그의 말을 기다려 주었다. 몇 번 입술을 달싹이던 선생님이 마침내 무거운 질문을 꺼냈다.

"그때 그 친구분, 좋아하시나요?"

아, 그제야 선생님이 왜 이런 질문을 건네는지 감이 잡혔다. 어째서 지금까지 눈치채지 못했나 싶어 죄스러울 지경이었다. 그간 윤이서에 관한 일로 머릿속이 가득 차서, 풋풋하던 애정의 시선을 알아차리지 못했다.

선생님이 이전에 윤이서가 정말 친구인지 물어본 건, 지금 이 질문을 꺼내기 위한 준비였을지도 몰랐다. 우리가 어떤 관계인지 확인해야지만 선생님도 마음의 준비를 할 수 있었을 테니까. 이전에는 불확실할 대답을 건넸지만, 지금은 아니었다.

"네, 좋아해요."

선생님의 눈을 곧게 올려다보면서 또박또박 대답했다. 그의 눈빛 속에서 일렁이던 약간의 기대가 산산이 깨어졌다. 고요하게 가라앉은 분위기에 그는 잠시 침묵했고, 이내 쓸쓸하게 미소 지었다.

"이럴 줄 알았으면 진작 솔직하게 말할 걸 그랬네요. 혜원 씨가 그렇게 도와줬는데……."

"혜원 언니요?"

"다희 씨한테 하루빨리 고백하라고 그랬거든요. 좋아하는 게 너무 티가 난다고."

보건소에 방문할 때마다 괜히 선생님을 타박하던 혜원 언니가 떠올랐다. 그랬구나, 언니는 알게 모르게 선생님을 도와줬던 거구나. 그래서 지난번 윤이서와 방문했을 때 누구냐고 집요하게 물어본 거였고. 언니의 얼굴을 떠올리다가 살짝 웃음이 나왔다.

"나도 모르게 다희 씨가 먼저 내 마음을 알아주길 바랐었나 봐요. 지금이라도 말해서 다행이에요."

아무 말도 건넬 수 없었다. 내가 지금 어떤 말을 꺼낸다 한들, 성에 차지 않는 위로라는 걸 예감했다. 에둘러 거절하는 건 오히려 상처를 주는 일일 수도 있었다. 가만히 침묵하는 내 모습에 선생님이 이해한다며 웃었다.

선생님이 빙글 몸을 돌려 입구 쪽으로 걸어갔다. 부리나케 그의 곁을 따라 걸었다. 정말 이 말만 건네려고 급하게 달려오신 건지, 커피 한 잔도 안 마시고서 돌아가려는 게 느껴졌다. 마중이라도 해 드리고자 걸음을 옮겼다.

"선생님은 좋은 분이세요. 제가 아니더라도 꼭 좋은 사람 만나실 거예요."

입구에 도착해서 조심스레 건넨 말에 그의 입술이 둥근 호선을 그렸다. 이쪽은 눈도 제대로 마주치기 힘들 만큼 미안한데, 선생님은 생각보다 덤덤해 보였다. 어쩌면 다방까지 달려오는 동안 홀로 마음의 준비를 했던 건 아니었을까.

"다희 씨는 정말…… 마지막까지 착하네요. 제가 처음 서곡 도착했던 날도 딱 지금처럼 웃었는데."

"네?"

"기억 못 하시려나."

선생님이 간단하게 설명을 들려주었다. 처음 서곡에 도착했던 날, 동네 길을 잘 몰라서 지나가던 찰나에 나를 마주쳤다고. 그때도 자전거를 타고서 커피 배달을 하던 참이었다고 했다. 친절하게 길을 알려 주고 웃는 모습에 호감이 생겼다고.

진지하게 기억을 뒤적여도 떠오르지 않았다. 아마도 그와 달리, 내게는 그 첫 만남이 뇌리에 깊이 박히지 않은 탓이겠지. 서곡의 어디를 돌아다녀도 늘 윤이서 생각만 했으니까. 새삼 그를 참 깊이도 그리워했구나 싶어져서 우스웠다.

"그만 들어가세요, 다희 씨."

"선생님도 조심해서 가세요."

다방 바깥 골목길에 나왔을 때, 선생님이 웃으면서 고개를 꾸벅였다. 나도 그를 따라서 고개를 꾸벅이다가 건너편에서 형형히 빛나는 눈을 발견하고 굳어졌다. 쾅, 문 닫히는 소리에 놀란 선생님도 뒤를 돌아보았다.

차에서 내린 윤이서가 이쪽으로 걸어왔다. 선생님을 발견하고 공손한 척 고개를 숙였지만, 눈빛만큼은 불만이 가득했다. 선생님도 예의 바르게 인사를 건네더니 옆으로 비켜섰다. 서둘러 자리를 피해 주려는

444

눈치였다.

"저 사람 또 왜 왔어? 너 보러 온 거래?"

득달같이 곁으로 다가온 윤이서가 작게 투덜거렸다. 선생님의 뒷모습이 완전히 사라졌을 때, 팔꿈치로 그의 옆구리를 쿡 찔렀다.

"저 사람이 아니라, 박 선생님."

"그게 그거지."

하필 딱 마주칠 게 뭐람. 불만이 그득그득 올라와 일그러진 그의 미간을 유심히 살폈다. 괜히 쓸데없는 오해를 하기 전에 막아야겠다 싶어서, 그의 팔에 손을 올리고 끌어당겼다. 윤이서는 내가 먼저 붙잡은 게 좋았는지 투덜거림을 멈추고 입술을 삐죽 내밀었다.

하늘은 어느새 오묘한 색으로 물들었다. 새파란 물감 가운데 빨간색을 칠한 것처럼, 해가 사라진 자리를 연보랏빛 구름이 메꾸었다. 아름다운 풍경을 빤히 올려다보다가 충동적으로 윤이서의 팔을 당겼다.

"나가자."

"어디를?"

"만리항."

뜬금없는 제안에 윤이서가 더 깊이 고개를 들이밀었다. 이야기하기 전에 저부터 달래 주라는 눈빛이었다. 담벼락 밑으로 그를 데려간 다음, 오래전에 그랬던 것처럼 골목에 숨어 그의 볼을 감쌌다. 살며시 닿은 입술 너머로 그가 빙그레 지은 미소가 느껴졌다.

눈을 감고서 그의 열기를 느꼈다. 벌린 입술로 밀려 들어오는 숨결이 막을 수 없는 파도 같았다. 깊숙이 들어온 혀가 고른 치열을 부드럽게 훑으며 빠져나갔다. 간질간질하고 산뜻한 입맞춤에 기분 좋은 한숨이 새어 나왔다. 반달 같은 그의 눈매를 확인하며 말했다.

"나랑 바다 보러 가자, 이서야."

입맞춤으로 달래 준 덕분인지 그가 곧장 고개를 주억거렸다.

"바다 좋네."

만리항에 도착하자마자 윤이서가 내뱉은 감탄사였다. 저녁의 만리항은 아침 일찍 보는 것과 또 다른 즐거움을 주었다. 붉은 노을이 드넓은 수면에 그림처럼 일렁였다. 부드럽게 불어오는 바닷바람에서 익숙한 향기가 풍기고, 아랫입술을 가만히 핥자 소금기가 느껴졌다.

"자전거 타고 획획 지나갈 때는 제대로 못 봤잖아. 지금 보니까 어때?"

"시원하고 좋아. 어렸을 적엔 아무 생각 없었는데……."

윤이서가 후련한 표정으로 먼 곳을 보았다. 서곡에 도착한 지 고작 한 달 남짓. 그 짧은 기간 동안 그는 생각보다 많은 일을 겪었고, 또 숨겨진 진실을 알게 되었다. 서곡에 대한 그의 생각도 조금은 달라지지 않았을까.

윤이서와 나란히 손을 잡고 걸었다. 하늘 위로 겁 없는 갈매기가 끼룩끼룩 울면서 낮게 날았다. 정수리를 스칠 것처럼 가까이 날아오는 녀석도 있었다. 주변을 살피다가 한적한 곳에 멈춰 반짝이는 수면을 응시했다.

"엄마는 정말로 서곡을 좋아했나 봐."

고개 돌려 그의 표정을 살폈다. 윤이서는 느리게 눈을 깜빡이면서 하늘과 바다를 번갈아 구경했다. 왠지 모르게, 아주 오래전 그의 모친도 이 자리에서 바다를 구경했을지도 모른다는 생각이 들었다.

"밥 먹을 때도, 잠자기 직전에도 듣고 또 들었던 얘기들. 서곡으로 와서 보니 그대로였어."

"그랬구나."

윤이서에게 서곡은 어떤 장소였을까. 유년 시절에는 엄마의 고향, 고등학생 때는 나를 만난 장소. 나를 다시 만나기 위해 매일 생각했다는 장소. 그리고 지금은……

"약속을 먼저 깨서 미안했다는 말도 했었는데, 아마 김 마담에 관한 말이었겠지. 같이 살자고 약속했는데…… 남몰래 오밤중에 떠나 버렸으니."

윤이서는 모친의 죄책감이 안타깝다고 말했다. 멋대로 데려가 약속을 지키지 않은 건 윤석호 사장이었으니까. 부친 때문에 자신까지 피해를 얻었다며 투덜대는 얼굴이 살며시 구겨졌다. 하긴, 윤석호 사장의 잘못이 아니었다면 김 마담이 이서까지 경계하지는 않았으리라.

천천히 오른쪽으로 다가온 그가 손을 뻗었다. 습관처럼 내 머리카락을 손에 감고서, 그 위에 입 맞추는 행동이 사뭇 경건하게 다가왔다.

"그때 도망가자는 말을 해서 미안해."

마주한 시선에 괜스레 입이 바싹 말랐다. 윤이서가 눈웃음을 칠 때면, 하염없이 홀리는 기분이 들었다. 죄책감 어린 눈웃음에 역시나 심장이 쿵 떨어졌다.

"괜한 죄책감만 안겨 주는 짓이었는데. 그때는 그걸 몰랐어. 그게 마지막 방법이라고 착각했어."

윤이서가 사과할 필요는 없었다. 그 당시, 우리에게는 정말로 남은 선택지가 없었으니까. 그래서 더 쌀쌀맞게 그의 제안을 거절했었다. 어차피 도망가 봤자 금방 잡힐 거라는 걸 알아서, 미연 언니와 헤어지고 싶지 않아서…… 서곡을 떠나서 잘 살 자신이 없어서.

하지만 그는 꽤 오래도록 그날의 죄책감에 묶였던 모양이다. 가장 먼저 도착했던 편지를 살펴보면, 그의 마음이 잘 드러나는 말이 있었다. 버스 정류장에서 마지막의 마지막 순간까지 나를 기다렸고, 끝까지 믿었다는 문장이.

그 믿음을 배신한 건 나였는데도 그는 내가 빈자리에 느꼈을 절망에 대하여 미안해했다. 그러니까 더는 미룰 수 없었다. 지금까지 나만을 바라보고, 어떻게든 서곡으로 돌아온 윤이서를 위해서라도.

머리카락을 놓아 준 그가 서서히 고개를 기울였다. 다가오는 입술을 멍하니 응시하다가 한 걸음 물러났다. 멀어진 거리에 윤이서가 움찔하며 굳었다. 잔잔한 그의 연갈색 눈을 바라보면서 온종일 머릿속을 괴롭혔던 문제에 답을 내렸다.

"윤이서."

손을 내밀었다. 윤이서가 얌전히 그 손을 잡아 주었다. 따듯한 온기를 느끼자 긴장이 풀리고 용기가 솟았다. 내가 어떤 말을 해도 우리의 관계에 변화가 생기지 않으리라는 확신이 선 덕분이었다.

"나 서울 못 가."

담담한 선언 앞에서 그의 미간에 작은 주름이 잡혔다. 오른손을 뻗어 그 주름을 살살 펴 주었다. 윤이서가 내 손바닥에 쪽, 입술을 맞추며 애틋하게 내려다보았다. 설명을 요구하는 눈빛에 차근차근 음성을 흘렸다.

"같이 못 가겠지만, 대신 이 말을 꼭 하고 싶었어."

그의 손에 힘이 들어갔다. 헤어지자는 말을 예감했나 싶을 정도로 절박한 완력이었다. 걱정하지 말라는 뜻으로 다정하게 미소 지었다. 그는 나의 미소 앞에서 지나치게 무력했다. 언제 구겨졌냐는 듯 풀어지는 얼굴을 올려다보며 속삭였다.

"이서야, 나랑 같이 서곡에 남지 않을래?"

바닷바람이 세차게 불었다. 깔끔하게 정리한 윤이서의 머리카락 몇 가닥이 흘러내려 눈가를 가렸다. 정확한 표정을 볼 용기가 없어서 고개를 푹 떨구었다. 제발, 내 마음을 알아주기를. 속으로 간절히 되뇌면서 그의 손을 더 세게 붙잡았다. 그는 여전히 답이 없었다.

"같이 떠나자는 부탁…… 이번에도 못 들어줘서 미안해. 나 이제 서곡이 좋아. 향기 다방도, 언니들도 소중해. 당연히 너도 그만큼 소중해."

욕심도 많다며 타박해도 할 말이 없었지만, 어느 하나 잃고 싶지 않았다. 다방 언니들과 함께 보낸 어린 시절도, 내가 직접 일구고 지켜 낸 향기 다방도 모두 소중했다. 윤이서에게 향기 다방의 가을과 겨울, 그리고 봄까지 보여 주고 싶었다.

"좋아해……."

모든 서곡의 풍경을 그와 함께 보고 싶었다. 자그맣게 중얼거린 고백의 말에 머리 위로 숨을 삼키는 소리가 들렸다. 붙잡은 그의 손이 가만히 떨리는 게 느껴졌다. 나만큼이나 긴장했던 그의 떨림이 전해졌다. 나를 간절히 원하는 그의 마음이 내게도 닿았다.

"네가 좋아, 이서야. 내 곁에 있어 줘."

내 고백이 과연 그의 마음에 닿을 수 있을까. 오랜 시간이 지난 후에야 들려주는 대답을, 그는 어떻게 받아들일까. 조마조마한 마음으로 꼭 붙잡은 윤이서의 손을 내려다보았다.

"무슨 말을 하려나 했는데. 그 작은 머리로 꽤 오래 고민했네."

웃음 섞인 목소리에 놀라 고개를 들었다. 그는 천천히 손을 빼내더니 한 걸음 더 가까이 다가왔다. 순식간에 좁혀 든 거리에 심장이 쿵쿵 뛰었다. 내 얼굴을 고루 살피는 시선의 집요함에 입이 바싹 말라붙었다.

"처음부터 상관없었어."

"상관……없어?"

"네 곁에 있을 수만 있다면, 서울이든 서곡이든 아무 상관이 없다고."

듣고도 믿기 어려운 대답이었다. 그러나 한 치 거짓도 없이 순수하게 반짝이는 눈동자를 바라보니, 오래전 내게 고백했을 때와 똑같은 눈빛이었다. 아무것도 필요 없고 오직 나만 원한다는 듯한 소유욕이 그곳에 있었다.

"서곡에 남아도 좋아. 나도 네 곁에 있을게."

바보처럼 그의 얼굴을 멍하니 올려다보면서 눈을 끔뻑거렸다. 고개 숙인 윤이서의 입술이 눈가를 가볍게 스쳤다. 그제야 울컥 흔들린 감정이 죄 눈가로 몰려들었다. 붉어졌을 내 눈시울에 윤이서가 미소를 머금고 말을 덧붙였다.

"대신 조건이 있어."

"조건?"

그가 손을 끌어당겨 입술을 느릿하게 문질렀다. 지난번 토끼풀꽃으로 반지를 만들어 줬던 그 자리였다. 간질간질하게 살갗을 스치는 숨결에 등을 움츠렸다. 어둑어둑해지기 시작한 하늘 아래서 윤이서의 눈빛만이 밝게 일렁였다.

"앞으로 평생 내 옆에만 있어야 해."

어린아이들이나 할 법한 유치한 내용의 고백이었다. 하지만 그의 눈을 본 순간 단순히 농담처럼 건넨 말이 아니라는 걸 알았다. 그가 정확히 어떤 걸 원하는지도. 다가온 손바닥이 볼을 감싸는 동안에도 덜덜 떨리는 목소리로 되물었다.

"그게 무슨 뜻……."

"이렇게까지 말해도 모르겠어?"

주변이 한적해서 나직한 고백이 너무나 선명하게 귓가를 울렸다.

"나랑 같이 살자, 권다희."

윤이서가 얄궂은 미소를 머금고, 한없이 진지한 눈빛으로 소곤거렸다.

"기둥서방 같은 게 아니라, 네 진짜 서방 자리를 원한다고."

웃음이 지나간 자리에 따스한 입맞춤이 남았다. 떨어지는 입술을 바라보면서 눈가를 찡그렸다. 흐려진 시야가 제자리를 찾았다. 곧고 예쁜 손가락이 다가와 눈가를 닦아 주었다. 눈물을 걷어 내니 화사한 윤이서의 미소도 더욱 선명해졌다.

"아무 데도 안 가. 평생, 네 곁에 있을게."

바보 같은 윤이서가 폭탄 같은 말을 던지고 씩 웃었다. 얄미워서 가늘게 눈을 떴다가 양팔로 허리를 꽉 끌어안았다. 품으로 파고드는 내 모습에 그가 낮게 웃었다. 시큰거리는 눈가를 그의 가슴팍에 세게 문지르면서 숨을 골랐다. 심장이 터질 듯했다. 그의 것도 마찬가지였다.

"사랑해, 권다희."

다정히 울리는 그의 말에 조용히 웃었다. 나도, 작게 중얼거린 말에 윤이서의 입술이 다시금 내려왔다. 부드럽게 스친 코끝 아래로 입술이 포개졌다. 목이 메는 바람에 더 말하지 못했다.

첫사랑이 서곡으로 돌아와 이루어진 날이었다.

에필로그. 서곡의 첫눈

서곡에 돌아온 그해 겨울날, 이서는 오래도록 첫눈을 기다렸다.

어째서 그렇게 첫눈에 집착하냐고 물었을 때, 그는 군대에서 지냈던 이야기를 들려주었다. 밤잠을 못 이루고 보초를 서면서 자주 내 생각을 했다고. 특히 눈이 내리면 어디선가 함께 이 풍경을 보고 있을지도 모른다는 생각에 잠이 오지 않았다고.

더불어 또 한 가지 이유가 있었다. 가을 끝 무렵에 함께 시장에 갔다가 손톱에 들인 봉숭아 물 때문이었다. 시장 구석에서 조잡한 봉숭아 물들이기 장난감을 팔던 아저씨한테 붙잡힌 게 원인이었다.

"첫눈이 올 때까지 안 지워지면 사랑이 이루어진대. 신기하지 않아?"

어렸을 적에는 유치하다면서 넘겼을 이야기를, 그는 뒤늦게 구미가 당겼는지 그 자리에서 장난감을 샀다. 조그만 통에 백반과 소금을 섞어 함께 짓이긴 꽃잎이 가득 들어 있었다. 그날 이서뿐만 아니라 다방의 언니들도 죄 손톱에 물을 들였다. 김 마담도 예외는 아니었다.

"이 나이 먹고 무슨 사랑 타령이야! 낼모레 환갑이다, 환갑."

"아, 혹시 모르잖아요! 얼른 명옥 언니도 손 내밀어."

미정 언니가 김 마담을 붙잡고 버티는 동안, 나랑 지혜 언니가 매달려서 억지로 봉숭아 꽃잎을 바르고 비닐로 칭칭 감았다. 킥킥대며 웃는 우리의 모습에 김 마담도 마지막에는 어이없다는 얼굴로 너털웃음을 지었다.

다들 농담처럼 믿는 이야기를 이서만이 진지하게 받아들였다. 그는 혹여나 손톱에 든 물이 지워질까, 씻을 때조차 조심스러웠다. 다 큰 청년이 봉숭아 물을 들이고 돌아다니면 이상하게 보일 거라며 타박해도 소용이 없었다. 오늘도 마찬가지였다.

"첫눈이 올 때까지 남아 봤자 무슨 소용이 있어? 우리는 어차피 이루어졌는데."

우리가 사귀지 않는다면 모를까, 이서의 고백까지 받아들여서 결혼 약속까지 한 사이였다. 날짜를 박아 두고서 봄이 오기만 기다리는데, 갑자기 사랑이 이루어지니 마니 목을 매는 꼴이 좀 우스웠다.

타당한 비판이라고 생각했는데, 이서가 눈을 치켜뜨더니 고개를 가로저었다. 그거랑 그건 다르다면서 열변을 토해 내는 얼굴이 점점 발갛게 물들었다. 그마저도 유치하기보단 귀엽게 느껴질 정도라 스스로 한탄했다. 나는 정말 윤이서를 깊이도 사랑하는구나.

"너도 잘 보고 있어. 언제 지워질지 모른다고."

이서가 내 손을 가져다가 꼼꼼하게 살펴보며 중얼거렸다. 소쿠리에 담긴 귤껍질을 벗기다가 바라는 대로 손을 내주었다. 손톱 밑에 노랗게 물이 들었는지, 이서가 휴지로 살살 닦아 주었다.

쪽방 문턱에 앉아 그의 가슴에 기댄 채, 휑한 뒷마당을 구경했다. 까

놓은 귤 한 조각을 입에 넣어 주자 이서가 달갑게 받아먹었다. 그는 멀쩡한 양옥을 두고서 며칠째 이 조그마한 쪽방에 들어와 지내고 있었다.

추우니까 돌아가라는 핑계를 대고 싶었지만, 안타깝게도 쪽방의 구들장은 지나치게 뜨거웠다. 겨울인데도 얇은 이불을 덮어야 할 정도였다. 그 더운 공간에서 이서와 꼭 붙어서 잠든 덕분인지, 올해는 감기도 앓지 않았다. 환절기에 한 번은 겪고 지나가던 일이었는데.

"공장에서 아저씨들이 뭐라고 안 하셔?"

"아무도 신경 안 써. 곧 나갈 공장장한테 그렇게까지 궁금해하는 사람도 없고."

이서는 내년 봄에 섬유 공장을 깔끔하게 정리하기로 했다. 근처의 땅 덕분에 수익을 걱정할 필요도 없었고, 더군다나 양옥까지 그의 소유였으니 더 일할 필요가 없었다. 대신 다방의 소일거리나 돕고 싶다는 게 그의 의견이었다.

나도 바라던 바였다. 쪽방에서 혼자 지내면서 외롭다는 생각이 크지 않았는데, 이서와 함께 지낸 며칠간 확실히 자각했다. 더는 이 방에서 혼자 밤을 보내고 아침을 맞이할 자신이 없다는 걸.

그래서 이서의 양옥에 들어가 함께 살기로 다짐했다. 마침 뒷집이라 다방을 오가며 관리하기에도 편했다. 이서가 서곡에 남기로 한 이상, 그 집이 절대 포주에게 팔릴 가능성이 없다는 생각에 무척 기뻤다. 오래도록 동경했던 그 집에 결국 들어가 살게 되었다는 점도 좋았다.

"어때? 첫눈 올 때까지 버틸 거 같아?"

기대감 어린 목소리에 피식 웃음이 샜다. 그가 왜 웃냐면서 볼을 쭉 늘렸다. 아파, 성질내면서 고개를 돌리자 미안하다며 또 볼에 입을 맞추었다. 쪽쪽, 늘어난 입맞춤이 볼을 지나 자연스레 귓가를 지나쳤다.

서곡으로 돌아온 이후, 이서는 부쩍 나를 애 취급하는 일이 잦아졌다. 아마 어릴 적 '선배, 선배' 거리면서 따랐던 기억에 대한 본능적인 반감 탓일 터였다. 고작 한 살 차이라면서 절대 누나라고 부르지 않는 것도 같은 이유였다.

"우리가 엄청 늦게 물들였으니까 버티지 않을까."

"늦게 했다고?"

"보통 여름에 하지. 우리도 그 장난감 아니었으면 가을에 절대 못 했어."

"하긴, 봉숭아는 여름 꽃이지. 깜빡했다."

이서가 심드렁하게 대꾸하면서 허리를 꽉 끌어안았다. 습관처럼 머리카락에 얼굴을 묻고서 이리저리 비비적대는 모양새가 잘 길들여 놓은 강아지 같았다. 손목시계를 확인하면서 소쿠리를 옆으로 치웠다. 슬슬 점심시간이 끝날 때였다.

"비켜 봐. 얼른 들어가서 준비해야지."

"어차피 지혜 씨가 안에 있잖아."

"그래도 도와줘야지. 일거리는 찾으면 얼마든지 나오는데."

앞마당으로 가서 빗자루라도 쓸까. 이서를 뒤로한 채, 댓돌로 내려와 털신으로 갈아 신었다. 고무신 안쪽에 털이 빡빡하게 들어차 발목까지 따뜻했다. 휑한 화단을 지나서 다방의 옆구리로 빙 돌아 나가니 앞마당이 나타났다.

앞마당의 화단도 뒤쪽과 별반 다르지 않았지만, 은행나무가 굳건히 자리한 덕분에 심하게 스산하지 않았다. 가을 내내 열심히 은행 열매를 주워 댄 자리마다 껍질이 조금씩 흩어져 있었다. 참새 무리가 그 자리를 부지런하게 쪼아 댔다.

"응?"

그때 인기척에 고개를 돌렸다. 못 보던 사이, 앞마당으로 성큼 들어온 아이가 보였다. 멜빵바지를 입고 야구 모자를 푹 눌러쓴 남자아이였다.

아마 다섯 살쯤 되었을까. 희고 뽀얀 얼굴에 그보다 더 하얀 버짐이 눈꽃처럼 번져 눈길이 갔다.

아이는 마당의 풍경이 마음에 들었는지 한참 바라보다가 걸음을 내디뎠다. 돌부리 가득한 길을 비틀거리며 걸어오는 모습이 어딘가 위태로웠다. 제대로 된 돌길을 두고서 일부러 흙길만 밟는 걸 보면, 화단을 더 가까이 구경하고픈 모양이었다.

제대로 된 방향을 알려 주고자 손을 뻗었다. 내 손짓을 발견한 아이가 방긋 웃었는데, 그 바람에 눈앞의 돌부리를 발견하지 못했다. 예상대로 돌부리에 걸려 넘어진 아이가 털썩 주저앉았다.

엄마, 엄마…… 아이가 나직이 칭얼거렸다. 서둘러 다가가 아이부터 일으켜 세웠다. 무릎에 흙이 좀 묻었어도 다치지 않아 다행이었다. 바지에 묻은 흙먼지를 탈탈 털어 주면서 주변을 살폈지만, 다른 사람은 없었다.

"괜찮아?"

"아파, 아파."

"아가야, 엄마는?"

"몰라아."

아이가 또다시 칭얼거렸다. 금방이라도 울음을 터트릴 기세였다. 아이를 다루는 데 워낙 재주가 없는 편이라 덜컥 겁이 났다. 일단 아이를 품에 안고서 가벼이 흔들어 주었다. 아이는 울먹이다가 자연스레 내 목을 꼭 껴안았다. 낯가림이 없는 듯했다.

뒤늦게 달려 나온 이서가 아이를 발견하고서 고개를 갸웃거렸다. 멋쩍게 미소 지으며 그를 향해 돌아섰다. 아이를 내려 주려고 했지만, 안아 주는 게 마음에 들었는지 목을 감고 놓지 않았다. 버티는 아이의 모습에 이서가 눈을 흘깃거렸다.

"누구야, 그 애는?"

"손님분 아이 같은데…… 넘겨져서 일단 일으켜 줬어. 상처는 없나봐."

터벅터벅 다가온 이서가 아이의 얼굴을 유심히 살폈다. 아이가 슬그머니 고개 들어 이서와 눈을 맞추었다. 경계하는 아이의 눈빛에 이서가 보란 듯이 화사하게 미소 지었다. 보는 이로 하여금 단번에 무장 해제시키는 미소였다.

아이는 금방 경계심을 풀고 그를 따라 헤실거렸다. 이서는 아이의 호감을 사려고 작정했는지, 주머니를 뒤적이더니 아예 막대 사탕을 꺼내 들었다. 사탕 껍질을 까서 입에 물려 주자 아이는 좋아서 연신 웃었다.

"자, 이리 와."

이서가 자연스레 아이를 데려갔다. 아이는 더 높아진 눈높이가 마음에 들었는지, 그의 품에 편안히 안긴 채 웃음을 터트렸다. 넘어진 일 따위는 감쪽같이 잊어버린 얼굴이었다. 울음기가 완전히 가신 아이의 얼굴에 안도했다.

"나중에 애 잘 돌볼 것 같지 않아?"

"누가, 너?"

그럼 누가 있겠냐는 듯 이서가 휙휙 고개를 위아래로 흔들었다. 과연 그럴까 싶은 마음에 그의 옆구리를 쿡 찔렀다.

"글쎄, 애 울리지나 않으면 다행이지."

"내가 멀쩡한 애를 왜 울려?"

"네가 애보다 더 유치하니까."

그는 자신이 언제 유치했냐면서 졸졸 따라왔다. 창고에서 빗자루를 꺼내서 돌아올 때까지도 지치지 않고 캐물었다. 알았어, 알았다니까. 대충 대답하면서 그의 등을 떠밀었다. 사탕을 반쯤 먹어 치운 아이가 이제 졸음이 찾아왔는지 그의 품에서 꾸벅꾸벅 졸았다.

"홀에 들어가서 애 좀 재워 줘. 내가 애 엄마 좀 찾아볼게."

"기다려."

그는 돌아서려는 내 앞을 막아서더니, 한 손으로 손쉽게 아이를 지탱하며 홀로 달려갔다. 이윽고 그가 가져온 건 목도리였다. 지난번 둘이서 함께 대바늘과 실을 사다가 쪽방에서 만든 목도리. 이서가 정성스레 뜨개질해서 만들었던 목도리가 곧 목에 칭칭 감겼다.

"없으면 그냥 들어와. 추워."

이서가 빨개졌을 내 코를 살며시 꼬집었다.

"알았어."

"빨리 들어오고."

상냥하고 부드럽게 재촉한 이서가 볼에 쪽 입을 맞추었다. 잠에서 깬 아이가 그걸 보더니 따라서 이서의 뺨에 입술을 문질렀다. 낯가림이 없어도 너무 없는 것 아닌가. 우리는 아이를 바라보다가 귀여운 마음에 풋 웃음을 흘렸다.

애도 추울까 봐 서둘러 이서부터 들여보냈다. 빗자루로 은행나무 주변을 쓸다가 천천히 골목으로 다가갔다. 대체 누구의 아이일까. 골목을 자세히 살펴보는 게 좋겠다는 생각에 몇 걸음 정도 다가갔을까. 별안간 마당 입구에 긴 그림자가 졌다.

"다희야."

동시에 누군가 내 이름을 불렀다. 그리운 목소리였다. 아무리 오랜 시간이 지나도 잊을 수 없는, 이서만큼이나 그리웠고 보고팠던 사람의 목소리. 목소리에 홀린 것처럼 느리게 시선을 옮겼다. 그제야 희고 뽀얀 아이의 얼굴이 누구를 닮았는지 알 수 있었다.

"나…… 다녀왔어."

손님의 떨리는 목소리와 함께 하늘에서 눈송이가 떨어졌다. 하얗게 반짝이는 눈송이 사이로 다정다감한 미소가 아른거렸다. 수채화처럼 연하고 흐린 풍경에 그녀만이 선명하게 서 있었다. 쌀쌀하지만, 춥지 않은 겨울바람을 맞이하면서 나도 모르게 따라 웃었다.

"어서 와, 언니."

예고도 없이, 반가운 손님이 찾아온 입동(立冬)이었다.

외전. 입춘(立春)

다 치웠나.

부스러기 하나 남지 않은 접시를 깨끗이 닦은 후, 수건으로 손의 물기를 털었다. 설거지를 끝마친 싱크대에서 반짝반짝 빛이 났다. 방으로 돌아가기 전 마지막으로 부엌을 둘러보는데, 누군가 철제문을 밀치면서 들어왔다.

"다희 잔다."

문을 열고 들어온 중년의 여성이 어색하게 말을 걸었다. 다희에게 명옥 언니라고 불릴 때마다 눈웃음을 머금던 얼굴이, 나를 마주할 때면 조금 굳어졌다. 나름 고쳐 보려고 노력 중인 듯했지만, 지내 온 세월이 있는 터라 빨리 바뀌기 힘든 모양이었다.

"가서 이불이라도 덮어 줘야겠네요."

그 노력이나마 달게 받아들이며 주전자를 가리켰다. 그녀가 부엌을 찾을 때마다 뭘 하는지 알고 있었다.

"엽차, 끓여 드릴까요?"

김 마담은 잠시 당황하는 것처럼 보였지만, 천천히 고개를 끄덕였다.

약간의 망설임이 묻은 고갯짓이었다. 능숙하게 주전자에 물을 끓인 다음, 찬장에서 찻잎을 꺼냈다. 찻잔에 덜어 넣은 찻잎에 끓인 물을 따라 내자 금세 좋은 향기가 번졌다.

"잘하는구나."

찻물을 우려내는 동안, 힐끗대며 구경하던 김 마담이 말했다.

"어머니가 좋아하셨거든요."

"수지가?"

익숙하면서도 낯선 이름이었다. 주전자를 내려놓고서 둥둥 떠다니는 찻잎을 내려다보았다. 찻물에 비친 내 표정이 이상했다.

"어머니 본명, 알고 계시지 않습니까?"

"알지."

"그런데도 그 이름으로 부르시네요."

김 마담은 소리 없이 입꼬리만 올려 웃었다. 그녀가 내 앞에서 처음 보이는 미소였다. 옛 일을 떠올리며 휘어지는 그녀의 눈가에 주름이 자글자글 맺혔다.

"매일 수지라고 불러 달라면서 귀에 딱지가 앉도록 졸라 댔으니……. 이제는 그 이름이 더 익숙해."

어린 시절의 어머니는 어떤 모습이었을까. 상상도 잘 가지 않았다. 김 마담은 잘 우려낸 엽차에 코를 대고서 가만히 향기를 맡았다. 반응을 살피다가 다희와 내 몫의 찻잔도 꺼내서 차례차례 찻물을 우려냈다.

"어머니께서 왜 이름을 바꿨는지, 혹시 아십니까?"

사진관에서 다방 레지로 쓰던 이름이라고 들었지만, 또 다른 이유가 있을지도 몰랐다. 김 마담은 대꾸 없이 쟁반을 꺼내 찻잔과 귤 몇 알을 올려 두었다. 작고 샛노란 감귤에서 시큼한 향기가 풍겼다.

"아직 일기장을 안 봤구나."

어떻게 알았을까. 눈이 마주친 그녀가 무심히 말을 보탰다.

"일기에 적혀 있을지도 모르니, 한번 찾아보렴."

김 마담은 더 알려주지 않고 구석에 놓인 플라스틱 의자에 앉았다. 철제 난로와 가까워 따뜻하고 안락한 자리였다. 뒷정리는 자신이 할 테니 돌아가라는 말에, 고개를 꾸벅 숙이며 바깥으로 나섰다.

쟁반을 들고서 뒷마당을 가로질러 걸어가는 동안, 화단 근처에 배를 깔고 드러누웠던 개가 슬그머니 고개를 들었다. 며칠 전 다희가 보건소에서 얻어 온 백구였다. 고작 몇 개월 만에 무럭무럭 자란 강아지는 어느새 어미의 몸집을 넘어서 있었다.

쉿, 낑낑대는 강아지를 진정시키고 마루로 다가갔다. 댓돌 위에 신발을 벗는 사이, 별안간 문이 열렸다. 쪽방에서 막 나오던 여자가 내 얼굴을 마주하고는 깜짝 놀라 눈을 끔뻑거렸다.

"다희, 아직 자는데……."

얼른 문부터 닫으라고 속삭이자, 그녀가 허둥지둥 문을 닫으며 다가왔다. 손에 든 쟁반을 보여주면서 어깨를 으쓱였다.

"일어나면 배고플 것 같아서 간식 좀 가져왔습니다. 깨우지 않을게요."

김 마담이 준 귤을 발견한 그녀가 작게 웃었다. 최근 감기 걸리지 말라고, 다희의 손에 시도 때도 없이 귤을 쥐여 주던 김 마담의 행동을 떠올린 눈치였다.

"명옥 언니, 부엌에 있나요?"

"네."

"그럼 저는 부엌으로 가 볼게요. 방 따뜻하니까 들어가서 좀 쉬세요. 다희 일어나면 저 부엌에 있다고 해 주세요."

"그러겠습니다."

여자는 고무신을 꺾어 신고서 터벅터벅 부엌으로 향했다. 해사한 미소가 예전 부친과 간간이 만나던 그때 그대로였다. 나이가 들고, 아이를 낳으면서 조금 통통해졌으나 여전히 순박하고 착한 인상이었다.

저 여자, 황미연을 다시 만났던 날. 다희는 마당에서 한바탕 울음을 터트렸다. 둘이서 서로를 부둥켜안고 어찌나 서럽게 울던지 말릴 틈도 없었다. 소란에 놀라 뛰쳐나온 직원들도 다 같이 오열하느라 반나절 내내 다방이 시끌벅적했다.

"왜 이제 왔어, 언니? 내가 그동안 어, 얼마나…… 얼마나 보고 싶었는지 알아? 응?"

다희는 울다가 기절할 것처럼 눈물을 흘렸다. 메마른 목으로 꺽꺽대며 울음을 내뱉을 때마다, 저러다가 피라도 뱉어 내는 게 아닌가 걱정될 정도였다. 황미연도 더 말을 잇지 못하고 눈물로 얼굴을 흠뻑 적셨다.

갑자기 울기 시작한 엄마의 모습에 겁먹었는지, 그녀의 아이도 같이 울음을 터트렸다. 아이를 품에 안고서 서툴게 달래 주는 동안 진땀이 났다. 마당의 풍경은 그야말로 난장판이었다.

"여기서 뭣들 해!"

그 난장판은 김 마담이 다방을 찾아오고서야 끝이 났다. 그날의 기억을 되새기다가 웃음이 새어 나왔다. 코끝이 빨개지도록 울던 다희의 얼굴이 기억났다. 울다 지쳐서 꾸벅꾸벅 졸다가 잠들었던 다희의 모습을, 그날 아주 오래도록 끌어안고서 곁을 지켜 주었다.

문을 열고 쪽방에 들어가니, 그날처럼 잠든 다희의 모습이 보였다. 구석에서 낡은 솜이불을 끌어안고서 몸을 둥글게 말고 자는 게 불편해보이면서도 귀여웠다. 다희가 작고 도톰한 입술을 우물거릴 때면, 희미한 잠꼬대가 새어 나왔다.

살금살금 다가가 화장대에 쟁반을 올려 두었다. 단단히 닫은 문 너머로 바람 소리가 들려왔다. 잠든 다희의 머리맡에 앉자마자 인기척을 느꼈는지 무어라 웅얼거렸다.

"이불……."

흘러내린 이불을 끌어당겨 목 끝까지 덮어 주었다. 황미연이 두고 간 듯한 핫 팩 하나가 다희의 발치에서 떨어졌다. 바닥이 제법 따뜻한 데도, 감기라도 걸릴세라 걱정이 되었던 걸까.

황미연은 벌써 두 달째 서곡에 머무르는 중이었다. 남편은 몸이 안 좋아 요양 시설로 들어갔는데, 어차피 농사일을 혼자 돌보기 힘드니 아이를 데리고 여행이라도 하라고 했단다. 덕분에 그녀의 아들 또한 매일같이 향기 다방에 발 도장을 찍으면서 쑥쑥 크고 있었다.

"졸리면 더 자."

볼에 입맞춤을 흘리며 대답하니 다희가 픽 웃었다. 꼼지락대며 다가온 그녀가 내 무릎에 머리를 올렸다. 보드라운 머리칼을 손끝으로 쓰다듬자 색색거리는 숨소리가 울려 퍼졌다.

잠든 권다희의 얼굴을 다시 보게 될 거라고는 전혀 기대하지 못했다. 그것도 이렇게나 가까이서 다정하고 오붓하게, 연인이라는 자격으로……

"조금만 더 자고 일어나. 같이 간식 먹게."

"으응……."

"꼭이야, 약속."

귓가에 입술을 대고서 소곤소곤 속삭였다. 간지러운지 살며시 뒤척이던 그녀의 미간에 작은 주름이 잡혔다. 검지로 살갗을 꾹 누르자 원래대로 돌아왔다. 미련 가득한 손길로 눈가, 볼, 입술까지 실컷 더듬거린 후에야 시선을 떨어트렸다.

다행히 벽 가까이 가방이 있었다. 오른손을 길게 뻗어 가방을 당기자, 안에 있던 내용물이 후드득 떨어졌다. 가장 먼저 떨어진 건 보자기에 싸인 어머니의 일기장이었다. 그간 읽을 엄두가 안 나서 미루기만 했는데, 오늘은 확인할 자신이 섰다.

정숙자.

일기장 맨 앞장을 넘기자마자 어머니의 본명이 삐뚤빼뚤하게 적혀 있었다. 글자를 써 볼 일이 적었는지, 힘주어 눌러쓴 글씨마다 흑연 가루가 지저분하게 묻어났다. 가볍게 입김 불어 그것을 털어내고 다음 장을 넘겨 보았다.

차례차례 넘긴 자리에 어머니의 일상이 고스란히 녹아 있었다. 매화다방에서 레지들과 공기놀이나 땅따먹기를 하거나, 동짓날 오순도순 모여서 팥죽을 먹거나. 물론 좋은 얘기만 가득한 건 아니었다.

오늘은 놀러 나갔다가 포주한테 걸렸다. 나 대신 명옥 언니가 많이 맞았다. 코에서 피도 났다. 언니, 미안해. 마음대로 밖에 나가지 않을게.

은실 언니는 맨날 돈 얘기만 해. 돈 모아서 도망칠 거라고……. 우리는 어차피 도망 못 가는데.

은실 언니가 점례까지 데리고 도망쳤다. 잡으면 죽여 버릴 거라고, 포주가 밥상을 걷어차면서 욕했다. 어디로 갔는지 알 텐데, 명옥 언니는 끝까지 말 안 했다. 그래서 더 맞았다. 무서워.

나이를 먹으면서 자랄수록, 그녀에게는 불행한 일이 끊이질 않았다.

즐거운 추억은 암울한 미래 앞에서 금방 그 입지를 잃었다. 일기장에는 돈 얘기를 적은 날도 늘었다. 대부분 갚을 수 없이 막대한 빚에 관한 이야기였다.

오늘 은실 언니가 붙잡혔다. 잠례는 없었다. 어디 갔느냐고 물었다가 명옥 언니한테 혼이 났다.

잠례는 산을 넘다가 사냥개한테 물려 죽었단다. 얼마나 아팠을까, 얼마나 무서웠을까.

은실 언니가 안 보인다. 포주가 언니를 어디로 보냈을까. 서곡이랑 가까웠으면 좋겠는데……。

마찬가지로 빚을 진 레지들의 이야기도 적혀 있었다. 어머니가 흘렸을 눈물 자국으로 번진 글자들을 빤히 내려다보았다. 이제 즐거운 기록 따위 하나도 없었다.

도망치고 싶어.
서곡에서 떠나고 싶어.
서울에 가 보고 싶어.

그녀는 매일 간절한 바람으로 기도하면서 하루하루를 버텨 나갔다. 그 애절한 기도문이 끊어진 건, 일기장의 끄트머리쯤이었다.

나는 서울로 갈 거야. 그이가 나를 행복하게 해 줄 거야. 나를 사랑한다고 했으니까.

아이가 생겼다. 이름은 이새로 지었다. 기쁘고 밝은 일만 가득하라고. 이새는 잘 클 거다. 세상에서 가장 예쁘게 키울 거니까.

그 뒤의 내용을 자세히 볼 자신이 없어, 아랫입술을 꽉 깨물었다. 어머니는 병을 앓으면서 얼마나 두렵고 힘들었을까. 병실에서 환하게 웃어 주고 안아 주던 그녀는 실로 강한 사람이었다.

이새야, 언젠가 너한테도 이 일기장을 보여 주는 날이 오겠지?

일기의 마지막 장에서 낡은 사진 한 장이 떨어졌다. 초음파 사진 귀퉁이에 날짜가 적혀 있었다. 딱풀로 붙였던 사진 뒷장이 조금 끈적거렸다. 제자리에 사진을 붙이려다가 그 아래 적힌 글자를 읽었다.

추억 가득한 내 고향, 그 풍경을…… 한 번만 더 보고 싶어.

어머니는 마지막까지 서곡으로 돌아오고 싶었구나. 아버지의 얼굴을 마지막으로 보고 싶다는 소원을 들어줄 수 없었는데, 나머지 소원 하나는 들어주게 되었으니 다행이다. 돌아가신 후에나마 그리운 고향에 도착했으니.

타향의 손님이었던 내가 그 마음을 온전히 이해하기 힘들겠지만, 두고 온 미련이 많아 그리운 것까지는 이해할 수 있었다. 나 역시 한때 미치도록 서곡을 그리워했으니까. 아니, 그리웠던 건 서곡이 아니라…….

"서곡에 살던 권다희였지."

잠든 다희의 얼굴을 내려다보며 처음 서곡에 도착했던 날을 떠올렸다.

　“돈 주면 섹스해 주는 선배다.”

　다소 과격한 표현이라는 걸 알았지만, 철회할 생각은 없었다. 내내 무심하던 눈동자에 그 순간 처음으로 감정이 스며든 걸 봤으니까. 물론 긍정적인 감정은 아니었지만, 어쨌든 그게 권다희가 내 얼굴을 처음 제대로 봐 준 순간이었다.

　아버지는 서곡에 오자마자 다방에 드나들었고, 몰래 미행하다가 권다희의 얼굴을 봤다. 매사 인상을 찡그리거나 무심한 얼굴로 하늘을 올려다보는 게 전부인 여자애였다. 나보다 나이가 많다는 건, 교무실에서 만났을 때나 알았다. 작고 말라서 당연히 나보다 어린 줄로만 알았는데.

　“혹시 미연이라는 사람 알아?”

　“미연 언니는…… 왜 찾아.”

　“아빠가 통화할 때 그 이름을 불러서.”

　나를 무시하려고 할 때마다 더 자극적인 말을 던졌다. 그럴 때마다 권다희는 착실히 응해 주었다. 대부분 짜증을 내거나, 소리를 지르는 게 전부였는데도 즐거웠다. 딱히 구경할 게 없는 시골 마을에서 유일하게 내 흥미를 이끈 존재였으니까.

　아버지는 집에 돌아오지 않는 날이 잦았고, 홀로 방에 앉아 어머니의 사진만 들여다보던 시간이 길었다.

　서곡은 어머니가 말하던 것보다 훨씬 더 조용하고 심심했다. 있는 거라곤 한적한 동네와 뛰어다니는 아이들, 밤에도 시끄럽게 울어 대는 귀뚜라미, 그보다 더 시끄럽게 떠드는 어른들. 그들 품에서 깔깔대며 웃음을 터트리기 바쁜 다방 여자들. 고작 그런 게 전부였다.

모든 게 회색빛이었다. 맑고 깨끗한 하늘도, 푸르게 흔들리는 바다도, 싱그럽고 풀 내음 가득한 산도…… 그냥 그랬다. 어머니가 돌아가신 날부터 온 세상이 무채색으로 변한 느낌이었다.

뭘 해도 즐겁지 않고, 슬프지 않고, 아무렇지도 않았다. 관에 눕힌 어머니와 마지막으로 손을 잡았던 그날부터 내 몸의 시계가 멈춘 기분이었다. 시간의 흐름을 느끼게 해 줄 존재가 하나도 없었다.

"제발 죽었으면 좋겠다고 생각하는 사람이 있는데."

"……."

"그 사람 좀 죽여 달라고 빌었어요."

뒷산 구경을 시켜 준 답례로 본심을 내비친 건, 아주 충동적인 결정이었다. 여태 아무에게도 밝히지 못했던 소원을 털어놓았는데. 소름이 끼치다 못해 도망칠 법도 한데, 권다희는 그날 아무 말도 하지 않았다.

그 후로 며칠간 후회했다. 권다희가 다시는 내 얼굴을 보려고 하지 않을까 봐. 혹시라도 두려움에 아버지한테 일러바칠까 봐. 권다희가 입이 무거운 사람이라는 걸 알면서도 완전히 믿지 못했다.

"윤이서!"

그 믿음이 깨진 건, 다방 앞에서 권다희를 마주했던 날이었다. 또 여자랑 놀아난 아버지의 행태를 목격한 탓에 차마 표정을 관리할 수가 없었다. 평소처럼 놀리듯이 미소를 짓는 것도, 별것 아니라며 고개를 저을 수도 없었다.

권다희에게 내 현실의 밑바닥을 보였다는 게 죽도록 창피했다. 저딴 인간이 내 아버지라는 게 수치스러웠다. 아버지와 잤을 레지가 미워서, 괜히 권다희한테 화풀이로 섹스니 뭐니 지껄였다는 점조차 부끄러웠다.

"너 뭐야? 우리 다방 오지 말라고 했지, 내가."

하지만 권다희는 변하지 않았다. 내 소원을 들었던 날처럼 쌀쌀맞고 퉁명스러운 태도 그대로 내 팔을 붙잡았다. 팔에 닿은 손바닥이 뜨겁고 조금 끈적했다.

"주말인데 집에서 공부나 하지. 왜 여기까지 와서, 날도 더운데…….그렇게 다방이 궁금하면, 지금 들어와."

날이 덥다고? 그제야 하늘을 올려 눈이 부시게 새파란 하늘을 마주했다. 강렬한 햇볕 아래 땀을 흘리는 여자의 얼굴을 다시 보았다. 잿빛 풍경에 물감을 푼 것처럼, 권다희의 얼굴부터 서서히 뽀얗고 예쁜 색으로 물들었다. 더위로 발그레 익은 얼굴이 사과 같았다.

"홀에 손님이 없으니까, 아주 잠깐만이야. 커피나 한잔 마시고 가."

무더운 여름날, 권다희는 손쉽게 내 몸의 시계를 고쳐 놓았다. 계절의 흐름을 느끼기 시작하면서 서곡의 풍경이 달리 보였다. 권다희의 손을 잡고서 돌아다니는 서곡 곳곳이 아름답고 평화로웠다.

이따금 그녀가 지어 주는 미소도 눈부시게 청명했다.

권다희를 마주하고, 만나고, 떠올리면서 시간은 빠르게 지나갔다.

매일 보고 싶었고 조금만 주의를 늦춰도 흥분했다. 그즈음 밤이 되면, 꿈에도 나오기 시작했다. 꿈에서는 권다희의 손에 닿기만 해도 아랫배가 뜨거워졌다. 소리 없이 웃는 그녀의 입술이 볼과 귀를 스치면 온몸이 뜨거워졌다. 이유가 명백한 열대야(熱帶夜)였다.

아버지는 레지와 사랑에 빠졌다면서, 다시 서울로 돌아가자며 지껄이고…… 개같은 상황이 이어졌지만 어떻게든 버텼다. 지옥 같은 하루를 견디면, 또 천국 같은 하루가 오리라는 걸 알고 있었으니까. 내일이 되면 권다희를 만나서 사소한 불행 따위 깡그리 잊어버릴 테니까.

"선배, 나랑 도망갈래?"

그 제안을 건넸던 날도 마찬가지였다. 당장 죽고 싶어 올라갔던 산에서 나를 찾아 올라온 권다희를 만나자 다시 살고 싶었다. 물론 그녀는 언제나 그랬듯이 벽을 치고, 선을 그으며 나를 밀어 냈다. 권다희의 행동은 예측이 어려워 감히 앞을 가늠할 자신이 없었다.

"좋아해, 권다희."

작고 여린 몸을 끌어안고, 나만큼이나 덜덜 떨리는 그녀의 불안을 감싸 안고서 울었다. 내 간절한 고백이 제발, 그녀가 마음속에서 걸어 잠근 빗장을 풀길 바랐다. 권다희가 잠들고 빗소리가 멎을 때까지 빌고 또 빌었다.

신이 존재한다면, 딱 하나쯤은 내 소원을 이루어 주리라 막연히 믿으면서.

❀ ❀ ❀

소원을 들어준 건, 놀랍게도 신이 아니었다.

서곡을 떠나 서울로 왔으면서도 권다희를 잊지 못해 쭉 편지를 보낸 내 노력 덕분이었다. 닿지 못할 편지가 한 통씩 쌓이는 동안, 그녀를 향한 내 마음도 점점 더 무거워졌다.

오히려 10년의 공백이 그 마음의 무게를 깨닫게 했다. 답장이 오지 않아도 내 사랑은 변함없이 무거웠으니까. 원망도 시간이 흐를수록 갈망으로 변하는 걸 느낄 때쯤, 이대로면 정신이 나갈지도 모른다고 생각했다.

마침 그때 아버지가 죽었다. 그 인간이 세상에 태어나 내게 딱 한 가지 건네준 선물이 있다면 그것뿐이었다. 내게 간 이식을 구걸하다가 실패해서, 고통 속에 몸부림치다가 조용히 죽어 버린 것. 그로써 가족과 집을 버리고 서곡에 돌아갈 수 있었다.

권다희 역시, 나를 잊지 못하고 떠나지 않았던…… 소중한 마음의 고향에.

네게 얼른 이 노래를 들려주려고 매일 연습하고 있어, 아서야. 얼른 만나자.

맨 마지막 어머니의 일기에는 노래 가사가 적혀 있었다. 어떤 노래인지 알고 있었다. 병실에서 간호하다가 깜빡 잠들 때면, 어머니가 내 머리를 쓰다듬으며 부르던 자장가였다. 얼마나 많이 들었는지 가사를 보자마자 곡이 기억났다.

남의 아긴 거적 잠에 재워 주고 우리 아긴
은방석에 꽃방석에 다독다독 재워 주네
자장자장 우리 아기 잘도 잔다

"음…… 뭐야."
흥얼거리는 목소리에 다희가 느리게 눈꺼풀을 끔뻑거렸다. 단잠에 취한 얼굴이 풀어져서 무방비했다. 못 참고 고개 숙여 입술을 꾹 문질렀다. 맞대고 쪽, 쪽 소리를 내자 다희가 바람 새는 웃음소리와 함께 고개를 피했다.
"그 노래 어떻게 알아?"
생뚱맞은 질문이었다. 눈뜨자마자 그것부터 물어보다니. 바둥거리는 허리를 꽉 붙잡아 당기자 다희가 손쉽게 끌려왔다. 품에 쏙 들어온 몸을 이불째로 감싸 안고서 목덜미에 코를 박았다.
"왜 물어봐, 그건?"
슬그머니 물어보면서 옆에 놓인 일기장을 가방 깊숙이 밀쳤다. 다행히 눈치채지 못한 다희가 가슴팍에 머리를 마구 비비면서 웃었다. 단단히 감싸 안은 몸이 뒤척이면서 편한 자세를 찾았다.

"나도 아는 노래라서."

"어떻게 알았는데?"

의아한 내 표정을 발견한 다희가 갸우뚱 고개를 기울였다. 어리둥절한 표정이었다. 뻗친 머리카락을 손끝으로 돌돌 말면서 그녀의 대답을 기다렸다.

"그야…… 어릴 적에 명옥 언니가 부르던 노래니까."

뜻밖의 대답에 눈을 크게 떴다.

"김 마담이?"

"나랑 미연 언니, 잠버릇이 안 좋아서 악몽을 자주 꿨거든. 자꾸 새벽에 일어나서 훌쩍대니까 마담이 불러 줬어. 참 손도 많이 가고, 번거롭다고 투덜거리면서……."

흉을 보는 듯해도, 다희의 입가에는 미소가 가득했다. 입술로 이마를 지분거리자 키득거리면서 이야기를 이었다.

"나중에 들었는데, 다방에 우리 같은 애들이 한둘도 아니었대."

그랬구나. 순간 목이 콱 메었다. 김 마담이 어머니에게, 그리고 다희에게 들려주었을 자장가. 내가 사랑하는 사람들이 악몽과 싸울 때마다 듣던 노래. 김 마담에게서 어머니, 어머니에게서 다시 나한테…… 그리고 다희에게도 이어지는 추억의 연대.

나는 결국 서곡으로 와서 너를 만날 운명이었을까. 어떻게 내 마음이, 이 사랑이 서곡으로 왔을까. 언제부터 이 작고 외진 마을에 내 삶을 전부 바칠 만큼의 애정이 생겼을까.

"다희야."

"응?"

"사랑해."

다희가 천천히 뒤를 돌아보았다. 시야가 흐려서 그녀의 표정이 잘 보이지 않았다. 희미한 웃음소리가 귀에 감기더니, 따뜻한 손이 다가와 볼을 감쌌다. 눈가를 스친 손길에 시야가 다시 선명해졌다. 다정한 미소를 머금은 다희가 내 아랫입술을 살짝 깨물다가 놓아 주었다.

"이서야, 금방 봄이 올 거야."

같이 서곡의 봄을 맞이하자. 눈이 녹은 자리에 새로운 싹이 돋고, 예쁜 꽃을 피우면서 아름다워질 향기 다방을 보여줄게. 너를 기다리는 동안, 내가 가꾸고 돌본 터전의 모습을 자랑할게.

"나도 사랑해."

다희의 맹세가 사랑으로 귀결되었다. 엄지로 그녀의 입술을 문지르다가 느리게 고개를 숙였다. 보드라운 숨결이 가슴으로, 마음으로 깊숙이 스며들었다. 온몸에 퍼진 온기에 겨울 추위 따위는 조금도 느낄 수 없었다.

그래, 따스한 봄날이 온다면.

우리의 사랑은 한껏 무르익은 채, 비로소 열매를 틔울 터였다.

—*fin*

작가 후기

안녕하세요, 작가 린혜입니다.
봄부터 공들여 작업한 종이책이 드디어 세상에 나오게 되었습니다.
작품의 제목은 릴케의 시,
〈사랑이 어떻게 너에게로 왔는가〉를 살짝 변형하였습니다.
〈사랑이 어떻게 서곡으로 왔는가〉는 우연히 자그마한 시골 동네에서
만났던 두 사람이 오랜 시간이 흐른 후 재회하여,
그간의 묵은 오해를 풀고서 새롭고 행복한 미래를 향해 걸어 나가는
이야기입니다.
정말로 인연이라는 게 존재한다면, 아무리 시간이 걸려도
만날 수 있다는 걸 두 사람의 모습으로 보여 드리고 싶었습니다.
바람결에 해바라기가 흔들리는 여름, 무르익은 팜파스그라스가
보이는 가을까지. 향기 다방의 마당에서 다희와 이서가 차례대로
보았을 풍경이 독자님께도 즐겁게 전달되었기를 바랍니다. 그리하여
두 사람이 머물던 서곡이 기억에 오래도록 남았으면 좋겠습니다.
집필하는 동안 많은 도움을 주신 담당자님, 소중하고 든든한 친구들,
항상 응원해 주시는 독자님들께 감사드립니다. 덕분에 이번에도
좋은 책을 집필할 수 있었습니다. 마지막으로 언제나 저를
믿어 주는 가족에게도 깊은 사랑과 감사를 보냅니다.
더욱 성장한 작품으로 다시 찾아뵐 수 있도록, 늘 노력하겠습니다.

—2021년 11월,
린혜 올림.